KAREN SWAN

Das Geheimnis einer Winternacht

GOLDMANN

Karen Swan

Das Geheimnis einer Winternacht

Roman

Aus dem Englischen
von Sylvia Strasser

GOLDMANN

Die englische Originalausgabe erschien 2024 unter dem Titel
»All I Want for Christmas« bei Macmillan, an imprint of
Pan Macmillan, London.

MIX
Papier | Fördert
gute Waldnutzung
FSC® C014496

Penguin Random House Verlagsgruppe FSC® N001967

1. Auflage
Deutsche Erstveröffentlichung September 2025

in der Penguin Random House Verlagsgruppe GmbH,
Neumarkter Straße 28, 81673 München
produktsicherheit@penguinrandomhouse.de
(Vorstehende Angaben sind zugleich
Pflichtinformationen nach GPSR.)

Umschlaggestaltung: UNO Werbeagentur, München,
unter Verwendung von Bildmaterial von avan Images / Alamy Stock Photo,
Shutterstock / Creative_Bird, Serhii Yevdokymov, wirakorn deelert,
Jihan Nafiaa Zahri, Evgeniya Litovchenko, Getty Images / praetorianphoto
Redaktion: Beate De Salve
LS · Herstellung: ik
Satz: GGP Media GmbH, Pößneck
Druck und Bindung: GGP Media GmbH, Pößneck
Printed in Germany
ISBN: 978-3-442-49671-6

www.goldmann-verlag.de

Für Sam Burns – niemand kann besser zuhören
oder dröhnender lachen.

1. Kapitel

Kopenhagen, 25. November 2024

»Was genau tust du da eigentlich?«, wollte Darcy wissen, während sie ihre eifrig auf dem Handy tippende Mitbewohnerin beobachtete. Allmählich beschlich sie der Verdacht, dass Freja nicht nach der Wettervorhersage suchte, wie sie behauptet hatte.

»Dir ein bisschen auf die Sprünge helfen«, antwortete Freja, ohne aufzuschauen. »Es sind jetzt schon drei Wochen.«

»Hast du nichts Besseres zu tun?« Darcy legte stöhnend den Kopf in den Nacken und starrte an die Kiefernholzdecke des Cafés, die mit künstlichen Tannenzweigen und Lichterketten dekoriert war.

»Du musst wieder unter Leute«, erwiderte Freja. Sie hatte einen Schnurrbart von ihrer heißen Schokolade, was sie aber nicht weiter zu stören schien. Alles, was sie aß oder trank, hinterließ irgendwelche Spuren an ihr.

»Sagt wer?«, fragte Darcy mit einem Blick auf ihre Mitbewohnerin, die sich in höchster Konzentration auf die Lippe biss.

»Deine Mutter zum Beispiel. Du bist sechsundzwanzig. Sie wünscht sich Enkelkinder.«

»Dafür hat sie Cara.«

»Cara ist neunzehn und gerade beim Wildwasser-Rafting in Thailand.«

Darcy verdrehte die Augen. Die Gap-Year-Abenteuer ihrer kleinen Schwester waren definitiv spannender als alles, was in ihrem eigenen Leben passierte, wo das Aufregendste ein Zahnarzttermin und die nächste Abgabefrist für ihre Dissertation waren. Hätte Lars sie nicht betrogen, wäre sie letztes Wochenende nach Stockholm gefahren, hätte am Freitag in einer Woche in der zweiten Reihe des The-Weekend-Konzerts gesessen und jemanden gehabt, der an Weihnachten am anderen Ende des Knallbonbons zog. Aber er hatte ja vor drei Wochen in einer Bar ein Mädchen küssen müssen, das er gerade mal achtundzwanzig Minuten gekannt hatte, was die Gefühle, die Darcy zwei Monate und fünf Tage in ihn investiert hatte, schlagartig ausgelöscht hatte.

Sie tippte mit einem Finger auf den kleinen quadratischen Tisch. »*Ich* genehmige mir auch eine Auszeit, weißt du? Ich brauche mindestens weitere drei Wochen.«

»Abgelehnt. Dir macht es vielleicht nichts aus, wenn du Weihnachten allein verbringst, aber mich stört es. Und da du nicht mit mir zu meinen Eltern fahren willst, müssen wir eben jemanden suchen, der dir Gesellschaft leistet.«

»Freja, ich muss an meiner Dissertation arbeiten. Ich bin derart in Verzug, dass es schon nicht mehr lustig ist. Hätte ich Zeit, mit dir Weihnachten zu feiern, könnte ich auch zu meiner eigenen Familie in die Ferien fliegen. Ich würde auch lieber an einem Strand in Thailand faulenzen, anstatt hier zu hocken und zweitausend Wörter am Tag in die Tasten zu hauen.«

»Und genau deshalb brauchst du in den Pausen eine Auszeit mit einem Bad Boy.« Freja warf ihr einen Blick zu. »Außerdem wirst du nicht jünger.«

»Und anscheinend auch nicht klüger.«

»Sie sind nicht alle wie er.«

»Ach ja?« Darcy zog eine Braue hoch. »Ich hab ihn für einen von den Guten gehalten. Langweilig, aber solide, zuverlässig, mit einem anständigen Job und guten Aussichten.«

»Vielleicht liegt genau da das Problem: Du hast die Messlatte zu tief gelegt.«

»Oh, bist du zur Expertin geworden?«

»Allerdings«, entgegnete Freja mit einem selbstgefälligen Lächeln. »Ich schlafe seit einem ganzen Monat mit demselben Mann, und das bedeutet, dass ich zur anderen Seite übergewechselt bin. Plötzlich sehe ich alles ganz klar.«

Eine Spur Sarkasmus schwang in ihrer Stimme mit. Obwohl Darcy lachte, als sie nach ihrer heißen Schokolade griff, konnte sie sich nur schwerlich an diese neue verliebte Ausgabe ihrer Mitbewohnerin gewöhnen.

Freja hatte noch nie jemanden länger als eine Woche gedatet. Als Scheidungskind glaubte sie nicht daran, dass irgendetwas ewig hielt, Beziehungen schon gar nicht. Sie schaffte es nicht einmal, Miss Petals, ihre Zimmerpflanze, am Leben zu erhalten, was für eine auf Genomforschung spezialisierte Mikrobiologie-Doktorandin erschreckend war.

Die beiden Frauen hatten sich im Sommer auf der Toilette einer Studentenkneipe kennengelernt, als Darcy, die neu in der Stadt und auf der Flucht vor einem miesen Tinder-Date war, Freja dabei ertappte, wie sie mit einem Kragenstäbchen den Tamponspender zu manipulieren versuchte. Darcy hatte ihr das nötige Kleingeld für den Automaten gegeben, woraufhin Freja im Gegenzug ihr Date abserviert hatte: Sie habe Darcy wegen eines positiven Schwangerschaftstests weinend auf der Toilette gefunden, hatte sie geflunkert. Der Typ war auf der Stelle verduftet. Ihre Dating-Katastrophen hatten die beiden zu Freundinnen und Komplizinnen gemacht – jedenfalls bis zum Beginn von Frejas jüngster heißer Affäre vor wenigen Wochen, die einfach nicht abkühlen wollte.

Darcy schaute aus dem Fenster auf die Schlittschuhläufer, die ihre Mittagspause nutzten, um mehr oder weniger elegant über die Eisbahn im Tivoli zu gleiten oder zu stolpern. Obwohl der Dezember noch nicht begonnen hatte, war der riesige Weihnachtsbaum bereits aufgestellt worden, und in den Verkaufsbuden lagen Sojakerzen, Lavendelsäckchen und Holzspielsachen zum Befüllen der Weihnachtsstrümpfe bereit. Lichterketten schmückten die Bäume, die Leute führten ihre Hunde aus, und kleine Kinder mit an Schnüren baumelnden Handschuhen watschelten durch den Park. Junge und alte Stimmen übertönten die surrenden Geräusche der Fahrgeschäfte und das Zischen der Schlittschuhkufen auf dem Eis. An einem Ort wie diesem, der sich in Schnee hüllte wie in einen Schal und an dem die angeblich glücklichsten Menschen der Welt lebten, war es leicht, frühzeitig in Weihnachtsstimmung zu kommen.

Auf der anderen Seite der Eisbahn posierte ein Paar gekonnt für ein Selfie. Er hatte ihr einen Arm um die

Schultern gelegt, und sie hob den Kopf, als er sich für einen langen, innigen Kuss zu ihr hinunterbeugte.

Angesichts dieser ungenierten Zurschaustellung von Glück ließ sich Darcy genervt gegen die Stuhllehne fallen. »Iiih, das ist ja ekelhaft!«

Freja schaute auf und folgte ihrem Blick. »Verstehst du, was ich meine? Die guten Männer werden dir vor der Nase weggeschnappt.«

»Dann zieh ich eben nach Paris. Oder Barcelona. Dort gibt's auch jede Menge Männer.«

»Zu spät. Ich erkläre die Trauerzeit hiermit offiziell für beendet.«

»Aber ich trauere gern«, brummte Darcy mürrisch, den Blick immer noch auf das glückliche Paar gerichtet. »Ich mag Schwarz.«

Sie hob die Hände zu ihren langen hellbraunen Haaren. Die blonden Highlights vom Sommer waren im Gegensatz zu dem Stufenschnitt noch nicht vollständig herausgewachsen, aber die Ibiza-Bräune ihrer olivfarbenen Haut war mittlerweile verblasst.

»Ich sag dir, was wir machen werden …« Freja gab ihr mit einem triumphierenden Ausdruck in den Augen ihr Handy zurück. »Schau mal auf deinen Startbildschirm.«

»Was hast du gemacht?« Darcy runzelte misstrauisch die Stirn.

»Na los, guck nach.«

»Hm. Wonach suche ich denn?«

»Raya.«

»Raya?« Darcys Brauen schossen in die Höhe. »Raya wie in ›die Promi-Dating-App‹?«

»Das ist maßlos übertrieben«, wehrte Freja ab. »So viele

Promis sind da gar nicht. Ich meine, ein paar, ja. Aber was du hauptsächlich da findest, sind Leute wie du und ich. Erfolgreich, exklusiv, vermögend …«

»Ich bin nicht vermögend! Ich muss mir überlegen, wie viele Bananen ich kaufe, damit sie nicht verderben und ich sie wegwerfen muss, das kann ich mir nämlich nicht leisten!«

»Aber du bist schön und intelligent, und genau das ist es, was diese Männer suchen.«

Darcy machte ein zweifelndes Gesicht. Ihrer Erfahrung nach hatten es Männer nicht gern, wenn die Frau klüger war als sie selbst. »Aufgenommen wird man doch nur auf Empfehlung, oder?«

»Stimmt. Tristan hat dich gestern Abend empfohlen.«

»Tristan ist auf Raya?« Darcy wusste zwar, dass Frejas aktueller Schwarm, den sie noch nicht kennengelernt hatte, erfolgreich war, aber sie hatte nicht gewusst, dass er *so* erfolgreich war. Freja, die im Rahmen ihrer Promotion gerade ein Praktikum absolvierte, hatte ihr erzählt, sie und Tristan hätten nach einer Geschäftsreise was miteinander gehabt. Eigentlich hätte es ein One-Night-Stand bleiben sollen, aber inzwischen waren über dreißig Nächte daraus geworden – Darcy musste zu ihrer Schande gestehen, dass sie mitzählte.

»Er war«, antwortete Freja und verbesserte sich dann hastig: »Ich meine, er ist! Er ist! Im Augenblick lässt er die Mitgliedschaft bloß ruhen. Er wird wieder aktiv werden, bevor du auch nur sagen kannst …« Sie suchte vergeblich nach dem richtigen Wort.

»Flibbertigibbet?«, schlug Darcy vor, die zu ihrer Bestürzung erkannte, dass Frejas Glücksgefühle offenbar immer noch nicht abebbten.

»Flibb…?« Ein Zungenbrecher für jemanden, dessen Muttersprache nicht Englisch war.

»Hm.« Alles klar. Konnte es sein, dass Freja im Begriff war, sich in diesen Typen zu verlieben?

Darcy blieb keine Zeit, darüber nachzudenken, denn in diesem Moment langte Freja herüber und tippte auf die App. Zu ihrer Überraschung war sie bereits eingeloggt und …

»Ich habe einen Account?«

»Ich weiß doch, dass du dich nie dazu aufgerafft hättest«, erwiderte Freja achselzuckend. »Du wirst viel zu zynisch in deinem zweiten Lebensviertel.«

Freja hatte ihrer beider Lebenszeit in Fünfundzwanzigjahr-Phasen eingeteilt, und Darcy gefiel der kleine Reminder, dass sie mittlerweile in die zweite Phase eingetreten war, überhaupt nicht.

»Na los, schau sie dir an – Extraklasse, findest du nicht? Überwiegend starke Achter … aber wenn du eine Vier oder eine Fünf siehst, heißt das, dass er stinkreich ist.«

Darcy blinzelte. »Stinkreich ist eigentlich nicht mein Ding.«

»Aber es kann auch nicht schaden, oder?«

»Was nützt mir stinkreich, wenn er ein hässlicher Langweiler ist?«

Freja schnappte in gespieltem Entsetzen nach Luft. »Dann legst du also nur Wert auf ein attraktives Äußeres? Ganz schön oberflächlich, meinst du nicht auch?«, zog sie ihre Freundin auf.

Darcy lachte.

Freja streckte die Hand aus und verdeckte das Display. »Bevor du wie wild drauflostippst – es gibt ein paar Regeln.«

»Regeln?«

»Ja. Ich will, dass du drei aussuchst. Nicht mehr als drei!«

»Umgekehrte Psychologie? Ist das dein Ernst?« Darcy kannte ihre Freundin nur zu gut. Sie stellte ihr ein Meer voller Fische in Aussicht und beschränkte ihren Fang dann auf drei. Obwohl Darcy gerade noch behauptet hatte, gar keinen zu wollen, funktionierte der Trick.

»Meinetwegen«, gab sie sich geschlagen. »Dann schauen wir mal, ob wir uns auf drei einigen können.«

Freja rückte mit ihrem Stuhl näher heran und schmiegte eine Wange an Darcys Arm, während diese von einem hübschen Gesicht zum nächsten wischte. Die Männer lachten entweder, als hätten sie gerade einen guten Witz gehört, oder starrten mit zusammengebissenen Zähnen düster in die Ferne, als wüssten sie nichts von der Handykamera, die auf sie gerichtet war. Einige spielten Fußball oder Frisbee in irgendeinem Park, mit hochgerutschtem Hemd, sodass ein Stück ihres Sixpacks zu sehen war. Einer, offenbar ein Bergsteiger, grinste von einer Steilwand in die Kamera; ein anderer spielte mit schmachtender Miene Banjo an einem Lagerfeuer, das einen goldenen Schein auf seine Wangenknochen warf.

Auf den ersten Blick sahen sie alle wie die perfekte Zehn aus – unbekümmert, fit, allererste Sahne. Aber darauf fiel Darcy nicht herein. Es gab Dinge, die sie aus den Fotos herauslesen wollte. Dinge wie Beziehungsprobleme, einen Mutterkomplex oder einen Hang zum Narzissmus. Sie musste die Betrüger, die Lügner herausfiltern.

Mit einem gewissen Zynismus – sie gab es ja zu – betrachtete sie einen nach dem anderen.

Der Typ, der einen Hund knuddelte? Jede Wette, dass das nicht sein eigener war. Sie wischte nach links.

Der Typ auf der Hochzeit? Der Frack sah aus, als hätte er ihn geliehen. Nach links.

Der Typ im Ferrari? Wer wollte denn jemanden mit einem Ferrari? Nach links.

Doch bei einem Profil verweilte sie länger.

Aksel. Tierarzt. 29. Persönliche Bestzeit im Lösen des Rubik-Würfels: 13 Sekunden.

Ein Lächeln huschte über Darcys Gesicht. Hoffentlich wollte er sich mit dieser albernen, großspurigen Bemerkung nur über sich selbst lustig machen.

»Oh, wie süß«, stellte Freja fest.

»Find ich auch. Und er sieht erstaunlich normal aus. Als ob man tatsächlich mit ihm reden könnte.« Er hatte verwuschelte dunkelbraune Haare, ausdrucksstarke braune Augen und ein schüchtern wirkendes Lächeln.

Sie zappte durch seine anderen Fotos: mit zwei Freunden auf einer Parkbank, anscheinend in einer Jogging-Pause (gute Beine); in einer Bar mit einem verdächtig pinkfarbenen Drink vor sich; auf einem Sofa mit einem Berner Sennenhund, der doppelt so groß zu sein schien wie er selbst (könnte sein eigener Hund sein, schließlich war er Tierarzt). Er wirkte authentisch, aber Darcy konzentrierte sich auf die Fakten: Er war attraktiv und wohnte nur knapp zwei Kilometer weit weg. Sie wischte nach rechts.

»Du willst mit ihnen *reden*?«, neckte Freja sie.

Milas, 30, Grafikdesigner; angeblich einen Meter fünfundachtzig groß, aber er stand in einem Türrahmen und war eindeutig kleiner. Darcy wischte nach links, nicht weil er klein, sondern weil er unaufrichtig war.

Calvin, 27, Börsenmakler. Er präsentierte sich typgerecht mit ein paar Flaschen Roederer Cristal Magnum in einem Club. Sie wischte nach links.

Der Nächste sah starr in die Kamera, nicht lächelnd, aber auch nicht *nicht* lächelnd. Er blickte eher leicht belustigt drein, als durchschaute er die Absicht desjenigen, der die Aufnahme machte.

Max, 32; Kopenhagen. Rechtsanwalt. Hobbys: Skifahren, Wein, Gewinnen. Keine Zeit zum Daten.

Auf den Punkt gebracht, dachte Darcy, die es nicht berauschend fand, dass er offenbar für nur eins Zeit hatte. Doch obwohl die Bios anderer Profile witziger und charmanter formuliert waren, fesselte sie das Wort »Gewinnen«.

Wieder betrachtete sie das Foto, diesen direkten Blick. Eine fast an Verachtung grenzende Arroganz lag darin. Er war dunkelblond, hatte blaue Augen und Züge wie gemeißelt. Er sah auf eine kalte Art gut aus.

Weitere Fotos gab es nicht, nur diese eine Porträtaufnahme, kein Hintergrund, kein Narrativ, keine Stimmungen oder andere Blickwinkel. Als einziges Bewertungskriterium diente dieser Blick.

»Hm.« Freja zog die Brauen zusammen. »Nein, definitiv nicht. Der ist heißer, als es gut für ihn ist.«

»Ich dachte, Reden werde total überschätzt?«, spöttelte Darcy.

»Wird es auch. Aber der sieht aus, als müsste man ihn von seinem hohen Ross runterholen.«

»Stimmt«, pflichtete Darcy ihr bei. Er machte den Eindruck eines Mannes, der grundsätzlich bekam, was er wollte. Würde er sich jedes Mal, wenn jemand nach rechts wischte, als Gewinner fühlen?

Sie war versucht, nach links zu wischen. Aus Prinzip. Sie wollte es wirklich, aber der Finger verharrte über dem Bildschirm und weigerte sich, den Befehl auszuführen.

Der Typ war unglaublich sexy. Musste sie ihn mögen? Sie musste jedenfalls nicht mit ihm reden. Er sah gut aus und war immerhin ehrlich, was man von den meisten Männern hier nicht sagen konnte. Er präsentierte sich so, wie er war, und stellte weder eine märchenhafte Beziehung noch ein Happy End in Aussicht. Keine Frau, die bei Verstand war, würde so einem Mann vertrauen, aber wenigstens wusste sie bei ihm, woran sie war.

Darcy starrte in die kalten blauen Augen und wischte dann wider besseres Wissen nach rechts.

Freja schnappte hörbar nach Luft. »Du hast drei Versuche und verschwendest einen für *den da*? Wieso?«

»Weil er eine Zehn ist und ich tatsächlich so oberflächlich bin«, antwortete Darcy augenzwinkernd. »Ich weiß, dass ich bekomme, was ich sehe.«

Liam, 28, Profi-Polospieler. In Kopenhagen? Einer Seehafenstadt? Niemals.

Ben, 27, Architekt. Das zweite Foto zeigte ihn beim Klavierspielen mit einem kleinen Mädchen. Möglicherweise seine Nichte und nicht seine Tochter, aber das Risiko wollte Darcy nicht eingehen. Bloß keine Komplikationen! Sie wischte nach links.

Erik, 29, Bauunternehmer. Tiefe Bräune, gebleichte Zähne, zurückgekämmte Haare, keine Socken. Er sah aus, als würde er die Sommer auf Mykonos und die Winter in Courchevel verbringen. Die anderen Fotos zeigten ihn beim Jetskifahren, beim Kitesurfen, inmitten von Formel-1-Rennwagen am Start … Moment mal, war das Lando Norris?

Was soll's?, dachte sie und wischte nach rechts.

»Aber du kannst diesen Eurotrash-Vibe doch nicht ausstehen«, sagte Freja verwirrt.

»Schon, aber ich finde Charles Leclerc so süß, und über den Typen komme ich vielleicht an ihn ran.« Darcy tippte mit dem Fingernagel auf das Display.

»Vielleicht aber auch nicht! Willst du wirklich einen weiteren Versuch für diese vage Hoffnung vergeuden?«

Darcy ließ ihr Handy auf den Tisch fallen und seufzte lächelnd. »Sie sind *alle* reine Zeitverschwendung, Freja.«

»Wow, Lars hat ja ganze Arbeit geleistet.«

»Nein, er hat mir nur den letzten Rest gegeben. Ich kann dir genau sagen, wie sich die Dinge bei einem Match entwickeln werden: Der Tierarzt wird gefühlvoll und lieb sein, aber keine feste Bindung wollen, der arrogante Anwalt entpuppt sich als Fuckboy, und Mr Eurotrash wird länger an seinen Haaren herumfummeln als an mir.«

Freja ließ sich lachend gegen die Rückenlehne sinken, raffte ihren blonden Lockenschopf mit beiden Händen zusammen und ließ die Haare dann wieder auseinanderfallen.

Darcy grinste. »Stimmt doch, oder?«

»Ich würde dir zu gern widersprechen«, stieß Freja schwer atmend hervor. »Wirklich zu gern.«

»Ja.« Darcy schaute einem Eisläufer zu, der eine Pirouette drehte. »Kennen wir alles. Und wir wissen auch, wie es endet.«

»Mag schon sein. Aber vergiss nicht: Der Weg dorthin ist das, was Spaß macht. Bald ist Weihnachten, da kannst du dich doch nicht ganz allein in deiner Wohnung verkriechen.«

»Ich wär ja nicht allein, wenn du mal nach Hause kämst!«

»Alles zu seiner Zeit. Der Sex ist einfach zu gut, Schätzchen.«

Darcy stöhnte auf.

»Keine Bange, wir werden noch bald genug in Flammen aufgehen. Aber bis dahin musst du raus, unter Leute, und das ist der beste Weg. Wenn diese Kerle Augen im Kopf und einen Puls haben, werden sie dich liken, und dann kannst du noch vor Weihnachten drei richtig heiße Typen daten. Wer weiß? Vielleicht wirst du sogar positiv überrascht.«

Darcy griff nach ihrem Becher und angelte ein weiteres Marshmallow heraus. »Wenn einer von denen imstande ist, mich positiv zu überraschen, fresse ich einen Besen. Ich werde jedenfalls keine Purzelbäume schlagen vor lauter Vorfreude, das verstehst du hoffentlich.«

2. Kapitel

Darcy hängte gerade ihren Mantel über die Stuhllehne, als Ida, Ottos Sekretärin, den Kopf zur Tür hereinstreckte.

»Ah, Darcy, Sie sind wieder da, sehr gut. Otto hat schon nach Ihnen gefragt. Er sagt, es ist dringend.«

»So?« In Otto Borups Welt war nie etwas dringend. Der Rektor der Schule für Bildende Kunst und ihr Doktorvater hatte eine bedächtige Art und vertrat die Ansicht, dass Worte nicht selten überschätzt wurden und ein wohlüberlegtes Schweigen genauso viel – oder sogar noch mehr – zum Ausdruck bringen konnte. Wenn Otto also etwas als dringend einschätzte, lag er entweder im Sterben, oder aber die Königlich Dänische Kunstakademie stand in Flammen.

»Ja. Sie sind alle in Werkraum drei und warten schon auf Sie.«

»*Alle?*« Darcy erschrak bei der Vorstellung, dass sie – wobei auch immer – Zuschauer haben würde.

Werkraum drei war der Sitz der Abteilung für Restaurierung und Konservierung. Als Doktorandin hatte Darcy nur selten Grund oder Gelegenheit für einen Abstecher dorthin, fühlte sich dann aber jedes Mal wie ein Kind in einem Süßwarenladen.

Hatte sie etwas falsch gemacht?

»Wissen Sie, worum es geht?«

»Ja.« Ida nickte, machte aber keine Anstalten, eine Erklärung hinterherzuschieben.

»Verstehe … Danke.« Darcy schluckte nervös und eilte durch den Flur an den Fakultätsbüros vorbei zur Treppe. Die Tür zu Ottos Zimmer stand halb offen, und auf seinem Schreibtisch stapelten sich Dokumente und mit Haftnotizen gespickte Nachschlagewerke. Sein Stuhl war offenbar zurückgestoßen und dann so stehen gelassen worden. Es sah aus, als ob Otto in aller Eile aufgesprungen wäre.

Ging es um ihre Dissertation? Der zuständige Ausschuss hatte sie schon vor Monaten zum Promotionsverfahren zugelassen. Hatten sie es sich anders überlegt? War das überhaupt möglich?

Ihr Unbehagen wuchs mit jedem Schritt. Die Gebäude von Schloss Charlottenborg, dem Sitz der Königlich Dänischen Kunstakademie, waren hufeisenförmig um einen großen Platz angeordnet, und die Werkräume befanden sich im mittleren Flügel. Dank der großen Stahlfenster auf beiden Seiten waren die langen weiß getünchten Räume normalerweise auch an trüben Tagen sehr hell, aber als Darcy die Tür zu dem Werkraum im dritten Stock aufstieß, herrschte drinnen ein dämmriges Licht, weil die schwarzen Vorhänge zugezogen waren.

In der Mitte standen lange, breite Tische, an den Wänden Werkbänke. Überall stapelten sich Bücher und Schriftstücke, dazwischen standen Gipsbüsten sowie mit

Tüchern abgedeckte Leinwände auf Staffeleien. Pinsel steckten in Gefäßen, bernsteinfarbene Flüssigkeiten schimmerten in Gläsern. Alles war voller Hocker, Stühle, Pullover und Taschen; es roch nach Lösungsmitteln und Kaffee.

Ganz hinten drängte sich eine kleine Gruppe um einen der Tische. Alle redeten mit gedämpfter Stimme durcheinander. Darcy erkannte die gefürchtete Direktorin der Nationalgalerie, Margit Kinberg, den Chefrestaurator und -konservator der Königlichen Kunstakademie, Lauge Bekker, und natürlich Otto. Auch ohne den in New York weilenden Direktor der Kunstakademie war diese Versammlung so beeindruckend, dass Darcy ihren Schritt unwillkürlich verlangsamte. Sie hatte sich den falschen Tag ausgesucht, um herzukommen – eigentlich hatte sie sich auf einen ruhigen Nachmittag im Magazin des Museums gefreut. Was in aller Welt konnten sie von ihr wollen? Hatte sich Ida einen Scherz mit ihr erlaubt?

In diesem Moment drehte sich Otto zu ihr um. »Ah, Darcy, da sind Sie ja!«

Er war ein eleganter Mann, nicht besonders groß, schlank, mit Glatze, einem kurz getrimmten weißen Bart und wachsamen blauen Augen. Er trug ausschließlich nüchterne Blau-, Grau- oder Schwarztöne. Die klobige Schildpattbrille war die einzige persönliche Note, ein kleiner Hinweis auf den Mann hinter der strengen Fassade, dem der Ruf großer Ernsthaftigkeit vorauseilte. Er neigte nicht zu Small Talk, übertriebenem Lob oder auch nur zum Lächeln, doch heute schien er eine Ausnahme zu machen.

Darcy entspannte sich ein bisschen. Er würde nicht lächeln, wenn er schlechte Nachrichten für sie hätte, oder? Es sei denn, aus Mitleid …

»Danke, dass Sie gekommen sind. Lauge kennen Sie ja bereits.«

»Lauge.« Darcy nickte ihm höflich zu.

»Ich weiß nicht, ob Sie Margit Kinberg schon kennengelernt haben?«

»Freut mich sehr«, sagte Darcy, als sie ihr die Hand gab.

Kinberg war eine blasse Frau mit einem schwarzen Bob und Brille. Sie war bekannt dafür, dass sie kein Blatt vor den Mund nahm, und ihr Händedruck war fest und kräftig.

»Otto hat mich bezüglich Ihrer Arbeit auf den neuesten Stand gebracht, Ms Cotterell.« Sie sprach Englisch, obwohl man sich auf Dänisch unterhalten hatte, als Darcy hereingekommen war. Alle hier sprachen fließend Englisch, aber Darcy hatte auch ausgezeichnete Dänisch-Kenntnisse, da sie und ihre Schwester bei einer dänischen Mutter aufgewachsen waren.

»So?« Darcy lächelte Otto zaghaft zu. Wieso interessierte sich Margit Kinberg für ihre Dissertation mit dem Thema »Hausmütterchen und Revolutionärinnen – eine Neubewertung der Rolle der Frau im sogenannten Modernen Durchbruch«?

»Sehen Sie sich das an, Darcy«, forderte Otto sie auf und trat zur Seite.

Auf dem Tisch hinter ihm lag unter einer UV-Lampe ein Gemälde, dessen Rahmen entfernt worden war. Darcy erkannte es sofort und bekam Herzklopfen – es handelte sich um *Ihre Kinder*, ein Meisterwerk von Johan Trier, das für die im neuen Jahr geplante Retrospektive des Künstlers in der Nationalgalerie vorsichtig restauriert worden war.

Johan Trier galt als Vorläufer der dänischen Neuen Meister. Otto hatte die letzten zwei Jahre mit anderen Museen, Galerien und Privatsammlungen über Leihgaben verhandelt, um die Ausstellung kuratieren zu können, die umfassendste seit Triers Tod vor fast genau fünfzig Jahren. Das Kulturministerium erhoffte sich für die Nationalgalerie den gleichen Effekt, den die Würdigung Vermeers vor einigen Jahren für das Amsterdamer Rijksmuseum gehabt hatte.

»Und? Was sehen Sie?«

Unter den aufmerksamen Blicken der anderen beugte sich Darcy über das berühmte Ölgemälde, das sie schon unzählige Male bewundert hatte. Es zeigte eine Frau am Strand, die, eine Hand in die Seite gestemmt, ihre im flachen, aber aufgewühlten Wasser watenden Kinder wachsam beobachtete. Der starke Wind presste ihr Rock und Bluse an den Körper, das Bindeband ihrer Schürze flatterte hinter ihr.

»Das ist Triers *Ihre Kinder*. Eins seiner bedeutendsten Werke.« Berühmt war es nicht nur wegen der meisterhaften Darstellung der Kinder oder des dramatischen Lichts, sondern auch, weil die Haltung der Frau – ihre ruhige Geduld im Kontrast zu ihrem angestrengt aufmerksamen Blick – die Vielschichtigkeit und Intensität des Mutterseins spiegelte.

»Und was wissen Sie über Trier?«

»So aus dem Handgelenk?« Kinbergs Frage brachte Darcy ein wenig aus dem Konzept. »Nun, er war ein begnadeter Zeichner. Obwohl er sich ursprünglich einen Namen als Porträtmaler machte, waren Landschaften, später vor allem Strandszenen, seine Spezialität. Wegen der detailgetreuen Wiedergabe des Gewebes von Frauenkleidern und seiner Verwendung von Farben wurde er oft mit John Singer Sargent verglichen. Weiß, aber auch Rosa dominierten. Natürliches Licht war für ihn ein großes Thema. Er wurde stark von den Impressionisten beeinflusst und eignete sich ihre Impasto-Technik und die kurzen, schnellen Pinselstriche an.«

Sie betrachtete das Ölgemälde. Es war ein seltenes Privileg, ihm so nahe zu sein, die Leinwand sehen zu dürfen, wie der Künstler sie gesehen hatte. Das Bild war ein Juwel in der Krone dänischer Kunst.

Kinberg nickte. »Und jetzt? Was sehen Sie jetzt?«

Otto hatte die UV-Lampe eingeschaltet. Als ihr kräftig violettes Licht über das Gemälde flutete, blickte Darcy in das Gesicht einer Frau, das unter der Strandszene sichtbar wurde.

Sie fuhr erschrocken zurück. An den aufgeregten Blicken der anderen erkannte sie, dass sie ähnlich überrascht gewesen sein mussten. Sie senkte den Blick, wie um sich zu vergewissern, dass ihre Augen ihr keinen Streich spielten. Doch da war es wieder, das Kopf-und-Schultern-Porträt einer jungen Frau. Obwohl Farben und Details so verschwommen waren, als würde man sie durch eine schmutzige Fensterscheibe betrachten, zeugten die Kopfhaltung und der direkte Blick von großem Können.

»Oh!«, hauchte Darcy. »Sie ist wunderschön!«

»Ja, nicht wahr?« Margit Kinberg nickte und richtete

den Blick ebenfalls auf das Porträt. »Der Fund hat uns alle überrascht.«

»Es gab nie einen Hinweis darauf?«, fragte Darcy.

»Seit 1959, als ein Rohrbruch zu erhöhter Luftfeuchtigkeit führte und die Farbe in Mitleidenschaft gezogen wurde, hat niemand mehr das Gemälde angerührt«, erklärte Lauge Bekker. »Die Mal- und Grundierungsschichten sind damals gesichert worden, weitere Untersuchungen gab es nicht. Und da das Bild seitdem in einer konstanten Umgebung hing, gab es keinen Grund, sich damit zu befassen. Erst jetzt kam es wegen der Retrospektive für eine sanfte Reinigung herein.«

Darcy war keine Restauratorin, dennoch wusste sie, dass UV-Licht zwar bereits seit den 1930er-Jahren zur Untersuchung von Gemälden verwendet wurde, diese Technik aber erst in den 1980er-Jahren weite Verbreitung gefunden hatte.

Die Bedeutung dieser Entdeckung lag auf der Hand. Johan Trier war der bedeutendste dänische Maler des zwanzigsten Jahrhunderts. Das Haus, in dem er gewohnt hatte, war eine Touristenattraktion, und seine Bilder, von denen viele aus den 1920er-Jahren stammten, waren in die ganze Welt verkauft worden.

»Ein Jammer, dass er das übermalt hat«, murmelte Darcy mit einem weiteren prüfenden Blick auf das geisterhafte Porträt. Aus Sorge um ihr »Vermächtnis« übermalten viele Künstler Werke, die sie für unbedeutend oder schlecht hielten.

»Tja, das ist das Spannende daran«, bemerkte Margit und sah sie an. »Er hat es nicht übermalt. Das Porträt ist auf der *Rückseite*. Es ist nicht darunter, sondern hintendrauf.«

»Zwei Gemälde in einem?«

»Ganz genau«, sagte Lauge. »Eine erste Untersuchung deutet leider darauf hin, dass es sich um mehrere verleimte Leinwände handelt …«

Verleimt? Darcy verzog schmerzlich das Gesicht, genau wie Otto und Margit.

»… was bedeutet, dass sich das Porträt zwischen den Schichten befindet.«

»Besteht die Möglichkeit, heranzukommen?«, fragte Darcy.

»Das hoffen wir natürlich«, antwortete Lauge Bekker. »Aber das ist eine heikle Angelegenheit. Wir müssen behutsam vorgehen, schließlich können wir nicht riskieren, dass *Ihre Kinder* beschädigt wird. Sollte sich das Risiko als zu groß erweisen, brechen wir das Ganze ab. Wenn wir zwischen den beiden wählen müssen, werden wir uns selbstverständlich für den Spatz in der Hand entscheiden.«

»Keine Frage.« Darcy nickte, den Blick auf die schemenhaften Umrisse der Frau unter den Ölfarben gerichtet. *Ihre Kinder* war eines der Aushängeschilder der Kunsthalle – das Motiv fand sich unter anderem auf Postkarten, die im Museumsshop verkauft wurden –, aber es wäre ein Jammer, wenn dieses Porträt verborgen bliebe. Die Unbekannte strahlte etwas Besonderes aus, Darcy spürte es. »Wie lange wird es dauern, die beiden Gemälde voneinander zu lösen?«

»Normalerweise würde ich sagen, ein paar Monate, aber wegen der bevorstehenden Retrospektive müssen wir uns beeilen. Der Druck ist immens.« Lauge warf Margit Kinberg einen schnellen Blick zu. Darcy nahm die Spannungen zwischen den beiden wahr.

»Gehen wir das Ganze optimistisch an«, sagte Margit entschlossen. »Es ist in aller Interesse, auf ein Best-Case-Szenario hinzuarbeiten: bei der Retrospektive ein jüngst entdecktes Meisterwerk von Johan Trier vorzustellen.«

»Margit …«, begann Lauge.

»Ja, ich weiß, vielleicht schaffen wir es nicht.« Sie sah ihn streng an. »Aber wir werden es auf alle Fälle versuchen. Wir werden so schnell arbeiten, wie wir können, und zwar an *allen* Fronten.«

Sie wandte sich Darcy zu.

»Das wird ein abteilungsübergreifendes Projekt werden«, erklärte sie. »Während Lauges Leute an der Ablösung der Gemälderückseite arbeiten, wird die technische Abteilung einen doppelseitigen Exponathalter gestalten, damit wir die Vorder- und die Rückseite gleichzeitig ausstellen können.«

»Verstehe.« Darcy fragte sich mit wachsender Spannung, welche Rolle ihr zugedacht war. Man hatte sie eindeutig nicht nur hinzugeholt, damit sie die Neuentdeckung bewunderte.

»Womit wir zu Ihnen kommen, Darcy«, warf Otto ein, als hätte er ihre Gedanken gelesen. »Ebbe Busk, die Leiterin der Wissenschaftsabteilung, haben Sie vermutlich noch nicht kennengelernt – sie ist bis Mitte März im Mutterschutz.«

»Ich kenne sie nur dem Namen nach.«

»Wir haben zwar eine Teilzeitvertretung für sie, aber das Team hat alle Hände voll mit den Vorbereitungen für die Retrospektive zu tun. Deshalb haben wir gemeinsam überlegt, wer ähnlich qualifiziert und außerdem kurzfristig verfügbar ist, und da habe ich an Sie gedacht.«

Darcy blinzelte. »Ich fühle mich sehr geschmeichelt, Otto. Aber ich bin hier nicht angestellt, und versicherungstechnisch betrachtet …«

»Sie werden mit dem Gemälde nicht in Berührung kommen. Wer wäre geeigneter für diese Aufgabe als jemand, der eine Professur anstrebt und dessen Hauptinteresse den Künstlerinnen jener Zeit gilt?«

»Dann ist sie also Künstlerin?«, fragte Darcy mit einem kurzen Blick auf das Porträt.

»Vermutlich nicht. Aber da der bedeutendste Maler der damaligen Zeit sie porträtiert hat, kann sie auch keine Unbekannte gewesen sein. Mäzene und Künstler bewegen sich in den gleichen Kreisen, und ich bin sicher, dass sie in der Peripherie dieser Kreise zu finden ist.«

Darcy schluckte kräftig. Das war keine einfache Aufgabe, die man ihr da übertragen wollte.

»Und meine Dissertation? Mein nächster Abgabetermin ist …«

»… verhandelbar. Immerhin bin ich Ihr Betreuer. Und angesichts dieser außergewöhnlichen Umstände bin ich gern bereit, den Papierkram für die Bewilligung eines kleinen Aufschubs auf mich zu nehmen.«

Margit räusperte sich. »Ganz abgesehen davon wäre das eine gute Gelegenheit, einmal mehr auf Ihrem Gebiet zu glänzen. Otto hat mir erzählt, dass Sie schon eine Skagen-Malerin entdeckt haben?«

»Ja, Katje Lange.«

»Katje Lange, richtig.« Margit nickte. »Angeblich Magd auf einem Bauernhof, wenn ich mich richtig erinnere.«

Darcy nickte ebenfalls. In ihrer Masterarbeit hatte sie nachgewiesen, dass das kleine, auf dem Dachboden eines

Bauernhauses an der Nordküste entdeckte Portfolio die Arbeiten von Katje und nicht, wie ursprünglich angenommen, die ihres berühmten Mannes enthielt.

»Ohne Ihre Forschungsarbeit wäre ihr Name in Vergessenheit geraten«, stellte Margit heraus.

»Und das soll ich jetzt auch machen? Diese Frau identifizieren? Herausfinden, wie sie hieß?«

Wieder nickte Margit. »Graben Sie alles aus, was Sie über sie finden können, Darcy. Wenn wir einen bislang unbekannten Johan Trier präsentieren wollen, müssen wir in der Lage sein, eine lückenlose Biografie vorzuweisen. Medien aus aller Welt werden über diesen Fund berichten.«

Darcy zögerte. Einerseits war das eine einmalige Gelegenheit – andererseits, vier Wochen vor Weihnachten und fünf bis zum Beginn der Retrospektive, eine Riesenbelastung.

»Kommt Ihnen die Porträtierte irgendwie bekannt vor?«, wollte Otto wissen.

Darcy war ein wenig verlegen. Einige der kompetentesten, sachkundigsten Leiter der Kunstakademie legten Wert auf *ihre* Meinung?

»Nein«, antwortete sie zögernd. »Aber ich kann Ihnen mit Bestimmtheit sagen, wer sie *nicht* ist.« Zentrales Thema ihrer Dissertation waren die weniger bekannten Künstlerinnen aus Triers Zeit, und Darcy wusste, dass es keine von ihnen war. »Es ist weder Anna Felsing noch Ingrid Hjort oder Charlotta Juhl. Auch nicht Elsa Tobiassen, Dorrit Knudsen oder Grete Caspersen. Aber für eine genauere Prüfung bräuchte ich ein Bild in einer besseren Auflösung …«

Otto nickte. »Unser Bildgebungsteam arbeitet bereits daran.«

»Okay.« Darcy bezweifelte allerdings, dass viel dabei herauskommen würde. Solange man die Rückseite noch nicht abgelöst hatte, war es unmöglich, das Bild nachzuschärfen, und ohne deutlich erkennbare Details konnte nicht einmal die Haar- oder Augenfarbe bestimmt werden. Die Frau war kaum mehr als eine Silhouette, ein Schatten aus der Vergangenheit. Wie sollte Darcy etwas über sie herausfinden, wenn sie keinerlei Anhaltspunkte hatte? Es gab nicht einmal einen Hinweis darauf, dass die Existenz des Porträts bekannt gewesen war …

Margit, die ihre Skepsis gespürt haben musste, räusperte sich erneut. »Darcy, ich verstehe, dass Ihr Schwerpunkt auf Ihrer Dissertation liegt. Aber ich hoffe, Ihnen ist klar, was für eine außergewöhnliche Bedeutung dieser Fund hat – nicht nur für die Retrospektive, sondern für die dänische Kultur im Allgemeinen.«

»Natürlich. Das ist eine einmalige Chance. Ich fühle mich sehr geschmeichelt, Teil des Projekts sein zu dürfen.«

»Gut.«

Darcy senkte den Blick wieder auf das Gemälde. Die Frau zitterte wie eine Luftspiegelung. Dann schaltete Otto die UV-Lampe aus, und sie verschwand wieder in den Tiefen des Gemäldes.

Die schwarzen Vorhänge wurden zurückgezogen, und grelles Tageslicht strömte herein.

»Schön, dann wollen wir uns mal an die Arbeit machen«, sagte Margit und schaute auf ihre Uhr. »In fünfzehn Minuten gebe ich eine Pressekonferenz, in der ich den Fund verkünden werde. Weisen Sie Ihre Abteilungen an, etwaige Fragen an die Pressestelle weiterzuleiten.«

Schon zerstreute sich die Gruppe. Die Uhr tickte.

»Ich muss noch ein paar Anrufe erledigen, Darcy«, sagte Otto. »Kommen Sie doch in einer Stunde in mein Büro, damit wir die ersten Schritte besprechen können.«

»Mach ich.«

Ohne Eile durchquerte er den Werkraum Richtung Tür. Die Restauratoren streiften ihre weißen Handschuhe über und hoben das Gemälde so behutsam an, als trügen sie eine verletzte, zerbrechliche Fee.

Darcys Rolle war klar. Ihre einzige Aufgabe bestand darin, die Identität einer Frau zu ermitteln, die vor hundert Jahren gelebt hatte.

Ihr einen Namen zu geben. Eine Biografie.

Mit anderen Worten: einen Geist zu finden.

3. Kapitel

Als Darcy eine Stunde später anklopfte, telefonierte Otto immer noch, aber er winkte sie herein. Sie setzte sich ihm gegenüber und hörte ihn »Mm« und »Mm-hmm« brummen, während sein Gesprächspartner die Unterhaltung offenbar ganz allein bestritt.

Den Hörer am Ohr, schob Otto ihr den Farbausdruck des Porträts auf seinem Schreibtisch hin.

Darcy starrte auf das Bild und versuchte, angesichts der minimalen Verbesserung nicht allzu enttäuscht zu sein. Die Frau hatte ihre langen Haare nicht wie damals üblich hochgesteckt, sondern anscheinend nach hinten gekämmt. Das hochgeschlossene Kleid war schlicht und schmucklos, und sie trug eine einfache Halskette. Man konnte unmöglich sagen, ob sie schwarze oder braune Haare hatte, ob ihre Augen blau, grün oder haselnussbraun waren. Es gab keinerlei Identifikationsmerkmale. Keinen Namen, kein Gesicht.

Da sie von einem der bedeutendsten dänischen Maler porträtiert worden war, musste das Bild in irgendeinem Dokument erfasst worden sein. Aber es war vor etwa hundert Jahren entstanden. Offensichtlich hatte niemand von seiner Existenz gewusst, und es war zu befürchten, dass die entsprechenden Aufzeichnungen inzwischen verloren gegangen waren.

Einige Augenblicke später bemerkte Darcy, dass Otto sein Gespräch beendet hatte und sie aufmerksam beobachtete. Konnte er ihr die Bedenken ansehen?

»Wie fühlen Sie sich?«, fragte er.

»Mutlos.« Die negative Antwort tat ihr selbst weh, aber ihr Fachgebiet waren vergessene Künstlerinnen und nicht ihre berühmten männlichen Kollegen.

»Sehr schön.« Otto nickte. »Das ist die richtige Antwort. Das ist keine leichte Aufgabe, und es hat keinen Sinn, sich etwas vorzumachen.« Er griff nach dem obersten Hefter auf dem Stapel und reichte ihn ihr. »Das ist unsere Standard-Biografie von Trier. Sie werden bei ihm mit Ihren Nachforschungen beginnen, nehme ich an?«

»Muss ich wohl. Im Augenblick ist er der einzige Anhaltspunkt.« Darcy überflog das Schriftmaterial. »1895 in Aalborg geboren, 1974 im Alter von neunundsiebzig Jahren in Paris gestorben. Nie verheiratet, keine Kinder …«

»Sie finden darin auch eine vollständige Liste seiner Werke – jedenfalls der bekannten – in chronologischer Reihenfolge.«

»Okay. Hier steht, *Ihre Kinder* wurde im August 1922 gemalt und verkauft, damals war er …« Darcy rechnete schnell nach. »Siebenundzwanzig. Noch ganz am Anfang seiner Karriere.« Sie sah Otto an. »Logischerweise müsste das Porträt davor entstanden sein. Und weil es ihm nicht gefallen hat, hat er es umgedreht und *Ihre Kinder* auf die Rückseite gemalt.«

»Das sehe ich auch so. Womit wir davon ausgehen können, dass das Porträt vor August 1922 entstanden ist.«

»Wunderbar. Damit hätten wir einen ersten Baustein«, sagte Darcy nachdenklich. »Das Bild kann also nicht nach 1922 gemalt worden sein, aber es ist auch unwahrscheinlich, dass es lange davor entstanden ist. Stimmen Sie mir zu? Künstler sind chronisch knapp bei Kasse, und ich bezweifle, dass er die Tafel jahrelang ungenutzt in seinem Atelier herumstehen ließ. Vermutlich ist das Porträt nur wenige Jahre vor *Ihre Kinder* entstanden.«

»Dabei handelt es sich natürlich nur um eine Vermutung, aber ja, wahrscheinlich ist es so. Ich schlage vor, Sie beginnen mit diesem Zeitrahmen und dehnen ihn aus, falls Ihre Nachforschungen ergebnislos bleiben.«

»Gut. Da Margit Kinberg in das Projekt involviert ist, nehme ich an, dass ich Zugang zu den Archiven der Nationalgalerie habe?«

»Der Nationalgalerie?«

»Ja. Dort gibt es doch sicher reichlich Material über Trier.«

»Bestimmt, aber ich habe eine bessere Idee. Haben Sie schon mal von der Stiftung Madsen gehört?«

Darcy schüttelte den Kopf. »Nein.«

»Bertram Madsen, ein vermögender Industrieller, war Triers Mäzen. Er hat dem Maler zum Durchbruch verholfen. Seine Tochter war in den besseren Kreisen eine bekannte Schönheit, und er bestellte bei Trier etliche Porträts seiner Familie für die zahlreichen Häuser, die er besaß. Madsen war es auch, der ihn mit den Reichen und Mächtigen bekannt machte. Doch dann kam es zum Bruch, und der Grund dafür war ausgerechnet *Ihre Kinder*.«

»Was ist passiert?«

»Als sein Mäzen hatte Madsen ein Vorkaufsrecht auf alle seine Arbeiten. Er hatte Trier in seinem Sommerhaus in Hornbæk am Meer ein Atelier eingerichtet, und als er eine frühe Skizze von *Ihre Kinder* sah, wollte er das Bild unbedingt für sein neues Haus in der Toldbodgade haben.«

»Aber?«

»Aber Trier hat es einem deutschen Touristen verkauft, der an dem Haus in Hornbæk vorbeischlenderte und den Garten bewunderte. Die beiden kamen anscheinend ins Gespräch, und ehe es sich Madsen versah, war das Gemälde über der Grenze und in einer Privatsammlung in München. Dreißig Jahre blieb es im Ausland.«

Darcy lehnte sich verwundert zurück. »Das wusste ich nicht.«

Otto zuckte mit den Schultern. »Madsen ließ ihn daraufhin fallen, und von da an ging es mit Triers Karriere ziemlich schnell bergab. Seine Vorgehensweise wurde als Verrat betrachtet und hatte zur Folge, dass er aus den feinen Kreisen ausgeschlossen wurde. Er bekam keine Aufträge mehr, und zu guter Letzt zog er nach Frankreich, wo er abwechselnd in Paris und im Languedoc lebte.«

Darcy biss sich auf die Lippe. »Das Gemälde an einen zufällig vorbeikommenden Touristen zu verkaufen, war eine ziemlich unüberlegte Entscheidung.«

»Er muss ihm ein Angebot gemacht haben, das er nicht ablehnen konnte. Künstler sind nicht gerade für vorausschauende finanzielle Planungen bekannt.« Wieder zuckte Otto mit den Schultern. »Vielleicht hatte er es aber auch einfach satt, nach Madsens Pfeife zu tanzen. Mit den Porträts hat er zwar eine Menge Geld verdient, aber wie seine späteren Arbeiten zeigen, galt seine Leidenschaft der Landschaftsmalerei. Gewollt oder nicht, *Ihre Kinder* gab ihm den Schlüssel in die Hand, um sich aus seinem goldenen Käfig zu befreien.«

»Das klingt sehr hart. Wird man bei der Stiftung überhaupt zu einer Zusammenarbeit bereit sein? Zumal es um das Gemälde geht, das den Bruch verursacht hat?«

»Das ist alles lange vergessen und vergeben. Jahre später – ich glaube, es war in den Sechzigern – kam es zu so etwas wie einer Annäherung. Bertram Madsen war da schon lange tot, aber Frederik, sein ältester Sohn, gründete eine Kunststiftung. Die steigenden Preise für Triers Arbeiten auf dem internationalen Markt dürften dabei eine Rolle gespielt haben. Seit fünfzig Jahren kaufen sie jedes Werk von ihm, das sie in die Hände bekommen, für die eigens gebaute Galerie in der Stockholmsgade. Wenn Sie mich fragen, ein Prestigeprojekt. Triers erster Mäzen stammt aus ihrer Familie, und diese Verbindung soll bestehen bleiben, besonders jetzt, wo sich Trier in der dänischen Leitkultur so großer Beliebtheit erfreut. Sie sind die selbst ernannten Wächter des Trierschen Vermächtnisses.«

»Dann sind sie – und nicht die Nationalgalerie – auch im Besitz des Quellenmaterials, nehme ich an?«

»So ist es. Sie haben einen ausgezeichneten Archivar, Viggo Rask. Er ist Ihr Ansprechpartner. Ich habe ihn bereits angerufen. Er erwartet Sie morgen.«

»Wow! Danke.«

»Die Zeit arbeitet gegen uns«, erwiderte Otto nur.

Darcy richtete den Blick wieder auf die Farbkopie. Die

Augen leicht zusammengekniffen, starrte sie auf einen verschwommenen, runden Fleck auf der linken Schulter der Unbekannten.

»Was, glauben Sie, ist das?« Sie streckte Otto das Blatt hin.

»Hmm …« Er betrachtete es einen Moment. »Eine Fuchsstola vielleicht? So etwas war damals in Mode.«

Darcy verzog angewidert das Gesicht. »Dann wäre das der Kopf?«

»Tja, damals wurde das ganze Tier verwendet: Pfoten, Kopf …«

»Iiih, bitte nicht!«

»Das waren andere Zeiten, Darcy.« Er schaute zu, wie sie den Ausdruck in die Schutzhülle schob und sie ihm hinstreckte. »Den können Sie behalten, der ist für Sie.«

»Danke. Gut, dann werde ich mich besser mal an die Arbeit machen …«

Sie wollte aufstehen, aber Otto hielt sie mit einer Handbewegung zurück.

»Noch etwas. Margit hat heute Abend zu einem Umtrunk in die Nationalgalerie eingeladen. Ich weiß, das ist sehr kurzfristig, aber da Sie jetzt Teil dieses ganz besonderen Projekts sind, sollten Sie wirklich kommen. Haben Sie schon was vor?«

Darcy zögerte kurz. Erik, der Bauunternehmer, hatte keine Zeit verloren und sie für den Abend um ein Date gebeten, da er am Donnerstag geschäftlich nach Dubai flog und sie gerne vorher noch kennenlernen wollte.

»Nichts Besonderes«, sagte sie schließlich.

»Sehr schön. Es ist ein privates Event für Freunde und Förderer. Von der Stiftung Madsen werden ebenfalls ein paar Leute aus der Führungsebene da sein. Das ist eine gute Gelegenheit zum Networking.«

»Okay.« Wieder wollte sie aufstehen, doch Otto hielt sie ein weiteres Mal zurück.

»Ein letztes Wort zur politischen Landschaft.«

Darcy zog die Brauen zusammen. »Wie meinen Sie das?«

»Nun, an der Oberfläche wird Friede, Freude, Eierkuchen herrschen, aber darunter brodelt es. In wirtschaftlich schwierigen Zeiten wird zuallererst an der Kultur gespart, und das Kulturministerium hat bereits Sparmaßnahmen angekündigt. Margit steht unter Druck, sie muss Gelder beschaffen.«

»Daher die kleine Party heute Abend.«

»Richtig. Um die Gönner bei Laune zu halten. Der schnellste und effektivste Weg zu einer größeren Summe Geld ist natürlich der Verkauf von Objekten aus Museumsbeständen, und Margit muss die Einschnitte in ihrem Budget irgendwie kompensieren. Sie steht bald mit dem Rücken zur Wand, und das wissen auch die Leute von der Stiftung Madsen. Sie kreisen sie ein.«

Darcy klappte der Unterkiefer herunter, als ihr klar wurde, worauf Otto hinauswollte. »Sie würde ihnen *Ihre Kinder* doch nicht verkaufen?«

»Sie behauptet, nein. Man würde nur über ihre Leiche an das Bild herankommen.«

»Na, Gott sei Dank! Das Gemälde ist ein Nationalheiligtum. Es gehört dem dänischen Volk.«

Otto nickte. »Darin sind wir uns alle einig. Aber die Stiftung glaubt einen Anspruch auf alles zu haben, was mit Johan Trier zu tun hat, und die Tatsache, dass wir ein neues Gemälde entdeckt haben, wird sie rasend machen.« Er holte tief Luft. »Sie haben uns für die Retrospektive zwar unterstützt, indem sie uns Zugang zu ihrer Sammlung gewährt haben, aber glauben Sie nicht, dass sie das aus reiner Menschenfreundlichkeit getan haben. Madsen Holdings, die Muttergesellschaft, will im neuen Jahr an die Börse gehen und ist deshalb auf gute Publicity aus, um den Kurs in die Höhe zu treiben. Denken Sie immer daran, dass sie grundsätzlich aus Eigeninteresse handeln, egal, was sie tun. Auch wenn wir scheinbar alle auf der gleichen Seite sind, gehören wir nicht demselben Team an. Achten Sie auf Ihre Worte, und vergessen Sie nie, dass wir etwas haben, was sie gern hätten.«

»Du meine Güte«, murmelte Darcy. »Ich hab nicht gewusst, dass das ein solches Haifischbecken ist.«

»Die Kunstwelt ist ein Markt im Wert von achtundsechzig Milliarden Dollar. Es geht nicht nur um hübsche Bilder und Champagner schlürfen. Es geht um das ganz große Geschäft.«

»Ich werd's mir merken.« Der Umtrunk am heutigen Abend kam ihr auf einmal nicht mehr so verlockend vor. »Apropos Champagner schlürfen – darf ich heute Abend mit Begleitung kommen?«

Ihr graute davor, sich ganz allein in die Höhle der Löwen zu wagen. Vielleicht wäre die Party mit hundert Fremden ringsherum ein guter Rahmen für ein erstes Date.

»Lieber nicht. Diese Events sind ziemlich konservativ. Alter Geldadel, Sie wissen schon.«

Sie kannte diese Sorte Mensch zwar nicht persönlich, konnte sich aber denken, was er meinte: Leute, die Retrospektiven finanzierten, Museen in ihrem Testament bedachten und in der Oper ihre eigene Loge hatten. Flirty erste Dates zwischen Raya-Matches gehörten definitiv nicht in diese Kategorie.

»Wir sind aus geschäftlichen Gründen dort, nicht, um uns zu amüsieren.«

»Verstanden.« Endlich durfte sie aufstehen. Sie war schon auf dem Weg zur Tür, als sie Otto fragen hörte:

»Sie haben hoffentlich ein Cocktailkleid?«

Wahrscheinlich war er insgeheim entsetzt über ihre zusammengewürfelten Joggingsachen.

»Na klar«, schwindelte sie.

»Gut. Ich maile Ihnen noch die Einzelheiten«, brummte er. Damit war sie entlassen.

Hastig trat sie auf den Flur hinaus und verdrehte die Augen. Ein schwarzes Schlauchkleid, das sich mehr für Kneipenabende als für Cocktailpartys eignete, war das einzig Elegante in ihrem Kleiderschrank. Sie würde sich also noch etwas Passendes kaufen müssen. Ein weiterer Punkt auf ihrer To-do-Liste, die von Minute zu Minute länger wurde – und um vier musste sie auch noch ein Seminar abhalten!

An den Fakultätsbüros vorbei lief sie den Flur hinunter. Die Sohlen ihrer Turnschuhe quietschten deutlich schneller über den Boden als auf dem Hinweg.

4. Kapitel

»Ich muss für heute Abend absagen, sorry. Eine berufliche Verpflichtung, da komm ich nicht raus.«

Darcy schaute auf die Uhr. Zwanzig nach sieben? Der Tag war an ihr vorbeigerast und schien noch nicht langsamer werden zu wollen.

»Was arbeiten Akademiker denn am Abend? Die Bibliotheken haben doch bestimmt längst zu?«

»Haha. Ich muss zu einem formellen Empfang.«

Hatte sie ihren Lippenkonturenstift eingesteckt? Sie kramte in den Fächern ihrer Handtasche.

»Lass ihn ausfallen. Du lebst nur einmal.«

»Geht nicht. Ich muss ein paar wichtige Leute treffen wegen eines Projekts, an dem ich gerade arbeite.«

»Wie wär's mit danach?«

»Keine Ahnung, wie lange es dauert.«

Sie starrte ihre Fingernägel an: sauber, aber für eine Maniküre war keine Zeit gewesen.

»Diese Geschäfts-Events kenne ich. Die ziehen sich nicht so lange hin. Spätestens um zehn bist du da raus. Dann könnten wir uns immer noch auf einen Drink treffen.«

»Ich weiß nicht recht. Mal sehen.«

»Lässt du dich immer so lange bitten?«

Darcy seufzte. Sie hatte keine Zeit für eine ausführliche Unterhaltung.

»Nein, ich will nur keine Verabredungen treffen, die ich vielleicht nicht einhalten kann.«

»Ich nehme das Risiko, dass du nicht auftauchst, in Kauf … Außerdem hast du dich bestimmt in Schale geworfen, oder? Wär doch ein Jammer, die ganze Mühe nur für Arbeitskollegen …«

Sie lächelte. Das war eine weibliche Perspektive.

»Das stimmt allerdings.«

Sie betrachtete sich im Spiegel der Umkleidekabine. Das neue Kleid war schwarz und trägerlos wie das alte, aber aus Samt, nicht aus Jersey, außerdem zierte das Oberteil ein elfenbeinfarbenes Satin-Bandeau. Es gewährte weder vorne noch hinten zu tiefe Einblicke; was allerdings die Länge anging …

Sie tastete mit den Fingerspitzen am Rocksaum entlang. War es vielleicht zu kurz? Es kostete mehr, als sie eigentlich für ein Kleid, das sie für einen beruflichen Anlass kaufte, ausgeben wollte. Ob Freja sich daran beteiligen würde? Wenn ja, könnte sie sich auch noch neue Schuhe kaufen.

»Wo findet der Empfang denn statt?«

»In der Nationalgalerie.«

»Ganz schön vornehm. Wie werde ich dich erkennen? Was hast du an?«

Darcy zögerte kurz und fotografierte dann ihr Spiegelbild. *»Das.«*

»Wow!«

»Danke.«

»Ich werde am Eingang auf dich warten.«

»Nein. Das ist was Berufliches. Es kann spät werden …«

»Dann warte ich eben so lange. Muss jetzt los, wir sehen uns später.«

Er beendete den Chat, bevor sie ihm die Sache ausreden konnte.

Darcy starrte auf die Nachrichten. Da hatte sie die Dating-App gerade mal einen halben Tag, und schon hatte sie eine Verabredung.

Hartnäckig war Erik, das musste sie ihm lassen. Anscheinend ein Machertyp. War diese Zielstrebigkeit, diese Entschlossenheit, das Geheimnis seines Erfolgs? Als sie ihm geschrieben hatte, dass sie ihre Verabredung absagen musste, hatte er es irgendwie geschafft, das Blatt zu seinen Gunsten zu wenden. Er hatte die Konkurrenz um Längen geschlagen!

Sie klickte auf die letzte Nachricht von Aksel, dem Tierarzt. Er hatte sich kurz nach Erik gemeldet, im Gegensatz zu diesem aber eine Unterhaltung begonnen. Ein kurzer Chat unmittelbar vor ihrem Seminar, während sie auf ihre Studenten gewartet hatte, nichts Aufregendes. Nichts, was auch nur andeutungsweise ein Flirt gewesen wäre, lediglich die Art von Small Talk, die sie auf Dinnerpartys so hasste. Ein Sammeln von Informationen, kein echtes Interesse.

»Warst du schon mal in Südamerika?«

Darcy verdrehte die Augen und spürte, wie sich ihr bei der unverfänglichen Frage die Nackenhaare aufstellten. Sie konnte dieses höfliche Getue nicht ausstehen, diese geheuchelte Anteilnahme am Leben des anderen. Schließlich wussten sie beide, wie das Ganze ausgehen würde: Sobald er hätte, was er wollte, würde er sie entweder betrügen, ghosten oder ihr erklären, dass er für etwas Ernstes noch nicht bereit war.

Tja, das war sie auch nicht. In den nächsten Wochen würde sie sich voll und ganz auf dieses Projekt konzentrieren müssen. Da würde sie keine Zeit haben, einem wunderbaren Märchen nachzujagen. Sie würde die Männer mit ihren eigenen Waffen schlagen: sich nehmen, was sie brauchte, und ihre emotionale Energie ausschließlich in ihre Arbeit stecken.

Sie tippte hastig.

»Bin in meinem Gap Year durch Patagonien gewandert. War auch in Machu Picchu. Sagenhaft! Da würde ich gern noch mal hin.«

Das war gelogen. Sie hatte die Ruinenstadt einmal gesehen, und das reichte. Warum in ihren eigenen Fußspuren rückwärtslaufen, wenn es so viel mehr auf der Welt zu sehen gab? Aber wenn es sie und den Tierarzt weiterbrachte … Sagten Männer nicht andauernd das, was Frauen ihrer Ansicht nach hören wollten?

»Irgendwann in den nächsten Wochen würde ich gern einen Städtetrip nach Stockholm machen. Was sollte ich mir unbedingt ansehen? Irgendwelche Tipps?«

Ein Wink mit dem Zaunpfahl, damit er ihr anbot, ihr die Stadt zu zeigen. Ein schmutziges Wochenende mit einem heißen Tierarzt würde ein für alle Mal einen Schlusspunkt hinter die Geschichte mit ihrem Ex setzen.

Max, der Anwalt, hatte sich nicht gemeldet. War er zu beschäftigt, um sein Match anzuschreiben, oder war sie einfach nicht sein Typ? Die Vorstellung, von ihm übersehen zu werden, wurmte sie. Vermutlich hatte einer wie er die Qual der Wahl.

Darcy legte ihr Handy weg und zwang sich, nicht über einen Mann nachzudenken, dem sie noch nie begegnet war.

Seufzend betrachtete sie ihr Spiegelbild. War sie passend gekleidet für den Empfang heute Abend? Sexy genug für Erik? Entweder das eine oder das andere – beides ging nicht.

Sie drehte die Haare zu einem lockeren Knoten zusammen und stellte sich auf die Zehenspitzen. Absätze. Zu dem Kleid gehörten definitiv Absätze.

Sie textete ihrer Mitbewohnerin und schickte ihr ein Foto von sich.

»Wollen wir uns das teilen? Du brauchst was Schickes, wenn Loverboy dich ausführen will!«

Frejas Antwort ließ nicht auf sich warten.

»Superschön! Abgemacht!«

Darcy grinste und blickte dann ernüchtert auf, als sie sah, wie spät es war.

Hastig zog sie den Reißverschluss auf, stieg aus dem Kleid und schnappte sich ihre Sachen. Das Geschäft würde bald schließen, die Schuhabteilung befand sich im Stockwerk darüber, und der Empfang begann in zehn Minuten …

»Scheiße, Scheiße, Scheiße«, zischte sie, während sie ihren Arm in den verdrehten Ärmel des Pullovers zu bohren versuchte. Sie würde sich auf der Toilette umziehen und schminken müssen. Mit dem Taxi wäre sie in zehn Minuten an der Nationalgalerie, würde also innerhalb der akademischen Viertelstunde eintreffen – und hoffentlich nach Otto und allen anderen, die sie kannte.

Ihr Handy verkündete den Eingang einer Nachricht. Sie warf einen Blick auf den Bildschirm, während sie sich das Kleid über die Schulter schmiss und aus der Kabine lief.

»Ein Absacker heute Abend?«

Max, der Anwalt. Wenn man vom Teufel sprach …

Darcy blieb wie angewurzelt stehen. Ein Hochgefühl durchströmte sie. Dann gefiel ihm also doch, was er auf ihrem Profil gesehen hatte. Freja hatte mit der Auswahl ihrer Fotos erstklassige Arbeit geleistet, das musste sie zugeben.

Sie starrte auf die Frage. Kein flirtender Unterton, nur ein Vorschlag. Kein »Warst du schon mal in Südamerika?«, nicht einmal ein »Hallo« wie von Erik. Darcy erinnerte sich an den arroganten Ausdruck in Max' Augen, an seine überhebliche Ausstrahlung. Er wurde seinem Profil absolut gerecht. Immerhin spielte er keine Spielchen. Trotzdem gönnte sie sich den kleinen Triumph, *»Hab leider keine Zeit«* zurückzuschreiben.

Mit Genugtuung steckte sie das Handy in ihre Tasche und sprintete Richtung Treppe.

Die Absätze von Darcys neuen Schuhen klackerten über den Kalksteinboden der alten Museumssäle. Das Geräusch bildete einen krassen Gegensatz zum Quietschen der Gummisohlen vom Nachmittag. Sie hatte sich in eine andere Frau verwandelt: Ihre Bürosachen hatte sie in ihren Rucksack gestopft und diesen an der Garderobe abgegeben, Arme und Beine waren nackt, die langen Haare zu einem Knoten geschlungen, die Lippen rot angemalt.

Männer in Dinnerjackets, die sich in gedämpfter Lautstärke unterhielten, gingen vorüber und musterten sie bewundernd. Es war weit nach acht und damit bedeutend später, als sie gehofft hatte. Doch es war gar nicht so leicht gewesen, ein Uber zu bekommen, da schon die ersten Weihnachtsfeiern stattfanden. Man konnte meinen, die ganze Stadt wäre auf den Beinen.

Darcy eilte durch den Skulpturenweg, einen gläsernen Gang, der das ursprüngliche, aus dem 19. Jahrhundert stammende Gebäude mit der hypermodernen Erweiterung verband. Der Empfang fand im Veranstaltungsbereich statt, einem überhohen, makellos weißen Saal mit gewölbter Decke, zu dem eine dramatisch geschwungene Treppe hinunterführte. Hier kam man sich vor wie in einem griechischen Tempel.

Darcy blieb einen Augenblick stehen und betrachtete die Szene: Kellner, die sich – Tabletts mit Champagnerflöten in den Händen – durch die Menge schlängelten, Gäste, die sich ungezwungen und entspannt auf dem gesellschaftlichen Parkett bewegten. Der Geruch von Geld war unverkennbar, wie ein Nektar, den sie schmecken, ein Gewicht wie Gold, das sie spüren konnte. Ein Streichquartett spielte vor der riesigen Glasfront, und Darcy fragte sich kurz, wie die Szene auf Spaziergänger draußen im Park wirken mochte. Sah sie aus, als würde sie hierhergehören? Konnte man erkennen, dass Kleid und Schuhe brandneu waren?

Sie entdeckte Margit Kinberg, die bei einer Gruppe von Männern stand, fand aber, dass sie sie nicht gut genug kannte, um auf sie zuzugehen. Während sie mit den Blicken den Raum absuchte, wurde sie immer nervöser, weil sie keine bekannten Gesichter sah. Dann bemerkte sie Otto, dessen Glatze sogar in einem Raum voller Siebzigjähriger auffiel, und atmete erleichtert auf. Bedächtig ging sie die Treppe hinunter und durch die Menge auf ihn zu. Eine grauhaarige Frau in einem goldfarbenen Jacquard-Kostüm und ein korpulenter Brillenträger standen bei ihm.

»Guten Abend«, grüßte Darcy und fing seinen Blick auf, aber es dauerte einen Moment, bis er reagierte.

»Darcy!«, sagte er überrascht. »Ich dachte schon, ich hätte Sie verpasst.«

Sie lächelte. »Ich hab nicht gleich ein Taxi bekommen.«

»Kennen Sie Mr und Mrs Albert Salling schon?«

Salling? Den Namen hatte sie auf einem Messingschild in einem der Universitätsgebäude gelesen.

Otto wandte sich an das Ehepaar. »Darcy Cotterell ist Doktorandin vom Londoner Courtauld Institute of Art, sozusagen eine Leihgabe für ein Jahr. Eine fabelhafte Wissenschaftlerin. Sie ist eine echte Bereicherung für unser Team.«

»Eine Doktorandin«, sagte Albert Salling, ergriff ihre Hand und hielt sie locker in seiner. »Dann heißt es wohl bald Frau Professorin Cotterell?«

»Das ist der Plan, aber es ist noch ein weiter Weg bis dahin.«

»Was ist Ihr Fachgebiet?«, erkundigte sich Mrs Salling. Ein Saphirarmband baumelte an ihrem dünnen Handgelenk.

»Mich interessieren vor allem Künstlerinnen, die um die Jahrhundertwende lebten. Viele von ihnen wurden schlicht nicht beachtet oder sind in Vergessenheit geraten. Diese dunklen Nischen möchte ich ausleuchten.«

»Ein aktuelles Thema.«

Otto nickte. »Darcy beschäftigt sich insbesondere mit

den Widersprüchen in der dänischen Kunst, als der Moderne Durchbruch sich für die Rechte der Frauen einsetzte, es aber die Männer waren, die das Wort ergriffen, anstatt die Frauen für sich selbst sprechen zu lassen.«

Mrs Salling lachte. »Das war in unserer Familie immer so.«

»Darcy ist auch mit der Leitung der Forschungsarbeiten über das neue Trier-Porträt betraut worden«, fuhr Otto fort. »Sie haben bestimmt von dem Fund gehört? Dem Porträt, das auf der Rückseite von *Ihre Kinder* entdeckt wurde?«

»Allerdings«, bestätigte Mr Salling. »Das hat sich in Windeseile herumgesprochen und die Anziehungskraft des heutigen Events enorm gesteigert. Werden wir im Laufe des Abends mehr darüber erfahren? Margit sieht aus wie die Katze, die von der Sahne genascht hat.«

»Stimmt«, pflichtete Otto ihm bei. »Aber weitere Informationen haben wir im Augenblick nicht. Das Restauratorenteam arbeitet mit Hochdruck daran, das Porträt freizulegen.«

»Können Sie schon erste Erfolge verzeichnen?«, wandte sich Mr Salling an Darcy.

»Na ja, wir haben heute erst begonnen …«

»Ah, Otto, da sind Sie ja.« Eine manikürte Hand legte sich auf seine Schulter, und Margit Kinbergs kühles Lächeln stieg hinter ihm auf wie der Mond. »Albert. Valerie. Wie geht es euch?«

Wangenküsschen wurden getauscht. Alte Freunde. Herzliches Lächeln.

Otto warf Darcy einen warnenden Blick zu, als wollte er sie an ihre Unterhaltung am Nachmittag erinnern.

»Was für eine fantastische Entdeckung«, schwärmte Valerie Salling.

»Nicht wahr? Wir sind alle ganz begeistert.«

»Das kann ich mir vorstellen. Das ist unglaublich aufregend!«

Darcy lächelte. Sie klangen wie stolze Großeltern.

»Wir müssen unbedingt zur Eröffnung der Retrospektive von den Bahamas zurück sein«, meinte Albert Salling. »Was kannst du uns sonst noch über das Bild sagen?«

Darcy spürte, wie ihr Lächeln gefror, während die Unterhaltung zum Ausgangspunkt zurückkehrte. Das würde ein sehr langer Abend werden.

Als ein Kellner vorbeikam, nahm sie sich dankbar ein Glas. Tapfer widerstand sie der Versuchung, es in einem Zug zu leeren.

Auch Ottos Lächeln war starr geworden. Darcy fragte sich, wie viele solcher Partys er besuchen und den Reichen Honig um den Bart schmieren musste, um Spenden und Sponsorengelder lockerzumachen. So sah die Realität nun einmal aus. Kunst war immer schon eine Leidenschaft der Wohlhabenden gewesen, und Leute wie die Sallings mit ihren tiefen Taschen spielten eine wichtige Rolle in der Szene.

Die kleine Gruppe öffnete sich, als ein paar andere Gäste auf sie zusteuerten.

»Helle.« Otto löste sich aus seiner Starre und straffte sich. »Ich hatte gehofft, Sie heute Abend hier zu sehen. Das ist die Wissenschaftlerin, von der ich Ihnen erzählt habe, Darcy Cotterell. Darcy, das ist Helle Foss – die leitende Geschäftsführerin der Stiftung Madsen.«

»Freut mich sehr.« Darcy gab der zierlichen kleinen

Frau, die in graue Seide gekleidet war und eine Perlenkette trug, die Hand.

Eine Pause entstand.

»Sie sind aber noch sehr jung«, entgegnete Helle Foss schließlich.

»Sie hat einen messerscharfen Verstand, Helle«, warf Otto geschmeidig ein. »Sie arbeitet gründlich und hat eine schnelle Auffassungsgabe. Ich kenne nicht viele, die so brillant sind wie sie.«

Darcy versuchte, sich ihre Überraschung nicht anmerken zu lassen. Ein so dickes Lob hatte sie noch nie aus seinem Mund gehört.

»So? Nun, da wartet aber eine große Aufgabe auf Ihren messerscharfen Verstand, Ms Cotterell.«

Margit und die Sallings unterhielten sich über die Biennale in Venedig, aber Margit drehte den Kopf unmerklich in ihre Richtung, und Darcy war klar, dass sie mit einem Ohr ihr Gespräch mit Helle Foss belauschte.

Sie lächelte. »Ich fühle mich sehr geschmeichelt, weil man mir eine so verantwortungsvolle Aufgabe übertragen hat. Ich nehme sie sehr ernst.«

»Das sollten Sie auch. Sie sind Engländerin?«

Der spröde Ton der älteren Frau irritierte sie. »Ja.«

»Sie sprechen ausgezeichnet Dänisch.« Helle Foss blinzelte langsam und musterte sie mit ihren glänzenden kleinen Augen.

Darcy fragte sich, was Helle gegen sie hatte. Lag es daran, dass sie Ausländerin war? Oder störte sie sich an ihrer Kleidung? Schadete ein attraktives Äußeres ihrer professionellen Glaubwürdigkeit? Hätte sie ihre Schultern bedecken und einen längeren Rock tragen sollen?

»Danke. Meine Mutter ist Dänin, wir Kinder sind zweisprachig aufgewachsen und von klein auf mit der dänischen Kunst und Kultur in Berührung gekommen. Deshalb möchte ich meine Dissertation auch hier fertigstellen.«

»Ich verstehe. Nun, es ist beruhigend zu wissen, dass Sie ein gewisses emotionales Engagement mitbringen.«

»Das tue ich.«

»Und, können Sie es? Können Sie die Frau identifizieren?«

»Ja, sofern ich Zugang zu dem Archivmaterial habe, das ich benötige. Johan Trier ist der Schlüssel zu allem.«

»Dann steht die Stiftung Madsen zu Ihrer Verfügung. Haben Sie Viggo schon kennengelernt?«

»Nein, noch ni…«

»Rask!«, bellte Helle Foss über ihre Schulter.

Ein Mann in der nächsten Gruppe drehte sich um. Er war, ebenso wie Darcy, etwa eins siebzig groß, hatte einen buschigen grauen Bart und im Gegensatz zu praktisch jedem anderen hier einen aufrichtig freundlichen Blick.

Darcy lächelte unwillkürlich. Erst als Rask sich aus der Gruppe löste und leicht vornübergebeugt auf sie zukam, bemerkte sie den Mann neben ihm, der etwa in ihrem Alter war und unglaublich gut aussah. Ihre Blicke trafen sich, und ihr Lächeln gefror.

Der Typ kam ihr irgendwie bekannt vor …

»Guten Abend.« Viggo Rask blieb vor Darcy stehen, und ihr Blick schwenkte auf ihn. Er sah sie mit unverhohlener Neugier an.

»Viggo, das ist die junge Wissenschaftlerin, die die Nachforschungen zur Identität der Frau auf dem Porträt von Trier leiten wird«, sagte Helle Foss.

»Darcy Cotterell.« Sie streckte ihm die Hand hin, spürte aber immer noch den Blick des jüngeren Mannes auf sich ruhen.

»Freut mich sehr, Frau Professorin.«

»Oh, ich bin keine Professorin – noch nicht«, sagte sie hastig und mit einem kurzen Blick in Ottos Richtung. Der verzog keine Miene.

»Otto hat mich bereits telefonisch informiert. Sieht so aus, als ob wir uns in den nächsten Wochen häufiger begegnen werden.«

»Ja, das denke ich auch.«

»Viggo war der Lehrling des Archivars, der bei der Gründung der Stiftung 1961 sämtliche Kunstobjekte katalogisiert hat«, erklärte Helle Foss. »Er findet alles, was Sie suchen.«

»Prima, danke.« Darcy nickte lächelnd. Wenn sie nur wüsste, was genau sie suchte … »Passt es Ihnen, wenn ich morgen vorbeikomme?«

»Ich bin ab sieben Uhr da«, antwortete Viggo.

»So früh schon? Wow!« Darcy hatte immer noch den guten Schlaf eines Teenagers und war ein ausgesprochener Morgenmuffel. Für sie war es eine Leistung, um neun in der Bibliothek zu sein.

»In meinem Alter ist Schlaf eher eine Abfolge ruhiger Episoden als ein Abtauchen in tiefere Bewusstseinsschichten«, sagte Viggo, als hätte er ihre Gedanken gelesen.

Darcy lächelte und war froh, dass er ihr Ansprechpartner sein würde, nicht Helle Foss. Als sie aufschaute, bemerkte sie, dass der Unbekannte sie immer noch anstarrte. Ihre Blicke trafen sich erneut. Es knisterte förmlich.

Der unerwartete Flirt jagte ihr einen Schauer über den

Rücken. Damit hatte sie nun wirklich nicht gerechnet. Wurde sie etwa rot? So offenkundiges Interesse war sie nicht gewohnt.

Widerstrebend wandte sie sich ihren Gesprächspartnern zu. Schließlich war sie beruflich hier und nicht zum Flirten.

»Wie kommt Lauge voran?«, erkundigte sich Viggo.

»Ein Anfang ist gemacht«, erwiderte Otto achselzuckend. »Er kann es nicht ausstehen, unter Zeitdruck zu arbeiten. Du kennst ihn ja.«

»Allerdings.« Viggo lachte leise. »Wenn ich bloß daran denke, wie lange er braucht, um sein Bier zu trinken!«

Alle lachten, auch Darcy, obwohl sie mit ihren Gedanken ganz woanders war.

»Wo wollen Sie mit Ihren Nachforschungen ansetzen, Miss Cotterell?«, erkundigte sich Viggo dann.

»Na ja, solange wir kein hochauflösendes Bild des Porträts haben, wird es das Beste sein, mich mit dem Trier aus der Zeit vor *Ihre Kinder* zu beschäftigen, also sein soziales Umfeld zu erkunden, Ortsveränderungen und so weiter.«

»Wir haben viele Briefe und Tagebücher von ihm, auch Entwürfe und Ähnliches.«

»Das hört sich fantastisch an. Ich kann es kaum erwarten anzufangen«, versicherte Darcy. »Das wird eine einzigartige Herausforderung.«

Sie warf einen flüchtigen Blick in Richtung des attraktiven Unbekannten, doch der war nicht mehr da.

Enttäuscht suchte sie den Saal nach ihm ab. Das erregende Prickeln des Flirtens hatte sie für kurze Zeit getragen, aber jetzt fand sie sich auf dem harten Boden der Tatsachen wieder.

Otto wandte sich an Helle Foss. »Ich nehme an, in der Sammlung Madsen hat es keine ähnlich aufregenden Entdeckungen gegeben?«

»Verborgene Bilder, meinen Sie? Nein, leider nicht. Wir legen zwar jedes einzelne vorsichtshalber unter den Scanner, um ganz sicherzugehen, aber die Chancen, etwas zu finden, sind äußerst gering.«

»Nun, wenn er es einmal getan hat, warum nicht ein zweites Mal?« Ottos Ton war sachlich, aber sein Gesichtsausdruck verriet Darcy, welche Rivalität zwischen den beiden herrschte.

Die Unterhaltung wandte sich anderen Themen zu, wie etwa der Rekordsumme, die bei *Christie's* vor Kurzem für zwei Gemälde von Canaletto erzielt worden war, und der Verschiebung auf dem Kunstmarkt, weg von öffentlichen Auktionen und hin zu Privatverkäufen. Gäste schoben sich in ihren Kreis und verließen ihn wieder, Namen und höfliche Floskeln wurden ausgetauscht, die Minuten verstrichen. Obwohl sie nur an ihrem Champagner nippte, wurde ihr Glas ständig aufgefüllt. Als Viggo ungeniert auf seine alte Armbanduhr schaute, stellte Darcy überrascht fest, dass es kurz vor zehn war.

»Für einen alten Mann wie mich wird es Zeit, ins Bett zu kommen. Es war mir ein Vergnügen«, wandte er sich an die Gruppe und fügte dann hinzu: »Wir sehen uns morgen, Ms Cotterell.«

»Darcy bitte.«

»Darcy.« Er nickte.

Sie schaute ihm nach und war erleichtert, dass sie den Abend überstanden hatte. Small Talk war nicht ihre Stärke, sie war keine politische Strategin. Sie bevorzugte einen kleinen Personenkreis und zielorientierte Zusammenarbeit, doch die Anforderungen der Arbeitswelt veränderten sich: Manchmal blieb ihr nichts anderes übrig, als ihre Komfortzone zu verlassen – so wie heute Abend.

»Besser, ich mach mich auch auf den Weg. Ich brauche morgen einen klaren Kopf, damit ich einsatzfähig bin«, sagte sie zu Otto, und der nickte zustimmend. Sie sah Helle Foss an. »Hat mich sehr gefreut, Sie kennenzulernen.«

Foss nickte. »Ms Cotterell.«

»Da Sie wohl die ganze Woche in der Stiftung sein werden, schlage ich vor, wir treffen uns am Montag zur üblichen Zeit in meinem Büro«, sagte Otto.

Das hieß um halb zehn bei einem Kaffee. Otto nahm seinen Kaffee genauso ernst wie die Kunst und würde niemals irgendein Automaten-Gebräu trinken. Ida hatte Darcy verraten, welches Café er bevorzugte und wie er seinen Kaffee zu trinken pflegte, und jetzt brachte sie auf dem Weg ins Büro immer zwei Becher mit.

»Wunderbar.« Sie spürte Blicke im Rücken, als sie die Stufen hinauf und Richtung Skulpturenweg ging. Auch andere Gäste brachen auf, einige schlenderten bereits auf dem Weg zum Ausgang zwischen den Statuen umher.

»Darcy Cotterell.«

Verdutzt drehte sie den Kopf und sah den attraktiven Unbekannten auf einer Bank zwischen zwei Statuen sitzen. Er steckte sein Handy ein, stand auf und kam mit unbewegter Miene auf sie zu.

»Ja.« Sie schluckte kräftig und versuchte, sich nicht anmerken zu lassen, was für eine Wirkung er auf sie hatte. Als ob ein Tiger sich aus dem Urwald anpirschte. Angesichts seiner Selbstsicherheit schien sich ihre in Luft aufzulösen. »Kennen wir uns?«

Sie sah, wie er die Hand in die Hosentasche schob. Sein Anzug war teuer, vermutlich maßgeschneidert. War er ein reicher Kunstliebhaber? Jemand, der es gewohnt war, alles zu bekommen, was er wollte?

»Noch nicht.« Er blieb vor ihr stehen. Obwohl sie hohe Absätze trug, war er etliche Zentimeter größer als sie. »Sie waren sehr gefragt heute Abend.«

»Das würde ich nicht sagen«, wehrte sie ab.

»Ich schon. Normalerweise langweilt man sich auf solchen Events zu Tode, aber Sie haben das Durchschnittsalter um mindestens zwanzig Jahre gesenkt.«

»Sie doch auch.« Er konnte höchstens ein paar Jahre älter sein als sie.

Er zuckte mit den Schultern, hielt aber Blickkontakt, und sie spürte die wachsende Spannung zwischen ihnen. Mit ihm zu reden, als wäre ihre Unterhaltung nur unterbrochen worden, fühlte sich merkwürdig an – und doch auch wieder nicht.

»Gehen Sie schon?«

»Ja«, antwortete sie. *Leider.*

»Ich begleite Sie hinaus.«

Sie wünschte, er würde es nicht tun. Auf einmal wäre sie lieber noch geblieben.

»Was hat Sie heute Abend hierhergeführt?«, fragte sie, als sie nebeneinanderher gingen, seine Hand leicht in ihrem Kreuz. Die vertrauliche Geste sorgte dafür, dass sich ihre Arme mit einer Gänsehaut überzogen.

»Geschäftliches.«

Schon merkwürdig, dass immer unterschieden wurde

zwischen Geschäftlichem und bloßer Arbeit. »Und was ist das für ein Geschäft?«

Eine Pause. »Ich schiebe bei Madsen Holdings Papiere hin und her.«

Sie blickte überrascht auf und studierte sein Profil, den beneidenswerten Knochenbau, die buschigen dunklen Brauen, die verschleierten blauen Augen, die vollen Lippen. Wäre er nicht dunkelblond und seine Haut nicht so hell gewesen, hätte er Grieche sein können.

»Oh! Ich hab mich gerade mit …«

»… Helle und Viggo unterhalten. Ja, hab ich gesehen.« Er grinste. »Ich fürchte, Helle hasst Sie.«

Sie war bestürzt über seine Direktheit. »Wie kommen Sie denn darauf?«

»Nun, Sie sind jung, wunderschön und clever, und sie ist nur eins davon gewesen.«

»Jung?«

»Nein, clever.« Er warf ihr einen durchtriebenen Blick zu. »Ich schwöre, sie war bei ihrer Geburt schon sechzig.«

Darcy lachte laut heraus, was ihm zu gefallen schien.

»Egal, sie wird's überleben. Ihr wird nichts anderes übrig bleiben, jetzt, wo Sie regelmäßige Besucherin sein werden.«

Unwillig zog sie die Brauen zusammen. Ihm gegenüber im Informationsrückstand zu sein, passte ihr gar nicht. »Wie kommt es, dass Sie so viel über mich wissen?«

Inzwischen hatten sie die alten Galerien erreicht, dunkel gestrichene, glasüberdachte Räume mit effektvoll beleuchteten Meisterwerken und uniformiertem Sicherheitspersonal. Darcys Absätze klapperten gleichmäßig über den Steinboden.

»Wie gesagt, Sie waren sehr gefragt. Alle reden von dem sensationellen Fund, und das hat Sie ins Rampenlicht gerückt. Aller Augen sind auf Sie gerichtet. Macht Ihnen das Angst?«

Sie schluckte kräftig. »Ja.«

Das war ehrlicher gewesen, als sie es beabsichtigt hatte. Der Druck seiner Hand in ihrem Kreuz verstärkte sich ein wenig. »Sie schaffen das schon.«

Aus ihr unerklärlichen Gründen hatte sein Selbstvertrauen etwas Beruhigendes.

Schweigend gingen sie einen Moment nebeneinanderher. Darcy fragte sich, was als Nächstes kommen würde. Falls er nämlich mit ihr zu seinem Wagen ging, würde sie einsteigen. Irgendwie schaffte er es, die Distanz, die sie normalerweise hielt, zu durchbrechen. Es fühlte sich an, als wären sie durch eine Strömung verbunden, die sie von den Füßen zu reißen drohte.

Sie glaubte nicht an Liebe auf den ersten Blick, aber sexuelles Verlangen … das war etwas anderes.

Ihr Herz schlug schneller in gespannter Erwartung. Er hatte ganz klar auf sie gewartet, und seine Körpersprache vermittelte die Illusion, dass sie ein Paar waren. Während sie an der Garderobe auf Darcys Jacke und ihren Rucksack warteten, drehte sie sich zu ihm um und sah, dass er sie beobachtete.

»Wollen Sie mir nicht Ihren Namen verraten?«

»Muss ich das?« Er blinzelte träge. »Sie wissen doch, wer ich bin.«

Röte schoss ihr ins Gesicht, als sich ihre Vermutung bestätigte. Er war es also tatsächlich.

Prüfend sah sie ihn an und erkannte den arroganten

Blick wieder, der sie auf dem Handybildschirm so genervt hatte. Die Überheblichkeit, die er ausgestrahlt hatte, kam in natura allerdings ganz anders rüber. Als Selbstvertrauen, Selbstsicherheit …

»Max, der Anwalt?«

Er lächelte. Der Beiname schien ihn zu amüsieren.

Darcy fragte sich, wann er sie erkannt hatte. Vom ersten Moment an? Oder erst als ihr Name gefallen war, weil die Leute über sie geredet hatten?

»Sie sagten doch, Sie arbeiten bei Madsen Holdings.«

»Ja. Ich bin Firmenanwalt dort.«

»Oh.«

»Oh«, äffte er sie nach, den Blick auf ihre Lippen gerichtet.

Sie mochte seine offene, direkte Art. Er war genau das Gegenteil von Lars, der falsch gewesen war, immer drum herumgeredet hatte, sich nie festlegen wollte.

»Miss?«

Die Garderobenfrau kam mit ihren Sachen zurück.

»Danke«, murmelte Darcy und wandte den Blick von Max ab.

»Kann ich Ihnen helfen?«, fragte er, als sie sich ihre Jacke – eine türkisgrüne, wattierte Funktionsjacke, die sie zum Joggen trug – über den Arm warf.

Max zog ein ganz klein wenig die Braue hoch. Sie wusste selbst, dass die Jacke nicht zu ihrem Cocktailkleid passte, aber er hatte ja keine Ahnung, was für einen Tag sie hinter sich hatte. Seit ihrem Lunch mit Freja war sie nur herumgehetzt.

»Nein, danke … Ich war heute Morgen joggen«, fügte sie als Erklärung für die Jacke hinzu.

Er nickte. »Es ist aber ziemlich kalt draußen, und Sie sind leicht bekleidet.« Sein Blick streifte kurz ihre nackten Schultern.

»Das geht schon, ich nehme mir ein Taxi«, sagte sie und strebte dem Ausgang zu, während sie insgeheim auf seinen Vorschlag wartete – hoffte.

Er kam tatsächlich.

»Oder wir genehmigen uns noch einen Absacker. Jetzt haben Sie doch bestimmt Zeit.« Er hielt ihren Blick fest, und sie dachte an ihre schroffe Antwort auf seine kurze Nachricht. Vielleicht hatten sie einander verdient …

Ein Türsteher hielt die Tür auf und wünschte eine angenehme Nacht, als sie an ihm vorbei nach draußen traten. Sofort schlug ihnen die Kälte entgegen. Darcy fröstelte.

»Hier.« Max schickte sich an, sich aus seinem Jackett zu schälen. Wie ein echter Gentleman. Wie ein Verführer.

»Darcy!«, rief in dem Moment jemand aus dem Dunkeln am Fuß der Treppe. Als sie nach unten schaute, entdeckte sie einen Mann, der winkend neben einem Taxi stand.

O Gott, den hatte sie völlig vergessen! Sie sah wieder Max an, doch der hatte sich in diesem kurzen Augenblick sein Jackett schon wieder übergestreift.

»Ich sehe schon, Sie haben immer noch keine Zeit.«

In seinem Blick lagen Frustration und Verärgerung.

»Ich …« Sie wusste nicht, was sie sagen sollte. Gern hätte sie ihm erklärt, dass das nichts zu bedeuten hatte, dass sie diesen Mann noch nie getroffen hatte, ihn gar nicht wollte – nicht, wenn sie Max haben konnte. Am liebsten hätte sie Erik zugerufen, er solle Leine ziehen, doch Max trat schon einen Schritt zurück und griff, kühl lächelnd, nach seinem Handy.

»Es war mir ein Vergnügen, Ihre Bekanntschaft zu machen, Darcy. Einen schönen Abend noch.«

Sie sah ihm nach, wie er, das Telefon am Ohr, die Treppe hinunterlief.

Es ging alles so schnell. Gerade eben bewegte sie sich noch in seiner Umlaufbahn, und eine Sekunde später wurde sie mit irrwitziger Geschwindigkeit hinausgeschleudert.

»Kristina?« Sie hätte schwören können, dass sie ihn diesen Namen sagen hörte, als er auf eine glänzende schwarze Limousine zuging, deren Fahrer ihm die Tür öffnete.

Eine Sekunde später war Max eingestiegen, die Tür wurde geschlossen, und Darcy hatte das gleiche ernüchternde Gefühl wie vorhin, als sie ihn auf dem Empfang aus den Augen verloren hatte: Es war wie eine kalte Dusche. Als ob die Sonne vom Himmel gepflückt worden wäre.

»Darcy!«, rief Erik noch einmal und winkte wie wild, während die Limousine davonfuhr. »Hier bin ich!«

»Fuck«, stieß sie zwischen den Zähnen hervor. Sie warf sich ihre Laufjacke über und stapfte die Treppe hinunter auf das verhasste Date zu.

5. Kapitel

»Ich kann nicht glauben, dass du gestern Abend tatsächlich ein Date hattest!«, rief Freja, die in Unterwäsche auf dem Waschbeckenrand saß, während sie und Darcy sich die Zähne putzten. »Da hast du dich ja echt rangehalten!«

»Das war seine Idee, nicht meine.«

»Und, war's gut? Bist du mit zu ihm gegangen?«

»Na, hör mal!«, protestierte Darcy empört und versprühte dabei Zahnpastaschaum. Ihr Gehirn klapperte beim Reden ein bisschen. Ihre Zurückhaltung beim Champagner in der Nationalgalerie hatte sie nämlich durch etliche Espresso Martini kompensiert, und das war nie eine gute Idee. »Wir sind auf ein paar Drinks ins Brønnum.«

»Wow, nobel!« Die Zahnpasta schäumte beim Reden in Frejas Mund, und sie drehte sich zur Seite, um sie ins Waschbecken zu spucken.

»Ja, war ganz nett.«

»Nett? *Nett?*« Freja tupfte sich den Mund mit dem Handtuch ab. »Oje, das ist nicht gut. Gar nicht gut. Ich kenne euch Engländer. Bei euch ist so ein kleines Lob gleichbedeutend mit vernichtender Kritik. Du hast den Kerl gehasst.«

»Gar nicht wahr!« Darcy verdrehte die Augen.

»War er witzig?«

»Er dachte es jedenfalls.«

»Aufmerksam?«

»Hm-mm.«

»Fickbar?«

»Absolut.«

»Wo ist dann das Problem?«

Darcy spuckte ebenfalls aus, richtete sich auf und drehte den Wasserhahn auf.

»Ich hab den Falschen gedatet«, sagte sie schließlich.

Freja machte ein verwirrtes Gesicht. »Wie hast du das denn fertiggebracht?«

»Das war ein Versehen«, jammerte sie. »Auf dem Empfang habe ich eins der anderen Matches getroffen, und der Blickkontakt war der pure Wahnsinn, Freja. Diese Chemie zwischen uns! Ich wäre auf der Stelle mit ihm nach Hause gegangen, das sag ich dir.«

Freja war mit den Enthüllungen sichtlich überfordert.

»Warum hast du es dann nicht gemacht?«, rief sie und breitete hilflos die Hände aus.

»Weil Erik, der Bauunternehmer, die emotionale Intelligenz einer Schnecke hat! Anstatt einen würdevollen Abgang zu machen, als er mich mit einem anderen oben an der Treppe stehen sah, hat er meinen Namen gebrüllt und wie ein Verrückter gewunken!« Darcy zuckte mit den Schultern. »Max, der Anwalt, hat mir nicht einmal Gelegenheit gegeben, mich zu entscheiden. Er hat sich verabschiedet und ist verduftet.«

Freja griff nach ihrer Feuchtigkeitscreme. »Glaubst du, er war angepisst?«

Wieder zuckte Darcy mit den Schultern. »Schon ein bisschen, denke ich. Er war sich seiner Sache so sicher, und dann hat sich alles in Rauch aufgelöst.«

»Dann schreib ihm«, drängte Freja. »Mach ein Date mit ihm aus, ein richtiges.« Sie strich die Creme am Hals entlang aufwärts und massierte sie ein.

»Ich glaub nicht, dass er Wert darauf legt«, brummte Darcy. »Er hat eine andere angerufen, noch bevor er ins Auto gestiegen ist.«

Freja hielt mitten in der Bewegung inne und verzog schmerzlich das Gesicht. »Im Ernst?«

Darcy nickte und griff nach Frejas Feuchtigkeitscreme. »Ich hab das Gefühl, dass das Routine für ihn ist. Dieses Dating mit Back-ups, weißt du?«

»Oh. Na ja, dann war es wohl Glück im Unglück, dass es nicht geklappt hat«, murmelte Freja. »Ein Weiberheld wie der ist eher mein Typ, nicht deiner.«

»Normalerweise würde ich dir zustimmen.« Darcy rubbelte sich die Creme in die Wangen. »Aber so was hab ich noch nie erlebt. Mit ihm hätte alles passieren können. Die üblichen Regeln galten da nicht.«

»Sag mal, was ist das hier für ein Scheiß?« Freja warf ihr einen fassungslosen Blick zu. »Ich komm mir vor wie in *Freaky Friday – Ein voll verrückter Freitag*. Sind unsere Körper heute Nacht vertauscht worden? Wie kommt es, dass ich seit fast vier Wochen mit demselben Typ schlafe, und du bist bereit für ein Sex-Date mit …?«

»Max, dem Anwalt.«

»Max, dem Anwalt. Genau.«

»Ich weiß.« Darcy zuckte erneut mit den Schultern. »Idiotisch. Das Universum spielt sein Spielchen mit uns.« Sie sah ihre Mitbewohnerin im Spiegel an und machte ein verlegenes Gesicht. »Ich hab ihn gegoogelt. Max, den Anwalt, meine ich.«

»Und?«

»Scheint gut vernetzt zu sein. Ich hab eine Bildersuche gestartet und viele Fotos von ihm auf exklusiven gesellschaftlichen Events gefunden.«

»Überrascht mich nicht. Ich meine, er ist ja auf Raya. Dort registriert sich alles, was Rang und Namen hat.« Freja drückte ein bisschen Highlighter in ihre Handfläche.

»Ja. Er scheint eine ganze Menge bildschöner Frauen zu kennen. So Model-Typen. Ich weiß nicht, ob Doktorandinnen da mithalten können.«

»*Du* bist der gute Fang, Babe, nicht er«, sagte Freja loyal. »Vergiss das nicht. Wenn er sich mit geistlosen Skeletten umgeben will, dann lass ihn. Du hast etwas Besseres verdient als einen hübschen Fuckboy.«

»Das weiß ich. Aber ich dachte, das Ganze dient nur dem Zweck, mir über die Feiertage einen harmlosen kleinen Zeitvertreib zu besorgen.«

»Er wird über Weihnachten gar nicht da sein. Typen wie er sind das nie. Er wird entweder in Gstaad Ski fahren oder auf Harbour Island am Strand liegen.« Während Freja den Highlighter auf ihre Wangen auftrug, wandte sie sich ihr zu. »Die Sache ist doch die: Wir nennen das zwar eine Post-Lars-Rachetour, aber seien wir doch mal ehrlich – du bist eine Frau für feste Beziehungen. Du entwickelst Gefühle. Ein Typ wie der wäre Gift für dich.«

Darcy ließ die Worte sacken. Sie wusste, dass ihre Freundin recht hatte. Obwohl sie beschwipst und Eric scharf auf sie gewesen war, hatte sie es nicht fertiggebracht, mit zu ihm zu gehen. Sie hatte die ganze Zeit nur an Max gedacht. Allem Anschein nach hatte sie doch nicht das Zeug zur Verführerin, auch wenn sie sich gern so gesehen hätte.

»Darf ich dir einen Rat geben?«

»Den kriege ich vermutlich auch, wenn ich Nein sage, oder?« Schmunzelnd streifte sich Darcy ein weiches Haarband über den Kopf, das ihre Mähne bändigte.

»Vergiss ihn. Wenn er eine andere angerufen hat, noch bevor er außer Hörweite war, ist er ein Aufreißer durch und durch. Er wird dir nur wehtun. Lass ihn nicht an dich herankommen, sondern zieh einen Schlussstrich, bevor es ernst wird. Du hast in letzter Zeit genug Chaos in deinem Leben gehabt. Mach es dir nicht unnötig kompliziert. Wir suchen weder Liebe noch Drama, bloß ein bisschen Abwechslung über die Feiertage, damit du nicht ganz allein bist, während du deine Dissertation fertigstellst.«

Darcy starrte ihr Spiegelbild an. Sie war blass und hatte Augen wie ein Panda, obwohl sie die Reste der Mascara von gestern Abend gründlich entfernt hatte. An Max' Seite, seine Hand auf ihrem Kreuz, hatte sie sich so schön, so verführerisch, so stark gefühlt. Wann hatte sie sich das letzte Mal so gefühlt? Überhaupt schon mal irgendwann? Alles war ihr grundlegend anders vorgekommen neben diesem Mann.

»Hast du nicht gesagt, Erik, der Bauunternehmer, sei fickbar? Und witzig und aufmerksam? Mehr brauchst du nicht. Nicht mehr, nicht weniger. Nimm *ihn*. Jemand mit der emotionalen Intelligenz einer Schnecke kann dir nicht wehtun.«

Freja streckte den Kopf in Darcys Blickfeld, sodass sie gezwungen war, sie zur Kenntnis zu nehmen. Und aus ihren Gedanken aufzutauchen.

»Verabrede dich noch einmal mit Erik.«

»Nein, er ist ... Erik ist ...« Darcy rümpfte die Nase. »Es passt einfach nicht. Er ist so ein Angeber. Er hat mir eine geschlagene halbe Stunde von seiner Uhrensammlung erzählt!«

»Hm«, machte Freja missbilligend. »Und was ist mit dem Dritten?«

»Aksel, der Tierarzt? Scheint ganz süß zu sein«, antwortete Darcy seufzend, während sie ein Wattepad mit noch mehr Augen-Make-up-Entferner tränkte. Der Chat mit ihm war nicht gerade berauschend, plätscherte aber stetig dahin.

»Ja? Zeig ihn mir noch mal. Ich weiß nicht mehr, welcher das war.«

Darcy rief sein Profil auf ihrem Smartphone auf und schaute zu, wie Freja durch die Fotos wischte.

»Ah ja, der mit den Wahnsinns-Augen!«, schwärmte Freja, die es schaffte, um alles einen Hype zu machen.

»Ja, so gefühlvoll. Und er hilft Tieren, er ist also ein guter Mensch.«

»Ein absoluter Volltreffer.« Freja sah sie an. »Und jetzt zeig mir diesen Max.«

Darcy zögerte. »Den hast du nicht gemocht, weil er so arrogant wirkt.«

»Weiß ich nicht mehr.« Freja zuckte mit den Schultern. »Jetzt zeig schon her.«

Darcy rief sein Profil auf und hielt unwillkürlich die Luft an, als sie diesen hochmütigen Blick sah, der sie in 3D geradezu hypnotisiert hatte.

»O ja«, hauchte Freja. »Er ist … er ist …« Sie schluckte hörbar. »Niemand sollte derart heiß sein. Der absolute Fuckboy! Nein, nein. Der richtet dich zugrunde, Darcy, glaub mir. Blockier ihn.«

»Aber …«

»Kein Aber.« Sie ahmte die Geste des Telefonierens nach. »Mr Booty Call? … Lös das Match auf. Ich will sehen, dass du es tust.«

Darcy zögerte, kam der Aufforderung dann aber nach. Er hatte sich weder gestern Abend noch heute Morgen bei ihr gemeldet. Kein »Hat mich gefreut, Sie kennenzulernen« oder »Wie wär's bei Gelegenheit mit einem Drink?«. Es hatte kein Hallo gegeben, es würde kein Auf Wiedersehen geben. Ihr blieb nur die Erinnerung an die wenigen Schritte an seiner Seite. An die Berührung seiner Hand in ihrem Kreuz – besitzergreifend, fürsorglich, beschützend. Ein paar Minuten lang hatte sie das Gefühl gehabt, zu ihm zu gehören, und es war … wie ein Rausch gewesen.

Sie schloss die Augen und schob diese Gedanken von sich.

»Ich finde, du solltest Erik noch eine Chance geben«, sagte Freja, pumpte Haarbalsam auf ihre Handfläche und massierte es in die gespaltenen Haarspitzen ein.

»Der Funke ist einfach nicht übergesprungen. Wenigstens nicht bei mir.«

»Ja, weil du ihm keine Chance gegeben hast. Du warst in Gedanken bei diesem Weiberheld.«

»Würdest du bitte aufhören, ihn so zu nennen?«

»Wir sollten ihn *nur* so nennen«, betonte Freja und sah sie scharf an. »Damit du den Fokus nicht verlierst.«

Das war leichter gesagt als getan. Darcy fiel es schwer, sich zu konzentrieren. Sie hatte unruhig geschlafen, wirres Zeug geträumt und war immer wieder aufgeschreckt.

»Ich glaube eher, du bist diejenige, deren Fokus sich verschoben hat. Ich vermute mal, du triffst dich heute Abend *schon wieder* mit Tristan?«, murmelte sie, um das Thema zu wechseln.

Frejas Blick traf ihren im Spiegel. »Es gibt nichts, was dagegenspricht, oder?«, versetzte sie trocken.

Darcy gab ein missbilligendes Geräusch von sich und trug ein wenig Foundation auf. Sie musste unbedingt lebendiger aussehen, als sie sich fühlte. Es war acht Uhr, und Viggo war bereits seit einer Stunde bei der Arbeit.

»Meinst du nicht, eine kleine Pause würde dir guttun, um das Feuer ein bisschen besser unter Kontrolle zu behalten?«

»Ist das dein Ernst? Eine Pause würde die Flammen nur schüren.« Freja schüttelte ungläubig den Kopf. »Ich hab keine Ahnung, was mit mir passiert ist, Darcy, aber ich bin besessen von dem Kerl.« Sie zuckte mit den Schultern. »Wahrscheinlich ist es besser, wenn ich so weitermache, damit ich ihn aus meinem System kriege. Ich hab nämlich einen Plan.«

»Ehrlich? Und wie sieht der aus?«

»Ich werde mir eine Überdosis von ihm verpassen. Eine Woche, maximal zwei, und dann werde ich anfangen, mich zu langweilen.«

»Das ist doch mal eine ganz neue Taktik.« Darcy tupfte ein bisschen Cremerouge auf Wangen und Lippen, tuschte sich die Wimpern und warf einen prüfenden Blick in den Spiegel. »Mm … Schon besser.«

»Was hast du heute vor?«

»Dem Archiv der Sammlung Madsen einen Besuch abstatten«, antwortete Darcy voller Genugtuung. »Ich werde den Tag mit einem Siebzigjährigen im Gewölbekeller verbringen.«

»Du hast eine richtige Glückssträhne«, rief Freja ihr nach, als Darcy ins Schlafzimmer lief, um sich anzuziehen.

»Das kannst du laut sagen«, rief Darcy zurück.

Im selben Moment summte ihr Handy. Es war Erik, der ihr einen guten Morgen wünschte.

»Das Schlimmste, was ich je gegessen habe, war das Moo Ping von einem Straßenhändler in Krabi. Hat erst mal klasse geschmeckt. Und dann bin ich in einem lebensbedrohlich dehydrierten Zustand ins Krankenhaus eingeliefert worden, weil ich mir die Seele aus dem Leib gekotzt habe. Seitdem kann ich keine Schweinespieße mehr sehen.«

Darcy grinste. Aksel, der Tierarzt, begann aufzutauen.

»Ich hab auch mal eine Lebensmittelvergiftung gehabt, allerdings keine so glamouröse wie du. Der Verursacher war eine Dose Dolmio-Nudelsoße an der Uni. War gar nicht lustig. Seitdem hab ich keine Fertigsoße mehr angerührt.«

»Ah, dann hatte das Ganze wenigstens etwas Gutes.«

Er war ein Food-Snob? Interessant.

»Kochst du gern?«

»Und wie! Hilft mir abzuschalten. Ich mag vor allem asiatische Gerichte. Du?«

»Ich liebe die italienische Küche. Die vielen Käsesorten, die Kräuter … Ich bin ganz verrückt nach dem Duft von frischem Basilikum.«

»In der Nørrebrogade ist ein toller Italiener. Cicchetti.«

Darcy starrte erwartungsvoll auf ihr Handy. War das eine Einleitung? Würde er ein Date vorschlagen? Sie wartete, aber nichts kam.

Sie stöhnte auf. Hatte in letzter Zeit mal jemand Aksels Puls überprüft?

»Okay, danke für den Tipp. Werde ich bei Gelegenheit ausprobieren.«

Die Sammlung Madsen war in einer großen eingeschossigen weißen Villa am Ufer des Sees im Ørstedsparken untergebracht. Zwei Flügel schlossen an ein zentrales ovales Gebäude an. Große Fenster mit undurchsichtigen Scheiben wurden durch Lichtkuppeln im Dach ergänzt. Von der Straße aus war die hinter Bäumen versteckte Villa nur schwer zu erkennen. Die kahlen Äste ragten wie Finger himmelwärts. Enten hockten im fahlen Winterlicht auf den Eingangsstufen.

Darcy schob ihr Rad zur Rückseite des Gebäudes – im Park war Radfahren verboten – und stellte es dort in einem der Ständer ab. Ihre Hände waren taub vor Kälte. Der Winter kam aus dem Norden und führte auf seinem unaufhaltsamen Weg südwärts schwere Wolken im Gepäck, und der Himmel hing so tief wie die Socken eines Schuljungen.

Laut den Öffnungszeiten, die am Eingang standen, öffnete die Galerie erst in zwanzig Minuten, aber wie Darcy sehen konnte, herrschte drinnen bereits rege Geschäftigkeit: Museumsführer und Kassierer bereiteten sich auf den Tag vor.

»Hi«, grüßte sie und ging auf eine Frau zu, die eine neue Papierrolle in ihre Kasse einlegte. »Ich bin Darcy Cotterell, Viggo Rask erwartet mich.«

»Ah ja, richtig, das hat er gesagt.« Die Frau reichte ihr einen laminierten Barcode-Ausweis an einem Band. »Durch die Tür dort und die Treppe runter. Er wartet schon auf Sie.«

»Danke.« Darcy ging zu der gegenüberliegenden Tür, hielt ihre Karte ans Lesegerät und hörte einen Piepton. Unmittelbar hinter der Tür führte eine schmale Wendeltreppe ins Archiv hinunter.

Viggo saß ganz hinten in dem ovalen Raum an einem alten Holzschreibtisch. Vor ihm reihten sich mit Schriftstücken und Folianten bedeckte Tische aneinander. Beim Klang ihrer Schritte schaute er auf.

»Darcy!« Er legte den Stift aus der Hand und wirkte aufrichtig erfreut, sie zu sehen.

»Guten Morgen, Viggo«, sagte sie lächelnd. »Entschuldigung – eigentlich wollte ich meinen Wecker auf sechs stellen, damit ich in aller Frühe da bin, aber …« Sie machte ein zerknirschtes Gesicht und verstummte. Garantiert wollte er nichts über ihr verpatztes Date und ihr unnötig spätes Nachhausekommen wissen.

»Wenn es Sie tröstet – das gedämpfte Licht hier unten macht den frühen Start in den Tag erträglicher.« Als Viggo aufstand, sah sie, dass sein weißer Kittel dem der Restauratoren an der Kunstakademie ähnelte. »Willkommen in meiner Welt«, fügte er mit ausgebreiteten Armen hinzu.

Er wies auf die schwach beleuchteten Bereiche rechts

und links von ihnen, über denen je eine Galerie verlief. Anders als oben, wo die Welt in das graue Winterlicht getaucht war, hatte hier alles einen warmen bernsteinfarbenen Schimmer. Alle paar Meter waren altmodische Leselampen an den Wänden angebracht, und jeweils in der Mitte jedes Flügels verlief eine Flucht hoher, antiker Eichenregale. Nach jedem vierten Regal lud ein kleiner Tisch mit Stuhl und Lampe zum Lesen ein.

Es fehlten nur noch ein Hund, ein Teppich und ein Kamin, fand Darcy. Allerdings war es auch so schon angenehm warm – vermutlich wurde die Temperatur konstant gehalten. Sie konnte sich gut vorstellen, nie wieder von hier wegzugehen. Sie liebte den Geruch von altem Papier und alten Büchern, aber auch von Möbelpolitur und Kaffee und … Apfelkuchen?

»Das ist mein persönliches Oval Office«, sagte Viggo.

Darcy lächelte. »Ein absoluter Traum.«

»Manche bekommen Platzangst hier unten.«

»Ich nicht. Es ist perfekt.«

Er lächelte erfreut. Sie lagen eindeutig auf einer Wellenlänge. »Ich habe gerade Wasser gekocht. Möchten Sie auch einen Kaffee?«

»Sehr gern, danke.«

Sie schaute zu, wie er zu einem Tischchen neben einem Waschbecken ging, dessen Kupferrohre vor der alten Backsteinmauer verliefen. Er gab je einen Löffel löslichen Bio-Kaffee in große Becher, von denen der eine einen angeschlagenen Rand hatte, goss das heiße Wasser darüber und reichte Darcy den Becher, der ganz war. »Kommen Sie, ich führe Sie herum und zeige Ihnen, wo alles ist.«

Sie begannen mit dem Ostflügel, wie er es nannte.

»Die Temperatur wird um der gleichbleibenden Luftfeuchtigkeit willen konstant bei einundzwanzig Grad gehalten. In diesem Teil sind alle Künstler der Sammlung untergebracht, deren Nachnamen mit einem Buchstaben zwischen A und K beginnen – also Anna Ancher bis P. S. Krøyer. In diesem Inventarverzeichnis …« – er zeigte auf ein großes, ledergebundenes rotes Buch auf einem Schreibtisch – »… sind alle Künstler in alphabetischer Reihenfolge aufgeführt, und in den Regalen finden sich chronologische Verweise. Natürlich gibt es über manche mehr Material als über andere. Krøyer füllt zum Beispiel ein komplettes Regal aus, während Carl Bille nur eine einzige Ablagebox hat.«

»Ach so, dann beherbergt die Sammlung nicht nur Werke von Johan Trier?«

»Nein, keineswegs. Die Stiftung wurde zwar in der Absicht gegründet, alle seine Arbeiten zusammenzutragen – jedenfalls so weit wie möglich, einige Werke befinden sich in Privatsammlungen oder öffentlichen Einrichtungen –, aber im Lauf der Jahre haben wir unser Leistungsspektrum auf Triers Zeitgenossen ausgeweitet. Wir sind auf dänische Künstler nach 1920 spezialisiert.«

»Hm.« Darcy biss sich nachdenklich auf die Unterlippe. »Dann finde ich bei Ihnen womöglich gar nicht, was ich brauche. Mich interessiert Triers Quellenmaterial vor 1922. Ich hoffe zwar, dass ich den Zeitraum auf 1920–22 eingrenzen kann, aber eventuell muss ich weiter zurückgehen.«

»Das ist überhaupt kein Problem. Trier ist eine Ausnahme. Sie wissen wahrscheinlich, dass die Mitglieder der Familie Madsen seine Mäzene waren?«

»Ja, das ist mir bekannt.«

»Deshalb werden Sie weltweit nirgendwo umfangreicheres Material über ihn und seine gesamte Schaffensperiode bis zu seinem Tod 1974 finden als hier. Wenn wir es nicht haben, existiert es höchstwahrscheinlich nicht.«

»Puh, das ist gut zu wissen!«

»Trier ist die Hauptattraktion hier, alle anderen sind nur Nebenfiguren.«

Darcy nickte. »Da bin ich ja beruhigt.« Als sie den Blick durch den Raum wandern ließ, bemerkte sie, dass etwas fehlte. »Äh, ich sehe gar keine Computer …«

»Es gibt nur einen einzigen, ganz hinten, gleich um die Ecke«, sagte Viggo und zeigte auf das am weitesten entfernte Regal. Darcy ging darauf zu. »Ich bin dabei, alles einzuscannen und zu digitalisieren, aber das dauert.«

»Kann Ihnen denn niemand dabei helfen?«

»Doch«, antwortete Viggo lächelnd. »Aber seit dem Tod meiner Frau vor acht Jahren ist das hier meine ganze Welt – und für mich der Grund, morgens aufzustehen. Hätte ich einen Nine-to-five-Job ohne jeden Druck, wäre ich innerhalb von vier Wochen tot.«

»Das mit Ihrer Frau tut mir leid. Aber es freut mich, dass Ihre Arbeit Sie ablenkt.« Darcy schaute um die Ecke und musste grinsen, als sie den riesigen Dokumentenstapel auf dem kleinen Schreibtisch sah. »Zumal Sie so viel davon haben! Anscheinend gefällt es Ihnen, Berge zu versetzen.«

»Stimmt. Aber das alte System funktioniert einwandfrei, wissen Sie. Alles wurde von Hand erfasst, und im Inventarverzeichnis finden Sie eine kurze Beschreibung jedes Exponats und seinen Standort im Hochregal. Sie müssen also nicht erst dreißig Kisten durchwühlen, wenn Sie zum Beispiel ein ganz bestimmtes Foto suchen. Werfen Sie einen Blick hier rein …« – er tippte auf das rote Bestandsbuch – »… und es wird Ihnen sagen, wo Sie es finden.«

»Analog. Das gefällt mir. Meine Güte, das muss eine Mammutaufgabe für denjenigen gewesen sein, der das alles ursprünglich dokumentiert hat.«

»Harald Morgensen, mein Vorgänger.« Viggo nickte. »Ja, das war in der Tat eine enorme Aufgabe. Als Frederik Madsen die Stiftung ins Leben rief, wurde Harald mit der Archivierung der kompletten Kunstsammlung der Familie beauftragt. Dabei handelte es sich nicht nur um Werke Triers und die der Vertreter des Modernen Durchbruchs – die Madsens waren auch leidenschaftliche Sammler von Skulpturen und Möbelstücken.«

Er zeigte auf die Regale an den Wänden hinter ihr, in denen sich neben Gefäßen und Vasen auch Holzschnitte befanden. Auf den Glasböden der Vitrine darunter standen Tonbüsten, allem Anschein nach Fischer in ihren Südwestern. Nur einer trug keinen Hut; kurze Locken bedeckten seinen Kopf. Der Blick der Männer war starr, aber der Ausdruck auf ihren Gesichtern war meisterhaft eingefangen worden.

»Die sind wunderschön«, murmelte Darcy und ging in die Hocke, um sie besser betrachten zu können. »Von wem sind sie?« Am Halsansatz einer Büste konnte sie die Initialen A. S. erkennen.

»Höchstwahrscheinlich von Anna Saalbach.«

»Anna Saalbach? Noch nie gehört.«

Ein überraschter Ausdruck huschte über Viggos Gesicht. Es fühlte sich an, als hätte man ihr ein Gummiband gegen die Haut geschnippt. Dabei war sie so stolz auf ihr umfassendes Wissen! Sie kannte praktisch alle bedeutenden – und auch die weniger bekannten – dänischen Künstlerinnen jener Epoche.

»Äh, Anna?« Viggo räusperte sich und legte einen Moment den Zeigefinger an die Lippen. »Das geht den meisten so. Die Madsens haben die komplette Sammlung gekauft. Meines Wissens ist sie nie ausgestellt worden.«

Darcy sah ihn verwundert an. »Und warum werden ihre Arbeiten dann nicht in den Galerien oben gezeigt?«

»Es besteht kein Interesse. Sie ist, äh, unbekannt, Tonbüsten sind nicht mehr in Mode, und es gibt so viele andere Künstler, bei denen es sich lohnt, sie auszustellen. Die Madsens waren leidenschaftliche Sammler. Obwohl wir den Bestand in wechselnden Ausstellungen zeigen, fehlt uns einfach der Platz. Und Saalbach hat bei ihren Sujets nicht gerade auf Abwechslung gesetzt«, fügte Viggo mit einem vielsagenden Blick auf die Tonbüsten hinzu.

»Das stimmt allerdings.« In der Vitrine wurden auch einige kleinere Objekte aufbewahrt, hauptsächlich Werkzeuge, wie man sie in jedem Garten fand: eine Schubkarre, ein Spaten, eine Pflanzschaufel. Nichts Revolutionäres. Bei näherer Betrachtung fiel ihr auf, dass die Büsten alle Variationen des gleichen Themas waren.

»Die Figuren haben alle das gleiche Gesicht.«

Viggo nickte. »Vielleicht war nur ein einziger Fischer bereit, Modell für sie zu sitzen.«

»Oder aber es war ein *sehr* kleines Fischerdorf.«

Er lachte leise. Dann ging er zurück und weiter in den Westflügel. Darcy folgte ihm.

»Wie Sie sehen, ist die Anordnung die gleiche wie drüben. Die Künstler von M bis Z in den Regalen und ganz hinten …« – er zeigte auf einen durch Gitter abgeteilten Bereich – »… der Überschuss.«

Darcy schlenderte hinüber und warf einen Blick auf die gerahmten Gemälde an den Metallgittern der deckenhohen Rollregale. Sogar von hier aus konnte sie eine Marie Sandholt erkennen, die ihres Wissens seit einer Ausstellung in den 1970er-Jahren nicht mehr gezeigt worden war.

»Dort drin befinden sich über einhundertachtzig Gemälde. Vorwiegend unbedeutendere Werke und solche, die restauriert werden müssen.«

Darcy betrachtete das Schloss an der Tür. Es war ein altmodisches, das mit einem Schlüssel geöffnet wurde, kein hochmodernes elektronisches. Garantiert gab es auf TikTok eine Anleitung, wie sie das Schloss mit einer Haarnadel in maximal einer Minute öffnen konnte.

Viggo lächelte, als könnte er ihre Gedanken lesen. »Keine Sorge, das Sicherheitssystem oben ist vom Allerfeinsten. Wer hier runterwill, muss als Erstes die Infrarot-Laser-Lichtschranken überwinden. Außerdem gibt es einen Sicherheitsdienst mit Hunden, der von sieben Uhr abends bis sieben Uhr morgens seine Runden dreht. Ganz abgesehen davon ist hier unten sowieso nichts, das zu stehlen sich lohnen würde. Die wertvollen Dinge befinden sich alle oben.«

»Das mit der Security ist beruhigend. Für den Fall, dass ich bis spätnachts arbeite.« Darcy wandte sich wieder ihm zu, während sie an ihrem Kaffee nippte, der altmodisch einfach, aber gut war. Sie sah Viggo an. »Ich finde das alles schrecklich aufregend. Ich komme mir vor wie in Aladins Höhle.«

»Nun, dann betrachten Sie mich als Ihren Dschinn. Ihr Wunsch sei mir Befehl. Was immer Sie brauchen, ich werde es finden. Gibt es etwas Spezielles, mit dem Sie anfangen möchten?«

»Ich brauche einfach alles über Johan Trier aus der Zeit bis 1922, ganz egal, was es ist.«

Viggo nickte. »Er belegt eineinhalb Regale«, sagte er, ging zur Mitte der Gestelle und legte die Hand auf eine der Aufbewahrungsboxen. »Er fängt hier an – T(ii) –, geht bis ganz ans Ende und dann auf der anderen Seite zurück bis etwa zur Hälfte von T(iii).«

Darcy ließ den Blick über die großen Kisten wandern, die vom Fußboden bis zur Decke gestapelt waren. »Okay.«

»Die alphabetische Anordnung wird in Unterkategorien A(i), A(ii) und so weiter unterteilt. Die Regale sind in vertikale Einheiten gegliedert, die Ablageflächen werden von oben gezählt, und die Objekte befinden sich in den nummerierten Kästen auf der jeweiligen Ablage.«

»Okay«, sagte Darcy noch einmal. Während Viggo alles erklärt hatte, war ihr Blick seinen Worten gefolgt und über das Regalsystem gehuscht. So weit, so nachvollziehbar.

»Also. Trier wurde 1895 geboren, aber die frühesten Briefe und Tagebücher, die wir von ihm haben, stammen aus dem Jahr 1915, wenn ich mich nicht irre.«

Darcy beobachtete, wie er zum Schreibtisch ging, das Inventarverzeichnis aufschlug, geübt darin blätterte und schließlich mit dem Finger auf der Seite nach unten fuhr.

»Da … Regal T(ii), Fach fünf, Ablage drei. Box neun.«

Darcy folgte seinen Anweisungen: Fach fünf, dritte Ablage von oben, Box …?

»Neun«, sagte Viggo, der neben sie getreten war, in der einen Hand das Inventarverzeichnis, in der anderen einen kleinen Block Post-its. »Hier, kleben Sie einen Zettel auf die Box, dann wissen Sie, wo Sie angefangen haben.«

Darcy tat es, während Viggo wieder im Verzeichnis nachschlug. »Und 1922 endet … Regal T(iii), Fach elf, Ablage fünf, Box zwei.«

Als sie es gefunden hatte, klebte sie auch auf Box zwei ein Post-it.

Viggo lächelte. »So, jetzt haben Sie Ihren vorläufigen Suchbereich. Ganz einfach, oder?«

»Ich hoffe es«, antwortete sie grinsend.

Ihr war völlig klar, dass in jeder Box zehn Tagebücher, hundert Briefe oder tausend Fotos beziehungsweise Dias eingelagert sein konnten. Die Suche könnte Wochen, wenn nicht Monate dauern! Natürlich wäre es auch möglich, dass sie gleich im ersten Ablagekasten fündig wurde, aber irgendwie glaubte sie das nicht.

»Sind die Leute von der Security nett?«, fragte sie und sah ihn spitzbübisch an.

Viggo lachte. »Nicht *so* nett, dass Sie nach sieben noch hierbleiben könnten. Ich bin an meinem Schreibtisch, falls Sie mich brauchen. Auf jedem Tisch ist ein Glöckchen, damit Sie nicht schreien müssen.«

Ein Glöckchen. Darcy schaute ihm lächelnd nach. Ja, das war definitiv oldschool.

»Sie haben das Match aufgelöst?«

Erschrocken schaute Darcy auf. Sie war so in ihre

Arbeit vertieft gewesen und hatte sich so sehr an Viggos gedämpftes Schlurfen im Hintergrund gewöhnt – er hatte ihr alle paar Stunden einen Kaffee gebracht –, dass sie die sich nähernden energischeren Schritte gar nicht registriert hatte.

Am Ende des nächsten Hochregals lehnte Max und sah sie prüfend an. Er trug einen marineblauen Anzug, und der oberste Knopf seines hellblauen Hemds stand offen. Auf einmal kam sich Darcy in ihren Boyfriend-Jeans, den gelben Sambas und dem dunkelblauen Pulli völlig underdressed vor. Ihre Haare hatte sie zu einem verwuschelten Knoten zusammengefasst. Nichts erinnerte mehr an ihren glamourösen Auftritt von gestern Abend. Hätte sie auch nur geahnt, dass sie Max hier und heute wiedersehen würde, hätte sie wieder das verdammte Kleid angezogen. Hätte sie auch nur geahnt, dass sie ihn *irgendwann* wiedersehen würde, hätte sie den ganzen Tag sehr viel bessere Laune gehabt.

Endlich fand sie ihre Stimme wieder. »Ich hätte nicht gedacht, dass Ihnen das auffällt«, sagte sie und wünschte, er würde nicht so unglaublich gut aussehen. »Besonders gesprächig sind Sie online nicht gerade – und gestern Abend hatten Sie es ja furchtbar eilig.«

Er presste unmerklich die Lippen aufeinander und kniff die Augen ein wenig zusammen. »Ich kann mir etwas Schöneres vorstellen, als das fünfte Rad am Wagen zu sein.«

Etwas Schöneres? Und das wäre?

»Gutes Date?«, fragte er.

»Ja, ganz nett.«

»Ganz nett?«

Sie zuckte mit den Schultern. »Und Ihres?«

Sie wollte lieber nicht darüber nachdenken, was er mit seinem Date gemacht hatte, was *sie* mit ihrem *nicht* gemacht hatte. Seine Raya-Bio ließ keinen Zweifel daran, worauf es ihm ankam. Auf Romantik jedenfalls nicht. Jede Frau wusste sofort, woran sie mit ihm war, und Darcy vermutete, dass nicht wenige sich begeistert darauf einließen.

Wieder kniff er die Augen minimal zusammen, als ihm klar wurde, dass sie sein Telefonat mit angehört hatte.

»Ihr fester Freund?«, antwortete er mit einer Gegenfrage.

»Warum, bitte schön, sollte ich mich bei einer Dating-App registrieren, wenn ich einen festen Freund habe?« Sie hielt seinen Blick für einige Sekunden fest und fragte sich, was an ihm sie so aggressiv, provozierend, kratzbürstig machte. Sie spürte, dass er innerhalb streng kontrollierter Grenzen agierte, und aus irgendeinem Grund reizte es sie, diese Grenzen auszutesten. Sie wollte wissen, wie weit sie gehen konnte.

Wieder nahm sie diese intensive Spannung zwischen ihnen wahr. Sie wandte den Blick ab. Irgendwie hatte sie das Gefühl, dass er ihre Gedanken lesen konnte und wusste, wie scharf sie auf ihn war.

»Was machen Sie eigentlich hier?«, fragte sie, um davon abzulenken.

Wollte er sie auf einen Drink einladen?

Bei der Vorstellung überlief sie ein erregtes Prickeln. Erik hatte ihr den ganzen Tag Nachrichten geschickt – er wollte heute Abend unbedingt mit ihr essen gehen, bevor er nach Dubai reiste –, aber sie wusste, es wäre amüsanter, mit Max in einer Pfütze zu stehen, als mit Erik schick essen zu gehen.

»Ich arbeite hier, schon vergessen? Ich dachte, ich schau mal, ob Sie auch alles haben, was Sie brauchen.«

Oh.

»So weit, so umfangreich«, erwiderte sie und lehnte sich zurück. In den sechs Stunden, die sie hier war, hatte sie sich gerade einmal durch eineinhalb Kisten gearbeitet. Blieben noch sechsundfünfzig. »Viggo ist ganz fantastisch.«

»Er ist der Beste. Die Nationalgalerie versucht seit zehn Jahren, ihn abzuwerben. Zum Glück ist er sehr loyal.«

»Schön.« Ging es wirklich noch ums Berufliche?

Wieder schaute sie ihm in die Augen, wieder überkam sie dieses animalische Verlangen. Was immer zwischen ihnen war, es ließ sich nicht leugnen. Oder? Fühlte er es auch? Hatte er auch den ganzen Tag an sie gedacht, so wie sie an ihn, oder machte sie sich nur etwas vor?

Sooft sie den Kopf hob und aus dem Jahr 1918 in die Gegenwart zurückkehrte, spulte sich vor ihrem inneren Auge die Szene vom gestrigen Abend ab, und sie erinnerte sich wieder daran, wie es sich angefühlt hatte, seine Hand in ihrem Kreuz zu spüren. Obwohl sie ihn praktisch nicht kannte, hatte sie ihn vermisst.

Etwas in seinem Blick veränderte sich.

»Tja, also …« Er räusperte sich. »Da wir uns in nächster Zeit öfter hier begegnen werden, halte ich es für besser, wenn wir von einer persönlichen Beziehung Abstand nehmen.«

Darcy starrte ihn an. Sie war selbst überrascht, wie enttäuscht sie war. Sekundenlang brachte sie kein Wort heraus. Ihre Wangen brannten und verrieten wahrscheinlich die Gefühle, die sie so verzweifelt zu unterdrücken versuchte.

»Und um mir das zu sagen, sind Sie hergekommen?«

»Ja.«

»Obwohl ich das Match bereits aufgelöst hatte?«

Zum ersten Mal schien er in der Defensive zu sein. »Ich möchte nur Missverständnisse vermeiden. Unsere Kontaktaufnahme war privat, aber jetzt haben wir beruflich miteinander zu tun, und deshalb …« – er senkte den Blick auf ihren Mund – »… sollten wir uns entsprechend verhalten.«

Sie zögerte. Es war, als würde sie ihn wieder die Treppe hinuntergehen sehen, weg von ihr.

»Kein Problem«, sagte sie so trocken wie möglich. »Ich habe sowieso nicht damit gerechnet, Sie noch einmal wiederzusehen. Ich erwarte rein gar nichts.«

Er nickte. »Gut.«

Er sah sie unverwandt an. Es sah aus, als würde er überlegen, noch etwas hinzuzufügen, oder darauf warten, dass sie noch etwas sagte. Doch dann straffte er sich.

»Tja, also viel Glück«, wünschte er. »Bei Rask sind Sie in den besten Händen.«

»Ja. Danke.«

»Bis dann.«

»Bis dann, Max.«

Was für ein herber Schlag ins Kontor.

Darcy schaute ihm nach. Eine unerklärliche Panik stieg in ihr auf, als sie ihn weggehen sah. Schon wieder! Es war, als würde der Sauerstoff aus dem Raum gesaugt werden.

»Merkwürdig«, murmelte Viggo, der neben sie getreten war, während der unerwartete Besucher die Treppe hinaufstieg. »Er ist noch nie hier heruntergekommen.«

»Nein?«

»Nein. Die Büros der Geschäftsführung sind in der Stadt.« Der alte Mann musterte Darcy besorgt. »Ist alles in Ordnung?«

»Wie meinen Sie das?«

»Na ja, er steht im Ruf, seinen Willen durchzusetzen. Er hat Sie doch nicht bedrängt, oder? Dieser sensationelle Fund setzt natürlich alle unter ganz gewaltigen Druck.«

»Ja, in der Kunstakademie, aber doch nicht in der Stiftung Madsen. Die betrifft es doch nicht.«

Viggo lächelte. »Alles, was mit Johan Trier zu tun hat, betrifft die Stiftung. Wir betrachten ihn quasi als unser Eigentum. Und Max Lorensen mehr als jeder andere.«

Darcy schwieg einen Augenblick. »Das verstehe ich nicht. Mir hat er erzählt, dass er Firmenanwalt ist.«

»Ist er auch. Er ist ein großes Tier bei Madsen Holdings, der Muttergesellschaft, er ist aber auch der Vorsitzende des Kuratoriums der Stiftung. Er plant die Erweiterungen der Galerie und kümmert sich um Markenpartnerschaften, Sponsoren, Anschaffungen …«

»Das ist aber eine große Aufgabe für einen so jungen Mann.«

»Er ist zweiunddreißig, also so jung auch wieder nicht. Und wie gesagt: durchsetzungsfähig. Er weiß, wie man einen Treffer landet. Lassen Sie sich nicht von ihm schikanieren.«

»Nein, bestimmt nicht«, erwiderte sie leise.

Sie hatten nicht einmal ein Date gehabt, und trotzdem machte er sich solche Umstände, um sie abzuservieren. Hatte das etwas zu bedeuten?

6. Kapitel

»Ich kann nicht glauben, dass du es dir anders überlegt hast.« Erik lächelte ihr über den Restauranttisch hinweg zu. Bestimmt wusste er nicht, wie gut er im Kerzenschein aussah. »Ich hatte die Hoffnung schon aufgegeben.«

»Tut mir leid, ich wollte dich nicht hinhalten. Es war einfach ein harter Tag«, entgegnete Darcy und bemühte sich, ein wenig Energie für das Treffen aufzubringen. »Ich war mir nicht sicher, ob ich eine angenehme Gesellschaft sein würde.«

»Das wärst du sogar in einem klösterlichen Schweige-Retreat.«

Sie lächelte. »Das ist nett, danke.«

Er zuckte mit den Schultern. »Ich bin bloß froh, dass das der Grund für dein Zögern war und nicht etwas, was ich gestern Abend gesagt oder getan habe.«

»Nein, nein, natürlich nicht!«, versicherte sie hastig und setzte eine verwirrte Miene auf, als sei der Gedanke völlig abwegig.

»Gut. Ich fand's nämlich wirklich schön mit dir. Deshalb wollte ich dich auch unbedingt wiedersehen.«

»Ja, es war richtig nett. Ich war noch nie im Brønnum.«

»Hat es dir gefallen? Wenn ich zurück bin, gehen wir ins Bazaar. Das ist sogar noch besser.«

»Ehrlich?« Sie schluckte kräftig. Sie langweilte sich jetzt schon. Die Unterhaltung kam ihr so nichtssagend und seicht vor, ganz anders als das Gespräch mit Max. Zwar hatten sie nur wenige Worte gewechselt, doch in denen hatte vieles unterschwellig mitgeschwungen.

»Die Warteliste für eine Reservierung ist lang – zehn Monate! Vor Kurzem haben sie sogar Brooklyn Beckham und seine Frau abgewiesen.«

»Oh.« Darcy fuhr sich mit beiden Händen durch die Haare, aber selbst der beste Schaumfestiger war machtlos gegen einen Tag ohne Sonnenschein. Sie hoffte nur, dass sie nicht so abgekämpft aussah, wie sie sich fühlte. In den zehn Stunden im Archiv hatte sie phänomenale drei Kisten geschafft. »Und wie kommen *wir* dann rein?«

»Mein Vater ist mit dem Besitzer befreundet, ich kriege immer einen guten Tisch.«

»Ist dein Vater in der Gastronomie tätig?«

»Nein.« Er lachte amüsiert. »Dein Dänisch ist zwar ausgezeichnet, aber man merkt, dass du nicht von hier bist, sonst wüsstest du, wer mein Vater ist.«

»So?«

»Ja, er ist hier ein bekannter Mann. Er hat vor fünfundzwanzig Jahren ein Bauunternehmen gegründet und allein im letzten Jahr einen Umsatz von einhundertfünfundzwanzig Millionen Kronen gemacht. Er hat mit nichts angefangen, und heute unterstützt er die Venstre, die Liberale Partei, mit Spenden, kennt alles, was Rang und Namen hat, wird von allen geachtet und geschätzt. Und mich bereitet er darauf vor, das Ruder zu übernehmen, wenn er sich in ein paar Jahren zur Ruhe setzen wird.«

»Verstehe.« Ganz offensichtlich erwartete er Bewunderung für seine guten Beziehungen und die seines Vaters, aber Darcy rollten sich die Zehennägel hoch bei diesen lässig dahingeworfenen Anspielungen. Ihr Vater unterrichtete Geografie in der Oberstufe, und ihre Mutter arbeitete am Praxis-Empfang eines Allgemeinmediziners im heimatlichen Berkshire. Sie war genauso stolz auf ihre Eltern wie er auf seinen Vater, aber für Erik waren das vermutlich keine bewundernswerten Tätigkeiten. Für ihn zählten Geld und Status. Die Wahl seiner Frauen spiegelte seine hohe Meinung von sich selbst wider. Wahrscheinlich sollte sie das als Kompliment sehen. »Das hört sich nach einer großartigen Chance für dich an.«

Erik zuckte mit den Schultern. »Mein Vater ist eben ein unglaublicher Mann.«

Darcy nippte an ihrem Wein und verdrängte den Gedanken an ihren eigenen Vater. Wäre er enttäuscht, wenn er sie hier mit diesem verwöhnten großen Kind sitzen sähe?

»Das Ding in Dubai ist mein erster Alleingang.« Erik lehnte sich zurück und legte die Fingerspitzen aneinander. »Ich habe das Angebot erstellt, den Zuschlag bekommen, und jetzt fliege ich hin, um mit dem Kunden die Details auszuarbeiten. Es geht um neunzig Millionen AED.«

»Du meine Güte.« Sie wusste nicht recht, wie sie auf diese Prahlerei reagieren sollte. »Das sind eine Menge Dirham.«

Er schien überrascht, dass sie die Währung der Vereinigten Arabischen Emirate kannte. »Warst du schon mal dort?«

»In Dubai? Nein.« Sie schüttelte den Kopf. »Aber auf dem Weg nach Bali hab ich mal einen Zwischenstopp in Doha eingelegt.«

»Dort ist es auch wunderschön. Schon der Flughafen ist sensationell.« Er heftete den Blick auf sie, als er fortfuhr: »Wer weiß, wenn das mit uns weiter so gut läuft, könntest du mich bei meinem nächsten Trip begleiten. Ich könnte dir die Sehenswürdigkeiten zeigen«, fügte er augenzwinkernd hinzu.

»Nein, nein, das ist nicht nötig.«

Sein selbstgefälliger Gesichtsausdruck fiel in sich zusammen. Vielleicht war das doch zu deutlich gewesen?

»Ich meine, wenn es sich um eine Geschäftsreise handelt, musst du dich doch auf die Arbeit konzentrieren«, schob sie hastig hinterher.

»Keine Bange, es ist für beides Zeit – für Arbeit *und* Vergnügen. Wir hätten bestimmt eine Menge Spaß.«

Er sah ihr bei dieser plumpen Anspielung in die Augen, und Darcy rang sich ein Lächeln ab. War das nicht der Grund für ihre Verabredung – dass sie beide etwas Unverbindliches suchten? Sie jedenfalls wollte so schnell keine neue Beziehung. Außerdem war Erik ein attraktiver Mann – die Blicke der Frauen, die an ihrem Tisch vorbeigingen, entgingen ihr nicht.

Gut, auf rein persönlicher Ebene passten sie nicht zusammen, aber war das wirklich ein Problem? Sie war hier, um Spaß zu haben, das hatte Freja ihr ausdrücklich befohlen.

Trotzdem …

»Das ist, ehrlich gesagt, nicht mein Ding.« Sie hörte selbst, wie abweisend sie klang.

Eine kurze Pause. »Und warum nicht?«

»Na, sieh dir doch bloß die Leute dort an – lauter Ölbarone, Bauunternehmer, TikToker, Influencer und *Love-Island*-Typen. Dort ist alles so auf Hochglanz poliert, und mein Leben ist … staubiger.«

»Staubiger?«

»Ja. Seien wir doch mal ehrlich: Das ist nicht gerade der natürliche Lebensraum für eine studierte Kunsthistorikerin. Mein Gebiet sind die Toten. Tote Künstler. Jahrhundertealte Gemälde. Ein Unterschied wie Tag und Nacht.« Jedes Wort stellte eine Zurückweisung dar. Sie hörte es selbst und konnte doch nicht aufhören. Er hatte etwas an sich, was sie dazu brachte, ihn wegzustoßen. »Es sei denn, all die wunderschönen Menschen in deinen glänzenden Wolkenkratzern möchten sich ein paar alte Meister an die Wand hängen. Dann könnte ich ihnen meine Dienste als Kunstberaterin anbieten.«

Es war nur eine dahingeworfene Bemerkung, aber Eriks Gesichtsausdruck wandelte sich von misstrauisch zu hoch konzentriert. »Das könnte ein einträgliches Geschäft sein. Ich kenne eine Menge vermögender Leute, die nach Wegen suchen, ihr Geld loszuwerden. Jemand wie du könnte da richtig abkassieren.«

»Jemand wie ich?«

Er nickte. »Ja. Ich könnte mir vorstellen, dass die Bezahlung in der akademischen Welt nicht so toll ist, oder?«

Darcy schluckte. »Verglichen mit der eines Baulöwen wahrscheinlich nicht, nein.«

In diesem Augenblick trat der Kellner an ihren Tisch. Froh über die Ablenkung, wandte sie den Blick ab. Ein scharfer Unterton hatte sich in die Unterhaltung geschlichen, und das war ganz allein ihre Schuld. Erik versuchte zu flirten, und sie blockte ihn andauernd ab.

»Haben Sie schon gewählt, Mr Rasmussen?«

»Ja, danke, Oscar. Wir nehmen das Chateaubriand und eine Flasche Puligny-Montrachet.«

»Sehr wohl, Sir.« Der Kellner klappte die Speisekarten zu und wandte sich zum Gehen.

»Oh, aber …« Darcy hätte gern die Trüffelpasta gegessen. Ungläubig schaute sie dem Kellner hinterher, der davoneilte, ohne sie auch nur eines Blickes zu würdigen.

»Du wirst es *lieben*, glaub mir«, sagte Erik im Brustton der Überzeugung und lehnte sich zurück. »Ich bin hier noch nicht ein einziges Mal enttäuscht worden.«

Darcy konnte ihm ansehen, was für eine Genugtuung ihm diese Machtdemonstration bereitete. Hatte er gefragt, ob sie Chateaubriand überhaupt mochte? Oder ob sie Vegetarierin war? Nein, hatte er nicht.

Sie unterdrückte ihren Ärger. »So? Dann kommst du wohl öfter hierher.«

»Es ist eins meiner Lieblingsrestaurants. Ich mag die angenehme Atmosphäre, und außerdem wohne ich gleich um die Ecke …«

Ein weiterer vielsagender Blick. Er hatte zwar das Feingefühl eines Vorschlaghammers, aber Darcy war ohnehin klar, dass mit diesem zweiten Date gewisse Erwartungen verknüpft waren. Sobald das Essen serviert wäre, würde er mit seinem Knie unter dem Tisch gegen ihres stoßen, sich zu ihr beugen und immer öfter ihre Hand berühren. Spätestens beim Nachtisch musste sie ihre Entscheidung getroffen haben.

Sie betrachtete ihn und versuchte sich einen Ruck zu geben. Er unterstrich seine Worte mit den Händen, stellte häufig Blickkontakt her und hatte stets eine Anekdote parat. Er war weder so witzig noch so clever, wie er dachte, aber er war sympathisch.

Sympathisch genug für eine Nacht.

Das kriegte sie schon hin, oder?

»Erzähl mir von dem Kerl, der dir das Herz gebrochen hat«, forderte er sie auf, wobei er sie eindringlich ansah. Das schien Teil seiner Verführungsstrategie zu sein.

»Wie bitte?«

»Als ich dich gestern Abend nach deiner letzten Beziehung gefragt habe, hast du beiläufig erwähnt, dass er dich betrogen hat.«

Darcy verdrehte die Augen. »Ja, aber er hat mir nicht das Herz gebrochen!«

»Wirklich nicht? Du hast gesagt, dass es dein erstes Date seit Wochen ist. Seit eurer Trennung.«

»Ja, aber nur, weil ich keine Lust mehr habe, angelogen zu werden. Ich habe weder die Energie noch die Zeit für solche Spielchen. Das ist so … ermüdend.«

»Dann ist es schon mal passiert?«

»Ich date Männer. Natürlich ist es schon mal passiert.«

»Autsch.« Er verzog schmerzlich das Gesicht bei dieser sarkastischen Bemerkung, aber sie sah die Genugtuung in seinem Blick. »Nun, dann möchte ich mich im Namen meiner Geschlechtsgenossen entschuldigen. Aber du weißt hoffentlich, dass nicht alle Männer so sind.«

»Ehrlich gesagt ist mir das egal. Wer mit mir ausgeht, kann sich ruhig auch mit anderen treffen. Ich suche im Moment nichts Festes.«

Er zog die Brauen hoch. »Du bist nicht auf der Suche nach Liebe?«

»Keine Zeit.«

»Ach, komm schon! Dafür hat doch jeder Zeit. Liebe macht das Leben lebenswert.«

»Bei mir ist das nicht so. Ich bin sechsundzwanzig und war noch nie verliebt, und das ist völlig in Ordnung.«

»Du willst keinen Ehemann, keine Kinder?« Er war sichtlich fassungslos.

»Später vielleicht«, erwiderte sie schulterzuckend. »Ich habe meine Freunde, meine Familie, und meine Karriere ist mir im Moment wichtiger als irgendein Mann.«

»Hm.« Mit einem rätselhaften Lächeln auf den Lippen griff er nach seinem Drink.

»Was? Was gibt's da zu grinsen?«

Er nahm einen langsamen Schluck, setzte sein Glas ab und sah wieder Darcy an.

»Das nehme ich dir nicht ab. Frauen sagen immer, dass sie nichts Festes suchen, und doch ist es so. Warum sonst würden sie sich auf einer Dating-App anmelden?«

»Um ein bisschen Spaß zu haben«, entgegnete sie gereizt. »Genau wie du.«

»Ach so! Deshalb bist du hier? Weil du mich benutzen willst – als Spielzeug?« Er stieß sie unter dem Tisch leicht mit dem Knie an.

»So würde ich es nicht ausdrücken.« Sie hasste seine versteckten Anspielungen, diese gezwungene, plumpe Komödie, die sie spielten. »Mir geht es um das ganze Drum und Dran, um die Unterhaltung, das Essen … Darum, ein bisschen mehr von dieser wunderbaren Stadt zu sehen, in der ich ein Jahr lang zu Hause sein werde. Darum, neue Menschen kennenzulernen.« Sie sah ihn an. Dieses Gespräch rechtfertigte den Mitgliedsbeitrag keineswegs. »Und nur fürs Protokoll: *Ich* habe mich nicht bei der App angemeldet – das war meine Mitbewohnerin. Sie wollte, dass ich wieder unter Menschen komme.«

»Ah! Jetzt wird die Sache langsam interessant. Hat sie bei mir nach rechts gewischt, oder warst du das?«

Darcy blinzelte. »Das waren wir beide. Wir dachten beide, dass du nett aussiehst.«

Er warf den Kopf zurück und lachte. »Man hat mich schon vieles genannt, aber *nett* noch nie! Jetzt bin ich aber beleidigt!«

»So war das nicht gemeint.«

»War nur ein Witz.« Er beugte sich vor und berührte ihre Hand. Redeten sie aneinander vorbei? »Ich freue mich, dass du nach rechts gewischt hast – wer auch immer es war und warum auch immer. Offen gestanden finde ich es süß, dass du so bescheiden bist.«

»Bescheiden?«, echote sie verwirrt. Was für ein seltsames Wort in diesem Zusammenhang. Wieso war sie bescheiden?

»Ja. Du lässt es behutsam angehen. Du tust so, als wärst du nicht auf der Suche nach Liebe, damit man sich nicht unter Druck gesetzt fühlt.«

Darcy starrte ihn an. War er tatsächlich so schwer von Begriff, oder tat er nur so?

»Aber das ist mein Ernst!«, versicherte sie. »Meine Karriere ist mir wirklich wichtiger als alles andere.«

Wieder lachte er herablassend.

»Was ist daran so komisch?«

»Eine ewige Studentin zu sein, kann man wohl kaum als Karriere bezeichnen.«

Darcy traute ihren Ohren nicht.

»Ich bin Doktorandin und werde bald Professorin sein«, fauchte sie und riss ihre Hand zurück. »Eine anerkannte Expertin auf seinem Gebiet zu sein, betrachtest du nicht als Karriere? Oh, ich vergaß – woher sollst du das auch wissen, wo Daddy dir doch deine eigene Karriere auf dem Silbertablett serviert hat, zusammen mit den Schlüsseln für eine schicke Wohnung und einen protzigen Sportwagen!«

Sie verstummte abrupt. Die Leute an den Nebentischen starrten herüber, weil sie in ihrer Empörung laut geworden war. Ja, sie machte ihm eine Szene – na und? Sie hatte einfach keine Lust mehr auf diese Komödie.

Jetzt war auch er sauer, sie konnte es an seinen Augen erkennen. Sie hatte ihn in aller Öffentlichkeit gedemütigt. Doch das war ihr egal. Ihre Entscheidung war gefallen, noch bevor der erste Gang serviert worden war.

»Ich glaube, es ist besser, wenn wir den Abend beenden«, knurrte sie in die Stille hinein, die sich zwischen ihnen ausgebreitet hatte, und stieß ihren Stuhl zurück.

Ein panischer Ausdruck huschte über sein Gesicht. Wenn sie ihn jetzt einfach hier sitzen ließ …

»Clara, warte!«, platzte er heraus. Er hatte die Hände schon nach ihr ausgestreckt, doch seine Stimme erstarb, als er seinen Patzer bemerkte.

Sie schnaubte verächtlich. Nicht einmal ihren Namen konnte er sich merken.

»Ich fürchte, du verwechselst mich. Bitte keine weiteren Nachrichten oder Anrufe mehr, *Erik*«, sagte sie bissig.

Gesichter wandten sich ihr zu, und Blicke bohrten sich in ihren Rücken, als sie zum Ausgang eilte.

Sie warf ihren Mantel über, trat in die feuchte Nacht hinaus, lehnte sich an die Wand und atmete tief durch. Zwei Katastrophen an einem einzigen Tag!

Sie rieb sich übers Gesicht und ärgerte sich über sich selbst. Warum hatte sie nicht auf ihr Bauchgefühl gehört und war nach Hause gegangen?

Sie kannte die Antwort, sie hatte es nur nicht wahrhaben wollen.

Max' Zurückweisung hatte wehgetan, und sie hatte etwas gebraucht, um das zu kompensieren. Sie hatte sich sexy und begehrenswert fühlen, den Jagdinstinkt der Männer wecken wollen, aber nichts davon war eingetreten. Schlimmer noch: Nun sah sie sich mit der unbequemen Wahrheit konfrontiert, dass Max' Verhalten sie zu dieser Reaktion verleitet hatte. Gleichgültigkeit wäre die angemessene Antwort gewesen. Stattdessen hatte sie jetzt den Beweis dafür, dass Max Lorensen sie mitten ins Herz getroffen hatte – ob es ihr gefiel oder nicht.

7. Kapitel

»Und, irgendwelche Fortschritte?«, stieß Freja keuchend hervor und wich einem Labrador aus, der einen großen Stock im Maul trug und damit fast den gesamten Weg für sich beanspruchte.

Sie und Darcy joggten, wie jeden Samstagmorgen, durch den Park rund um das Kastellet. Für Darcy war die Aussicht auf das anschließende Frühstück die einzige Motivation, durchzuhalten.

»Nein, keine. Nada. Null. Das ist echt ätzend! Seit drei Tagen durchforste ich Triers Tagebücher und Briefe, und du glaubst nicht, was für eine Klaue er hat! Wie kann ein so begnadeter Maler eine so grauenvolle Handschrift haben?«

Freja kicherte. »Wie er wohl mit einer Pipette umgegangen wäre?«

»Wie eine absolute Niete, würde ich sagen! Der Mann war ein Chaot. Hat zu viel getrunken und war andauernd obdachlos, weil er aus Pensionen rausgeworfen wurde und dann an irgendeinem Strand schlafen musste.«

»Das klingt ganz nach meinem Ex. Jasper, der Musiker,

weißt du noch? Der mit dem Nasenring? Der sich Kakaopulver reinziehen wollte?«

»Ja, das waren lustige Zeiten«, bemerkte Darcy trocken. »Aber damals waren Maler die Rockstars ihrer Zeit, weißt du? Sie konnten sich wirklich alles erlauben. Ihre Kreativität hob die gesellschaftlichen Zwänge auf.«

»Dann haben sie wahrscheinlich auch ihre Frauen betrogen, oder?«

Darcy grinste. »Mit Sicherheit. In Triers Fall habe ich allerdings noch keinen Hinweis auf irgendwelche Beziehungen gefunden. Keine Liebesbriefe, keine heimlichen oder sonstigen Verabredungen. Aber er ging zu Prostituierten. Er führt sie sogar unter ›Ausgaben‹ auf.«

»Ha!«, schnaubte Freja belustigt. »Wieso überrascht mich das nicht?«

Sie sprangen über eine große Pfütze und landeten in perfektem Einklang auf der anderen Seite. Im Gleichschritt joggten sie weiter.

Darcy genoss die Bewegung an der frischen Luft. Das Laufen tat ihr gut, nach den langen Tagen am Schreibtisch, wo sie unzählige Skizzen, Belege, Landkarten und Abrechnungen von Triers Reisen durchgeblättert hatte. 1919 war er von Dänemark nach Paris gefahren, hatte dort einige der besten Kunstakademien besucht und hauptsächlich Akte gezeichnet. Von Frankreich war es nach Italien weitergegangen. Im März 1920 hatte er sich in Florenz aufgehalten, wo Kohle- und Bleistiftzeichnungen von Seidenwebern und Goldschmieden entstanden waren. Zu Ölfarben hatte er damals nur selten gegriffen.

Darcys Bauchgefühl sagte ihr, dass das Porträt nicht in diesem Zeitraum entstanden sein konnte. Der fünfundzwanzigjährige Künstler hatte noch nicht über die nötige Reife verfügt und war auf seinen Reisen eindeutig auf der Suche nach sich selbst und seinem Stil gewesen. Obwohl er technisch bereits brillant gewesen war und mit der Porträtmalerei begonnen hatte, die seinen späteren Gönner Bertram Madsen auf ihn aufmerksam machen sollte, waren sein Blick und seine innere Einstellung damals naiv. Darcy bezweifelte, dass er zu diesem Zeitpunkt imstande gewesen wäre, das Wesen dieser Frau zu erfassen. Immer noch lagen die feinen Details unter dicken Schichten verborgen, aber die Haltung der Frau, ihre ganze Ausstrahlung verriet eine Kunstfertigkeit, die der Johan Trier der frühen 1920er-Jahre definitiv nicht besessen hatte.

»Glaubst du, sie könnte eine sein? Die Frau auf dem Gemälde?«

»Eine Prostituierte? Nein, das glaube ich nicht. Er hat Damen der Gesellschaft gemalt.«

»Du meinst, so ähnlich wie John Singer Sargent?« Freja blickte selbstzufrieden drein, weil sie den Namen kannte.

Darcy grinste. »Ganz genau. Er hat sich nicht nur auf Gesicht und Figur konzentriert, sondern auch auf Kleidung und Frisur. Er hat sie als glamouröse, starke Frauen dargestellt. Als Herrscherinnen.«

»Vielleicht hat er das bei ihr ja auch gemacht. Sie nach einem Schäferstündchen gemalt, als der post-koitale Effekt noch anhielt.«

»So lange hätte der Effekt nicht angehalten«, erwiderte Darcy lachend. »Für ein Porträt sind mehrere Sitzungen erforderlich.«

»Und wenn er es ausnahmsweise in einer einzigen Sitzung gemalt hat?«

»Nicht auszuschließen, aber unwahrscheinlich. Der Farbauftrag scheint sehr dick zu sein, und zwischen dem Auftragen der einzelnen Schichten muss Zeit fürs Trocknen eingeplant werden. Außerdem müssen Termine für die Sitzungen berücksichtigt werden, und es gibt weder in den Tagebüchern von 1919 noch in denen von 1920, die ich bis jetzt gelesen habe, irgendeinen Hinweis darauf.«

Freja schwieg einen Augenblick. »Und wenn er ihr nun Geld fürs Malen anstatt fürs Bumsen gegeben hat? Deshalb hat er die Summe auch unter ›Ausgaben‹ aufgeführt.«

Darcy dachte kurz darüber nach. »Möglich wäre es.« Sie stöhnte auf. »O Gott, hoffentlich nicht! Wie soll ich hundert Jahre später eine italienische Prostituierte ausfindig machen?«

»Tja, um die Aufgabe beneide ich dich nicht. Vielleicht hättest du einen Detektivkurs besuchen sollen.«

Die eine links, die andere rechts überholten sie eine junge Familie mit einem Buggy, auf dessen hinterem Gestänge ein Kleinkind stand. Auf dem Rundweg in Form einer Tudor-Rose herrschte an den Wochenenden immer viel Betrieb. Jogger, Leute, die ihre Hunde ausführten, und Familien mussten sich den Weg teilen. Auf beiden Seiten fielen die Böschungen steil ab: Rechts von ihnen befand sich der Festungsgraben und links die aus rotem Backstein erbauten Armeekasernen in der Mitte der Insel. Da würde sie gern mal einbrechen, hatte Freja schon oft gewitzelt.

»Der Punkt ist«, keuchte Darcy, als sie wieder nebeneinander liefen, »dass er 1920 noch keine Damen der Gesellschaft porträtiert hat, weil er noch nicht die entsprechenden Beziehungen hatte. Er ist durch Europa gereist und hat Bauern und Arbeiter skizziert. Die formelle Porträtmalerei hat ihn nicht interessiert, ihm ging es um die Darstellung von Angehörigen der Arbeiterschaft …«

»Richtig. Und sie ist eine Sex-Arbeiterin!«

»Ich glaube nicht, nein. Ihre Kleidung ist anständig. Sittsam. Das Kleid ist hochgeschlossen, sie trägt Schmuck. Wenn er eine Prostituierte malen will, warum kostümiert er sie dann als Lady?«

»Hm.« Freja grübelte darüber nach. »Okay, nehmen wir an, sie ist keine Prostituierte, sondern eine Lady. Vielleicht ist das Porträt entstanden, als er auf Reisen war? Um sich ein bisschen Geld zu verdienen?«

»Möglich. Aber wenn man alles berücksichtigt, was ich bisher herausgefunden habe, dürfte er 1919 und 1920 noch nicht die künstlerische Reife für dieses Gemälde gehabt haben.«

»Aber du denkst immer noch, dass es vor *Ihre Kinder* entstanden sein muss?«

»Ja, unbedingt. Man kann unmöglich ein solches Meisterwerk erschaffen und es dann umdrehen und ein Porträt auf die Rückseite schmieren.«

»Das ergibt keinen Sinn, stimmt«, pflichtete Freja ihr bei. »Damit ist wenigstens das Zeitfenster kleiner geworden. Das Bild muss zwischen Mitte 1920 und Sommer 1922 gemalt worden sein.«

»Ja, aber der Berg an Material, das ich durchsehen muss, ist trotzdem noch riesig. Die Zeit ist das Hauptproblem. Ich hab gerade mal elf Kisten in drei Tagen geschafft, und es ist nichts dabei herausgekommen.«

»Und wie viele hast du noch vor dir?«

»Na ja, etliche Dutzend. Im Moment hab ich das Gefühl, das Regal ist ungefähr eine Meile lang«, stieß Darcy atemlos hervor. »Und dass ich abends nicht länger dableiben kann, ist auch nicht hilfreich.«

Freja zog die Brauen zusammen. »Wieso, was hindert dich daran?«

»Nach sieben darf sich niemand mehr in der Galerie aufhalten. Danach patrouilliert die Security, und die Alarmanlagen werden eingeschaltet.«

»Verdammt, daran hab ich gar nicht gedacht.«

»Ja. Immerhin darf ich gleich um sieben morgens anfangen, weil Viggo dann kommt und aufschließt. So kann ich ein bisschen Zeit herausholen.«

»Und ich hab allen Ernstes gedacht, du hättest endlich mal Glück!«

»Sehr witzig, haha!« Darcy hatte ihrer Mitbewohnerin in allen Einzelheiten von dem katastrophalen Date mit Erik erzählt. Sie wussten beide, dass das Glück nicht auf ihrer Seite war.

»Tja, wenn du mit dem Rücken zur Wand stehst, hast du meiner Meinung nach nur eine Möglichkeit.«

»Und die wäre?«

Sie näherten sich der Brücke, die die Insel mit dem restlichen Park verband, und Darcys Belohnung rückte näher. Nur noch zwei von den ursprünglich zehn Kilometern. Anschließend wollten sie über den Blumenmarkt schlendern, sich am Nachmittag den neuen *Mission Impossible* anschauen und abends mit Tristan essen gehen. Freja hatte Darcy regelrecht bekniet mitzugehen. Tristan wolle sich mit ihr »anfreunden«, sagte Freja – was sich für Darcy erschreckend nach einer Vertiefung der Beziehung anhörte.

»Du musst darum bitten, dass man dir einen Assistenten zur Seite stellt.«

»Freja, ich suche nach einem namenlosen Gesicht auf einem Foto, nach einem gesichtslosen Namen in einem Brief – das heißt, ich müsste darauf vertrauen, dass derjenige diesen einen Hinweis zur Entschlüsselung des Ganzen nicht übersieht.«

»Ah ja, Vertrauen. Deine ganz große Stärke.«

Darcy verdrehte die Augen. »Außerdem habe ich Viggo. Und ihm vertraue ich sehr wohl. Keiner kennt sich im Archiv besser aus als er. Er hilft mir, so gut es ihm möglich ist, obwohl er selbst genug Arbeit hat.«

»Kann er nicht für eine Weile andere Prioritäten setzen?«

»Eigentlich nicht. Mit der Retrospektive werden auch die Besucherzahlen in der Sammlung Madsen in die Höhe schnellen, deshalb organisiert man hektisch eine neue Ausstellung. Eine ganze Reihe von Triers Werken ist an die Nationalgalerie ausgeliehen worden, also muss schnell Ersatz her, damit die Wände nicht kahl bleiben.«

»Weißt du, wenn ich das so höre, bin ich echt froh, dass ich mich für die ruhige Welt der Genomforschung entschieden habe.«

Sie trabten über die Brücke, aus dem Park hinaus und weiter dorthin, wo der Kaffee auf sie wartete.

»Ich trau mich fast nicht zu fragen, aber … wie läuft's denn mit unserem letzten Mann?«

»Aksel, der Tierarzt? Na ja, es läuft, könnte man sagen«, schnaufte Darcy. »Zurzeit diskutieren wir höflich über den Klimawandel und die Zunahme von Tsunamis seit den 1990er-Jahren.«

»Wow!«

»Ja.«

»Pass bloß auf. Erst diskutierst du mit ihm über Flutwellen, und als Nächstes trennt er deinen Müll.« An einem Fußgängerüberweg hielten sie an und traten auf der Stelle, bis die Ampel umschaltete. »Hat er schon ein Treffen vorgeschlagen?«

»Nein, noch nicht. Manchmal glaube ich, er sucht nur jemanden zum Reden.«

»Du meine Güte, dann komm auf den Punkt und frag ihn rundheraus, ob er was mit dir trinken gehen will. Du hast schon viel zu viel Zeit vergeudet. Du brauchst niemanden zum Reden – dafür hast du mich.«

»Hm, ich weiß nicht so recht. Nach dem Desaster mit Erik und Max haben die unaufgeregten Unterhaltungen mit Aksel etwas Beruhigendes. Er sprudelt zwar nicht gerade über vor Energie, aber er ist intelligent, rücksichtsvoll und aufrichtig.«

»Klingt wie einer, den deine Großmutter für dich aussuchen würde.«

Darcy kicherte. »Das geht schon klar. Ich hab im Moment echt keinen Bock auf Drama.«

Die Ampel sprang auf Grün, und sie joggten über die Straße, südlich am Kongens Have – dem Königsgarten – vorbei durch die breiten Wohnstraßen. Darcy nahm alles mit neu gewonnener Dankbarkeit wahr: den böigen Wind im Gesicht, den Verkehrslärm, das Klingeln der Fahrräder, die lauten Stimmen, mit denen die Leute in den Parks ihre Kinder und Hunde riefen. In der Stille und dem trüben Licht des Archivs kam sie sich manchmal wie ein Maulwurf vor.

Jetzt wurden die Straßen schmaler und kurviger, und sie konnte schon das Café sehen, wo ihre Belohnung auf sie wartete. Im Gegensatz zu ihrer Mitbewohnerin war sie keine leidenschaftliche Läuferin, deshalb musste sie jedes Wochenende beschwatzt, bestochen oder massiv bedrängt werden, damit sie in ihre Laufschuhe schlüpfte. Eine solche Runde quer durch die Stadt war doch eine ganz andere Herausforderung als die paar Schritte zur Kunstakademie.

»Oh, Gott sei Dank!«, japste sie, die Hände auf den Hüften, das Gesicht himmelwärts gewandt, als Freja das Tempo endlich verlangsamte. Für dieses Wochenende hatte sie es überstanden.

Sie folgte Freja gerade ins Café, als ihr Handy summte. Sie zog es aus der Reißverschlusstasche ihrer Jacke, warf einen Blick auf das Display und las die Nachricht.

»Das gibt's doch nicht!«

»Was?« Freja, die, an die Theke gelehnt, das Übliche bestellt hatte, sah sie an.

»Viggo hat erreicht, dass ich Material mit nach Hause nehmen darf.«

»Und warum ist das so eine große Sache?«

»Weil normalerweise nichts aus den Archiven entfernt werden darf. Eine Frage des Versicherungsschutzes. Viggo hat sich keine großen Chancen ausgerechnet, dass ich eine Sondergenehmigung bekommen würde – die Versicherung werde sich querstellen, weil diese Nachforschungen nicht unmittelbar der Sammlung Madsen zugutekommen, hat er gemeint.« Als sie Frejas fragenden Blick auffing, erklärte sie: »Na ja, da das Porträt eine Einheit mit *Ihre Kinder* bildet, gehört es dem Staat und wird in der Nationalgalerie hängen. Warum also sollte die Sammlung Madsen ihre Exponate irgendeinem Risiko aussetzen?«

»Logisch.«

Darcy nickte. »Ja, absolut nachvollziehbar. Es ist schon mehr als großzügig, dass sie mir Zugang zu ihren Archiven gewähren. Aber das da …« Sie presste sich eine Hand gegen die Brust. Ihr Herz hämmerte immer noch vom Joggen. »Was für eine Erleichterung! Übers Wochenende arbeiten zu können, hilft mir ganz gewaltig. Otto will am Montag ein Update, er muss Margit Kinberg Rede und Antwort stehen, und ich kann noch nichts vorweisen. Das stresst mich ganz schön. Hoffentlich finde ich etwas – *irgendetwas* –, das ich ihm zeigen kann.«

Sie schaute auf die Uhr. Zwanzig vor elf. Sie kniff die Augen ein wenig zusammen und dachte nach.

»Hm. Wenn ich jetzt rübersprinte, habe ich praktisch den ganzen Tag vor mir und könnte mich später immer noch mit euch zum Essen treffen.«

»Du willst jetzt gleich hin?« Freja musterte sie skeptisch von Kopf bis Fuß. »In dem Aufzug?«

Darcy verdrehte die Augen. »Viggo ist es schnurzegal, ob ich in verschwitzten Klamotten auftauche, glaub mir. Die Kisten sind gerade geliefert worden, schreibt er. Ich will nicht, dass er warten muss, falls er noch wegmöchte.«

»Wo wohnt er denn?«

Darcy warf einen Blick auf ihr Handy. »Oh, in derselben Straße, wo die Galerie ist.« Sie sah Freja an. »Das erklärt, warum er schon in aller Frühe im Archiv sitzt.«

»Ja, wahrscheinlich.«

Frejas Tonfall ließ Darcy aufhorchen. Erst jetzt wurde ihr richtig bewusst, dass sie ihre gemeinsamen Pläne für den Tag torpedierte.

»Es macht dir doch nichts aus, oder? Wir können uns den Film doch auch morgen ansehen.«

»Es geht mir nicht um den Film. Die Arbeit ist wichtiger.« Freja reichte ihr einen Saft und einen Becher Chia-Pudding. Draußen auf der Straße fuhr sie fort: »Aber sei zum Essen da, okay? Versprichst du mir das? Tristan möchte dich kennenlernen, und es ist sehr wichtig für mich, dass ihr zwei euch versteht.«

»Ich werde da sein, versprochen.« Darcy gab ihr einen Kuss auf die Wange. »Und verstehen werden wir uns auch.«

»Aber zieh dich um! Brezel dich auf! Er führt uns in einen todschicken Laden aus!«

»Verstanden!«, rief Darcy über die Schulter und winkte, während sie die Straße, die sie gerade gekommen waren, wieder hinauftrottete.

Unterwegs nippte sie an ihrem Saft und aß ihren Chia-Pudding, während sie den Touristen auswich, die schnellen Schrittes zum Schloss Rosenborg strömten. Darcy fühlte sich eher den Einheimischen verbunden, die sich auf den Parkbänken ausruhten und den Kindern zuschauten, die auf die überall verteilten Marmorkugeln kletterten. Vom freitagabendlichen Feiern völlig übermüdete Studenten schlurften aus den Wohnheimen.

Darcy bog in die Stockholmsgade ein, den Blick im Gehen auf die Hausnummern gerichtet, bis sie vor einem schmucken altmodischen Reihenhaus stehen blieb, an dessen roten Backsteinmauern Wilder Wein mit magentafarbenen Blättern hinaufrankte. Die großen, quadratischen Fenster waren in schwärzlichem Grün gestrichen.

Sie drückte den Klingelknopf und wartete. Sie und Viggo hatten sich zwar in der kurzen Zeit angefreundet, aber es gab noch eine ganze Menge Dinge, die sie nicht über ihn wusste. Zum Beispiel, wie er sich ein solches Haus in einer der besten Straßen der Stadt leisten konnte. Hatte seine verstorbene Frau das Geld mit in die Ehe gebracht?

Sie wandte sich wieder dem Park auf der anderen Seite der Straße zu. Die Bäume waren kahl, und der See glitzerte dunkel vor dem stumpfen Himmel. Der Verkehr kam zum Erliegen, als ein Trupp blau uniformierter Soldaten im Gleichschritt mitten auf der Fahrbahn marschierte. Alle Fahrzeuge und der Pulk von Radfahrern dahinter warteten geduldig. Die Wachablösung verlief vermutlich nicht anders als die am Londoner Buckingham Palace.

Darcy hörte das Klicken der Haustür. Mit einem strahlenden Lächeln wirbelte sie herum. »Hi …«

Sie verstummte abrupt, und das Lächeln gefror ihr auf den Lippen. Vor ihr stand Max Lorensen.

Eine Sekunde lang schien er genauso überrascht zu sein wie sie. Doch er fasste sich schnell wieder.

»Darcy … So früh hab ich Sie nicht erwartet.« Er trat zur Seite und bat sie mit einer Handbewegung herein.

Sie war wie vor den Kopf geschlagen. Viggo hatte mit keinem Wort erwähnt, dass Max auch da sein würde. Hätte er ihr nicht Bescheid sagen können?

Und was wollte er überhaupt hier, an einem Samstag? War eine Besprechung angesetzt worden?

»Danke.« Sie trat ein und bereute es bitter, dass sie nicht zuerst nach Hause gegangen war, um zu duschen und sich umzuziehen. Ihr kleidungsmäßiger Abstieg seit ihrer ersten Begegnung war dramatisch: vom eleganten kleinen Schwarzen über arbeitstaugliche bequeme Jeans bis zu verschwitzten Joggingklamotten.

Max trug Jeans und ein graues Sweatshirt. Keine Schuhe, keine Socken.

Keine Socken?

Er schloss die Tür und musterte Darcy kritisch. »Wieder beim Joggen gewesen, wie ich sehe. Wohl Ihre große Leidenschaft.«

»Keineswegs. Meine Mitbewohnerin bearbeitet mich so lange, bis ich mitgehe. Sie ist Triathletin.«

»Klingt beeindruckend.«

»Ist sie auch. Sie ist Mikrobiologin. Entschlüsselt den Ursprung menschlichen Lebens.«

»Während Sie die Identitäten lange verstorbener Frauen aufdecken.« Sein Blick ruhte fest auf ihr. Wie immer.

»Ja. Zwei völlig unterschiedliche Welten.«

»Beide haben ihre Berechtigung.«

Ein Schweigen entstand. Darcy dachte an die niederschmetternde Enttäuschung bei ihrer ersten Begegnung und fragte sich unwillkürlich, wie es wohl gelaufen wäre, wenn Erik nicht am Fuß der Treppe auf sie gewartet hätte und sie stattdessen Max' Einladung gefolgt wäre. Ob ihr Verhältnis heute dann besser oder schlechter wäre?

Sie wandte den Blick ab. Erst jetzt bemerkte sie den wunderschönen Eingangsbereich: ein alter Holzfußboden, matt schwarze Wandpaneele, ein von der Natur inspirierter Wandteppich hinter einem prächtigen runden Walnusstisch. Darauf stand ein großer heller Tontopf mit einer blühenden Forsythie.

»Kommen Sie, sie sind oben«, sagte Max und führte sie zu einer Treppe in den oberen Stock.

Darcy folgte ihm, wobei sie die Kostbarkeiten da und dort registrierte: eine Zeichnung von Picasso zwischen zwei Türrahmen, ein kleiner Bronzevogel von Diego Giacometti, ein alter, fadenscheiniger Heriz-Teppich, der genauso alt wie das Haus selbst zu sein schien.

Ob Viggo Sammler war? Er hatte erwähnt, dass er seit dem Tod seiner Frau allein lebte, und eine Sammelleidenschaft war durchaus imstande, Leere zu füllen. Ihrer Meinung nach lebten die meisten Sammler in unglücklichen Beziehungen oder waren einsam. Die Leidenschaft brauchte ein Ventil.

Das Zimmer im ersten Stock erstreckte sich über den gesamten rückwärtigen Teil des Hauses. Durch große Fenster blickte man in einen gut eingewachsenen Garten. Die Wände waren elfenbeinfarben gestrichen, und eine schwarze offene Küche bildete den Mittelpunkt des Raums. Dahinter, vor den Fenstern, stand ein Esstisch mit Platz für vierzehn Personen. Im Vordergrund waren dunkelgrüne Samtsofas hufeisenförmig angeordnet, und auf einem niedrigen Tisch in der Mitte standen zwei burgunderrot marmorierte Kartons, die Darcy sofort erkannte.

Nur zwei?

Als sie sich umschaute, entdeckte sie an der einen Wand eine Maria Slavona, an der anderen einen Max Liebermann.

»*Das* ist Viggos Haus?«, fragte sie ungläubig.

Max lachte kurz auf und ging zur Küche. »Wie kommen Sie denn darauf?«

»Ich … Er hat gesagt, er habe erreicht, dass ich Material mit nach Hause nehmen und die Kartons hier abholen könne.« Wieder streifte sie seine nackten Füße mit einem kurzen Blick. Ein ungutes Gefühl beschlich sie.

»Abholen?« Max sah sie flüchtig über die Schulter an, während er nach einer Packung Kaffeebohnen griff und einen Teil in das Mahlwerk kippte. »Das Material steht Ihnen nur deshalb außerhalb des Archivs zur Verfügung, weil ich der Versicherung mein Wort gegeben habe, dass es in *meinem* Haus und unter *meiner* Aufsicht bleiben wird. Das haben sie ausdrücklich zur Auflage gemacht.«

Das war *sein* Haus? »Heißt das, ich muss *hier* arbeiten?«

Er zog eine Braue hoch. »Ist das ein Problem?«

»Aber Sie wohnen hier.«

»Stimmt.«

»Und es ist Wochenende.«

»Richtig.«

Sie lachte ungläubig auf. »Ich kann doch nicht hier arbeiten, während Sie zu Hause sind.«

»Und warum nicht? Es ist doch genug Platz für uns beide.«

Für uns beide. Bildete sie es sich nur ein, oder hatten die Worte eine unterschwellige Bedeutung?

»Sie wissen schon, was ich meine. Nur weil ich länger arbeiten muss, heißt das nicht, dass Sie das auch müssen.«

»Das habe ich auch nicht vor.«

»Aber …«

»Darcy, wir sind alle daran interessiert, die Sache so schnell wie möglich in trockene Tücher zu bringen. Und ich freue mich, wenn ich meinen Teil dazu beitragen kann.«

Sie schaute zu, wie er ein paar Tasten drückte. Das Mahlwerk der Kaffeemaschine begann lautstark mit dem Zerkleinern der Bohnen.

Max sah sie an. »Wie mögen Sie ihn?«

»Wie bitte?«

»Ihren Kaffee.«

»Ach so … stark und schwarz.«

Sie machte ein paar langsame Schritte und blickte sich aufmerksam um. Espressotassen von Tiffany, ein Hermès-Aschenbecher, eine Kaschmirdecke mit Fransen … Das Ganze wirkte sehr gediegen und erwachsen, verglichen mit ihrer und Frejas Wohnung, in der die Sofas von IKEA stammten, leere Take-away-Schachteln auf dem Tisch standen, nicht zusammenpassende Unterwäsche auf den Heizkörpern trocknete und Glitzerlidschatten auf der Badezimmerablage bröselte.

»Wie lange wohnen Sie schon hier?«

»Ungefähr zehn Jahre.«

»Sie haben sich das Haus mit zweiundzwanzig gekauft?«, platzte sie heraus, bevor sie sich bremsen konnte.

Max guckte sie erstaunt an. Aber wer, bitte schön, konnte sich mit zweiundzwanzig ein vierstöckiges Haus in einer der besten Lagen von Kopenhagen leisten?

Sie erinnerte sich an die Limousine mit Chauffeur, die vor der Nationalgalerie auf ihn gewartet hatte. An die Gelassenheit, mit der sich Max unter den deutlich älteren, kultivierten Gästen bewegt hatte. Fast gelangweilt. Als wäre es einfach irgendein ganz normaler Dienstagabend für ihn.

Er war ganz offensichtlich mit einem silbernen Löffel im Mund geboren worden.

Sie wandte sich ab, um sich zu sammeln. Waren sie sich tatsächlich am Dienstag zum ersten Mal begegnet? Auf einmal war sie sich seiner Gegenwart sehr bewusst. Ein zweiter Puls schien tief in ihrem Inneren zu schlagen.

»Kein Grund, beeindruckt zu sein. Die Preise in Kopenhagen sind nicht mit denen von London zu vergleichen«, murmelte er, während er Tasten drückte und einen Hebel betätigte.

Jetzt war es Darcy, die ihn verwundert ansah. Sprach da etwa Bescheidenheit aus ihm?

Sie schaute zu den Stuckleisten an der Decke hinauf. »Haben Sie viel selbst gemacht?«

»Eigentlich nicht. Abgesehen vom Streichen. Und den Badezimmern.«

Plural. Wie viele Badezimmer es wohl gab? Sie hätte ihn gern gefragt, ob er allein hier wohnte, fand das aber zu aufdringlich, zu persönlich. Er hatte ja klargemacht, dass ihm eine gewisse Distanz wichtig war. Am Samstagmorgen in seiner Küche zu stehen, zeugte aber auch nicht gerade von professioneller Distanz.

Er kam auf sie zu, einen Kaffeebecher in der ausgestreckten Hand. »Stark und schwarz.«

»Danke«, sagte sie leise. Seine nackten Füße am Rand ihres Blickfelds lenkten sie ab.

Über ihnen war ein Geräusch wie das Knarren einer Bodendiele zu hören. Darcy schaute unwillkürlich an die Decke. Hielt sich noch jemand im Haus auf?

Sie sah Max an, doch der hatte sich bereits umgedreht und ging auf die Archivboxen zu.

»Was schätzen Sie, wie lange werden Sie dafür brauchen?«

Sie biss sich auf die Unterlippe. Sie schaffte durchschnittlich drei am Tag, aber jetzt war es schon fast Mittag.

»Äh, na ja, kommt drauf an, was drin ist. Wenn es sich um Auktionskataloge handelt, geht es relativ schnell. Bei

Dias hingegen …« Sie zuckte mit den Schultern. »Ich werde so schnell machen, wie ich kann, versprochen.«

»Nein, ich …« Er drehte sich wieder zu ihr um. »Darum geht es nicht. Ich habe gemeint, ob das für heute reicht oder ob Sie mehr brauchen.«

»Ach so. Nein, das ist … wunderbar so.«

»Ich kann noch mehr herbringen lassen, wenn Sie möchten.«

»Danke, aber das ist wirklich nicht nötig.« Sie beobachtete, wie er einen Schluck Kaffee nahm, den Deckel der einen Box hochhob und hineinspähte. Gelangweilt blätterte er durch die Dokumente. »Ich beneide Sie nicht«, bemerkte er halb über die Schulter.

»Max, könnte ich die Kartons nicht doch mit nach Hause nehmen? Ich schwöre, ich werde supervorsichtig sein.«

Er schüttelte den Kopf. »Es geht um mehr als nur um meinen Job. Ich habe mein Wort gegeben.«

Seufzend wandte sie den Blick ab. »Ja, schon klar.«

Die knarrenden Geräusche näherten sich. Jemand kam die Treppe herunter. Darcy warf Max einen schnellen, fragenden Blick zu, aber er konzentrierte sich schon wieder auf seinen Kaffee.

»Baby, hast du nicht gesagt …« Die bildschöne Brünette verstummte abrupt und blieb in der Tür stehen. Sie war groß und dünn – zweifellos ein Model –, trug Leggings, einen grauen Kaschmirpulli und Mini Uggs. »Oh. Hey.«

»Hi.« Darcy hob unsicher die Hand und lächelte schuldbewusst. »Ich bin Darcy.«

»Angelina.« Als sie sich vorstellte, schoss sie einen fragenden Blick in Max' Richtung. Genau wie Darcy, die sicher war, dass sie neulich abends, als er telefoniert hatte, einen anderen Namen gehört hatte.

»Darcy ist eine Kollegin«, erklärte Max. »Sie wird die nächsten Wochen in der Galerie arbeiten.«

»Sind Sie Kuratorin?«

»Doktorandin an der Königlichen Kunstakademie, aber man hat mich mit einem besonderen Projekt betraut.«

»Geht es um das Gemälde, von dem du mir erzählt hast?« Angelina stolzierte zu Max hinüber und schlang ihm die Arme um die Schultern. Mit einer Größe von etwa einem Meter achtzig war sie nur unwesentlich kleiner als er. Sie lehnte sich zu ihm und küsste ihn leicht auf die Wange.

»Ja.«

»Er ist schrecklich aufgeregt«, sagte sie in gedehntem, spöttischem Tonfall und sah dabei Darcy an, die wie versteinert dastand und sich an ihrem Kaffeebecher festhielt. »Wie ein kleiner Junge.«

»Du übertreibst.« Max machte sich von ihr los und schaute auf sein Handy. »Für die Stiftung ist das einfach eine ganz große Sache.«

Er blickte auf, steckte sein Handy in die Gesäßtasche zurück und betrachtete kurz die beiden Frauen. Darcy war bewusst, dass sie selbst in schwarzem Samt und mit Föhnwelle keine Chance gegen Angelina gehabt hätte.

»Es tut mir echt leid, dass ich Ihnen das Wochenende ruiniere«, sagte sie mit einer vagen Handbewegung zu den Kartons hin. »Gibt es irgendwo ein ruhiges Zimmer für mich, wo ich arbeiten kann und Sie nicht störe? Das wär mir wirklich lieber.«

»Sie stören nicht. Wir wollten sowieso gerade gehen.«

»Oh.«

»Socken!« Angelina schlug sich mit der Hand gegen die Stirn und zeigte auf seine nackten Füße. »Ich wusste doch, dass ich was vergessen hab. Ich hab ein Gedächtnis wie ein Sieb.«

Darcy lächelte matt. Jetzt ergaben die nackten Füße einen Sinn. Die beiden waren offenbar beschäftigt gewesen, als sie geklingelt hatte.

»Hat mich sehr gefreut …«

An der Art, wie Angelina die Stimme am Satzende hob, erkannte Darcy, dass sie ihren Namen hatte hinzufügen wollen, ihn aber vergessen hatte.

»Ja, mich auch«, erwiderte sie dennoch.

Angelina schwebte feengleich aus dem Zimmer.

Eine bedeutungsschwere Stille trat ein.

»Beunruhigt Sie etwas?«, fragte Max schließlich. Vermutlich hatte er bemerkt, wie Darcy auf ihrer Unterlippe herumkaute.

»Sie nicht?«

»Was meinen Sie?«

»Macht es Ihnen nichts aus, mich ganz allein hier zurückzulassen? Sie kennen mich doch überhaupt nicht.«

»Nein?« Eine Sekunde verstrich. Oben knarrte wieder eine Diele und erinnerte sie daran, dass sie nicht allein im Haus waren. Ein Lächeln umspielte Max' Lippen. »Entspannen Sie sich, Darcy. Mein Instinkt sagt mir, dass Sie die Wände nicht mit Graffiti vollschmieren oder die Armaturen herausreißen werden.«

»Sehr witzig. Wenn Sie mich kennen würden, wüssten Sie, dass eine solche Bemerkung mich reizt, genau das zu tun.«

»Aha, so eine sind Sie.« Er nickte. »Gut zu wissen.«

Sie seufzte. Mit ihm zu streiten, war anstrengend. Nicht nur das, was sie sagten, auch das, was sie *nicht* sagten, war voller verborgener Bedeutungen.

»Wissen Sie schon, wann Sie zurück sein werden? Damit ich vorher verschwinden kann.«

»Nein.«

»Nicht einmal ungefähr?«

»Darcy, arbeiten Sie so lange, wie Sie wollen. Und wenn es Mitternacht wird.«

»Um Himmels willen, nein!«, entfuhr es ihr. »So lange werde ich nicht brauchen.«

»Und falls doch – kein Problem.«

»Nein, nein.« Sie schüttelte den Kopf. »Ich muss um acht irgendwo sein.«

Er kniff die Augen eine winzige Spur zusammen und machte den Mund auf, als wollte er etwas sagen.

»Deine Socken!« Angelina tauchte in der Tür auf und warf sie ihm zu.

Er fing sie mit einer Hand auf, ohne Darcy aus den Augen zu lassen. »Wunderbar.«

»Gibt es irgendwas, das ich beim Weggehen beachten muss? Eine Alarmanlage, die ich einschalten soll?« Darcy schaute zu, wie er sich, abwechselnd auf einem Bein balancierend, die Socken überstreifte.

»Nein, machen Sie sich keine Gedanken. Und wenn Sie einen Kaffee oder sonst was wollen, bedienen Sie sich ruhig. Ich hab nicht viel da, aber im Kühlschrank sind Käse und Trauben.«

Wieder schüttelte sie den Kopf. Als ob sie zum Essen hergekommen wäre! »Danke, aber ich brauche nichts.«

Er nickte und stemmte kurz die Hände in die Seiten. In Jeans und Socken sah er völlig anders aus. Samstags-Max.

»Na dann. Hoffentlich wird es ein produktiver Tag für Sie.«

»Das hoffe ich auch.« Sie beobachtete, wie er den kurzen marineblauen Mantel überwarf, den Angelina ihm reichte, und einen grauen Schal umlegte.

Sie hörte die beiden die Treppe hinuntergehen, hörte, wie ihre Stimmen allmählich leiser wurden, und schließlich das Klicken der Haustür, als sie hinter ihnen ins Schloss fiel. Einige Sekunden lang blieb sie wie versteinert stehen und versuchte zu begreifen, wie es dazu hatte kommen können, dass sie sich an einem Samstag allein in Max Lorensens Haus befand. War das ein Traum oder ein Albtraum?

Stöhnend ließ sie sich aufs Sofa fallen.

Beides. Definitiv beides.

8. Kapitel

Acht Minuten vor acht.

Darcy saß allein am Tisch und starrte auf die Naturwiesen hinter dem Haus – ein Kleinod in einer Stadt, die am Meer lag. Der elegante helle Raum stellte eine Hommage an eine nachhaltige Form von Luxus dar. Abgesehen von einem antiken Shou-Sugi-Ban-Tisch, ein paar Fellen auf den Stühlen sowie Hängepflanzen an der Decke war auf Dekoration verzichtet worden. In so einem Restaurant saß man nicht da und starrte aufs Handy.

Der höflich gedämpfte Geräuschpegel blieb konstant niedrig. Ausnahmslos alle Gäste trugen gedeckte Farben, und Darcy vermutete, dass ein Blick auf die Labels Modelle von Massimo Dutti, Loro Piana und Celine offenbart hätte. Jede Rüsche, jeder Hauch von Pink würde den Frieden stören.

Sie zwang sich, das Glas Wasser langsam zu trinken, obwohl sie nach dem Tag, den sie hinter sich hatte, problemlos eine Flasche Wein hätte hinunterstürzen können. Die Minuten verstrichen unendlich langsam. Die Kellner dachten vermutlich, sie sei versetzt worden. Blöderweise war sie viel zu früh dran, aber eine innere Unruhe hatte sie den ganzen Nachmittag zur Eile angetrieben, damit sie Max' Haus schnellstmöglich verlassen konnte. Zum Glück war Freja nicht da gewesen, als sie nach Hause kam – wahrscheinlich machte sie sich bei Tristan ausgehfertig –, und so hatte sie in Ruhe duschen und sich abregen können.

»Du meine Güte, sind wir zu spät?«, fragte Freja und riss sie damit aus ihren Gedanken.

»Nein, ich bin bloß ausnahmsweise viel zu früh dran gewesen.« Darcy drückte ihre Wange an die ihrer Freundin.

»Hast du etwa Hunger?« Freja tat erstaunt.

»Immer.«

»Hätte ich mir denken können.« Sie trug ein dunkelgrünes Seidenkleid mit eingewebten Goldfäden, das Darcy noch nie gesehen hatte.

Neu?, formte sie lautlos mit den Lippen und zog eine Braue hoch.

Freja zwinkerte zurück. Ihr gelocktes Haar war frisch geföhnt, und ihre klobigen Goldohrringe waren ebenfalls neu. Darcy glaubte nicht, dass sie ihre Freundin jemals so elegant gesehen hatte. Ihrer beider Kleidungsstil wechselte normalerweise zwischen »Zerzaust und verschwitzt« (Sport-/Joggingklamotten), »Verrottende Leiche« (Nachtwäsche), »Basic Bitch« (Jeans) und »Nachteule« (alles, was schwarz, knapp oder eng war).

Freja blickte lächelnd, mit ausgestrecktem Arm, nach hinten. Der Stolz in ihren Augen war unverkennbar. »Darcy, ich möchte dir Tristan vorstellen. Tristan – fühl dich nicht unter Druck gesetzt, aber das ist der wichtigste Mensch in meinem Leben.«

Darcy schaute auf, um ihren bislang gesichtslosen Konkurrenten zu begrüßen, den Mann, der ihr ihre beste Freundin gestohlen hatte.

Tristan grinste. »Na, wenn das kein Grund ist, sich unter Druck gesetzt zu fühlen.« Sein Gesicht nahm einen unbekümmerten Ausdruck an. Es sah aus, als wäre das seine Standardeinstellung. »Hi.« Er gab ihr die Hand.

»Hi«, murmelte Darcy ganz verdattert, weil sie ihn sich völlig anders vorgestellt hatte.

Frejas Typ war der arbeitslose Maler/Musiker/Schriftsteller, der Rausschmeißer oder Barista. Aber der hier fiel am ehesten in die Kategorie Anwalt und schien exakt das Gegenteil von Freja zu sein: gepflegt statt nachlässig, förmlich statt unkonventionell, ein breites, offenes Gesicht statt puppenhafter Züge, ein athletischer, muskulöser Körperbau statt dünn und langgliedrig. Er trug einen schlichten schwarzen Anzug und ein am Kragen aufgeknöpftes Hemd. Ihn umgab eine Aura von Reichtum, aber auf eine dezente Art und Weise, an der sich Erik, der Bauunternehmer, ein Beispiel hätte nehmen können.

Was Darcy jedoch am meisten überraschte, weil Freja es mit keinem Wort erwähnt hatte – Tristan war gute zehn, wenn nicht gar zwanzig Jahre älter als sie beide. Natürlich hatte *er* dieses exklusive Restaurant ausgesucht, würde er den Wein bestellen, das Essen bezahlen. Darauf hatte Freja sie vorbereitet. Nicht aber auf den Altersunterschied.

»Vielen Dank, dass ich den Abend mit euch verbringen darf.«

»Nichts zu danken. Ich nutze jede Gelegenheit, um hierherzukommen. Das Essen ist ausgezeichnet. Waren Sie schon einmal hier?«

Darcy hätte fast laut aufgelacht. »Nein, noch nie.« Ihr Studentenbudget reichte nicht für Besuche in einem Restaurant mit Michelin-Stern. »Das sieht alles fantastisch aus.« Sie guckte neidisch auf die Gäste, die ihr Essen bereits hatten. »Ich sterbe fast vor Hunger!«

»Was ist denn los, sag mal?«, fragte Freja.

»Ich hab seit dem Frühstück nichts mehr gegessen.«

»Wie bitte? Überhaupt nichts?« Freja sah sie bestürzt an. Sie aß stündlich irgendetwas und war trotzdem gertenschlank.

Darcy schüttelte den Kopf.

»Im Kühlschrank ist doch noch Curry.«

»Ich weiß, aber ich war nicht zu Hause. Ich hab außer Haus gearbeitet. Wie sich herausgestellt hat, darf ich das Material nicht mitnehmen.«

Freja machte ein empörtes Gesicht. »Aber Viggo hätte dir doch wenigstens ein Sandwich machen können!«

Darcy zögerte. Sollte sie ihrer Freundin die Wahrheit sagen? So wie Freja das letzte Mal auf Max reagiert hatte, wollte sie seinen Namen lieber nicht erwähnen, vor allem nicht in Tristans Gegenwart.

»Nicht weiter tragisch«, wehrte sie ab. »Beim Arbeiten hab ich keinen Hunger gehabt, erst danach hat mir der Magen geknurrt.«

Freja war nicht überzeugt. »Du musst richtig essen, zumal nach dem verschärften Lauftempo heute. Ist dir das nicht aufgefallen?«, schob sie hinterher, als Darcy sie fragend ansah. »Wir haben unsere persönliche Bestzeit um sechs Minuten unterboten!«

»Das ist eine ganze Menge«, sagte Tristan, den Blick auf Darcy gerichtet.

»Nicht mein Verdienst«, antwortete sie achselzuckend. »Ich versuche nur, Schritt zu halten.«

»Du warst gestresst. Das hat dir solchen Schub verliehen, als hätte man dir ein Düsentriebwerk umgeschnallt.«

»Hm.« Wie schnell könnte sie nach dem heutigen Zusammentreffen mit Max wohl laufen, wenn sie sich morgen zu einer Runde entschließen würde? Mit Überschallgeschwindigkeit?

»Das ist der Grund, warum wir laufen. Stressbewältigung. Du brauchst es selbst dann, wenn du glaubst, es sei überflüssig.«

Darcy verdrehte die Augen. »Können Sie sich jetzt vorstellen, was ich durchmache? Sie gibt einfach keine Ruhe! Meine Samstagvormittage sind der reinste Horror.«

Eine Kellnerin brachte die Speisekarten und reichte Tristan die Weinkarte. Der nahm sie entgegen, ohne auch nur hinzusehen. Er schien sich hier wie zu Hause zu fühlen.

»Mich versucht sie zu einem Tough-Mudder-Hindernislauf zu überreden«, vertraute er Darcy an.

Freja ergriff seine Hand. »Das wäre ein Mordsspaß!«

»Machen Sie sich lieber aus dem Staub, solange Sie noch können«, scherzte Darcy und griff nach ihrem fast leeren Wasserglas. »Sonst werden Sie als Nächstes zum Iron Man und einem Ultramarathon angemeldet.«

»Ja, das fürchte ich auch«, erwiderte er grinsend. »Andererseits gefällt es mir, wie sie mich pusht.«

Er sah Freja mit einem Blick an, der so intim war, dass Darcy wegschaute. Angestrengt starrte sie auf die Speisekarte, aber die Wörter verschwammen ihr vor den Augen. Sie hatte sich so auf den Abend mit den beiden gefreut, doch jetzt fühlte sie sich einsamer als den ganzen Tag über.

Als könnte er ihre Gedanken lesen, zog Tristan seine Hand zurück und räusperte sich. »Sorry, wir sind immer noch in der Phase, in der andere unsere Gesellschaft einfach nur ätzend finden.«

Freja grinste. »Das macht Darcy nichts aus. Ihr Liebesleben ist viel aufregender. Bei ihr stehen die Männer Schlange.«

»Das ist leicht übertrieben, Freja«, bemerkte Darcy trocken und sah dann Tristan an. »Danke übrigens wegen der Empfehlung für Raya.«

Er zuckte mit den Schultern. »War mir ein Vergnügen. Freut mich, dass es geklappt hat.«

»Na ja, wie man's nimmt. Gerade habe ich nur ein Date mit einem ziemlich widerspenstigen Tierarzt vor mir.«

Freja riss die Augen auf. »Dann hat er dich endlich gefragt?«

»Nein, *ich* hab *ihn* gefragt. Die Warterei ist mir auf die Nerven gegangen.«

Als sie auf Max' Samtsofa gesessen hatte, während er mit seinem Model ausgegangen war, und Aksel ihr eine Nachricht geschickt und gefragt hatte, ob sie das Zungenrollen beherrsche, war für sie der Kipppunkt gekommen. Hopp oder top, hatte sie sich gesagt und zurückgeschrieben: *»Wie wär's, wenn wir uns treffen würden, damit du dich selbst davon überzeugen kannst?«*

»Gut gemacht, Mädel!«, lobte Freja und sah dann Tristan an. »Der Typ labert sie seit Tagen voll.«

»Seit Tagen?«, wiederholte er amüsiert. »Du sagst das, als wäre es was Schlechtes.«

»Ist es auch. So läuft es nun mal heutzutage mit dem

Daten. Ewige Höflichkeit ist irgendwann einfach nur nervig. Will er was von ihr oder nicht?«

Tristan grinste. »Vielleicht will er nichts überstürzen. Solche Männer soll es tatsächlich noch geben.«

»Jaja. Treffen will er sich nicht mit mir, aber wenigstens respektiert er mich«, sagte Darcy sarkastisch.

Tristan musste lachen. »Wer weiß, vielleicht stellt sich heraus, dass er derjenige ist, den Sie behalten sollten.«

»Und wann triffst du dich mit ihm? Und wo?«, wollte Freja wissen.

»Dienstagabend. Im Bastard Café.« In dem angesagten Café konnte man Brett- und andere Spiele spielen, deshalb eignete es sich perfekt für verregnete Sonntagnachmittage, aber Aksel hatte an diesem Wochenende Notdienst.

»Schräg.«

»Tja, ich hab mir gedacht, wenn uns der Gesprächsstoff ausgeht, haben wir wenigstens was zu tun.«

»Gute Idee«, stimmte Freja zu. »Bist du aufgeregt?«

Darcy ließ eine Braue in die Höhe schießen. »Ich bitte dich! Du weißt doch – keine Erwartungen, keine Enttäuschungen.«

»Es ist wirklich tragisch, wie zynisch ihr beide seid«, stellte Tristan fest.

»Das wärst du auch, wenn du Männer daten müsstest«, versetzte Freja.

Er lachte auf.

»Das ist mein Ernst. Darcys letzter Typ hat sie betrogen, und der davor hat plötzlich beschlossen, dass er bi ist, seitdem aber nur Männer gedatet.«

»Das war ich. *Ich* hab ihn umgedreht!« Darcy schlug sich stolz gegen die Brust, und Tristan lachte noch lauter.

»Du hattest einfach eine Pechsträhne.« Freja tätschelte ihr tröstend die Hand, musste jedoch selber lachen. »Aber das wird sich jetzt ändern, du wirst sehen. Aksel, der Tierarzt, ist genau das Gegenteil von all den miesen Typen. Dienstagabend wird der Wendepunkt.«

Darcy schaute Tristan in komischer Verzweiflung an. »Ich weiß nicht, was Sie mit meiner Freundin gemacht haben, aber könnte ich die alte Freja bitte zurückhaben? Ich erkenne diese liebeskranke Person mit dem schmachtenden Hundeblick nicht wieder!«

»Tut mir wirklich leid«, erwiderte er grinsend und wirkte keineswegs reumütig.

Als zwei Kellner mit Essen vorbeieilten, stieg Darcy ein köstlicher Duft in die Nase.

»Mmh, was ist das?«, fragte sie schnuppernd.

»Rentierhirn in Aspik, wenn ich mich nicht irre«, antwortete Tristan.

Sie hätte beinahe laut aufgelacht. *Wie bitte?* »Natürlich. Wie dumm von mir, dass ich nicht von selbst draufgekommen bin.«

Wieder grinste er. »Wie gesagt, ich lasse keine Gelegenheit aus hierherzukommen.«

»Also ich kann guten Gewissens behaupten, dass ich noch nie Rentierhirn gesehen, geschweige denn gegessen habe.«

»Das ist eine Delikatesse.«

»Wenn Sie das sagen.«

»Ich kann immer noch nicht glauben, dass Viggo dir keine Pause gegönnt hat«, knurrte Freja. »Hast du nicht behauptet, er sei so ein reizender Mensch?«

»Ist er auch. Es war ja nicht seine Schuld.«

»Wie meinst du das?«

Darcy zögerte, sah aber keinen Ausweg aus dieser Situation. »Er war gar nicht da.«

»Hä?«

»Als er geschrieben hat, dass mir die Kartons zur Verfügung stehen, bin ich davon ausgegangen, dass die angegebene Adresse seine ist.« Sie zuckte mit den Schultern. »War es aber nicht.«

Freja, die sie nur zu gut kannte, kniff misstrauisch die Augen zusammen. »Und wessen Adresse war es dann?«

»Spielt das eine Rolle?«, erwiderte Darcy so beiläufig wie möglich.

Frejas Augen wurden noch schmaler. »Ich glaub schon. Wo zum Teufel warst du, dass du nicht mal was essen konntest?«

Darcy seufzte. Sie wusste, dass Freja weiterbohren würde.

»Bei Max zu Hause, aber …«

»Max?«, fiel Freja ihr ins Wort. Nach einer Sekunde dämmerte es ihr. *»Max, der Anwalt?«*

»Genau der.«

Eine Hand auf dem offenen Mund, ließ sich Freja nach hinten fallen und starrte sie an.

Darcy rollte mit den Augen. »Das ist ein bisschen dramatisch, findest du nicht? Sogar für dich.«

»Du warst bei ihm zu Hause? Aber … du hast das Match doch aufgelöst.«

»Die Versicherung hat ihm gestattet, Archivmaterial mitzunehmen, weil er ja einer der Treuhänder der Stiftung ist, aber nur unter der Bedingung, dass es in seinem Haus bleibt. Also musste ich dort arbeiten.«

»Wer ist der Typ?«, fragte Tristan, der den Dialog verwirrt verfolgt hatte.

»Ein Hurenbock, von dem sie sich fernhalten muss«, antwortete Freja. »Er ist genau das Gegenteil von Aksel, dem Tierarzt. Ein toxischer Typ, der jede Menge Ärger bedeutet.«

»Reduziert ihr die Männer immer auf ihren Beruf?«

»Das hilft, damit sie … eindimensional bleiben.«

Tristans Brauen schossen in die Höhe. »Ist das nicht auch toxisch?«

»Nein, das ist vernünftig. Erst wenn sie sich unser Vertrauen verdient haben, werden sie bei uns zu realen Menschen.«

Tristan dachte kurz darüber nach. »Und was war ich? Tristan, der Wissenschaftler?«

Freja strahlte ihn an. »Nein, dich hab ich in meinem Handy als Boss Baby gespeichert.«

Er lachte laut. »Verstehe.«

»Sie sind ihr *Boss*?«, fragte Darcy ganz verdattert.

Er warf Freja einen kurzen Blick zu. »Hast du es ihr nicht gesagt?«

»Es hat sich nicht ergeben.«

»Wieso nicht?«

Freja schluckte kräftig. »Weil ich nicht damit gerechnet habe, dass wir an den Punkt gelangen würden, wo wir einander unsere Freunde und Familie vorstellen.«

Er legte seine Hand auf ihre. »Wie kann man so jung und schon so zynisch sein?«

»Es hat sich eben eine Menge geändert seit deiner Jugend«, witzelte sie.

Er grinste. Wieder nahm Darcy die Energie zwischen

den beiden wahr. Unwillkürlich musste sie an die Redensart »Was sich liebt, das neckt sich« denken.

»Wie groß ist eigentlich der Altersunterschied zwischen euch?«, fragte sie rundheraus.

»Sechzehn Jahre«, antwortete Freja. »Er ist zweiundvierzig.«

»Zweiundvierzig und dein Boss«, murmelte Darcy.

»Genau.«

»Nicht ideal, ich weiß.« Tristan wurde zum ersten Mal an diesem Abend ernst. »Auf dem Papier sieht es nicht gut aus. Aber Freja ist sechsundzwanzig. Sie weiß, was sie will, und keiner von uns hat geplant oder erwartet, dass es sich so entwickeln wird. Das war für uns überraschender als für alle anderen.«

Das bezweifle ich, dachte Darcy, sagte es aber nicht laut. Wie Frejas Eltern es wohl aufnehmen würden? Falls sie es erfuhren.

»Und Sie sind geschieden oder …?«

»Nein, ich war nie verheiratet. Bisher hatte ich nie Zeit für eine Beziehung, weil ich mich darauf konzentriert habe, meine Firma aufzubauen.«

»Was für eine Firma ist das denn?«

»Black Circle Labs«, antwortete Freja. »Tristan hat das Unternehmen gegründet.«

Darcy riss die Augen auf, als sie den Namen der Firma hörte, in der Freja ihr Praktikum absolvierte.

»Dann sind Sie also der Big Boss«, stellte sie fest. »Der Oberboss.«

»Der Boss von allen, nur nicht von Freja. Noch habe ich keinen Wortwechsel mit ihr für mich entschieden – oder mir die Bettdecke zurückgeholt, die sie mir nachts klaut.«

Darcy musste lächeln. »Kinder?«

»Keine Kinder. Nicht einmal Haustiere.«

»Oh, das gibt mir zu denken. Wer freiwillig ohne Hund lebt, muss ein Soziopath sein.«

»Dann werde ich mir einen anschaffen«, sagte er sofort. »Und, wie sieht's aus? Genüge ich den Anforderungen trotz meiner Fehler und meines hundelosen Zustands?«

»Ich würde sagen, Sie haben den Test bestanden«, erwiderte Darcy grinsend. Der Mann hatte Charisma.

»Na, wunderbar. Wenn das Verhör vorbei ist, können wir uns vielleicht wieder den wirklich wichtigen Dingen zuwenden.« Freja drehte sich zu Darcy. »Wie war das Wiedersehen mit ihm?« Sie sah Tristan an. »Er hat sie abserviert, bevor sich etwas zwischen ihnen anbahnen konnte. Sie müssten sich professionell verhalten, weil sie zusammen arbeiteten, hat er gemeint.«

»Normalerweise würde ich dem voll und ganz zustimmen«, murmelte Tristan und drückte zärtlich Frejas Schenkel.

»Es war ein ziemlicher Schock, zumal ich ja mit Viggo gerechnet hatte.« Darcy zuckte mit den Schultern. »Aber er war … sehr nett. Großzügig.« Sie bemühte sich um Sachlichkeit.

»Aber es war doch bestimmt komisch, bei ihm zu Hause zu sein, oder?«

»Eigentlich nicht. Er hat das Haus nach zehn Minuten verlassen.«

»Was?«

»Ja, er und seine Freundin hatten was vor.«

Freja klappte der Unterkiefer herunter. Das wurde ja immer besser!

»Auch so ein Model-Typ«, fuhr Darcy rasch fort, bevor ihre Freundin weitere Fragen stellen konnte. »Angelina oder so was. Hinreißend. Genau das, was man bei ihm erwartet. Also jedenfalls sind sie ausgegangen und haben mich allein gelassen. Ich habe bis gegen sechs gearbeitet und bin dann nach Hause gegangen, das ist alles.«

Sie musste erst einmal Luft holen.

»Halt, einen Augenblick mal – nur damit ich das richtig verstehe.« Freja hob gebieterisch beide Hände. »Er hat dich den ganzen Tag in seinem Haus allein gelassen?«

Darcy war froh, dass sie offensichtlich nicht die Einzige war, die das seltsam fand.

»Ja«, bestätigte sie. »Zum Arbeiten.«

»Aber nicht zum Essen.«

»Er hat gesagt, dass ich mich ruhig bedienen soll, wenn ich was möchte. Aber das hab ich natürlich nicht gemacht.«

»Lieber hast du sieben Stunden lang gehungert.«

»Ich hab ein Glas Wasser getrunken. Zwei sogar.« An die augenscheinlich teure Kaffeemaschine hatte sie sich nicht herangetraut. Wenn sie sie nun kaputt machte?

Freja starrte sie an und schien jedes Wort zu analysieren, jeden Atemzug. »Und das Haus? Wie ist es?«

»Phänomenal! Ein Reihenhaus in der Stockholmsgade.«

»Ich hab Freunde, die dort wohnen«, warf Tristan ein.

Wieso überrascht mich das nicht?, dachte Darcy. Die Stockholmsgade war die Straße der Millionäre.

»Dort gibt es ein paar ganz besondere Anwesen.«

»Ja, und eines davon gehört ihm. Wilder Wein an den Hauswänden, Fenster mit Blick zum Park, voller Antiquitäten. Sogar auf der Gästetoilette hängen Zeichnungen von Picasso und Matisse.«

»Du warst auf dem Klo?«, staunte Freja.

»Was denkst du denn?« Darcy verdrehte die Augen. »Ich sag doch, ich hab zwei Gläser Wasser getrunken und mich den ganzen Tag dort aufgehalten.«

»Und wo warst du sonst noch?«

»Nirgends. Das war alles.«

»Das war alles? Du hast nicht mal ganz kurz in sein Schlafzimmer gelinst?«

»Natürlich nicht!«

»Ins Wohnzimmer?«

»Freja! Ich schnüffle doch nicht in seinem Haus herum!« Sie warf Tristan, der interessiert zuhörte, einen kurzen Blick zu.

Freja verengte die Augen zu schmalen Schlitzen. »Glaubst du, er hat Überwachungskameras?«

»Gut möglich«, antwortete Darcy achselzuckend. »Das Risiko wollte ich nicht eingehen, verstehst du?«, fügte sie leise hinzu.

»Schon klar.« Freja lehnte sich zurück und trommelte mit den Fingernägeln auf den Tisch.

Tristan schmunzelte; anscheinend amüsierte er sich köstlich über die Unterhaltung der beiden Frauen.

»Wie hast du das bloß ausgehalten – stundenlang allein in diesem Haus?«, fragte Freja mitfühlend. »Die Versuchung, sich anzuschauen, wie er lebt, was für ein Mensch er ist …«

Darcy sah Tristan an. »Hören Sie das?«

»O ja.« Er nickte. »Deshalb sind Frauen so beängstigende Geschöpfe.«

Darcy lachte, aber Freja setzte ihren Monolog fort. »Du hättest eine Menge über ihn erfahren können. Ein Haus sagt viel über seine Bewohner aus.«

»Na ja, ich weiß jetzt jedenfalls, dass er vermögend ist. Wahrscheinlich stammt er aus einer reichen Familie. Er wohnt schon seit zehn Jahren dort, hat er erzählt.«

»Und er ist mit einem Supermodel zusammen!«

»Keine Ahnung, ob sie ein Supermodel ist, aber sie sieht jedenfalls super aus. Die beiden passen definitiv zusammen.«

»Hmm«, machte Freja, obwohl sie die zwei überhaupt nicht gesehen hatte.

»Kann man das anhand des Äußeren beurteilen?«, wollte Tristan wissen.

»Ich finde, manche Paare sehen aus, als ob sie zusammengehören, Sie nicht?«

»Eigentlich nicht, nein. Ich weiß nicht, ob wir beide optisch zusammenpassen.« Er sah Freja an und zuckte mit den Schultern. »Und dennoch …«

»Du bist so süß«, murmelte Freja. Ihre Züge wurden weich, als sie ihm tief in die Augen schaute.

Darcy räusperte sich. Ein kleiner Reminder, dass sie auch noch da war. Das fünfte Rad am Wagen.

»Wie auch immer, das geht mich überhaupt nichts an«, meinte sie dann. »Ich war zum Arbeiten dort, und genau das hab ich auch getan.«

Freja zwang sich in die Gegenwart zurück. »Hast du dich überhaupt konzentrieren können? Musstest du nicht andauernd daran denken, dass er jeden Moment zurückkommen könnte?«

»Doch«, gestand Darcy. »Eigentlich hätte ich mir dieses

Arbeitswochenende sparen können.« Aber irgendwie hatte sie sich durch die beiden Kartons geackert und zum Schluss einen Zettel obendrauf gelegt: *»Bin fertig geworden. Danke. D.«*

Eigentlich hätte sie gern ein paar Tagebucheinträge vom Juni 1920 noch mal überprüft, aber der Gedanke an Max' und Angelinas Rückkehr hatte sie derart nervös gemacht, dass ihr fast schlecht geworden wäre. Sie hatte sich unter gar keinen Umständen noch im Haus aufhalten wollen, wenn die beiden zurückkamen.

Freja kniff ein weiteres Mal die Augen zusammen. »Hättest du es besser oder schlechter gefunden, wenn er zu Hause geblieben wäre?«

»Oh, schlimmer! Viel schlimmer.« Sie schauderte. »Dann hätte ich mich überhaupt nicht konzentrieren können.«

»Du hast dir bestimmt gewünscht, du wärst vorher noch nach Hause und unter die Dusche gegangen, stimmt's?«

»Allerdings. Aber was soll's? Es ist vorbei. Er arbeitet nicht im selben Gebäude, ich muss ihn also nicht wiedersehen. Abgehakt.«

»Ja, genau.« Frejas Blick huschte zu Tristan hinüber, und der zuckte mit den Schultern.

Darcy schaute zwischen den beiden hin und her. »Was?«

»Nichts«, erwiderte Freja achselzuckend.

»Nun sag schon!«

»Der Tierarzt kann einem wirklich leidtun.« Tristan fing den Blick der Kellnerin auf, und sie eilte herbei, um die Bestellung entgegenzunehmen.

»Hatte heute einen interessanten Fall. Ein Hamster, der eine Murmel verschluckt hat. War eine Premiere für mich.«

Darcy lag im Dunkeln und starrte auf den Handybildschirm. Es war weit nach Mitternacht. Freja war nach dem Essen mit Tristan in dessen Penthouse im Islands Brygge gegangen. Warum sollte sie auch nicht?

»Und, hast du sie wieder rausgekriegt?«

»Zu guter Letzt ja. War eine kostspielige Angelegenheit.«

»Wie viel?«

»Dreizehntausend DKK.«

»O mein Gott! Für einen Hamster?«

»Die Leute tun die verrücktesten Sachen für ihre Fellbabys.«

Sie drehte sich lächelnd auf die Seite und zog die Bettdecke über die Schultern. Es war eine bitterkalte Nacht; an der Außenseite des Fensters bildeten sich bereits Eiskristalle.

»Was war der seltsamste Notfall, den du je hattest?«

»Oh, da gab's einige. Vor ein paar Wochen wurde ein Kaninchen in die Praxis gebracht, das einen Joint gefuttert hatte und high war.«

»Das ist ja schrecklich!«

»Der Besitzer schwor jeden Eid, dass es nicht sein Joint gewesen sei. 😱 Und dann haben wir einen Hund, der immer wieder Bienen frisst und gestochen wird. Ein Wiederholungstäter. Anscheinend lernt er nichts daraus.«

»Der arme Kerl.«

»Gestern hatten wir eine Katze mit einer Gehirnerschütterung. Sie hat den Lichtpunkt eines Laserpointers gejagt und ist ungebremst gegen eine Wand geknallt.«

»Nein! Wird sie wieder gesund?«

»Ja, wird aber eine Weile dauern. Wenigstens bleiben keine Schäden zurück.«

»Ich hab gar nicht gewusst, dass die Arbeit eines Tierarztes so abwechslungsreich ist.«

»Langweilig wird es nicht, das steht fest. Und wie war dein Tag?«

»Ich hab auch gearbeitet. So kurzweilig wie bei dir war es allerdings nicht: Ich hab Archivmaterial durchgesehen. Aber wenigstens war ich heute Morgen mit meiner Mitbewohnerin joggen.«

»Joggst du gern?«

»Ich hasse es! Ich komme nur mit, weil sie mir verspricht, dass wir anschließend frühstücken gehen.«

»Wie weit lauft ihr?«

»Normalerweise acht bis zehn Kilometer. Je nachdem, ob wir verkatert sind oder nicht.«

»Ihr versteht euch ganz gut, oder?«

»Ja, wir stehen uns sehr nahe. Sie war meine erste richtige Freundin hier. Hast du auch Mitbewohner?«

»Meine Schwester. Sie ist drei Jahre jünger und macht eine Ausbildung zur Krankenschwester.«

»Eine Medizinerfamilie.«

»Ja. Mein Vater ist auch Arzt …«

Sie plauderten noch eine Weile und sagten sich dann Gute Nacht. Darcy schaltete das Handy aus und schaute aus dem Fenster an der gegenüberliegenden Wand, dessen Vorhänge sie nie zuzog. Normalerweise würde sie den Wecker stellen, aber der Sonntagmorgen war ihr heilig, und da Freja bei Tristan übernachtete, hatte sie die Wohnung für sich allein. Vielleicht würde sie einen Kuchen backen. Oder endlich mal mit dem Buch anfangen, das sie im Sommer vor dem Flug hierher am Flughafen gekauft und in dem sie noch keine einzige Zeile gelesen hatte. Oder sie könnte ins Fitnessstudio gehen. Oder Skifahren am Trockenhang im Copen Hill ausprobieren. Oder sich endlich einmal das Gemälde *Interieur. Strandgade 30* von Vilhelm Hammershøi im Museum ansehen …

Aber wahrscheinlich würde sie den Tag auf dem Sofa verbringen, sich Netflix-Serien reinziehen und Cornflakes aus der Packung futtern.

Wie spät war es denn?

Darcy tastete stöhnend nach ihrem Handy und fand es schließlich auf ihrer Bettdecke, was zweierlei bedeutete: Sie hatte sich im Schlaf nicht bewegt, und sie war so schnell eingeschlafen, dass sie es nicht zum Aufladen an die Steckdose gehängt hatte. Blinzelnd öffnete sie ein Auge: zwölf Minuten vor zehn.

War sie vom Eingang einer WhatsApp-Nachricht geweckt worden? Sie klickte auf das grüne Icon, obwohl der Nummer kein Name zugeordnet war. Keiner ihrer Kontakte.

Die Nachricht bestand aus einem Foto von drei Archivboxen. Anhand der Codes auf den Aufklebern erkannte sie, dass es die Nachfolger der Kartons waren, die sie gestern durchgearbeitet hatte.

Kein Hallo, keine Anrede, nichts. Nur der Satz: »*Wann immer Sie wollen – ich bin da.*«

9. Kapitel

»Es ist halb zwölf.«

Max lehnte am Türrahmen, und Darcy registrierte den ärgerlichen Unterton in seiner Stimme. War er sauer, weil sie gekommen war? Oder weil sie erst jetzt kam?

»Es ist Sonntag.«

»Verschlafen?«

»Haare gewaschen.«

Sein Blick glitt über ihre frisch gewaschenen, frisch geföhnten Haare, die sichtlich mehr Spannkraft hatten als ihr schlaffer Pferdeschwanz von gestern. Sie trug ihren No-Make-up-Look und hatte sich nach quälend langen zwanzig Minuten für Boyfriend-Jeans, derbe Halbschuhe und ihren besten cremefarbenen Rollkragenpulli entschieden. Es war von allergrößter Bedeutung, dass sie aussah, als wäre es ihr völlig egal, wie sie aussah.

»Kommen Sie rein.« Er trat zur Seite, und sie ging hinein. Drinnen, in dem wunderschönen Eingangsbereich, fragte er: »Wie geht's Ihnen?«

Er trug Jeans und einen blau melierten Strickpulli mit marineblauen Streifen an den Ärmelbündchen. Und

Socken! Der Sonntags-Max sah so richtig zum Kuscheln aus.

Was allerdings, im Gegensatz zur Benutzung seines Sofas, nicht zum Angebot gehörte.

»Gut, danke«, antwortete sie. »Hatten Sie einen netten Tag gestern?«

Er streifte sie mit einem flüchtigen Blick. Vermutlich hörte er selbst, wie gezwungen diese Unterhaltung war.

»Ja«, erwiderte er knapp, während er die Treppe hinaufging. »Wann sind Sie aufgebrochen?«, erkundigte er sich über die Schulter hinweg.

»Gegen sechs. Und Sie? Wann sind Sie zurückgekommen?«

»Kurz vor halb sieben.«

Darcy atmete auf. Glück gehabt. »Ah, sehr gut.«

»Wieso?«

»Na ja – dass ich schon weg war.«

Wieder bedachte er sie mit einem seltsamen Blick.

Max steuerte auf die exklusive Küche zu, die so groß wie Darcys und Frejas gesamte Wohnung war. Ein riesiger Strauß schwarzer Tulpen auf dem Esstisch verströmte einen wunderbaren Duft, in den sich der Geruch von frisch gemahlenen Kaffeebohnen mischte. Neben den Archivboxen lagen Sonntagszeitungen; der Wirtschaftsteil war aufgeschlagen.

»Wann sind die Kartons denn gebracht worden?«, fragte Darcy, die beim Sofa stehen geblieben war und dort wartete, während Max Kaffee aufbrühte.

»So gegen neun.«

Max kam mit zwei Bechern herüber und reichte ihr einen. »Stark und schwarz.«

»Danke.« Mit einem Seufzen legte sie die Hände um den heißen Becher. Obwohl sie nicht mit dem Rad gefahren, sondern zu Fuß gegangen war, war sie durchgefroren, nicht zuletzt deshalb, weil sie aus Eitelkeit keine Socken zu den umgekrempelten Jeans trug. »Eigentlich hatte ich heute nicht herkommen wollen«, sagte sie entschuldigend und um ihm einen Ausweg zu ermöglichen.

Doch Max sah sie stirnrunzelnd an. »Wieso nicht? Das Gesuchte schon gefunden?«

»Schön wär's.« Sie seufzte erneut. »Nein, ich …«

»Ja?«

Sie zögerte. »Kann ich nicht doch einen Karton mit nach Hause nehmen? Nur einen? Ich verspreche, dass ich megavorsichtig sein werde. Ich würde ihn mit meinem Leben verteidigen!«

»Warum sind Sie so wild darauf, von hier wegzukommen?«

»Bin ich doch gar nicht.«

»Hört sich aber so an.«

Sie starrte ihn an, während sie nach den richtigen Worten suchte. Wie sollte sie ihm erklären, dass sie es gleichsam als Strafe empfand, sich in seinem Haus aufzuhalten? Für ihn stellte das offenbar kein Problem dar.

»Es kommt mir einfach nicht richtig vor, Sie am Wochenende zu belästigen«, sagte sie schließlich. Das kam der Wahrheit am nächsten.

»Sie belästigen mich nicht. Ich hab Sie gestern ja kaum zu Gesicht bekommen. Ob Sie da sind oder nicht, spielt keine Rolle für mich.«

Das war verletzend, auch wenn er sie nur hatte beruhigen wollen.

»Na ja, trotzdem. Heute ist Sonntag, und … haben Sie später noch was vor?«, fragte sie hoffnungsvoll. Allein wäre es erträglicher.

»Nein.«

»Oh.« Sie ließ den Blick durch den Raum und zur Decke schweifen. Unwillkürlich lauschte sie. Angelina lag vermutlich noch im Bett. Der Schönheitsschlaf war wichtig.

»Sie ist nicht da«, sagte Max, als hätte er ihre Gedanken gelesen.

»Ah.« Sie überlegte, ob es nun gut oder schlecht war, dass sie allein im Haus waren.

»Haben Sie schon was gegessen?«

»Äh …«

»Mir ist aufgefallen, dass Sie sich offenbar nichts aus dem Kühlschrank genommen haben.«

»Natürlich nicht«, murmelte sie. »Ich komme doch nicht zum Essen hierher.«

Er verdrehte die Augen und stöhnte auf. »Darcy …« Er unterbrach sich und sah sie nur an. Dann drehte er sich um, ging zur Küchentheke und angelte ein paar Gebäckstücke aus einer braunen Papiertüte. »Kommen Sie.«

Zögernd folgte sie seiner Aufforderung. So weit hatte sie sich bisher noch nicht in den Raum gewagt. Es fühlte sich an, als würde sie den beruflichen Bereich verlassen und in den privaten vorstoßen. Auf den Marmorarbeitsflächen lag Papierkram – Einladungen, Rechnungen, Briefe – sowie ein Paar braune Lederhandschuhe, daneben stand eine nach Acqua di Parma duftende Kerze. In der Obstschale waren Äpfel und Granatäpfel angeordnet.

Als er den Wolf-Kühlschrank öffnete, sah sie eine ungeöffnete Flasche Krug und einen Laib Brie. Auf der Platte, die er herausstellte, lagen Trauben sowie einige Scheiben Prosciutto und Gouda.

»Hungrig?«

Sie nickte, obwohl sie keineswegs am Verhungern war. Sie hatte gestern Abend sehr gut gegessen, heute Morgen aber in der Eile (und in ihrer Panik) nicht ans Frühstücken gedacht.

Er trug die Sachen zum Tisch hinüber und stellte die Teller ans Kopfende, wo er einen Stuhl für sie heranzog. »Setzen Sie sich. Greifen Sie zu.«

»Jawohl, Sir«, scherzte sie, was ihr einen schnellen Blick von ihm eintrug.

Sie lächelte, und langsam verzog auch er die Lippen zu einem angedeuteten Lächeln. Er schien nicht viele dieser heiteren Momente zu haben.

»Sind Sie gestern Abend ausgegangen?«, fragte er und bedeutete ihr mit einer Handbewegung, sie solle zugreifen.

»Ja, zum Essen.« Sie spießte Käse und Prosciutto auf und brach einen Stängel Trauben ab.

»Und wo?«

»Im Noma.«

Seine Brauen schossen hoch. »Haben Sie die Duck-Feet-Candies probiert?«

Die *was*? »Äh, nein.«

»Schade. Die sind ausgezeichnet.«

»Oh. Na, vielleicht beim nächsten Mal.«

Sie spürte, dass er sie gern gefragt hätte, mit wem sie dort gewesen war. Die Frage schwebte irgendwie im Raum, war aber nicht greifbar. So wie wenn man spürte, dass man beobachtet wurde.

Eigentlich wollte sie ihm nicht erzählen, mit wem sie dort gewesen war – und wollte es doch. Eigentlich wollte sie auch nicht hier sein – und wollte es doch. Sie wollte auch nicht, dass er hier war – und wollte es doch. Diese widersprüchlichen Gefühle waren ganz schön verwirrend.

»Gefällt es Ihnen dort?«

»Das ist eine rhetorische Frage, oder?« Sie hätte gern gewusst, mit wem *er* das Restaurant besucht hatte, doch natürlich fragte sie ihn das nicht. Und so füllte sich die Stille zwischen ihnen mit unausgesprochenen Fragen, mit nicht geführten Gesprächen.

»Ist das wirklich ein Liebermann?«, fragte sie stattdessen, den Blick auf das große Ölgemälde über dem Sofa gerichtet.

Was für Kunstwerke mochte dieses einzigartige Haus noch beherbergen?

Wieder spielte ein Lächeln um seine Mundwinkel. Er wirkte beeindruckt.

»Ja«, bestätigte er. »Alle halten es für einen Manet.«

»Das wäre ein echtes Armutszeugnis, wenn *ich* es nicht zuordnen könnte.« Sie seufzte. »Es ist sensationell.«

Er drehte den Oberkörper und schaute zu dem Gemälde hinüber.

»Es ist immer schon mein Lieblingsbild gewesen«, murmelte er.

»Immer schon?«

Er wandte sich wieder Darcy zu, zögerte. »Es hat meinen Eltern gehört. Früher hing es im Musikzimmer.«

Im Musikzimmer? Wer hatte denn ein Musikzimmer?

»Mein Vater wollte unbedingt, dass ich Klavier spielen lerne, obwohl ich es gehasst habe und überhaupt kein Talent hatte. Mein Lehrer schlug mir immer mit einem Holzlineal auf die Knöchel, wenn ich einen Fehler machte, was ziemlich oft der Fall war.«

»Im Ernst?«

»O ja. Einer von der alten Schule.« Max zuckte mit den Schultern. »Mir war jedes Mittel recht, um mich vor den Klavierstunden zu drücken, und wenn das nicht geklappt hat, habe ich auf den Liebermann an der Wand gegenüber dem Klavier gestarrt und mir verzweifelt gewünscht, ich wäre dort drin, in dem Bild. Überall, bloß nicht hier. Klingt verrückt, nicht wahr?«

»Überhaupt nicht. Ich hab das früher auch gemacht.«

»Wirklich?«

Sie nickte. »Ja. Je nach Laune war ich entweder Fragonards Mädchen auf der Schaukel oder Millais' Ophelia … Ich war ein sehr dramatischer Teenager.«

Er grinste und trank einen Schluck Kaffee. »Haben Sie immer schon gewusst, dass Sie etwas mit Kunst machen wollen?«

»Eigentlich ja. Gemälde haben immer irgendwie zu mir gesprochen.« Sie senkte rasch den Blick. »Sorry, das klingt anmaßend, aber ich weiß nicht, wie ich es anders beschreiben soll.«

»Ich versteh schon.«

»Ja?«

Er nickte. »Mir ist die Liebe zur Kunst praktisch in die Wiege gelegt worden. Ich bin umgeben von schönen Dingen aufgewachsen.«

»Und warum dann ein Jura-Studium?«

Er betrachtete sie prüfend. »Weil man es von mir erwartet hat.«

»*Man?* Ihre Eltern?«

Er zuckte mit den Schultern und ging nicht näher darauf ein.

Darcy wurde bewusst, dass Erik recht gehabt hatte: Mit Kunst ließ sich nicht annähernd so viel Geld verdienen wie als Bauunternehmer – oder als Anwalt.

»Wer ist Ihr persönlicher Liebling?«, fragte er, während sie aß.

Das Croissant auf seinem Teller hatte er noch nicht angerührt, was ihr ein wenig peinlich war. Es fühlte sich an, als würde er ihretwegen darauf verzichten, damit genug für sie da war.

»Bei den Malern?«

Er nickte.

»Tja ... Max Liebermann steht ganz weit oben. Aber ich würde sagen, Joaquín Sorolla.«

»Oh, ich besitze einen Sorolla.« Er blickte kurz Richtung Zimmerdecke.

Darcys Kaubewegungen stoppten abrupt. »Hier? Sie haben einen Sorolla *im Haus*?«

Max lächelte ein wenig. »Sie haben hoffentlich nicht vor, mich auszurauben, oder?«

Sie ließ sich gegen die Rückenlehne fallen und starrte ihn an. »Sie haben mich, eine völlig Fremde, gestern allein in Ihrem Haus gelassen – mit einem Sorolla an der Wand?«

»Na ja, hätte ich gewusst, dass Sie so ein großer Fan sind, hätte ich es mir wahrscheinlich überlegt.« Er grinste angesichts ihrer Fassungslosigkeit. »Keine Sorge, ich habe eine ausgezeichnete Alarmanlage. Warum, glauben Sie, hat mir die Versicherung die Archivboxen überlassen?«

Kopfschüttelnd riss sie die Spitze ihres Croissants ab. »Ich verstehe trotzdem nicht, wie Sie das tun konnten.«

»Ja, das sehe ich.«

»Wie heißt das Gemälde? Wissen Sie das zufällig?«

»Bacante en reposo.«

»Die *Ruhende Bacchantin*? Dieses liegende Mädchen?«

»Ja, genau.« Er wirkte beeindruckt.

Mit offenem Mund starrte Darcy ihn an, ihre Augen glänzten vor Aufregung. »Sein Pinselstrich …«

»Ich weiß.«

»Und diese Farben – das Rosa, die Rottöne, dieses Aufblitzen von Weiß …«

»Ich weiß.«

Sie konnte nicht glauben, dass sich das Gemälde hier im Haus befand. Sie hätte gern gefragt, wo es hing, traute sich aber nicht. Die Grenze zwischen Beruflichem und Privatem verschob sich ständig.

»Es hängt oben«, sagte Max da, als hätte er ihre Gedanken gelesen.

»Oh.«

Eine Pause. »Möchten Sie …«

»Nein, nein«, wehrte sie hastig ab. Er fragte sicher nur aus Höflichkeit. War es nicht schon aufdringlich genug, dass sie in seiner Küche saß und frühstückte? »Ich kenne es. Ich hab es x-mal gesehen. Es ist wunderschön.«

»Ja.« Er wies sie nicht darauf hin, dass sie nie das Original gesehen hatte und dass es etwas völlig anderes war, vor dem Gemälde zu stehen oder eine Abbildung in einem Buch oder auf einem Bildschirm zu betrachten. Aber nach oben zu gehen, in den Kernbereich seiner Intimsphäre, war keine gute Idee, das war ihnen wohl beiden klar.

Wieder entstand ein Schweigen.

»War der Sorolla auch ein Geschenk?«, fragte sie dann.

»Nein, den hab ich in Madrid ersteigert.«

»Ah.«

Sie aß noch ein paar Bissen, aber der Appetit war ihr vergangen, als sie erkannt hatte, dass Welten sie voneinander trennten. Und die Kluft zwischen ihnen wurde mit jedem Augenblick größer.

Sie lehnte sich zurück. »Ich sollte mich jetzt wirklich an die Arbeit machen.«

»Aber Sie haben doch noch gar nicht …«

»Ich bin nicht hergekommen, um Ihnen Ihre Zeit zu stehlen und mit Ihnen zu frühstücken, Max. Ich muss arbeiten.«

Er schaute auf, als sie ihren Stuhl zurückschob und aufstand. »Okay.«

»Danke für die Stärkung.«

»Gerne.«

Er griff nach dem iPad, das auf dem Tisch lag. Hatte er etwa die Absicht, hier sitzen zu bleiben, während sie auf der anderen Seite des Zimmers arbeitete?

»Gibt es nicht doch irgendwo ein Plätzchen für mich? Ein Arbeitszimmer? Einen Besenschrank?«

»Darcy.« Er heftete den Blick auf sie. »Ich bin mit meiner eigenen Arbeit beschäftigt. Ich werde Sie gar nicht beachten. Und Sie werden mich nicht beachten.«

Ihn nicht beachten.

Klar. War ja ganz einfach.

*

»Ich bin gar nicht da«, murmelte Max, als er sich auf der gegenüberliegenden Seite des Sofas in die Polster fallen ließ und zum Sportteil der Zeitung griff.

Darcy registrierte das Rascheln von Papier und nahm die lässig dasitzende Gestalt am Rand ihres Blickfelds wahr. Sooft er ihr den Rücken zugedreht hatte, war sie ihm mit ihren Blicken gefolgt. Jetzt zog sie scheinbar gleichgültig den nächsten Umschlag aus dem Karton.

Darin fand sie Zeitungsausschnitte von Kritiken einer Ausstellung in Turin im Jahr 1920. Trier hatte offenbar drei Gemälde ausgestellt – eine Schuhmacherwerkstatt, eine Strandszene, einen Marktplatz. Wahrscheinlich würde sie nichts Verwertbares wie etwa den Namen einer Frau in diesen Ausschnitten finden, aber auszuschließen war es nicht. Wenn die Porträtierte nun eine reiche Käuferin auf der Ausstellung gewesen war? Oder eine Sammlerin? Auch wenn die meisten Frauen seinerzeit nicht selbst über ihr Geld verfügen konnten, war es doch möglich, dass sie eine wohlhabende Witwe oder eine vermögende Erbin gewesen war.

Sosehr sich Darcy auch bemühte, sich auf ihre Arbeit zu konzentrieren, sie konnte nicht verhindern, dass sie Max atmen hörte. Genauso wie sie vor einer Stunde die Geräusche vernommen hatte, die er gemacht hatte, als er nach unten gegangen war: das Surren einer Maschine, das Klappern von Gewichten beim Bankdrücken, gedämpftes Grunzen, die Songs einer Spotify-Playlist.

Es gab noch mehr, was seine Gegenwart verriet: wenn er sich dehnte und streckte, sich räusperte, zerstreut mit den Fingern schnippte. Oder sich in dem Zimmer oben mit den knarrenden Dielen aufhielt und telefonierte –

sein Bass drang gedämpft durch die Decke. Sprach er mit Angelina? Wo sie wohl sein mochte? Hatte sie die Nacht hier verbracht und war in aller Frühe gegangen?

Darcy zwang sich zu höchster Konzentration. Das Zeitungspapier war vergilbt, der Druck winzig klein. Außer den Namen der Künstler waren keine weiteren genannt.

Ihr Handy brummte. Aksels Name erschien auf dem Display.

»Ich nehm das mit dem seltsamsten Notfall zurück. Es gibt einen rekordverdächtigen neuen!«

Lächelnd nahm sie das Smartphone in die Hand.

»So?«

»Ein Hund. Der Besitzer wollte ihn selbst kastrieren, indem er die Hoden mit Gummibändern abschnürte. Das Ergebnis war eine Harnwegsinfektion und eine zweistündige Operation heute Morgen.«

Darcy schlug sich erschrocken die Hand vor den Mund.

»Ist was passiert?«

Sie schaute auf. Max stand da und sah sie fragend an.

»Sorry.«

»Was ist denn?«

»Ach, nichts weiter. Ein Freund, der Tierarzt ist, hat mir gerade etwas Schockierendes aus seiner Praxis geschrieben.«

»Ach ja?«

»Er erzählt mir, was er mit seinen Patienten so erlebt.«

»Verstehe.«

Sie wandte sich wieder ihrem Handy zu und tippte hastig.

»Wird er wieder gesund?«

»Ja, aber im Moment hat er schlimme Schmerzen.«

»Armer Kerl!«

»Allerdings. Und zu allem Überfluss hat er auch noch eine Halskrause bekommen. Jetzt ist er wirklich fertig mit der Welt.«

Sie lächelte. Aksel taute richtig auf. Wunderbar. Wenn das so weiterging, bestand vielleicht Hoffnung für ihr Date am Dienstag.

Auf der Suche nach einer Antwort hob sie den Blick und merkte, dass Max sie immer noch anstarrte.

In dem Moment klingelte es an der Haustür. Er drehte sich um und eilte nach unten.

Darcy schaute ihm nach. Er hatte sich umgezogen, trug jetzt eine graue Trainingshose und ein T-Shirt. Sonntags-Max, Teil II.

»Mittagessen«, sagte er, als er Augenblicke später mit Tüten, aus denen Dampf aufstieg, zurückkam. Es klang eine Spur verärgert.

Darcy stand auf, ging hinüber und schaute zu, wie er ein paar Pappschachteln auspackte. Sie las den seitlich aufgedruckten Namen. Das Noma war sicherlich legendär, aber das Geranium war gerade zum besten Restaurant der Welt gekürt worden.

»Das Geranium bietet Gerichte zum Mitnehmen an?«, fragte sie staunend.

Max zuckte mit den Schultern. »Nein, aber ein Freund von mir arbeitet dort.«

Er sah sie nicht an, während er die Schachteln hinstellte, und seine Bewegungen hatten etwas Abweisendes. Er war definitiv sauer auf sie. Was hatte sie falsch gemacht? Hatte sie seine Gastfreundschaft überstrapaziert? Aber sie hatte ihn schließlich nicht darum gebeten, etwas zu essen zu besorgen.

»Soll ich lieber gehen, Max?«

Er seufzte, stützte sich mit beiden Händen auf der Theke auf und sah ihr in die Augen.

»Nein, Sie sollen nicht gehen. Sie sollen essen, und vor allem sollen Sie aufhören, sich dafür zu entschuldigen, dass Sie hier sind.«

Sie erwiderte seinen Blick und wäre am liebsten auf der Stelle gegangen. Das hier war eine Auseinandersetzung, sie spürte es.

»Okay«, entgegnete sie achselzuckend. »Keine Entschuldigungen mehr.«

»Gut.« Er bückte sich nach Tellern und Schüsseln und verteilte das Essen darauf. »Ich war mir nicht sicher, was Sie mögen, deshalb habe ich eine Auswahl kommen lassen.«

Das war rücksichtsvoller als Eriks Verhalten: Er hatte im Restaurant bestellt, ohne sie nach ihren Wünschen zu fragen.

»Das sieht fantastisch aus!« Und duftete noch besser. Unglaublich, dass das Restaurant ihm Essen geliefert hatte! War das das Telefonat gewesen, das sie vorhin gehört hatte? »Aber das wäre wirklich nicht nötig gewesen. Ich hätte mir irgendwo ein Sandwich kaufen können. Oder einen Burger.«

Er lächelte, als hätte sie etwas Komisches gesagt. Die eben noch angespannte Atmosphäre entspannte sich schlagartig.

»Ich wollte, dass Sie die Jakobsmuschel probieren.« Er löste die Schleife, die um die kleinste Schachtel gebunden war, und klappte sie auf. Darin befand sich ein Mini-Kuchen auf einem geriffelten weißen Porzellantellerchen.

»Mm, mir läuft schon das Wasser im Mund zusammen!«

Der Kuchen war mit einer glänzenden Glasur überzogen, in der Vanillegelb und Rot ineinanderflossen.

»Ja, der ist wirklich gut. Da sind Gewürze, Äpfel, Holunderbeeren und Apfelbranntwein drin.«

»Den darf man wahrscheinlich nicht zuerst essen, oder?«, fragte sie und grinste verschwörerisch.

Er hielt ihren Blick mit seinem fest. »Auf gar keinen Fall! Sie werden sich gedulden müssen.«

»Aber er sieht so toll aus! Wenn ich nun nicht warten kann?« Sie streckte im Spaß die Hand danach aus.

Max ergriff sie blitzschnell. »Manchmal haben wir keine Wahl. Uns bleibt nichts anderes übrig, als geduldig zu sein.«

Aus dem Spaß wurde Ernst, als sie aufschaute und sah, dass er wie gebannt – geradezu gierig – auf ihren Mund starrte. Sie fühlte sich in die Nationalgalerie zurückversetzt, wo sie in jenen ersten Augenblicken heftig miteinander geflirtet hatten. Bevor Flirten etwas Verbotenes wurde.

Wäre es wirklich so furchtbar, wenn er sie küssen würde, überlegte sie. Freja und Tristan arbeiteten schließlich auch zusammen und waren trotzdem ein Paar.

Doch dann ließ Max ihre Hand los und trug die Teller zum Tisch hinüber, wo sie dieselben Plätze wie beim Frühstück einnahmen.

Darcy nahm sich schweigend ein bisschen von allem.

»Das sollten Sie zuerst probieren«, sagte er leise und schob ihr etwas Weißes, mit einer zarten dunkelroten Ranke Garniertes hin, das ebenfalls auf einem geriffelten weißen Tellerchen lag. Als ob sie im Restaurant äßen.

»Leicht angebratene Jakobsmuschel, serviert mit Schwarzer Johannisbeere und einer Infusion aus getrocknetem Jakobsmuschelrogen.«

»Die Schwarze Johannisbeere, das ist diese Ranke?«

Max nickte.

»Sie lieben also nicht nur exklusive Kunst an den Wänden, sondern auch auf dem Teller?«

»Nicht jeden Tag. Aber ich dachte, vielleicht mögen Sie es.«

Eine Sekunde lang hatte sie geglaubt, er werde sagen, dass es ja ein besonderer Anlass sei.

Sie beobachtete, wie er die Muschel mit der Gabel teilte und sie ihr hinhielt. »Versuchen Sie mal.«

Dass er ihr die Gabel nicht überließ, sondern sie gleichsam fütterte, war eine intime Geste. Zögernd machte sie den Mund auf – und schloss automatisch die Augen, als ihre Geschmacksknospen regelrecht in Verzückung gerieten.

»O mein Gott!«, stöhnte sie und schob das Muschelfleisch so lange wie möglich im Mund herum. Dann öffnete sie die Augen wieder und knurrte: »Mistkerl. Jetzt haben Sie mich für immer verdorben.«

Er grinste. »Noch einen Bissen.« Wieder hielt er die Gabel hoch.

Diesmal zögerte sie nicht. »Wollen Sie mich mästen?«

Er zog eine Braue hoch. »Sie essen zu wenig, das sieht man.«

»Ich esse eine ganze Menge«, widersprach sie. »Aber unregelmäßig. An manchen Tagen futtere ich wie ein Spatz, und an anderen hau ich rein wie ein Scheunendrescher.«

Er musste herzhaft lachen, und ihr wurde bewusst, dass

sie zum ersten Mal erlebte, wie er seine Zurückhaltung ablegte, wodurch er jünger wirkte.

Sie teilten sich das Essen und ließen es sich schmecken.

Darcy schloss immer wieder verzückt die Augen und seufzte zufrieden. »O Gott, das ist *so* gut! So unglaublich gut!«

Max betrachtete sie amüsiert.

»Was?«

»Jedes Mal, wenn Sie etwas mögen, nicken Sie ein wenig mit dem Kopf.« Er ahmte sie nach.

»Gar nicht wahr!« Oder? Es war ihr jedenfalls noch nie aufgefallen.

Er zuckte mit den Schultern.

»Dafür quetschen Sie beim Lesen den Mund zur Seite«, konterte sie.

Er zog finster die Brauen zusammen.

»Blödsinn!«, protestierte er empört.

»Das ist *kein* Blödsinn.«

Eine kleine Pause, dann, jedes Wort betonend: »Ich quetsche den Mund nicht zur Seite.«

»Sie haben es vorhin gerade wieder gemacht, als Sie den Sportteil gelesen haben.« Jetzt ahmte *sie ihn* nach.

Wieder lachte er, warf ihr dabei aber einen Blick zu, als hätte sie ihm gegen seinen Willen etwas weggenommen.

Stille trat ein.

»Haben Sie einen Lieblingsverein?«, fragte Darcy schließlich. »Lassen Sie mich raten – Kopenhagen?«

»Nein, der Aarhus GF.«

»Ehrlich?«

»Ich bin in Aarhus zur Schule gegangen.«

»Ah. Die besten Tage Ihres Lebens?«

»Das will ich nicht hoffen«, scherzte er. »Und Sie? Haben Sie einen Lieblingsverein?«

»Eigentlich nicht. Aber mein Bruder ist Chelsea-Fan, und deshalb bin ich es wohl auch, denke ich.«

»Sie haben einen Bruder?«

»Ja, er ist drei Jahre jünger. Außerdem eine Schwester, die sieben Jahre jünger ist als ich.«

»Dann sind Sie die Älteste.«

»Sie sagen das so unheilvoll. So wie manche sagen: *Ich bin Skorpion.* Oder: *Ich bin eine Hexe.*«

Er lachte leise.

»Und Sie?«

»Einzelkind. Merkt man das nicht?«

Doch, jetzt, wo er es sagte … Es gab Hinweise: seine Unabhängigkeit, seine auffällige Reife, seine unerschütterliche Ruhe … Er machte nicht den Eindruck, als hätte er jemals um den besseren Platz in der Badewanne kämpfen müssen.

Es sei denn, mit einem Model.

Sofort lief der Film dazu vor ihrem inneren Auge ab, und sie seufzte.

Max sah sie kurz an. »Gut?«

Sie wusste, er meinte das Essen, und nickte. »Fantastisch.«

Max lag mit AirPods auf dem Sofa und schaute sich das Spiel auf seinem iPad an. Alle paar Minuten zuckte er wegen eines Fouls zusammen, ärgerte sich über einen schlechten Zweikampf oder stöhnte wegen einer Schiedsrichterentscheidung. Wahrscheinlich war er sich der Laute, die er von sich gab, gar nicht bewusst.

Darcy hatte den dritten Karton fast durch. Das Material war umfang-, aber nicht hilfreich gewesen – überwiegend Auktionskataloge, die sie schnell durchgeblättert und dann ad acta gelegt hatte.

Allmählich begann sie sich Sorgen zu machen. Seit fast einer Woche wühlte sie sich durch das Archivmaterial, ohne auch nur einen einzigen Hinweis auf die Identität der Frau entdeckt zu haben.

Seufzend ließ sie sich in die Polster zurückfallen. Morgen früh wollte sie sich mit Otto treffen. Wie sollte sie ihm erklären, dass sie in der ersten der veranschlagten fünf Wochen rein gar nichts gefunden hatte? Keinen einzigen brauchbaren Beleg?

»Alles in Ordnung?«

Sie schaute auf. Max hielt einen AirPod in der Hand und sah sie aufmerksam an.

»Ja, ich denke schon.«

Sein Blick streifte den Karton. »Immer noch nichts?«

Sie schüttelte den Kopf. »Hm-m.«

»Es wird sich schon noch was finden.«

»Aber wann? Ich hab morgen eine Besprechung mit Otto und kann nicht das Geringste vorweisen.« Sie seufzte erneut, fuhr sich mit beiden Händen übers Gesicht, presste sie dann an die Wangen und starrte auf die Kartons, die genauso gut hätten leer sein können. »Wenn er mich nun von dem Projekt abzieht und jemand anderen damit betraut?«

Max schwieg einen Augenblick. »Das wird er nicht machen.«

»Woher wollen Sie das wissen?« Sie zog eine Braue hoch. Otto war ehrgeizig und stellte hohe Anforderungen.

»Ich habe den Job nur bekommen, weil die Leiterin der Wissenschaftsabteilung im Mutterschutz ist und ihre Vertretung alle Hände voll mit der Organisation der Retrospektive zu tun hat.«

Er erwiderte nichts darauf, sondern stand auf, ging in die Küche und kam mit einer Flasche Wein und zwei Gläsern zurück.

»Nein, nein! Ich muss einen klaren Kopf behalten«, protestierte sie lahm, als er einschenkte.

»Ein Glas schadet nicht. Sie brauchen eine Pause. Sie haben das ganze Wochenende ununterbrochen gearbeitet. Sagen Sie Otto, ich kann es bestätigen. Sie dürfen mich gern als Leumundszeugen benennen.«

Er reichte ihr ein Glas und zog sich mit seinem auf seinen Platz auf dem Sofa zurück.

»Otto braucht Informationen, keine Ausflüchte. Die Uhr tickt, und …«

»Trinken Sie.«

Sie gehorchte. »Oh, tut das gut.«

»Mhm.«

Sie betrachtete das satte Rot des Weins und sah dann wieder Max an. »Müssen Sie eigentlich immer von allem das Beste haben?«

Er zögerte. »Ist das so schlimm?«

»Nein, natürlich nicht.«

Er kniff die Augen ein wenig zusammen, als glaubte er ihr nicht.

Darcy wusste selbst nicht, was sie denken sollte. War er tatsächlich verwöhnt, verhätschelt, überprivilegiert? Musste er jemals selbst einen Finger rühren, oder hatte er Leute, die ihm alles abnahmen – Restaurants, die ihm das

Essen lieferten, und Haushälterinnen, Assistentinnen, Sicherheitspersonal, die alle für einen reibungslosen Ablauf seines Alltags sorgten? War seine Welt so hohl und leer, dass er sie mit glänzenden Dingen füllen musste – mit Originalgemälden und Models und erstklassigem Grand Cru?

Er steckte den AirPod wieder ins Ohr und schaute sich weiter das Spiel an.

Darcy wandte sich wieder dem letzten Karton des Tages zu. Briefe eines französischen Künstlers namens Louis Moreau an Trier, der zu diesem Zeitpunkt in Rom weilte und in einem winzigen Atelier in Trastevere wohnte und arbeitete. Sie sprach zwar ganz passabel Französisch, dennoch war es anstrengend, die mit kleiner Schrift eng beschriebenen und mit Tintenklecksen gesprenkelten Seiten zu entziffern.

Die Knie bis ans Kinn hochgezogen, nippte sie an ihrem Wein und las: »*Die Hitze war unerträglich … Friedenskonferenz … Versailles …*«

Darcy konnte ein Gähnen nicht unterdrücken. Französische Politik interessierte sie nicht, sie brauchte den Namen einer Frau. Sie sah Otto vor sich, wie er ihr am nächsten Tag gegenübersitzen würde, und riss sich zusammen. Sie musste etwas finden, irgendetwas, ganz egal, was.

An einer Textstelle blieb sie hängen. Die Stirn in tiefe Falten gelegt, versuchte sie es noch einmal.

»Was ist?« Max war aufmerksam geworden.

»Oh … da ist eine Stelle, die ich nicht verstehe.« Sie hielt den Brief hoch. »Er ist auf Französisch.«

»Ich spreche Französisch. Zeigen Sie mal her.« Sie streckte ihm den Brief hin, aber Max stand auf und setzte sich neben sie. »Welche Stelle?«

Darcy erstarrte, als die Polster nachgaben und sein Bein gegen ihres gedrückt wurde. Sie roch einen schwachen holzigen Duft. Rasierwasser oder Duschgel?

»Hier«, murmelte sie und zeigte mit dem Finger darauf.

Max las die Zeilen ein paarmal. Darcy spürte, dass sich auf einer tieferen Ebene etwas zwischen ihnen änderte.

»Es geht um einen Gesetzesentwurf zur Wahlreform, eine Kombination aus Listenwahl und Verhältniswahl.«

»Oh. Kein Wunder, dass ich das nicht verstanden habe. Das versteh ich ja nicht einmal auf Englisch. Das übersteigt meine Französischkenntnisse bei Weitem.«

Er lächelte. »Ja, spannende Materie.«

»O ja. Bin ich nicht ein Glückspilz?«

Sein Gesicht war ihrem ganz nah, er senkte den Blick und heftete ihn auf ihren Mund. Das ganze Wochenende waren jedes Wort und jeder Blick mit Spannung unterlegt gewesen, aber jetzt – das wurde ihr klar, als er ihr in die Augen schaute – würden sie das nicht mehr ignorieren können. Es ließ sich nicht leugnen, dass sie sich zueinander hingezogen fühlten, und diese gegenseitige Anziehung würde nicht einfach verschwinden, sondern sich zwischen ihnen niederlassen wie eine große schwarze Katze, die nach Aufmerksamkeit verlangte.

Darcy rührte sich nicht, als Max sich endlich zu ihr beugte und sie küsste. Seine Lippen schmeckten genau wie ihre nach Wein; sein Duft hüllte sie ein, verführerisch und betörend. Der sanfte Druck auf ihren Mund ließ ein, zwei Augenblicke nach. Sie wussten beide, dass dies eine Frage gewesen war und dass der nächste Kuss die Antwort sein würde. Leidenschaft flutete durch sie hindurch, die Wellen überspülten sie und rissen sie beide mit sich fort.

Dann küsste er sie fester, fordernd, öffnete langsam den Mund, suchte ihre Zunge, fand sie und spielte mit ihr. Es war besser, als Darcy es sich jemals erträumt hätte. Ihr Herz raste wie verrückt und …

Es klingelte an der Tür.

Erst dachte sie, er hätte es nicht gehört, weil er weitermachte und ihr mit einer Hand ins Haar fuhr. Doch als es dreißig Sekunden später wieder klingelte, löste er sich ein wenig von ihr. Atemlos vor Leidenschaft saßen sie einander gegenüber, in ihrer eigenen Welt. Sein Blick lotete die Tiefen ihrer Seele aus, wo er fand, was er suchte. Das, was sie gern verborgen hätte, aber nicht konnte.

Er küsste sie von Neuem, drängender. Ihr Verlangen wuchs.

Es klingelte ein drittes Mal.

»Willst du nicht nachsehen, wer an der Tür ist?«, hauchte sie, die Lippen an seinem Mund.

»Nein«, flüsterte er heiser.

Der Kuss hatte sie zu Gefangenen gemacht, und diese Störung, diese Bedrohung steigerte ihr verzweifeltes Verlangen nur noch. Darcy spürte, wie er sie fester an sich zog.

Wieder schrillte die Türklingel mit Nachdruck.

»Hört sich an, als ob es dringend wäre.«

»Mir egal.«

»Vielleicht ist es wichtig.«

»Nein.« Sein Griff lockerte sich nicht, aber dieses Mal machte sie sich los.

»Das kannst du doch nicht wissen.«

Mit einem frustrierten Seufzer lehnte er seine Stirn an ihre.

»Wer auch immer das ist – ich will ihm geraten haben, dass da jemand im Sterben liegt, sonst …«, stieß er zwischen den Zähnen hervor. »Bleib sitzen. Ich wimmle ihn ab.«

Er stand auf, eilte zur Tür, drehte sich mit einem sehnsüchtigen Blick auf Darcy noch einmal um und lief dann die Treppe hinunter.

Darcy war dankbar für die kurze Verschnaufpause. Sie musste erst einmal wieder zu Atem kommen. So war sie noch nie geküsst worden. So hatte ihr Körper noch nie die Kontrolle über ihren Verstand übernommen.

Nicht dass sie ihren Verstand hätte zu Wort kommen lassen. Max hatte die Grenze überschritten, nicht sie. Und wenn Tristan und Freja es allem Anschein nach schafften, Arbeitskollegen zu sein und trotzdem eine Beziehung zu führen, warum sollte es Max und ihr dann nicht auch gelingen?

In seinen Armen hatte sich alles so selbstverständlich, so normal angefühlt. Wie Wasser, das bergab floss. Die Natur, die ihren Lauf nahm.

Sie konnte Freja schon hören – er sei genau das, was sie am allerwenigsten brauche. Es stimmte ja, je mehr sie von seinem Leben sah, desto bewusster wurden ihr die Unterschiede. Die Welt, aus der er kam und in die er gehörte, war eine völlig andere als ihre.

Und dennoch würde sie ihm nichts verweigern. Es spielte keine Rolle, ob sie zusammenpassten oder nicht. Freja wusste nichts von der starken Verbindung, der Chemie zwischen ihnen, die sich nicht einfach ignorieren ließ.

Sie griff nach ihrem Glas und nahm einen großen Schluck Wein, um ihre Nerven zu beruhigen. Die Vorstellung, dass er gleich heraufkommen und auf sie zugehen würde …

Seine Stimme drang von unten herauf. Sie lauschte angestrengt, konnte aber zunächst nichts verstehen. Dann auf einmal eine Frauenstimme, die immer frustrierter und wütender klang.

Max' tiefer Bass wurde ebenfalls lauter: »… war nicht abgemacht!«

»Können wir uns nicht spontan sehen? … dich vermisst! … dass du anrufen würdest!«

Darcy hielt unwillkürlich die Luft an. Angelina!

»… zurückkommen!«

Sie bekam Herzklopfen vor Scham und hatte ein furchtbar schlechtes Gewissen. Sie wusste doch, dass die beiden ein Paar waren. Erst gestern hatte sie ihn mit seiner Freundin gesehen, und heute ließ sie sich von ihm küssen? Was war bloß in sie gefahren?

Schnelle Schritte auf der Treppe. Darcy stellte ihr Glas hastig ab, griff nach dem Brief, den sie zuletzt gelesen hatte, und rutschte bis an die Sofakante vor, damit es nicht aussah, als würde sie sich hier wie zu Hause fühlen. Das Kinn in die Hand gestützt, tat sie, als konzentriere sie sich ganz auf den Brief, als plötzlich jemand ins Zimmer platzte und dann wie versteinert stehen blieb.

Ein höfliches Lächeln auf den Lippen, schaute Darcy auf.

»Hi …«, begann sie, dann verstummte sie.

Max, sichtlich angespannt, tauchte hinter der Frau auf. Ein drückendes Schweigen legte sich über sie. Darcy kam es so vor, als würde ihr das Herz, das vor wenigen Minuten doch noch gejubelt hatte, unsanft vor die Füße plumpsen.

Sie beobachtete, wie Max die Schultern hängen ließ, als er den geschockten, bestürzten Ausdruck in ihren Augen sah. Er schluckte schwer.

»Darcy, das ist Natalia«, murmelte er. »Natalia, Darcy.«

Wow, hier ging es ja zu wie im Taubenschlag. Bei ihm gaben sich die Frauen offensichtlich die Klinke in die Hand. Und um ein Haar wäre sie eine von ihnen geworden …

Sie kam sich unendlich dumm vor. Gedemütigt. Wertlos.

»Hallo, *Natalia.*« Sie lächelte der Frau – groß, blond, Typ Model – zu, so freundlich sie konnte.

»Darcy und ich arbeiten zusammen«, erklärte Max, als Natalia herumwirbelte und ihn, völlig zu Recht, vorwurfsvoll ansah. »Ich helfe ihr bei einem Projekt für die Galerie.«

»Was du nicht sagst.« Ein starker russischer Akzent und eine ordentliche Portion Sarkasmus färbten ihre Stimme. Ganz offensichtlich glaubte sie ihm kein Wort.

Gut für sie, dachte Darcy. Ihre Hand zitterte, als sie den Brief in den Karton zurücklegte und den Deckel wieder daraufstülpte.

»Ich bin gerade fertig geworden«, sagte sie und fragte sich, warum sie Max deckte. Sie schuldete ihm keine Loyalität. Er wusste ja nicht einmal, was das Wort bedeutete. »Max hat mir freundlicherweise gestattet, hier zu arbeiten …«

Die Blondine musterte sie – und die Weingläser – mit unverhohlenem Misstrauen.

»Wenn das Museum geschlossen ist, habe ich keinen Zugang zum Archiv, wissen Sie? Die Sicherheitsvorkehrungen, die Versicherung und so weiter … Aber für heute bin ich fertig, ich werde Sie nicht stören.«

Darcy gab sich die größte Mühe, sich ganz normal zu bewegen, aber sogar das Atmen fühlte sich gezwungen an. Sie war innerlich so aufgewühlt, dass Tränen das einzige Ventil zu sein schienen, doch sie würde auf *gar keinen Fall* anfangen zu weinen. Sie musste schnellstens raus hier.

»Die können wieder zurück, Max«, sagte sie förmlich, ohne ihn anzusehen.

Sie stand auf, strich sich die Jeans glatt und griff nach ihrer Tasche.

Natalia, die sie wachsam beobachtet hatte, entspannte sich sichtlich. Anscheinend hatte sie Darcy als ungefährlich eingestuft.

»Hat mich sehr gefreut, Natalia. Danke, Max«, sagte sie und vermied noch immer den Blickkontakt mit ihm, als sie Richtung Tür ging.

»Ich bring dich …«

Sie fuhr herum, hob die Hand und sah ihn eisig an. »Nicht nötig. Du hast einen Gast, Max – und ich bin offensichtlich schon viel zu lange geblieben. Ich hätte viel früher gehen sollen.«

Ihr Blick sagte alles. Es war ein Fehler gewesen. Ein schwerwiegender Irrtum. Für Max war sie eine von vielen, aber das würde sie kein zweites Mal mit sich machen lassen.

»Ich finde allein raus, danke.«

10. Kapitel

Otto saß an seinem Schreibtisch, hatte die Ellenbogen aufgestützt und die Fingerspitzen aneinandergelegt und sah Darcy unglücklich an. »Margit wird das gar nicht gern hören.«

»Ich weiß, tut mir wirklich leid. Ich habe alles versucht. Ein einziger Anhaltspunkt würde reichen – ein Name oder ein Foto von dieser Frau. Das würde mir schon weiterhelfen.«

»Und Ihre Nachforschungen haben bisher nichts ergeben?«

Darcy schüttelte den Kopf. »Nach dem Ersten Weltkrieg ist Trier viel gereist, unter anderem nach Paris und von dort nach Italien. Ich habe mir überlegt, ob die Frau möglicherweise eine Prostituierte war. Wir wissen, dass er Prostituierte aufgesucht hat, und in dem fraglichen Zeitraum hat er Menschen aus einfachen Verhältnissen gemalt, das würde also passen. Vielleicht hat er sie fürs Modellsitzen und nicht für ihre Liebesdienste bezahlt.« Das waren alles nur vage Spekulationen, das war ihr klar.

Otto dachte kurz darüber nach. »Mit der Hypothese kann ich mich nicht anfreunden. Wenn er eine Hure malen wollte, warum hat er sie dann als vornehme Dame dargestellt?« Er machte eine Handbewegung. »Entschuldigen Sie die Wortwahl, aber Sie wissen, was ich meine.«

Sie nickte. »Das sehe ich genauso«, stimmte sie seufzend zu. Sie hatte ja dasselbe Argument vorgebracht. »Ich will nur keine Möglichkeit ausschließen.«

Otto schaute nachdenklich aus dem Fenster. »Trier hat sich immer für die kleinen Leute interessiert, er war zeitlebens Sozialist. Erst als Frederik Madsen 1921 sein Mäzen wurde, begann er, Angehörige der Oberschicht zu porträtieren und sich damit seinen Lebensunterhalt zu verdienen. Aber er war nie mit dem Herzen dabei. Und nach dem Abbruch ihrer Beziehungen 1922 hat er praktisch keine Gesellschaftsporträts mehr gemalt.«

Darcy kaute auf der Unterlippe. »Das ist es, was mich stört – dieses Porträt kommt mir nicht wie die übliche Auftragsmalerei für einen wohlhabenden Kunden vor. Kein Hintergrundinterieur, keine Ganzkörperdarstellung, keine vornehme Kleidung …«

»Vielleicht ein Frühwerk, als er noch auf der Suche nach seinem Stil war. Oder eine Studie. Eine Übung, um die Darstellung der Haare oder der Nase oder der Kopfhaltung zu verfeinern.« Otto sah sie an. »Die Liste der offiziell ihm zugeschriebenen Werke sind Sie sicher schon durchgegangen, um zu überprüfen, ob es eine Übereinstimmung zwischen einer der Frauen und unserer Porträtierten gibt?«

Darcy erstarrte. Verlegen senkte sie den Blick. Statt sich

erst einmal mit Triers Werk zu beschäftigen, was naheliegend gewesen wäre, hatte sie sein Leben durchforstet.

»Nein, noch nicht. Ich werde mich sofort an die Arbeit machen und die ihm zugeschriebenen Porträts mit unserem vergleichen.« Seufzend lehnte sie sich zurück. »Es tut mir leid, Otto. Das hätte ich gleich als Erstes machen und die Suche enger eingrenzen sollen … Ich bin ein Idiot!«

Otto beobachtete, wie sie sich mit Selbstvorwürfen quälte. »Eine sorgfältige Prüfung ist nie etwas Schlechtes, Darcy. Stünden wir nicht so unter Zeitdruck, wäre das überhaupt kein Thema. Aber inzwischen ist eine Woche vergangen, ohne dass wir etwas Greifbares haben, und auf Margit lastet ein enormer Druck.«

»Ich weiß. Ich verspreche, dass ich mich beeilen werde. Ich bin jeden Tag von sieben Uhr morgens bis sieben Uhr abends im Archiv, und vielleicht kann Viggo an unserem Wochenend-Arrangement feilen, damit ich die nächsten Samstage und Sonntage auch länger arbeiten kann.«

»Was für ein Wochenend-Arrangement?«, fragte Otto stirnrunzelnd.

»Eine unorthodoxe Abmachung, die es mir ermöglicht hat, außerhalb der Öffnungszeiten der Galerie zu arbeiten.«

»Unorthodox inwiefern?«

»Er hat erreicht, dass Archivmaterial zu einem der Treuhänder gebracht wird, immer nur wenige Kartons auf einmal. Da der Treuhänder in derselben Straße wohnt, in der sich die Galerie befindet, müssen die Kartons nicht unter strengen Sicherheitsmaßnahmen quer durch die Stadt transportiert werden. Außerdem hat er der Versicherung sein Wort gegeben, dass die Dokumente sein Haus nicht verlassen werden.«

»Wie heißt der Treuhänder?«

Darcy musste sich überwinden, seinen Namen auszusprechen. Sie tat ihr Möglichstes, um die Gedanken an ihn gar nicht erst aufkommen zu lassen. »Max Lorensen.«

»Ah, Max.«

»Sie kennen ihn?«

»Ja, natürlich.«

Natürlich. Sie erinnerte sich an den Empfang im Museum letzte Woche. Max hatte mit den Sponsoren geplaudert wie mit alten Freunden. In seinem Job musste er gut vernetzt sein und sich auf gesellschaftlichem Parkett sicher bewegen. Hinzu kam, dass die Stiftung Madsen in die Organisation der Retrospektive involviert war, daher blieb es nicht aus, dass seine und Ottos Wege sich kreuzten.

»Das heißt, außerhalb der Öffnungszeiten, also abends und an den Wochenenden, können Sie nur bei ihm zu Hause arbeiten.«

»So ist es«, erwiderte sie und nickte. »Aber ich werde mir Mühe geben, Viggo davon zu überzeugen, dass eine andere Lösung gefunden werden muss. Ich meine, ich kann nicht bis spätnachts in einem fremden Haus sitzen und arbeiten, während ich das bei mir zu Hause sehr wohl könnte.«

Sie hatte nicht die Absicht, noch einmal einen Fuß in Max' Haus zu setzen, und wenn der Termindruck noch so groß war. Natalias Auftritt war für ihn schlechtes Timing gewesen, für sie selbst jedoch ein Segen, weil er sie im letzten Augenblick davor bewahrt hatte, eine Dummheit zu machen. Freja hatte recht gehabt: Max war schlecht für sie. Sie war nicht geschaffen für einen Aufreißer wie ihn.

Otto machte ein skeptisches Gesicht. »Aber ob sich die Versicherung darauf einlassen wird?«

»Wenn Archivgut unter strengen Auflagen aus der Galerie genommen werden darf, lässt sich bestimmt über diese Auflagen verhandeln. Ein Präzedenzfall ist ja schon geschaffen worden, deshalb …« Sie hielt ihre gekreuzten Finger hoch.

»Ich verstehe. Nun, dann wollen wir hoffen, dass eine Lösung gefunden wird, die Ihnen entgegenkommt. Und wenn jemand das erreichen kann, dann Viggo Rask. Er genießt überall hohes Ansehen.«

»Ja, er ist mir eine große Hilfe.« Sie nippte an ihrem Kaffee. Ihre Finger waren immer noch rot und klamm vom Radeln in der Kälte. »Geht es voran mit der Freilegung?«

»Nur ganz, ganz langsam. Aber ich habe den Eindruck, Lauge ist zuversichtlicher als noch vor einer Woche.«

Darcy verzog das Gesicht. »Zum Glück ist das nicht *mein* Job!«

»Ja, die Arbeit ist mühsam und erfordert viel Fingerspitzengefühl. Lauge ist ganz schön gestresst.«

»Das glaube ich gern. Kann man schon irgendetwas erkennen?«

Otto schüttelte den Kopf. »Nein. Das Wichtigste ist natürlich, dass *Ihre Kinder* nicht beschädigt wird. Das Porträt ist anscheinend ziemlich fest mit der Leinwand verbunden.«

»Können sie schon abschätzen, wie lange sie für die Freilegung brauchen werden?«

»Drei Wochen, haben sie gesagt.«

»Oh, das ist ein Fortschritt.« Der ihr allerdings nicht helfen würde. Sie würde sich weiter vorantasten.

»Natürlich nur, wenn nichts Unvorhergesehenes dazwischenkommt.«

»Klar.« Darcy betrachtete den scharf umrissenen Schatten eines Asts auf dem Fußboden und seufzte bei dem Gedanken an einen weiteren langen Tag im trüben Licht des Archivs. Zurzeit ging sie im Dunkeln aus dem Haus und kam im Dunkeln zurück. »Gut, ich mach mich dann besser wieder an die Arbeit. Sobald ich etwas Brauchbares finde, gebe ich Ihnen gleich Bescheid.«

Otto nickte. »Tun Sie das. Und viel Glück mit Viggo. Hoffentlich kann er Ihnen weiterhelfen.«

»Ja, das hoffe ich auch«, murmelte sie. Beim Gedanken an die Alternative hatte sie ein ungutes Gefühl in der Magengrube. »Das hoffe ich auch.«

»Guten Morgen!« Viggo strahlte förmlich, als Darcy die Treppe hinunterkam. »Und, wie war Ihr Wochenende?«

»Sehr produktiv, und das hab ich nur Ihnen zu verdanken.«

Er wirkte erfreut. »Haben Sie was entdeckt?«

»Nein, leider noch nicht. Aber ich kann wieder ein paar Kartons abhaken.«

»Sehr gut.«

Darcy schälte sich aus ihrem Mantel und hängte ihn neben seinen. »Ich komme gerade von Otto. Er ist ziemlich enttäuscht, dass ich noch nichts Brauchbares gefunden habe.«

»Aber Sie tun doch schon Ihr Möglichstes.«

Sie schnitt eine Grimasse. »Ich war vielleicht zu perfektionistisch. Anstatt mich auf den vereinbarten Zeitrahmen zu konzentrieren, habe ich ganz am Anfang des

Materials über Trier angefangen. Mir läuft die Zeit davon. Von jetzt an werde ich rund um die Uhr arbeiten müssen.«

Viggo stand auf, griff nach dem Wasserkocher und füllte ihn an dem kleinen Waschbecken. »Wenigstens haben wir jetzt ja eine Lösung für das Problem gefunden.«

»Tja also, was das angeht …«, sagte sie so gedehnt, dass er sich zu ihr umdrehte.

»Stimmt was nicht?«

»Nein, nein. Ich bin Ihnen wirklich dankbar für das, was Sie erreicht haben, noch dazu in so kurzer Zeit.«

»Aber?«

»Aber besteht nicht vielleicht doch die Möglichkeit, dass ich das Material mit nach Hause nehmen kann?«, bettelte sie.

»Die Entscheidung liegt nicht bei mir, Darcy«, antwortete er achselzuckend.

»Warum sollten die Dokumente bei Max Lorensen sicherer sein als bei mir?«

»Er wohnt nur einen Steinwurf von der Galerie entfernt.«

»Ja, aber abgesehen davon. Ich meine, wenn nun ein Feuer ausbricht? Bei ihm lagern Unmengen Wein, die … die als Brandbeschleuniger fungieren würden! Und bei ihm wird garantiert eher eingebrochen als bei mir! Er besitzt einen Liebermann und Zeichnungen von Picasso und weiß der Himmel was sonst noch alles!«

Viggo gab einen Laut von sich, als wollte er sagen: *Das wundert mich nicht.*

»Deshalb hat er ja auch eine hervorragende Alarmanlage«, argumentierte er stattdessen.

»So hervorragend ist sie nun auch wieder nicht«, widersprach Darcy. »Als ich am Samstag von ihm weggegangen bin, war er gar nicht da, obwohl er angeblich versprochen hat, das Archivmaterial nicht aus den Augen zu lassen. Und ich musste *keine* Alarmanlage einschalten! Das Haus ist nicht besser gesichert als meine Wohnung.«

»Hm.« Viggo legte die Stirn in Falten. Diese Information schien ihn zu beunruhigen.

»Können Sie nicht noch einmal mit der Versicherung reden?«

»Darcy, ich kann nicht Bequemlichkeit über Sicherheit stellen.«

»Es geht nicht um Bequemlichkeit, sondern um Produktivität. Ich kann dort zum Beispiel nicht die ganze Nacht durcharbeiten. Wenn ich heute Abend von hier aus direkt zu ihm ginge, könnte ich vielleicht ein, zwei Stunden bleiben, länger nicht. Ich meine, ich kann doch nicht bis nach neun in seiner Küche sitzen, oder? Und schon gar nicht jeden Tag oder jedes Wochenende. Es war total nett von ihm, dass ich dieses Wochenende kommen durfte, aber der Mann kann doch nicht die ganze Zeit auf mich Rücksicht nehmen. Schließlich hat er auch ein eigenes Leben.«

»O ja, allerdings.« Viggo schmunzelte. Vermutlich kannte er die Fotos von Max in den Boulevardblättern.

Er gab löslichen Kaffee in die Becher, schüttete kochendes Wasser darauf und in den einen Becher einen Schuss Milch aus einem kleinen Krug, der die Form einer sitzenden Kuh hatte.

»Es geht doch nicht, dass seine Privatsphäre auf Dauer beeinträchtigt wird. Wir dürfen seine Großzügigkeit nicht ausnutzen.«

Viggo nickte. »Ich verstehe.«

»Dann werden Sie noch einmal mit der Versicherung reden? Die Chancen stehen gut, denke ich. Mit der Zusage, dass das Archivmaterial außerhalb der Galerie eingesehen werden darf, haben sie einen Präzedenzfall geschaffen. *Wo* diese Einsichtnahme erfolgt, ist doch irrelevant.« Sie merkte selbst, dass sie schneller und schriller redete als sonst.

»Ein Präzedenzfall, hm? Und ich dachte, *er* sei der Anwalt.« Viggo reichte ihr ihren Becher mit einem Lächeln und einem Blick, als hätte er sie durchschaut. Bei Otto hatte sie genau den gleichen Eindruck gehabt. Max Lorensen hatte einen gewissen Ruf in dieser Stadt. Ahnten sie die wahren Gründe, weshalb sie ihm aus dem Weg gehen wollte?

»Bitte, Viggo!«

»Ich werde sehen, was ich tun kann, Darcy. Ich kümmere mich darum.«

*

»Soll ich heute Abend einen Karton bringen lassen?«

Darcy starrte die Nachricht an. Sie hatte sie auf »Benachrichtigungen« gelesen, sodass sie nicht als »gelesen« markiert wurde.

Sie legte das Handy wieder hin und tat so, als hätte ihr Herzschlag beim Anblick der Nummer nicht eine Sekunde lang ausgesetzt. Sie hatte Max nicht zu ihren Kontakten hinzugefügt. Wozu auch? Er gehörte nicht zu ihrem Leben.

Rasch wandte sie sich wieder ihrem Ordner zu – August 1920: Bleistiftskizzen, Entwürfe und Vignetten. Trier hatte sich in Apulien aufgehalten, um die ausdrucksstarke mediterrane Landschaft und das Licht zu studieren, die beide so völlig anders als im heimatlichen Dänemark waren. Darcy überprüfte sorgfältig jedes Gesicht und jedes Profil. Dabei betrachtete sie die Kleidung der Frauen ganz genau, um festzustellen, ob sich vielleicht ein Detail fand, das sich wie ein roter Faden durch sein Werk zog.

Ihr Handy summte erneut. Gerade mal acht Sekunden gelang es ihr, die neue Nachricht zu ignorieren.

»Ich werde nicht da sein.«

Sie biss sich auf die Lippe und schrieb eine Antwort, damit er endlich Ruhe gab.

»Nein, danke, nicht nötig.«

Max war ihr gestern Abend nicht nachgelaufen, hatte ihr weder eine Entschuldigung noch eine Erklärung geliefert. Seine Gleichgültigkeit verstärkte ihre Erleichterung über die unerwartete Störung. Vielleicht war er genauso froh darüber wie sie, wer konnte das schon sagen? Natalias Erscheinen hatte wie eine kalte Dusche gewirkt und sie beide wieder zur Besinnung gebracht.

Eine weitere Nachricht.

Dieses Mal hielt sie es drei Sekunden aus.

»Du schneidest dir ins eigene Fleisch. Wie gesagt, ich werde nicht da sein. Viggo hat einen Schlüssel.«

Darcy schnappte empört nach Luft. So eine Frechheit! Glaubte er im Ernst, dass sie ihre Arbeit sabotierte, nur um ihm aus dem Weg zu gehen?

Das stimmte zwar, aber was fiel ihm ein, ihr das zu unterstellen?

Sie antwortete nicht, sondern wandte sich wieder den Kohlezeichnungen zu: Olivenbäume, die Monti Dauni, ein Packesel, Trulli-Häuser, ein Hufschmied am Amboss …

Sie war auf der Suche nach einem Geist.

Und verzweifelt bemüht, ihren eigenen Geist abzuschütteln.

11. Kapitel

Darcy rührte gerade die Soße um, als sie hörte, wie die Haustür zugezogen wurde. Einen Augenblick später kam ihre Mitbewohnerin in die Küche. Freja war von der Arbeit nach Hause gejoggt, in Klamotten, deren Zusammenstellung einen Migräneanfall auslöste: blaugrüne Leggings, leuchtend blaue wattierte Jacke, Barbie-rosa Socken und gelbe Laufschuhe. Allem Anschein nach hatte sie auf dem Heimweg noch eingekauft, sie hielt nämlich in jeder Hand eine Tragetasche.

»Na, sieh einer an! Hallo, Fremde!«, sagte Darcy gedehnt. »Ich dachte schon, du wärst ausgezogen.«

»Das hättest du wohl gern, was? Hast du mich vermisst?«

»Vermisst ist gar kein Ausdruck. Miss Petals und ich reden von nichts anderem mehr.«

Freja grinste, knallte die Einkaufstüten auf die Arbeitsplatte und warf einen Blick in den Kochtopf. »Was gibt's denn?«

»Pasta mit Hähnchen à la Darcy. Es ist genug für zwei da. Willst du auch was haben, oder bist du nur auf der Durchreise?«

Freja lehnte sich ächzend gegen die Arbeitsplatte. »Was ich brauche, sind acht Stunden Schlaf. Mindestens! Ich schlafe seit über einem Monat höchstens vier Stunden am Stück.«

»Oh, wow, danke, dass du mir das gesagt hast«, versetzte Darcy trocken. »Sonst hätte ich womöglich vergessen, dass ich Single bin.«

Freja ließ die Stirn auf Darcys Arm sinken und stöhnte. »Jetzt weiß ich, wie sich Eltern mit einem Neugeborenen fühlen müssen.«

»Erwarte bloß kein Mitleid von mir. Endloser heißer Sex mit einem reichen älteren Lover-Boss hat eben seinen Preis.«

»Wart du nur«, brummte Freja. »Wir werden ja sehen, in welcher Verfassung du nach deinem heißen Date morgen daherkommst.«

»Heiß?«, spottete Darcy kopfschüttelnd. »Höchstens lauwarm.«

Freja richtete sich auf, ging zum Kühlschrank, nahm die geöffnete Weinflasche heraus, schenkte sich ein Glas ein und füllte das von Darcy auf. »Hast du nicht gesagt, es sei besser geworden mit ihm?«

»Ja, schon. Aber die Messlatte lag auch nicht besonders hoch.«

»Was wirst du anziehen?«

»Das, was ich zum Arbeiten anhabe.«

»Du gehst vom Archiv direkt dorthin? Willst du nicht erst nach Hause?«

»Keine Zeit. Wir sind um halb acht verabredet, und ich muss jede einzelne Minute nutzen. Von sieben Uhr morgens bis sieben Uhr abends. Es geht nicht anders. Ich kann’s mir erst nach Weihnachten wieder leisten, früher Feierabend zu machen.«

Freja zog die Brauen zusammen, während sie die Einkäufe auspackte und einen Teil im Kühlschrank verstaute. »Darf ich fragen, wie du vorankommst?«

»Nein.«

»Oh.«

»Heute hatte ich die wöchentliche Besprechung mit Otto. Sagen wir mal so – ich bin im Moment nicht gerade seine Musterschülerin.«

»Oh«, sagte Freja erneut und legte ein paar Orangen in die Obstschale. Dann stemmte sie sich auf die Arbeitsfläche und ließ die Beine baumeln. »Und wie ist es gestern bei Max, dem Anwalt, gelaufen?«

Darcy schluckte und rührte noch schneller in der Soße. »Es geht.«

»Nichts Erwähnenswertes?«

Sie zuckte mit den Schultern. »Kein Durchbruch.«

»Das wollte ich nicht wissen, und das weißt du auch.«

Darcy hielt inne und sah sie an. »Hast du gewusst, dass Geranium auch Essen nach Hause liefert?«

»Hä?«

»Ja. Er hat was zum Lunch bestellt.«

»Er hat Lunch vom Geranium liefern lassen?«, fragte Freja ungläubig. »Wenn ich das Tristan erzähle!«

»Würde ich nicht machen. Max hat anscheinend einen Freund, der dort arbeitet. Ich glaube, er wollte bloß angeben, weil ich erzählt habe, dass wir im Noma waren.« Sie verdrehte die Augen. »Er ist ein richtiger Narzisst.«

»Na ja, das haben wir ja von Anfang an gewusst.« Freja schaute zu, wie Darcy die Chilischoten etwas rabiat, aber sehr sorgfältig klein schnitt. »Dann war er gestern also da?«

»Ja.«

»Seine Freundin auch?«

»Nein, die kam erst später. Und es war diesmal eine andere. Anscheinend hat sie sich nicht an den Dating-Plan gehalten. Er war ganz schön sauer.«

»Er hat einen Dating-Plan?«

»Was denkst du denn! Wie soll er die vielen Models denn sonst unter einen Hut bringen?« Darcys Stimme troff vor Sarkasmus. Sie hob das Schneidebrett an und schob das klein geschnittene Gemüse in den Topf.

»Mir scheint, du bist gerade noch mal davongekommen, als du beschlossen hast, alles auf einer beruflichen Ebene zu belassen.«

»Mm.« Sie schaute schnell weg, aber ihre Freundin wurde trotzdem misstrauisch.

»Das hast du doch, oder? Darcy?«

Sie seufzte. Freja konnte sie nichts vormachen. Das wollte sie auch gar nicht.

»Wir haben uns geküsst«, räumte sie ein. »Aber das war's.«

»O mein Gott, du hast ihn geküsst?«

»Ja, aber mehr nicht.«

»Weil …?«, drängte Freja. »Hast *du* damit aufgehört? Oder er? Was ist passiert? Ich brauche Einzelheiten!«

»Das Model ist aufgekreuzt. Überraschend. Das war wie eine kalte Dusche.«

»Scheiße.«

»Das kannst du laut sagen. Ich bin dann natürlich gegangen.«

»Natürlich.«

»Und das war's.«

»Das war's? Er hat nicht angerufen? Dich nicht um Verzeihung gebeten?«

»Wo denkst du hin! Er hat mich heute Nachmittag lediglich per WhatsApp gefragt, ob er einen weiteren Karton bringen lassen soll.«

»Nein! Das ist ganz schön krass.«

»Es kommt noch besser. Als ich geantwortet habe: ›Nein, nicht nötig‹, hat er getextet, er sei sowieso nicht da und ich würde mir nur ins eigene Fleisch schneiden.«

»Das ist unglaublich!«, empörte sich Freja. »O mein Gott, wie ich den Kerl hasse!«

Darcy nickte heftig. »Diese Arroganz ist kaum zu überbieten.«

»Und was hast du darauf geantwortet?«

»Gar nichts«, antwortete sie achselzuckend. »Es versteht sich von selbst, dass ich sein Haus nicht mehr betreten werde – ob er nun da ist oder nicht.«

Freja nahm einen Schluck Wein und schlenkerte mit den Beinen. »Aber du brauchst die zusätzliche Zeit doch, oder?«

»Viggo wird sich darum kümmern. Ich hab heute mit ihm gesprochen und ihm klargemacht, dass das Material hierhergeliefert werden muss. Ich hoffe, er hat morgen gute Neuigkeiten für mich. Und heute Abend nehme ich mir einfach frei.«

»Dann drück ich dir die Daumen.«

»Tu das.«

Freja schaute zu, wie sie die Hähnchenbrust wendete und mit Soße bedeckte. »Und, wie war der Kuss?«

Darcy wirbelte herum und heftete den Blick auf sie. »Wieso interessiert dich das?«

»Wir führen doch immer eine Post-mortem-Analyse durch.«

»Schon, aber in diesem Fall ist das völlig überflüssig.«

»Okay, dann gib wenigstens eine Bewertung mit den Fingern ab. Auf einer Skala von eins bis zehn, wie war er?«

Darcy schoss ihr einen weiteren Blick zu, aber Freja schoss ihn postwendend zurück. Langsam hob Darcy beide Hände – und einen Fuß.

»O Scheiße, so gut war er?«

»Wie könnte es auch anders sein? Übung genug hat er schließlich, und du weißt ja: Übung macht den Meister.« Sie schüttelte den Topf kräftig und fragte: »Willst du nun was abhaben?«

Freja lächelte nervös. »Nur, wenn genug da ist. Ich will auf keinen Fall, dass du vor lauter Hunger noch wütender wirst.«

Darcy nahm zwei Teller aus dem Schrank, verteilte das Essen darauf und gab Freja die größere Portion. Sie hatte sowieso keinen Appetit.

»Du hast mir mehr gegeben«, stellte ihre Freundin fest.

»Hab keinen Hunger. Und du musst doch bei Kräften bleiben«, schob sie augenzwinkernd hinterher.

Sie gingen mit den Tellern und dem Wein zu den Sofas, wo sie sich im Schneidersitz einander gegenübersetzten.

Darcy stocherte lustlos im Essen herum.

»Und, was treibt Tristan heute Abend?«, murmelte sie dumpf.

»Er ist in Antwerpen. Er kommt morgen zurück, aber ich dachte mir, ich verlängere die Zwangspause um eine weitere Nacht ohne ihn. Nur um zu beweisen, dass ich es kann.«

»Wow, zwei ganze Nächte! Das ist echt hardcore«, witzelte Darcy. »Dann geht er dir also noch nicht auf die Nerven?«

»Nein, aber wart mal ab.« Freja stach mit der Gabel Löcher in die Luft. »Ich bin zuversichtlich, dass in ein paar Wochen …«

»Das hast du vor ein paar Wochen auch schon gesagt!«

In dem Moment brummte Darcys Handy.

»Aksel«, sagte sie mit einem Blick auf den Bildschirm und stöhnte dann: »O nein!«

»Was ist?«

»Er muss für morgen Abend absagen. Einer der Chefs hat eine Versammlung für alle Mitarbeiter der Tierklinik angesetzt.«

»Verdammt.«

»Er fragt, ob wir uns stattdessen am Mittwoch treffen könnten.«

»Das ist doch okay, oder?«

Darcy zuckte mit den Schultern.

»Bist du jetzt enttäuscht?«

»Irgendwie schon. Ich hatte gehofft, die Ereignisse von gestern sozusagen überschreiben zu können.«

»Du meinst, je eher du einen anderen küsst, desto besser?«

»Ganz genau.«

»Na ja, es ist ja nicht so, als hätte er dir einen Korb gegeben. Das Ganze verschiebt sich eben um einen Tag. Eigentlich ganz gut, dass du ein bisschen verschnupft bist, das zeigt, dass du ihn magst.«

»Ich bin ihm noch nie begegnet!«

»Aber ihr habt eine Verbindung. Seit einer Woche habt ihr täglich Kontakt. Du wirst sehen, wenn du ihm persönlich gegenüberstehst, wird es dir vorkommen, als würdet ihr euch schon ewig kennen.«

»Kann sein.«

»Ganz bestimmt! Außerdem ist der Mittwoch für ein Date besser geeignet als der Dienstag, weil er praktisch den Start ins Wochenende markiert.«

Darcy grinste. »Echt jetzt?«

Freja tippte sich an die Schläfe. »Optimismus ist alles! Aksel ist ein Volltreffer, das hab ich im Urin!«

*

»Was gibt's Neues, Viggo?«, rief Darcy fröhlich, als sie am nächsten Morgen um Punkt sieben – und damit zwei Stunden vor der offiziellen Öffnungszeit – die Galerie betrat. Draußen herrschte noch tiefste Dunkelheit, aber Viggo war schon fleißig: Er brachte mit einem Akkuschrauber ein Schild mit der Beschreibung eines Gemäldes an der Wand an.

Mit steifen Bewegungen richtete er sich auf.

»Darcy!«, sagte er, sichtlich erfreut, sie zu sehen. »Wieder einmal in aller Frühe auf den Beinen, wie ich sehe.«

»Was sein muss, muss sein«, erwiderte sie achselzuckend und wickelte sich aus ihrem Schal. Trotz der Kälte war sie mit dem Fahrrad gekommen, und so leuchteten ihre Hände und Wangen in einem kräftigen Rosa. »Im Moment kommt es auf jede Minute an.«

Er nickte und lächelte entschuldigend. »Wo wir gerade davon sprechen …«

»O nein!« Sie stöhnte auf, weil sie sich denken konnte, was als Nächstes kommen würde.

»Ich habe gestern Nachmittag mit der Hauptniederlassung telefoniert und ein gutes Wort für Sie eingelegt.«

»Aber sie haben Nein gesagt.«

»So ist es. Entweder das Archivmaterial wird unter den bisherigen Konditionen zu Max Lorensen gebracht, oder es bleibt, wo es ist.« Er breitete hilflos die Hände aus. »Tut mir leid. Ich hab's versucht.«

Stöhnend rieb sie sich übers Gesicht. »Ich weiß. Und ich bin Ihnen wirklich dankbar für Ihre Bemühungen.«

»So schlimm ist es doch nicht, oder? Max Lorensen hat mir einen Schlüssel dagelassen, damit Sie jederzeit ins Haus können.«

»Nein, das kommt nicht infrage«, entgegnete sie und schüttelte langsam den Kopf.

Viggo zögerte einen Augenblick. »Ich kann mir vorstellen, dass es seltsam ist, in einem fremden Haus zu arbeiten. Aber er soll diese Woche nicht da sein.«

Darcy straffte sich. »Wirklich? Und wann kommt er zurück?«

Viggo zuckte mit den Schultern. »Ich weiß nur, dass er ein paar Tage verreist ist.«

Sie dachte darüber nach. Wenn das stimmte, wäre es ein Eigentor, sich die Gelegenheit, ein paar zusätzliche Stunden einzuschieben, entgehen zu lassen.

Viggo schlurfte zum nächsten Exponat. Sie befanden sich ganz hinten in der Galerie, im Madsen-Saal, der sich der Geschichte der philanthropischen Familie widmete, die so viel für die dänische Kunst getan hatte. An die Wände war eine Zeitachse gemalt worden, mit alten Familienfotos in Schwarz-Weiß und Sepia.

Von Weitem ähnelten die Mitglieder der Madsen-Familie jeder anderen reichen dänischen Dynastie: die Männer mit akkurat getrimmtem Bart und im Dreiteiler, die älteren Frauen mit der klassischen Gibson-Girl-Frisur, wie sie damals modern gewesen war.

Darcy folgte Viggo und betrachtete neugierig die Fotos. Seit sie mit ihrer Arbeit begonnen hatte, war sie nicht ein einziges Mal nach hier oben gekommen und hatte sich umgeschaut. Entweder hatten sich zu viele Besucher in den Sälen gedrängt, oder aber sie hatte es eilig gehabt, ins Archiv hinunterzukommen. Jetzt jedoch, in der morgendlichen Stille, hatte das Umherschlendern etwas Beruhigendes.

Viggo brachte die Schilder an den kleinen Messingpfosten an der Wand an. Alles war schon vor Wochen ausgemessen worden, und man hatte die Texte mehrmals überprüft, bevor sie in den Druck gegangen waren.

Vor dem riesigen Schwarz-Weiß-Foto, das den Raum beherrschte, blieb sie stehen und betrachtete es aufmerksam. Wenn die darauf abgebildeten Personen doch nur reden könnten! Vielleicht hätten sie die Antwort, nach der sie suchte.

Für das Foto posierte die Familie in einer Orangerie mit grün berankten Wänden. Die Frauen saßen auf modischen Lloyd-Loom-Stühlen, die Männer hinter ihnen starrten in die Kamera. Den Mittelpunkt der Gruppe bildete ein weißhaariger alter Mann in einem Schaukelstuhl. Er trug ein Monokel, und seine knotige Hand hielt die

Armlehne umklammert. In seinem Schoß lag ein kleines Buch mit Ledereinband.

Darcy warf einen Blick auf die Informationstafel neben dem Foto und fand ihre Vermutung bestätigt: Bertram Madsen im Jahr 1918. Die beiden jüngeren Männer rechts und links von ihm waren seine Söhne Frederik und Casper.

Sie wusste von Viggo, dass Madsen senior ein brillanter Chemiker gewesen und einmal sogar für den Nobelpreis in Chemie vorgeschlagen worden war. Ihm hatte die Familie ihren Reichtum zu verdanken. Doch es war Frederik, sein ältester Sohn, der – nicht zuletzt durch die Gründung der Stiftung – das soziale Engagement der Familie forciert hatte wie kein anderer.

Mit den leicht hervorstehenden Augen und den eingefallenen Wangen war Frederik kein gut aussehender Mann, aber sein ernster, stolzer Blick dürfte es unmöglich gemacht haben, ihn zu ignorieren. Casper, sein Bruder, war von schmalerer, feingliedriger Statur und dunkelhaarig, mit wachsamen Augen. Der zurückhaltende, aufsässige jüngere Bruder? Frederik, der Erbe, und Casper, der Ersatz?

Auf einem Sofa neben Bertram saßen Mutter und Tochter, Gerde und Lotte Madsen, die Hände sittsam im Schoß gefaltet. Das halbwüchsige Mädchen hatte puppenhafte Züge und war so blass, dass die Haut aus Porzellan zu sein schien. Beide Frauen hatten helle Haare und Augen und wirkten so sanftmütig, als hätten sie im Leben nie mit größeren Widrigkeiten als zu weich gekochten Eiern oder abgerissenen Säumen zu kämpfen gehabt.

Darcy ging langsam weiter. Das nächste Foto zeigte Mutter und Tochter in einem Garten. *Juni 1915*, stand auf dem Schildchen daneben. Ein weiteres Mädchen war mit auf dem Bild, und im Hintergrund schnitt ein Gärtner mit einer Heckenschere Sträucher zurück. Gerde saß in einem Liegestuhl mit Sonnendach, die Mädchen – umgeben von Büchern – auf einer Picknickdecke im Gras neben ihr. Ihre Umrisse waren leicht verschwommen, als wären sie gerufen worden und hätten in dem Augenblick aufgeschaut, als der Fotograf auf den Auslöser drückte. Sie waren barfuß, trugen Sommerkleider und flochten Blumenkränze. Vielleicht war die Aufnahme kurz vor dem Mittsommerfest entstanden, das immer am 23. Juni gefeiert wurde. Darcy wusste von ihrer Mutter, dass es sich bei Sankt Hans Aften, wie es auch genannt wurde, um ein traditionsreiches Fest handelte, bei dem unter anderem Lagerfeuer am Strand entzündet wurden, wie es schon die Wikinger gemacht hatten.

Es war eine idyllische Szene, nichts deutete auf den Krieg hin, auf das unermessliche Leid der Menschen und den Tod so vieler Soldaten, die zur selben Zeit in den Schützengräben starben. Darcys eigener Ururgroßvater war bei Ypern gefallen. Er war einer von fünf Brüdern in der neunköpfigen Familie gewesen und in der Blüte seiner Jahre aus dem Leben gerissen worden. Währenddessen hatten diese reichen kleinen Mädchen im Garten gespielt und Blumenkränze geknüpft.

Darcy wandte sich ab. Die Ungerechtigkeit wühlte sie selbst jetzt noch, nach so vielen Jahrzehnten, bis ins Innerste auf. Während die einen litten und starben, kamen die anderen zu Wohlstand und Reichtum.

Aber das Leben war nun mal nicht fair, war es nie gewesen. Manche hatten das Glück einfach für sich gepachtet.

Der Tag verging im gewohnt beschaulichen Rhythmus. Das Rascheln von Papier, Viggos leise Stimme am Telefon, gedämpfte Schritte, das Hintergrundsummen der Galeriebesucher über ihnen …

Darcy hatte die Mittagspause ausfallen lassen. Nachdem sie festgestellt hatte, dass keine der Frauen in Triers offiziellem Werkverzeichnis der Porträtierten ähnelte, nahm sie sich jetzt die Tagebücher des Malers vor.

»Feierabend«, verkündete Viggo und trat neben den Tisch, an dem sie arbeitete. Seinen langen Mantel hatte er bereits an, und jetzt setzte er sich den Filzhut auf.

»Schon?« Überrascht schaute sie auf. Die Zeit war wie im Flug vergangen. Sie hatte gedacht, es sei vielleicht fünf, aber ohne Tageslicht fehlte ihr das Zeitgefühl.

Viggo nickte. »Jens ist schon da.«

Jens war der Chef des Wachpersonals. Zu seinem Team gehörten drei Angestellte und zwei Hunde.

»Er ist immer so pünktlich«, murrte Darcy und schob ihre Dokumente zu einem sauberen Stapel zusammen, den sie in den Archivkarton zurücklegte.

»Sind Sie vorangekommen?«, erkundigte sich Viggo. »Ich hab gar keinen Jubelschrei gehört.«

»Nein, dazu gab es leider keinen Anlass. Aber ich habe eine ziemlich drastische Bleistiftzeichnung entdeckt, die Trier in einem völlig neuen Licht zeigt.«

»So?«

»Ja. Eine homoerotische Zeichnung, könnte man sagen.« Sie warf Viggo einen kurzen Blick zu. »War er schwul?«

»Wenn ja, dann hat er seine Neigung geheim gehalten. Gleichgeschlechtliche Beziehungen waren hierzulande bis 1933 verboten.«

»Hm. Vielleicht nur eine Kritzelei. Falls er Männer mochte, hat ihn das jedenfalls nicht davon abgehalten, auch mit Frauen zu verkehren. Ich glaube, er hat mehr Geld für Prostituierte ausgegeben als fürs Essen.«

Sie stellte den Karton an seinen Platz im Regal zurück. Eine Mittelstrebe war sie noch vom Ende des ersten Regals entfernt. Immerhin ging es voran.

Sie schnappte sich Mantel, Schal und Tasche und stapfte mit Viggo die Treppe hinauf. Die Galerie hatte um sechs geschlossen, und die Angestellten, die im Museumsshop und am Empfang arbeiteten, verließen das Gebäude spätestens um halb sieben. Die Beleuchtung war ausgeschaltet worden; lediglich durch die Glaskuppel im Dach fiel noch etwas spärliches Abendlicht.

Dieser Gang durch die leere Galerie hatte für Darcy etwas ganz Besonderes, ja beinahe Heiliges. Es war alles so rein und makellos. Nicht dass vorher Unordnung geherrscht oder Abfälle herumgelegen hätten. Nein, es war, als ob der Saal in der Stille und der Dunkelheit atmete, als ob Seelen in den Farben auf den Leinwänden gefangen wären. Augen folgten ihren Bewegungen. Lippen lächelten. Die Wäsche auf der Leine flatterte im Wind. Die Galerie war nicht tot, sie schlief nur. Sie hatte ihren eigenen langsamen Pulsschlag. Diese Mauern bargen Unsterblichkeit: Solange es Menschen gab, die die Bildnisse der Verstorbenen betrachteten, fielen sie nicht dem Vergessen anheim, waren sie nicht wirklich tot.

»Haben Sie heute Abend schon was vor?«, fragte Darcy, während sie durch die heiligen Hallen gingen.

»Heute Abend ist mein Schachclub.«

»Oh?« Sie hatte nicht damit gerechnet, dass er die Frage

bejahen würde. »Ich wusste gar nicht, dass Sie Schach spielen.«

»Das ist meine große Leidenschaft. Letzte Woche habe ich eine Bird-Eröffnung versucht, aber der Schuss ging nach hinten los. Heute werde ich mit dem Elefantengambit eröffnen.«

»Ich versteh ehrlich gesagt kein Wort, Viggo.«

Jens saß am Empfang, seinen Hund neben sich im Hundekorb. Darcy wusste nicht einmal, wie das Tier hieß, aber das spielte auch keine Rolle. Es war ein Wachhund, kein Hund zum Streicheln. Als sie näher kamen, hob er den Kopf und ließ sie nicht aus den Augen, blieb aber liegen. Ohne ein Kommando von Jens tat er gar nichts.

»Gute Nacht, Jens«, sagte Viggo und nickte ihm zu. »Dann bis morgen.«

»Gute Nacht, Viggo. Miss Cotterell.« Der Wachmann war im Begriff, eine Patience zu legen. »Oh, da fällt mir ein, Miss …«

Sie war schon an der Tür, drehte sich aber noch einmal um.

»Kann der andere Karton wieder zurück?«

»Zurück?«

»Ja, von Mr Lorensen. Wir haben aber noch keine Anweisung bekommen.«

Darcy starrte ihn an. Hatte sie sich Max gegenüber so unklar ausgedrückt? »Ich habe ihm doch gesagt, dass ich keinen …«

»Oh, ich fürchte, das ist mein Fehler«, warf Viggo zerknirscht ein. »Entschuldigen Sie. Als Max und ich den Arbeitsplan aufgestellt haben, hat er darum gebeten, dass jeden Abend ein Karton zu ihm nach Hause geliefert wird.

Ich habe leider vergessen, die gestrige Lieferung zu stornieren, nachdem Sie mir gesagt haben, dass Sie diese Woche nicht rübergehen werden.«

»Soll das heißen, der Karton hat die ganze Nacht und den ganzen Tag heute dort gestanden?«

»Ja, aber …« Viggo machte einen völlig verstörten Eindruck. Auf einmal sah man ihm seine dreiundsiebzig Jahre an. »Ach herrje!«

»Das ist doch nicht so tragisch, Viggo.« Darcy legte ihm beruhigend eine Hand auf den Arm, als sie sah, wie blass er geworden war. Er hütete das kostbare Archivgut wie seinen Augapfel.

»Ich geh gleich rüber«, versprach er.

»Nein.« Sie schüttelte den Kopf. »*Ich* werde gehen. Sie gehen zu Ihrem Schachclub.«

»Aber es ist doch meine Schuld.«

»Das mag sein, aber ich habe heute Abend nichts vor. Ich werde nachsehen, ob alles in Ordnung ist, und den Beleg unterschreiben, und dann kann der Karton hierher zurücktransportiert werden. Niemand wird etwas davon erfahren.« Sie zuckte mit den Schultern.

Dem alten Archivar war sein Versäumnis sichtlich unangenehm. »Meinen Sie wirklich?«

»Aber ja! Alles gut, Viggo.« An Jens gewandt, fragte sie: »Wie soll ich Ihnen mitteilen, wann der Karton abgeholt werden kann?«

»Per Textnachricht.« Er kritzelte eine Nummer auf einen Zettel und reichte ihn ihr. »Geben Sie mir eine halbe Stunde, je nachdem, ob ich gerade auf meiner Runde bin oder nicht.«

»Alles klar, ich melde mich.« Sie verließ mit Viggo das

Gebäude. Es war ziemlich frisch, und Viggo zog seinen Mantel fester um sich. »Und Sie sind sicher, dass Max verreist ist?«

»Ja, warum?«

Sie schaute die Straße hinunter, über die Rücklichter des dichten Feierabendverkehrs hinweg.

»Weil ich dann noch eine Stunde oder so arbeiten könnte«, murmelte sie nachdenklich und sah ihn an. »Wenn ich sowieso schon drüben bin … Und ihn nicht störe …«

»Hier.« Viggo nestelte in seiner Manteltasche und zog einen Schlüssel heraus. »Den hat er mir gegeben. Der Code lautet P-E-D-E-R.«

»Peder?«

»Genau.«

Die dänische Form von Peter?

»Gut, dann … viel Spaß beim Schach. Machen Sie sich keine Sorgen, das kriegen wir schon hin.«

»Sie rufen mich an, falls es Probleme gibt?«

»Mach ich«, versicherte sie lächelnd.

»Schön. Dann bis morgen, Darcy.« Er ging nach rechts.

»Wie gewohnt in aller Frühe!«, rief sie ihm nach und wandte sich nach links.

Sie ging mit zügigen Schritten, ihr Atem bildete kleine Wölkchen. Von Zeit zu Zeit blies sie auf ihre kalten Hände. Beim Radfahren wäre ihr schneller warm geworden, aber die nächste Leihstation befand sich etwa hundert Meter in der anderen Richtung, und für eine so kurze Strecke lohnte es sich nicht, ein Rad auszuleihen.

Zehn Minuten später stand Darcy vor Max' Haus. Wie oft sie den Weg schon zurückgelegt hatte …

Alles in ihr sträubte sich hineinzugehen. Irgendwie fühlte es sich wie eine Niederlage an. Aber dann dachte sie an Viggo und überwand sich. Außerdem war drinnen alles dunkel. Max würde nie erfahren, dass sie noch einmal da gewesen war.

Sie lief die Stufen hinauf und steckte den Schlüssel ins Schloss. Ein Alarm begann zu ticken. Ziemlich weit oben neben dem Eingang befand sich eine Tastatur, und als sie den Code eingab, hörte das Ticken sofort auf. Ohne Sperenzchen, ohne Drama.

Nachdem sie die Tür hinter sich geschlossen hatte, machte sie Licht. Zurück am Tatort. Kalte Schönheit, eisige Eleganz. Wie die Frauen, die er datete.

Darcy marschierte schnurstracks die Treppe hinauf in die Küche und knipste auch dort das Licht an. Dann blieb sie einen Moment stehen und ließ den eindrucksvollen Raum auf sich wirken. Sie versuchte, sich vorzustellen, wie Max Gäste an diesem riesigen Tisch bewirtete, aber es gelang ihr nicht. Wie mochte sich sein Freundeskreis zusammensetzen? Aus Bankern internationaler Geldhäuser? Aus Hedgefonds-Managern?

Der Karton mit dem Archivmaterial stand auf dem niedrigen Couchtisch zwischen den Sofaelementen. Ein Formular lag obendrauf.

»Na also. Alles bestens«, brummte sie vor sich hin.

Was hätte schon passieren sollen? Wie groß war denn das Risiko, dass eingebrochen wurde oder ein Feuer ausbrach? Für Darcy grenzte die Sorge um die Sicherheit des Archivguts an Hysterie. Würde Jens den Karton nicht persönlich abholen, hätte sie ihn mit nach Hause genommen, um dort zu arbeiten.

Seufzend und ein wenig entspannter schaute sie sich in der Küche um. Über einem der Hocker hing ein marineblauer Pulli; Laufschuhe waren unter den Schrank gekickt worden. Auf dem Sofa stapelten sich noch immer die Sonntagszeitungen, und eine Seidenkrawatte lag zusammengerollt auf der Arbeitsplatte. Diese kleinen Hinweise auf gelebtes Leben besagten im Grunde nur, dass die Putzfrau nicht jeden Tag kam. Einen Puls wie in der Galerie nahm sie hier nicht wahr.

Erst als ihr Magen laut und vernehmlich knurrte, merkte sie, dass sie am Verhungern war. Und Durst hatte sie auch. Sie dachte an die Flasche Sauvignon Blanc im heimischen Kühlschrank, die nur auf sie wartete. Max hatte einen randvoll gefüllten Weinkühlschrank mit getönter Glastür. Darcy konnte ihn hören, wie er sie ungeduldig aufforderte, sich doch einfach ein Glas einzuschenken. Was sie aber nicht tat. Nachdem sie sich aus Mantel und Schal geschält hatte, bestellte sie sich stattdessen etwas bei Uber Eats. Das war ihre Art, gegen seine Großzügigkeit zu rebellieren, sich aufzulehnen gegen den Mann, der nur mit ihr gespielt hatte.

Sie öffnete die Archivbox und machte sich an die Arbeit. Obenauf lag ein mit einem braunen Schnürsenkel zusammengebundenes Bündel Briefe an Triers Mutter in Odense. Darcy überflog sie in aller Eile. Die hastige, schludrige Handschrift war nicht leicht zu entziffern. Hinzu kam, dass er in umgangssprachlichem Dänisch schrieb.

Es war November 1920, Trier war nach Dänemark zurückgekehrt. Im Wesentlichen klagte er, der jetzt an das milde Mittelmeerklima gewohnt war, über die Kälte; gelegentlich erkundigte er sich nach Sannie – einem Haustier, wie Darcy vermutete – und fragte, ob sie etwas von Onkel Malthe gehört hätten.

Die Türklingel ertönte und weckte bittere Erinnerungen. Darcy schaute überrascht auf. Sie hätte schwören können, dass erst ein paar Minuten vergangen waren, aber ein Blick auf ihr Smartphone verriet ihr, dass sie schon eine Dreiviertelstunde hier saß.

Sie lief hinunter, nahm ihr Essen in Empfang – ein Burger, Pommes und eine kleine Flasche Sauvignon Blanc –, hockte sich wieder auf die Sofakante und hoffte, dass der Samt nicht den Essensgeruch annehmen würde. Für den Wein brauchte sie ein Glas. Sie schnappte sich das erstbeste, ein Wasserglas. Max' Küche zu betreten, war wie in sein Leben zu treten, und das wollte sie unter allen Umständen vermeiden.

Die Füße unter sich gezogen, machte sie es sich in einer Sofaecke bequem, nippte an ihrem Wein und arbeitete sich durch die Briefe. Mit Worten konnte Trier bei Weitem nicht so gut umgehen wie mit dem Pinsel: Sein Stil war geschwollen und wenig reizvoll. Die Lektüre ermüdete sie, und Darcy hoffte bei jedem Blatt, endlich den ersehnten Hinweis zu finden.

Vergeblich.

Als Nächstes blätterte sie den Ausstellungskatalog einer Galerie in Aarhus durch, aber Trier selbst schien dort nicht ausgestellt zu haben. War er als Gast geladen gewesen? Darunter entdeckte sie ein Bündel Papiere: noch mehr Skizzen, dieses Mal Aquarelle. Botanische Studien.

Darcy runzelte die Stirn. Künstler experimentierten zwar mit verschiedenen Mal- und Zeichentechniken und variierten auch ihre Themen, aber das hier passte nicht zu Trier. Vor allem nicht zu dieser Phase, in der er angefangen hatte, mehr mit Ölfarben und weniger mit Kohle zu arbeiten.

Sie breitete die DIN-A4-Blätter auf den Polstern aus, um sich einen Überblick zu verschaffen. Es handelte sich um Studien von Flieder, Margeriten, Rotbuchenblättern, Stieleichen …

Die Margerite war die dänische Nationalblume. Ein Zeichen heimatlicher Verbundenheit? Hatte er Heimweh gehabt?

Aber was spielte das für eine Rolle? Einen Namen hatte sie immer noch nicht entdeckt.

Sie ließ sich nach hinten fallen und starrte den Liebermann an der Wand gegenüber an, ohne ihn wahrzunehmen. Ihre Hoffnungen schwanden, ihre Frustration wuchs. Es war unendlich mühsam, den trüben Bodensatz zu durchsieben, um nach so langer Zeit das Leben eines Mannes zu rekonstruieren. Hätte er geahnt, dass diese Briefe an seine Mutter eines Tages als Grundlage für seine Beurteilung als Mensch dienen würden, hätte er sie dann anders verfasst, lebensbejahender, fröhlicher, freundlicher?

Das lange Sitzen und die Stille machten sie träge. Schläfrig vom Wein und dem Essen, wurde ihr Blick schwer, er versank in den kräftigen Ölfarben des Gemäldes wie Zehen in warmem Sand. Sie spürte, wie sie beinahe in die Farbe kroch, mit ihr verschmolz. Sich davonmachte.

Sie war so schrecklich müde.

Die Lider fielen ihr zu. Sie kämpfte nicht dagegen an.

Nur eine Minute …

12. Kapitel

Darcy blinzelte. Das Licht brannte, aber die tiefe, geräuschlose Stille im Haus und draußen deutete darauf hin, dass es mitten in der Nacht war. Sie warf einen Blick auf ihr Smartphone und schnappte entsetzt nach Luft. Ein Uhr siebenundzwanzig.

»O mein Gott«, wimmerte sie und fuhr hoch.

Die Blätter mit den botanischen Studien lagen immer noch auf den Sofapolstern, aber einige waren zerknittert, weil sie sie im Schlaf unter sich begraben hatte. Sie glättete sie, so gut sie konnte. Wie lange hatte sie denn geschlafen? Wie hatte das nur passieren können? Sie musste nach Hause. Sie musste schnellstens weg von hier.

Was allerdings nicht möglich war, wie ihr eine Sekunde später klar wurde.

In aller Eile tippte sie eine Nachricht an Jens, den Wachmann, und unterschrieb dann das Formular für den Archivkarton.

»Beeil dich«, flehte sie ihr Handy an und verwünschte sich für ihre Dummheit. Einfach einzuschlafen! Und jetzt musste sie mindestens noch einmal eine halbe Stunde warten! Sie überlegte, ob sie sich ein Uber bestellen sollte, entschied sich dann aber dagegen. Sie wusste ja nicht, wann Jens kommen würde, also war es besser zu warten, bis er hier war.

Sie spülte das Glas und warf sich ihren Mantel über. Nachdem sie das Licht gelöscht hatte, trug sie den Karton sowie die Papiertüte mit den leeren Essensschachteln nach unten. Dann hockte sie sich in der dunklen Diele auf die unterste Stufe und wartete.

Die Ellenbogen auf die Knie gestützt, das Kinn in den Händen, wartete sie und wartete. Immer wieder fielen ihr die Augen zu, drohte der Schlaf sie zu übermannen. Sie musste endlich nach Hause …

Sie schreckte hoch, als sie draußen sich nähernde Schritte hörte. War sie etwa wieder eingenickt?

»Gott sei Dank«, murmelte sie, stand auf und hob den Karton hoch.

Ein Schlüssel wurde ins Schloss geschoben. Die Tür ging auf, und im Schein der Außenbeleuchtung zeichnete sich Max' Gestalt ab.

Darcy machte ein völlig verdattertes Gesicht, aber Max – im warmen Mantel und Schal, in der einen Hand eine Reise-, in der anderen eine Kleidertasche – war regelrecht geschockt und prallte beim Anblick der dunklen Silhouette am Fuß der Treppe zurück.

»Ich bin's, Max!«, rief sie schnell, aus Angst, er könnte sie für einen Einbrecher halten und sich womöglich auf sie stürzen. Oder so was Ähnliches.

»Darcy?« Die Fassungslosigkeit war ihm anzuhören. Er knipste das Licht an.

O Gott! Dieses Szenario war ein Albtraum.

»Ich habe gearbeitet und bin eingeschlafen. Tut mir leid, war keine Absicht. Ich wollte gerade gehen. Ich warte nur noch auf Jens, damit er den Karton abholt. Er kommt bestimmt gleich.« Die Worte sprudelten nur so aus ihr heraus.

Max sah den Karton an, stellte sein Gepäck ab, ging zu ihr und nahm ihr die Box ab. »Ich erledige das.«

Jetzt erst fiel ihr auf, wie abgekämpft er aussah. »Sicher?«

»Ja.«

Sie zuckte mit den Schultern. Je eher sie von hier wegkam, desto besser.

»Okay, danke.« Sie schob sich an ihm vorbei.

Er drehte sich um. »Wo willst du denn hin?«

»Nach Hause.«

»Es ist mitten in der Nacht.«

»Sehr richtig. Deshalb will ich auch nach Hause. Wie gesagt, es war nicht meine Absicht, so lange hierzubleiben. Ich bin eingeschlafen.«

»Darcy, ich werde nicht zulassen, dass du dich um diese Uhrzeit allein auf den Heimweg machst!«

Ihre Brauen schossen hoch. Wer war er – ihr Dad?

»Ich gehe nicht zu Fuß, ich bestelle mir ein Uber.«

Er sah sie seufzend an. »Gut, dann warte wenigstens drinnen, bis es kommt.«

»Ich warte gern draußen«, versetzte sie und ging die Außentreppe hinunter.

Er schaute ihr schweigend nach und beobachtete, wie sie mit dem Rücken zu ihm telefonierte und sich einen Wagen bestellte.

»Du hast kein Recht, sauer auf mich zu sein.«

Sie drehte sich halb zu ihm um und starrte ihn ungläubig an.

»Ich bin nicht sauer auf dich«, entgegnete sie ärgerlich.

»Seit Natalia aufgetaucht ist, ignorierst du mich.«

»Komisch, ich kann mich gar nicht erinnern, eine Nachricht von dir bekommen zu haben, die ich hätte ignorieren *können*«, giftete sie.

»Du hast meine Nachricht wegen des Archivkartons ignoriert.«

»Das ist nicht wahr, ich habe dir geantwortet.«

»Ja, nach einer Ewigkeit und nachdem ich hinzugefügt habe, dass ich nicht hier sein würde.«

Sie erwiderte nichts darauf.

»Außerdem hast du gesagt, du würdest nicht mehr herkommen. Und jetzt bist du doch wieder da.«

Hätte sie ihm den Grund dafür genannt – den einzigen Grund –, hätte sie Viggo hineingeritten, und das wollte sie nicht.

»Es gab eine Planänderung in letzter Sekunde, deshalb wollte ich die Zeit zum Arbeiten nutzen, zumal du gesagt hast, du seist nicht da.«

»Ich war ja auch weg. Zwei Tage. Montag und Dienstag.«

Und der Mittwoch war nur wenige Stunden alt. Darcy verzog das Gesicht und drehte sich wieder weg. Was spielte es schon für eine Rolle? Der kleine Kreis auf ihrem Handybildschirm rotierte immer noch. *Fahrer wird gesucht.*

Nun mach schon, flehte sie im Stillen.

»Du kommst also nur, wenn ich nicht da bin?«

Darcy schüttelte stumm den Kopf. Sie war viel zu müde, um sich mit ihm zu streiten.

»Dann bist du also doch sauer.«

»Bin ich nicht«, log sie.

Sollte sie zugeben, was sie empfand? Der Punkt war doch, dass sie mehr wollte, als er zu geben bereit war. Die Idee einer rein beruflichen Beziehung stammte ja nicht von ihr!

Als sie sich geküsst hatten, hatte sie all das empfunden, was sie nicht hatte zulassen wollen. Es hatte sich so gut, so natürlich angefühlt. Aber genau darin lag die Gefahr, wie sie jetzt erkannte: Im Gegensatz zu ihm war sie im Begriff, sich zu verlieben.

»Du gehst mir aus dem Weg. Aber das mit Natalia und mir war, bevor ich dich kennengelernt habe. Und es ist ja nicht so, als ob du und ich …«

Sie wirbelte herum. Es war nicht nötig, es auszusprechen. Nachdem Natalia aufgetaucht war, hatte sie begriffen, dass sie nur eine von vielen sein würde, und das hatte einen … Sicherheitsabstand geschaffen. Freja hatte von Anfang an recht gehabt: Sie musste sich von ihm fernhalten, ob es ihr gefiel oder nicht.

»Ich weiß, Max, alles rein beruflich zwischen uns. Ich hab's kapiert, keine Sorge! Und ich geh dir nicht aus dem Weg, ich kenne dich ja gar nicht. Wir sind keine Freunde.«

Er legte die Stirn in Falten. »Du kennst mich nicht? Du hast gerade das Wochenende in meinem Haus verbracht!«

»Nein, ich habe auf dem Sofa gesessen und gearbeitet. Genauso gut hätte ich auf einer Parkbank sitzen können. Oder an einem Tisch in der Bibliothek.«

Er kam eine Stufe herunter. »Wir haben zusammen gefrühstückt und zu Mittag gegessen.«

Sie lachte auf.

»Warum lachst du?«

»Das war bestenfalls eine stilisierte Version von Frühstück und Mittagessen!«

Er wirkte genervt und sehr müde. »Ich hab keine Ahnung, was das heißen soll.«

»Das heißt, dass du dein Leben lebst, als hätte es einen Filter!«, platzte sie heraus. »Nichts ist real in deiner Welt. Alles ist perfekt! *Du* bist perfekt! Deine Freundinnen sind Models! Du lebst in einem Showroom …«

Sie verstummte abrupt, aber es war zu spät. Sie hatte schon viel zu viel gesagt.

Ein Schweigen entstand. Darcy sah ihm an, wie perplex er war.

»Hallo?«

Beide drehten den Kopf der Gestalt zu, die sich mit raschen Schritten näherte. Es war Jens. Er ging langsamer, als er die beiden erkannte, die mitten in der Nacht eine Meinungsverschiedenheit austrugen, und schaute unsicher von einem zum anderen.

»Gut, dass Sie kommen, Jens«, sagte Darcy matt. »Max hat … er hat den Karton.«

»Sie haben aber lange gearbeitet«, stellte der Wachmann fest. Max kam die Treppe herunter und streckte ihm den Karton mit trotzigem Blick hin. »Ich hab viel früher mit einer Nachricht von Ihnen gerechnet.«

»So war es auch geplant, aber dann bin ich leider eingeschlafen«, erklärte sie. »Max ist gerade erst zurückgekommen und hat gemeint, er werde auf Sie warten, damit ich nach Hause kann … Falls mein Uber heute noch kommt«, schob sie mürrisch hinterher und schaute erneut die Straße hinunter.

»Verstehe.« Jens entging die angespannte Stimmung zwischen den beiden nicht. »Sollen wir heute Abend die nächste Box vorbeibringen?«

»Nein«, antwortete Darcy hastig, was ihr einen scharfen Blick von Max eintrug. »Nein, das ist nicht nötig … Aber danke.«

»Okay«, sagte Jens, offenbar peinlich berührt, und ging langsam rückwärts. »Dann gute Nacht.«

Darcy und Max schauten dem Wachmann einen Augenblick nach. Er war Mitte fünfzig und übergewichtig. Die einzige Waffe, die im Gürtel seiner dunkelgrauen Uniform steckte, war ein Schlagstock. Sollte jemand einen Überfall auf das Museum planen, wäre der Hund der Einzige, der ihn vereiteln könnte. Merkwürdig, dass die Versicherung einen solchen Wachmann als ausreichenden Schutz für die musealen Schätze betrachtete.

Darcy warf einen Blick auf ihr Handy. Die Such-Session war abgelaufen. Sie hob den Arm, um den Empfang zu prüfen – drei Balken –, und startete eine neue Suche.

»Geh rein, Max. Es ist kalt, es ist spät, und das hier ist nicht dein Problem«, murmelte sie und wandte sich ab.

Eine Pause. Dann hörte sie seine Schritte auf den Stufen und eine Sekunde später einen gedämpften Knall, als die Tür ins Schloss fiel. Unwillkürlich zuckte sie zusammen. Sie wusste, dass sie sich wieder einmal ins eigene Fleisch geschnitten hatte, aber sie konnte einfach nicht anders. Es war furchtbar für sie, dass es ihm gar nichts und ihr alles bedeutete.

Seufzend wickelte sie ihren Mantel fester um sich. Es waren sicher fünf, sechs Grad unter null, und sie zitterte vor Kälte. Alle paar Sekunden schaute sie auf ihr Handy.

Ein Wagen war gefunden worden. Elf Minuten entfernt.

Elf Minuten? Um diese Uhrzeit?

Stöhnend hockte sie sich auf den Bordstein, schlang die Arme um die angezogenen Knie und steckte das Kinn tief in den Mantelkragen wie ein Vogel in Schlafposition. Licht fiel auf den Boden, genau dort, wo sie saß, und sie spähte nach oben. Max hatte im zweiten Stock das Licht eingeschaltet. Sein Schlafzimmer?

Rasch wandte sie sich ab, damit er sie nicht hinaufstarren sah. Sollte er sich ruhig schlafen legen. Er hatte müde ausgesehen und dank der Bartstoppeln am Kinn nicht ganz so KI-generiert wie sonst. Ein kleiner Makel.

Die vom Boden aufsteigende Kälte kroch durch ihren Mantel, und ihr Po fühlte sich schon ganz taub an. Sie hätte live verfolgen können, wo sich ihr Wagen gerade befand, aber dazu hätte sie die Hände aus den Taschen nehmen müssen. Stattdessen blieb sie einfach sitzen und zog sich, so gut sie konnte, in ihre schützende Kleidung zurück.

Acht Minuten verstrichen.

Neun …

Sie zitterte wie Espenlaub. Das war ja lachhaft! Es war nach zwei Uhr morgens, und sie hockte bei Temperaturen unter dem Gefrierpunkt auf der Straße. In fünf Stunden musste sie wieder in der Galerie sein. Sie hätte den Heimweg zu Fuß antreten sollen. Dann wäre ihr wenigstens warm geworden, und sie wäre jetzt schon fast zu Hause.

Sie hatte das Elektroauto nicht kommen hören. Sie nahm es erst wahr, als die Scheinwerfer über den Asphalt strichen.

Erleichtert schaute sie auf.

»Gott sei Dank«, flüsterte sie und rappelte sich steif auf.

In dem Moment, als sie die Wagentür öffnete, schwang hinter ihr eine andere Tür auf. Sie warf einen Blick zurück und sah Max im Türrahmen stehen. Sein Mund war halb geöffnet, als hätte er gerade etwas gesagt oder etwas sagen wollen. Er trug eine karierte Pyjamahose und ein weißes T-Shirt und war barfuß. Er hatte sich in den privaten Max verwandelt.

Er schloss den Mund wieder, als sich Darcy auf die Rückbank fallen ließ, die Autotür zuzog und den Kopf ans Polster lehnte, während der Wagen lautlos in die Nacht glitt.

*

»Ich hab mir schon Sorgen gemacht«, sagte Viggo, als Darcy die Treppe hinuntergeeilt kam.

Es war kurz vor neun, und oben liefen die Vorbereitungen für die Öffnung der Galerie auf Hochtouren.

»Sorry, ich hab verschlafen.«

»Jens hat erzählt, dass es spät geworden sei.«

Darcy schluckte. Was mochte der Wachmann sonst noch berichtet haben? Hatte er auch ihre Auseinandersetzung mit Max geschildert?

»Ich bin auf dem Sofa eingeschlafen. Mein Fehler.« Dankbar für die gleichmäßige Wärme hier unten, schälte sie sich aus ihrem Mantel. Sie war immer noch durchgefroren vom langen Warten in der eisigen Nacht. »Wie war's beim Schachclub?«

»Na ja, wenigstens habe ich mich nicht blamiert. Ich habe meinem Gegner die Läufer, Türme und die Königin abgenommen, aber dann hat er meinen König mattgesetzt.«

»Hört sich spannend an«, murmelte Darcy und nickte. In Gedanken war sie immer noch beim Showdown mit Max.

»Ja. Aber was viel wichtiger ist – was ist mit dem Archivkarton?«

»Alles in bester Ordnung«, versicherte sie.

»Ein Glück«, erwiderte er seufzend. »Ich kann nicht fassen, dass ich etwas so Wichtiges vergessen habe. Anscheinen ist mein Gedächtnis …«

Sie ließ ihn nicht ausreden. »Mit Ihrem Gedächtnis ist alles in Ordnung, Viggo. So etwas kann jedem passieren. Ich finde sowieso, dass diese Sicherheitsbedenken maßlos übertrieben sind. Das Risiko, dass irgendetwas passiert, liegt praktisch bei null.«

Sie sah ihn vielsagend an. Könnten sie beide nicht eine stillschweigende Abmachung treffen, von der Max Lorensen und die Versicherung nichts zu erfahren bräuchten? Es musste doch niemand Wind davon bekommen, wenn sie einen Karton mit nach Hause nahm. Viggo vertraute ihr doch. Oder etwa nicht?

»Jetzt sehen Sie mich nicht so an!« Er drohte ihr scherzhaft mit dem Zeigefinger. »Max Lorensen hat seinen Standpunkt unmissverständlich klargemacht.«

»Max Lorensen?« Darcy zog die Brauen zusammen. »Sie meinen, die Versicherung?«

Viggo zögerte einen Sekundenbruchteil. »Äh, ja, natürlich.«

»Gerade eben haben Sie aber Max Lorensen gesagt.«

»Er fungiert als Mittelsmann.«

»Nicht Sie?«

»Er und ich. Wir beide.«

Die Falten auf Darcys Stirn wurden noch steiler. Aus irgendeinem Grund glaubte sie Viggo nicht. Doch bevor sie nachhaken konnte, stand er auf für seinen üblichen Gang zum Wasserkocher.

»Und Ihre Recherchen gestern Abend – wieder einmal eine Sackgasse?«

»Ja … und nein«, antwortete sie nach kurzer Überlegung.

»Oh? Hat sich etwas ergeben?«

Sie schaute zu, wie er Instantkaffee in ihre Becher gab.

»Viggo, kann es sein, dass Werke eines anderen Künstlers in Johan Triers Archivboxen gelandet sind?«

»Ausgeschlossen!« Er richtete sich mit der Geschwindigkeit eines jungen Mannes auf. »Harald Morgensen hat bei Gründung der Stiftung alles persönlich kontrolliert, und er war ein äußerst gewissenhafter Mann, fast schon krankhaft gründlich.«

»Verstehe«, erwiderte sie seufzend.

»Warum fragen Sie?«

»Ich habe ein paar Aquarellstudien in der Box gefunden, die nicht zu Triers Stil passen. Könnte es nicht sein, dass sie von einem anderen Künstler stammen, und jemand hat sie ihm versehentlich zugeordnet? Ich meine, das kommt doch sicherlich vor, oder?«

»Nein, nie. Mit der Archivierung haben sich nur zwei Personen befasst – Harald und ich.« Er sah sie streng an, als fühlte er sich in seiner Integrität verletzt.

»Nun, dann kann ich wohl darauf vertrauen, dass alles seine Ordnung hat.« Lächelnd nahm sie ihren Kaffee entgegen und legte fröstelnd beide Hände um den heißen Becher.

»Ist Ihnen kalt?«

»Ein klein wenig.«

»Eins können Sie mir glauben«, sagte Viggo und kehrte an seinen Platz zurück. »Hier unten sind keine Fehler gemacht worden. Alles befindet sich dort, wo es hingehört. Wenn diese Aquarelle unter Triers Namen abgelegt wurden, dann sind sie auch von ihm. Warum zweifeln Sie daran?«

»Weil ich noch nie botanische Studien oder Aquarelle von ihm gesehen habe.«

Er dachte darüber nach. »Stimmt, weder das eine noch das andere passt zu ihm. Vielleicht ein Experiment, das er abgebrochen hat, weil er unzufrieden mit dem Ergebnis war?«

»Mm. Es waren meisterhafte Darstellungen. Mangelndes Talent kann ihn nicht zur Aufgabe bewogen haben.«

»Dann vielleicht mangelndes Interesse? Haben Sie sonst noch etwas entdeckt?«, fragte er hoffnungsvoll.

»Leider nicht.« Wieder seufzte sie. Obwohl der Tag kaum begonnen hatte, war sie schon erschöpft. »Je mehr ich mich durch all diese Dokumente wühle, desto diffuser wird alles. So kommt es mir jedenfalls vor. Sie kennen doch dieses Suchspiel, wo man ›heiß‹ ruft, wenn man sich dem Gesuchten nähert?«

Er nickte. »Ja.«

»Tja, und ich habe das Gefühl, mich dem absoluten Gefrierpunkt zu nähern.«

13. Kapitel

Darcy betrachtete ihr Spiegelbild im Fenster des Restaurants. Ihre Frisur saß, und mithilfe des winzigen Spiegels auf der Toilette in der Galerie war es ihr gelungen, einen gekonnten Winged Eyeliner aufzutragen. Da heute die langersehnte Verabredung mit Aksel anstand, hatte sie am Morgen in weiser Voraussicht ihre neuen winterweißen Jeans angezogen, dazu braune Reitstiefeletten und einen moosgrünen Grobstrickpulli.

»Süß, aber kuschelig«, hatte sie gemeint und Freja im Badezimmerspiegel angeschaut.

Ihre Freundin kam nur noch nach Hause, um frische Klamotten zu holen.

»Süß, aber kuschelig schreit nicht gerade nach einer schnellen Nummer auf den Clubtoiletten«, hatte Freja erwidert und dabei Zahnpastaschaum versprüht.

»Wir spielen Brettspiele. Ich werde von Glück sagen können, wenn ich einen Zungenkuss bekomme.« Darcy hatte die Hände in die Luft geworfen. »So wie es bei mir gerade läuft, werde ich von Glück reden können, wenn er mich überhaupt küsst!«

Sie sprang die Treppe des gelben Gebäudes hinunter und stieß die Tür zum Café auf. Kurz nachdem sie sich kennengelernt hatten, war Freja zum ersten Mal mit ihr hierhergegangen. Wäre gute Laune ein Ort, hatte sie gemeint, dann wäre das hier dieser Ort.

Die Atmosphäre im Lokal ähnelte der in den Pubs zu Hause, die Darcy so vermisste. Alles war vollgestopft mit Sofas, Stühlen und Tischen unterschiedlicher Größen, und an den Wänden standen Regale, die sich unter dem Gewicht von fast zweitausend Brettspielen bogen.

Das Café war immer gerammelt voll, und Darcy hatte vorsorglich einen Tisch reserviert. Der Geräuschpegel war bereits beträchtlich, als sie eintrat und den Blick auf der Suche nach ihrem Date über die Gäste wandern ließ.

Anscheinend war Aksel noch nicht da, wie sie mit einer gewissen Enttäuschung feststellte. Sie hatte auf die Verabredung gedrängt und den Tisch reserviert, er hatte ihr schon einmal einen Korb gegeben und verspätete sich jetzt? Das verhieß nichts Gutes.

»Hier, bitte sehr«, sagte der Typ, der sie an ihren Platz führte.

An den größeren, bereits besetzten Tischen um sie herum ging es bereits hoch her. Dort wurden lautstark Stühle gerückt und bei jedem Würfelwurf gejohlt.

Dann fällt es wenigstens nicht so auf, wenn wir uns peinlich anschweigen, dachte Darcy.

Sie setzte sich und öffnete die App, um einen Drink zu bestellen.

»Darcy?«

Überrascht schaute sie auf. Er musste praktisch direkt hinter ihr hereingekommen sein.

»Aksel!« Lächelnd verglich sie den Mann vor ihr mit seinen Profilfotos.

»Männer auf Dating-Plattformen fügen grundsätzlich fünf Zentimeter zur Körpergröße und eine Null zum Einkommen hinzu«, sagte Freja immer.

Einmal war Freja mit einem Mann verabredet gewesen, der auf seinen Fotos die blonde Mähne eines Surfers präsentiert, sich dann aber als fünfzehn Jahre älterer Glatzkopf entpuppt hatte. Sie hatte auf dem Absatz kehrtgemacht – nicht wegen der Glatze, sondern wegen seiner Unaufrichtigkeit.

Aksel dagegen sah in Wirklichkeit besser aus als auf seinen Fotos. Er hatte olivfarbene Haut, wuschelige dunkle Haare, ultraweiße Zähne und gefühlvolle Augen. Es war dieser seelenvolle Blick gewesen, den sie auf Anhieb so gemocht hatte.

Und er ist gut zu Tieren, dachte sie, als er sich zu ihr beugte und ihr einen Kuss auf die Wange hauchte.

»Ich bin auch gerade erst gekommen«, sagte sie, während er seinen Mantel auszog.

Als sein Hemd ein Stück hochrutschte, erhaschte sie kurz einen Blick auf seinen muskulösen Bauch. Außerdem war er groß. So groß, dass er mit den Knien gegen die Tischplatte stieß.

»Ich weiß, ich hab dich vor mir laufen sehen. Als du reingegangen bist, habe ich gehofft, dass du … du wärst.« Er lächelte verlegen. »Sorry, ich wollte zuerst da sein, aber dann kam in letzter Minute noch jemand ohne Termin.«

»Passiert das oft?«

»Andauernd. Aber besonders frustrierend ist es, wenn man pünktlich Feierabend machen will.«

»Kann ich mir vorstellen. War es was Ernstes?«

»Für die Besitzerin schon. Ihr Hund hat den Verlobungsring verschluckt, den sie auf dem Waschbeckenrand abgelegt hatte.«

»O nein!«

»Anscheinend ein zweikarätiger Diamant.«

Darcy verzog das Gesicht. »Und behandelt hast du ihn …«

»… mit einer balllaststoffreichen Diät für die nächsten drei Tage.«

»Genial«, sagte Darcy grinsend.

Aksel schüttelte schmunzelnd den Kopf. »So was passiert immer wieder.« Er schaute sich um. »Schön hier. Kaum zu glauben, dass ich noch nie hier war.«

»Ja, besonders empfehlenswert ist es an verregneten Sonntagnachmittagen.«

Er nickte. »Werde ich mir merken.« Mit einem Blick Richtung Bar fügte er hinzu: »Ich hol uns was zu trinken. Was möchtest du?«

»Oh, lass nur, ich werde per App bestellen. Dann muss man sich nicht anstellen, und sie bringen uns alles an den Tisch. Die Nachos und die Chili Fries hier sind ein Gedicht!«

»Ehrlich? Ich hab nämlich einen Bärenhunger. Meine Mittagspause ist ausgefallen – ein epileptischer Kakadu.«

Sie lachte kurz auf. Aksel merkte gar nicht, wie amüsant er war.

»Dann lass uns doch auch gleich was zu essen bestellen«, schlug sie vor.

»Meinst du? Ich möchte, dass wir uns Zeit lassen.« Er lächelte ihr zu. »Ehrlich gesagt habe ich das Gefühl, dass ich schon viel zu viel Zeit verschwendet habe.«

Das unerwartete Kompliment zauberte ihr ein Lächeln aufs Gesicht. »Ich freu mich, dass es endlich geklappt hat.«

»Ja, dieses Online-Dating ist nicht so mein Ding. Ich bin zum ersten Mal auf einer Dating-App.«

»Wirklich? Wie bist du denn auf Raya gelandet?«

»Mein bester Kumpel arbeitet bei Goldman Sachs. Er hat das Ganze eingefädelt. Aber ich glaube nicht, dass ich das bin, was die meisten Frauen hier suchen. Die wollen einen Hedgefonds-Manager und keinen Typ, der seine Tage damit verbringt, im Hintern einer Katze zu bohren.«

Darcy prustete vor Lachen. »Aber du hast studiert! Wie lange muss man als Tierarzt studiert haben?«

»Sechs Jahre.«

»Na, siehst du. Du bist qualifizierter als so mancher Banker. Die tun immer nur so, als ob sie was könnten.«

Er grinste. »Und du? Wie bist du auf Raya gelandet?«

»Durch den Freund meiner Mitbewohnerin. Ich hatte nicht die leiseste Ahnung.«

»Ach du Schande! Waren sie es auch, die auf mich geswipt haben?«

»Nein«, antwortete sie und warf ihm einen koketten Blick zu. »Das war ich ganz allein.«

»Da bin ich aber froh«, sagte er lächelnd. »Ich würde nicht wollen, dass du unter Androhung von Gewalt hergekommen bist.«

»*Ich* war diejenige, die dieses Date vorgeschlagen hat, weißt du noch?«

»Allerdings.« Sie hielten kurz Blickkontakt, und Darcy war erleichtert, dass sie tatsächlich miteinander flirteten.

Nach den frustrierenden Zusammenstößen mit Max hatte sie nicht mehr viel Hoffnung gehabt.

»Erzähl mir von deinen früheren Beziehungen, damit wir das abhaken können«, bat sie. »Was hat dich dazu gebracht, heute Abend mit mir hier zu sitzen und gleich eine wilde Partie Scrabble zu spielen?«

Er zuckte mit den Schultern. »Da gibt's nicht viel zu erzählen. Ich war fünf Jahre mit jemandem zusammen, fast während des ganzen Studiums.«

»Ist sie auch Tierärztin?«

»Nein, Datenanalystin.«

»Fünf Jahre sind eine lange Zeit. Was ist passiert?«

Er zögerte einen Moment. »Wenn ich ehrlich sein soll, habe ich immer gewusst, dass wir nicht zusammenbleiben werden. Ich habe sie geliebt, aber heiraten wollte ich sie nicht.«

»Autsch.«

»Ja, es war hart. Ich hab mich wie ein Arsch benommen, auch wenn ich einfach nur aufrichtig sein wollte. Aber ich bin bis heute der Überzeugung, dass es das Beste für uns beide war. Danach bin ich allerdings ziemlich bindungsscheu geworden.«

»Kann ich verstehen. Fünf Jahre sind eine lange Zeit«, sagte sie erneut. »Hast du noch Kontakt zu ihr?«

»Wenig. Eigentlich nicht. Sie ist mit jemand anderem zusammen. Und verlobt.«

»Und wie kommst du damit klar?«

»Es hat mich ein bisschen traurig gemacht, aber ich habe mir nicht gewünscht, er zu sein – wenn du verstehst, was ich meine. Das war nur die Bestätigung dafür, dass ich das Richtige getan habe.«

»Ja. Besser, das Ganze zu beenden, bevor man heiratet und Kinder kommen.« Sie hielt kurz inne. »Eine Freundin aus meiner Heimatstadt lässt sich gerade scheiden.«

»Ehrlich?«

»M-mm. Die Ehe hat zehn Monate gehalten. Und das Traurige ist, wir wussten alle, dass es so kommen würde. Keiner fand es eine gute Idee, dass die beiden heiraten. Ich glaube, sie wollte einfach eine Hochzeit haben.«

»Solche Frauen gibt es.« Er schüttelte den Kopf. »Und du, willst du heiraten?«

Sie griff sich an den Hals und rief: »Du meine Güte, wir haben uns zwar gerade erst kennengelernt, aber warum nicht?«

Er lachte und lehnte sich zurück, als der Kellner ihre Getränke brachte.

»Das Essen kommt in zwanzig Minuten«, informierte er sie.

»Wunderbar, danke ... Na dann, prost!« Sie stießen miteinander an.

Während sie selbst locker geworden war und nur einen kleinen Schluck Bier nahm, wirkte Aksel, der sein Bier in großen Zügen hinunterstürzte, ein wenig nervös.

»Jetzt bist du dran mit Erzählen«, sagte er und stellte sein halb leeres Glas ab.

»Meine Geschichte ist nicht so geradlinig wie deine«, erwiderte sie seufzend. »Eine dreijährige Beziehung auf der Uni. Im Abschlussjahr war ich eine Weile Single. Dann hatte ich eine neue Beziehung, die eineinhalb Jahre gehalten hat. Mit dem Nächsten hätte es eigentlich nur eine kurze Affäre sein sollen, aber es wurde ein ganzes Jahr daraus. Nachdem ich im Sommer hierhergezogen bin, war ich fest entschlossen, Single zu bleiben, aber dann hab ich ungefähr in der zweiten Woche einen Arbeitskollegen kennengelernt, mit dem ich zwei Monate zusammen war. Ich bemühe mich wirklich, meine wilde, chaotische Seite auszuleben, aber irgendwie haut es einfach nicht hin. Ich lande immer in einer Beziehung.«

»Du meine Güte.« Aksel verzog das Gesicht. »Kriege ich eine Warnung, oder wache ich eines Tages auf, und wir sind verheiratet und haben drei Kinder?«

Darcy grinste. »Ich versuche, dich vorher zu warnen.«

»Klasse. Danke.«

Wieder sah er sie an, und sie fühlte sich auf eine Art und Weise wohl mit ihm, wie sie es weder von Erik noch von Max kannte. Erik hatte sie nervös gemacht, indem er sie bedrängt hatte, und in Max' Gegenwart konnte sie einfach nicht entspannt sein. Bei ihm hatte sie das Gefühl, ihre Seele stünde in Flammen.

»Und warum haben diese Beziehungen geendet?«, wollte er wissen.

Sie schnitt eine Grimasse. »Hättest du mit dieser Frage nicht warten können, bis ich ein paar Drinks intus habe?«

»Wieso?«

»Weil die Antwort kein gutes Licht auf mich wirft.«

»So?« Die Stirn in Falten gelegt, saß er da und wartete.

Seufzend hielt sie eine Hand hoch und zählte an den Fingern ab. »Der Typ auf der Uni – hat mich betrogen. Der im Abschlussjahr – hat sich als verheirateter Mann entpuppt. Das war toll, sag ich dir! Der von der Einjahresbeziehung – hat gemeint, er sei bi mit einer starken Vorliebe für Männer. Der Kopenhagen-Typ – hat mich betrogen.«

»Oha.«

»Tja, ich hab echt ein Händchen bei der Auswahl meiner Männer.«

»Na ja, dein Radar scheint gewisse Mängel aufzuweisen. Andererseits sitzt du jetzt mit mir hier, das beweist, dass du zumindest ein bisschen Geschmack hast.«

Darcy grinste.

»Dass sie dich betrogen haben, sagt eine Menge über sie aus, nicht über dich, das weißt du hoffentlich.«

»Das ist nett, danke. Aber wenn es immer wieder passiert, hat man unwillkürlich das Gefühl, dass es an einem selbst liegt.«

»Es liegt nicht an dir, Darcy«, betonte er.

Wieder hielten sie Blickkontakt. Es war so leicht, ihn anzusehen. Er hatte so ein offenes, unverstelltes Gesicht.

»Dann bist du also seit dem Sommer in Kopenhagen?«

»Ja, schon fünf Monate, kaum zu glauben.«

»Gefällt's dir hier?«

»Und wie! Wenn die Zeit nur nicht so rasen würde! Ich hab das Gefühl, ich muss nach London zurück, bevor ich so weit bin.«

»Kannst du deinen Aufenthalt nicht verlängern?«

»Doch, wahrscheinlich schon. Ich bin mit einem großen Projekt betraut worden, sodass ich im Moment nicht an meiner Dissertation arbeiten kann und die Frist für die Einreichung sicher verlängert wird.«

»Richtig, das hast du ja erwähnt. Das verborgene Bild, von dem in den Medien berichtet wird.«

»Ja, genau. Ich soll herausfinden, wer die porträtierte Frau war. Im neuen Jahr findet eine große Johan-Trier-Retrospektive in der Nationalgalerie statt, und es werden weder Kosten noch Mühen gescheut, damit der dänischen

Öffentlichkeit das Forschungsergebnis zu diesem Anlass präsentiert werden kann.« Sie verzog das Gesicht. »Es gibt nichts Besseres als eine Deadline, um den Verstand zu schärfen.«

Er verzog das Gesicht zu einer Grimasse. »Und, wie läuft's?«

»Überhaupt nicht.« Sie verdrehte die Augen. »Aber ich bin noch ganz am Anfang. Ich versuche, nicht die Geduld zu verlieren. Aber so ist das Leben als Kunsthistorikerin nun mal. Die Toten geben ihre Geheimnisse nur widerwillig preis.«

»Unsere Berufe könnten nicht unterschiedlicher sein. Ich befasse mich mit dem, was in dem Augenblick vor mir auf dem Untersuchungstisch liegt.«

»Hast du dir deinen Beruf so vorgestellt?«

»Er bringt definitiv mehr an Kundenbetreuung mit sich, als ich gedacht habe. Schwierig sind nicht die Patienten, sondern ihre Besitzer.«

»Hast du keine Angst? Unter deinen Patienten sind doch sicher auch gefährliche Tiere.«

»Ja, oft sogar. Aber selbst das liebste Haustier kann aggressiv oder unberechenbar sein, wenn es Schmerzen oder Angst hat. Ich werde schon ein paarmal die Woche gebissen.«

»Wow!«

»Es gibt ein paar Tricks, um das zu verhindern. Da ist besonders die Erfahrung meiner älteren Kollegen hilfreich.« Er zuckte mit den Schultern. »Schlangen mag ich allerdings gar nicht. Ich hab jedes Mal ein mulmiges Gefühl, wenn ich sehe, dass eine für die Sprechstunde angemeldet wurde.«

»Baust du eine Beziehung zu den Tieren auf, die regelmäßig kommen?«

»O ja. Eine Hündin, die uns als Junghund gebracht wurde, hat es mir besonders angetan. Man hatte sie in einem abgelegenen Winkel an einem Zaunpfahl angebunden und sich selbst überlassen, was ich bis heute einfach unglaublich finde. Zum Glück wurde sie von Spaziergängern gefunden und zu uns gebracht. Es grenzt schon an ein Wunder, dass sie überlebt hat. Sie war dehydriert und bis auf die Knochen abgemagert. Sie hat uns weder angeschaut noch gefressen. Ich bin in jeder Mittagspause zu ihrer Box gegangen und hab ihr etwas vorgelesen. Das hat eine beruhigende Wirkung.«

»Das ist ja süß. Was hast du ihr denn vorgelesen?«

»Alles, was ich in die Finger bekam: alte Ausgaben von *National Geographic*, den Sportteil der Zeitung, medizinische Artikel … Irgendwas. Mit der Zeit hat sie sich an meine Stimme gewöhnt und begriffen, dass ich ihr nichts tun wollte. Irgendwann ist sie dann zu mir gekommen, hat sich zu mir gesetzt und mir kleine Happen aus der Hand gefressen. Dann, als wir sie aufgepäppelt hatten, mussten wir sie ins Tierheim bringen. Himmel, war das ein Drama! Ich glaube, die Trennung von diesem Hund ist mir schwerer gefallen als die von meiner Ex.«

»Und wie hat der Hund es verkraftet? Das muss doch schlimm für ihn gewesen sein.«

Aksel nickte. »Nach vier Tagen bin ich zum Tierheim gefahren, weil ich ihn adoptieren wollte.« Das Gesicht zu einer schmerzlichen Grimasse verzogen, fuhr er fort: »Dort hat man mir gesagt, dass eine Familie ihn am Tag vorher zu sich geholt hatte.«

»O nein!«

»Selbst schuld. Warum hab ich auch so lange gewartet? Ich schiebe immer alles vor mir her.« Er nahm einen Schluck Bier. »Aber für den Hund war es das Beste. Ich sehe ihn gelegentlich noch. Seine Besitzer sind Kunden von uns, und wenn seine jährlichen Impfungen fällig sind, bin ich derjenige, der ihn untersucht. Die Sprechstundenhilfen machen die Termine für ihn immer bei mir.«

»Das ist wirklich lieb.«

»Tja, sich in seine Patienten zu verlieben, gehört zum Berufsrisiko.«

Darcy grinste. »*Die* Sorge hab ich nicht!«

»Auch keine heißen Kollegen, bei denen du schwach werden könntest?«

Ganz kurz sah sie Max vor sich, wie er gestern Abend im Türrahmen gestanden hatte. Aber er war kein Kollege. Er war gar nichts.

Sie schüttelte den Kopf. »Zurzeit gibt es nur einen Mann in meinem Leben – einen dreiundsiebzigjährigen Witwer. Der Archivar. Versteh mich nicht falsch, ich mag seine Gesellschaft, er ist wirklich ein wunderbarer Mensch, aber keine Gefahr für mein Herz.«

»Gut zu wissen«, meinte er lächelnd. Er stellte sein Glas ab und beugte sich vor. »Okay, was wollen wir spielen?«

»Ich ruf dich an!«, sagte Aksel in der halben Sekunde, bevor die Tür des Taxis zufiel.

Darcy drehte sich um und winkte, bis der Wagen außer Sichtweite war.

Bildete sie sich das nur ein, oder war es tatsächlich so wunderbar gelaufen, wie sie dachte? Ihr war seltsam leicht zumute. Die Unterhaltung mit Aksel war nicht ein einziges Mal ins Stocken geraten, und es hatte sich überhaupt nicht wie ein erstes Date angefühlt. Er war intelligent und allem Anschein nach aufrichtig; er hatte im richtigen Maß mit ihr geflirtet; Warnsignale waren ihr keine aufgefallen, und sein früheres Liebesleben schillerte weitaus weniger bunt als ihres. Er hatte sie respektvoll behandelt (*zu* respektvoll?) und keinen Versuch unternommen, sie zu berühren, geschweige denn zu küssen. Im Gegensatz zu Max Lorensen, der praktisch von der ersten Minute an Machoallüren an den Tag gelegt hatte.

Nein, Aksel war ein feiner, anständiger Mann. Er hatte, ohne zu zögern, die Rechnung für das Essen übernommen, und das, ohne – wie Erik – eine Gegenleistung zu erwarten. Als das Uber vor ihrem Haus gehalten hatte, hatte er sie einfach auf die Wange geküsst und gemeint, das sei ein wundervoller Abend gewesen.

Während sie die Schlüssel aus ihrer Handtasche angelte und das Haus betrat, arbeitete ihr Verstand im Evaluierungsmodus. Auf dem Papier war es ein fantastisches Date gewesen. Es war nichts schiefgegangen. Sie hatte nicht viel erwartet und war angenehm überrascht worden. Man konnte zwar nicht behaupten, dass sie in Flammen stand, aber sie und Aksel schienen auf derselben Wellenlänge zu sein, die gleichen Werte zu haben. Das war ein solider Anfang.

Sie steckte den Schlüssel ins Schloss und stieß die Wohnungstür auf. Freja war im Bad und putzte sich die Zähne. Sie hatte eine Kohlemaske aufgetragen und sich die zu Zöpfen geflochtenen Haare unter eine Nachtmütze gesteckt, um ihre starke Krause zu bändigen.

Sie lugte aus der Tür und sah, dass Darcy allein war.

»Du bist aber früh wieder da!«, stellte sie fest.

»Und du bist *zu Hause*!« Darcy ließ sich in gespielter Bestürzung gegen den Türrahmen fallen.

»Tag zwei meiner Verschnaufpause, weißt du nicht mehr?« Freja hielt den Daumen hoch. »Ich hab dir doch gesagt, ich halte durch.«

»Starke Leistung.« Darcy schälte sich aus ihrem Mantel und streifte die Stiefel von den Füßen.

»Darf man fragen, wie's gelaufen ist?« Frejas Daumen zeigte in die Waagrechte.

Darcy reckte beide Daumen hoch. »Super!«

»Jaaa! Und wo ist er jetzt?«

»Im Uber nach Hause. Er ist ein Gentleman.«

Freja machte ein finsteres Gesicht. »Hast du ihn nicht gefragt, ob er mit raufkommen will?«

»Nein, und er hat es auch nicht vorgeschlagen. Was mir ganz recht ist.« Sie dachte an Max, der sie auf der Treppe vor dem Museum zu einem Absacker eingeladen hatte. Mit der größten Selbstverständlichkeit. Er war sich seiner so sicher. »Wir haben Zeit. Wir haben uns blendend unterhalten, fast wie alte Freunde. Er ist auch ein guter Zuhörer. Es war wirklich toll.«

»Und keine peinlichen Momente?«

»Nein, überhaupt keine.«

»Hm.«

Darcy sah sie stirnrunzelnd an. »Was soll das heißen?«

»Ein bisschen Verlegenheit ist gut. Das deutet auf eine gewisse Spannung hin, weißt du? Auf sexuelle Anziehung.«

Darcy zögerte. »Es gab schon Spannung zwischen uns.«

»Ehrlich?«

»Ja. Er ist wirklich attraktiv. Und klug.«

»Na ja, als Tierarzt …«

»Genau.« Sie schaute zu, wie Freja Zahnpastaschaum ins Waschbecken spuckte, und sagte dann: »Wir gehen morgen Abend was trinken.«

»Oh, das ist krass! Schon beim ersten Date das zweite planen …«

»Ich sag doch, es ist fantastisch gelaufen.«

Darcys Telefon summte. Sie lächelte. Das war aber schnell gegangen. Ein kleiner flirty Gutenachtgruß war immer willkommen.

Dann sah sie das Werbebanner der Revolut-Bank, gefolgt von einer Rechnung über dreihundertzweiundneunzig Kronen.

Wie bitte?

Das war die Hälfte der Rechnung fürs Abendessen! Sie blinzelte ungläubig. So wie er die Rechnung geschnappt und dem Kellner seine Kreditkarte gereicht hatte, ohne Darçy auch nur anzusehen, war sie davon ausgegangen, dass er alles bezahlen würde. Sie hatte sich sogar bei ihm bedankt! Er hatte mit keiner Silbe erwähnt, dass …

»Er ist also ein Gentleman, klug und attraktiv. Und was sonst noch?« Freja tupfte sich den Mund mit dem Handtuch ab.

Darcy sah sie an und ließ sich aufstöhnend gegen die Wand fallen. »Ein verdammter Feminist!«

14. Kapitel

Ein weiterer Umschlag.

Darcy hatte sich durch die eine Seite des Regals gearbeitet und hockte jetzt auf der anderen im Schneidersitz auf dem Fußboden, einen offenen Karton mit Archivmaterial neben sich. Mühsam ernährte sich das Eichhörnchen.

Sie drehte den unverschlossenen Umschlag um und öffnete ihn.

»Netter Pulli. Die Farbe steht dir.«

Darcy schaute auf. Am Ende der Regale stand Max und beobachtete sie. Seine Gestalt zeichnete sich im weichen Licht der Leselampen über den Tischen ab. Sogar seine Silhouette war attraktiv.

»Den hast du vergessen.« Er hielt ihren zusammengebauschten Schal in der Hand. »Er lag auf dem Sofa.«

»Oh …« Ihr war gar nicht aufgefallen, dass er fehlte. Sie rappelte sich auf die Füße, als Max mit ausgestreckter Hand durch den Gang auf sie zukam. »Danke.«

Sie schluckte schwer bei dem Gedanken an ihre letzte Begegnung, als sie vor seinem Haus auf ihr Uber gewartet hatte. Jetzt war ihr die Szene irgendwie peinlich. Sie waren beide müde gewesen.

»Ich würde einen lausigen Einbrecher abgeben«, murmelte sie in dem Versuch, die Atmosphäre aufzulockern.

Ein angedeutetes Lächeln umspielte seine Lippen. »Allerdings.« Eine Hand in der Hosentasche, fuhr er fort: »Du hast noch andere Spuren hinterlassen.«

Sie sah ihn fragend an.

»Ein paar Pommes auf dem Boden.«

»Im Ernst?«

Sie war richtig geschockt, als er nickte. Um von ihrer Verlegenheit abzulenken, murmelte sie das Erstbeste, was ihr in den Sinn kam: »Hättest du einen Hund, wäre das nicht passiert.«

Max guckte sie verblüfft an. »Du findest, ich sollte mir einen Hund anschaffen?«

»Als lebenden Staubsauger, du weißt schon«, stammelte sie. »Außerdem würde er Leben ins Haus bringen.«

Ein verdattertes Schweigen entstand. Die Unterhaltung hatte eine völlig unerwartete Wendung genommen.

»Ich bin beruflich viel unterwegs. Das wäre nicht fair«, sagte Max schließlich.

»Nein, wahrscheinlich nicht«, brummte sie und schaute auf den Schal, den sie in der Hand knetete.

Wie war sie nur auf die Idee mit dem Hund gekommen? Ihr Blick fiel auf ihren hellblauen Pulli. Fand er tatsächlich, dass ihr die Farbe stand?

»Vielleicht lieber eine Katze?«, fragte er in ihre Gedanken hinein.

Sie hob den Kopf. War das ein Versuch, ihr zu Hilfe zu kommen? »Wenn du Katzen magst …«

»Du nicht?«

Sie zuckte mit den Schultern. »Normalerweise musst du dich für das eine oder das andere entscheiden, und ich gehöre zu den Hundemenschen.«

An das Regal gelehnt, kreuzte er die Beine an den Knöcheln. »Verstehe.«

Wenigstens hatten sie nicht dort weitergemacht, wo sie vor seiner Haustür aufgehört hatten.

»Danke dafür.« Sie hielt den Schal ein Stückchen hoch. »Aber deswegen hättest du nicht extra herkommen müssen.«

»Ich weiß doch, dass du lieber den Schal abgeschrieben hättest, als jemals wieder mein Haus zu betreten.« Er fing ihren Blick auf, und als sie seinen Gesichtsausdruck sah, überkam sie ein mulmiges Gefühl.

»Max …«

»Wir sollten reden.«

»Es gibt nichts zu …«

»Doch, ich glaube schon, Darcy.« Er betrachtete sie lange. »Ich hätte dich am Sonntag nicht küssen sollen. Das war ein Fehler, und es tut mir leid.«

Sie schluckte schwer. Die Worte fühlten sich an, als würde ein Gummiband aus großem Abstand gegen ihre Haut geschnippt. Das war nicht die Entschuldigung, die sie sich gewünscht hatte. Sie hatte den Kuss ganz sicher nicht als Fehler empfunden, vielmehr hätte sie sich gewünscht, dass er sich für Natalia entschuldigte – dafür, dass er sie hatte gehen und Natalia hatte bleiben lassen. Doch offensichtlich war das Einzige, was er bereute, der Kuss.

»Schon okay«, erwiderte sie lahm.

»Nein, ist es nicht. Unsere Beziehung hätte rein beruf-

lich sein sollen, und ich habe eine Grenze überschritten.«
Er machte den Mund auf, wie um etwas hinzuzufügen, schloss ihn dann aber wieder. »Ich will mich nicht herausreden. Tatsache ist, ich habe es getan …«

Soweit sie sich erinnerte, hatten sie beide es getan.

»… und ich kann es dir nicht verdenken, dass du nicht mehr in meinem Haus arbeiten willst. Du stehst sowieso schon unter enormem Druck, und ich habe es dir noch schwerer gemacht.« Sichtlich verlegen fuhr er fort: »Deshalb wollte ich dir sagen, dass ich das Haus verlassen werde, wenn du zum Arbeiten kommst. Ich werde wegbleiben, bis du fertig bist. Schick mir einfach eine Nachricht, dann weiß ich Bescheid.«

Sie starrte ihn an. Offensichtlich war er fest entschlossen, ihr aus dem Weg zu gehen.

»Das geht doch nicht. Es ist dein Zuhause! Wir sind beide erwachsen, beide Profis … Und außerdem war es bloß ein Kuss.«

»Ja, aber …« Er verstummte abrupt. Sie wusste, was er hatte sagen wollen: Es wäre nicht bei einem Kuss geblieben. Wäre Natalia nicht aufgetaucht, wäre die Situation Augenblicke später außer Kontrolle geraten. »Ich hätte mich besser im Griff haben müssen. Ich versichere dir, das wird nicht wieder vorkommen.«

Sie wandte sich schnaubend ab. »Das glaube ich dir aufs Wort. Ich bin überzeugt, dass du ein Ausbund an Tugend sein wirst.«

Es klang sarkastischer als beabsichtigt, aber seine Worte hatten sie zutiefst verletzt. Sie fühlte sich so verwundbar, als wäre sie durchsichtig. Konnte er ihr ansehen, was sie empfand?

Wie versteinert stand sie da, um Fassung bemüht.

»Ich muss jetzt weitermachen«, murmelte sie schließlich.

Als sie an ihm vorbeiwollte, hielt er sie am Arm fest.

»Warte.«

Schal und Umschlag fielen ihr aus den Händen.

»Was?« Sein Blick war der gleiche wie immer, aber das, was er sagte, passte nicht dazu. »Was ist, Max? Was denn noch?«

Er machte den Mund auf, doch ausnahmsweise schienen ihm die Worte zu fehlen.

»Es ist alles in Ordnung. Ehrlich«, log sie. »Falls ich zusätzliche Stunden einlegen muss, lasse ich mir was einfallen. Ich werde dich nicht aus deinem eigenen Haus vertreiben. Ich bin ein großes Mädchen …«

Ihr Blick fiel auf den Fußboden, wo eine Halskette lag. Sie musste aus dem Umschlag gerutscht sein.

Was hatte das zu bedeuten?

Max folgte ihrem Blick und ließ ihren Arm los, als er die Kette bemerkte.

Darcy bückte sich und hob sie auf. Sie war nicht besonders lang, aus winzigen roten Holzperlen gefertigt, hatte einen Knebelverschluss und in der Mitte eine einzige goldfarbene Perle.

Was hatte die Kette mit Trier zu tun? Hatte er sie als Geschenk gekauft? Für seine Mutter vielleicht?

Darcy schloss die Finger fester um den Schmuck, als etwas in ihrem Gedächtnis aufblitzte. Eine Erinnerung. An ein Bild.

Sie hob die Hand und betrachtete die Kette mit leicht zusammengekniffenen Augen.

»Was ist?«, fragte Max.

»Ich hab das Gefühl, dass ich die schon mal gesehen hab«, antwortete sie kaum hörbar, während sie im Geist das Material durchging, das sie in den letzten zehn Tagen gesichtet hatte. So viele Fotos, Dias, Radierungen, Studien …

»Warte mal«, flüsterte sie, mehr zu sich selbst. »Ich muss …«

Max rührte sich nicht, als sie an ihren Arbeitstisch zurücklief und die erbärmlich dünne Mappe mit ihren Notizen aufschlug. Es war im Grunde kaum mehr als eine Chronik von Triers Reisen und Aufenthaltsorten in den Jahren 1918 bis 1920, außerdem eine Liste von Frauennamen in den ihm zugeschriebenen Werken.

Sie faltete den Farbausdruck des Porträts, den Otto ihr gegeben hatte, auseinander und starrte das Bildnis an. Es war wie ein Blick durch eine stark verschmutzte Flasche. Das UV-Licht konnte dicke Leinwände nur bedingt durchdringen, und die Farben waren ein verwaschenes, bräunliches Geschmier. Kontraste und Schattierungen gaben nicht allzu viel her. Doch am Hals der Frau, teilweise vom hohen Kragen der Bluse oder des Kleids verdeckt, war eine zierliche Halskette zu erkennen. Darcy hätte aufgrund der Größe und der unregelmäßigen Form auf Saatperlen getippt, aber die einzelne, helle Perle in der Drosselgrube deutete darauf hin, dass sie aus einem anderen Material bestand oder eine andere Farbe hatte.

Darcy betrachtete die Kette in ihrer Hand und legte sie auf den Farbausdruck. Der Maßstab stimmte natürlich nicht, aber …

Sie sah Max an, der neben sie getreten war. »Was meinst du? Ist sie das?«

Er beugte sich ein wenig tiefer und blinzelte angestrengt. »Könnte sein … Schwer zu sagen, ohne Farbreferenz. Aber die Goldperle ist eigentlich ein unverwechselbares Merkmal.«

Darcy hob den Kopf. War Viggo an seinem Schreibtisch?

»Viggo?« Sie schnappte sich Kette und Farbausdruck und rannte durch den Gang. »Das müssen Sie sich ansehen!«

Der Archivar arbeitete an dem Computer im Ostflügel, spähte aber um die Ecke, als er Darcy rufen hörte.

»Was ist? Haben Sie was gefunden?«

Sie lief zu ihm und zeigte ihm den Ausdruck und die Kette.

»Die ist gerade aus einem Umschlag gefallen.« Sie deutete auf die hervorstechende Goldperle. »Schauen Sie mal. Könnte das dieselbe Kette sein?«

Viggo schob seine Brille zurecht und betrachtete das Bild mit dem gleichen prüfenden Blick, wie sie und Max es getan hatten. Dann griff er nach der Halskette und rieb die kleinen Holzperlen zwischen den Fingern, fast so, als meditiere er. Langsam, die Stirn in Falten gelegt, richtete er sich auf.

Darcy beobachtete ihn aufmerksam. »Erkennen Sie sie wieder? Haben Sie die schon mal gesehen?«

Der Umschlag hatte keinerlei Hinweise enthalten, kein Wort darüber, wem die Kette gehört hatte, wem sie zugedacht war oder ob sie jemals getragen worden war. Aber falls sie der Frau auf dem Porträt gehört hatte, wäre das die lange gesuchte Verbindung zu Triers Leben.

Zum allerersten Mal keimte Hoffnung in Darcy auf. Hatte sie endlich einen Anhaltspunkt gefunden?

Viggo hatte den Blick auf das gegenüberliegende Regal geheftet, vermutlich ohne es wahrzunehmen, und war tief in Gedanken versunken. Er schien sich nicht hier unten, im schwach beleuchteten Archiv, zu befinden, sondern …

»Oben.«

»Was?« Darcy sah ihn stirnrunzelnd an, doch da ging er bereits Richtung Treppe.

Darcy und Max folgten ihm.

Oben hielt Viggo seine Karte an den Kartenleser, die Tür öffnete sich, und sie traten in das gleißende Licht der Galerie. Hier herrschte wie immer Hochbetrieb, aber Viggo bewegte sich zielsicher und mit katzenhafter Geschmeidigkeit durch die Menge.

Darcy bekam Herzklopfen. Sie hatten ihren ersten Hinweis! Endlich etwas, das sie Otto und Margit präsentieren konnte.

Viggo eilte in den Madsen-Saal, wo er neulich zu tun gehabt hatte, ging auf die Schwarz-Weiß-Fotos der Familie zu, die an der einen Wand hingen, blieb vor einer Aufnahme stehen, schaute ganz genau hin und nickte dann zufrieden.

Darcy trat neben ihn und betrachtete die vier Personen auf dem Foto. Die beiden Männer erkannte sie sofort: Frederik und Casper Madsen, beide in Sommerkleidung, Krocket spielend. Die Frauen jedoch, die eine blond, die andere brünett, hatte sie noch nie gesehen. *Juli 1921* stand auf dem Schildchen neben dem Bild.

»Wer ist das?«, fragte sie, den Blick bereits auf den Hals der Dunkelhaarigen geheftet.

»Das ist Sofie, Frederiks Frau«, antwortete Viggo, während er auf die Blonde zeigte. »Und das hier ist Lilja, Caspers Frau«, ergänzte er dann.

Darcy starrte die schmale Dunkelhaarige an. Ihr weites weißes Baumwollkleid hatte Biesen, einen dunkel bestickten Rock, war quer übers Schlüsselbein ausgeschnitten und hatte kurze Flügelärmel. Sie trug ihre langen Haare offen; ein perlenbesetzter Kamm hielt sie ihr aus dem Gesicht. An ihrem schlanken Hals war deutlich eine Kette aus dunklen Perlen mit einer einzigen goldenen dazwischen zu sehen.

Darcy schlug sich die Hand vor den Mund. Sie konnte es nicht fassen. Nach so vielen Tagen mühseligen, ergebnislosen Suchens hatten sie einfach so des Rätsels Lösung gefunden, und der Schlüssel waren eine Halskette und ein Foto, das die ganze Zeit über ihnen an der Wand gehangen hatte?

Sie lachte auf und sah Max an, der zu ihnen aufgeschlossen hatte und genauso ungläubig dreinblickte, wie sie sich fühlte.

»Nicht zu fassen, oder?«

»Unglaublich«, murmelte er kopfschüttelnd. Er wirkte, als sei er geradezu überwältigt von der rasanten und völlig unerwarteten Entwicklung.

Darcy wandte sich wieder dem Foto zu und betrachtete das Gesicht, das bislang nur ein Schemen gewesen war, genauer. Aufgrund ihrer Silhouette und ihrer Kopfhaltung war Darcy davon ausgegangen, dass es sich um eine erwachsene Frau, eine kultivierte Dame der Gesellschaft handelte. Doch die Person auf dem Foto wirkte eher wie ein junges Mädchen. Sie hatte zarte, feine Züge, aber der Ausdruck in ihren Augen verriet einen eher schwierigen

Charakter. Den Krockethammer hielt sie mit unbekümmerter Nonchalance, so als ob ihr das Spiel völlig egal sei. Oder hatte sie vielleicht schon gewonnen? Oder verloren?

»Sie ist wirklich seine *Frau*? Sie sieht furchtbar jung aus!«

Viggo zuckte mit den Schultern. »Das waren andere Zeiten damals.«

Darcy ließ den Blick über den Hintergrund des Fotos wandern. Es war in einem Garten aufgenommen worden, Obstbäume und Gruppen von Birken wuchsen am hinteren Rand des Rasens; man konnte einen Teil eines Backsteintors erkennen, und in der oberen rechten Ecke schimmerte Wasser, vielleicht ein See.

Liljas Schwägerin Sofie schaute – ebenso wie die Männer – in die Kamera, aber Liljas Blick war auf einen Punkt über der Schulter des Fotografen gerichtet. Auf ein Kind? Einen Hund? Ein Automobil? Es gab unzählige Möglichkeiten, und obwohl die Frau in starrer Pose abgelichtet worden war, schien sie sich zu bewegen. Sich zu entziehen.

»Wir sollten keine voreiligen Schlüsse ziehen«, sagte Viggo bedächtig. »Lilja muss nicht die Frau auf dem Porträt sein, nur weil sie dieselbe Halskette trägt. Vielleicht waren die beiden befreundet.«

Darcy nickte. Es war durchaus denkbar, dass Lilja ihr die Halskette für die Sitzungen bei Trier geliehen oder sie ihr einfach spontan geschenkt hatte. Oder aber Lilja war diejenige, die sich von der porträtierten Frau das Schmuckstück geborgt oder es von ihr geschenkt bekommen hatte. Als Frau von Casper Madsen, dem Sohn von Triers Gönner, musste sie doch mit vielen der von ihm gemalten Frauen in Kontakt gekommen sein. Möglicherweise hatte sie den Maler auch in ihrem eigenen Freundeskreis weiterempfohlen.

»Das sehe ich auch so«, murmelte sie. Es mussten alle Möglichkeiten in Betracht gezogen werden. »Wir dürfen nicht übermütig werden. Gut möglich, dass das noch nicht des Rätsels Lösung ist, sondern bloß ein erstes Teilstück auf dem Weg dorthin.« Sie lächelte Viggo aufgeregt zu. »Aber wenigstens stehen wir nicht mehr ganz am Anfang.«

»Sehr richtig.«

Die Halskette hatte sie zu einem Namen geführt, das war ein guter Anfang, aber keine ganze Geschichte. Dafür brauchte sie mehr Informationen. Sie fragte sich, wo diese Aufnahme entstanden war. In Kopenhagen ganz sicher nicht. Sie würde es herausfinden.

»Das muss ich Otto erzählen.«

Max hinter ihnen sprach kein Wort. Er teilte ihre akademische Begeisterung nicht – er war Geschäftsmann, für ihn standen Profit und Gewinn im Vordergrund. Während er diesen Frauennamen lediglich als Ergänzung der Legende eines Gemäldes betrachtete, das als Nationalheiligtum galt, sah Darcy darin ein wiedergefundenes Leben. Eine Frau, die hundert Jahre lang buchstäblich ein Dasein im Verborgenen gefristet hatte, durfte wieder einen Lufthauch auf ihrem gemalten Gesicht spüren.

Darcy erinnerte sich an einen Satz, den sie einmal gelesen hatte: Tot ist nur, wer vergessen wird.

Diese Frau war noch nicht tot. Sie erwachte von Neuem zum Leben. Und vielleicht war es Johan Trier, der sie unsterblich machen würde.

»Freut mich, deine Bekanntschaft zu machen, Lilja«,

murmelte sie. »War verdammt noch mal auch höchste Zeit!«

»Danke, Christoff«, sagte Max leise. »Zur Kunstakademie.«

Der Chauffeur nickte und schloss die Tür, die mit einem dumpfen, satten Klang zufiel.

Darcy betrachtete das luxuriöse Innere: helle Lederpolster, getönte Scheiben, Walnussholzdekore. Zwischen den Rücksitzen eine Konsole mit Wasserflasche und einem Kontrollpanel, das auch in einem A380 nicht fehl am Platz gewesen wäre.

Nach einem prüfenden Blick auf sein Handy steckte Max es in seine Jackentasche zurück. »Helle erwartet uns.« Er hatte einige Anrufe getätigt, während Darcy mit Otto gesprochen hatte.

»Wirklich?« Sie wurde ein wenig nervös. Irgendwie hatte sie nicht damit gerechnet, dass bei der potenziellen Identifizierung der unbekannten Porträtierten das ganze Team anwesend sein würde. Schlimm genug, dass Otto Margit Kinberg hinzugebeten hatte, aber jetzt auch noch Helle Foss! Max begleitete sie, weil sie Archivmaterial mit sich führte. »Warum denn das? Mit den Madsens hat das doch nichts zu tun. Noch wissen wir nicht, ob Lilja Madsen tatsächlich die Frau auf dem Porträt ist oder ob sich das Ganze als falscher Alarm herausstellen wird.«

»Aber wenn nicht, ist der Name Madsen involviert, und wir haben ein Recht darauf, es zu erfahren.«

Darcy warf ihm einen kurzen Blick zu. Ottos Warnung fiel ihr wieder ein. Sie wollten alle das Gleiche, aber aus unterschiedlichen Gründen.

»Du willst das Porträt?«

»Ich möchte alles, was der Entwicklung, der Förderung und dem Schutz des Markennamens Madsen dienlich ist. Diese Entdeckung, ob mit dem Gemälde *Ihre Kinder* oder nicht, ist von großer Bedeutung für unsere Interessen.« Er sah ihr fest in die Augen.

Seine ruhige Gelassenheit war einschüchternd; sie wollte sich gar nicht vorstellen, wie es sein musste, ihn in einer geschäftlichen Angelegenheit als Gegner zu haben. Andererseits hatte er auch seine menschlichen Seiten: Sie hatte ihn in seiner Küche beim Kaffeetrinken und Zeitunglesen erlebt und im Trainingsanzug auf der Couch, wo er sich auf seinem iPad ein Fußballspiel angesehen hatte.

»Daher also dein übermäßiges Interesse an meinen Fortschritten bei diesem Projekt.«

»Übermäßig?«

Sie zögerte nur ganz kurz. »Ich weiß, dass es nicht die Versicherung ist, die darauf besteht, dass ich das Material in deinem Haus sichte. *Du* willst es so.«

Er zuckte nicht einmal mit der Wimper. »Wie kommst du darauf?«

»Viggo hat sich verplappert.«

Max wandte den Kopf und schaute aus dem Fenster. »Verstehe.«

»Dann stimmt es also? Du hast ein Auge auf mich, weil du deinen Job erst erledigen kannst, wenn ich meinen getan habe?«

Eine kurze Pause entstand.

»So ist es, Darcy«, murmelte er dann. »Genauso ist es.«

Sie schwiegen, während der Wagen durch den Verkehr glitt. Darcy starrte aus dem Fenster auf ihrer Seite und bemühte sich, Max aus ihren Gedanken zu verbannen. Sie musste sich konzentrieren und ihr weiteres Vorgehen bei den Recherchen über Casper Madsens junge Frau planen, damit sie Margit Kinberg etwas vorweisen konnte.

Gedämpft und bronzefarben getönt glitt die Stadt vorbei. Alles hier drin fühlte sich anders an, als ob sie in einer Parallelwelt hermetisch versiegelt worden wäre.

Max warf einen Blick auf die Uhr.

»Wir haben noch eine halbe Stunde Zeit«, sagte er mehr zu sich selbst. »Hättest du was dagegen, wenn wir noch einen kurzen Zwischenstopp einlegen?«

»Wo denn?«

»Auf dem Weihnachtsmarkt. Ich muss was für Sara abholen.«

Sie presste die Lippen zusammen. Er hatte wirklich Nerven.

»Sie ist meine Assistentin, Darcy«, fügte er hinzu, als hätte er ihre Gedanken gelesen. »Sie ist dreiundsechzig, seit achtunddreißig Jahren verheiratet und hat sieben Enkel.«

»Interessiert mich nicht«, sagte sie betont gleichgültig. Ihr Herzrasen strafte sie Lügen. War sie wirklich so leicht zu durchschauen? »Wenn du denkst, dass wir noch Zeit haben …«

Bei ihrer abweisenden Bemerkung kniff er die Augen ein wenig zusammen.

»Zum Højbro Plads bitte, Christoff.«

»Sehr wohl, Mr Lorensen.«

Das Schweigen im Wageninneren schien sich zu verdichten, aber Darcy sah nicht ein, weshalb sie eine Unterhaltung beginnen sollte. Da offenbar kein neutraler

Boden zwischen ihnen existierte, war es klüger, gar nichts zu sagen.

Minuten später hielt der Wagen an dem großen Platz. Max öffnete die Tür und wandte sich Darcy zu. »Kommst du?«

Sie schaute zum Weihnachtsmarkt hinüber. Es wurde bereits dunkel – sie würde sich nie an die kurzen Tage hier gewöhnen –, und die Holzbuden und Bäume waren mit Lichterketten geschmückt, sodass der ganze Platz in einen goldenen Schimmer getaucht war. Es war ein bezauberndes Bild. Einheimische und Touristen bummelten zwischen den Ständen, aus Lautsprechern drang Weihnachtsmusik …

»Nein, ich warte im Auto.«

Er erwiderte nichts darauf, allerdings entwischte ihm ein kleiner, fast unhörbarer Seufzer. Er warf die Tür zu, und Darcy zuckte zusammen. Sie ballte die Hände zu Fäusten. Sie wusste ja, dass sie sich wie ein trotziges Kind benahm und sich einmal mehr ins eigene Fleisch schnitt, aber …

In dem Moment wurde die Tür auf ihrer Seite aufgerissen, und Max spähte zu ihr herein.

»Jetzt komm schon!«, forderte er sie auf. »Was willst du denn hier allein herumsitzen?«

Sie setzte schon zu einer Antwort an – sie würde ihre Mails checken –, aber etwas in seinem Blick warnte sie, dass sie es lieber nicht übertreiben sollte. Als er die Hand ausstreckte, griff sie wortlos danach und stieg aus. Sie schauderte in der beißenden Kälte.

»Wie ich sehe, hast du deinen Schal schon wieder vergessen.«

Tatsächlich?

»Oh …« In dem ganzen Drama und der Eile …

Max schüttelte vorwurfsvoll den Kopf angesichts ihrer Schusseligkeit. »Hier entlang.«

Er bog nach links und ging auf das obere Ende des Platzes zu. Nicht nur die Menge bewegte sich in gemächlichem Tempo, auch Max schien es nicht eilig zu haben. Es war ihm nicht anzumerken, dass sie zu einem Meeting erwartet wurden. Er ging neben ihr, eine Hand leicht auf ihrem Kreuz, so wie auf dem Empfang in der Nationalgalerie.

Darcy warf ihm einen kurzen Blick zu, und im selben Moment sah er zu ihr. Dachte er das Gleiche wie sie? Sie wusste es nicht. Er gehörte zu den Menschen, die man praktisch nicht lesen konnte. Er hielt seine Emotionen unter Verschluss. Selbst wenn er sich widersprach – etwas sagte und etwas ganz anderes tat –, bekam die glatte Oberfläche keine Risse.

Darcy erinnerte sich selbst daran, dass er wahrscheinlich jede andere genauso gentlemanlike durch die Menge führen würde – Kristina, Angelina, Natalia, Sara und wie sie alle heißen mochten.

Sie schlenderten an Buden vorbei, wo die unterschiedlichsten Dinge verkauft wurden: Strickwaren, Holzspielzeug, Flødeboller-Schaumküsse, farbenfroh glasierte Keramik, Schokolade in Form von Zahnrädern, Vorhängeschlössern, Scheren, Schraubenschlüsseln …

»Hier gibt's ja wirklich alles Mögliche«, rief Darcy erstaunt.

Max schien genau zu wissen, wo er hinwollte. Kurz darauf blieb er vor einem Stand stehen, wo Christbaumschmuck aus Filz angeboten wurde. Kleine Hunde auf Skiern, Eisbären mit Nikolausmützen, Lebkuchenmänner mit Weihnachtsstrümpfen in den Händen.

Darcy guckte ihn verdutzt an. Sie hätte nicht gedacht, dass das sein Ding war.

»Das ist Tradition«, sagte er, vielleicht, weil er ihren erstaunten Blick registriert hatte. »Sara bekommt jedes Jahr einen neuen Anhänger für ihren Weihnachtsbaum von mir.«

Nach einer Weile griff er nach einem als Nussknacker verkleideten Teddybären und sah sie fragend an.

Darcy lachte laut heraus. »Du willst hören, was ich davon halte?«

»Na klar. Glaubst du, sie wünscht sich dieses Jahr nichts sehnlicher als einen als Nussknacker verkleideten Teddy an ihrem Baum?«

Sie grinste. »Ich kenne Sara zwar nicht, aber ich meine, wer würde sich das *nicht* wünschen?«

Er lächelte. »Dann sind wir ausnahmsweise mal einer Meinung.« Er reichte den Anhänger dem Verkäufer, zog seine Brieftasche aus der Innentasche seines Mantels und hielt ihm seine Kreditkarte hin.

»Und für deinen eigenen Baum kaufst du dir nichts?«

»Ich hab keinen Baum«, murmelte er.

Darcy ließ die Brauen in die Höhe schießen. »Du hast keinen Christbaum?«

»Nein. Noch nie einen gehabt.«

»Im Ernst?«

Max nickte. Das Kartenlesegerät piepte, als die Zahlung erfolgt war. Der Verkäufer gab ihm die Karte zurück und reichte ihm die Papiertüte mit dem verpackten Anhänger darin.

»Wie kann man denn *keinen* Weihnachtsbaum haben?«, fragte sie verwundert.

Max hatte sich wieder in Bewegung gesetzt, und sie musste ein paar schnelle Schritte machen, um zu ihm aufzuschließen.

»Ich feiere Weihnachten nicht.«

»Und warum nicht? Aus religiösen Gründen?«

Er drehte sich zu ihr um. »Weil ich mit Weihnachten nichts am Hut hab. Ganz einfach.«

Es war offensichtlich, dass er nicht näher auf die Gründe für seinen Weihnachtsboykott eingehen wollte.

Sie gingen schweigend weiter, Max dicht an ihrer Seite, seine Hand über ihrem Kreuz, ohne es jedoch je wirklich zu berühren.

Wieder fröstelte sie.

»Kalt?«

Sie nickte. Ihr fiel auf, dass er den Schal trug, den Angelina ihm am Wochenende zugeworfen hatte. Sicher Kaschmir. Wahrscheinlich haftete ihm noch der Duft ihres Parfüms an.

»Ich weiß, wie dir ganz schnell warm wird«, sagte er. Sie sah ihn scharf an, doch er steuerte bereits auf einen Stand mit heißen Getränken zu. »Eine heiße Schokolade, bitte. Ohne Sahne, oder?«, fragte er, wobei er Darcy kurz ansah.

Sie schüttelte den Kopf. »Mit.«

»Mit Sahne? Im Ernst? Das sind ganz schön viele Kalorien.«

»Mir egal«, entgegnete sie achselzuckend. »Ich kann alles brauchen. Zucker, Tequila, Crystal Meth … Alles, was mir hilft, diese endlosen Tage zu überstehen.«

Er grinste und wandte sich wieder dem Standbetreiber zu. »Mit Sahne *und* Marshmallows.«

Während Max auf die Getränke wartete, schlenderte Darcy zum Stand nebenan, wo wunderschöne durchbrochene Keramiklampen angeboten wurden, mattweiße Kuppeln mit Engel- und Sternendesign.

»Hier.« Max hielt ihr einen Becher hin.

»Danke.«

Sie schlenderten langsam weiter, durch die von Buden gesäumten langen Gassen, die mit Christbaumverkaufsständen und kleinen Karussells durchsetzt waren. Sie kamen an überlebensgroßen LED-Rentieren vorbei, und Max machte sie auf eine aufwendig gestaltete Aschenputtel-Kutsche aufmerksam, rund wie ein Kürbis und beleuchtet wie eine Geburtstagstorte, vor der man sich gegen Bezahlung fotografieren lassen konnte.

»Willst du nicht ein Foto machen lassen? Damit du dich immer an diesen Tag erinnerst?«, zog er sie auf.

»Ich weiß nicht, ob es das passende Andenken an mein einziges Weihnachtsfest in Kopenhagen wäre«, konterte sie trocken.

Sein Kopf fuhr herum. »Dein einziges Weihnachtsfest hier?«

»Ich bin nur für ein Jahr in der Stadt. Kommenden Sommer fahre ich nach London zurück. Hast du das nicht gewusst?«

Er schwieg einen Augenblick. »Doch, ja, natürlich … Ich hab im Moment nicht daran gedacht.«

Sie betrachtete ihn und wünschte, sie könnte in seinen Kopf schauen, damit er ihr nicht ganz so ein großes Rätsel wäre.

»Vorsicht!«, rief er plötzlich, legte blitzschnell den Arm um sie und riss sie zur Seite, als ein Mann mit einem Bierfass auf der Schulter sie umzurennen drohte. »Alles in Ordnung?«

Sie nickte. »Ja, ja, nichts passiert.«

Sein Arm blieb, wo er war, und Darcy gab sich wieder ihren Tagträumen hin: wie sie an einem Samstag ganz entspannt über den Weihnachtsmarkt bummelten, in Jeans statt in Bürokleidung, sein Arm lässig über ihre Schulter drapiert. Ab und zu drückte er ihr einen Kuss aufs Haar, während sie die Sachen besorgten, die sie für das ruhige Weihnachtsfest bei ihm zu Hause benötigten … Warum war das so ein Ding der Unmöglichkeit, wo er sich doch allem Anschein nach genauso zu ihr hingezogen fühlte wie sie sich zu ihm?

Als sie ausgetrunken hatte, schaute sie sich nach einem Abfalleimer um. Obwohl sie sich nicht gern aus seiner zufälligen Umarmung löste, ging sie hin und warf ihren Becher hinein. Ihr Blick fiel auf einen weiteren Stand, an dem Lampen verkauft wurden, diesmal hölzerne Projektionslampen, die sich langsam drehten.

Darcy ging leicht in die Hocke und schaute fasziniert zu, Max trat neben sie.

»Gefallen sie dir?«, erkundigte er sich.

»Und wie! Als ich klein war, hatte ich auch so eine. Ich hab seit einer Ewigkeit keine mehr gesehen.«

Die Lampen aus unbehandeltem Lärchenholz, umrundet von Figuren: eine Waldszene mit Bären, Rehen und Kaninchen; eine maritime Szene mit brandenden Wellen und aufgetakelten Segelschiffen; ein Jahrmarktkarussell mit Ponys …

Ein Winterwunderland mit Rentieren, Christbäumen und Sternen verzauberte sie ganz besonders. Sie drehte das Preisschildchen um.

Autsch!

Sie zog die Hand zurück und richtete sich wieder auf.

»Was hattest du denn für eine?«, fragte Max, der sie beobachtete.

»Oh, nichts so Besonderes wie die hier. Sie war aus silbernem Metall mit Schmetterlingen. Wenn man ein Teelicht in die Mitte stellte, hat sich das Ding durch die Wärme gedreht, und die Schmetterlinge sind zum Leben erwacht. Ich war als Kind ein bisschen zappelig und konnte manchmal nicht einschlafen. Aber wenn ich zugeschaut habe, wie die Schmetterlingsschatten über die Wand huschten, bin ich immer weggedöst.«

»Hast du die Lampe noch?«

Sie lachte prustend auf. »Gott, nein!«

»Was ist damit passiert?«

»Nach einem Streit hat mein Bruder die Schmetterlinge von den Drähten gerissen, und Mum konnte sie nicht wieder anbringen«, erwiderte sie schulterzuckend. Dabei erinnerte sie sich noch sehr gut, wie schlimm es sich angefühlt hatte, als die Lampe in den Müll gewandert war.

»Brüder, hm?«

»O ja.« Sie schoss ihm einen Blick zu. »Sei froh, dass du keinen hast. Er war der Fluch meines Lebens, bis ich ungefähr sechzehn war.«

Eine kleine Pause. »Und was ist dann passiert?«

»Dann hat er meine Freundinnen entdeckt«, antwortete sie trocken. »Und musste deshalb nett zu mir sein.«

Max grinste.

»Warum kaufst du sie nicht, wenn sie dir so gefällt?«, fragte er nach einer weiteren kleinen Pause.

Sie warf einen kurzen Blick auf das Preisschild und schüttelte dann schnell den Kopf. »Nein, nein.«

Ein letztes Mal betrachtete sie die sich drehende Szenerie. Sie konnte sich gut vorstellen, wie wundervoll die Wirkung nachts in einem dunklen Zimmer sein musste, wenn die goldenen Silhouetten über die Wände glitten. Das Ganze hatte etwas Hypnotisches und weckte starke Erinnerungen an ihre Kindheit und an eine Zeit, als sie noch an den Weihnachtsmann und Happy Ends geglaubt hatte.

Zwei Hände schoben sich in ihr Gesichtsfeld. Sie schaute auf und sah, wie der Verkäufer die Lampe von ihrem Platz nahm. Sie richtete sich auf.

»Gut, wir sollten uns langsam auf den Weg m…«

Als sie sich umdrehte, reichte Max gerade seine Kreditkarte über den Tresen.

»Was machst du denn da?«, rief sie.

Die Lampe wurde vorsichtig in einen Karton gepackt und dieser in eine Tragetasche geschoben.

»Ich kauf sie dir.«

»Nein, kommt nicht infrage!«, protestierte sie.

»Wieso nicht? Ich denke, sie gefällt dir. Fröhliche Weihnachten«, fügte er achselzuckend hinzu.

»Dir liegt doch nichts an Weihnachten.«

»Nein, aber dir.«

Sie starrte ihn an, bis er gereizt die Hände in die Luft warf. »Was?«

»Ich begreif das einfach nicht! Nennst du das eine rein berufliche Beziehung? Mir so ein teures Geschenk zu machen?«

Als er den Filzanhänger für Sara hochhielt, schüttelte sie den Kopf.

»Das ist was ganz anderes. Erstens war der nicht so teuer, und zweitens ist sie deine Assistentin. Sie managt dein Leben.«

Er ließ die Hand sinken und schwieg einen Augenblick. »Na schön … Dann betrachte es als Entschuldigung.«

»Wofür?«

»Ich will nicht, dass du mich hasst.«

»Ich hasse dich doch nicht«, erwiderte sie ganz verdattert.

»Nein?«

»Max, ich habe noch nie einen Mann kennengelernt, der mich mehr frustriert hat, aber das heißt nicht, dass ich dich hasse. Das hier ist wirklich nicht nötig. Du hast dich bereits für den Kuss entschuldigt.«

»Darum geht es nicht.«

Sie zog die Brauen zusammen. »Worum denn dann?«

Sein Gesicht spiegelte seine inneren Konflikte wider – Gedanken, die er nicht aussprach, Gespräche, die nie geführt werden würden … Und doch nahm sie wieder deutlich die starke Anziehung zwischen ihnen wahr.

Als der Verkäufer sich räusperte, wandte Max den Blick ab und griff nach der Tragetasche, die er ihm hinstreckte.

»Wir müssen uns langsam auf den Rückweg machen«, meinte er und fügte mit einem Blick auf seine Uhr genervt hinzu: »Mist, jetzt werden wir zu spät kommen.«

Zum ersten Mal ging er vor und nicht neben Darcy, und das in einem solchen Tempo, dass sie fast rennen musste, um mit ihm Schritt zu halten. Eilig schoben sie sich durch das Gedränge bis zum Auto, das im Halteverbot am Straßenrand stand.

»Hier.« Die Tasche in der nach hinten ausgestreckten Hand, wollte er mit der anderen die Wagentür öffnen. Er drehte sich erst zu Darcy um, als sie keine Anstalten machte, ihm die Tüte abzunehmen.

»Wofür willst du dich entschuldigen, wenn nicht für den Kuss?« Sie wollte Natalias Namen aus seinem Mund hören.

Er zuckte mit den Schultern. »Sagen wir einfach, für alle Missverständnisse?«

»Das ist keine Antwort.«

»Eine bessere habe ich nicht.«

Sie verdrehte die Augen. Sie hätte schreien können vor lauter Frust. »Dann will ich die Lampe nicht.«

»Wie bitte?«

»Du hast mich schon verstanden.«

Sie funkelten sich grimmig an. Anscheinend stritten sie sich, auch wenn Darcy nicht die geringste Ahnung hatte, worüber.

»Unglaublich!« Er schnaubte, öffnete die Wagentür und wartete, damit sie einstieg. »Du bist die erste Frau, die ich kenne, die ein Geschenk als Entschuldigung ablehnt.«

»Vielleicht kennst du einfach die falschen Frauen«, gab sie bissig zurück.

Sein Mund verzog sich zu einem schiefen Lächeln. »Das glaube ich nicht.«

»Nein?«

»Nein. Sie sind berechenbar.«

»Das ist es, was du willst? Berechenbare Frauen?«

»Ganz genau.« Er sah ihr fest in die Augen. »Ich mag bekannte Größen und zielorientierte Ansätze.«

»Wow. Das Leben als Tabellenkalkulation.« Sie schob

sich an ihm vorbei, um einzusteigen. »Hast du überhaupt einen Puls?«

Er fasste sie am Handgelenk, und sie erstarrte mitten in der Bewegung. Natürlich kannten sie beide die Antwort auf ihre Frage.

Eine Sekunde lang sah er sie so an wie am Sonntagabend. Doch anstatt sie zu küssen, streckte er ihr die Tragetasche hin.

»Nimm es einfach, Darcy. Es kann sein, was immer du willst. Ein Weihnachtsgeschenk oder eine Entschuldigung.«

Nur dass sie nicht das sein konnte, was *er* wollte – berechenbar.

15. Kapitel

»Sie sind im Konferenzraum, gehen Sie nur rein, Darcy. Hallo, Mr Lorensen. Sie werden schon erwartet«, sagte Ida freundlich und erhob sich halb von ihrem Stuhl. Die junge Frau verschlang Max förmlich mit den Blicken, wie Darcy bemerkte.

Als sie sich der Tür zum Konferenzzimmer näherten, atmete sie tief durch, bog die Finger und streckte sie wieder. Das war eine Marotte von ihr, wenn sie nervös war.

»Alles in Ordnung?«, fragte Max, der sich mit der selbstsicheren Gelassenheit eines Mannes bewegte, der ganz in seinem Element war.

Sie nickte und versuchte sich ihre Nervosität nicht anmerken zu lassen.

»Du schaffst das schon«, sagte er leise und streifte flüchtig ihre Hand. »Das ist deine große Stunde.«

Ihre Blicke trafen sich, als er die angelehnte Tür aufstieß.

»Ah, Miss Cotterell! Max«, sagte die Direktorin der Nationalgalerie. Sie und Otto hatten die Ellenbogen auf den Tisch gestützt und waren offensichtlich in eine lebhafte Unterhaltung vertieft gewesen. »Nehmen Sie doch Platz!«

»Entschuldigen Sie die Verspätung, Margit.« Max gab ihr die Hand. »Otto.«

»Max.« Otto nickte ihm zu und begrüßte ihn mit einem Händedruck. Sie schienen alle gut miteinander bekannt zu sein.

Margit saß am Kopfende des Tischs, Otto rechts neben ihr. Darcy setzte sich zu ihm, während Max sich den Stuhl zu Margits Linker heranzog.

Zwei Lager, schoss es Darcy durch den Kopf.

Sie lächelte Otto zu, während sie die Tüte mit der Lampe auf den Fußboden stellte und die abschließbare Archivbox, die Viggo ihr für den Transport zur Verfügung gestellt hatte, auf den Tisch. Sie kam sich vor wie eine Ministerin mit einer Geheimakte.

»Helle ist unterwegs, sie wird gleich da sein«, sagte Max und knöpfte seine Anzugjacke auf, als er Platz nahm. Wie ein Mann, der vor Kurzem einen Teddybär-Anhänger für den Weihnachtsbaum gekauft hatte, sah er wirklich nicht aus.

»Helle kommt auch?« Margit lächelte. »Das muss ja ein aufregender Fund sein!«

Ihre Stimme hatte einen leicht spöttischen Unterton. Darcy warf Max einen kurzen Blick zu. Hatte er es auch herausgehört? Doch Max saß mit ausdrucksloser Miene da.

»Nun, es ist noch zu früh für eine eindeutige positive Bewertung«, sagte Darcy, die sich an Viggos Ermahnung zur Zurückhaltung erinnerte. »Aber es ist schön, endlich eine gute Nachricht verkünden zu können.«

»Das wird allmählich auch Zeit.« Margits Lächeln war aufgesetzt, ihre Stimme schneidend. Es bestand kein Zweifel daran, dass sie dieses Rätsel schnellstens gelöst haben wollte. Nach den Pressemitteilungen über das mysteriöse Porträt waren die Vorverkaufszahlen für die Retrospektive sprunghaft in die Höhe geschnellt.

Die Tür ging auf.

»Ah, der Kaffee. Danke, Ida«, murmelte Otto. »Stellen Sie das Tablett bitte hier ab.«

Die Assistentin tat wie ihr geheißen und wandte sich dann wieder zum Gehen, nicht ohne einen letzten sehnsüchtigen Blick auf Max. Falls er es bemerkt hatte, ließ er es sich nicht anmerken – wahrscheinlich passierte ihm so etwas andauernd –, aber Darcy verspürte einen Anflug von Eifersucht.

Otto griff nach seiner Tasse, und Margit übernahm das Einschenken. Darcy wollte nichts, sie war viel zu nervös. Max zupfte ungerührt an seinen Manschetten.

Margit wandte sich ihm zu.

»Ich habe gehört, Sie waren in der Galerie, als die Entdeckung gemacht wurde?«, erkundigte sie sich.

»Das ist richtig.«

»Was für ein glücklicher Zufall.«

Darcy versteinerte. Da schwang etwas in ihren Worten mit. Unterstellte sie ihnen etwa eine Beziehung, die nicht nur beruflicher Art war? Hatte Jens ihre nächtliche Auseinandersetzung für einen Streit unter Liebenden gehalten und es so weitererzählt?

Nun, ganz falsch lagen sie damit ja nicht …

»Ja, das war es«, entgegnete Max gelassen. »Ich bin zufällig im richtigen Moment vorbeigekommen.«

Darcy hielt den Blick gesenkt. Neben ihren Füßen stand die Tasche mit der Projektionslampe. Und schuld an allem war ein vergessener Schal …

»Geht es voran mit der Wiederherstellung des Gemäldes?«, fragte er nun seinerseits.

»Ja, wenn auch nur langsam«, antwortete Margit seufzend. »Die Rückseite ist mit der Vorderseite verleimt, und die Leinwand darf natürlich nicht beschädigt oder verbogen werden. Sie denken, das Porträt könnte in nassen …«

In diesem Moment wurde die Tür erneut aufgerissen, und Helle Foss stürmte herein. Ihre Lederaktentasche war prall gefüllt mit Papieren und Dokumenten. »Dieser Verkehr!«

»Hoffentlich haben Sie sich nicht überanstrengt, Helle«, bemerkte Margit, als sich die kleine Frau neben Max setzte.

»Nein, nein, keineswegs«, erwiderte Helle. Sie schien Margits spöttischen Ton nicht registriert zu haben.

»Schön.« Margit lehnte sich zurück. »Nachdem nun *endlich alle* da sind – Sie haben das Wort, Darcy.«

Darcy holte tief Luft, als alle den Blick auf sie richteten, und versuchte den einen, der mehr Gewicht als die anderen hatte, zu ignorieren.

»Heute Morgen habe ich diese Halskette gefunden.« Sie schloss die Box auf und nahm die Kette heraus. »Sie ist aus einem unbeschrifteten Umschlag gefallen, in dem sich sonst nichts weiter befand. Erst dachte ich, es handle sich um ein Geschenk, das Trier entweder bekommen hat oder aber selbst verschenken wollte. Diese Goldperle in der Mitte kam mir bekannt vor.«

Sie hielt den Ausdruck des Porträts hoch.

»Farben sind darauf noch nicht eindeutig auszumachen, aber der Kontrast dieser einen Perle zu den anderen ist klar erkennbar«, fuhr sie fort. »Als ich Viggo Rask die Kette und den Ausdruck gezeigt habe, ist ihm dieses Foto im Madsen-Saal eingefallen.«

Sic zeigte eine Kopie der Schwarz-Weiß-Aufnahme herum, die die Madsens beim Krocketspielen zeigte, und deutete auf Lilja, die zerbrechlich und aufsässig zugleich wirkte.

»Auch hier haben wir keine Farben, sondern nur Hell-Dunkel-Schattierungen. Dennoch kann man deutlich erkennen, dass sie eine dunkle Perlenkette mit einer kontrastierenden hellen Perle trägt«, erläuterte sie in der Zwischenzeit. »Anhand dieses Fotos können wir die Form, die Länge der Kette und sogar die Anzahl der Perlen exakt bestimmen, und wir können die eine goldene Perle in der Mitte identifizieren. Die sich daraus ergebende Schlussfolgerung ist klar: Die Halskette in meiner Hand ist dieselbe wie auf dem Foto.«

Margit Kinberg hatte die Hände so fest ineinander verschränkt, dass die Knöchel weiß hervortraten.

»Und wer ist dieses Mädchen?«, wollte sie wissen.

»Sie heißt Lilja und war die Frau von Frederik Madsens jüngerem Bruder Casper.«

Margit erstarrte. »Sie ist eine Madsen?«

Darcy streifte Helle mit einem flüchtigen Blick. Auch sie hörte gespannt zu, die Augen in höchster Konzentration leicht zusammengekniffen, einen zufriedenen Ausdruck im Gesicht.

»Ja. Wir können allerdings im Moment noch nicht mit

absoluter Sicherheit sagen, dass sie auch die Frau auf dem Porträt ist.«

»Aber wenn es sich um dieselbe Halskette handelt, muss sie es doch sein«, gab Helle zu bedenken.

»Mit großer Wahrscheinlichkeit, ja. Beide Frauen haben lange dunkle Haare, aber die Gesichtszüge sind zu unscharf, als dass wir sie miteinander vergleichen könnten. Und solange wir kein hochauflösendes Bild des Porträts haben, sollten wir auch andere Möglichkeiten in Betracht ziehen.«

»Zum Beispiel?«, fragte Helle stirnrunzelnd.

»Sie könnte sich die Halskette für das Foto geliehen haben.« Darcy hielt den Ausdruck und das Foto hoch. »Oder aber die Halskette gehört ihr, und sie hat sie der Frau für die Porträtsitzungen geborgt. Als Blickfang vielleicht. Es könnte sein, dass es eine Kette gibt, aber zwei Frauen. Oder zwei Ketten …« Sie betrachtete ihr Publikum, das wie gebannt an ihren Lippen hing. »Aber zugegeben: Es spricht viel dafür, dass Lilja Madsen unser Mädchen ist.«

Helle und Max sahen sich an. Margit, die Ellenbogen auf den Armlehnen und die Hände verschränkt, lehnte sich zurück, ihr Gesicht eine undurchdringliche Maske.

»Nun, das sind wirklich große Neuigkeiten.« Sie schwieg einen Moment nachdenklich. »Lilja Madsen.« Sie sah Helle an. »Das fällt in Ihren Zuständigkeitsbereich. Vielleicht können Sie uns ein bisschen was über sie erzählen? Wo wir gerade alle hier versammelt sind?«

»Oh, ich fürchte, da gibt es nicht viel zu erzählen«, antwortete Helle mit erstaunlicher Geringschätzung. »Wie Miss Cotterell bereits ganz richtig festgestellt hat, war sie die Frau von Casper, dem jüngeren der Madsen-Brüder,

der eine Art Rebell und … das schwarze Schaf der Familie war, könnte man sagen. Er hat im Ersten Weltkrieg ein kleines Vermögen gemacht, aber …« Sie beendete den Satz nicht, so als ob das Wichtigste gesagt und dem nichts mehr hinzuzufügen sei.

»Womit ist er denn reich geworden?« Das verächtliche Naserümpfen hatte Darcys Neugier geweckt.

Die Frage schien Helle zu verärgern. »Er war ein Gulaschbaron«, stieß sie hervor, als ob das ein schmutziges Wort wäre. »Es war Frederik, der die Stiftung '61 gründete, gemeinnützige Projekte ins Leben rief und das Mäzenatentum der Familie begründete. Casper war zu dem Zeitpunkt schon lange tot, deshalb haben wir ihm – oder seiner Frau – nie große Beachtung geschenkt. Sie sind beide jung gestorben.«

»Wie sind sie denn ums Leben gekommen?«, fragte Darcy.

»Nun, Lilja ist ertrunken.«

»O nein!«, rief Darcy entsetzt aus. Sie fand es tragisch, dass die junge Frau so früh und auf so erschütternde Weise umgekommen war, wo sie Lilja doch gerade erst gefunden hatte.

Ihre emotionale Reaktion schien sowohl Helle als auch Max zu überraschen.

Helle nickte. »Ja, und was das Ganze noch tragischer machte, war Caspers Tod drei Tage später. Er starb am Broken-Heart-Syndrom. Er war total vernarrt in sie.« Sie zuckte mit den Schultern. »Mehr kann ich nicht dazu sagen. Das alles geschah gut vierzig Jahre vor Gründung der Stiftung, und die treibende Kraft dahinter war, wie gesagt, Frederik. Casper ist nur eine Fußnote in unserer Geschichte.«

»Kein Problem«, sagte Otto in gewohnt gelassenem Ton. »Um die Details wird sich Darcy kümmern. Niemand recherchiert so effektiv wie sie. Manchmal denke ich, sie würde sich zur Detektivin eignen.«

Darcy lächelte ihm verlegen zu. Sie fühlte sich geschmeichelt, war andererseits aber ganz perplex, weil sich Otto normalerweise mit Lob zurückhielt. Vermutlich ging es ihm nur darum, Helle Foss seinen Standpunkt klarzumachen.

»Danke jedenfalls für den Überblick«, sagte sie zu Helle. »Lilja wird von jetzt an im Mittelpunkt meiner Nachforschungen stehen. Da wir jetzt einen Namen haben, mit dem wir arbeiten können, werden wir bald die Bestätigung haben, und dann können wir eine vollständige Biografie erstellen.«

»Wunderbar.« Margit schob ihren Stuhl zurück, als hätte sie es eilig, zum Schluss zu kommen. Im Gegensatz zu Max und Helle wirkte sie nicht sehr erfreut über Darcys Entdeckung.

Max räusperte sich. »Sollte sich herausstellen, dass Lilja Madsen tatsächlich die Frau auf dem Porträt ist …« – er sah Margit an – »… dann würde das den Anspruch der Stiftung auf *Ihre Kinder* untermauern.«

Ein verwirrtes Schweigen entstand.

»Den Anspruch?«, wiederholte Margit mit dumpfer Stimme.

»Wir haben nie einen Hehl aus unserem Wunsch gemacht, das Gemälde zu erwerben, aber aufgrund der neuen Entwicklung werden wir in absehbarer Zeit auf Rückgabe des Gemäldes klagen.«

Wie bitte? Darcys Kopf fuhr herum. Von einer Klage

war bisher nie die Rede gewesen. Max hatte den Blick immer noch auf Margit gerichtet.

»Dank Darcys Entdeckung ist das Porträt jetzt für uns von großem Interesse. Immerhin handelte es sich um eins von Triers Werken – und allem Anschein nach um die Darstellung eines Mitglieds der Familie Madsen. Sollte sich herausstellen, dass das Porträt nicht erfolgreich von *Ihre Kinder* getrennt werden kann, werden wir auf Rückgabe beider Gemälde an die Stiftung Madsen klagen.«

»Rückgabe?« Margit schnaubte höhnisch. »*Ihre Kinder* hat den Madsens nie gehört. Ich muss Sie doch sicherlich nicht daran erinnern, dass Trier sich geweigert hat, das Bild seinem Gönner zu verkaufen.«

»Das ist schon richtig«, mischte sich Helle ein. »Aber Künstler sind launisch und handeln oft irrational. Trier hat das Bild in einem Wutanfall einem Fremden verkauft, weil er beweisen wollte, dass er nicht Bertram Madsens Marionette war.« Sie zuckte mit den Schultern. »Das ist ihm auch gelungen, aber der Preis war hoch. Er hat es außer Landes verkauft, nicht ahnend, dass es sich als sein bedeutendstes Werk erweisen sollte und er nie wieder ein vergleichbares Meisterwerk schaffen würde.« Sie verzog spöttisch den Mund. »Inzwischen dürften sich die Gemüter abgekühlt haben. Heute würde er sich sicherlich wünschen, dass *Ihre Kinder* seinen Platz bei seinem restlichen Œuvre findet.«

»Nun, das sind nur Spekulationen«, entgegnete Margit abschätzig. »Ich habe Ihnen – und jedem Politiker, auf den Sie Einfluss zu nehmen versuchen – mehr als einmal unmissverständlich erklärt, dass das Gemälde unverkäuflich ist. Und was die Klage auf Rückgabe angeht …«

Helle kramte in ihren Unterlagen. Max, einen Arm auf dem Tisch, wirkte völlig gelassen. *Zu* gelassen.

»Ich komme gerade aus Zürich zurück«, begann er.

Dann war er Anfang der Woche in Zürich gewesen?

Während Darcy beobachtete, wie er seine Strategie darlegte, kam sie sich vor wie unter Wasser – den Atem angehalten, die Perspektive verzerrt. Dabei hatte sie geglaubt, Max sei ihr näher als je zuvor.

»Wir haben einen Spezialisten beauftragt, sich die Provenienz des Gemäldes genauer anzusehen«, fuhr Max fort.

»Die Provenienz?« Otto machte ein ungläubiges Gesicht. »Aber die ist doch seit Jahren bekannt!«

»Nur teilweise.«

»Vollständig!«, blaffte Margit. »Trier hat das Bild im August 1922 dem deutschen Bankier Walter Fleischmann verkauft, der es seinerseits 1940 weiterveräußerte. Danach befand es sich zwölf Jahre in einer Privatsammlung, bevor wir es 1952 auf einer Auktion in Düsseldorf im Auftrag des dänischen Staats ersteigerten.«

»Das ist richtig.«

»Und das alles ist schriftlich dokumentiert.«

»Auch das ist richtig.«

Margit sah ihn verständnislos an. »Und wo ist dann das Problem?«

Max ließ sich Zeit mit seiner Antwort. »Wir dachten lange, dass Walter Fleischmann 1940 von den Nazis zum Verkauf des Gemäldes gezwungen wurde und dass er als Gegenleistung Reisegenehmigungen in die Schweiz erhielt.«

»Was?«, fuhr Otto empört auf.

Max streifte ihn mit einem flüchtigen Blick und richtete die Aufmerksamkeit dann sofort wieder auf Margit. »Die Unterlagen wurden frisiert, damit es wie eine legale Transaktion aussah, aber Fleischmann wurde praktisch eine Waffe an den Kopf gehalten. Im Sinne der Washingtoner Erklärung sollte die Abwicklung daher für null und nichtig erklärt werden.«

»Ganz sicher nicht«, versetzte Margit trocken. »Das ist reine Spekulation.«

»Unser Spezialist hat eine heiße Spur aufgedeckt.«

»Und die wäre?«, fragte Otto. »So etwas ist nie auch nur angedeutet worden.«

Max sah ihn an. »Er hat herausgefunden, dass der SS-Offizier, der den Verkauf überwachte, bei mindestens zwei weiteren Zwangsverkäufen etwa um dieselbe Zeit involviert war.«

»Das beweist noch gar nichts«, erwiderte Otto kalt.

Ein Schweigen trat ein, während alle über seine Worte nachdachten.

Margit starrte Max an wie eine Raubkatze einen gefährlichen Gegner. »Selbst wenn es sich um einen Zwangsverkauf handeln sollte, hätte die Stiftung Madsen keinen Rechtsanspruch auf das Gemälde. In dem Fall müsste es Fleischmanns Erben zurückgegeben werden.«

Max blinzelte ein einziges Mal. »Der Meinung sind wir auch, und deshalb habe ich mich bereits mit ihnen getroffen.« Er schien auf Margits Einwand gehofft zu haben und jeden Punkt, den er gegen sie machte, zu genießen. »Sie werden auf Rückgabe des Gemäldes klagen.«

Margit ließ sich gegen die Rückenlehne fallen, als ihr klar wurde, dass Max sie vor vollendete Tatsachen stellte.

»Ich verstehe. Und wenn sie mit ihrer Klage Erfolg haben, werden sie es der Stiftung verkaufen.« Sie ließ ihn keine Sekunde aus den Augen, so als könnte sie all seine Gedanken lesen. »Der Deal ist bereits besiegelt. Ihr seid euch über den Preis einig.«

Max zuckte kaum merklich mit den Schultern. Er war halb so alt wie Margit, aber Darcy spürte, dass er ihr ein ebenbürtiger Gegner war.

Niemand rührte sich oder sagte etwas. Die Spannung im Raum war fast greifbar.

»Es würde natürlich besser aussehen, wenn die Klage gar nicht erst eingereicht würde«, sagte Helle in die Stille hinein, als sie die Dokumente aus ihrer Mappe auf den Tisch legte. »Das würde nur zu einem jahrelangen teuren Rechtsstreit führen, von dem einzig und allein die Anwälte profitieren. Es ist ein furchtbares Unrecht begangen worden, auch wenn alle anderen weiter unten in der Provenienzkette in gutem Glauben handelten. Ich finde, es sollte selbstverständlich sein, jetzt das Richtige zu tun, ohne dass erst die Gerichte bemüht werden müssen.«

»*Ihre Kinder* gehört dem dänischen Volk«, entgegnete Margit mit fester Stimme.

»Das ist nationalistische Romantik, Margit.«

»Sagt die kapitalistische Vertreterin der Stiftung der Mäzene«, fauchte Margit.

Helle blinzelte träge, wie eine Katze, die überlegte, ob sie schlafen oder angreifen sollte.

»Vom moralischen Standpunkt aus betrachtet, gehört das Gemälde immer noch der Familie des Mannes, der es auf ehrliche Weise vom Künstler selbst erworben hat«, erklärte sie dann. »Ich kann mir nicht vorstellen, dass das dänische Volk einen kostspieligen Rechtsstreit um ein Bild befürworten würde, von dem wir wissen, dass es unter Androhung von Gewalt oder Schlimmerem verkauft wurde. Das sind nicht die Werte, für die wir stehen. Eine solche Verkommenheit zu unterstützen, würde bedeuten, dass wir uns auf eine Stufe mit diesen Leuten stellen. Lassen Sie uns den Fehler wiedergutmachen und das Richtige tun.«

»Das hat nichts mit richtig oder falsch zu tun!«, giftete Margit. »Das sind Tatsachenverdrehungen, die Sie sich für Ihre Pressemitteilungen aufheben können! Wissen Sie, ich würde das alles viel eher akzeptieren, wenn Sie und die Fleischmanns sich nicht bereits über den Preis geeinigt hätten.«

»Sie werden endlich die ihnen zustehende Entschädigung bekommen«, sagte Max schlicht.

Als ob das so einfach wäre!

»Überlegen Sie doch mal, Margit«, fuhr Helle fort. »Eine Besitzurkunde ist nichts weiter als ein Stück Papier. In der Realität bedeutet das nur, dass das Gemälde ein paar Hundert Meter von seinem jetzigen Platz entfernt hängen wird, immer noch der Öffentlichkeit zugänglich. Ist das nicht besser, als wenn es in eine Privatsammlung in Deutschland zurückkehren würde?«

»Kommen Sie mir nicht so«, knurrte Otto. »Ihnen geht es nicht um das öffentliche Interesse, sondern um Ihren eigenen Vorteil!«

Max breitete besänftigend die Hände aus. »Das bestreite ich ja gar nicht. Mit der Rückkehr von Triers Meisterwerk in seine gleichnamige Sammlung wäre die Mission unseres Stiftungsgründers erfüllt. Was uns nicht zu Bösewichten macht. Das ist der Traum jedes Künstlers und der Ehrgeiz jedes Mäzens.«

Margit schnaubte verächtlich. »Sie haben Ihre Sponsoren in der Hoffnung auf exakt diesen Moment seit Jahren um sich geschart.«

»Ich habe nie ein Geheimnis aus unseren Ambitionen gemacht, Margit. Aber die Verbindung zu Lilja Madsen war nicht vorhersehbar – das ist ein reiner Glücksfall.«

Er neigte den Kopf eine Spur zu Darcy hin, die unbeabsichtigt eine große Rolle in der ganzen Geschichte gespielt hatte. Ihr hatte er es zu verdanken, dass er zur richtigen Zeit am richtigen Ort gewesen war. Hätte er ihr nicht den Schal zurückgebracht und sich für den Kuss entschuldigt, wäre er nicht dabei gewesen, als ihre Entdeckung den ersten Dominostein anstieß.

»Ich würde eine einvernehmliche Lösung begrüßen, Margit. Aber Sie sollten wissen, dass es der Wunsch von Fleischmanns Erben ist, das Gemälde *Ihre Kinder* in die Johan-Trier-Sammlung in der Stiftung Madsen einzugliedern. Ihre Anwälte werden bereits kommende Woche Klage gegen den Staat einreichen.«

»Kommende Woche?«, blaffte Margit. Es klang fast wie ein Bellen.

Darcy schaute betroffen von einem zum anderen. Sie kam sich vor wie ein Kind unter sich streitenden Erwachsenen. Sie sah, wie sich Otto mit beiden Händen das Gesicht rieb. Sie waren von allen Seiten eingekreist. Während sie Otto angerufen und ihm aufgeregt von ihrer Entdeckung erzählt hatte, hatte Max sich offensichtlich nicht nur mit Helle, sondern auch mit seiner Sponsorenriege in Verbindung gesetzt, um sich rückzuversichern, dass er seine Drohungen aussprechen durfte. Sie hatten die Königin des Museums schachmatt gesetzt.

Darcy starrte Max fassungslos an. Hatte er vorhin beim Eintreten nicht gesagt: »Das ist deine große Stunde«? Und das, obwohl er gewusst hatte, dass es *seine* große Stunde werden würde?

Helle beugte sich vor und klopfte auf die Dokumente, die auf dem Tisch lagen.

»Lesen Sie das, Margit, und dann unterhalten wir uns«, sagte sie ruhig. »Ich bin sicher, dass wir eine für beide Seiten zufriedenstellende Lösung finden werden.«

Margit sah sie feindselig an. »Das bezweifle ich.«

»Unsere Ansprüche sind begründet«, erwiderte Helle ungerührt und klappte ihren Aktenkoffer wieder zu. »Im Übrigen möchten wir über alle weiteren Entwicklungen in dieser Angelegenheit unterrichtet werden.«

»Kommt nicht infrage!«, schnauzte Margit. »Noch gehört das Gemälde nicht Ihnen!«

»Nein, aber Sie nutzen unsere Archive für Ihre Nachforschungen«, sagte Max frostig. »Ganz abgesehen davon, dass wir Ihnen großzügigerweise eine beträchtliche Anzahl von Werken für die Retrospektive zur Verfügung stellen.«

Darcy schnappte hörbar nach Luft. Drohte er allen Ernstes damit, ihr den Zugang zum Archiv zu verbieten? Die Leihgaben für die Ausstellung zurückzuziehen?

Ihre Reaktion entging Max nicht – das sah sie an der Art, wie er unmerklich zusammenzuckte –, doch er schaute unbeirrt geradeaus.

Margit verengte die Augen zu schmalen Schlitzen. »Wollen Sie uns erpressen, Max?«

»Ich möchte Sie lediglich daran erinnern, dass dieses Projekt eine Gemeinschaftsarbeit ist. Arbeiten Sie mit uns zusammen, und wir werden mit Ihnen zusammenarbeiten. Wir wollen über Darcys Forschungsergebnisse informiert werden. Das ist keine unangemessene Forderung, schließlich verfolgen wir alle unsere ureigenen Interessen.«

Darcy konnte es nicht fassen. Jetzt wurde ihr einiges klar. Er war mit festen Absichten hierhergekommen. Viggo hatte sie gewarnt: Max sei durchsetzungsfähig, hatte er gemeint. Sie würde es anders nennen: Er versuchte rücksichtslos, anderen seinen Willen aufzuzwingen.

Sie hatte gedacht, den weichen Kern unter der harten Schale erspäht zu haben, aber jetzt begriff sie, dass er durch und durch stahlhart war. Er hatte ihr Vertrauen missbraucht, und sie hatte schreckliche Schuldgefühle, weil sie ihn mit hierhergebracht hatte. Sie hatte den Wolf in den Schafspferch gelassen.

»Wie Helle bereits sagte – lesen Sie sich die Unterlagen durch, und dann unterhalten wir uns noch einmal.« Er schickte sich an aufzustehen. »Du weißt, wie du mich erreichen kannst, Darcy.« Er sah ihr flüchtig in die Augen.

Blass und schweigend schaute sie ihm nach, als er zusammen mit Helle Foss den Raum verließ.

Draußen auf dem Flur versuchte Ida ein weiteres Mal, seinen Blick aufzufangen, und diesmal drehte er den Kopf ein ganz klein wenig in ihre Richtung. Ida lief rot an und gaffte ihm aufgeregt hinterher.

Darcy schaute weg.

Bekannte Größen und zielorientierte Ansätze. Sie starrte auf die Tragetasche mit der Projektionslampe auf dem Boden neben ihren Füßen. Das war keine Entschuldigung für etwas, was bereits geschehen war, sondern für das, was kommen würde.

Ich will nicht, dass du mich hasst.

Er konnte seinen Job erst erledigen, wenn sie ihren getan hatte.

Wir sind keine Freunde, hatte sie an jenem Abend vor seinem Haus zu ihm gesagt. Aber jetzt erst erkannte sie, dass sie Feinde waren.

16. Kapitel

Darcy, bis ins Innerste aufgewühlt, ging draußen auf dem Hof auf und ab. Nachdem Max und Helle gegangen waren, hatte eine geradezu ohrenbetäubende Stille eingesetzt.

Sie würde gern mit Otto allein sprechen, hatte Margit dann gemeint.

Darcy war froh darüber gewesen, sie hatte die Verschnaufpause bitter nötig. Der Frost hatte die Pflastersteine mit einer schlüpfrigen Schicht überzogen, doch sie achtete nicht darauf. Der Schock über das, was gerade geschehen war, saß ihr immer noch in den Knochen und ließ sich nicht vertreiben. Sie musste sich bewegen, damit die schlechten Nachrichten sich nicht festsetzen konnten. Ihre aufregende Neuigkeit war auf eine Weise, die sie nie hätte erahnen können, gekapert und von etwas Größerem vereinnahmt worden, mit der Folge, dass es jetzt um etwas sehr viel Bedeutenderes ging, als einem Gesicht einen Namen zu geben und eine Biografie zu schreiben.

»Das ist deine große Stunde«, hatte Max zu ihr gesagt und nur wenige Augenblicke später die Seiten gewechselt, war vom Verbündeten zum Gegner geworden.

Auch wenn sie seine geschmeidige Kehrtwende als persönlichen Angriff empfand, war ihr klar, dass es das für ihn nicht gewesen war. So lief es nun einmal auf höchster Ebene: Wer erfolgreich sein wollte, musste seine Chance nutzen, ohne zu zögern. Die Beute erlegen. Anderen in den Rücken fallen, Intrigen schmieden, eiskalt lächelnd Drohungen ausstoßen – das alles war Teil des Spiels. Gewinnen um jeden Preis. Zu spät erinnerte sie sich an sein Profil: *Hobbys: Skifahren, Wein, Gewinnen.*

Sie kam sich furchtbar dumm vor. Und unbedeutend – ein kleiner Fisch verglichen mit Max, dem Hai. Während sie in den vergangenen zehn Tagen höchst unprofessionell darüber nachgegrübelt hatte, in welche Richtung sich ihre Beziehung entwickeln könnte, hatte er die ganze Zeit nur an den Job gedacht und seine eigenen Ziele verfolgt. Daher sein Angebot, dass sie das Stiftungsarchiv nutzen und in seinem Haus arbeiten könne. Daher seine Annäherung am Abend des Empfangs, als er sie mit seiner Hand auf ihrem Rücken gesteuert und eine Reaktion in ihrem Körper ausgelöst hatte, der ihr Verstand nichts entgegenzusetzen hatte.

Max hatte sie vom ersten Moment an durchschaut. Er hatte erkannt, wie sehr sie sich zu ihm hingezogen fühlte, und sie manipuliert.

Die Tür flog auf, und Otto stürzte heraus. Er sah aus, als wäre er über Nacht um zehn Jahre gealtert. Seine gewohnte unerschütterliche Sachlichkeit war von rotwangiger Erregtheit überlagert worden. Darcy erkannte augenblicklich, dass es besser war, keine Fragen zu stellen.

Mit weit ausgreifenden Schritten marschierte er Richtung Straße. Sie fragte sich, wo er wohl hinwollte. Vielleicht wusste er es selbst nicht. Er musste sich einfach bewegen, um sich abzureagieren, genau wie sie.

Sein forsches Tempo verriet, wie aufgebracht er war. Darcy hatte Mühe, Schritt zu halten. Er steckte die Hand in die Tasche seines marineblauen Mantels, fischte eine Zigarette heraus und zündete sie an. Darcy hatte gar nicht gewusst, dass er rauchte, aber vielleicht hatten sie heute alle etwas zur Stressbewältigung nötig.

»Und?«, fragte sie zögernd, als sie gemeinsam die Straße hinuntergingen.

»Margit ist so sauer, wie ich es noch nie bei ihr erlebt habe. Sie will im Kultusministerium anrufen, die höchsten Stellen einschalten … Sie ist wild entschlossen zu kämpfen.«

»Ehrlich?« Darcy hatte mit einer Kapitulation gerechnet.

Otto warf ihr einen kurzen Blick zu. »Warum überrascht Sie das?«

»Na ja«, sagte sie langsam, »wenn das Gemälde rechtmäßig den Erben von Holocaust-Opfern gehört, ändert das schließlich alles, oder?«

»Aber genau das wissen wir eben nicht«, gab er wütend zurück. »Täuschen Sie sich nicht. Die Stiftung Madsen schreckt bei der Verfolgung ihrer Ziele vor nichts zurück, weder vor einer Lüge noch vor Bestechung. Sie verfügen über die nötigen Mittel, und es gibt kaum jemanden, der nicht käuflich wäre. Ein gefälschtes Gutachten? Kein Problem. Das ist nun mal die Art, wie sie Verhandlungen in die Wege leiten.«

Er nahm einen langen Zug an seiner Zigarette und verlangsamte sein Tempo ein klein wenig.

»Wir haben immer in gutem Glauben gehandelt«, fuhr er dann fort. »Wir haben ein reines Gewissen, weil *wir* das Gemälde legal erworben haben. Es ist Sache der Anwälte, darüber zu diskutieren, welche Verjährungsfristen in solchen Fällen gelten. Von den ursprünglichen Geschädigten sind praktisch alle tot. Es geht also nicht mehr um einen persönlichen Verlust, sondern eher um eine Frage des Prinzips und der Entschädigung. Fast achtzig Jahre sind seit dem Verkauf damals vergangen – wann endet die moralische Verantwortung?«

Darcy zuckte mit den Schultern. »Nie, wie die Affäre um die sogenannten Elgin Marbles zeigt.«

»Nun, da geht es um nationale Kulturgüter«, brummte Otto. »Um Restitution. Um ihre Rückführung in ihr rechtmäßiges natürliches Umfeld. Aber das Gemälde *Ihre Kinder* befindet sich bereits dort, wo es hingehört – nämlich hier, in Kopenhagen, in treuen Händen zum Wohle des dänischen Volks. Dass die Fleischmann-Erben noch vor einem Antrag auf Restitution einen Deal mit der Stiftung Madsen ausgehandelt haben, beweist, dass es ihnen lediglich ums Geld geht. Wir können nicht ausschließen, dass sie es sich anders überlegen, wenn ihnen jemand ein besseres Angebot macht – und dann landet das Bild möglicherweise in irgendeiner Privatsammlung außerhalb Dänemarks.«

Darcy fragte sich, von welchen Summen die Rede war. Fünfzig Millionen? Hundert Millionen? Damit könnten etliche Löcher im Kulturhaushalt gestopft werden.

Otto seufzte. »Keine Frage, die rechtmäßigen Hüter dieses Nationalheiligtums sind wir. Und selbst wenn Lorensen dadrin noch so große Töne gespuckt hat – das

Letzte, was die Stiftung Madsen will, ist, vor Gericht zu ziehen. Lorensen ist wie üblich nach Gutsherrenart mit uns umgesprungen, das kann er am besten, aber er weiß genauso gut wie wir, dass sich so ein Verfahren über Jahre hinziehen könnte. Kein Investor schätzt ergebnisoffene Spekulationen, wenn es um sein Geld geht. Und da die Muttergesellschaft an die Börse will, sind sie an einer raschen Einigung interessiert.«

»Glauben Sie, er blufft nur?«

»Er zieht die Daumenschrauben an. Darauf versteht er sich hervorragend.«

Sie gingen jetzt am Nyhavn entlang, mit seinen berühmten farbenfrohen Häusern und den am Kai ankernden großen aufgetakelten Schiffen. Die Cafés waren gut besucht, sowohl von Touristen als auch von Einheimischen.

»Besteht die Möglichkeit, dass *wir* den Fleischmanns ein besseres Angebot als die Madsens machen?«

Otto schüttelte den Kopf. »Ich bin überzeugt, dass sie weit über den Marktwert gegangen sind, um sich den Deal zu sichern, und sie außerdem damit geködert haben, dass das Gemälde dann mit dem größten Teil von Triers Gesamtwerk wiedervereint sein wird. Das wird die Fleischmanns in dem Glauben bestärken, aus uneigennützigen Motiven zu handeln.«

»Meinen Sie wirklich, Helle würde die Retrospektive sabotieren?«

Otto machte ein finsteres Gesicht. »Das halte ich für höchst unwahrscheinlich. Immerhin würde das die ganze Ausstellung gefährden, und das wiederum würde für Schlagzeilen sorgen. Was glauben Sie, wie die dastehen würden, wenn herauskommt, dass sie versucht haben, uns zu erpressen?«

»Vielleicht wäre es gar nicht schlecht, wenn es herauskäme«, sinnierte Darcy.

»Ein verlockender Gedanke«, stimmte Otto ihr zu. »Aber das würde nur für Ärger und Aufsehen sorgen, und das will keiner von uns. Nein, Max und Helle haben lediglich die Muskeln spielen lassen. Aber sie werden mit allen Tricks arbeiten und sich nicht geschlagen geben, glauben Sie mir. Wir müssen wachsam sein.« Er warf ihr einen kurzen Blick zu. »Lassen Sie sich von Max nicht einlullen, Darcy. Er kann sehr charmant sein, wenn es seinen Zwecken dient, aber trauen Sie niemandem in seinem Umfeld. Das schließt auch Rask mit ein.«

»Viggo?« Sie riss die Augen auf. »Aber er würde niemals …«

»O doch, er würde. Er ist ein netter alter Mann und ein ausgezeichneter Archivar, aber letztendlich arbeitet er für *sie*, nicht für uns. Nach jahrzehntelangen treuen Diensten steht außer Frage, wem seine Loyalität gilt: in erster Linie den Madsens und ihrer Kunstsammlung.«

»Aber ich kann nichts vor ihm verheimlichen. Wir sind allein dort unten im Archiv, und er sieht doch, woran ich arbeite.«

»Das ist auch völlig in Ordnung – aber behalten Sie Ihre Schlussfolgerungen künftig für sich. Helle und Max werden ihre Ansprüche auf *Ihre Kinder* mit aller Macht durchzusetzen versuchen, wenn sich herausstellen sollte, dass es sich bei der porträtierten Frau tatsächlich um Lilja Madsen handelt. Jede Wette, dass Helle Viggo bereits informiert hat.«

Darcy seufzte. Die Heimlichtuerei behagte ihr gar nicht. Sie war Wissenschaftlerin, keine Geheimagentin. Zudem hatte sich Viggos Hilfe als ungeheuer wertvoll erwiesen.

»Machen Sie nicht so ein bekümmertes Gesicht. Ich weiß, dass Viggo Ihnen bei der Identifizierung der Unbekannten geholfen hat, aber früher oder später hätten Sie es auch ohne ihn geschafft«, sagte Otto, als hätte er ihre Gedanken gelesen. »Haben Sie Vertrauen in Ihre Fähigkeiten, Darcy. Sie sind eine brillante Forscherin. Sie waren es, die den Zusammenhang zwischen der Halskette und dem Porträt hergestellt hat.«

»Glauben *Sie* denn, dass es sich bei der Porträtierten um Lilja Madsen handelt?«

»Leider ja.«

»Ich auch«, murmelte sie.

Sie blieben stehen, um einen Radfahrer vorbeizulassen; zwei Kleinkinder saßen in einer großen, vorne befestigten Lastenkiste.

»Otto, was ist ein Gulaschbaron?«, fragte Darcy unvermittelt.

»So hat man die Kriegsgewinnler im Ersten Weltkrieg bezeichnet.«

»Ich dachte, Dänemark sei neutral gewesen?«

»War es auch, aber das heißt nicht, dass man nicht trotzdem am Krieg hätte verdienen können. Der Begriff leitet sich von den Fleischproduzenten ab, die die deutschen Truppen mit billigem Dosenfleisch beliefert und sich damit eine goldene Nase verdient haben.«

»Was ist denn so schlimm daran?« Darcy erinnerte sich an die – ihrer Meinung nach übertrieben abschätzige – Reaktion von Helle Foss.

»Die Konserven waren von erschreckend minderwertiger Qualität. Der Inhalt bestand aus Eingeweiden, Knorpeln, vermahlenen Knochen, manchmal sogar aus Ratten. Die Gesundheit der an vorderster Front kämpfenden Soldaten interessierte niemanden, es ging nur um den Profit.«

»Entsetzlich!«

»Allerdings. Geradezu menschenverachtend. Aber so entstehen die meisten großen Vermögen, und die Madsens waren nicht die Ersten oder Einzigen, die Kunst und Kultur benutzten, um ihren Namen reinzuwaschen. Denken Sie nur an die Vanderbilts und das New Yorker Met.« Er streifte sie mit einem flüchtigen Blick. »Unterschätzen Sie niemals die Bedeutung des guten Rufs, Darcy. Heute sind die Madsens hoch angesehen, aber das war nicht immer so. Helle wird nicht sehr erfreut darüber sein, dass dieses Porträt den unehrenhaften Sohn ins Zentrum der Aufmerksamkeit holt.«

Sie bogen ein weiteres Mal nach links ab. Vor ihnen tauchte Schloss Charlottenborg auf, der Sitz der Königlich Dänischen Kunstakademie. Der zügige Spaziergang schien Otto ein wenig beruhigt zu haben.

»Wie der Direktor der Akademie die Nachricht wohl aufnehmen wird?« Er hielt sich immer noch in New York auf, aber diese neue Entwicklung würde ihn möglicherweise zur sofortigen Rückkehr bewegen.

»Genau wie ich«, antwortete Otto. »Aber eins kann ich ihm versprechen: Wir werden uns nicht kampflos ergeben. Wenn Max Lorensen Streit will, kann er ihn haben.«

Max würde sozusagen gegen den Staat Dänemark in den Krieg ziehen, was ihm allerdings keine schlaflosen Nächte bereiten dürfte. Das Einzige, was ihn um den

Schlaf brachte, war irgendein Supermodel, mit dem er eine heiße Nacht verbrachte … Sie kniff die Augen zusammen, um das plastische Bild zu vertreiben.

Max war der Feind. Das durfte sie keine Sekunde vergessen.

»Hey.«

Viggo, der eine der Tonbüsten in der Glasvitrine austauschte, schaute auf. An der Art, wie er sich hölzern aufrichtete und sie ansah, erkannte Darcy, dass er, genau wie Otto vermutet hatte, bereits informiert war.

»Darcy … Hallo.«

Mit einem aufgesetzten Lächeln ging sie langsam auf ihn zu. Wie sollten sie sich verhalten? Wie Feinde?

Als sie das Archiv vor wenigen Stunden verlassen hatte, waren sie Freunde gewesen. Kollegen, die die Köpfe zusammensteckten und gemeinsam nach Lösungen suchten.

»Tja …«

»Tja«, echote er und schluckte verlegen. Er beobachtete, wie sie mit den Fingern über die Tischplatte strich. Keiner wusste, was er sagen oder tun sollte. Das Big Business war nicht ihre Welt. Ihnen ging es einzig und allein um die Liebe zur Kunst.

Darcy schaute ihn an und entdeckte in seinen Augen fast so etwas wie Angst. Wer mochte ihn angerufen, womit mochte man ihm gedroht haben? Er war ein alter Mann, der still seiner Arbeit nachging. Die Konsequenzen seiner Handlungen sollten nicht zu Klagen und Prozessen gegen den dänischen Staat führen.

»Tja, das war ein ereignisreicher Tag«, sagte sie schließlich, um die Situation ein wenig zu entspannen.

Er lachte erleichtert auf. »Das kann man wohl sagen! Ich bin froh, dass Sie wieder da sind. Ich dachte schon, ich sehe Sie vielleicht nie wieder.«

»Ich bin schon vor einer Stunde zurückgekommen. Ich war die ganze Zeit oben.«

Er wirkte gekränkt. »Sie haben Angst gehabt herunterzukommen?«

»Na ja, nicht direkt«, erwiderte sie. Egal, was Otto sagen mochte – Viggo würde niemals ihr Feind sein. »Ich war im Madsen-Saal, um mir das Foto mit der Halskette noch einmal anzusehen, aber dann ist mir ein anderes aufgefallen.«

»Ja? Welches denn? Ist die Halskette dort auch zu sehen?«

»Nein, aber …« Sie zeigte ihm die Aufnahme, die sie mit dem Smartphone von dem Foto von Gerde und Lotte Madsen im Garten gemacht hatte. »Das Mädchen da.« Sie deutete auf das dunkelhaarige Mädchen auf der Picknickdecke. »Wissen Sie, wer das ist? Auf dem Schild neben dem Foto sind nur Mutter und Tochter genannt, Gerde und Lotte Madsen, im Juni 1915.«

Viggo schob seine Brille höher. Sein Gesicht nahm einen konzentrierten Ausdruck an. »Ich habe das Foto im Lauf der Jahre viele Male betrachtet, aber ehrlich gesagt bin ich nie auf die Idee gekommen, zu überprüfen, um wen es sich da handelt.«

»Und warum nicht?«

»Weil es einzig und allein um die Madsens geht«, antwortete er achselzuckend. »Das hier ist *ihre* Galerie, *ihre* Stiftung. Die Kleine ist nur ein namenloses Kind auf einem Foto.«

Darcy kaute auf der Unterlippe. »Könnte das Lilja sein?«

Viggo stutzte. Er zögerte einen langen Augenblick und betrachtete das Foto eingehend.

»Also jetzt, wo Sie es sagen – eine gewisse Ähnlichkeit ist tatsächlich vorhanden«, meinte er dann. »Aber die Aufnahme ist unscharf. Für mich ist das irgendein dunkelhaariges kleines Mädchen, wie es sie zu Tausenden gibt.« Er schaute Darcy an. »Wie kommen Sie darauf, dass es Lilja sein könnte?«

»Ihre Körperhaltung erinnert mich an sie … die Art, wie sie den Kopf hält … Könnte sie nicht Lottes Freundin gewesen sein?«

»Sie scheinen jedenfalls im gleichen Alter zu sein.«

»Vielleicht sind sie zusammen zur Schule gegangen?«

»Nein, Lotte hatte eine Hauslehrerin.«

»Dann war sie vielleicht eine Spielgefährtin.«

»Möglich.« Viggo nickte. »Die Kleine könnte aber auch zu Besuch sein oder die Tochter eines Gutsarbeiters.«

»Wie alt sind sie auf dem Foto, was meinen Sie?«

Viggo schob seine Brille erneut ein Stück höher und starrte angestrengt auf das Foto.

»Zehn?«, schätzte er. »Aber das lässt sich feststellen, zumindest, was Lotte betrifft. Juni 1915, sagten Sie?«

»Ja.«

Viggo ging zu dem roten Bestandsbuch, schlug es auf, fuhr mit dem Finger die Seite hinunter und verschwand dann hinter einem Regal.

Darcy folgte ihm und schaute zu, wie er den Deckel von einer Archivbox abnahm, in der sich lauter Urkunden befanden: Geburts-, Tauf-, Heirats- und Sterbeurkunden.

»Das sind die Familienurkunden«, sagte er und zog ein Dokument mit Lottes Namen darauf heraus. »Hier – sie ist im Mai 1904 geboren, dann war sie damals elf.«

Darcy betrachtete das Bild auf ihrem Smartphone. Das dunkelhaarige Mädchen war kleiner, dünner – vielleicht ein wenig jünger? Ihr Baumwollkleid war nicht mit Spitzen besetzt wie das von Lotte, aber mit Bändern und einer Kreuzstich-Stickerei an den Schultern verziert. Darcy schätzte das zierliche Mädchen, das einem kleinen Vögelchen glich, auf höchstens zehn. Die sanften Grau- und Weißtöne des Fotos ließen ihre Züge verwaschen wirken, sodass die Aufnahme eher eine schemenhafte Darstellung als eine exakte Wiedergabe zu sein schien. Es war einfach irgendein dunkelhaariges kleines Mädchen. Eins von Tausenden, wie Viggo es ausgedrückt hatte. Hätte sie doch bloß eine Zahnlücke gehabt oder eine krumme Nase oder ein drittes Ohr, irgendein hervorstechendes Merkmal …

Darcy verlor sich in Grübeleien. Falls das Lilja war und sie Lottes Freundin gewesen war, bevor sie Caspers Frau wurde – könnte es sich dann eventuell um eine arrangierte Heirat gehandelt haben?

»Darf ich mir die mal ansehen?«, fragte sie Viggo und zeigte auf die Archivbox.

»Natürlich.« Er berührte ihren Arm. »Kaffee?«

Sie lächelte ihm dankbar zu. »Sehr gern!«

Während er Wasser in den Kocher füllte und Kaffeepulver in die Becher gab, blätterte sie die Dokumente durch und nahm alle mit Liljas und Caspers Namen heraus. Dann breitete sie Unterlagen auf dem kleinen Arbeitstisch aus. Es waren mehr, als sie erwartet hatte.

Stirnrunzelnd versuchte Darcy, sie in eine chronologische Reihenfolge zu bringen. Doch die Fakten – eine Ehe, zwei Geburten, drei Todesfälle – erzählten keine geradlinige Geschichte. Stattdessen wurden noch mehr Fragen aufgeworfen, stiegen auf wie Blasen vom Grund eines unbewegten Teichs.

Ihr Verstand bemühte sich zu erfassen, was sie da sah. Eine Tragödie. Unermessliches Leid. Entsetzliches …

Mein Gott, Lilja, dachte sie, behielt ihre Gedanken aber für sich, während Viggo im Hintergrund hantierte. *Was ist nur mit dir geschehen?*

17. Kapitel

22. November 1918

Jetzt, wo das Haus wieder voll ist, sind alle bester Dinge. Es regnet seit Tagen ununterbrochen, aber es ist, als würde drinnen die Sonne scheinen. Mama ist so glücklich, dass sie heute Morgen sogar laut gesungen hat, und sie hat mir versprochen, dass wir neue Bänder für meinen blauen Hut besorgen werden, sobald sich das Wetter bessert.

Papa hat wie immer schrecklich viel zu tun. Manchmal glaube ich, er hat noch gar nicht begriffen, dass der Krieg vorbei ist. Er ist fast die ganze Zeit in seinem Büro, aber an der Art, wie er beim Essen den Blick den Tisch entlang wandern lässt und dann kurz nickt, merke ich, wie sehr er sich über die Heimkehr seiner Söhne freut. Er möchte, dass Frederik die Firma leitet, was er ihm auch andauernd sagt, aber Mama wäre froh, wenn sie nicht die ganze Zeit übers Geschäft reden würden.

Casper würde gern eine Party geben und versucht, Mama dazu zu kriegen, ein Datum festzusetzen, aber sie meint, ich soll mir keine allzu großen Hoffnungen machen – immerhin gibt es viel zu erledigen. Und mir scheint, Miss Holm hält gar nichts von der Idee. Man würde einige Menschen damit verletzen, wenn man den Frieden feiert, wo doch so viele Menschen ums Leben gekommen sind, sagt sie.

Mir tut es ja auch schrecklich leid, dass so viele gestorben sind, aber ich glaube, sie würden sich wünschen, dass wir glücklich sind und feiern. Ich würde so gern mein neues rosarotes Kleid anziehen. Es wartet schon eine ganze Weile im Schrank auf einen fröhlichen Anlass, und unsere Alltagskleider tragen wir schon so lange, dass sie inzwischen fast Lumpen gleichen.

Mama sagt, Lilja braucht auch neue Sachen. Sie wächst so schnell und ist so groß und dünn wie eine Stockpuppe. Ich hab Mama gefragt, ob wir ihr nicht ein gelbes Kleid nähen lassen können, weil Gelb ihre Lieblingsfarbe ist und so gut zu ihren Haaren passt.

Ihre Mutter hat endlich geschrieben. Sie denkt, dass sie zurückkommen dürfen, sobald sich das Chaos gelegt hat.

Lilja freut sich schrecklich darüber. Sie vermisst ihre Familie, und ich höre sie nachts oft weinen. Eigentlich will ich nicht, dass sie zurückkommen. Das ist selbstsüchtig, ich weiß, und ich bitte Gott um Vergebung für diese bösen Gedanken. Aber wenn ihre Familie zurückkehrt, wird Lilja von hier weggehen, und ich werde meine beste Freundin verlieren.

Was soll ich denn ohne sie anfangen? Wir haben keine Geheimnisse voreinander. Ich habe ihr erzählt, dass Henrik mir in der Kirche den Zettel zugesteckt hat, und sie sagt, sie hat gesehen, wie er mich ansieht, wenn ich nicht hinschaue. Sie sieht alles.

Casper lacht, weil wir Schwester zueinander sagen. Ich soll vorsichtig sein, was ich mir wünsche, meint er, zwei

Brüder wären doch schon genug. Er findet, dass sich eine Menge verändert hat in der Zeit, als er weg war, und manchmal ertappe ich ihn dabei, wie er uns während des Unterrichts beobachtet und dabei ein trauriges Gesicht macht. Der Krieg hat viele Leute traurig gemacht, einige aber auch reich, und wir müssen dankbar sein für das, was wir haben.

29. November 1918

Die Party wird stattfinden! Papa hat zugestimmt, und gestern Morgen sind die Einladungen verschickt worden. Mama ist mit uns zur Schneiderin gegangen, wo Lilja eine Anprobe gemacht hat und ich mir Spitzenstrümpfe für mein rosarotes Kleid aussuchen durfte. Lilja hat sich für Gelb entschieden, wie ich es mir gedacht habe. Sie hat sich lachend um die eigene Achse gedreht und die arme Mrs Harlang, die den Baumwollstoff abstecken wollte, schier zur Verzweiflung gebracht.

Mama hat einen vierstöckigen Kuchen bestellt und Blumen eigens aus Rotterdam. Alles soll wieder so schön sein wie früher. Aus Paris reist eine bekannte Kapelle an, nur um auf unserer Party zu spielen, und Frederik wiederholt in einem fort, dass alles, was in Kopenhagen Rang und Namen hat, zu unserer Party kommen wird. Mir scheint, die Einzige, die nicht glücklich darüber ist, ist Miss Holm, aber Casper meint, ich solle mir deswegen keine Gedanken machen: Alle Gouvernanten seien von Natur aus unglücklich, deshalb würden sie Gouvernanten. Ihre eigenen Familien wollten sie nämlich nicht um sich haben, und kein Mann wolle sie heiraten.

Casper hat sich auch ein neues Automobil gekauft und mit Lilja und mir einen Ausflug gemacht. Die Leute sind stehen geblieben und haben gegafft, und wir haben ihnen zugewinkt wie königliche Hoheiten. Casper sagt, das machen wir morgen wieder, falls es nicht regnet.

13. Dezember 1918

Alle drehen schier durch. Mama hat heute zweimal geheult, weil die Dahlien im falschen Fliederton geliefert wurden und die Heidelbeerfüllung der Torte durchgesickert ist, sodass die Glasur Flecken hatte. Papa ist wütend, weil wir uns deswegen aufregen, aber was versteht er schon von den Dingen, die uns Frauen interessieren? Mama hält ihm das ständig vor und erinnert ihn daran, dass er sein Reich hat und sie ihres. Er ist schrecklich zornig geworden, in sein Büro gestürmt und dort geblieben. Nicht einmal zum Essen kam er heraus, und Mama hat die Hände über dem Kopf zusammengeschlagen.

Lilja und ich sind allen aus dem Weg gegangen. Wenn wir der Party zu sehr entgegenfiebern, verbieten sie uns vielleicht doch noch, daran teilzunehmen. Das wäre eine Katastrophe, nachdem wir so viel Mühe auf unsere Garderobe verwendet haben.

Lilja kann es kaum erwarten. Sie hat seit dem Brief letzten Monat nichts mehr von ihrer Mutter gehört, aber sie meint, es würde ihr ähnlichsehen, überraschend auf der Party aufzutauchen. Sie liebt Überraschungen und große Auftritte!

Wir dürfen nur eine Stunde bleiben, aber Casper meint, sobald die Leute tanzen, wird niemand mehr auf uns achten. Als ich ihn daran erinnerte, dass Miss Holm uns beaufsichtigen soll, versprach er, mit ihr zu flirten. (Ich glaube, sie hat eine Schwäche für Casper.) Vielleicht wird er sie sogar zu einem Tanz auffordern, damit Lilja und ich länger bleiben können. Er stellte uns sogar eine kleine Kostprobe Champagner in Aussicht, aber Frederik hat es gehört und Nein gesagt. Er ist ein richtiger Spielverderber. Bloß weil er mit Sofie verlobt ist und sie bald heiraten wird, denkt er, er muss genauso streng sein wie Papa.

Frederik hat einen Fotografen bestellt, der die Gäste bei ihrer Ankunft fotografieren soll, und jeder kann sich in ein spezielles Buch eintragen, damit wir uns immer an diesen Abend erinnern werden. Hoffentlich werden wir beide auch fotografiert. Liljas Kleid ist wunderschön, und wenn ihre Mutter tatsächlich aus Deutschland zurückkommt und einen großen Auftritt hinlegt, wird dies unser letzter Abend als Schwestern sein. (Hoffentlich kommt sie nicht.)

Mama ruft nach mir. Ich werde später, nach der Party, weiterschreiben!

13. Dezember 1918

Habe ich geträumt? Ich hatte keine Ahnung, dass man so glücklich sein kann. Alle meine Wünsche sind in Erfüllung gegangen. Mein Kleid ist gebührend bewundert worden, und dank Casper, der ihr immer wieder Champagner nachschenkte, hat Miss Holm die Zeit völlig vergessen, sodass ich über eine Stunde länger bleiben konnte. Ich habe mit Frederik und Papa Foxtrott getanzt, und Casper hat Lilja zum Tanz aufgefordert. Mama sah in ihrem Abendkleid hinreißend aus. Und alles, was Rang und Namen hat, gab sich die Ehre. Ich habe so viele Komplimente bekommen, dass ich in einem fort rot geworden bin.

Zufällig habe ich gehört, wie sich ein paar Damen über die kommenden Debütantinnenbälle in London unterhalten haben, wo die jungen Frauen der Gesellschaft passende Männer kennenlernen. Ich werde Mama morgen danach fragen. Ich wollte immer schon nach London! Vielleicht werde ich einen Duke oder einen Earl heiraten.

Der große Auftritt von Liljas Eltern ist ausgeblieben. Mich hat das nicht überrascht, aber Lilja hat bis zuletzt gehofft. Als klar war, dass sie nicht kommen würden, ist sie aus dem Saal gerannt, und jetzt höre ich sie nebenan weinen. Ich wünschte, ich könnte sie trösten, aber sie will lieber allein sein, wenn sie Kummer hat. Ich werde morgen ein paar Christrosen für den Frühstückstisch für sie pflücken und Casper bitten, uns in seinem Automobil herumzufahren. Morgen ist auch noch ein Tag, wie Mama immer sagt.

Ich bin jetzt richtig müde, und Miss Holm wird böse werden, wenn sie kommt und ich noch auf bin. Hoffentlich kann ich überhaupt schlafen …

Darcy legte das Tagebuch hin, lehnte sich zurück und starrte die Holzmaserung des Regals an, während die von Lottes Aufzeichnungen heraufbeschworenen Bilder vor ihrem geistigen Auge vorbeizogen. Da hatte sie ihre Antwort. Auch wenn Lilja selbst anscheinend kein Tagebuch geführt hatte, erfuhr Darcy dank Lotte doch etwas über ihr Leben.

Beide Mädchen waren 1918 vierzehn Jahre alt, Lilja vielleicht etwas jünger, und konnten es kaum erwarten, erwachsen zu werden. Partys, schöne Kleider, junge Männer … Der Krieg war vorbei, das Leben durfte wieder genossen werden.

Noch immer war nicht klar, ob Lilja die gesuchte Porträtierte war, aber Darcy hatte zumindest einen ersten Ansatz gefunden. Fotos und Tagebucheinträge bewiesen, dass Lilja mit Lotte befreundet gewesen war, und als Casper aus dem Krieg zurückgekehrt war, hatte die Liebesgeschichte ihren Anfang genommen …

Einer nach dem anderen wurden die bunten Fäden zu einer Geschichte verwoben. Natürlich würde der Stoff löchrig und lückenhaft sein, weil er aus den Ansichten anderer bestand und Liljas eigene Stimme fehlte. Dennoch würde Lilja Madsen wieder zum Leben erwachen.

Darcy spürte es.

»Du siehst fantastisch aus!«

Darcy blinzelte verblüfft. Mit so einem Kompliment hatte sie nicht gerechnet.

»Ehrlich?«

Sie kam direkt aus dem Archiv und hatte sich – im Gegensatz zu ihrem ersten Date mit Aksel – in keiner Weise zurechtgemacht. Ein bisschen Lippenbalsam zählte ja wohl nicht.

Dass er ihr die Rechnung fürs Essen untergeschoben hatte, wurmte sie immer noch. Sie hatte nichts dagegen, ihren Anteil zu bezahlen, aber seine Vorgehensweise fand sie einfach nur schäbig, deshalb hatte sie sich vorgenommen, nur auf einen Drink zu bleiben.

»Ja, du hast ganz rote Wangen.« Die hatte er aber auch, wie sie feststellte. »Bist du zu Fuß gekommen?«

»Nein, mit dem Rad«, antwortete sie, schälte sich aus ihrem Mantel und wickelte den Schal ab – denselben Schal, der Max zu einem Glückstreffer verholfen hatte. Irgendwie roch er anders, so als hätte er Max' Geruch angenommen, als er wie eine treulose Katze in dessen Haus gelegen hatte.

Aksel schaute lächelnd zu, wie sie den Schal unter ihren Mantel stopfte.

»Du siehst so frisch aus«, stellte er fest.

Sollte das eine Charmeoffensive sein? Hatte er gemerkt, dass er es vermasselt hatte?

»Danke«, erwiderte sie und lächelte kühl.

Er hatte einen Tisch am hinteren Ende der Bar ausgesucht und saß auf der Bank. Darcy kannte es so, dass die Frau auf der Bank Platz nahm und der Mann auf dem Stuhl. Aber vielleicht hatte er sich dorthin gesetzt, damit er die Tür im Auge behalten konnte und sie sah, wenn sie hereinkam? Auf dem Tisch standen eine geöffnete Flasche Sauvignon Blanc und zwei Gläser.

»Ich hoffe, es ist in Ordnung, dass ich schon bestellt habe?«, sagte er. »Ich dachte, das erspart uns die Gänge zur Theke.«

»Gute Idee.«

Er griff nach dem zweiten Glas, um ihr einzuschenken, senkte den Flaschenhals aber zu hastig, sodass Wein auf den Tisch spritzte.

»Hoppla!« Er verzog das Gesicht und tupfte den Wein mit einer Papierserviette auf. »Hast du Hunger? Die bieten hier auch Snacks und kleine Häppchen an.«

»Ich kann nur auf einen Drink bleiben.«

Er machte ein langes Gesicht vor Enttäuschung. »Oh …«

»Scheißtag heute«, sagte sie entschuldigend. »Ich weiß nicht, ob ich die beste Gesellschaft bin … Wahrscheinlich hätte ich absagen sollen, anstatt dich …«

»Nein, nein, ich bin froh, dass du das nicht gemacht hast«, unterbrach er sie schnell. »Erzähl. Was ist passiert? Hat es mit deinem Forschungsprojekt zu tun?«

Er wirkte aufrichtig interessiert, aber die wahren Hintergründe des Dramas – nämlich die taktischen Winkelzüge, mit denen Max Lorensen Besitzansprüche auf das Gemälde zu untermauern versuchte – waren streng vertraulich.

»Zum Teil, ja.« Sie erzählte ihm von der Halskette. Davon, wie eins zum andern geführt und sie angefangen hatte, die Puzzleteilchen zusammenzusetzen.

»Das hört sich doch gar nicht so schlecht an.«

»Ja, aber da waren noch ein paar andere Dinge …« Sie brach ab. Der Besuch auf dem Weihnachtsmarkt kam ihr vor wie aus einem anderen Leben, und den Karton mit der Projektionslampe hatte sie auf ihrem Arbeitstisch im Archiv gelassen. Sie hatte sie nicht mit hierhernehmen wollen. Sie wusste nicht einmal, ob sie das Geschenk mit nach Hause nehmen sollte, wo es sie ständig an *ihn* erinnern würde.

»Aber eine Halskette, ein Name … Du hast es praktisch schon geschafft!«

Darcy war sprachlos. So viel Begeisterung hatte er bei ihrem ersten Date nicht gezeigt.

»Na ja, hundertprozentig sicher bin ich mir noch nicht, dass die Frau, deren Lebensgeschichte ich recherchiere, die Frau auf dem Gemälde ist. Ich darf keine voreiligen Schlüsse ziehen und Vermutungen anstellen, ich brauche Beweise. Ich muss alle Spuren verfolgen und sehen, wohin sie mich führen.«

»Du hörst dich an wie eine Gerichtsmedizinerin.«

»Komisch, heute hat mich schon mal jemand mit einer Detektivin verglichen. Falls das mit meiner Professur nicht klappen sollte, kann ich immer noch umsatteln.«

»Natürlich klappt das«, sagte er im Brustton der Überzeugung. »Eine steile Karriere liegt vor dir!«

Sie sah ihn an. Er war völlig verändert. So selbstbewusst, beinahe forsch.

»Vielleicht kannst du mir sogar helfen …«, sagte sie langsam. Das war der einzige Grund, warum sie die Verabredung nicht abgesagt hatte. »Es geht um etwas Medizinisches. Ich weiß, du bist Tierarzt, aber Biologie als Lehre alles Lebenden hat zu deinem Studium gehört, oder?«

»Richtig. Schieß los!« Er richtete Zeigefinger und Daumen wie eine Waffe auf sie.

»Okay. Also – die Dame, mit der ich mich befasse, ist leider, leider ertrunken.«

»Autsch. Das war jetzt ein Spoiler.«

Darcy zögerte. Ihr Blick fiel auf die Weinflasche, die höchstens noch zu einem Drittel voll war.

»Tut mir leid. Jedenfalls ist drei Tage später anscheinend auch ihr Mann gestorben. Das heißt, nein, nicht ›anscheinend‹ – er *ist* gestorben. Ein offensichtlich gesunder jüngerer Mann.« Sie pochte mit dem Finger auf den Tisch. »Findest du nicht, dass das ein seltsamer Zufall ist?«

»Wie alt war er denn?«

»Vierunddreißig.«

Aksel machte ein zweifelndes Gesicht. »Ein bisschen jung, um einfach tot umzufallen. Was wurde denn als offizielle Todesursache angegeben, weißt du das?«

»Stress-Kardiomyopathie. So steht es auf der Sterbeurkunde.«

»Im Ernst?« Er wirkte aufrichtig überrascht. »Interessant.«

»Was versteht man darunter? Hatte er einen Herzfehler?«

»Ein anderer Ausdruck dafür ist Broken-Heart-Syndrom.«

Darcy riss die Augen auf. Dann hatte Helle Foss also recht gehabt! »Das gibt es wirklich?«

Aksel nickte und nahm einen großen Schluck Wein. »Es ist selten, aber es kommt vor. Der Herzmuskel wird durch starken emotionalen Stress so sehr geschwächt, dass es zu einem Funktionsverlust kommt. Einer meiner Patienten hatte das einmal, eine Golden-Retriever-Hündin, die um ihren vierbeinigen Gefährten trauerte, der bei einem Autounfall getötet wurde. Sie wurde regelrecht depressiv und starb ein paar Tage nach ihm. Die Besitzer waren völlig verzweifelt.«

»Das ist wirklich furchtbar.«

Er zuckte mit den Schultern. »Trauer und Schmerz sollte man nicht unterschätzen. Beides kann eine enorme Belastung für den Körper sein.«

Trauer und Schmerz. Ansehen und guter Ruf. Es gibt so vieles, das nicht unterschätzt werden sollte, dachte sie. »Das mit dem Broken-Heart-Syndrom hat schon einmal jemand angedeutet, aber ich dachte, das sei erfunden, um der Geschichte ein melodramatisches Ende zu verpassen.«

»Nein, das gibt es tatsächlich.« Er hielt kurz inne. »Wie ist sie denn ertrunken? Zu Hause?«

»Du meinst, in der Badewanne?« Sie zog eine Schulter hoch. »Gute Frage – ich hab keine Ahnung.«

»Ganz schön traurig, das Ganze.«

»Ja.« Sie griff nach ihrem Glas und merkte, dass es leer war. Die Arbeit im Archiv machte durstig.

»Noch eine?«, fragte er und hielt hoffnungsvoll die Flasche hoch.

Darcy sah ihn an, diese seelenvollen, arglosen Augen. So lieb und nett. Was war schon Knauserigkeit, verglichen mit Arroganz, Rücksichtslosigkeit, emotionaler Leere und Machtgier?

»Gern«, antwortete sie lächelnd und lehnte sich zurück. »Warum nicht?«

Sie schwankten durch die Straßen. Weihnachtsbeleuchtung spiegelte sich in den Pfützen, und dort, wo die Türen der Restaurants oder Bars geöffnet oder geschlossen wurden, drang für Sekunden ein Schwall von Stimmengewirr heraus. Es war schon spät, eine helle Mondsichel stand am Nachthimmel. Weihnachtsstimmung lag über der Stadt, und es schien, als wolle niemand schlafen gehen.

Für Darcy hingegen hatte der Gedanke an ein Bett etwas Verlockendes. Ein Pärchen küsste sich in einem Hauseingang, und sie schaute Aksel erwartungsvoll an. Außer ein paar Oliven hatten sie nichts gegessen, während sie die beiden Flaschen Wein geleert hatten, und ihr war ein bisschen schwindlig. Aber sie fühlte sich ganz locker und beschwingt, die Anspannung war von ihr abgefallen. Max Lorensen war nur noch eine Fußnote dieses langen Tages.

Aksels Lächeln wurde immer schiefer. Aber er war ein liebenswerter, wenn auch leicht schwankender Betrunkener. Ein Uber glitt dicht – viel zu dicht – an ihnen vorbei. Kurz streifte sie der Gedanke, dass sie und nicht er, wie es die Umgangsformen verlangten, auf der straßenzugewandten Seite des Bürgersteigs ging. Auch wenn es keine Rolle spielte, wäre es eine nette, ritterliche Geste gewesen …

»Verdammt, ist das kalt«, nuschelte er und zog den Kragen seiner wattierten Jacke höher, als sie an die Kreuzung kamen und im schneidenden Wind an der Ampel warten mussten.

»Ja, ich bin schon ganz durchgefroren«, jammerte sie und hoffte, er werde den Wink verstehen und den Arm um sie legen. Was er aber nicht tat. »Willst du meinen Schal?« Sie nahm ihn ab und wickelte ihn ihm um den Hals, bevor er antworten konnte.

»Bist du sicher?«

»Ja, ja.« Sie schaute zu ihm auf. »Den kannst du behalten. Ich will ihn nicht mehr.«

»Wieso nicht?«

Die Ampel sprang auf Grün, und sie überquerten die Kreuzung Richtung Kongens Nytorv, dem Königsplatz.

»Weil ich ihn furchtbar hässlich finde!«, antwortete sie dramatisch. Sie war eindeutig betrunken. »Er gehört jetzt dir.«

»Ist dir nicht kalt?«

»Du kannst mich ja wärmen«, säuselte sie, drängte sich näher an ihn, legte ihm den Arm um die Taille und blieb stehen. Zarte Andeutungen würden sie definitiv nicht weiterbringen. »Küss mich!«

»Hier?«, fragte er verdutzt.

Sie befanden sich gegenüber dem festlich beleuchteten Hotel d'Angleterre. Auch der Platz selbst mit dem riesigen geschmückten Christbaum in der Mitte erstrahlte im Lichterglanz.

Die Scheinwerfer der Autos strichen an ihnen vorüber. Andere Menschen auf dem Weg zu anderen Orten, andere Schicksale. Darcy kam es so vor, als ob das pulsierende Leben wie durch ein Kraftfeld um sie herumgeleitet wurde.

Plötzlich überkam sie das verzweifelte Verlangen nach körperlicher Berührung. Sie wollte nicht schlafen, sie wollte wach bleiben, leichtsinnig sein, sorglos, frei von Verantwortung. Sie verbrachte ihre ganze Zeit mit Toten, aber war sie denn so viel lebendiger?

Aksel beugte sich zu ihr und küsste sie zögernd. Seine Lippen waren ganz kalt, aber sie sorgte dafür, dass sie warm wurden. Sie spürte, wie er die Arme um sie legte und sie an sich zog.

Er küsste gut. Aber nicht so gut wie …

Sie griff ihm mit beiden Händen ins Haar und fuhr ihm mit der Zungenspitze über die Lippen, die nach Wein schmeckten. Dann löste sie sich ein wenig von ihm.

»Ruf ein Uber, und lass uns nach Hause gehen«, flüsterte sie mit verwaschener Stimme.

Er schien ein wenig zu erschlaffen.

»Z-zu mir oder zu dir?«, stotterte er, während er sein Handy aus der Manteltasche angelte.

»Zu dir.«

Vier Minuten später kam der Wagen, und elf Minuten später lag Darcy in seinem ungemachten, blau bezogenen Bett. Auf dem Fußboden lagen Hosen und Socken verstreut.

»Ich hab nicht mit Besuch gerechnet«, sagte er entschuldigend.

»Umso besser«, meinte sie lächelnd und hakte ihren BH auf, als er ihren Hals küsste.

Seufzend schloss sie die Augen und überließ sich dem sinnlichen Vergnügen. Sie war schrecklich hungrig, betrunken und einsam, und er war ein guter Mann. Ein anständiger Mann.

Das musste reichen.

18. Kapitel

Am anderen Morgen war die Stadt überzuckert. Der Schnee fiel in dicken, weichen Flocken, die ganz kurz auf Darcys Nase kleben blieben, bevor die Körperwärme sie schmelzen ließ.

Körperwärme.

Es war kalt gewesen in Aksels Wohnung, sodass sie sich fast die ganze Nacht in Löffelchenstellung an ihn geschmiegt hatte. Wenigstens hatte er ausreichend Wärme abgestrahlt.

Sie war vor ihm aufgewacht, mit Kopfschmerzen, die jetzt immer schlimmer wurden, und war gegangen, bevor er sich auch nur umdrehte. Nach der vergangenen Nacht war ein diskreter Abgang ein Segen für sie beide, wie sie fand.

Es war kurz vor halb acht, zu spät, um erst zum Umziehen nach Hause zu fahren, aber dass sie die Sachen von gestern trug, würde Viggo wahrscheinlich gar nicht auffallen, und falls doch, wäre es ihm sicherlich egal. Sie brauchte nichts weiter als frische Luft, Kaffee, Toast und etwas gegen ihren Kater.

Sie stapfte die Treppe zur Galerie hinauf. Drinnen brannte Licht. Die Angestellten schwatzten miteinander, während sie neue Papierrollen in die Kassen einlegten und an den höhenverstellbaren Stühlen hantierten.

»Guten Morgen«, grüßte Darcy und lächelte matt, während sie sich die Füße abtrat und ihren Mantel aufknöpfte.

»Du meine Güte, schneit es so heftig?«, rief eine der Frauen mit einem Blick auf Darcys Haare.

Darcy, die gedankenversunken durch die Parks gelaufen war, bemerkte erst jetzt, dass ihre Haare voller Schnee waren.

»Ja … Sieht ganz so aus.«

»Sie müssen ja völlig durchgefroren sein. Sie sind käseweiß im Gesicht.«

»Oh, mir geht's gut«, beteuerte sie schwach. Das Einzige, was ihr fehlte, war Viggos Kaffee. »Einen schönen Tag noch!« Mit gesenktem Blick ging sie weiter, eine Hand in ihrer Tasche, um ihren Barcode-Ausweis herauszukramen. Sie bemerkte nicht, dass die Tür schon geöffnet wurde. Als sie aufschwang und sie nur um Haaresbreite verfehlte, fuhr Darcy zurück. »Oh!«

Ihr gegenüber stand Max, der genauso verdattert war. »Darcy!«

Sie schluckte kräftig. Ausgerechnet er! Ausgerechnet an diesem Morgen!

»Ich hab dich gar nicht gesehen.«

»Scheint mir auch so.« Ihr Blick fiel auf seine lederbesohlten Schuhe: auf Hochglanz poliert, keine Schrammen, keine Risse. Wie die Schuhe, so der Mann. »Ich vermute, du hast dich gerade über den neuesten Stand meiner Nachforschungen informiert?«, fragte sie mit eisiger

Stimme und hartem Blick, ohne sich die Mühe zu machen, ihre Feindseligkeit zu verbergen.

Es dauerte einen Moment, bis Max die Situation neu bewertet hatte. Sie waren keine Kollegen, keine Freunde. Und es würde mit Sicherheit nicht mehr aus ihnen werden … Hatte er allen Ernstes geglaubt, sie werde vergeben und vergessen, was er getan hatte, wenn er ihr eine Projektionslampe kaufte?

Aber sie war nicht in der Verfassung für ein Gespräch und noch viel weniger für einen Streit, deshalb ging sie wortlos weiter. Er trat zur Seite, um sie vorbeizulassen. Sein Blick wanderte von ihrem blassen Gesicht abwärts.

»Netter Pulli … Die Farbe steht dir«, sagte er leise.

Darcys Kopf fuhr herum. Das Gleiche hatte er gestern auch zu ihr gesagt. Ihr war klar, worauf er anspielte, was er *wusste*, und ihre Wangen brannten, als er sie eine ganze Weile stumm musterte. Aber sein Blick war nicht kalt, sondern heiß und aufgewühlt.

Wut loderte in ihm.

Sie schaute ihm nach, als er ohne ein weiteres Wort davonging. Der Tag hatte für sie beide nicht gut angefangen.

Freja saß schon an ihrem Lieblingstisch, als Darcy hereinkam. Sie hatten sich zu einem späten Lunch verabredet.

Das Lokal war rappelvoll wie immer. Die Garderobe oben an der Treppe bog sich unter all den Mänteln und Jacken fast durch, die Fenster waren beschlagen von heißen Getränken, und Unterhaltungen verstummten nie. Es gab keine »ruhige« Zeit im Paludan Bogcafé. Frühstück ging nahtlos in Brunch, Mittagessen und Nachmittagstee über. Zu jeder Tageszeit strömten Studenten herein, um sich mit Koffein und Kohlenhydraten aufzuputschen.

Darcy war froh, wieder auf Universitätsterrain zu sein, weit weg von den Madsens.

Es schneite jetzt heftig, und auf dem Holzfußboden hatten sich kleine Pfützen unter den Mänteln gebildet, die über Stuhllehnen gehängt worden waren.

»Ich hab uns Chili bestellt«, sagte Freja, als Darcy sie zur Begrüßung umarmte und sich dann ihr gegenübersetzte.

»Super. Ich bin am Verhungern!«

»Kater?«

»Natürlich.«

»Dann war's ein gutes Date?«

»Wir waren in der Bar Poldo. Kennst du die?«

»Klar.« Freja nickte. »Ganz schön was los dort. Und klasse Oliven.«

»O ja, die sind einsame Spitze«, schwärmte Darcy ein bisschen zu überschwänglich.

»Und?«, hakte Freja nach, die etwas ganz anderes interessierte. »Hast du den Sack zugemacht?«

»Wir sind zu ihm gegangen, falls du das meinst«, antwortete Darcy ausweichend.

»Und, wie war's?« Frejas Augen funkelten spitzbübisch. »Sag nichts … Nachdem er so lange den Schüchternen gespielt hat, war er im Bett ein Tier. Richtig?«

Darcy biss sich auf die Lippe. »Na ja, ich würde sagen, ein Faultier, das von einem Betäubungspfeil getroffen wurde.«

»Hä?«

Darcy blickte sich verstohlen um und flüsterte dann:

»Der Geist war willig, aber …« Sie zog vielsagend eine Braue in die Höhe.

Freja riss die Augen auf. »… das Fleisch war schwach?«

Darcy zuckte mit den Schultern. »Wir haben viel zu viel getrunken. Er ist praktisch aus den Latschen gekippt.«

Freja blinzelte langsam. »Bitte sag mir, dass das ein Witz ist!«

»Der einzige Witz ist mein Liebesleben, Freja.«

Eine lange Pause. »Das ist das Traurigste, was ich je gehört habe.«

»Ich weiß. Ich bin dazu verdammt, Weihnachten allein zu verbringen – wenn nicht mein ganzes Leben.«

»Stopp!«, befahl Freja. »Verzweiflung werde ich nicht dulden! Solange wir atmen und wattierte BHs tragen können, gibt es Hoffnung … Dieses Mal hat er dir aber keine Rechnung geschickt, oder?«

Sie hatte es im Scherz gesagt, aber dann sah sie Darcys Gesichtsausdruck und schnappte nach Luft. »Leck mich am Arsch! Das ist nicht dein Ernst!«

»Und ob.« Darcy spürte Gelächter in sich aufsteigen. Das Ganze war so absurd, dass es einfach nur komisch war. Die Rechnung war in dem Moment auf ihrem Handy eingetroffen, als Viggo ihr den ersten von vielen weiteren Kaffees gereicht hatte. »Und stell dir vor – er hat eine Flasche Wein getrunken, allein, bevor ich überhaupt da war, und die hat er auch mit auf die Rechnung gesetzt!«

»So eine Frechheit!«, empörte sich Freja. »Die hast du doch hoffentlich nicht bezahlt?«

»Was hätte ich denn machen sollen? Ich glaube, er weiß gar nicht mehr, wer was hatte, so weggetreten war er.«

»Weiß er denn noch …?« Sie schnitt eine Grimasse.

»Keine Ahnung. Als ich gegangen bin, hat er noch geschlafen, und seitdem habe ich nichts von ihm gehört. Ich weiß nicht, ob er sauer ist, weil ich mich heimlich aus dem Staub gemacht hab oder weil es ihm peinlich ist.«

»Ich versteh nicht, warum er so ein Getue wegen der Rechnung macht. Warum teilt ihr sie euch nicht einfach im Lokal wie andere auch?«

»Weiß ich auch nicht, aber jetzt ist es eben so.« Darcy zuckte mit den Schultern. »Komisch. Er schickt mir die Rechnung, ich bezahle anstandslos, und keiner von uns verliert ein Wort darüber.«

»Das ist ein Tabu«, wisperte Freja.

»Stimmt. Das letzte Tabu.« Darcy kicherte. »Tja, das war's dann wohl mit deinem großen Experiment. Ich hatte meine drei Versuche. Ich bin raus.«

»Das ist nicht dein Ernst!«

»Natürlich. Erik ist ohne Punktgewinn ausgeschieden.«

»Und Max …«

Darcy verdrehte die Augen. »Komm mir bloß nicht mit dem!«

»Okay, aber deinem Gesicht nach zu urteilen, muss noch etwas anderes vorgefallen sein, oder? Was hat er denn jetzt wieder angestellt?«

»Er lässt einfach nichts aus! Heute Morgen hat er mich doch tatsächlich blöd angemacht, als ich von Aksel in die Galerie gekommen bin. Der hat's gerade nötig!«

»Du hast ihm hoffentlich nichts von deiner Nacht erzählt?«

»Natürlich nicht.« Darcy lächelte zufrieden. »Ich glaube, er war ganz schön angefressen.«

»Dann war es ihm also nicht egal.«

»Gleiches Recht für alle! Aber er ist so von sich überzeugt, dass er sich das nicht vorstellen kann.«

Die Kellnerin brachte ihnen das Essen, und sie beugten sich kurz über die Teller. Der heiße Dampf wärmte ihre Gesichter.

»Na ja, er wird mir bald wieder auf die Pelle rücken. Bei dem Porträt bin ich nämlich einen entscheidenden Schritt weitergekommen.«

»Ehrlich?« Freja riss die Augen auf.

Darcy nickte. »Wir haben jetzt einen Namen, an den ich anknüpfen kann. Und je schneller ich fertig werde, desto eher bin ich den Kerl für immer los!«

»Ein Hoch auf die gute Nachricht!« Freja toastete ihr mit einer Gabel voll Chili zu. »Und, wer ist sie, unsere geheimnisvolle Lady?«

»Die Frau des jüngeren Madsen-Bruders.«

»Oh.« Freja machte ein enttäuschtes Gesicht. »Nach dem ganzen Theater stellt sich heraus, dass sie bloß eine weitere Madsen ist?«

»Ja, ich weiß, was du meinst, aber glaub mir, sie ist alles andere als langweilig. Seit gestern Nachmittag wühle ich mich durch die Familiengeschichte, und ich kann dir sagen: Die Frau mag vielleicht reich gewesen sein, aber ein Glückskind war sie nicht.«

»Nein?«

»Lilja hat nicht einmal eine eigene Archivmappe, weil sie bloß den unliebsamen Sohn geheiratet hat. Ihr Mann war das schwarze Schaf der Familie, deshalb versuchen sie, seine Existenz als unwichtig abzutun. Immerhin hat er ihnen den Gefallen getan, jung zu sterben.«

»Ganz schön krass.« Freja legte die Stirn in Falten. »Was war denn so schrecklich an ihm?«

»Hast du schon mal von den Gulaschbaronen gehört?«

»Klar. Die waren vergleichbar mit den Immobilienhaien, die an 9/11 verdient haben. Profit aus der Tragödie anderer.«

»Tja, und so einer war er.«

»Okay. Das ist moralisch fragwürdig, aber wer im Glashaus sitzt … Wenn ich da an seinen alten Herrn denke!«, nuschelte Freja mit vollem Mund. »Er war der Schlimmste von allen.«

»Wie meinst du das? Bertram Madsen wurde für den Nobelpreis vorgeschlagen.«

»Richtig. Er war ein brillanter Wissenschaftler. Dank seines Düngers konnten die Bauern größere Erträge erzielen und Nahrung für Millionen Menschen produzieren. Das brachte ihm eine Nominierung für den Nobelpreis in Chemie ein, 1912, glaube ich. Damit hat er sich einen *Namen* gemacht. Aber sein Geld, das ganz große Geld, hat er mit der Ausweitung seines Geschäfts …« – Freja malte sarkastische Anführungszeichen in die Luft – »… während des Kriegs gemacht.«

»Ausweitung inwiefern?«

»In seiner Chemiefabrik wurde das Giftgas für den militärischen Einsatz produziert.«

Darcy klappte der Unterkiefer herunter. »Du meinst – Senfgas?«

»Ja. Und Ammoniak, Chlor und Bromgas.«

Darcy starrte sie an. »Woher weißt du das?«

»Ich bin Naturwissenschaftlerin, Darcy«, antwortete Freja ein wenig ungeduldig. »Das ist meine Welt! Der alte

Bertram Madsen war der Vater der chemischen Kriegsführung.«

Darcy hatte es die Sprache verschlagen. »Und warum weiß sonst niemand davon?«

»Bekannt ist das schon. Ich weiß es, Chemiefreaks wissen es – aber die Welt dreht sich nun mal weiter. Die Leute interessiert es nicht mehr, wer was genau getan hat. Die Madsens haben ihren Ruf reingewaschen und ein Markenzeichen aus ihrem Namen gemacht. Wer heutzutage den Namen Madsen hört, denkt an eine berühmte Kunstsammlung, eine Galerie in Kopenhagen, eine Erweiterung des Kinderkrankenhauses und ein Chemiegebäude in der Universität – nicht an einen Stellungskrieg im Departement Somme.«

»Richtig«, murmelte Darcy versonnen. Sie dachte an Helle Foss' offenkundige Abneigung gegen Casper Madsen.

»Aber jetzt sind wir vom Thema abgekommen. Unsere tragische Heldin. Erzähl mir mehr von ihr«, bat Freja. »Was ist so traurig an ihrem Schicksal?«

»Oh, na ja, anscheinend ist sie während des Ersten Weltkriegs als kleines Mädchen bei den Madsens zurückgelassen worden. Sie war mit Lotte, Caspers und Frederiks jüngerer Schwester, befreundet. Ich hab Fotos gefunden, auf denen sie alle zusammen zu sehen sind, und aus Lottes Tagebuch geht hervor, dass Liljas Eltern mit den Madsens befreundet waren. Laut Heiratsurkunde war ihr Mädchenname von Braun. Ich denke, ihre Eltern sind nach Kriegsausbruch nach Deutschland zurückgekehrt, um den Kaiser zu unterstützen. In einer Ausgabe der Hofnachrichten habe ich einen Hinweis auf Personen dieses Namens gefunden, die zum engeren Kreis des Kaisers gehörten.«

Freja nickte. »›Von‹ ist ein deutsches Adelsprädikat.«

»Gut. Also wenn diese von Brauns Liljas Eltern waren, standen sie im Krieg offensichtlich auf der falschen Seite und wurden inhaftiert, als er zu Ende war. Lilja blieb hier bei den Madsens. Sie dürfte ihre Eltern nie wiedergesehen haben. Und dann hat sie den jüngeren Bruder geheiratet. Den *jüngeren*«, betonte sie. »Nicht den *jungen.*«

Freja schaute auf.

»Unsere Kleine war – Achtung, jetzt kommt's – *vierzehn*, als sie mit einem Kerl verheiratet wurde, der sechzehn Jahre älter war. Da sind die sechzehn Jahre Altersunterschied zwischen dir und Tristan doch ein Klacks! Ich meine, du warst immerhin sechsundzwanzig, als du ihn kennengelernt hast.«

Freja fiel die Gabel aus der Hand. Klirrend landete sie auf dem Teller. »Das ist ja widerlich! Oder bist du anderer Meinung?«

»Keineswegs. Aber Viggo sagt, dass das damals nicht ungewöhnlich war. Hierzulande betrug das Alter der sogenannten Ehemündigkeit *zwölf Jahre*, und das bis 1971! Er glaubt, es war eine arrangierte Heirat. Vermögen zu Vermögen, du weißt schon. Außerdem hatten die Madsens vielleicht das Gefühl, dass sie es Liljas Eltern schuldig waren, sich um das Mädchen zu kümmern. Und weil sie es gut versorgt wissen wollten, haben sie es mit dem jüngeren Sohn verheiratet.«

»Aber eine Vierzehnjährige und ein Dreißigjähriger?« Freja verzog schmerzlich das Gesicht.

»Könntest du dir vorstellen, als Vierzehnjährige mit Tristan zusammen gewesen zu sein?«

Freja schauderte dramatisch. »Bitte nicht!«

Darcy zuckte mit den Schultern.

Eine Weile aßen sie in geselligem Schweigen, dann fragte Darcy: »Triffst du dich heute Abend mit ihm?«

»Nein, ich muss noch packen.« Freja schaute auf und zwinkerte ihr zu. »Er nimmt mich mit nach Amsterdam.«

»Das gibt's doch nicht!« Darcy ließ sich stöhnend nach hinten fallen. »Und wieso weiß ich nichts davon?«

»Ich weiß es ja selbst erst seit gestern. Er wollte mich damit überraschen.«

»Kann ich nicht mitkommen und das fünfte Rad am Wagen spielen?« Sie legte bittend die Hände aneinander. »Ich wollte immer schon mal nach Amsterdam.«

»Das Beste hab ich dir noch gar nicht erzählt.«

»Was denn noch?« Darcys Stimme klang fast weinerlich.

»Er hat mir seine Kreditkarte gegeben und gesagt, ich soll mir was zum Anziehen kaufen. Ein richtig schickes Kleid.«

»Freja, wir sind emanzipiert. Wir nehmen nicht die Kreditkarten von Männern, um damit Klamotten zu kaufen! Das ist nicht *Pretty Woman*. Wir sind nicht …«

»Er hat gesagt, ich soll zu Valentino gehen.«

Darcy riss Mund und Augen auf. »Was?«

»Nächste Woche findet eine große Preisverleihung im Rahmen eines Dinners statt, und die Firma ist für Auszeichnungen in drei Kategorien nominiert. Er will, dass ich ihn begleite.«

Darcys Brauen schossen in die Höhe. »Dann will er eure Beziehung publik machen?«

»Publik. Offiziell. Vor der ganzen Firma. Ich soll mit ihm hingehen, neben ihm sitzen … das ganze Drum und Dran.«

»Fuck!«, zischte Darcy.

»Ich weiß!« Frejas Augen glänzten.

»Weiß dein Chef davon? Dein unmittelbarer Vorgesetzter, meine ich?«

»Noch nicht.« Freja schnitt eine nervöse Grimasse. »Wir waren übervorsichtig, damit keiner was mitkriegt, aber Tristan meint, wir sollten jetzt mit dem Versteckspiel aufhören.«

Darcy sah sie besorgt an. »Freja, das klingt alles schrecklich aufregend, aber ihr seid erst seit ein paar Wochen zusammen.«

»Fast sechs.«

»Schön, okay, fast sechs. Aber so eine Ankündigung vor der gesamten Firma ist ein verdammt großer Schritt. Zumal du nur Praktikantin bist. Das wird die Dinge mit deinem Vorgesetzten komplizieren. Warum diese Eile?«

Freja warf ihr einen verlegenen Blick zu. »Na ja, weißt du, von Eile kann eigentlich nicht die Rede sein … Wir haben uns schon eine ganze Weile zueinander hingezogen gefühlt.«

Darcy kniff die Augen zusammen. »Was verstehst du unter einer Weile?«

»Seit ich in der Firma angefangen habe.«

»Seit September?«, rief Darcy fassungslos. »Du hast nie etwas gesagt!«

»Natürlich nicht. Er ist der oberste Boss, und ich hab das bloß für eine Schwärmerei gehalten. Ich hätte nie damit gerechnet, dass zwischen uns etwas passieren würde.« Sie beugte sich weiter vor und senkte die Stimme. »Aber jedes Mal, wenn ich ihn gesehen hab, hat mein Körper auf

Alarmbereitschaft geschaltet – Sirenen im Kopf, wild blinkende Lichter … Ich hab kaum Luft gekriegt in seiner Gegenwart!«

»Das ist schlecht. Ich bevorzuge Freunde, die atmen.«

»Und als es dann bei dieser Konferenz zur Sache ging, habe ich immer noch gedacht, das sei bloß eine kleine Affäre, und beschlossen, einfach das Beste daraus zu machen. Du kennst mich ja.«

Darcy nickte. »Allerdings.«

»Aber es ist nicht bloß eine Affäre, weißt du? Ich glaube, er ist es.« Sie wirkte so nervös, als plaudere sie ein schmutziges Geheimnis aus. »Er ist der eine, Darcy. Der Richtige.«

»Verschon mich mit diesem Schnulzengelaber!«, schnaubte Darcy höhnisch. »Wie oft hast *du* mir gesagt, dass es viele Richtige gibt, nicht nur den einen!«

Freja sah sie mitleidig an. »Man weiß es, wenn es so weit ist. Der Körper weiß es. Er weiß es immer. Das da …« – sie zeigte auf ihr Herz – »… hat es lange vor dem hier gewusst.« Sie deutete auf ihren Kopf.

»So was nennt man sexuelles Verlangen. Das legt sich wieder.«

»Darcy, du kennst mich. Ich bin Wissenschaftlerin. Mein Leben wird von Logik, Regeln und Maßeinheiten bestimmt. Ich bin kein naives kleines Ding. Und trotzdem …« Ihre Stimme verklang.

»Und trotzdem siehst du jetzt überall süße Hundewelpen und Liebesgedichte.«

Freja grinste. »Ganz genau. Du kannst mich ruhig erschießen.«

»Keine schlechte Idee«, brummte Darcy und ließ sich

ihr Chili schmecken. »Na ja, solange ich mich nicht für euch freuen muss …«

Freja lachte. »Du wirst mir noch meine gute Laune verderben mit deinem verkorksten Liebesleben und deinem Single-Dasein. Wie wär's, wenn wir auf Raya noch mal drei Jungs für dich raussuchen?«

»Auf keinen Fall!«, rief Darcy. »Ich hab viel zu viel zu tun, und dieses erste Trio hat schon genug Drama in mein Leben gebracht.«

»Auch wieder wahr. Ich kann es immer noch nicht fassen, dass du es bei allen dreien vermasselt hast.«

»Vielen Dank!« Darcy hob sarkastisch einen Daumen. »Okay, das Kleid – hast du schon eins gekauft?«

»Darauf kannst du wetten!« Freja quietschte aufgeregt. »Er hatte den Namen Valentino noch nicht mal ausgesprochen, als ich schon in der Umkleidekabine war.«

»Beschreib's mir.«

»Lang, rote Seide, eng. Ein One-Shoulder-Kleid, das vorn so ein bisschen gerafft ist.«

»Ganz dezent und unauffällig. Kein Mensch wird Notiz von dir nehmen.«

»Wenn ich schon ein Kleid von Valentino haben kann, dann muss es eins sein, das Valentino schreit! Ich werde vermutlich nie wieder eins von ihm besitzen.«

»Es sei denn, du heiratest den Kna…« Darcy schaute auf. Ihr Blick traf den von Freja. »O mein Gott, glaubst du …? Amsterdam?«

Freja war der Unterkiefer heruntergefallen. »Nein.« Sie runzelte die Stirn. »Nein, nein … ich meine … er würde sicher nicht … Oder?«

»Wer weiß«, hauchte Darcy. »Er ist alt, vergiss das nicht.«

Freja schnippte eine Kidneybohne nach ihr.

»Haben deine Antennen sonst noch was registriert?«

»Nicht dass ich wüsste … Aber ich hab nicht mitgeschrieben.«

»Okay, dann wird er dir wohl keinen Antrag machen, und wir machen uns Gedanken wegen nichts«, entgegnete Darcy achselzuckend. »Das wird einfach ein tolles, schmutziges Wochenende zu zweit. Ein Städtetrip.«

»Ja …«, murmelte Freja.

Sie starrte auf ihren Teller, schien aber das Essen vergessen zu haben.

19. Kapitel

Es war ein ruhiger Tag gewesen. Darcy stand am Fenster, goss Miss Petals und beobachtete in der einsetzenden Dämmerung die einzelnen Passanten und Liebespaare unten auf der Straße. Es schneite immer mal wieder, nicht so heftig, dass der Schnee auf den Straßen liegen geblieben wäre, aber Dächer und Parkbänke, Statuen und Pudelmützen waren überzuckert. In den Nachbarhäusern wurde da und dort das Licht eingeschaltet.

Im Hintergrund lief leise Musik, und ihre frisch pedikürten Füße schienen ihr zuzuzwinkern, als wollten sie nach Komplimenten fischen, während sie in einer frisch gewaschenen Jogginghose durch die leere Wohnung tappte. Freja war mit Tristan in Amsterdam, und Darcy hatte die Wohnung zum allerersten Mal ein ganzes Wochenende für sich allein – ein Luxus, den sie ausgiebig genießen wollte, nachdem sie das vergangene Wochenende durchgearbeitet hatte und an allen anderen Tagen früh aufgestanden und spät zu Bett gegangen war.

Heute hatte sie ausgeschlafen, sich nicht mit Joggen gequält, sondern einen Reformer-Pilates-Kurs besucht und sich auf dem Heimweg die Pediküre gegönnt. Zu Hause angekommen, hatte sie meditiert und danach ein fast zweistündiges Schönheitsprogramm durchgezogen: duschen, Haarpackung, Gesichtsmaske, Körperpeeling, Rasur mit neuen Klingen … Jeder Zentimeter ihres Körpers war gepflegt worden. Zum Schluss hatte sie Bräunungscreme aufgetragen und sich die Haare mit Frejas neuem Airwrap gestylt. Sie hatte sich von Kopf bis Fuß verwöhnt und strahlte und glänzte wie auf Hochglanz poliert. Jetzt winkte ein Abend auf dem Sofa, mit nichts Anstrengenderem als der Auswahl der Serie, die sie sich reinziehen würde.

Sie nahm gerade das Seebarschfilet aus dem Kühlschrank, als ihr Handy klingelte.

Darcy starrte es verblüfft an. Niemand rief sie jemals auf dem Handy an, nicht einmal ihre Eltern – sie schrieben ihr WhatsApp-Nachrichten. War das tatsächlich ihr Klingelton? Fasziniert guckte sie auf das Smartphone, das hartnäckig weiterklingelte.

Schließlich nahm sie das Gespräch an.

»Hallo?«, rief sie verwirrt.

»Darcy? Zum Glück sind Sie rangegangen! Wo sind Sie?«

»Otto?«

»Ja. Wo sind Sie?«

»Zu Hause.«

»Also hier in der Stadt?«

Sie runzelte die Stirn, weil er unüberhörbar gestresst klang.

»Was ist denn los, Otto?«, fragte sie besorgt. »Ist was passiert?«

»Nein, nicht direkt. Haben Sie heute Abend schon was vor? Und falls ja, könnten Sie es eventuell verschieben?«

»Ich, äh …« Sie hätte gern gewusst, worum es ging, bevor sie antwortete. So aufgeregt hatte sie ihn noch nie erlebt. »Was ist los, Otto?«, fragte sie noch einmal.

Er holte tief Luft. »Sie müssen entschuldigen, dass ich so kurzfristig anrufe, aber könnten Sie mich vielleicht zur königlichen Fundraising-Gala im Hotel d'Angleterre beglciten?«

»*Was?*«

»Ja, das ist eine wichtige Wohltätigkeitsveranstaltung, um Spenden für die neue Kinderklinik des Rigshospitalet zu sammeln. Das Königspaar wird auch anwesend sein. Margit hat einen Tisch reserviert. Eine exklusive Angelegenheit mit entsprechender Abendgarderobe, versteht sich – Versteigerung, Dinner, Drinks, Tanz … Aber nach dem formellen Teil erstaunlich lustig. Eigentlich hätte mich meine Frau begleiten sollen, aber sie ist gestürzt …«

»O Gott, ist es schlimm?«

»Nein, sie hat sich zum Glück nur den Knöchel verstaucht, aber sie kann das Bein nicht belasten, und vor morgen früh bekomme ich nirgends Krücken her. Der reservierte Tisch kostet über hunderttausend Dänische Kronen. Einen leeren Platz können wir uns nicht leisten, und da hat Margit gemeint, ob Sie nicht einspringen könnten.«

»Wirklich?«

»Aber ja! Sie ist ganz begeistert von Ihren jüngsten Fortschritten und dachte, so ein öffentlicher Auftritt würde Ihnen vielleicht gefallen. Aber wenn Sie schon andere Pläne haben …«

»Äh …« Darcy zögerte. So hatte sie sich den Abend nicht vorgestellt. Ein Dinner mit dem dänischen Königspaar hatte definitiv nicht auf dem Plan gestanden. Andererseits …

Sie erhaschte einen Blick auf ihr Spiegelbild. Wie es der Zufall wollte, war sie absolut vorzeigbar und, von der Kleidung einmal abgesehen, ausgehfertig. Außerdem wäre das die perfekte Gelegenheit, das schwarze Samtkleid von neulich noch einmal anzuziehen.

Mach es einfach!, kreischte Freja in ihrem Kopf. *Tu es für dich!*

Dass sie nicht rundweg ablehnte, schien Otto zu ermutigen. »Ich könnte Ihnen einen Wagen schicken. Er wäre in einer halben Stunde da.« Verzweiflung färbte seine Stimme.

»Also gut«, sagte sie und schüttelte über sich selbst den Kopf. »Ich komme mit.«

»Wunderbar! Das freut mich. Ich werde in der Lobby auf Sie warten. Es sind enorme Sicherheitsvorkehrungen getroffen worden, wie Sie sich denken können, und die Namen auf der Gästeliste können jetzt nicht mehr geändert werden. Sie werden also Mrs Borup spielen müssen, bis wir an der Eingangskontrolle vorbei sind.«

»Kein Problem. Dann bis nachher!«

»Oh!« Darcy staunte, als ihr der Hotelangestellte die Tür aufhielt und sie einen ersten Blick in die Lobby werfen konnte, die in ein Winterwunderland verwandelt worden war. Weißer Teppich bedeckte den Fußboden, Kunstschnee türmte sich zu Verwehungen auf. Da und dort standen Gruppen von aus Weide geflochtenen, stehenden oder knieenden Rentieren, und eingetopfte, mit Kunstschnee besprühte Fichten waren so zusammengestellt worden, dass sie kleine Haine bildeten. Darcy rechnete fast damit, Eichhörnchen von Zweig zu Zweig hüpfen und Vögel herumflattern zu sehen. Es war eine ebenso märchenhafte Szene wie die auf ihrer Projektionslampe – die sie bis jetzt noch nicht einmal ausgepackt hatte. Es war irgendwie, als würde sie Max verzeihen, wenn sie sich an den projizierten Bildern erfreute. Und sie hatte ihm nicht verziehen. Sie würde ihm nie verzeihen.

Otto stand an der Treppe, das Smartphone in der Hand, und schrieb eine Nachricht. Als Darcy zu ihm hinüberging, registrierte sie das wiederholte Klicken einer auf sie gerichteten Kamera.

»Hi, Otto.«

Er schaute auf, und im nächsten Augenblick schossen seine Brauen in die Höhe. Sie hatte sich die Haare zu einem eleganten Knoten zusammengesteckt, ein dezentes Make-up aufgelegt und die Lippen mit einem satten Rot betont. »Und dafür haben Sie nicht länger als eine halbe Stunde gebraucht?«

»Sagen wir mal so – wir haben beide von glücklichen Zufällen profitiert.«

»Rot steht Ihnen ausgezeichnet.«

»Danke.« Nervös kickte sie den Saum des langen Kleids ein wenig zur Seite. Ihr schlechtes Gewissen brachte sie fast um. Das hautenge One-Shoulder-Kleid mit dem leicht gerafften Ausschnitt war schlicht, aber das Aufregendste, was Darcy je getragen hatte. Sie wollte gar nicht daran denken, was es gekostet haben mochte. Fünftausend? Zehn? Sie hatte es aus reiner Verzweiflung anprobiert, als sie festgestellt hatte, dass Freja offensichtlich das schwarze Samtkleid für das Wochenende in Amsterdam eingepackt hatte. Und sonst hatte sich in ihren Kleiderschränken rein gar nichts gefunden, was einem königlichen Gala-Empfang angemessen gewesen wäre.

Alle ihre Anrufe auf Frejas Handy waren auf die Mailbox umgeleitet worden – ganz offensichtlich war ihre Freundin anderweitig beschäftigt. Die Zeit drängte, der Wagen, der sie abholen würde, würde gleich da sein, und sie musste eine Entscheidung treffen. Es gefiel ihr gar nicht, das Kleid ohne Frejas Erlaubnis zu tragen, aber wenn sie es nicht tat, würde sie Otto anrufen und ihm absagen müssen. Nicht gerade ein Dilemma wie das von Sophie in *Sophies Entscheidung*, aber dennoch eine haarige Angelegenheit, wie ihr Vater sagen würde. Und so hatte sie das Kleid übergestreift, das Preisschildchen nach innen geschoben und sich im Auto fast hingelegt, damit der Stoff nicht knitterte. Sie würde sich so vorsichtig bewegen, als wäre sie aus Porzellan, und mit ein bisschen Glück würde Freja gar nicht merken, dass sie es getragen hatte.

»Sie sehen hinreißend aus«, sagte Otto und bot ihr galant seinen Arm an.

Gemeinsam gingen sie zum Palm Court, dem Ballsaal, hinüber. Dort waren Sicherheitsleute in schwarzen Anzügen und mit Headsets postiert und ließen ihre Blicke wachsam und misstrauisch über die Menge wandern. Zwischen ihnen standen Frauen in langen, schlichten schwarzen Kleidern mit Tablets in den Händen.

»Mr und Mrs Otto Borup«, sagte Otto und drückte gleichsam entschuldigend kurz Darcys Hand.

Ein kurzer Blick auf die Gästeliste, dann wurden sie durchgewinkt. Köpfe drehten sich, als sie den Saal betraten. Otto entspannte sich spürbar, und Darcy kam sich vor wie eine Studentin, die von ihrem Vater zur Abschlussfeier eskortiert wurde. Er plauderte ganz ungezwungen über diesen und jenen, der heute Abend auch anwesend sein würde, und verlor kein Wort über die Probleme mit der Stiftung Madsen zu Beginn der Woche.

Als ein Kellner mit einem Tablett voller Champagnergläser vor ihnen stehen blieb, ließ Otto ihren Arm los. Sie nahmen sich jeder ein Glas und mischten sich unter die Menge.

Darcy, ganz überwältigt von den optischen Eindrücken, schaute sich um: Die leuchtenden Farben von Satin-, Samt- und Seidenkleidern wurden vielfach von den verspiegelten Wänden zurückgeworfen; vor den Spiegeln standen riesige Gefäße, in denen lichterkettenbehangene Birkenzweige arrangiert waren. Es war wie ein Spaziergang nach Narnia, in einen verzauberten Wintergarten.

Die juwelenbehangenen Frauen schienen sich auf Rollen zu bewegen, wie sie, die Füße von den langen Kleidern verdeckt, durch den Saal glitten. Auf den in weißem Leinen festlich eingedeckten runden Tischen bildeten üppige Blumenarrangements auf hohen, geriffelten Sockeln extravagante Akzente. Flackerndes Kerzenlicht warf einen warmen Schein in den Raum, und die liebliche Musik eines Streichquartetts untermalte das träge Summen von Unterhaltungen, das von gelegentlichem Gelächter durchschnitten wurde. Ringsherum waren Sicherheitsleute postiert, die ein wachsames Auge auf die gut gelaunten Gäste hatten.

Darcy nippte nervös an ihrem Champagner. Sie sah eine Menge bekannte Gesichter – prominente Politiker, Größen aus dem Showgeschäft, Vertreter von Hochfinanz und Großindustrie sowie berühmte Kunst- und Kulturschaffende. Viele hatten auch an dem Empfang im Museum teilgenommen. Sie entdeckte die Sallings, die in eine Unterhaltung mit dem Innen- und Gesundheitsminister vertieft waren.

»Schön, Sie zu sehen, Otto«, sagte eine Frauenstimme.

Darcy wandte den Kopf. Vor ihnen stand Helle Foss, zusammen mit einem Mann – ihrem Ehemann, wie Darcy vermutete.

Unwillkürlich spannte sie die Muskeln an. Der Gedanke, dass Helle ebenfalls anwesend sein könnte, war ihr gar nicht gekommen.

»Helle, Mikkel. Wie geht es Ihnen?«, erwiderte Otto. »Mikkel, ich glaube, Sie hatten noch nicht das Vergnügen, Darcy Cotterell kennenzulernen? Sie ist uns vom Courtauld ein Jahr ausgeliehen worden.«

»Freut mich sehr«, sagte Mikkel und drückte ihr leicht die Hand.

Helle und Darcy nickten einander kühl zu.

»Wo ist denn meine liebe Martine?«, erkundigte sich Helle stirnrunzelnd und in einem Ton, der nicht mal erahnen ließ, dass sie ihnen vor Kurzem noch mit einer Klage gedroht hatte.

»Sie hatte einen dummen kleinen Unfall«, antwortete Otto. »Ist über den Hund gestolpert, gestürzt und hat sich den Knöchel verstaucht.«

»Ach herrje!«

»Na ja, in ein paar Tagen kann sie den Fuß wieder belasten. Aber wir dachten, es wäre suboptimal, in Anwesenheit des Königspaars dazusitzen und das Bein hochzulegen.«

Ein belustigtes Lächeln spielte um Helles Lippen. »Richtig. Und deshalb beglückt Ms Cotterell uns mit ihrer Anwesenheit.« Sie erinnerte Darcy an eine alte schwarze Katze, deren Reaktionsfähigkeit zwar vermindert, die aber immer noch imstande war, ihre Krallen auszufahren und dem Gegner einen schmerzhaften Hieb zu verpassen. Lächelnd musterte sie Darcy von Kopf bis Fuß. »Was für ein traumhaft schönes Kleid. Mir scheint, die Bezahlung in der wissenschaftlichen Welt ist besser, als ich es in Erinnerung habe.«

Darcy fand die Bemerkung äußerst unpassend. Seinem knappen Lächeln nach zu urteilen, schien Otto das Gleiche zu denken.

Helles Blick heftete sich auf etwas hinter Darcy, und ihre Miene verfinsterte sich.

»Oje, er wirkt nicht gerade glücklich«, murmelte sie seufzend. »Was ist denn jetzt wieder passiert?«

»Wer?« Otto drehte sich um.

Darcy tat es ihm nach und sah Max, der sich seinen Weg durch die Menge bahnte, geradewegs auf sie zu. Sein Blick war auf sie geheftet, und automatisch straffte sie sich. Sie fühlte sich völlig überrumpelt.

Max trug den Smoking, den er an jenem ersten Abend getragen hatte, und sah so umwerfend aus, dass ihr unwillkürlich der Atem stockte. Wäre sie auch mitgekommen, wenn sie gewusst hätte, dass er ebenfalls da sein würde?

Sicherlich nicht.

Er machte ein zorniges Gesicht, und sie wappnete sich innerlich. Dann stand er vor ihnen.

»Max …«, begann Otto im Plauderton.

»Was hat *sie* hier zu suchen, Otto?«, schnitt er ihm das Wort ab. »Ihr Name steht nicht auf der Gästeliste.«

Darcy empfand die harschen Worte als herbe Zurückweisung. Sie schluckte kräftig.

»Ich habe sie gebeten, mich zu begleiten«, erwiderte Otto. »Martine hat sich den Knöchel verstaucht, und Darcy hat sich netterweise bereit erklärt mitzukommen, obwohl es *sehr* kurzfristig war.«

Max räusperte sich. »Das tut mir sehr leid. Ich hoffe, ihr Knöchel kommt bald wieder in Ordnung …«

»Danke.«

»Aber das Sicherheitsprotokoll für ein Event wie dieses darf nicht missachtet werden, und als Organisator …«

»Mir ist klar, dass Sie das in eine schwierige Lage bringt, aber es blieb keine Zeit mehr, Sie vorab zu informieren. Entweder ein leerer Platz an unserem Tisch oder Ersatz für Martine – ich hielt Letzteres für die bessere Lösung. Und da Darcy dem Team angehört, das aktuell eng mit der Stiftung Madsen zusammenarbeitet, war ich mir sicher, dass Sie nichts gegen den Wechsel in letzter Minute einzuwenden hätten.«

Darcy wurmte es, dass es ausgerechnet Max war, der darüber entschied, ob sie bleiben durfte oder nicht. Hätte sie das vorher gewusst …

»Ich kann auch gehen, Otto«, sagte sie leise. »Ich muss nicht unbedingt dabei sein.«

»O doch«, widersprach Otto schnell. »In Gegenwart des Königspaars gilt ein unbesetzter Tischplatz als Verstoß gegen die Etikette. Und wenn Max Ihnen unbegrenzt Zutritt zu seinem Privathaus gewährt, wieso sollte es dann ein Problem sein, dass Sie hier an einem der Tische Platz nehmen?«

Die Frage war natürlich an Max gerichtet, auch wenn Otto Darcy ansah. Es lag auf der Hand, dass sie keine Bedrohung für die Ehrengäste darstellte. Max wollte sie einfach nicht dahaben – aus rein persönlichen, nicht aus sachlichen Gründen.

Sie erinnerte sich an ihren Wortwechsel gestern Morgen in der Galerie. Er hatte kein Recht, wütend auf sie zu sein, wie er vor seinem Haus ja selbst eingeräumt hatte, und doch sprach sein Blick jetzt eine andere Sprache.

Darcy starrte zurück, doch es war ihm egal, ob sie ihn hasste oder nicht, das konnte sie ihm ansehen. Ihrer beider Bemühungen, sich »professionell« zu verhalten und einigermaßen miteinander auszukommen, waren gescheitert. Übrig geblieben war Feindseligkeit.

Sie war selbst überrascht, dass es ihr nicht einmal leidtat. Die Fronten waren abgesteckt, und sie konnte aufhören, so zu tun, als könnte irgendwann vielleicht mehr aus ihnen werden. Diese Schmierenkomödie war furchtbar anstrengend gewesen.

»Wir sind hier, um Spenden für das Kinderkrankenhaus zu sammeln, und natürlich auch, um uns zu amüsieren«, sagte Otto, der fragend zwischen den beiden, die sich immer noch anstarrten, hin und her schaute. »Ich schlage vor, dass wir genau das tun.«

»Da bist du ja«, schnurrte in diesem Moment eine Stimme, und eine Frau, die weder Angelina noch Natalia war, trat neben Max. Ihre Haut war so tief gebräunt, als käme sie direkt vom Strand von Ipanema, und ihr hauchdünnes, knappes goldfarbenes Seidenkleid saß so eng, dass Darcy ein Bauchnabelpiercing erkennen konnte. Sie war eine hinreißende Schönheit und kam Darcy irgendwie bekannt vor. »Ich hab dich schon überall gesucht.«

Max' Unterkiefer zuckte ärgerlich. »Sorry«, knurrte er und drehte ihr ein wenig den Kopf zu, wirkte aber keineswegs so, als täte es ihm leid. Sein Blick war immer noch auf Darcy geheftet.

Es war die gleiche Situation wie letzten Sonntag in seiner Küche, aber diesmal hielt Darcy seinem Blick stand. Ein neuer Abend, eine neue Frau? Was für ein erbärmlicher Typ!

Neulich in Margits Büro hatte er sich rücksichtslos durchgesetzt, und nicht weniger egoistisch hatte er Darcy den Augenblick ihres Triumphs verdorben. Für ihn zählte nur er selbst. Hatte er ihr nicht beschrieben, was für ein Mensch er war? Hatte er es ihr nicht immer wieder bewiesen? Jetzt erst glaubte sie es, und sie würde keinen Hehl aus ihrer Verachtung machen.

Die Frau fuhr ihm zärtlich mit einer Hand den Arm hinauf.

»Ich soll dir sagen, dass sie so weit sind«, murmelte sie mit Schlafzimmerstimme. »Alle sollen ihre Plätze einnehmen.«

»In Ordnung.« Er rührte sich nicht.

Stirnrunzelnd folgte die Frau seinem Blick und musterte Darcy von Kopf bis Fuß. Offenbar erkannte sie ein Designerkleid, wenn sie eins sah. »Tolles Kleid.«

»Danke«, erwiderte Darcy genauso tonlos. »Ihres ist aber auch hübsch. Sie sehen wie ein Model aus.«

»Ich *bin* Model.« Die Frau kniff ihre wunderschönen haselnussbraunen Augen ein wenig zusammen.

»*Nein, wirklich?*«, hauchte Darcy. Ihre Stimme triefte förmlich vor Sarkasmus.

Obwohl sie es vermied, Max anzuschauen, spürte sie den lodernden Zorn, der von ihm ausging. Er wusste ganz genau, worauf sie anspielte.

Otto fasste sie am Arm. »Kommen Sie. Sofern niemand Einwände hat, schlage ich vor, wir gehen an unseren Tisch. Wir wollen doch nicht, dass der knappe Zeitplan des Abends durcheinandergerät. – Viel Glück, Max.«

Er führte sie weg und in die schützende Menge.

»Was war denn das?«, fragte er so leise, dass es sich fast wie ein Knurren anhörte.

»Ich weiß nicht, was Sie meinen.« Auch wenn Darcy Herzklopfen hatte, fühlte es sich unglaublich gut an, Max endlich die Stirn geboten zu haben. Sie hatte ihm gezeigt, dass sie keine Figur auf seinem Schachbrett war.

»Ich habe gedacht, Sie und Max gehen sich gleich an die Kehle. Man könnte fast meinen, Sie beide hassen sich.«

Sie schluckte und wandte sich leicht ab. »So ist es wohl auch …«

»Aber wieso? Ist irgendetwas zwischen Ihnen vorgefallen?«

Sie lachte kurz auf. »Fragen Sie mich das im Ernst nach dem Vorfall in der Besprechung neulich? So wie die uns unter Druck gesetzt haben?«

Otto seufzte. »Zugegeben, das ist ein fragwürdiges Geschäftsgebaren, aber das ist nicht persönlich gemeint, Darcy. Sie haben ein Ziel, und ihnen ist jedes Mittel recht, es zu erreichen. Das heißt aber noch lange nicht, dass sie gewinnen werden. Ich versuche, nicht auf ihre Spielchen einzugehen.«

Das war eindeutig ein Tadel. Vielleicht waren es der falsche Zeitpunkt und der falsche Ort gewesen, um die Zähne zu zeigen.

Als sie an ihrem Tisch ankamen, machte Otto sie mit Margits Ehemann bekannt, einem sanftmütig wirkenden Mann, der aussah, als würde er lieber Golf spielen, anstatt hier zu sitzen. Darcy ging es ähnlich. Ihr fiel auf, dass sie ihren Champagner noch nicht angerührt hatte. Sie leerte das Glas in einem Zug, bevor sie Platz nahm.

Eine belanglose Unterhaltung entspann sich, während sie auf die Ankunft des Königspaars warteten. Darcy bemühte sich, Max Lorensen aus ihren Gedanken zu verbannen. Sie trank ihren Wein in hastigen Schlucken, lauschte dem Small Talk am Tisch und interessierte sich nicht im Geringsten dafür.

Minuten später erscholl ein Trompetenstoß, dann wurden die Gäste gebeten, sich zu erheben, und die Nationalhymne wurde gespielt. Das Königspaar betrat den Saal in Begleitung eines Mannes und einer Frau, bei denen es sich vermutlich um Führungskräfte des Kinderkrankenhauses handelte. Aufgeregt beobachtete Darcy, wie die königlichen Hoheiten an dem einzelnen Tisch am Kopfende des Saals Platz nahmen. Die Ernüchterung folgte unverzüglich, als sie sah, dass auch Max und Helle dort saßen.

Wie hätte es auch anders sein können?

Sie griff nach ihrem Weinglas und nahm einen kräftigen Schluck.

Otto, der links von ihr saß, neigte sich zu ihr.

»Alles in Ordnung?«, murmelte er.

Sie fragte sich, ob sie zu viel und zu schnell trank.

»Warum sitzen *die zwei* dort mit am Tisch?«, flüsterte sie.

Otto folgte ihrem Blick. »Die Stiftung Madsen ist heute Abend der Hauptsponsor.«

»Wieso?«, zischte sie. »Was hat eine Düngemittelfirma mit einem Kinderkrankenhaus zu tun?«

»Madsen Holdings produziert nicht nur biochemische Erzeugnisse, sondern seit Jahren auch biomedizinische«, antwortete er leise. »Das hier ist eine der populärsten Veranstaltungen der Stiftung, damit …«

»… sie ihren Namen reinwaschen kann«, fiel sie ihm bissig ins Wort, was ihr einen strengen Blick eintrug.

Der Entscheidungsträger des Krankenhauses erhob sich. In seiner Rede betonte er, dass das Dreihundertfünfzig-Millionen-Dollar-Projekt nur dank der Großzügigkeit der Sponsoren und aller hier Anwesenden verwirklicht werden könne.

Darcy schaute demonstrativ in die andere Richtung. Max und Helle sollten zu den »Guten« gehören? Das konnte ihr niemand weismachen.

Sie hörte nur mit halbem Ohr zu, während sie sich umschaute. Eingehend betrachtete sie die bekannten Gesichter und die wunderschönen Abendkleider … alles, was sie von der einen Person ablenkte, die sich in ihren Gedanken festgesetzt hatte. Dummerweise saß Max' Date nur ein paar Tische entfernt und wippte ungeduldig mit einem übergeschlagenen, wohlgeformten Bein. Später würde Max sie mit zu sich nach Hause nehmen und ihr diesen Fummel ausziehen … Darcy bemühte sich vergeblich, das Bild zu verdrängen.

»… einen herzlichen Applaus für den Organisator dieses Abends, Mr Max Lorensen von der Stiftung Madsen!«

Sie wandte den Kopf, als Max unter donnerndem Beifall aufstand. Otto streifte sie mit einem Seitenblick, als er sah, dass sie nicht mit einfiel. Sie wusste, dass es unhöflich war, doch das war ihr egal. Max' Drohung, sie hinauszuwerfen, war nicht minder unhöflich gewesen.

Seine mikrofonverstärkte Stimme erfüllte den Saal, und sie schloss die Augen. Sie hasste den Klang seiner Stimme. Er sprach frei, ruhig und flüssig, als er sich bei den Anwesenden für ihre unermüdliche Unterstützung bedankte, insbesondere im Kampf gegen das Kaposi-Sarkom, eine seltene und äußerst aggressive Form von Krebs, an der … sein Bruder Peder gestorben war.

O Gott.

Erschüttert starrte Darcy auf die Leinwand, auf die jetzt eine Bildsequenz projiziert wurde, Aufnahmen, die die Verwandlung eines sommersprossigen Jungen – in der Brandung mit seinem Bruder tollend, als Sportler bei einem Wettkampf, mit seinem Hund schmusend – in einen ausgemergelten, abgezehrten jungen Mann in einem Krankenhausbett zeigten, der an eine Vielzahl von Schläuchen angeschlossen war.

Bleich vor Entsetzen schaute Darcy zu Max hinüber, der den Kopf zwar Richtung Leinwand gedreht hatte, den Blick aber auf einen Punkt darüber heftete. Er konnte es nicht mit ansehen.

Hatte er sie deshalb nicht hier haben wollen? Damit ihr die weniger schönen Seiten seines Lebens verborgen blieben?

Die Bilder wurden durch Grafiken, Balken- und Kreisdiagramme ersetzt, die Statistiken und prozentuale Anteile darstellten und einen beunruhigenden Anstieg von Fällen dieser Krankheit zeigten. Sie konnten jetzt nicht aufhören. Sie brauchten weitere Gelder für die Forschung. Niemand sollte so leiden müssen, wie sein Bruder gelitten hatte.

Darcy beobachtete Max. Er glitt über den Schmerz, als wäre dieser unter einer Eisdecke erstarrt. Seine Stimme war frei von Emotionen, so als hätte er weder den kleinen Jungen noch den jungen Mann persönlich gekannt. Er hatte das Kinn ein wenig in die Höhe gereckt und eine distanzierte Leere in seinem Blick. Sie sah das, was sie bei ihrer ersten Begegnung für Arroganz gehalten hatte. Er war unglaublich attraktiv, aber jetzt war er auch unverwundbar.

Der Projektor wurde ausgeschaltet, und Max wandte sich wieder dem Saal zu. Mit einem strahlenden Lächeln, das in scharfem Kontrast zu seiner gerade noch versteinerten Haltung stand, bat er um »hemmungslose Hingabe« bei der stillen Auktion. Der Zeitraum zur Abgabe von Geboten ende in einer Stunde; Tablets lägen auf jedem Tisch bereit.

Nils, der Mann rechts von Darcy und ein Förderer der Nationalgalerie, scrollte bereits durch die Preise, die es zu gewinnen gab: zehn Tage auf Harbour Island in einer voll ausgestatteten Villa für acht Personen; ein für eine Woche zur uneingeschränkten Verfügung stehender Helikopter; eine private Führung durch Bill Kochs Weinkeller; ein Urlaub auf Necker Island; eine Schallplattenaufnahme mit dem Produzenten von Coldplay; ein Abendessen mit dem ehemaligen Victoria's-Secret-Model Veronique Huillier …

Veronique Huillier? Darcy warf Max' Begleiterin einen verstohlenen Blick zu. Die Frau war ihr doch gleich so bekannt vorgekommen.

Wieder brandete Beifall auf. Als Darcy aufschaute, nahm Max gerade wieder Platz und wandte sich sofort seiner Tischnachbarin zu, einer smaragdbehängten Frau in den Sechzigern. Sein Gesicht nahm den liebenswürdigen, aber undurchdringlichen Ausdruck an, den Darcy von ihm kannte.

Von widerstreitenden Gefühlen hin- und hergerissen, beobachtete sie ihn aufmerksam. Sie wollte nicht verstehen, warum er so war, wie er war. Sie wollte kein Mitleid für ihn empfinden, weil er seinen Bruder verloren hatte. (Sie wollte sich auch nicht an ihre Worte auf dem Weihnachtsmarkt erinnern: *Sei froh, dass du keinen Bruder hast.* Das Schweigen danach hatte sie nicht vergessen.)

Sie wusste, dass er ihr Mitleid nicht wollte. Aber seine Geschichte erklärte so manches, und das konnte sie auch nicht einfach ignorieren.

»Eine fantastische Rede, wie immer«, räumte Otto zähneknirschend ein und griff nach einem Brötchen. »Sie können von ihm denken, was Sie wollen, aber es lässt sich nicht leugnen, dass er ein absoluter Profi ist.«

»Warum haben Sie mir nie erzählt, dass sein Bruder gestorben ist?«, fragte sie leise.

Ihr vorwurfsvoller Ton schien ihn zu überraschen. »Warum sollte ich?«

Was konnte sie darauf antworten? Dass es die Erklärung für so vieles war?

»Wie lange ist das her, wissen Sie das?«

»Neun oder zehn Jahre.«

»Das ist ganz furchtbar.«

Otto nickte. »Ja. Sie haben sich wohl sehr nahegestanden.«

Darcy wollte sich gar nicht vorstellen, was Max durchgemacht haben musste. Sie liebte ihren eigenen Bruder abgöttisch. Unvorstellbar, wie es wäre, ihn zu verlieren.

»Ich finde diese Aktion zum Andenken an seinen Bruder ganz erstaunlich.«

Wieder nickte Otto. »Ja, jeder geht anders mit seiner Trauer um, aber Max scheint sich fürs Handeln entschieden zu haben. Er hat ein Forschungsstipendium ausgeschrieben und sammelt jährlich durch Veranstaltungen wie diese Spendengelder in Millionenhöhe für das Krankenhaus. Am Konferenztisch mag er ein Dreckskerl ein, aber solche Dinge machen es schwer, ihn zu hassen. Manchmal tut er mir sogar leid, so merkwürdig sich das auch anhören mag. Schließlich hat er alles, was man sich nur wünschen kann.«

»Wie meinen Sie das?«

»Na ja, er hat *nur* noch das hier. Deshalb ist er so grandios in seinem Job. Seine Karriere ist sein Leben.«

»Hat er sonst keine Familie mehr?«

Otto schüttelte den Kopf. »Helle hat mir einmal in einem ihrer zugänglicheren Momente erzählt, dass die Eltern bei einem Autounfall ums Leben gekommen sind, als die Brüder noch klein waren. Eine Tante hat die beiden bei sich aufgenommen – sie haben etliche Cousins und Cousinen –, aber dann ins Internat gesteckt.« Er sah Darcy an. »Wenn man das hört, kann man verstehen, warum er so ein verschlossener Mensch geworden ist.«

Nils beugte sich zu ihnen und zeigte auf das Tablet.

»Was meinen Sie, worüber würde sich mein Sohn freuen?«, fragte er, ohne sich für die Unterbrechung zu entschuldigen. »Er wird demnächst siebzehn. Die Plattenaufnahme mit dem Coldplay-Produzenten? Oder das Abendessen mit dem Victoria's-Secret-Model?«

»Welcher Junge würde nicht von einem Essen mit einem von Victorias Engeln träumen?«, erwiderte Darcy, als Otto nicht reagierte.

»Das gilt auch für Männer«, meinte Nils leise lachend und gab sein Gebot ab. »Vielleicht könnte ich mich ja anschließen?«

Darcy lächelte nur. Sie wusste genau, für wen dieser ganz spezielle Traum heute Nacht in Erfüllung gehen würde.

Sie lehnte sich zurück, als Nils und Otto über den servierten Wein zu diskutieren begannen. Dann spürte sie einen Blick auf sich ruhen. Als sie aufschaute, sah sie, wie Max sie von seinem Platz aus beobachtete.

Ein seltsames Gefühl durchrieselte sie. Sie hatte irgendwie gewusst, dass es Max war, der seinen Blick auf sie gerichtet hatte.

Der Körper weiß es. Er weiß es immer.

Die stille Auktion war geschlossen worden, das Königspaar bald nach dem Essen gegangen. Der geschäftliche Teil war vorüber, der unterhaltsame, wo der exzellente Wein und das gute Essen ihre volle Wirkung entfalteten, hatte begonnen. Man war unter sich, was die Stimmung beträchtlich hob; die Umgangsformen lockerten sich. Eine Band spielte, und es wurde getanzt. Veronique zog eine Show ab: Sie wackelte wild mit den Hüften, schüttelte ihre Mähne und ließ sie kreisen.

Darcy war von einem Mann am Nebentisch, der sie ungeniert auf die Schulter getippt hatte, in eine Unterhaltung verwickelt worden, kaum dass sie das Essen hinter sich gebracht hatten. Er war Fernsehproduzent, etwa Mitte vierzig und faselte etwas von einer geplanten Serie über die alten Meister. Eine plumpe Anmache.

»Um zu zeigen, dass sie … dass sie immer noch aktuell und … und lebendig sind«, wiederholte er ein ums andere Mal, wodurch es auch nicht besser wurde. »Und wer würde sich besser als Moderatorin eignen als jemand, der aussieht wie *Sie*?«

»Es geht doch nicht darum, wie ich aussehe«, widersprach Darcy. »Es geht darum, ein Publikum zu erreichen, das Kunst für ein Privileg der Reichen hält, und zu zeigen, dass …«

Weiter kam sie nicht. Jemand versuchte, sich hinter ihrem Gesprächspartner vorbeizudrängen, und rempelte ihn dabei an. Sein Oberkörper ruckte nach vorn, seine Hand zuckte, der Rotwein schwappte aus dem Kristallglas, beschrieb einen Bogen und klatschte auf ihr Kleid.

Eine Sekunde lang war es totenstill. Trotz seines angeheiterten Zustands war auch dem Mann sofort klar, was er angerichtet hatte.

»Oh, das …«, stammelte er, als Darcy aufsprang und mit ausgebreiteten Armen an sich herunterschaute. Sie stand da wie gelähmt, unfähig, auch nur zu atmen. »Das tut mir schrecklich leid.«

Sie löste sich aus ihrer Erstarrung und wich langsam zurück. Was hatte sie getan? Was hatte sie nur getan?

»Warten Sie, ich …«

Er griff nach dem Wasserkrug auf dem Tisch, aber da

hatte sie sich schon umgedreht und bahnte sich hastig, panisch einen Weg durch die Menge.

Sie stürzte aus dem Saal und lief auf der Suche nach den Toiletten den Flur entlang.

»Ach herrje!«, rief eine ältere Dame mit Perlenschmuck, die sofort begriff. »Da vorne rechts!«

Darcy rannte in die angegebene Richtung, riss die Tür zur Damentoilette auf und musste ein paar Frauen auf dem Weg hinaus ausweichen.

»O nein! Das schöne Kleid!«, hörte sie eine davon hinter sich sagen.

»Das ist hinüber!«

Die Tür schloss sich hinter ihnen, und Darcy war allein. Schockiert starrte sie ihr Spiegelbild an. Jetzt erst erkannte sie das ganze Ausmaß der Katastrophe. Es war noch schlimmer, als sie befürchtet hatte. Unterhalb des großen Flecks auf dem Oberteil entdeckte sie mehrere Spritzer, die bis zum Rock reichten. Sie sah aus, als hätte jemand auf sie eingestochen. Als würde sie bluten.

Rotweinflecken rückte man mit Salz oder Weißwein zu Leibe, aber dieser hier war viel zu groß und zu unregelmäßig, der Stoff viel zu empfindlich. Nicht einmal mit einer professionellen Trockenreinigung würden sich die Flecken rückstandslos entfernen lassen, und ein Kleid in dieser Preisklasse duldete keinen Pfusch.

O Gott, was hatte sie nur getan? Woher sollte sie das Geld nehmen, um das Kleid zu ersetzen?

Sie hielt den Rand der Waschtischablage umklammert und senkte verzweifelt den Kopf. Tränen stiegen ihr in die Augen, ihr Brustkorb hob und senkte sich heftig. Freja hatte sich das Kleid für ihren großen Auftritt gekauft, wenn sie und Tristan sich öffentlich zu ihrer Beziehung bekennen würden – und jetzt hatte Darcy ihr alles kaputtgemacht!

»O Gott!«, stöhnte sie. Ihr Herz raste wie verrückt. »O Gott.« Ihre Hände begannen zu kribbeln. Was sollte sie jetzt bloß machen? »O nein, nein, nein …«

Jetzt flossen die Tränen über, liefen ihr übers Gesicht, tropften auf die Ablage. Sie warf den Kopf in den Nacken und rang um Fassung.

Vergeblich. Die Tränen ließen sich nicht aufhalten. Was geschehen war, war geschehen, sie konnte es nicht rückgängig machen. Freja würde ihr das niemals verzeihen.

Die Hände in die Haare gekrallt, begann sie, in einer engen Achterschleife hin und her zu gehen. Kein Ausweg.

Sie hörte, wie hinter ihr die Tür geöffnet wurde, blieb stehen und lauschte. Aber es klackerten keine Absätze über den Boden und in eine der Kabinen. Obwohl sie sich verzweifelt dagegen wehrte, entschlüpfte ihr ein Schluchzer.

»Darcy …«, sagte eine tiefe Stimme.

Sie fuhr herum.

»Nein. Nicht du.« Benommen schüttelte sie den Kopf.

Max starrte sie an, ließ den Blick über das fleckige Kleid, über ihr tränen- und Mascara-verschmiertes Gesicht wandern. Von allen Leuten, die sie nicht sehen wollte, musste ausgerechnet er hier hereinkommen …

»Verzieh dich«, stieß sie schroff hervor. »Du hast hier nichts zu suchen.«

Er machte ein unglückliches Gesicht. »Ich hab gesehen, was passiert ist …«

»Mir egal. Raus!«

»Ich will dir doch nur helfen.«

»Ich will deine Hilfe nicht!«, schrie sie. »Du bist der Letzte, von dem ich mir helfen lassen würde! Hau endlich ab!«

Sie brach in Schluchzen aus und schlug sich die Hände vors Gesicht.

»Es ist doch bloß ein Kleid«, sagte Max hilflos. »Wir können doch ein anderes …«

»Es ist eben nicht bloß ein Kleid!«, rief sie hysterisch. »Es ist das Kleid meiner Freundin! Ihr wunderschönes neues Kleid, das sie sich extra für einen ganz besonderen Anlass gekauft hat. Aber sie ist weggefahren, und ich wollte Otto doch nur einen Gefallen tun. Ich hatte keine andere Wahl. Ich dachte, es würde keine Rolle spielen und sie würde es nicht einmal merken!«

Ihr Gesicht verzog sich aufs Neue vor Kummer und Verzweiflung, als sie an sich herunterschaute und von Schluchzern geschüttelt wurde wie von einem Sturm.

O Gott! Wie sollte sie es Freja beibringen? Wie könnte sie das jemals wiedergutmachen?

Sie musste raus hier, aber … sie bekam keine Luft mehr, weil sie viel zu schnell und zu flach atmete. Sie glaubte ersticken zu müssen.

Max eilte zu ihr, als sie nach vorn kippte, nach der Ablage tastete und sich festhielt.

Dann spürte sie seine Hand auf ihrem Rücken. Schützend. Besitzergreifend. Fürsorglich.

»Du hast eine Panikattacke«, sagte er leise. »Atme langsam ein und aus, hörst du? Konzentrier dich auf deine Atmung.«

Sie wusste, dass er recht hatte, aber sie hatte keine Kontrolle über ihren Körper. Er war wie ein führerloser Zug, der sich nicht stoppen ließ.

Max löste ihre Hände von der Ablage, drehte sie zu sich herum und nahm sie in die Arme.

»Schsch«, murmelte er besänftigend und hielt ihre Handgelenke mit einer Hand fest.

Darcy lehnte den Kopf an seine Brust und schloss unwillkürlich die Augen. Sie konnte seinen Herzschlag spüren. Er war langsamer als ihrer, und das rhythmische Pochen übte eine beruhigende Wirkung aus. Ein Pulsieren, an dem sie sich orientieren konnte.

Sie war dankbar für die Unterstützung, aber warum musste ausgerechnet er es sein, der ihr zu Hilfe kam? Warum dieses ständige Hin und Her – Lover, Bösewicht, Held?

Mit der freien Hand nestelte er herum, aber sie wusste erst, was er gemacht hatte, als sie seine tiefe Stimme an ihrem Ohr vernahm.

»Bringen Sie den Wagen, Christoff.«

Dann ließ er das Handy in die Tasche zurückgleiten und strich Darcy sanft übers Haar.

»Alles wird gut«, murmelte er. »Das kriegen wir schon wieder hin. Aber du musst langsamer atmen. Tust du das für mich? Atme ganz langsam.«

Sie tat es. Allmählich passte sich ihre Atmung dem Rhythmus an, mit dem er ihr übers Haar strich. Ihr Körper reagierte auf seinen, und sie entspannte sich.

Sie wusste nicht, wie lange sie so standen. Ein paarmal ging die Tür, aber niemand kam herein. Vom Flur draußen war Stimmengemurmel zu hören.

Nach einer ganzen Weile löste sich Max von ihr und sah sie prüfend an.

»Gut … Hast du einen Mantel dabei?«

Darcy, noch ganz benommen, versuchte sich zu erinnern. Hatte sie einen Mantel dabeigehabt?

Sie schüttelte den Kopf.

»Nein? Auch nicht deine Laufjacke?«, fragte er grinsend. Die kleine Neckerei weckte eine Erinnerung an den Abend, an dem sie sich kennengelernt hatten. Ein Moment der Liebenswürdigkeit. Eine Feuerpause. »Gut, dann werden wir dich jetzt hier rausbringen. Mein Fahrer wartet. Er wird dich nach Hause bringen.«

Sie sah ihn an. Immer noch flutete Panik durch ihren Körper. »Nicht du?«

Schatten bewegten sich hinter seinen Augen. Er war so nah und gleichzeitig doch so weit weg.

»Ich habe Verpflichtungen. Ich kann nicht einfach gehen.«

Sie fuhr zurück. Sie fühlte sich bloßgestellt, so als hätte sie in ihrem Moment der Schwäche fatalerweise etwas von sich preisgegeben.

Als sie sich von Max lösen wollte, verstärkte er den Griff um ihre Handgelenke.

»Wenn die Dinge anders wären …«, flüsterte er und küsste sie leicht aufs Haar.

Einen kurzen Moment fragte sie sich, ob sie sich die zarte Berührung nur eingebildet hatte. Doch dann trafen sich ihre Blicke im Spiegel und hielten einander fest, bis sich die Tür aufs Neue öffnete und das Rascheln eines Kleids verriet, dass jemand hereinkam.

Max ließ Darcys Handgelenke los und wandte sich ab.

»Lass uns gehen«, sagte er und folgte ihr nach draußen.

Schweigend gingen sie durch den Flur und in den Saal, vorbei an den Frauen, die ihr vorhin aus den Toiletten entgegengekommen waren. Vorbei an roten Kerzen auf glänzenden Beistelltischen, an Girlanden aus Immergrün an den Wänden, an geschäftigen Kellnern mit Tabletts in den Händen.

»Alle starren mich an«, flüsterte sie, als sie bemerkte, wie die Leute mitten im Gespräch verstummten und glotzten. Max' elegantes Äußeres schien ihr ruiniertes Make-up und das fleckige Kleid noch zu betonen.

»Du bist immer noch die schönste Frau hier«, murmelte er.

Verdutzt sah sie ihn an, aber er blickte starr geradeaus. Der Fahrer wartete schon in der winterlich dekorierten Lobby. Mehr konnte Max nicht für sie tun.

Seine Hand schwebte über ihrem Kreuz, ohne es zu berühren. Sie strahlte Wärme aus. Wie viel wunderbarer wäre es gewesen, diese Hitze auf ihrer Haut zu spüren …

20. Kapitel

»Hi.« Im Hausflur stand Aksel und lächelte unsicher.

»Aksel!«, rief Darcy überrascht. Ihr rutschte das Herz ein ganzes Stück tiefer bei seinem Anblick: Er hielt eine Flasche Wein, einen Blumenstrauß und eine Tüte Popcornmais in den Armen. »Was machst du denn hier?«

»Ich dachte, ich bin einfach mal spontan und warte ab, was passieren wird.« Er machte ein verlegenes Gesicht. »Das mit … äh … neulich nachts ist mir echt peinlich. Deshalb habe ich mich auch nicht früher gemeldet. Tut mir leid.«

»Kein Problem«, erwiderte sie rasch und winkte ab. »Wir haben beide viel zu tief ins Glas geschaut.«

»Stimmt.« Er grinste sie schüchtern an. »Ob du's glaubst oder nicht, aber so was ist mir noch nie passiert.«

»Das glaub ich dir aufs Wort«, schwindelte sie. »Aber wie gesagt – kein Problem. Für den Mann ist das immer viel schlimmer als für die Frau.«

»Trotzdem. Ich hätte mich bei dir melden und fragen müssen, wie's dir geht«, meinte er achselzuckend und verdrehte die Augen. »Ich war nur …«

»Stopp!«, befahl sie lächelnd, verzweifelt bemüht, ihn zu beruhigen und mit dem Thema abzuschließen. »Es ist alles in Ordnung. Wirklich.«

»Okay, gut.«

Ein betretenes Schweigen entstand. Sie starrten sich an, und Darcys Verzweiflung wuchs. Sie war absolut nicht in der Stimmung für Gesellschaft. Andererseits war er extra hierhergekommen, noch dazu mit ein paar Mitbringseln, und sie konnte sich in etwa vorstellen, wie schwer ihm das gefallen sein musste.

»Willst du reinkommen?«

Ein Ausdruck der Erleichterung trat auf sein Gesicht. »Aber nur, wenn du Zeit hast. Ich war mir nicht mal sicher, ob du da sein würdest …«

Sie trat zur Seite und nahm ihm den Wein, die Blumen und die Tüte ab, als er in der kleinen Diele stand.

»Meine Mitbewohnerin ist übers Wochenende verreist, und ich genieße es, die Wohnung für mich allein zu haben … Ich sehe bestimmt fürchterlich aus«, schob sie brummend hinterher, als ihr einfiel, dass sie heute noch kein einziges Mal in den Spiegel geschaut hatte.

»Nein, ganz und gar nicht. Du siehst … kuschelig aus«, meinte er und ließ den Blick über ihre pedikürten nackten Füße, die karierte Pyjamahose und das alte, weiche blaue Hemd wandern, das Lars hier vergessen hatte und das sie nicht zurückzugeben beabsichtigte. Das war das Bußgeld, das er für seinen Betrug zu entrichten hatte.

Aksel war nur höflich, das war ihr klar. Sie hatte kein Auge zugetan, und der positive Effekt ihres gestrigen Wellnessprogramms war verflogen. Sie war zu aufgewühlt, um sich auszuruhen, zu aufgekratzt, um zu essen, zu übermüdet, um zu schlafen. Die Wohnung war noch nie so sauber gewesen.

Freja hatte endlich mit einer einzigen Nachricht auf ihre Anrufe geantwortet – *Sorry! Bin beschäftigt gewesen.* 😉 *Werde dich gleich nach meiner Rückkehr auf den neuesten Stand bringen* –, und Darcy hatte die ganze Nacht an die Decke gestarrt und gegrübelt, wie sie die Sache mit dem Kleid in Ordnung bringen könnte.

Der einzige Plan, der ihr eingefallen war – einen Überziehungskredit beantragen und ein neues Kleid kaufen –, hatte Schwachstellen: Heute, am Sonntag, konnte sie nichts erledigen, und es würde ein, zwei Tage dauern, bis der Kredit bewilligt wäre, was bedeutete, sie würde die Kleider nicht vor Frejas Rückkehr austauschen können.

Nein, sie würde ihr alles gestehen und die Sache dann geradebiegen müssen. Damit wären fünfzig Prozent des Problems gelöst.

Viel schlimmer waren die restlichen fünfzig Prozent. Der Vertrauensbruch. Freja würde erfahren, dass sie sich das teure Kleid einfach genommen – es praktisch gestohlen – und dann ruiniert hatte.

Hinzu kam die Ungewissheit, wann ihre Freundin zurückkommen würde. Heute Abend? Oder erst morgen?

Darcy fand keine Ruhe. Bei jedem Geräusch im Hausflur, bei jedem Türenschlagen schreckte sie hoch.

»Ich mach uns die auf, ja?« Mit einem mulmigen Gefühl hielt sie die Weinflasche hoch.

Alkohol war entweder das Letzte, was sie jetzt brauchte, oder aber genau das Richtige. Würde sie das auf andere Gedanken bringen? Würde *er* sie auf andere Gedanken bringen?

»Das wär super.«

»Würde es dir was ausmachen, die Schuhe auszuziehen?«, fragte sie über die Schulter, als sie in die Wohnküche ging. »Freja achtet peinlich genau darauf, dass keine Keime von draußen in die Wohnung getragen werden. Sie ist Mikrobiologin, deshalb kennt sie sich mit diesen Dingen bestens aus.«

»Na klar, kein Thema.« Aksel folgte ihr auf Socken. Dann blieb er stehen und betrachtete die beiden blauen IKEA-Sofas, die einander gegenüberstanden, die zusammengedrückten Kissen, den auf »stumm« geschalteten Fernseher, den Gaskamin mit dem Flammenbild sowie das Nagellackfläschchen und die Wattebäusche auf dem Couchtisch. »Gemütlich hast du's hier.«

Darcy griff nach den Weingläsern im Hängeschrank. »Ja, uns gefällt's. Wir haben es warm, das ist die Hauptsache. Und es gibt immer Warmwasser.«

»Das ist enorm wichtig. Vor ein paar Monaten hatten wir einen Schaden an der Hauptleitung, und das Wasser wurde für drei Wochen abgestellt. Ich musste Tafelwasser zum Duschen, zum Zähneputzen und zum Kochen benutzen. Es war der reinste Albtraum!«

»Kann ich mir vorstellen«, sagte sie, schaltete den Backofen ein, schüttete den Popcornmais in einen Topf und legte den Deckel darauf.

»Wie lange wohnst du schon hier?«

Darcy schraubte den Verschluss der Weinflasche ab und schenkte ein. Sie überlegte die ganze Zeit, ob Aksels Anwesenheit von Vorteil wäre, wenn Freja tatsächlich heute schon zurückkam und feststellte, dass ihr Kleid nicht mehr an der Schranktür hing. (Darcy hatte es ganz hinten in ihrem Schrank versteckt, damit sie es nicht mehr sehen musste.) Vielleicht würde sie sich dann beherrschen, keinen Wutanfall kriegen und ihre Mitbewohnerin auch nicht hinauswerfen.

»Äh … seit August.«

»Ah ja.«

»Wollen wir uns aufs Sofa setzen?«, fragte sie, als sie mit den beiden Gläsern auf ihn zuging.

»Ja, gern.« Ihm war deutlich anzumerken, wie nervös er immer noch war.

Sie setzten sich in geringem Abstand nebeneinander. Darcy zog die Beine unter sich und wandte sich Aksel zu. Der Fernseher lief im Hintergrund.

»Na dann, prost!« Aksel toastete ihr zu.

»Prost.«

Während sie beide einen kräftigen Schluck tranken, herrschte eine dröhnende Stille im Zimmer.

»Und, wie war deine Woche?«, fragte Darcy. Es hörte sich unbeholfen an, so als hätten sie sich gerade erst kennengelernt. Sie setzte ihr Glas auf dem Schenkel ab.

»Du meinst, abgesehen davon, dass ich mir wie ein Vollidiot vorkomme, weil ich …«

»Aksel! Hör endlich auf damit! Vergiss es einfach.«

Er verzog das Gesicht. »Na ja, so weit ganz gut. Das heißt, der Hund, von dem ich dir erzählt habe – der, der von seinem Besitzer eigenhändig kastriert worden war …«

»Mit Gummibändern, oder?«

»Genau. Er ist gestorben. Die Infektion hat sich ausgebreitet, und wir haben sie nicht in den Griff bekommen.«

»O nein! Das ist ja furchtbar.«

Er nickte. »Nur weil der Kerl Geld sparen wollte, musste das arme Tier leiden und schließlich sterben.«

»Ich weiß nicht, was ich mit solchen Leuten tun würde«, knurrte sie.

»Wir dürfen die Tierhalter, die zu uns kommen, leider nicht beschimpfen, obwohl manche es definitiv verdient hätten.« Er sah sie an. »Und bei dir?«

»Oh, ich hatte schon bessere Wochen.«

»Was macht deine geheimnisvolle Frau?«

»Das Geheimnis lüftet sich allmählich.«

»Ehrlich? Erzähl«, forderte er sie auf, setzte das Glas an die Lippen und trank es fast zur Hälfte aus.

Darcy stieß einen müden Seufzer aus. Interessierte ihn das wirklich?

»Tja, ich weiß jetzt, dass sie von 1915 an bei den Madsens lebte, deshalb habe ich mir die Fotos und Tagebücher der Familie vorgenommen und mir so einen Eindruck von ihrer Teenagerzeit verschafft.« Zu ihrer Enttäuschung hatte Lilja selbst offenbar kein Tagebuch geführt. Alle Informationen, die sie hatte, stammten von Liljas bester Freundin Lotte.

Sie sah ihn nachdenklich an.

»Du könntest mir vielleicht weiterhelfen …«

»Schon wieder?« Er lächelte. »Wenn du so weitermachst, muss ich dir meine Beratung in Rechnung stellen.«

Sie lachte, obwohl sie sich nicht sicher war, dass er das als Scherz gemeint hatte.

»Also, meine geheimnisvolle Frau hat offenbar im August 1919 einen Jungen zur Welt gebracht, und ich habe stapelweise Arztrechnungen aus der Zeit danach gefunden. Anscheinend wurden große Mengen Kaliumbromid benötigt … Wofür braucht man das?«

»Damit hat man damals Epilepsie behandelt.«

»Epilepsie?« Sie beugte sich gespannt vor.

»Ja. Es wurde natürlich auch anderweitig eingesetzt. In der britischen Armee zum Beispiel wurde den Soldaten an vorderster Front Bromide zur Dämpfung des Sexualtriebs verabreicht. Davon hast du vielleicht schon gehört. Aber bis in die 1910er-, 1920er-Jahre war es die Standardmedikation bei Epilepsie. Zur Behandlung von Epilepsie bei Hunden wird es heute noch eingesetzt.«

»Verstehe«, murmelte sie nachdenklich.

»Hast du nicht gesagt, sie sei ertrunken? Vielleicht hatte sie in der Badewanne einen epileptischen Anfall.«

Darcy schüttelte den Kopf. »Nicht sie litt an Epilepsie, sondern das Baby, denke ich.«

»Oje.« Aksel verzog das Gesicht.

»Ja, das muss schlimm gewesen sein. Die ersten Rezepte sind unmittelbar nach der Geburt ausgestellt worden und die letzten, als das Baby mit sieben Monaten starb.«

»Traurig.«

Darcy nickte. »Sie war bestimmt am Boden zerstört. Schon die Geburt muss traumatisch gewesen sein. In einem der Tagebucheinträge habe ich einen Hinweis auf eine Eklampsie gefunden.«

»Das erklärt alles. Eine Eklampsie ist lebensbedrohlich und führt zu allen möglichen Komplikationen bei Mutter und Kind. Vermutlich haben die Wehen vorzeitig eingesetzt. Sie kann von Glück sagen, dass sie das überlebt hat.« Er nippte an seinem Wein.

»Glück ist kein Wort, das ich im Zusammenhang mit ihrem Leben gebrauchen würde. Leider.« Darcy zog die Brauen zusammen. »Was sind eigentlich die Auslöser einer Eklampsie? Warum trifft es manche Frauen und andere nicht?«

»Da gibt es eine Reihe von Risikofaktoren.« Er zuckte mit den Schultern. »Diabetes, Übergewicht, Mehrlingsschwangerschaften, das Alter …«

»Das Alter?«

»Ja, dic Wahrscheinlichkeit ist höher am unteren und oberen Ende des gebärfähigen Alters.«

»Das heißt, in etwa von wann bis wann?«

Er dachte kurz nach. »Jünger als siebzehn. Älter als fünfunddreißig …«

»Sie muss sehr jung gewesen sein. Ich kenne ihr genaues Alter nicht, aber den Fotos nach zu urteilen, würde ich sie auf etwa vierzehn schätzen.«

Wieder verzog Aksel das Gesicht. »Hm. Kinder- und Teenagerschwangerschaften bergen ein hohes Risiko. Der Körper ist bei vielen einfach noch nicht bereit für eine Schwangerschaft, weil zum Beispiel das Becken zu schmal ist. Außerdem bedeutet eine Schwangerschaft puren Stress für den Körper, der sich enorm anpassen muss, und der Körper eines Kindes ist damit überfordert.«

Darcy lehnte sich zurück und ließ sich diese Informationen durch den Kopf gehen. Ganz offensichtlich hatte eine Kettenreaktion stattgefunden: eine frühe Schwangerschaft, Eklampsie, Epilepsie.

Ein totes Baby, weil eine zu junge Mutter es zu früh zur Welt gebracht hatte.

Seufzend ließ sie den Kopf hängen, als ihr Viggos Worte einfielen: *Das waren andere Zeiten.* So hatte er die Entdeckung kommentiert, dass Lilja als ganz junges Mädchen verheiratet worden war.

Trotzdem. Es machte sie wütend.

Aksel trank sein Glas aus und setzte sich anders hin. »Themenwechsel. Hast du am Freitagabend schon was vor?«

Sie dachte nach. »Nein, ich glaub nicht. Wieso?«

»Am Freitag wird das Luciafest gefeiert.«

»Oh, das hab ich nicht gewusst.«

»Das ist eine ziemlich große Sache. Überall im Land finden Umzüge statt, aber hier in Kopenhagen läuft das ein wenig anders ab.«

»Wie denn?«

»Der Umzug findet auf dem Wasser statt. Die Teilnehmer fahren in Kajaks quer durch die Stadt. Start ist am Nyhavn, wo Weihnachtslieder gesungen, ein bisschen was gegessen und getrunken wird; dann geht's weiter zur nächsten Station, wo sich das Ganze wiederholt, und so weiter und so fort. Das ist immer ein Mordsspektakel mit vielen Teilnehmern und Zuschauern am Ufer, aber auf dem Wasser macht es mehr Spaß. Hättest du Lust, mich zu begleiten?«

»Ich weiß nicht, ich bin noch nicht so oft mit einem Kajak gefahren.«

»Keine Sorge, wir bleiben im ruhigen Wasser auf den Kanälen, wo es weder Strömungen noch Gezeiten gibt.«

»Und das ist wirklich nicht gefährlich?«

»Hundertprozentig nicht. Alles ist gut beleuchtet, und überall sind Sicherheitsleute postiert. Wenn du ins Wasser fallen solltest, fischen die dich sofort wieder raus.«

»Kalt wäre es aber trotzdem.«

»Ich werde dich aufwärmen«, sagte er flirtend und legte eine Hand auf ihre. »Und wir würden zusätzlich einen Neoprenanzug für dich ausleihen.«

Darcy sah im Geist schon die Rechnung vor sich.

»Na, was meinst du? Bist du dabei?«

Sie schluckte nervös.

»Ja, klar, warum nicht?«, antwortete sie dann, weil sie sonst nichts hatte, worauf sie sich hätte freuen können.

»Super!« Aksel strahlte und drückte ihre Hand. »Es wird dir gefallen, du wirst sehen.«

Der Ausdruck in seinen Augen veränderte sich und die Stimmung zwischen ihnen auch.

Er beugte sich zu ihr und küsste sie leicht, einmal, zweimal … Sie schloss die Augen und ließ es geschehen. Sie war auf eigenartige Weise blockiert. Zum Küssen oder mehr schien es der falsche Zeitpunkt zu sein, aber sie spürte, dass sie die Erinnerung an jene andere Nacht nur auslöschen könnten, indem sie eine neue schufen. Es war wichtig für sein Ego, dass er seine Zweifel ein für alle Mal besiegte.

Der Kuss wurde inniger. Aksels vom Wein befeuertes Selbstvertrauen wuchs. Er löste sich von ihr, nahm ihr das Glas ab und stellte es zusammen mit seinem auf den Tisch. Dann wandte er sich wieder Darcy zu und zog sie näher an sich.

Er küsste sie aufs Neue, und obwohl es ein schöner Kuss war, war sie nicht bei der Sache. Als er ihr Hemd aufzuknöpfen begann und feststellte, dass sie keinen BH darunter trug, ging sein Atem schneller. Darcy hingegen verspürte keine Erregung in sich aufsteigen. Da war lediglich der nervöse Gedanke, dass sie das Ganze nüchtern würde durchziehen müssen.

Abermals löste er sich von ihr und zog sich mit einer schnellen Bewegung den Hoodie über den Kopf und das

T-Shirt gleich mit. Sie war sich nicht sicher, ob das beabsichtigt gewesen war.

»Es ist plötzlich so heiß hier drin«, sagte er grinsend, als er mit nacktem Oberkörper vor ihr saß.

Er beugte sich zu ihr, küsste ihren Hals, drückte sie in die Polster – und dann ertönte ein dumpfer Knall, dem weitere kleinere Explosionen folgten. Sie fuhren beide erschrocken zusammen.

»O Gott, das Popcorn!«, rief Darcy und hoffte inständig, dass es sich nicht allzu erleichtert anhörte. »Ich nehm es lieber heraus, bevor es verkohlt!«

Sie glitt unter seinem Arm hindurch, sprang auf und marschierte zum Backofen, wo sie erst die Ofenhandschuhe überstreifte und dann den Topf nahm, in dem die Maiskörner so wild ploppten wie ihre Nerven.

»Soll ich aufmachen?«

Sie drehte sich zu Aksel um, der sich Wein nachschenkte und mit dem Kopf Richtung Wohnungstür nickte.

»Hä?«

»Es hat geklopft.«

Ehrlich? *O mein Gott!*

Den Topf in den Händen, stand sie da wie versteinert. Das musste Freja sein. Und Darcy war innerlich noch gar nicht auf die Konfrontation mit ihr vorbereitet.

Ihr Blick wanderte Richtung Schlafzimmer. Sollte sie sofort mit der Sprache herausrücken und alles erklären? Wenn Freja zu suchen anfing und das Kleid entdeckte, würde das alles nur noch schlimmer machen, oder?

»Darcy?«

Sie schaute Aksel an. »Äh, ja, sei so gut. Das wird Freja

sein, meine Mitbewohnerin. Sie hat bestimmt wieder ihren Schlüssel verbummelt.«

»Ha, das kenne ich.« Er stand auf, bog mit dem Glas in der Hand um die Ecke in die kleine, kurze Diele und öffnete die Wohnungstür.

Darcy wartete mit geschlossenen Augen auf den überraschten Ausruf ihrer Freundin beim Anblick des hübschen, aber halb nackten Fremden in ihrer eigenen Tür.

Doch stattdessen hörte sie Aksel sagen: »Ja …?«

»Aksel? Wer ist es denn?« Sie stellte den Topf auf einen Untersetzer und lief zur Tür.

»Max?«, stieß sie gepresst, fast unhörbar, hervor.

Aksel hielt eine lange Kleiderhülle hoch, weiß, mit einem vertrauten schwarzen Aufdruck: *Valentino*. Einen belustigten Ausdruck im Gesicht, drehte er sich zu Darcy um.

»Das ist wohl für dich …«

Aber Darcy würdigte die Hülle keines Blickes. Sie hatte nur Augen für Max. Sie konnte nicht glauben, was sie sah, obwohl sie es sich fast hätte denken können.

Max seinerseits starrte sie mit jenem distanzierten, undurchdringlichen Blick an, den sie inzwischen schon kannte. Der Anblick, der sich ihm bot – sie zerzaust, mit aufgeknöpftem Hemd, Aksel mit nacktem Oberkörper –, ließ keinen Spielraum für Interpretationen. Darcy konnte es ihm ansehen.

In diesem einen Moment verflüchtigte sich der kurze Moment der Intimität von vergangener Nacht wieder, wurde die aufgeblühte Zärtlichkeit zerdrückt. Wie ein heißes Stück Kohle hatte die Erinnerung an das, was er für sie getan, wie er sie vor der öffentlichen Demütigung bewahrt hatte, in ihr geglüht. Sosehr sie ihn auch hassen wollte, es gelang ihm immer wieder, ihre Lust, ihre Sympathie, ihre Dankbarkeit zu wecken …

»A-aber … wie …?«, stammelte sie.

Keine der vielen Fragen, die ihr durch den Kopf schwirrten, ließ sich so formulieren, wie es in dieser Situation angebracht gewesen wäre. Aksels Anwesenheit machte alles noch komplizierter, weil sie nicht offen reden konnte.

»Nicht der Rede wert, hat mich bloß einen Anruf gekostet«, sagte Max in knappem, trockenem Ton.

»Das … das bezahle ich aber«, erwiderte sie, nur um in ihrer grenzenlosen Erleichterung etwas zu sagen. Sie war gerettet!

»Nicht nötig. Das war ein Geschenk.«

Ihr klappte der Unterkiefer herunter. Das konnte sie doch nicht annehmen! Ein so sündhaft teures Kleid!

»Äh, worum geht es hier eigentlich?« Aksel schaute verwirrt von einem zum anderen, bis sein Blick schließlich an Darcy hängen blieb.

Nach einer gefühlten Ewigkeit reagierte sie und wandte Aksel langsam den Kopf zu – dem Mann, der vor wenigen Augenblicken ihre nackte Brust, nicht aber ihre Seele berührt hatte.

»Ach, ich hab mir gestern Abend bei einem beruflichen Anlass Wein aufs Kleid geschüttet. Das Kleid hat aber nicht mir gehört. Max hat mich gerettet.«

»Wie nett von ihm«, bemerkte Aksel argwöhnisch.

Die beiden Männer maßen sich mit kalten Blicken. Dann sah Max wieder Darcy an.

»Ich hab nichts damit zu tun«, erklärte er. »Meine

Freundin hat Beziehungen. Sie bekommt andauernd Kleider kostenlos. Ich bin nur der Bote …«

»Oh, wow.« Aksel nickte und lehnte sich mit einer Selbstverständlichkeit an den Türrahmen, als wäre er hier zu Hause.

Max straffte sich, beinahe unmerklich, aber Darcy registrierte es trotzdem.

»Okay, ich geh dann mal wieder«, brummte er.

Er wandte sich zum Gehen, und Darcy fühlte Panik in sich aufsteigen. Doch sie wusste auch, dass es keine Worte gab, die Max zum Bleiben hätten bewegen können. Wie sollte sie ihm für das danken, was er für sie getan hatte?

Er musste Himmel und Hölle in Bewegung gesetzt haben, um das Kleid zu beschaffen, auch wenn er ihr weismachen wollte, dass das alles kein Problem gewesen sei. Und er hatte es ganz sicher nicht umsonst bekommen. Selbst wenn Veronique oder Angelina oder Natalia Models bei Valentino waren, selbst wenn sie bei einer Show als Letzte über den Catwalk gingen – es war Sonntag. Wie in aller Welt war er an das Kleid gekommen?

Sie wünschte verzweifelt, sie hätte ihm eine Nachricht geschickt und sich dafür bedankt, dass er sie hatte nach Hause bringen lassen, um ihr weitere Demütigungen zu ersparen. Aber jedes Mal, wenn sie zum Telefon gegriffen hatte, hatte sie es wieder hingelegt. Die missliche Lage, in der er ihr geholfen hatte, war vorbei und ihre Probleme nicht seine, hatte sie sich gesagt. Schließlich waren sie keine Freunde.

Und doch hatte er ihr wieder aus der Patsche geholfen. Auch wenn er nicht ein einziges Mal gelächelt hatte. Stattdessen hatte er sie angesehen, als würde er sich kaum an ihren Namen erinnern. Ihren Dank zurückgewiesen. Sie würden niemals eine Verbindung zueinander herstellen können. Sie beharkten sich nur.

Aber seinen beruhigenden Herzschlag an ihrem Ohr würde sie genauso wenig vergessen wie den Kuss, den er ihr mit geschlossenen Augen aufs Haar gedrückt hatte.

Kein Hallo, kein Auf Wiedersehen.

Und dennoch …

21. Kapitel

23. Juni 1920

In mir veränderte sich etwas, als wir heute Morgen durch das Tor von Solvtraeer fuhren. Ich hatte ganz vergessen, wie es sich anfühlt, weit weg von der Stadt zu sein. Wahrscheinlich habe ich mich zu sehr an die Umtriebigkeit gewöhnt – jeden Tag Besuch, Partys, Picknicks. Sogar ein Spaziergang im Park ist ein gesellschaftlicher Anlass. Und dann der Lärm! Der Verkehr scheint mit jedem Tag zuzunehmen.

Hier jedoch kann man den Wind in den Bäumen und das Zwitschern der Vögel hören. In Hornbæk hat man das Gefühl, dass die Uhren langsamer gehen. Henrik ist zum ersten Mal hier, aber es gefällt ihm, ich kann es ihm ansehen.

Lilja hat die Nachricht von unserer Verlobung gut aufgenommen und versucht, sich für uns zu freuen. Sie sah besser aus, als ich erwartet hatte. Bei ihrer Abreise aus Kopenhagen hat sie mich an eine Stoffpuppe erinnert, aus der man die Füllung herausgerissen hat, so winzig und schlaff war sie, aber jetzt hat sie kleine Bäckchen und ein bisschen Farbe. Das komme von den täglichen Strandspaziergängen, sagt sie.

Als wir ankamen, stand sie barfuß auf dem Rasen und hat mit dem alten Sally geredet, der Unkraut jätete. Es war ein merkwürdiger Anblick, aber ich darf nicht vergessen, dass wir hier nicht in der Stadt sind, und Dr. Beck hat ja gemeint, es sei wichtig, dass sie sich wohlfühle, damit ihre Seele heilen könne.

Hoffentlich geht ihre Genesung schnell voran. Mama hat schon alle Hochzeitsvorbereitungen getroffen, und wir werden in drei Wochen in der Kathedrale getraut. Lilja ist in jeder Beziehung wie eine Schwester für mich – der Gedanke, sie könnte nicht dabei sein, ist unerträglich. Aber sie ist immer noch so zart und anfällig, und ich kann mir nicht vorstellen, dass sie in drei Wochen kräftig genug sein wird. Ich werde für sie beten, damit sie schnell gesund wird. Casper wird extra aus London herkommen, und nach allem, was die beiden durchgemacht haben, würde ihnen jeder Anlass zum Feiern und Fröhlichsein guttun.

Mama findet es nicht richtig, dass sich Lilja während ihrer Rekonvaleszenz allein hier aufhält – insofern habe ich einen schlechten Zeitpunkt für meine Verlobung gewählt. Aber Mama und Papa haben so viele Verpflichtungen in der Stadt, dass sie ja auch fast nicht wegkommen. Lilja behauptet zwar, sie sei sehr gern allein, aber sie hat immer schon alles stoisch hingenommen. Ich habe mir fest vorgenommen, vor meiner Hochzeit mindestens noch zweimal herzukommen. Wenn es irgendwie geht.

14. Juli 1920

In Solvtraeer ist der Sommer zu Hochform aufgelaufen! Lilja macht ein Nickerchen, sodass ich endlich Zeit habe, diese kostbaren Erinnerungen aufzuschreiben.

Wir kommen gerade von einem Strandspaziergang zurück, der mich fröhlich gestimmt hat. Ich vergesse immer, wie die Sonne trotz des Windes herunterbrennt. Lilja hat mich zum Glück daran erinnert, den Sonnenschirm mitzunehmen, sonst wäre ich in fünf Tagen mit verbrannten Wangen zum Traualtar geschritten!

Ihr macht es nichts aus, wenn sie rotbraun wie eine Beere ist. Und sie trägt wieder einen Zopf, wie wir es als kleine Mädchen gemacht haben. Das sei einfacher angesichts der Brise, die einem die Frisur durcheinanderbringe, sagt sie, und ich muss zugeben, dass ich meine Kämme neu ins Haar stecken musste, als wir zurück waren. Aber ich finde es einfach schade, dass sie sich wieder wie ein kleines Mädchen benimmt, wo wir es doch kaum erwarten konnten, endlich moderne junge Frauen zu werden.

Ihre Genesung scheint gute Fortschritte zu machen. Meistens liest, malt und näht sie. Papa will sie mit einem Pianoforte überraschen, damit sie spielen kann, wann immer sie Lust hat. Früher, als wir zusammen Unterricht hatten, war sie immer mit Feuereifer dabei, und wie Mama immer sagt: Musik macht ein Haus erst zu einem Heim.

Zum ersten Mal seit Jahren ist Solvtraeer das ganze Jahr über bewohnt worden. Bei unseren früheren Besuchen im Sommer hat das alte Haus irgendwie verloren und vernachlässigt gewirkt, aber jetzt scheint es aus einem tiefen Schlaf erwacht zu sein und durchzuatmen.

Lilja ist richtig gut geworden im Arrangieren von Blumen. Der alte Sally bringt jeden zweiten Tag ganze Körbe voll davon, sodass jetzt in jedem Zimmer Sträuße und Gebinde zu finden sind, die einen unglaublichen Duft verströmen. Das werde ich auch machen, wenn wir nach der Hoch-

zeit in unser neues Zuhause in der Toldbodgade ziehen. Henrik möchte unbedingt, dass ich Hobbys pflege, und ich denke, von diesem haben wir beide etwas.

Es gibt aber auch schlechte Nachrichten. Wie befürchtet, wird meine allerliebste Schwester nicht zu meiner Hochzeit kommen können. Dr. Beck hat davon abgeraten. Sie ist noch nicht stabil genug; hinzu kommt ihre tiefe Niedergeschlagenheit. Es gibt Tage, an denen sie im Bett bleibt und ihr das Essen gebracht werden muss. Diese Tage seien selten geworden, sagt Lilja, aber wenn sie kämen, immer aus heiterem Himmel, sei sie ihrer Schwermut hilflos ausgeliefert.

Das macht mir Angst, und ich weiß, dass es für meinen Bruder ganz furchtbar ist, seiner Frau nicht so zur Seite stehen zu können, wie er es gern tun würde. Aber wir dürfen auch nicht vergessen, dass erst ein paar Monate vergangen sind. Es werden wieder bessere Zeiten kommen.

»Wieso sitzen Sie hier im Dunkeln?«, fragte Viggo, als er die Treppe ins Oval Office hinunterstapfte, in der Hand eine Tragetüte mit Lebensmitteln. Heute Abend hatte er seinen Bridgeclub, da blieb zum Einkaufen keine Zeit.

»Ach, ich seh mir nur zig Dias aus den 1920er-Jahren an, um einen Eindruck davon zu bekommen, wie die andere Hälfte damals gelebt hat«, antwortete Darcy seufzend.

Sie drehte sich auf ihrem Stuhl herum und lehnte sich weit zurück, damit sie Viggo sehen konnte. Sie saß neben der Glasvitrine, die kleine Fernbedienung für den Diaprojektor in der Hand, und projizierte die Dias auf die leere weiße Wand ganz hinten.

»Der Vergleich mit anderen ist der erste Schritt zum Unglücklichsein, vergessen Sie das nicht, Darcy«, sagte

Viggo, als er seinen Mantel aufhängte und dann nachschaute, ob Wasser im Kocher war. »Haben Sie was Interessantes gefunden?«

»Kommt drauf an, was Sie unter interessant verstehen. Ich habe Fotos von allen gefunden, bloß nicht von den beiden, die mir wichtig sind. Da sind Bilder der neuen Madsen-Villa dabei, Aufnahmen von ihren Hunden, von Lottes und Henriks Hochzeit, von Bertram und Gerde bei einem Pferderennen …«

»Das wird das Traberderby in Charlottenlund sein. Ein sehr prestigeträchtiges Event.«

»Hm. Also jedenfalls gucke ich mir gerade Fotos an, von denen ich *hoffe*, dass sie in Solvtraeer entstanden sind. Viel Grün, Gärten und Strand. Ich denke, ich bin auf der richtigen Spur.«

»Und was hoffen Sie dort zu finden?«

»Lilja scheint nach dem Tod ihres Babys dort Zuflucht gesucht zu haben. Solvtraeer war die Sommerresidenz der Madsens am Meer.«

»Ja, ich weiß, in Hornbæk. Eine Stunde von hier.«

»Tja, ihr Arzt, Dr. Beck, hat ihr viel frische Luft und Bewegung empfohlen, und Lottes Tagebüchern nach zu urteilen, ist ihr das sehr viel besser bekommen als das Stadtleben.«

»Vermutlich hat sie sich dort auch zu Hause gefühlt, wenn die beiden Mädchen die Kriegsjahre dort verbracht haben.«

»Stimmt, daran hab ich gar nicht gedacht.« Darcy fiel das Foto ein, das die Mädchen im Garten auf der Picknickdecke zeigte. Juni 1915. »Ich hab das ungute Gefühl, dass Lilja ihre Eltern nie wiedergesehen hat. Ich glaube, sie ist gestorben, bevor sie freigelassen wurden.«

»*Falls* sie freigelassen wurden«, relativierte Viggo. »Ich mach schon mal Wasser heiß.«

Darcy wandte sich wieder ihren Dias zu. Auf dem nächsten war eine schlanke Frau in einem langen weißen Baumwollkleid zu sehen, die an einem Strand stand und aufs Meer hinausschaute.

Darcy beugte sich aufgeregt vor. Das Foto ließ etwas in ihr anklingen. Als Viggo ein paar Minuten später mit dem Kaffee kam, studierte sie das Foto immer noch.

»Das ist sie«, murmelte sie.

Er reichte ihr einen Becher.

»Warum sind Sie sich so sicher?«, wollte er wissen.

»Ihre Haare, sehen Sie?« Sie deutete auf den Zopf. »Lotte erwähnt in ihrem Tagebuch, dass Lilja wieder angefangen habe, sich wie ein kleines Mädchen die Haare zu flechten, anstatt sie so zu frisieren, wie es sich für eine Dame schickte. Aber die Ärmste trauerte um ihr Kind. Ihre Haare waren ihre geringste Sorge!«

Sie betrachtete die junge Frau. Sogar von hinten sah sie furchtbar jung aus. Zu diesem Zeitpunkt konnte sie höchstens sechzehn oder siebzehn gewesen sein. Und allem Anschein nach schon eine Waise. Schon eine Ehefrau. Schon eine Mutter. Schon in Trauer um ihr Kind.

Wer die Aufnahme wohl gemacht hatte? Lotte? Casper? Hatte derjenige gewusst, dass er eine gebrochene Frau fotografierte, die sich nie wieder von dem Schicksalsschlag erholen würde?

Darcy drehte sich zu Viggo um. »Viggo …«

»Ja?«, kam es vorsichtig zurück. Sie wussten beide, dass ihre Zusammenarbeit nicht erwünscht war.

»Wissen Sie, wie Lilja gestorben ist?«

»Ja. Sie ist ertrunken.«

»Schon, aber wie ist es passiert? In der Badewanne? Oder beim Schwimmen?«

Viggo zögerte. »Spielt das eine Rolle? Das Ergebnis ist doch das gleiche.«

»Mag sein. Aber für ihre Biografie sind die näheren Umstände von Bedeutung, finden Sie nicht?«

Er blickte unbehaglich drein, und zum allerersten Mal schien er sich um eine Antwort drücken zu wollen.

»Viggo? Es handelt sich doch nur um eine Formsache.«

Sein Blick traf ihren. »Nicht unbedingt.«

Sie runzelte die Stirn. »Wie meinen Sie das?«

»Als Todesursache wurde ein Badeunfall angegeben.«

»Aber?«, drängte sie.

»Na ja, es gab Gerüchte, wonach sie ins Wasser gegangen sein soll.« Ein schmerzlicher Ausdruck lag auf seinem Gesicht.

Darcy riss die Augen auf. »Lilja hat sich ertränkt?«

Viggo nickte, und eine Sekunde lang saß sie ganz still.

»Das kann nicht sein«, meinte sie dann.

»Und warum nicht?«

Sie dachte an die Urkunden, die sie durchgesehen hatte: eine Ehe, zwei Geburten, drei Todesfälle. »Sie hatte gerade erst ein weiteres Kind geboren.«

»Und genau aus diesem Grund wollten sie verhindern, dass die Gerüchteküche brodelt.«

Darcy starrte ihn an. »Wollen Sie damit sagen, dass die Madsens die Sache vertuscht haben?«

»Ich sage nur, dass sie einen Teil der Wahrheit zurückhielten«, erwiderte er bedächtig. »Das waren andere Zeiten damals ...«

Wofür galt das noch? Für Eheschließungen mit Minderjährigen? Arrangierte Ehen zwischen jungen Mädchen und deutlich älteren Männern? Teenagerschwangerschaften mit traumatischen oder tödlichen Folgen? Waren es diese »anderen Zeiten«, die Lilja in den Freitod getrieben hatten?

»Damals war Selbstmord mit einem Stigma belegt«, fuhr Viggo fort. »Wer sich das Leben nahm, brachte Schande über die ganze Familie. Sie mussten an das Kind denken, daran, was die Kleine später über ihre Mutter erfahren würde. Als dann auch noch Casper wenige Tage später starb, war klar, dass die zweifache Tragödie nicht nur in der Hauptstadt, sondern im ganzen Land Anlass zu bösem Klatsch geben würde. Es war schlimm genug, dass sie zwei junge Menschen der nächsten Generation verloren hatten. Sie mussten in Ruhe trauern können. Wäre die ganze Geschichte bekannt geworden, hätte Schande sich zum Drama gesellt, und davon hätte sich die Familie nicht mehr erholt. Etwas wäre für alle Zeit hängen geblieben.«

Darcy konnte sich nicht einmal ansatzweise vorstellen, wie verzweifelt man sein musste, um sein Kind zurückzulassen und ins Wasser zu gehen, unterzutauchen, bis einem die Luft restlos aus der Lunge gepresst und es schwarz um einen herum wurde.

»Schlussendlich ist das arme Mädchen ertrunken. Wie oder warum, ging niemanden etwas an.« Viggo sah Darcy an. »Verstehen Sie?«

Sie nickte.

Unterschätzen Sie niemals die Bedeutung des guten Rufs, hatte Otto gesagt.

Sie wandte den Blick ab. Diese neuen Informationen beunruhigten sie. Sie würde mit Otto darüber reden müssen.

Auch wenn die Familie seinerzeit in bester Absicht gehandelt hatte, wäre es jetzt doch sicher angebracht, die wahren Umstände von Liljas Tod zu enthüllen, oder? Andererseits konnte sie sich schon vorstellen, wie Helle Foss darauf reagieren würde.

Die Fernbedienung klickte. Die nächste Aufnahme zeigte einen prachtvoll blühenden Garten, aber Darcy nahm ihn kaum wahr.

»Ein Jammer, dass das keine Farbfotos sind«, sagte Viggo. »Die Ähnlichkeit mit Monets Garten in Giverny wäre unverkennbar, da bin ich mir ganz sicher. Der alte Sally hat genau gewusst, was er tat. Er hatte den sprichwörtlichen grünen Daumen. Solche Gärten gibt es heutzutage gar nicht mehr.«

Darcy zwang sich in die Gegenwart zurück. »Der alte Sally war der Gärtner, nicht wahr?«

»Ja. Er hat über fünfzig Jahre in Solvtraeer gearbeitet. Sein Sohn auch, als er aus dem Krieg zurückkam.«

»Dänemark war doch neutral, oder?«

»Ja, aber die Sallys stammten aus dem grenznahen Schleswig, wo die Sache ein wenig komplizierter war. Sie hielten es für ihre Pflicht zu kämpfen.«

»Verstehe.«

»Der junge Sally blieb bis an sein Lebensende in Solvtraeer. Er hat nie geheiratet. Die beiden waren sehr loyal und ausgezeichnete Arbeitskräfte. Der Garten wurde bald so etwas wie eine Attraktion in der Gegend. Die Leute kamen und bewunderten ihn vom Tor aus, und zu guter Letzt beschloss Sofie, Frederiks Frau, den Park von Mai bis Juli jeden Morgen eine Stunde lang für die Öffentlichkeit zu öffnen. Gegen Geld natürlich.«

Darcy zog eine Braue hoch. »Die reiche Dame verlangte Eintritt dafür, dass die Leute sich ihre Blumen anschauen konnten?«

Viggo lächelte. »Das Geld kam einem wohltätigen Zweck zugute.«

Darcy machte ein skeptisches Gesicht. »Der Stiftung Madsen?«

Viggo lachte, und sie musste grinsen. Ihre Laune hob sich wieder, als sie die nächsten Dias betrachtete. Aufnahmen vom Garten gab es in Hülle und Fülle: brachliegende Beete, Schubkarren voller Erde, Körbe mit Schnittblumen. Darcy fragte sich, wer die leicht chaotischen Schnappschüsse gemacht haben mochte. Sie hatten so gar nichts mit den gestellten Bildern der Familie in Kopenhagen gemeinsam.

Kurz darauf erhielt sie ihre Antwort. Es schien fast, als wäre der Auslöser versehentlich betätigt worden, denn auf dem Foto war neben üppigem Gras nur der Teil eines nackten Fußes mit hübschen Zehen und schalenförmigen Nägeln am unteren Rand zu sehen. Es musste Lilja sein, die wie wild drauflos fotografiert hatte.

Darcy sann über die zerbrechlich wirkende, bezopfte junge Frau nach, die, ihre Zehen im Sand vergraben, aufs Meer hinausschaute. Sie hatte gehofft, in der Natur ihren Frieden zu finden. Hatte die Schönheit unter freiem Himmel gesucht. Die Freude an kleinen Dingen.

Obwohl sie ihr Gesicht noch immer nicht deutlich gesehen hatte, spürte sie, wie Liljas Geist sie allmählich durchdrang und sich ihr erschloss.

22. Kapitel

»Das war Schwerstarbeit, aber ich hab's geschafft!«, sagte Darcy und breitete unglücklich die Arme aus. Während sie sich in der winzigen Café-Toilette in den Neoprenanzug gequält hatte, war sie sich vorgekommen, als würde sie mit einem Tintenfisch ringen. Sie stemmte die Hände in die Seiten. »Ich hab schon mal festlicher ausgesehen.«

Aksel betrachtete sie grinsend. »Das lässt sich ändern. Hier, zieh die an.« Er hielt ihr eine Rettungsweste hin. Darcy streifte sie über und stand dann wie ein gehorsames Kind vor ihm, während er den Reißverschluss hochzog. »Sicherheit geht vor.«

»Wunderbar, jetzt fühle ich mich wie das Michelin-Männchen in einem Korsett«, brummte sie.

Aksel lachte. »So siehst du aber gar nicht aus! Warte, bis ich dir den letzten Schliff verpasst habe.«

Er zog ein rotes Glitzerband aus seinem Rucksack, wickelte es ihr kreuz und quer um den Oberkörper und steckte die Hände dann erneut in den Rucksack. Kurz sah sie einen goldenen Flaschenverschluss aufblitzen.

»Und als krönenden Abschluss …« Er setzte erst ihr, dann sich selbst ein Rentiergeweih auf. »Guck, die blinken«, sagte er und schaltete sie ein.

»O mein Gott!« Sie stöhnte laut auf, musste aber grinsen. »Zum Glück sieht mich jetzt keiner!«

»*Ich* kann dich sehen.«

»Das zählt nicht.«

Er beugte sich vor und küsste sie flüchtig auf den Mund, ohne sie erst fragend anzusehen. Offenbar begann er, sie als seine Freundin zu betrachten, und irgendwie lag die unausgesprochene Erwartung in der Luft, dass mit dieser Verabredung »aller guten Dinge drei« wären. Ihrem spontanen Date am Sonntag war ein zweiter – und diesmal tödlicher – Schlag versetzt worden, als nur wenige Minuten, nachdem Max gegangen war, Freja zurückgekommen war. Zum Glück hatte Darcy das Ersatzkleid gleich an Frejas Schranktür gehängt; nach dem, was passiert war, hatte sie einen Augenblick allein sein wollen.

Doch Freja hatte ein so todunglückliches Gesicht gemacht, dass sich Aksel sogleich verabschiedet hatte. Tristan hatte ihr in Amsterdam keinen Antrag gemacht, und dadurch war ihr klar geworden, wie sehr sie sich das wünschte.

Darcy schaute sich um. Hunderte waren auf den Beinen, die meisten auf der Suche nach einem Platz am Ufer. Kajakfahrer mit Rucksack und Paddel bahnten sich einen Weg durch die Menge.

»Und, wie ist der Plan?«, fragte sie nervös und rieb sich fröstelnd die Hände.

»Wir paddeln von hier zum Nyhavn und singen ein paar Weihnachtslieder, dann weiter nach Christianshavn, von dort zum Blox am Fredriksholms-Kanal und dann über die Højbro hierher zurück.« Aksel zuckte mit den Schultern. »Das Ganze dauert etwa anderthalb Stunden, und an jedem Halt werden Weihnachtslieder gesungen, und es gibt Glühwein und Æbleskiver zum Aufwärmen. Und zum Schluss bekommen wir hier Fischsuppe mit Brötchen serviert.«

»Okay. Klingt, als würde es Spaß machen.«

»Das tut es auch. Dabei kommt man so richtig in Weihnachtsstimmung.«

»Das wär nicht schlecht. Wir haben noch nicht mal einen Christbaum aufgestellt«, sagte sie zähneklappernd und hüpfte ein paarmal auf der Stelle, um sich aufzuwärmen.

»Kalt?«

»Was hat mich verraten?«

»Hier, nimm einen Schluck, das wärmt von innen.« Er zog einen Flachmann aus seinem Rucksack.

»Was ist das?«

»Brandy.«

Dem Gewicht nach zu urteilen, konnte die Flasche höchstens halb voll sein.

»Brrr«, machte sie, als ihr die Flüssigkeit durch die Speiseröhre lief, und verzog das Gesicht. Der Alkohol wärmte ein ganz klein wenig, aber in erster Linie brannte er im Hals und in der Brust.

Sie gab Aksel den Flachmann zurück, und er nahm einen langen, kräftigen Schluck. Kein verzerrtes Gesicht, kein Schaudern. Bei ihm lief der Brandy offensichtlich runter wie Öl.

Jemand mit einer Flüstertüte machte eine Durchsage. Aksel hörte aufmerksam zu. Die ersten Kajakfahrer stapften die Stufen zum Wasser hinunter.

»Gut.« Er schraubte den Deckel auf den Flachmann, verstaute ihn in seinem Rucksack und zog den Reißverschluss zu. »Warte hier, ich will nur schnell unsere Sachen aufgeben.« Sie blieb, wo sie war, während er Rucksäcke und Mäntel in die Kajakbar brachte.

Als er wenige Minuten später zurückkam, murmelte sie: »Ich hab schon ein bisschen Bammel.«

»Das legt sich wieder, du wirst sehen«, versicherte er ihr und hängte sich einen kleinen grauen Beutel um. »Ich hab unsere Handys da reingetan. Für alle Fälle.«

Darcy schnitt eine Grimasse. Wenn ihr Smartphone ins Wasser fiel …

»Bist du sicher, dass der wasserdicht ist?«

»Hundertprozentig. Ich benutze ihn andauernd. Hier, für dich.« Er reichte ihr ein Faltblatt. »Das sind die Liedertexte. Stopf es vorn in deine Rettungsweste.«

Sie tat wie ihr geheißen. Dabei zitterte sie unablässig. Der Neoprenanzug schützte nicht vor der bitteren Kälte.

»Oh, das sind wir«, sagte Aksel, als weitere Nummern aufgerufen wurden. »Komm.«

Sie folgte ihm zu den Stufen, wo die nächsten Kajaks ins Wasser gelassen wurden. Aksel kletterte als Erster in seins.

So viel zum Thema »Ladys first«, dachte sie.

Einer der Ordner hielt den Bug fest, während Darcy ganz vorsichtig in das Boot stieg und es dabei tunlichst vermied, in das schwarze Wasser zu blicken. An die eisige Wassertemperatur mochte sie gar nicht denken.

Das Kajak schaukelte hin und her. Sie kreischte vor Angst und setzte sich schnell hin. Und das sollte sie in Weihnachtsstimmung versetzen? Ein Mince Pie hätte den Zweck definitiv besser erfüllt.

»Alles in Ordnung?«, fragte Aksel, als sie vom Ufer weggeschoben wurde und ihr Kajak neben seinem trieb.

Jetzt, wo sie richtig saß und das Schaukeln aufgehört hatte, fühlte sie sich tatsächlich sicherer. Jedes Kajak war mit einer Lichterkette geschmückt worden, sodass der Kanal hell erleuchtet war. Aber auch die Bäume am Ufer und die Schiffsmasten trugen Lichterschmuck. Es war so hell, dass Darcy jedes einzelne Gesicht der Zuschauer zu erkennen glaubte. Vor und hinter ihnen warteten fröhlich lärmende Kajakfahrer auf das Startkommando.

»Das ist einfach phänomenal!«, rief sie strahlend und mit großen Augen zurück. »So was hab ich noch nie gesehen!«

Am Heck einiger Kajaks waren kleine Christbäume befestigt; andere Kajakfahrer trugen Samtumhänge und Kronen, als wären sie Könige auf dem Weg nach Bethlehem.

Sie wurden von den nachfolgenden Kajaks sanft angestoßen, was dazu führte, dass sie wiederum gegen die Boote vor ihnen geschoben wurden. Doch das spielte keine Rolle. Darcy fühlte sich sicher. Die Stimmung war entspannt und locker. Niemand hatte es eilig.

Es dauerte nicht lange, bis das Startkommando gegeben wurde. Wie bei einer langsamen, *sehr* langsamen La-Ola-Welle senkten sich die Paddel ins Wasser, und unter dem Jubel der Zuschauer setzten sich die Kajaks in Bewegung. Als sie den Kanal entlangglitten, wirkten sie wie ein einziger großer leuchtender Körper.

Darcy lachte fröhlich. Das war verrückt, aber genial! Auf der Themse könnte es so etwas nicht geben. Vielleicht im Hyde Park auf dem Serpentine Lake? Doch der war winzig verglichen mit den Wasserstraßen hier, und man könnte nur im Kreis herumfahren.

Aksel schaute grinsend zu ihr hinüber. Sein Kajak schnitt mühelos durchs Wasser. Darcy, die die Stadt zum ersten Mal aus dieser Perspektive sah, war angenehm überrascht, weil sie keine dunkle Kälte, sondern Wärme ausstrahlte, so als stünden sie an einem Lagerfeuer. Wohin sie auch schaute – überall sah sie lachende, schwatzende und mit spielerischer Leichtigkeit paddelnde Kajakfahrer. Es schien fast, als sei dieser Trip auf dem Wasser etwas völlig Normales an einem Freitagabend im Dezember.

Darcy war glücklich, bis sie von der geschützten Kaianlage in den weitläufigen Hafen einfuhren. Eine Brise wühlte das Wasser auf, und selbst die kleinen Wellen fühlten sich groß an in einem Kajak. Außerdem war es hier dunkler, die Nacht wurde nur von den beleuchteten Kajaks erhellt.

Darcy war dankbar, dass sie von so vielen Menschen umgeben war; das gab ihr ein Gefühl von Sicherheit. Dafür hatte sie andererseits das Problem, dass sie Aksel aus den Augen zu verlieren drohte. Er war ein ganzes Stück vor ihr, weil er einen schnelleren, kräftigeren Paddelschlag hatte.

»Aksel!«, rief sie mit gedämpfter Stimme. Die Leute sollten ja nicht denken, sie hätte Angst.

Er hörte sie nicht. Aber immerhin konnte sie ihn dank des blinkenden Rentiergeweihs im Blick behalten.

Sie beschloss, sich an den Kajakfahrer vor ihr zu halten, aber als sie zwanzig Minuten später im Nyhavn ankamen, war sie völlig außer Puste, und an einer Hand begannen sich Blasen zu bilden.

Die Hafenbeleuchtung tauchte die Teilnehmer in goldenes Licht. Bejubelt von den Zuschauern am Ufer, hörten alle praktisch gleichzeitig auf zu paddeln und ließen die Arme sinken. Das war anstrengender gewesen, als Darcy gedacht hatte.

»Darcy! Hey! Hier drüben!«

Aksels Stimme hallte über das Wasser. Er winkte. Sieben Kajaks lagen zwischen ihnen, und es war gar nicht so leicht, sich zwischen den still liegenden Booten hindurchzumanövrieren.

»Entschuldigung … tut mir leid«, murmelte sie zerknirscht, als sie gegen andere Kajaks stieß, deren Fahrer ihr halfen, sich an ihnen vorbeizubugsieren. Manch einer warf ihr einen ärgerlichen Blick zu.

»Und? Wie hat es dir gefallen?«, fragte Aksel munter, als sie ihn endlich erreicht hatte. »Durch den Gegenwind war es ein bisschen mühsamer als sonst. Hat Kraft gekostet.«

Darcy starrte ihn ungläubig an. »Aksel, du bist einfach davongepaddelt!«, zischte sie und versuchte, sich nicht anmerken zu lassen, wie aufgebracht sie war. »Du hast nicht ein einziges Mal geschaut, ob ich noch da bin oder nicht!«

»Ich dachte, du wärst direkt hinter mir«, erwiderte er stirnrunzelnd.

»Du hast doch gerade selbst gesehen, wie weit ich von dir entfernt war!«

»Oh, äh …«

»Aksel, ich hab das zum allerersten Mal gemacht«, sagte sie so sachlich, wie es ihr in diesem Moment möglich war. Sie wollte nicht ängstlich oder weinerlich klingen. »Ich hab dir gesagt, dass ich Bammel hab. Du kannst mich doch nicht einfach im Stich lassen!«

»Ich hab dich nicht im Stich gelassen!«, protestierte er eine Spur zu heftig. »Ich meine, es ist doch nicht so, als ob du falsch abbiegen und dich verirren könntest! Wir fahren alle in dieselbe Richtung. Wahrscheinlich hättest du nicht einmal zu paddeln brauchen. Du hättest dich einfach treiben lassen können und wärst vom Sog der anderen Kajaks mitgezogen worden.«

Sollte sie das etwa beruhigen? Darcy empfand die Bemerkung als beißenden Hohn und schaute weg. Ein paar Zuschauer oben auf der Uferböschung waren bereits auf sie aufmerksam geworden. Ob sie mitbekommen hatten, dass sie sich stritten? Darcy war das Ganze peinlich.

Ihr Kajak bewegte sich. Aksel zog es zu sich heran; es war ein Stückchen weggetrieben.

»Hey, tut mir leid«, sagte er. »Ich wollte dich wirklich nicht so ganz allein zurücklassen. Aber wenn mir etwas richtig Spaß macht, vergesse ich manchmal alles um mich herum.«

»Schon gut«, murmelte sie.

Trotzdem war ihr die gute Laune vermiest, die Freude an dem Abend verdorben worden. Würde er auf dem Weg zum nächsten Zwischenstopp wieder in der Dunkelheit verschwinden und sie sich selbst überlassen?

Bisher hatte sie über seine kleinen Verstöße gegen die Regeln des höflichen Umgangs hinweggesehen, aber hier, in dieser Umgebung, in der sie sich unsicher fühlte, kamen sie ihr viel gravierender vor. Wie sollte sie ihm vertrauen, wenn sie sich bei ihm nicht geborgen fühlen konnte?

»Du leuchtest«, stellte sie unvermittelt fest und zeigte auf den Beutel, den er sich umgehängt hatte.

Er schaute an sich hinunter. »Ha … gutes Timing.«

Aksel zog den Reißverschluss auf und fischte sein Handy heraus, dessen Bildschirm jedoch dunkel war.

Er sah Darcy an. »Das ist dein Handy. Soll ich's dir geben?«

Sie zögerte. Eine ungeschickte Bewegung, und das Smartphone würde im Wasser landen.

»Wer ist es denn?« Falls es ihre Mutter war ... oder Freja ...

»Augenblick.« Er blinzelte angestrengt. »Otto steht da.«

»Otto?« Was konnte er an einem Freitagabend, wo ganz Dänemark an Luciafest-Umzügen teilnahm, von ihr wollen? »Scheiße.« Sie verzog das Gesicht. »Das ist mein Chef. Ich ruf lieber zurück.«

Aksel reichte ihr das Handy, und sie wählte Ottos Nummer. Dieser Anruf von einem beleuchteten Kajak aus kam ihr irgendwie unwirklich vor.

»Otto, hi, Sie haben versucht, mich zu erreichen?«

»Sie müssen sofort herkommen, Darcy«, sagte er atemlos und ohne Einleitung.

Sie verdrehte die Augen. Nicht noch ein Notfall!

»Unmöglich, Otto, tut mir leid. Diesmal geht es wirklich nicht.«

»Wieso? Haben Sie das Land verlassen?«, gab er bissig zurück.

»Nein, aber ...«

»Dann kommen Sie her, so schnell Sie können. Sie haben es geschafft, die Rückseite des Gemäldes abzulösen.«

»*Was?*« Vor Schreck hätte sie beinahe das Handy fallen lassen. »So schnell? Das ist ja viel früher als gedacht!«

»Ich weiß. Alle sind auf dem Weg zur Kunstakademie. Sie müssen dabei sein, Darcy. Wir brauchen Sie.«

»Aber …« Sie schaute sich um. Der Zeitpunkt hätte nicht blöder sein können. Sie sah Aksel an, der sie argwöhnisch beobachtete. Offenbar schwante ihm nichts Gutes. »Otto, ich bin im Nyhavn. Auf dem Kanal. In einem Kajak.«

»Dann steigen Sie aus, und nehmen Sie sich ein Taxi! Heben Sie die Quittung auf.«

»Aber Otto …«, protestierte sie. »Otto?«

Er hatte aufgelegt.

»Schlechte Nachrichten?«, fragte Aksel tonlos.

»Ich soll in die Kunstakademie kommen, jetzt gleich. Das Porträt ist freigelegt worden.«

Er sackte ein wenig in sich zusammen. »Muss das sein? Kann das nicht noch ein bisschen warten? Wenigstens eine Stunde?«

»Tut mir leid, alle sind zu einer dringenden Besprechung zusammengerufen worden, bei der ich dabei sein muss.«

Er schwieg einen Augenblick.

»Tja, daraus wird leider nichts«, meinte er dann schulterzuckend. »Du wirst hierbleiben.«

Sie starrte ihn an. Hatte sie richtig gehört?

»Wie bitte?«

»Ich hab gesagt, du wirst hierbleiben. Dann werden sie eben warten müssen. Wir haben schließlich Pläne … Sieh dich doch um!« Er machte eine Handbewegung in die Runde.

»Ich weiß, Aksel, das hab ich ihm ja auch gesagt. Aber es hilft nichts, ich muss da hin.«

»Und ich sage Nein.« Er sah sie mit ausdrucksloser Miene an.

Darcy lachte ungläubig auf. War das sein Ernst? Dachte er wirklich, er könne sie gegen ihren Willen hier festhalten?

»Willst du mich auf den Arm nehmen?«

»Seh ich so aus?« Er fixierte sie mit starrem Blick. Der seelenvolle Ausdruck in seinen Augen war eisiger Kälte gewichen.

Eine lange Pause entstand.

»Tut mir leid«, sagte Darcy dann langsam. »Ich meine, es tut mir echt leid, dass ich den Abend beenden muss, aber ich hab keine Wahl, ich werde dort gebraucht.«

»Das ist wirklich zum Kotzen«, knurrte er kopfschüttelnd.

Eine Sekunde lang war sie sprachlos. Warum war er dermaßen sauer?

»Was?«, fragte sie ungläubig.

»Ständig gibt es bei dir irgendein Drama! Krisensitzungen, die nicht ohne dich stattfinden können! Deprimierte Freundinnen, die unbedingt unter vier Augen mit dir reden müssen! Kleiderlieferanten, die mir am liebsten in die Fresse hauen würden!«

Sie starrte ihn an. Wo kam das denn jetzt her?

»Du warst es doch, der unangemeldet bei mir aufgetaucht ist! Und wenn ich mich richtig erinnere, warst du es auch, der vor ein paar Tagen so ein Wahnsinnsdrama veranstaltet hat.«

»Das musste ja irgendwann kommen!« Wut blitzte in seinen Augen auf. »Du hast bloß auf eine Gelegenheit gewartet, mir das ins Gesicht zu schleudern!«

»Das ist nicht wahr!« Das Ausmaß seines Zorns erschreckte sie. »Du bist doch derjenige …«

»Ach, hau doch ab! Verpiss dich!«, schnauzte er und stieß ihr Kajak so heftig weg, dass es wild zu schaukeln begann.

Darcy kreischte ängstlich auf und klammerte sich an den Rändern der Luke fest, überzeugt davon, dass sie gleich in das schwarze Wasser fallen würde.

»Hey!« Sie schaute auf und sah einen Ordner, der mit ausgestrecktem Arm auf sie beide zeigte. »Lasst den Quatsch! Ihr kennt die Verhaltensregeln!«

»Was soll das, Mann?«, rief der Typ in dem Kajak neben ihr und sah Aksel finster an. »Du hättest sie fast ins Wasser befördert!«

Darcy keuchte, das Herz schlug ihr bis zum Hals. Die Leute ringsum, darunter Familien mit Kindern, starrten bestürzt zu ihnen herüber.

Sie spürte, wie ihre Wangen brannten. Schock und Angst pulsierten in ihr, und sie schlotterte am ganzen Körper. Die Situation war so schnell eskaliert. Er hätte es tatsächlich in Kauf genommen, dass sie in das eisige Wasser fiel? Sie konnte es kaum glauben.

Als sie zu Aksel hinüberspähte und den bedrohlichen Ausdruck auf seinem Gesicht sah, gefror ihr fast das Blut in den Adern. Sie wollte keine Sekunde länger als nötig hierbleiben.

»K-kann ich bitte an Land kommen?«, rief sie.

Der Ordner musterte erst sie, dann Aksel, dann wieder sie. Wahrscheinlich sah sie so verängstigt aus – und hörte sich auch so an –, wie sie sich fühlte, denn er nickte und winkte sie heran.

Sie paddelte los, ohne zurückzublicken, und Aksel versuchte nicht, sie aufzuhalten oder sich bei ihr zu entschuldigen. Sein Wutausbruch hatte sie bis ins Innerste aufgewühlt. Sie wollte nur noch weg. Nicht auszudenken, was vielleicht geschehen wäre, wenn sie allein gewesen wären.

Ein Ruf erscholl, als sie Richtung Anlegestelle paddelte. Papier raschelte, und dann stimmten alle »Stille Nacht, heilige Nacht« an. Das feierliche Lied hallte übers Wasser, und es klang fast wie in einer Kathedrale.

Der Ordner beugte sich zu ihr hinunter, packte mit einer Hand den Bug, um das Kajak ans Ufer zu ziehen, und half Darcy mit der anderen beim Aussteigen.

»Alles in Ordnung?«, vergewisserte er sich.

»Jetzt schon«, antwortete sie zittrig.

»Was war denn los?«

»Ich … ich hab was gesagt, was er mir übel genommen hat.«

Sie hätte das nicht sagen sollen, dachte sie jetzt. Sie hätte wissen müssen, dass das ein heikles Thema war. Kein Mann wurde gern an sein sexuelles Versagen erinnert.

»Brauchen Sie einen Arzt?«

»Nein, nein, nicht nötig …«

»Wollen Sie den Typ anzeigen?«

»Nein.« Sie machte die Augen fest zu und atmete tief durch, um sich zu sammeln. Sie wollte nur eins: weg von hier. »Ähm, was mach ich mit dem Kajak?«

»Keine Sorge, wir kümmern uns darum«, antwortete der Mann und sah sie besorgt an. »Die gehen alle an den Startpunkt zurück.«

»Okay.« Darcy drehte sich kurz um.

Aksel saß in seinem Kajak und starrte finster vor sich hin. Die anderen Teilnehmer hielten Abstand zu ihm. Wie hatte sie sich so in ihm täuschen können?

Sie zitterte noch immer und atmete ganz flach. Ihr war nach Weinen zumute.

»Hier können Sie nicht bleiben«, sagte der Ordner freundlich. »Gehen Sie rauf.«

»J-ja, gut, mach ich.« Sie stapfte die Stufen hinauf, unbeholfen und schwerfällig in dem Neoprenanzug und der Rettungsweste. Oben machten die Leute ihr Platz, damit sie sich durch die Menge schieben konnte.

Ihr Handy summte. Eine weitere Nachricht von Otto war eingegangen: Sie solle sich beeilen.

Ein letztes Mal schaute sie zurück, aber der Kanal war nicht mehr zu sehen, ebenso wenig wie Aksel. Sie tippte auf die Uber-App und trat die Flucht an.

Es quietschte beim Gehen. Die Mitarbeiter des Sicherheitsdienstes am Eingang lachten bei Darcys Anblick. Es war ihr peinlich, in diesem Aufzug durch die heiligen Hallen zu schreiten.

Alle Köpfe drehten sich beim Geräusch ihrer schwerfälligen Schritte. Margit Kinberg hätte fast einen Salto rückwärts geschlagen, und Helle Foss kniff die Augen zusammen. Selbst Otto machte ein Gesicht, als wüsste er nicht, dass sein Anruf sie in einem Kajak erreicht hatte.

»Für uns hätten Sie sich nicht in Schale zu werfen brauchen«, bemerkte Helle trocken.

»Meine Kleider sind immer noch in der Kajakbar«, entgegnete Darcy leise. Der Schock über die Auseinandersetzung mit Aksel saß ihr in den Knochen und wollte sich nicht abschütteln lassen. Sie fühlte sich kraftlos und niedergeschlagen und wollte nur noch ins Bett. »Bei Ihrem Anruf, Otto, hatten wir schon abgelegt, und es blieb keine Zeit mehr, zurückzukehren und meine Sachen zu holen.«

Sogar die Rettungsweste hatte sie noch an. Wo hätte Darcy sie auch hintun sollen? Sie würde sie gleich morgen früh zusammen mit dem Neoprenanzug zurückgeben und ihre Sachen abholen.

Sie streifte Max mit einem flüchtigen Blick. Er starrte sie an wie ein Wesen von einem anderen Stern. Jetzt erst fiel ihr das blinkende Rentiergeweih ein, das sie noch immer auf dem Kopf trug.

Ahnte er, dass sie ein Date gehabt hatte? Noch dazu mit demselben Typ, der Wein trinkend und halb nackt an ihrer Wohnungstür vor ihm gestanden hatte?

Er konnte sich garantiert nicht vorstellen, was sie gerade mit dem netten Tierarzt mit den seelenvollen Augen erlebt hatte, der sich als Mensch voller Probleme entpuppt hatte – Aggressions-, Alkohol- und Erektionsproblemen.

Max wandte den Blick ab. Er trug Jeans und Pulli. Der Wochenend-Max. Hatte er nichts vorgehabt heute Abend? Keine Party aus Anlass des Luciafests? Kein Model zum Ausführen?

Auf ihre Textnachricht, mit der sie sich am Sonntagabend bei ihm bedankt hatte, hatte er nicht geantwortet. Und er war auch nicht ans Telefon gegangen, als sie ihn – fest entschlossen, das Kleid zu bezahlen – am Montag angerufen hatte. Offensichtlich ghostete er sie.

»Ich bin hergekommen, so schnell ich konnte.« Es klang vielleicht ein ganz klein wenig weinerlich, weil ihr zum Heulen zumute war, und Otto berührte sie sanft an der Schulter.

»Alles in Ordnung, Darcy. Sie kommen genau rechtzeitig. Wir waren bis jetzt damit beschäftigt, es uns anzuschauen. Aber sehen Sie selbst.«

Er machte ihr Platz, damit sie an den Tisch treten konnte. Es war genau wie vor ein paar Wochen, als sie einen ähnlichen Anruf erhalten hatte, aber jetzt wurde die UV-Lampe nicht mehr gebraucht. Das in einer speziellen Halterung aufgehängte Gemälde *Ihre Kinder* war umgedreht worden, und von der Rückseite blickte ihr Lilja Madsen entgegen.

Darcy riss die Augen auf und schlug sich beide Hände vor den Mund. Als sie sich den anderen zuwandte, sahen die sie ausdruckslos an.

»Nehmen Sie sich Zeit, Darcy«, sagte Margit. »Wir müssen sicher sein, dass sie es wirklich ist.«

Darcy machte ein ungläubiges Gesicht. War das ihr Ernst? Als ob es da noch irgendwelche Zweifel gäbe! Aber natürlich würde sie der Direktorin der Nationalgalerie nicht widersprechen. Im entwürdigend quietschenden Neoprenanzug beugte sie sich vor und betrachtete das Bild prüfend.

Die Farben waren lebhafter, als sie es erwartet hatte. Ähnlich wie man es von Jan Vermeers Gemälden kannte, war das Inkarnat mit Ocker durchmischt, wodurch die Haut strahlend, rosig und jugendlich frisch wirkte. Zartrosa Blüten zierten das grüne Kleid, und durch die Spitzenborte am Ausschnitt schimmerte die rötliche Halskette. Lediglich die goldfarbene Perle in der Drosselgrube war deutlich zu sehen. Bei dem Ding auf ihrer Schulter handelte es sich nicht um den Kopf einer Fuchsstola, wie Otto vermutet hatte, sondern um ein Vögelchen, ein wunderschön kugelrundes Rotkehlchen mit tomatenroter Brust.

Das Impasto des unvollendeten Hintergrunds schien das Motiv, nämlich einzig und allein das Gesicht dieser jungen Frau, zu betonen. Kräftige Pinselstriche in Grün deuteten Bäume an.

»Da bist du ja«, flüsterte Darcy.

Endlich konnte sie Lilja in die Augen schauen. Sie waren rund, hellbraun und goldgesprenkelt. Ihre sommersprossige Haut war gebräunt. Die Haare trug sie zu einem lockeren Zopf geflochten, und an den Schläfen stand Flaum in alle Richtungen ab, als wären sie vom Wind zerzaust worden. War sie gerade von einem ihrer Strandspaziergänge zurückgekommen?

Es war eine ungewöhnlich bezaubernde Darstellung. Die Einzelheiten des Porträts erzählten so viel mehr über Lilja als die Fotografien. Die Lilja hier war eine andere als die, die am Strand fotografiert worden war. Sie war fülliger geworden; vor allem aber spiegelten ihre Züge den tragischen Verlust, den sie erlitten hatte, ihren unvorstellbaren Kummer und Schmerz. Ihre Kopfhaltung war immer schon ein unverkennbares Merkmal gewesen, aber der Ausdruck in ihren Augen kündete jetzt davon, wie viel stärker, weiser, lebenserfahrener sie geworden war. Zum Zeitpunkt, als das Porträt entstanden war, mochte sie vielleicht achtzehn Jahre alt gewesen sein, und doch hatte sie schon so viel durchgemacht. Aus dem Mädchen war eine Frau geworden. Lilja musste niemandem mehr etwas beweisen.

Was war also geschehen, dass sie den Freitod gewählt hatte? In der rechten unteren Ecke entdeckte Darcy ein flüchtig hingepinseltes Datum: *August 1922*.

Sie legte die Stirn in Falten. Am Ende jenes Monats war Lilja tot gewesen.

Jemand – Max? – räusperte sich ungeduldig, wie um sie aufzufordern, endlich zum Ende zu kommen. Es war Freitagabend und ihrer aller Zeit, die hier vertan wurde.

Darcy richtete sich langsam auf. »Ja. Das ist definitiv Lilja Madsen.«

Der missmutige Ausdruck auf Margits Gesicht verriet, dass sie sich eine andere Antwort erhofft hatte.

»Warum sind Sie sich so sicher?«, wollte sie wissen.

»Da ist zum einen die Halskette – sie ist auf einigen Fotos zu sehen. Dann ihre Frisur.«

»Was ist damit?«

»Lotte Madsen schreibt in ihren Tagebüchern, dass Lilja einen Zopf trug, was für eine verheiratete Frau als unelegant galt. Aber sie machte eine seelische Krise durch, sie funktionierte nur noch. Ihr Äußeres war ihr völlig unwichtig.«

»Verstehe.« Margit seufzte. »Sonst noch was?«

»Ja, das Rotkehlchen.« Nach einem kurzen Blick darauf fuhr sie fort: »Die Geburt ihres Sohnes hat sie körperlich stark geschwächt, und sein Tod hat schwere Depressionen ausgelöst. Auf dem Landsitz der Madsens in Hornbæk sollte sie sich erholen. Der Arzt hat ihr viel frische Luft und Strandspaziergänge empfohlen, aber anscheinend hat ihr der Aufenthalt im Garten besonders gutgetan. Er ist ihr Zufluchtsort geworden. Sie hat viele Fotos davon gemacht.«

»Und was hat das Rotkehlchen damit zu tun?«

»Das Rotkehlchen ist als Freund des Gärtners bekannt. Ich denke, hier symbolisiert es den Garten als Quelle ihrer Kraft während der Genesung.«

Otto und Margit tauschten einen Blick. Auch Helle und Max hatten aufmerksam zugehört, das war Darcy nicht entgangen.

»Verstehe«, sagte Margit noch einmal mit verkniffener Miene. »Danke, Darcy.«

Darcy sah von ihr zu Otto, dann zu Max, der ausnahmsweise einmal keinen Kommentar abgab.

Sie stieß ein verblüfftes Lachen aus, weil niemand den Elefanten im Raum ansprach. »Okay, wollen wir jetzt, da wir das Gemälde sehen können, nicht über die eigentliche Entdeckung reden?«

Alle starrten sie ausdruckslos an. Es war doch nicht möglich, dass sie es *nicht* sahen, oder?

»Dieses Bild stammt nicht von Johan Trier«, sagte sie rundheraus.

»Das wissen wir nicht mit Sicherheit«, erwiderte Helle schnell.

Darcy war eine Sekunde lang sprachlos.

»O doch«, widersprach sie dann. »Seine Figurengestaltung war eine völlig andere, ganz zu schweigen von der Pinselführung …«

»Er ist bekannt dafür, dass er verschiedene Stilrichtungen ausprobiert hat!«

»Er hat *nicht ein einziges Mal* Kobaltpigment benutzt, und kein einziges seiner Porträts ist im Freien entstanden«, fuhr Darcy unbeeindruckt fort. Sie wusste, dass sie recht hatte. »Dieses Gemälde stammt nicht von Johan Trier«, betonte sie noch einmal. »Das wird jeder renommierte Gutachter im Handumdrehen bestätigen.«

Sie schaute die anderen der Reihe nach an. Warum weigerten sie sich, das Offenkundige zu akzeptieren?

»Nun, das ist eine vertrackte Situation«, sagte Helle schließlich in ruhigem Ton. »Es ist erfreulich zu wissen, dass es sich um ein Porträt von Lilja Madsen handelt, aber wir alle hätten uns gewünscht, dass Trier es gemalt hätte.« Ihr Blick wanderte über Darcys Rentiergeweih und das Glitzerband über der Rettungsweste, als seien erhebliche Zweifel an der fachlichen Kompetenz von jemandem, der in so einem Aufzug herumlief, mehr als angebracht. »Sie haben bis jetzt gute Arbeit geleistet, Miss Cotterell. Danke.«

Darcy runzelte die Stirn. Sollte das heißen, sie war entlassen?

»Sie werden die Nachforschungen doch nicht einstellen, oder?«, fragte sie an Margit gewandt. »Dieses Porträt ist untrennbar mit dem Gemälde *Ihre Kinder* verbunden, ob es nun von Trier stammt oder nicht. Die Ausstellungsbesucher werden sich danach erkundigen. Es sei denn …« Ihr kam ein erschreckender Gedanke. »Sie werden es doch nicht wieder überdecken?«

»Auf gar keinen Fall. Es ist ja bereits für die Ausstellung angekündigt worden.«

»Gut, dann werde ich weitermachen wie bisher«, sagte sie mit Nachdruck. »Wir müssen herausfinden, wer es gemalt hat und wie es auf die Rückseite seines Gemäldes kam. Und vor allen Dingen, warum.« War das Porträt in Nass-in-Nass-Technik entstanden? »Der kunsthistorische Hintergrund muss doch geklärt werden.«

»Wir müssen realistisch sein. Das Publikumsinteresse wird geringer sein, wenn es sich nicht um ein Werk von Trier handelt«, bemerkte Helle achselzuckend. »Margit kann keine Gelder zur Verfügung stellen, nur um …«

»Das geht in Ordnung, Darcy«, fiel Margit ihr ins Wort. Sie wirkte ungehalten. »Sie machen weiter wie bisher. Schließlich arbeiten Sie für uns, nicht für die Madsens.«

Sie fixierte Helle, bis diese sich abwandte.

Helles Gleichgültigkeit war Darcy ein Rätsel. Als ob das Porträt nun völlig bedeutungslos wäre!

Sie betrachtete es von Neuem und liebte es jetzt sogar noch mehr, auch wenn es ohne Triers Signatur praktisch wertlos war. Das Lebendige in Liljas Blick übte eine seltsame Faszination auf sie aus. Es war, als könne sie die Verstorbene flüstern hören, als manifestiere sich in der Gegenwart der Pulsschlag der Vergangenheit.

»Dass es sich bei diesem Porträt möglicherweise um das Werk eines anderen Künstlers handelt, dürfte es schwieriger machen, Ihre Ansprüche auf Rückgabe durchzusetzen«, sagte Margit kühl zu Max.

»Mag sein. Wir werden das prüfen.«

Darcy fand, dass er ungewöhnlich still war. Er gab Margit die Hand und schien sich verabschieden zu wollen.

Otto drehte sich zum Fenster und schaute mit sorgenvoller Miene auf den dunklen Hof hinaus.

Darcy ging zu ihm.

»Otto, erlaubt mein Spesenkonto eine Fahrt nach Hornbæk, was meinen Sie?«

Er sah sie an. »Was wollen Sie denn dort?«

»Solvtraeer war ein sehr wichtiger Ort für Lilja. Sie hat die letzten Jahre ihres Lebens dort verbracht, und sie ist dort gestorben. Meiner Meinung nach ist auch das Porträt dort entstanden. Trier hat in jenem Sommer in Solvtraeer *Ihre Kinder* gemalt, sodass vielleicht doch eine Verbindung zwischen ihm und dem Porträt bestehen könnte. Es wäre hilfreich, wenn ich mir alles persönlich ansehen könnte. Das ließe sich in einem Tag machen. Ich nehme zwar an, dass es das Haus nicht mehr gibt …«

»Doch, es steht noch.«

»Tatsächlich?« Das überraschte sie. »Umso besser! Dann werde ich die Eigentümer fragen, ob ich mir den Garten ansehen darf, und wenn nicht, ist es auch nicht schlimm. Ich werde trotzdem eine Vorstellung davon bekommen.«

Otto blickte über ihre Schulter. »Wären Sie damit einverstanden, Max? Dass Darcy Solvtraeer besucht?«

»Oh – gehört der Landsitz immer noch der Stiftung?« Der Gedanke war ihr nie gekommen.

»Nein, nicht der Stiftung, sondern Max«, antwortete Otto.

Darcy sah ihn an. *Er* war Eigentümer des Hauses, in dem Lilja Madsen gelebt hatte?

»Seine Großmutter war eine Madsen. Wussten Sie das nicht?«, fragte Otto.

»Danke für den Abstecher in unsere Familiengeschichte, Otto«, sagte Max mit schneidender Stimme.

Darcy holte tief Luft. Das musste sie erst einmal sacken lassen. Aber jetzt ergab alles einen Sinn: der unaufdringliche Wohlstand, sein ausgeprägtes Anspruchsdenken, seine Stellung als Vorsitzender des Kuratoriums der Stiftung, sein einflussreicher Job, sein starkes Interesse an allem, was diese Familie betraf. *Seine* Familie.

Atemlos wartete sie auf seine Entscheidung. Sie wusste, dass sie nicht willkommen war.

Helle trat vor. »Was soll das denn brin…«

»Wenn sie es sich ansehen will, dann kann sie das tun«,

sagte Max tonlos und richtete den Blick auf Darcy. »Haus und Garten sind weitgehend unverändert. Ich weiß allerdings nicht, was du dort zu finden hoffst.«

Sie zuckte mit den Schultern. Das wusste sie selbst nicht.

»Ich fahre morgen hin«, fuhr Max fort. »Eigentlich wollte ich heute Abend schon aufbrechen, aber dann kam diese Besprechung dazwischen.«

»Morgen wär prima.« Sie schluckte. »Ich werde den Zug nehmen.«

Eine Pause. »Gut.«

Seine Augen waren eiskalt. Als ob sie ihm nicht das Geringste bedeutete. Und doch hatte er sie mit seinem großzügigen Geschenk gerettet und sie in seinen Armen gehalten, sodass sie sich an seinem Herzschlag orientieren konnte, als ihr eigener außer Kontrolle geraten war. Er hatte ihr gezeigt, dass er ein fühlender, ein *mit*fühlender Mensch war, sosehr er sich auch bemühte, sie vom Gegenteil zu überzeugen.

Jetzt allerdings, wo sie sich in feindlichen Lagern gegenüberstanden, war er so weit von ihr entfernt, dass er sich genauso gut auf dem Mond hätte befinden können.

»Gut.«

23. Kapitel

»Freja? Bist du da?« Darcy zog ihren Schlüssel aus dem Türschloss. Aus der Küche drang Licht. »Ich dachte, du wolltest mit Tristan ausgehen?«

Keine Antwort. Keine Musik, keine Fernsehgeräusche, kein Klappern von Töpfen, kein Rauschen aus der Dusche.

»Freja?«

Sie bog um die Ecke und blieb dann wie angewurzelt stehen. In der Küche, zwischen den beiden an Schrankgriffen aufgehängten Valentino-Kleidern, stand Freja und funkelte sie an.

»Hast du mir irgendwas zu sagen?«, fragte sie und ließ die erhobenen, nach außen gedrehten Hände kreisen.

»Ich … äh …« Darcy spürte, wie ihr alles Blut aus dem Kopf wich und abwärts schoss. O Gott! »Ich … kann dir das erklären …«

»Das dachte ich mir schon.« Freja verschränkte die Arme vor der Brust und wartete. »Ich höre.«

Darcy hatte sie noch nie so grimmig erlebt. Immer noch in Neoprenanzug und Rettungsweste, tappte sie in die Küche. »Es ist nicht so, wie du denkst …«

»Nein? Dann hast du dir mein Kleid also nicht unter den Nagel gerissen und es dann versaut?«

»Ich hab das nicht aus Jux und Tollerei gemacht! Das war ein Notfall! Du warst in Amsterdam, und ich hab versucht, dich zu erreichen, dir alles zu erklären, zu fragen, ob …« Sie spreizte beschwichtigend die Hände. »Ich hab dich *sechs Mal* angerufen, Freja.«

»Ach so, jetzt bin *ich* schuld daran!«

»Nein, so hab ich das nicht gemeint«, versicherte Darcy hastig. »Es ist nur alles … so schnell gegangen. Ich wollte Otto einen Gefallen tun und hab gesagt, dass ich mitkomme. Ich dachte, ich könnte das schwarze Samtkleid anziehen, aber das hattest du eingepackt. Was natürlich völlig in Ordnung war. Als mir klar wurde, dass ich nichts anzuziehen habe, war das Taxi schon auf dem Weg hierher, und …« Sie blinzelte. »Ich schwöre, ich hätte Otto auch im Pyjama begleitet, aber es war ein festlicher Anlass. Sogar das Königspaar war anwesend!«

Freja hob ein klein wenig die Augenbrauen. »Und weiter?«

Darcy guckte sie aus großen Augen an. »Es tut mir *unendlich* leid, dass ich das Kleid genommen hab. Ich hätte Otto anrufen und absagen sollen. Auf keinen Fall hätte ich das Kleid tragen dürfen. Ich hab doch gewusst, wie viel es dir bedeutet.«

»Und trotzdem hast du es getan.«

»Ich schwöre bei meinem Leben, dass ich total vorsichtig war. Im Taxi hab ich mich auf die Rückbank gelegt, damit es nur ja keine Falten kriegt. Aber dann hab ich mich mit diesem Typ unterhalten, der ein Glas Wein in der Hand hielt, und als ihn jemand angerempelt hat, hat er mir den Wein übergeschüttet.« Sie sah ihre Freundin flehentlich an. »Du kannst dir nicht vorstellen, wie sehr mich das belastet hat. Es war einfach schrecklich, das Ganze vor dir zu verheimlichen.«

»Wieso? Du bist doch ungestraft davongekommen. Du hast ein neues Kleid beschafft, damit ich nichts merke.«

Darcy kaute auf der Lippe, als Freja misstrauisch die Augen zusammenkniff.

»Wie hast du es eigentlich geschafft, so schnell eins aufzutreiben?«

Oje. Sie kam vom Regen in die Traufe …

»Darcy!«, blaffte Freja. »Antworte gefälligst!«

Darcy schluckte schwer. »Am nächsten Tag stand Max mit einem neuen Kleid vor der Tür.«

»*Was?*«

»Ja, so ging's mir auch. Ich hatte ihn nicht darum gebeten. Ich konnte es nicht glauben, als er … Seine Freundin hätte Beziehungen, hat er gemeint.«

»Seine Freundin?«

Darcy zuckte mit den Schultern. »Eine davon.«

»Du willst mir also erzählen, dass Valentino extra für ihn am Sonntag aufgemacht hat und er dann mit einem identischen Kleid im Wert von mehreren Tausend Mäusen …«

»Mir hat er gesagt, seine Freundin hätte es geschenkt bekommen.«

»Valentino *verschenkt* keine Abendkleider, Darcy! Es sei denn, man heißt Bella Hadid. Dann vielleicht.«

»Das hab ich auch gedacht.« Darcy sackte in sich zusammen. »Deshalb möchte ich es ja bezahlen, aber er will kein Geld von mir annehmen! Er spricht nicht einmal mehr mit mir. Er ghostet mich.«

Freja machte ein finsteres Gesicht. Eine Krise löste die andere ab. Das Schweigen zog sich hin.

»Wieso?«, fragte sie dann. »Wieso tut er das alles für dich und ghostet dich dann?«

»Keine Ahnung«, erwiderte Darcy achselzuckend.

Frejas Brauen schossen in die Höhe. »Das nehm ich dir nicht ab. Irgendetwas muss doch vorgefallen sein.«

Darcy rang mit sich.

»Als er das Kleid gebracht hat, kam es zu einem unglücklichen Zusammentreffen«, räumte sie schließlich ein.

»Wie meinst du das?«

»Aksel war da. Er hat ihm die Tür geöffnet. Nur in Jeans. Es lag auf der Hand, dass wir … unterbrochen worden waren.«

»Dann ist er also eifersüchtig?«

»Quatsch!«

»Natürlich ist er eifersüchtig!«

»Blödsinn! Der Mann datet nur Models.« Darcy klatschte sich stöhnend die Hand gegen die Stirn und rieb sich übers Gesicht. Sie war viel zu ausgelaugt für diese Unterhaltung. »Ich hab ihn noch nie zweimal mit derselben Frau gesehen.«

»Aber er hat dich geküsst.«

»Er hat mich benutzt! Ich durfte nur bei ihm zu Hause arbeiten, damit er mir nachspionieren kann und über alles informiert ist, was ich über dieses Gemälde herausfinde, das er kaufen will.«

»Er spioniert dir nach?«

Darcy stieß einen tiefen Seufzer aus. Nach einem langen Tag und einer noch längeren Nacht war das hier das Letzte, was sie jetzt brauchte.

»Es geht um meine Arbeit, aber darüber kann ich nicht reden«, erklärte sie. »Juristisches Zeug. Er gehört dem einen Team an, ich dem anderen, und das ist ziemlich blöd. Er greift zu unfairen Mitteln.«

»Ja, klar. Wer dir einen Kuss aufs Haar gibt und dir ein Designerkleid frei Haus liefert, um dir deine Haut zu retten, kann nur ein verdammtes Monster sein.«

»Richtig«, brummelte Darcy und stutzte dann. »Warte mal … Woher weißt du, dass er mir einen Kuss aufs Haar gegeben hat?«

Freja griff nach ihrem Handy und hielt es mit einem verschmitzten Ausdruck in den Augen hoch. »Drei Millionen Likes, Tendenz steigend.«

»Was?«

»Was glaubst du denn, wie ich dir überhaupt erst auf die Schliche gekommen bin?« Sie drehte ihr Handy mit dem Display zu Darcy und spielte ein TikTok-Video ab. Die Kamera schwenkte von dem LADIES-Schild an der Tür einer Hoteltoilette tiefer zur Klinke. Die Tür wurde einen Spaltbreit geöffnet, und man konnte einen Mann in einem schwarzen Abendanzug sehen. Er stand mit dem Rücken zur Kamera, hielt sich ein Handy ans Ohr und hatte den anderen Arm angewinkelt vor dem Körper.

Darcy hörte das Blut in ihren Ohren rauschen; sie wusste, was sie gleich sehen würde. Sie spürte Frejas lauernden Blick auf sich ruhen. Ihre Freundin wartete gespannt auf ihre Reaktion.

Max steckte das Handy in die Anzugtasche, murmelte etwas, senkte kurz den Kopf und drehte sich dann langsam Richtung Tür. Eine Sekunde lang schaute er geradewegs in das Kameraobjektiv. Dann war Darcy zu sehen, wie sie sich mit einer Hand die Wangen abwischte. Als Max sich von ihr löste und zur Tür ging, konnte man die üblen Flecken auf dem Kleid gut erkennen. Die Kamera zuckte zurück, und die Tür fiel zu, bevor Max sie erreichte. Für einen Sekundenbruchteil sah man ein Stück vom Teppichboden, dann wurde die Kamera ausgeschaltet.

Darcy war wie vor den Kopf geschlagen. Sie hatte keine Ahnung, wer diese Aufnahmen gemacht hatte, aber am oberen Rand stand in grellweißen Lettern das Motto eines TikTok-Trends: *Wenn er könnte, würde er es tun.*

»Du hast nichts davon gewusst?«

»Nein«, flüsterte Darcy. »Natürlich nicht. Wer … wer macht denn so etwas?«

»Eine gute Fee, würde ich sagen«, erwiderte Freja achselzuckend. »Jemand, der im Gegensatz zu euch beiden erkannt hat, was Sache ist: Er empfindet etwas für dich, Darcy. Ob er es wahrhaben will oder nicht.«

»Er ist ein Aufreißer. Ein Spieler.«

»Tja, dann ist er wohl mit seinen eigenen Waffen geschlagen worden.«

Darcy erwiderte nichts darauf. Es war genau das, was sie hören wollte, und trotzdem … Sie sah Max vor sich, die eisige Kälte, mit der er sie vorhin gemustert hatte. Er würde sie niemals an sich heranlassen. Mochten sich ihre Wege noch so oft kreuzen, er würde nicht aufhören, sie zurückzustoßen, bis sie sich ihm irgendwann nicht mehr näherte.

Er war allein, weil er es so wollte.

Tränen liefen ihr über die Wangen.

Frejas Brauen bildeten spitze Bögen. »Hey, jetzt komm schon! Sei nicht traurig. Tut mir leid, dass ich so ein Miststück war. Ich war einfach stinksauer.« Sie ging zu ihr, nahm sie in die Arme und drückte sie fest an sich.

»Und das völlig zu Recht. Du hast keinen Grund, nett zu mir zu sein.« Darcy schniefte. »Es war so ein Scheißtag, ehrlich. Alles ist schiefgegangen. Max hasst mich, und Aksel … na ja, er hat praktisch versucht, mich auf dem Kanal ins Wasser zu befördern.«

»*Wie bitte?*« Freja löste sich von ihr.

Darcy nickte. »Ich kann nicht glauben, dass ich mich so in ihm getäuscht hab. Er ist richtig aggressiv geworden, als ich gesagt hab, dass ich gehen muss. Er ist so ein fieser Typ, kann ich dir sagen!« Sie rieb sich die Augen. »Ich glaube, er hat ein Alkoholproblem. Und definitiv Aggressionsprobleme.«

Freja legte wieder fest die Arme um sie.

»Du meine Güte«, murmelte sie. »Dabei sieht er so süß aus. Als könnte er keiner Fliege was zuleide tun.«

Nach einigen Augenblicken des Schweigens tastete Darcy nach Frejas Hand und drückte sie.

»Das mit dem Kleid tut mir echt leid«, entschuldigte sie sich noch einmal. »Das werde ich mir nie verzeihen.«

»Na ja …« Freja seufzte. »Mach dir keinen Kopf.«

»Aber ich hab es gemopst!«

»Weil du in Panik warst«, entgegnete sie achselzuckend. »Ich hätte es genauso gemacht.«

Darcy bog den Oberkörper zurück und sah sie an. »Es war aber ein ganz spezielles Kleid, das du für einen besonderen Anlass gekauft hast.«

Freja löste sich von Neuem von ihr, schnitt eine Grimasse und begann dann, auf und ab zu tigern. »Ich bin gar nicht hingegangen.«

»Was?« Darcy glaubte sich verhört zu haben. »Du bist nicht zu der Preisverleihung gegangen?«

Freja schüttelte den Kopf. »Ich hab gesagt, mir ist nicht gut, und bin zu meinen Eltern gefahren. Ich brauchte Zeit zum Nachdenken.«

»Und hier konntest du nicht nachdenken?«

Freja verdrehte die Augen. »Ich wollte nicht, dass du mich so siehst. Ich meinc, als Jammerlappen.«

»Du bist doch kein Jammerlappen! Du hast damit gerechnet, dass er dir einen Antrag macht, und warst am Boden zerstört, weil er es nicht getan hat.«

»Ich weiß auch nicht, warum mir das so nahegeht!« Freja warf genervt die Hände in die Luft. »Allem Anschein nach sind wir noch nicht so weit, wie ich dachte! Das Blöde ist, dass ich gar nicht heiraten wollte. Aber als er mich dann *nicht* gefragt hat, sah die Sache anders aus … Ich bin übers Ziel hinausgeschossen, und jetzt komme ich mir doof vor.«

»Du bist nicht doof. Du bist verliebt, und Verliebte neigen dazu, Dummheiten zu machen. Das ist was völlig anderes.«

»Ha!«

Darcy schwieg einen Moment. »Immerhin hast du jetzt ein wunderschönes Kleid von Valentino im Schrank hängen.«

»Du auch«, bemerkte Freja mit einem schrägen Seitenblick.

»Ja, nur dass meins aussieht, als wäre ich darin in die Schlacht gezogen!«, erwiderte Darcy lachend.

Freja verzog das Gesicht. »Kannst du es nicht reinigen lassen?«

»Versuchen werd ich's, aber ich glaub nicht, dass die Flecken vollständig rausgehen werden. Es bleiben garantiert irgendwelche Ränder zurück.«

»Trotzdem. Ich an deiner Stelle würde es gleich morgen in die Reinigung bringen.«

»Morgen kann ich nicht. Ich fahre für Recherchen nach Hornbæk und komme erst abends zurück.«

»Am Wochenende?«

»Ich will mir das alte Sommerhaus der Madsens ansehen, und das geht nur, wenn der Eigentümer vor Ort ist.«

»Oh.«

Darcy, die keine Geheimnisse mehr vor ihrer Freundin haben wollte, holte tief Luft.

»Das Haus gehört Max«, schob sie dann hinterher. »Anscheinend war seine Großmutter eine Madsen. Er fährt morgen rauf und hat gemeint, ich könne vorbeikommen und mich umsehen.«

»Oh!« Ein Lächeln umspielte Frejas Mundwinkel. »Das ist aber nett von ihm.«

»Ja.«

»Ob er dir nachspionieren will?«, spöttelte sie.

Darcy grinste. »Was denn sonst?«

»Klar.« Jetzt grinste auch Freja. »Bestimmt wird dein Wochenende so ruhig verlaufen wie meins in Amsterdam, und *es wird rein gar nichts passieren.*«

Darcy sah ihr in die Augen. »Hoffen wir's.«

24. Kapitel

Der Zug hielt auf dem eingleisigen Schienenstrang vor dem weißen, rot bedachten Bahnhofsgebäude. Auf einem Schild stand *Hornbæk*. Darcy stieg aus und ließ ein Paar mit einem Kleinkind und einem Kinderwagen vorbei, während sie sich orientierte. Die Straße befand sich unmittelbar hinter dem Bahnhof, und das Meer konnte nicht weit sein: Die kräftige Brise trug salzhaltige Luft heran, ein paar Möwen segelten hoch über ihrem Kopf. Obwohl Hornbæk nur eine Stunde nördlich von Kopenhagen lag, war es hier deutlich kälter; hinzu kam der eisige Wind. Sie beschlich das dumpfe Gefühl, dass ihre wattierte Laufjacke nicht ausreichen würde. (Sie hatte sie heute Morgen zusammen mit ihrer Tasche von der Kajakbar abgeholt und den Neoprenanzug und die Rettungsweste zurückgegeben. Dem Mann, der dort arbeitete, hatte sie gesagt, mit den zusätzlichen Gebühren für die überzogene Leihfrist solle er die Karte belasten, die Aksel für die Anzahlung auf die Leihgebühr verwendet hatte. Und wehe, er würde ihr auch dieses Mal wieder eine Rechnung schicken!)

Als sie Richtung Meer marschierte, wünschte sie, sie hätte eine Kopfbedeckung mitgenommen. Laut Google Maps lag Solvtraeer außerhalb des Städtchens an der Küstenstraße. Verfehlen konnte sie es eigentlich nicht. Max hatte ihr zwar die Adresse geschickt, aber weder eine Wegbeschreibung noch die Telefonnummer eines Taxis hinzugefügt. Er hatte ihr auch nicht angeboten, sie am Bahnhof abzuholen.

Was auch nicht nötig war. Sie war schließlich ein großes Mädchen und der Arbeit wegen hergekommen. Sobald die erledigt wäre, würde sie zurückfahren.

Die Stadt war kleiner, als sie erwartet hatte, und wirkte fast wie ausgestorben. Neugierig schaute sie sich um und spähte durch die Fenster der niedrigen Häuser, von denen die meisten außen schwarz und innen sehr hell gestrichen waren. Es war ein Ferienort wie das englische Cornwall oder die Hamptons in den Vereinigten Staaten – in den Sommermonaten überlaufen und den Rest des Jahrs menschenleer.

Doch es gab immer wieder versteckt Hinweise auf die Hochsaison: Plastikeimer und Spaten in einer Gartenecke; Kinderdreiräder, die ein kräftiger Wind umgeworfen hatte; mit Planen bedeckte Dingis und kleine Boote auf Anhängern in Einfahrten. Die ganzjährig bewohnten Häuser erkannte man am Zustand der Pflanzen in den Blumenkästen vor den Fenstern und daran, dass hier und da ein Fenster erleuchtet war. Obwohl es noch nicht einmal Mittag war, dämpften schwere graue Wolken, die sich wie Watteballe über den weiten Himmel zogen, das Licht.

Nach ein paar Minuten bog Darcy erst nach rechts, dann nach links ab. Der Wind nahm an Stärke zu, und über den niedrigen Hausdächern konnte man jetzt die Masten der im Jachthafen liegenden Boote sehen. Sie kam an einem Jachtausrüster, einer Eisdiele und einigen verbarrikadierten Cafés vorbei.

Ein Ort im Winterschlaf hatte immer etwas Herzergreifendes, fand sie. Es war, als hätte jemand auf die Pausentaste gedrückt und das Leben wäre zum Stillstand gekommen. *Bitte versuchen Sie es später noch einmal.*

Während sie durch die Straßen schlenderte, versuchte sie sich vorzustellen, wie die Stadt vor hundert Jahren ausgesehen haben mochte. Hatte dieser Baum damals auch schon dort gestanden? Und jenes Haus? Was hatte Lilja Madsen auf ihren Strandspaziergängen beobachtet, versunken in die Trauer um ihr Kind und in Gedanken an ihre Eltern jenseits der Grenze? Hatte sie ihren Ehemann vermisst, der im Ausland die Geschäfte vorantreiben sollte und sie mit ihrem Kummer und ihrem Schmerz allein ließ?

Unversehens erreichte sie das Ortsende und die Küstenstraße. Vor ihr erstreckte sich ein breiter, goldener Sandstrand. Jenseits des Wassers konnte man schemenhaft das hügelige schwedische Festland erkennen.

In dem Hafen zu ihrer Rechten lagen Fischerboote und schnittige Jachten vertäut. Eine große, elegante Hotelanlage mit Boutiquen, Cafés und Restaurants, vor denen mit Kreide beschriftete Tafeln standen, blickte übers Wasser. Hier würde sich im Sommer das Leben abspielen.

Links von ihr beschrieb der Strand einen leeren, zeitlosen Bogen, der von flachen Dünen gesäumt wurde. Der Wind zerwühlte ihr die Haare, während sie zuschaute, wie die weißen Gischtkronen über die dunkelgraue See rasten, die Wellen sich träge am Ufer brachen und die hohen Gräser sich niederduckten. So war es immer schon gewesen, so würde es immer sein. Es war dieses Bild, das Lilja betrachtet haben musste; dieses Bild, das ihr neue Kraft gegeben und ihre Seele hatte gesunden lassen.

Zumindest vorübergehend.

Darcy ging langsam, fröstelnd, weiter und ließ die Szenerie auf sich wirken. Sie wusste selbst nicht genau, warum es ihr so wichtig gewesen war hierherzukommen. Otto konnte es nicht verstehen. Für ihn zählten Fakten – Daten, Orte, Leistungen –, doch Darcy genügte das nicht. Sie betrachtete die Figuren, die sie studierte, als lebende Wesen; sie musste ihren Puls finden, um ihre Seele erfassen zu können. Und wenn Lilja nach fast einem Jahrhundert im Verborgenen der Öffentlichkeit präsentiert werden sollte, war Darcy es ihr schuldig, selbst die düstersten Ecken auszuleuchten.

In der Ferne sah sie, schwarzen Punkten gleich, zwei Leute und einen Hund, der anscheinend einem Ball nachjagte, den der Mann für ihn warf. Offensichtlich hatten alle ihren Spaß an diesem simplen Vergnügen. Trotz aller Fortschritte und Errungenschaften blieb der Mensch eben ein einfaches Wesen, das es genau wie seine Vorfahren liebte, barfuß im Sand zu laufen und dem Wind seine Geheimnisse anzuvertrauen, dachte Darcy. All das hatte es schon einmal gegeben. Und als sie vor ihrem geistigen Auge Liljas Körper im Wasser treiben sah, wusste sie, dass auch das nichts Ungewöhnliches war. Unter Druck gesetzt, reagierten Menschen eigentlich ziemlich berechenbar.

Darcy stand mit dem Rücken zum Meer, das näher war, als sie erwartet hatte, am Backsteintor und blickte in den mittlerweile so vertrauten Garten. Er war genau wie früher und doch anders. Um diese Jahreszeit blühten natürlich keine Blumen, und die steiffingrigen Bäume waren kahl, aber die Gruppen silber-weißer Birken standen noch immer. Dahinter konnte man vage das Haus und das Grundstück erkennen. Wald umgab das Anwesen, das nur einen Katzensprung von der Stadt entfernt lag. Darcy stellte sich vor, wie Einheimische und Touristen hierherpilgerten, um den berühmten Garten zu bewundern, die in voller Blüte stehenden Obstbäume mit den heruntergebogenen Zweigen, die üppig duftenden, farbenprächtigen Blumenbeete, die auf der mit Mohn und Klee und Vergissmeinnicht gesprenkelten Wiese von Blüte zu Blüte gaukelnden Schmetterlinge.

Die Auffahrt führte in einem anmutig geschwungenen Bogen nach links zum Haus hinauf. Vor der Garage daneben parkte ein schnittiges dunkelgraues Auto, ein flacher Sportwagen – nicht die Limousine, in der Christoff sie nach Hause gefahren hatte, auch nicht die, in der sie mit Max am Tag des Weihnachtsmarkts unterwegs gewesen war.

Gefangen in einem Spannungsfeld zwischen Vergangenheit und Gegenwart, ging sie zögernd durch das Backsteintor. Dabei kreisten ihre Gedanken um Lilja. Was mochte sie gesehen, was empfunden haben, als sie barfuß und trauernd über das Gras gegangen war? Hatte sie sich gefreut, als sie an jenem Tag von dem Gespräch mit dem alten Sally aufgeschaut und Lotte, ihre Schwägerin, erblickt hatte?

Im Haus brannte Licht, das von Max' Anwesenheit kündete. Sosehr sie sich auch bemühte, sich auf Lilja zu konzentrieren, machte der Gedanke an ihn sie doch ein wenig nervös. Wartete er auf sie? Hielt er nach ihr Ausschau?

Jenseits der Bäume kam das Haus in Sicht, ein roter Backsteinbau mit schwarzen Holzbalken im Mauerwerk und einem dicken Reetdach mit fünf gedrungenen Gauben. Aus einem Schornstein stieg träger Rauch empor, ein weiteres Zeichen, dass jemand zu Hause war. Obwohl es sich um ein großes, stattliches Gebäude handelte, strahlte es eine heimelige Atmosphäre aus. Darcy konnte gut verstehen, warum sich Lilja hier wohlgefühlt hatte.

Bei dem Sportwagen handelte es sich um einen Audi R8, wie sie jetzt erkannte. Was für ein Fahrzeug mochte zu Lottes und Henriks Zeiten hier gestanden haben? Oder bei Caspers Rückkehr aus London?

Auf einigen Fotos war ein Teil eines Pferdewagens zu sehen, fiel ihr ein. Ob Lilja damit Ausflüge unternommen hatte?

Eine Seitentür wurde geöffnet, und Max trat in den Türrahmen. Der Samstags-Max. Jeans, Kaschmirpulli, Socken.

»Wie ich sehe, hast du es gefunden.«

Keine Begrüßung. Wie üblich.

»Ja. Es war ein schöner Spaziergang am Strand entlang«, sagte sie und trat näher.

»Schön? Na ja, wenn du meinst …« Er schaute in den trüben Himmel. »Ist dir nicht kalt?«, fragte er mit einem zweifelnden Blick auf ihre kurze Jacke.

»Nö«, schwindelte sie.

»Du solltest was auf dem Kopf tragen.«

»Ja, Dad.«

Sie blieb vor ihm stehen. Die Anspannung, die ihre letzten Begegnungen gekennzeichnet hatte, wirkte nach, sodass sie einen Augenblick unschlüssig verharrten. Dann gestattete er sich ein angedeutetes Lächeln.

»Komm lieber rein.«

Sie folgte ihm durch eine Stiefelkammer mit Backsteinboden und blaugrauer Täfelung – hier hingen Mäntel an Kleiderhaken, und umgedrehte Gummistiefel steckten auf Stöcken – in die Küche. Der helle Holzboden hier schien noch das Original zu sein; schwarze Holzschränke wurden durch offene Regale ergänzt. Die Wände waren gekalkt, und ein wuchtiger, schwarzer Herd nahm einen Großteil der hinteren Wand ein. Mitten im Raum stand ein großer alter Arbeitstisch, mit Kupfertöpfen auf der Ablage unter der Platte.

Anders als in Max' Stadthaus gab es hier nur einen kleinen runden Esstisch, der vor der Doppeltür stand, die zum Garten hinausführte. Keine Kücheninsel, keine Hocker. Modern, aber mit historischem Flair.

»Oh, wie wunderschön«, hauchte Darcy, als ihr Blick durch den Raum schweifte.

Sie durchquerte ihn und schaute durch die Glastür in den Garten hinaus. Der Rasen breitete sich nach unten und zur Seite hin aus wie ein Brautschleier von einem Diadem. Blumenbeete rahmten die Doppeltür zu beiden Seiten in auseinanderstrebenden Wellen ein, als kämpften sie miteinander um mehr Platz.

Deshalb also, dachte sie bei sich.

»Was?« Max lehnte mit überkreuzten Knöcheln hinter ihr an der Arbeitsfläche.

Da erst wurde ihr bewusst, dass sie laut gedacht hatte. »Ich hab nur gerade überlegt, dass es da draußen keine geraden Linien gibt. Alles ist abgerundet und natürlich geformt … Deshalb wirkt der Garten so weich.«

»Weich?« Max sann darüber nach. »Ja, kann sein. So hab ich das noch nie betrachtet.«

Ein wenig verlegen drehte sie sich um und machte ein paar Schritte in den Raum hinein.

»Kaffee?«

Sie nickte. »Gern. Ich könnte was Warmes vertragen.«

»Dann ist dir also doch kalt«, sagte er über die Schulter hinweg. »Stell dich an den Herd.«

Sie tat es und schaute zu, wie er Wasser in eine Bialetti füllte.

»Hast du schon was gegessen?«

»Ja, hab ich«, schwindelte sie.

Max sah sie an. »Du bist eine miserable Lügnerin.«

»Du sagst das, als ob das was Schlechtes wär.«

Er erwiderte nichts darauf. In seiner Welt war es das vermutlich auch.

Da er inzwischen wusste, wie sie ihren Kaffee trank, bereitete er ihn so zu, wie sie ihn mochte. Sie hingegen wusste nichts über seine bevorzugte Art des Kaffeetrinkens. Es war in jeder Beziehung eine einseitige Geschichte: seine Bedingungen, sein Kaffee, seine Häuser.

»Danke, dass ich kommen durfte. Das ist wirklich nett von dir.«

Er zuckte mit den Schultern.

»Ich hatte keine Ahnung, dass Solvtraeer dir gehört.«

»Hättest du's gewusst, wärst du wahrscheinlich nicht hergekommen, oder?« Der Sarkasmus in seiner Stimme war nicht zu überhören.

Sie schluckte. »Ich meine, ich hatte keine Ahnung, ob das Haus überhaupt noch steht.«

»Wieso denn nicht?«

»Na ja, hätte ja sein können, dass es abgerissen wurde«, erwiderte sie achselzuckend. »Um in den Nullerjahren irgendeinen riesigen Glaskasten hinzuklotzen.«

Der Gedanke schien ihn zu amüsieren. »Die Art von Familie sind wir nicht.«

»Wohl nicht, nein.« Hieß das, dass sich das Haus immer schon im Besitz seiner Familie befunden hatte? »Dass du ein Madsen bist, hab ich auch nicht gewusst.«

»Das häng ich nicht gern an die große Glocke«, brummte er. »Außerdem bin ich kein Madsen, sondern ein Lorensen. Meine Urgroßmutter, Lilja, war eine Madsen.«

Er streifte sie mit einem flüchtigen Blick, wie um sich zu vergewissern, dass sie diesen letzten Satz auch gehört hatte.

»Lilja war deine Urgroßmutter?«, echote sie völlig verdutzt.

Sie erinnerte sich an seine Reaktion, als die Frau auf dem Porträt als Lilja identifiziert worden war. Er hatte regelrecht schockiert gewirkt. Aber Darcy wäre nicht auf den Gedanken gekommen, dass er in direkter Linie mit Lilja verwandt war.

Er nickte. »Und ihre Tochter Emme meine Großmutter. Auch eine Madsen, bis sie einen Lorensen heiratete und einen Sohn mit ihm bekam, meinen Vater. Der Lauf der Dinge.«

Sie schwieg einen Moment und ließ diese Neuigkeit erst einmal sacken.

»Das hätte ich früher wissen sollen«, meinte sie dann.

»Wieso? Inwiefern ist das wichtig?«

Sie ließ ihren Blick durch den Raum wandern. »Ich weiß auch nicht. Nur so ein Gefühl. Das erklärt vielleicht, warum du so …« Ihre Stimme verklang.

Er setzte den Kocher auf die Gasflamme und drehte sich zu Darcy um.

»Warum ich so *was*? An deiner Arbeit interessiert bin? Das gehört zu meinem Job.«

»Eigentlich wollte ich sagen, warum du so aggressiv bist.«

Er machte ein überraschtes Gesicht. »Du hältst mich für aggressiv?«

»Im beruflichen Bereich, ja. Nicht …« Sie unterbrach sich, weil sie nicht ins Persönliche abschweifen wollte. »Vielleicht ist es das falsche Wort.«

»Und welches wäre das richtige?«, fragte er provozierend.

Sie heftete den Blick auf ihn. Der Abstand zwischen ihnen war gewaltig. Der einzige Weg, ihn zu vergrößern, wäre, indem einer von ihnen den Raum verließ.

»Defensiv«, antwortete sie.

»Wieso verhalte ich mich defensiv? Du hast uneingeschränkten Zugang zu unseren Archiven. Du durftest hierherkommen, um dir Solvtraeer anzusehen. Ich koche Kaffee für dich!«, schob er achselzuckend hinterher.

Darcy verzog das Gesicht. Er hatte ja recht – sie aber auch.

Sie seufzte frustriert. Mit ihm konnte man einfach

nicht diskutieren. Er drehte einem das Wort im Mund herum.

»Ich weiß auch nicht«, sagte sie abermals. »Ich hab einfach das Gefühl, dass du immer so … auf der Hut bist. Wachsam. Als würdest du mich ganz genau beobachten.«

»Ich weiß, was wachsam bedeutet, danke.«

Sie verdrehte die Augen. Bei ihm wusste sie nie, woran sie war. Er hatte einen äußerst trockenen Humor. Humor *brut.*

»Schön. Nachdem alle Zweifel daran, dass das Porträt meine Urgroßmutter darstellt, aus dem Weg geräumt sind, werde ich von jetzt an wahrscheinlich noch interessierter sein. Aggressiver. Defensiver. Wachsamer … Unzutreffendes bitte streichen.«

Darcy senkte den Blick. Ohne Otto oder Margit, deren Gegenwart ausgleichend wirkte, hatte sie keine Chance gegen seinen lässigen Sarkasmus.

Eine befangene Stille legte sich über sie, doch schließlich räusperte er sich.

»Wenn ich auf dich achte, Darcy, dann nur deshalb, weil ich finde, dass du wunderschön bist«, sagte er leise. »Das ist alles.«

Verblüfft über dieses unerwartete Kompliment, hob sie ruckartig den Kopf. Seine Direktheit hatte etwas Entwaffnendes. Doch da hatte er sich schon wieder abgewandt, griff nach zwei Tassen und schenkte ihnen ein.

Keiner sagte etwas, bis er auf sie zuging – die Distanz überbrückte – und ihr die eine Tasse reichte.

»Was genau willst du dir hier denn ansehen?«, fragte er.

»Ich bin mir nicht sicher. Ich hatte einfach das Gefühl, es wäre gut, mir selbst einen Eindruck zu verschaffen.«

Er machte wieder ein zweifelndes Gesicht. »Lässt du dich bei deiner Arbeit oft von Gefühlen leiten?«

Sie ging nicht auf die spöttische Bemerkung ein. »Normalerweise nicht. Aber es gibt da ein paar Dinge, über die ich gestolpert bin, und ich dachte, dass ich hier vielleicht Antworten finde.« Sie nannte bewusst keine Einzelheiten.

Er musterte sie, als könnte er alle ihre Gedanken lesen. »Schau dich nur um, ich hab nichts dagegen.«

»Danke. Gibt es hier irgendwelche Fotoalben?«

Er verengte die Augen zu schmalen Schlitzen. »Keine mit alten Aufnahmen. Nichts, was die Arbeit der Stiftung betrifft oder für die Öffentlichkeit von Interesse wäre.«

Sie nickte. Reagierte er wegen seines Bruders so abweisend?

»Kommst du oft hierher?«

»Ja, um diese Jahreszeit ist es am schönsten. So ruhig. Im Sommer ist der Trubel fast nicht auszuhalten.«

»Kann ich mir vorstellen.« Sie schaute zu, wie er zum Kühlschrank ging und einen Suppentopf herausnahm. Er schien nicht still stehen zu können, und vor allem schien er nicht neben ihr stehen zu können. Zum ersten Mal fragte sie sich, ob ihre Anwesenheit ihn nervös machte.

»Suppe. Die ich nicht gekocht habe«, schob er schnell hinterher, als wollte er Komplimenten vorbeugen. Er streifte sich Topfhandschuhe über und stellte den Topf in den Ofen. Der häusliche Max.

»Wirst du auch über Weihnachten hierherfahren?«

»Ja, das mache ich jedes Jahr.« Er zog die Handschuhe aus und warf sie achtlos auf die Arbeitsfläche. »Und du? Wie wirst du Weihnachten verbringen?«

»Ich werde arbeiten.«

Er guckte sie stirnrunzelnd an. »Fährst du nicht nach Hause?«

»Meine Schwester macht ein Gap Year und reist in der Welt herum, und meine Familie wird sie für zehn Tage in Asien besuchen. Ich würde ja mitreisen, aber ich muss an meiner Dissertation arbeiten. Zehn Tage am Strand faulenzen kann ich mir nicht leisten.«

»Ein Jammer.«

»Allerdings.«

»Wo bist du denn zu Hause?«

»In Berkshire. Das liegt westlich von London.«

Er nickte. »Kenne ich. Vom Golfspielen in Sunningdale.«

Wie hätte es auch anders sein können? Seufzend blickte sie in den Garten hinaus und dachte darüber nach, dass ihr Vater, der seit achtunddreißig Jahren in Berkshire wohnte, seinen rechten Arm für eine Partie Golf in Sunningdale geben würde.

»Ich hab das nicht gesagt, um damit anzugeben«, brummte Max, als er ihren verdrossenen Gesichtsausdruck bemerkte. »Das ist bloß der einzige Ort, den ich dort kenne.«

Sie sah ihn an, doch da lief er schon wieder auf die andere Seite der Küche, wobei er sich seufzend mit den Händen durchs Haar fuhr. Irgendwie schien es ständig Missverständnisse zwischen ihnen zu geben.

»Hör mal, es ist Samstag, und ich will dich nicht stören«, sagte sie und stellte ihre Tasse ab. »Ich werde mich umsehen und dann wieder verschwinden. Hast du was dagegen, wenn ich durch den Garten schlendere?«

»Nein, aber du brauchst eine wärmere Jacke.«

»Meine reicht mir.«

Ohne auf sie zu achten, ging er in die Stiefelkammer und kam mit einem dicken Canada-Goose-Parka zurück. Einem Herrenparka.

»In dem Ding ertrinke ich!«

»Für Frauen hab ich nichts Passendes da. Aber wenigstens ist er warm«, sagte er und half ihr hinein. »Ich weiß nicht, ob du gesehen hast, dass es schneien könnte? Wir sind hier in Skandinavien, nicht in Surrey.«

»Wie du meinst.« Die Schulternähte hingen ein kleines Stück über ihren Ellenbogen, die Ärmelbündchen baumelten etliche Zentimeter unterhalb ihrer Fingerspitzen. »Wem gehört der? Hulk?«

Das seltene angedeutete Lächeln spielte um seine Lippen. »Er ist *warm*.«

»Mhm«, machte sie.

Als Max die Tür zum Garten öffnete, drang ein Schwall eisiger Luft herein, und er fröstelte, während Darcy in dem Parka gut vor der Kälte geschützt war.

»Gibt es Bereiche, wo ich nicht hinsoll?«, erkundigte sie sich.

Er sah sie an und schüttelte den Kopf. »Du hast überall Zugang.«

Ihre Blicke trafen sich. Seine Pupillen waren goldgesprenkelt, wie ihr jetzt auffiel, und seine Wangen mit ganz, ganz zarten Sommersprossen übersät. Sie glaubte Lilja in ihm zu erkennen.

»Alles klar, danke.« Sie trat hinaus und zog den Parka fester um sich, als sie um das Blumenbeet herum und dann nach rechts ging. Von der üppigen Blütenpracht auf den Fotos war jetzt freilich nichts zu sehen; nur aufgeweichte nasse Erde, Holzpflöcke und Bambusstecken und ein Stück Maschendraht rings um das Gerippe einer Hortensie. Das Land war sanft gewellt, sodass es aussah, als ob die See unter der Grasdecke wogte.

Der Wald ringsum verdichtete sich am hinteren Ende des Grundstücks. Aus der dicken Schicht vermodernden Laubs sprossen überall Pilze.

Darcy schlenderte am Rand des Rasens entlang, bis sie zwischen ein paar Bäumen einige kleine Holzkreuze entdeckte. Das eine konnte höchstens ein paar Jahre alt sein, das eingeritzte Wort *Bella* war noch deutlich lesbar, doch die übrigen waren so morsch und verwittert, dass die Inschrift kaum noch zu erkennen war. Darcy vermutete, dass es sich um die Gräber von Haustieren handelte.

Während sie langsam weiterging, streifte sie mit den Fingerspitzen an den Baumstämmen entlang und betrachtete das Haus aus verschiedenen Blickwinkeln. Von hier aus war ein Schuppen mit einem Aufsitzrasenmäher daneben zu sehen. Sie spazierte hinüber und warf einen Blick hinein. Ein beeindruckendes Sortiment von Gartengeräten war darin untergebracht, teils an der Wand hängend, teils in Regalen lagernd: verschiedene Gartenscheren, ein Laubbläser, Rechen, Spaten, große Plastikkörbe. Es roch nach gemähtem Gras. Unwillkürlich fragte sie sich, wie viele Gärtner für die Pflege des mindestens zwei Hektar großen Grundstücks wohl nötig waren.

Sie verließ den Schuppen wieder und marschierte zu dem riesigen, allem Anschein nach antiken Gewächshaus hinüber, das ein steiles, spitz zulaufendes Dach und an den Seiten Metallverzierungen hatte. Als sie die Tür öffnete, schlug ihr der Geruch von Moos, feuchter Erde und

Tomaten entgegen. An einem Haken hingen eine alte Wachstuchschürze, ellenbogenlange Handschuhe und ein zerfledderter Strohhut. Auf Ablageböden stapelten sich Blumentöpfe und leere Anzuchtschalen; in der hinteren Ecke stand ein Rhabarber-Bleichtopf aus gebranntem Ton.

Darcy schloss behutsam die Tür. Frustration machte sich in ihr breit. Sie hatte sich mehr von ihrer Wanderung auf Liljas Spuren erhofft. Irgendwie hatte sie erwartet, das zu empfinden, was Lilja hier empfunden hatte. Sie nahm zwar tatsächlich ein Aufblitzen von Energie wahr wie Lichtpünktchen in der Dunkelheit, aber nichts Greifbares, nichts, was sie zu fassen bekommen hätte.

Offensichtlich hatte sie sich für ihren Besuch die falsche Jahreszeit ausgesucht. Alles lag im Winterschlaf. Das Leben selbst war in Starre verfallen.

Es gab hier rein gar nichts zu sehen. Alles verbarg sich unter der Oberfläche.

Max schaute auf, als sie die Hintertür öffnete. »Du kommst genau richtig, ich wollte dich gerade rufen.«

Er trug zwei Suppentassen zu dem kleinen Tisch hinüber, der bereits gedeckt war: Teller, eine Platte mit gebutterten Brötchen, Wassergläser. Und Servietten. Das war sehr viel heimeliger als ihr von Geranium geliefertes Essen in seinem Stadthaus.

»Hattest du Glück?«, erkundigte er sich.

»Nein. Der Garten schläft«, antwortete Darcy und zog die verdreckten Stiefel aus, bevor sie die Küche betrat.

»So kann man es auch nennen.«

Sie schälte sich aus dem Parka. »Sind dort zwischen den Bäumen Haustiere begraben?«

»Ja. Diverse Hunde und ein Meerschweinchen.«

Sie wollte den Mantel in die Stiefelkammer bringen, aber Max nahm ihn ihr ab. »Danke.«

»Setz dich.«

Der kleine Tisch ließ keinen großen Abstand zwischen ihnen zu, und Darcy war sich Max' Nähe sehr bewusst, als er ein Stück von seinem Brötchen abriss und es in die Suppe tunkte.

Sie musste grinsen.

»Was?«, fragte er und sah sie misstrauisch an.

»Nichts.«

»Und warum schmunzelst du dann?«

Sie zuckte mit den Schultern. »Ich hätte nicht gedacht, dass du ein Suppentunker bist.«

»Ein Suppentunker?«

»Gilt es hierzulande als schicklich, Brot in die Suppe zu tunken?«

Er schoss ihr einen Blick zu. »Es gibt Zeiten und Orte, wo gute Umgangsformen angebracht sind. Hier nicht.«

»Ach so. Tja, wenn das so ist …« Sie machte es ihm nach. »Aber neben der Königin würdest du das nicht tun, oder?«

Seine Hand verharrte kurz vor dem Mund. »Es gibt vieles, das ich mit dir, aber nicht in ihrer Gegenwart tun würde.«

Sie guckte ihn verblüfft an, aber es folgte weder ein Augenzwinkern noch ein Lächeln oder ein verdrießlicher Blick. Er aß einfach weiter und schien sich der Doppeldeutigkeit seiner Bemerkung nicht bewusst zu sein.

»Wo wir gerade von jenem Abend sprechen …«

Ein knappes Kopfschütteln. »Nicht.«

Sie sah ihn an. »Was *nicht*?«

»Du musst dich nicht bei mir bedanken. Ich hab dir schon mal gesagt, das war ein Gratisgeschenk. Veronique hat das arrangiert.«

Sie beobachtete ihn einen Moment lang. »Und wenn ich dir das nicht abnehme?«

»Dann lass es.«

»Gut, dann sag ihr bitte, dass ich ihr unendlich dankbar bin«, fuhr sie nach einer kleinen Pause fort. »Das war unglaublich nett von ihr. Damit hätte ich nie gerechnet. Ich meine, da macht sie sich solche Umstände, wo sie mich doch ganz offensichtlich nicht einmal leiden kann …«

Ein strenger Blick von ihm brachte sie zum Schweigen. Er durchschaute sie.

»Ich würde mich ja selbst bei ihr bedanken, aber ich kann mir nicht vorstellen, dass sie eine Nachricht von mir lesen würde.«

»Das reicht jetzt.«

Sie unterdrückte ein Schmunzeln. »Ich hab gar nicht gewusst, dass *sie* deine Freundin ist. Ich dachte, das sei Angelina. Oder war's Natalia?«

»Du hast es gerade nötig«, konterte er und zerpflückte sein Brötchen. »Der Typ, der mir bei dir die Tür aufgemacht hat, war nicht der, der neulich an der Treppe mit dem Taxi auf dich gewartet hat. Bist du schon lange mit ihm zusammen?«

Er erinnerte sich an Erik? Sie schwieg. Und Aksel war der Allerletzte, über den sie reden wollte.

»Was ist? Hat es dir die Sprache verschlagen?« Max war die Genugtuung über den erzielten Punkt anzusehen.

»Ich bin nicht mit ihm zusammen.«

Ihr schroffer Ton veranlasste ihn, die Braue hochzuziehen.

»Was ist passiert?«, wollte er wissen. »Hast du ihn gestern Abend nicht mitgenommen zum Kajakfahren?« Sein Spott war unüberhörbar.

»Spielt keine Rolle.« Sie senkte den Blick, und ihre Miene verschloss sich.

Ihm wurde klar, dass das kein Spaß mehr war. »Irgendetwas muss doch vorgefallen sein.«

»Nein, nichts.«

»Sag's mir.«

Sie sah ihn an. »Du bist ganz schön neugierig. Ich stecke meine Nase doch auch nicht in deine Angelegenheiten oder frage dich über deine Freundinnen aus.«

»Das sind nicht meine Freundinnen.«

»Was sind sie dann?«

»Das weißt du.« Seine Augen blitzten. »Ich suche keine Beziehung. Die Regeln sind klar. Für alle. Niemand macht sich irgendwelche Illusionen.«

Wieder senkte sie den Blick, aber er beugte sich vor, um ihn aufzufangen. »Was hat er gemacht?«

»Woher willst du wissen, dass nicht *ich* Mist gebaut habe?«

»Das sagt mir mein sechster Sinn.«

Sie seufzte. Sie wusste, er würde nicht lockerlassen. Typisch Anwalt. Hieß es nicht, Anwälte seien Haie? Und die konnten einen Tropfen Blut im Wasser auf große Entfernung riechen.

»Er ist aufbrausend und jähzornig«, antwortete sie. »Das hab ich gestern zu spüren bekommen, als ich ihm sagte, ich müsse den Abend vorzeitig beenden.«

Sein Gesichtsausdruck veränderte sich. »Was heißt, du hast es zu spüren bekommen?«

»Ach, er ist ausgerastet und hat mich angeschrien. Dabei hat er mein Kajak so heftig weggestoßen, dass ich fast ins Wasser gefallen wäre …«

»*Was?*«

»Es ist nichts passiert«, schob sie schnell hinterher. »Ein Ordner ist mir zu Hilfe gekommen und hat mich ans Ufer gezogen. Und das war's. Ende der Geschichte.«

Die Stille pulsierte förmlich.

»Ich hätte ihm eine reinhauen sollen, als ich die Gelegenheit dazu hatte«, knurrte Max schließlich. Wut blitzte in seinen Augen.

»O ja, das hätte bestimmt was gebracht!«

»Mit einem zugeschwollenen Auge hätte er vielleicht nicht ins Kajak steigen können.«

»Dann wäre es ein andermal passiert«, erwiderte Darcy achselzuckend. »Es geht mir gut, okay? Ich hab's abgehakt.«

Er seufzte und schien beunruhigt zu sein. »Und direkt danach bist du zu unserer Besprechung gekommen?«

»Ja. Warum?«

»Du warst so still«, antwortete er kopfschüttelnd. »Ich hab mich noch gewundert.«

»Du konntest es ja nicht wissen. Außerdem ist es nicht dein Problem.«

Eine Sekunde lang verharrte er regungslos. Dann warf er seinen Löffel hin und ließ sich gegen die Rückenlehne seines Stuhls fallen.

»Verdammt, Darcy, wie kannst du mit so einem Typen ausgehen?«, fragte er und fixierte sie scharf.

»Ich hatte doch keine Ahnung! Ich hab erst gemerkt, wie er tickt, als es passiert ist. Auf dem Papier war er perfekt, und ich hab einfach ein paar Warnsignale übersehen.« Sie schnitt eine Grimasse. »Er ist gut zu Tieren, und das hat mich blind für alles andere gemacht.«

»Gut zu Tieren?«, wiederholte Max stirnrunzelnd.

»Er ist Tierarzt.«

»Oh.«

»Keine Sorge, ich werde es jetzt so machen wie du: keine Suche mehr nach etwas Festem. Zumindest eine ganze Weile nicht. Ich hab sowieso viel zu viel zu tun, und meine Arbeit geht vor.«

»Gut. Dann hast du's ja kapiert«, meinte er und griff nach seinem Löffel.

»Klar. Nur noch Sex-Dates.«

Sein Kopf ruckte hoch. »Was? Nein!«

»Wieso nicht? Für dich funktioniert das doch auch.«

»Das ist nicht komisch!«

Sie hätte am liebsten laut gelacht. Und ob das komisch war! Anscheinend galt für ihn die Redensart *Wenn zwei das Gleiche tun, ist es noch lange nicht dasselbe.*

Aber wenigstens schienen sie jetzt den peinlichen Moment überwunden zu haben.

»Lass mich einfach in Frieden essen«, schob er mürrisch hinterher.

»Ich hab gar nicht gewusst, dass ich deinen Frieden störe.«

»Das tust du, seit wir uns kennen, und das weißt du auch.«

Sie schwieg einen Augenblick. Das stimmte, sie wusste es tatsächlich. Doch es gab da etwas, das seinen Frieden garantiert noch nachhaltiger erschüttern würde, etwas, das er wissen musste.

»Hast du mitgekriegt, dass wir viral gegangen sind?«

»Ich hab gar nicht gewusst, dass es ein ›Wir‹ gibt.«

»Anscheinend doch. Dann hast du es noch nicht auf TikTok gesehen?«

»Ich bin nicht auf TikTok.« Er hatte aufgehört zu essen. Sein Gesicht nahm einen leicht alarmierten Ausdruck an. »Wieso, was gibt es denn da zu sehen?«

»Jemand hat uns auf der Damentoilette gefilmt«, antwortete sie zögernd. »Bei der Spendengala.«

»Was?« Er fuhr heftig auf. »*Wieso?* Was gab es denn da zu sehen? Jemand hat dir Wein übers Kleid geschüttet! Was ist so interessant daran?«

»So ein Zeug wird eben in den sozialen Netzwerken gepostet. Das ist einfach so. Ich bin auch nicht glücklich darüber.«

Er starrte sie an wie vom Donner gerührt. »Zeig's mir.«

»Ich weiß nicht, ob das eine gute …«

»Zeig es mir! Mein Ruf in der Branche steht auf dem Spiel.«

Darcy rief das Video auf ihrem Handy auf. Während Max es sich anschaute, wagte sie nicht aufzublicken. Nachdem er es ein paarmal abgespielt hatte, ließ er sich nach hinten fallen und raufte sich die Haare. Die Bedeutung des Videoclips und dessen Überschrift musste ihm sofort klar sein. Die Art, wie er Darcy im Arm hielt, während er seinen Chauffeur anrief; wie er ihr einen Kuss aufs Haar gab; wie er sie mit seinem Körper vor neugierigen Blicken abschirmte … Er war nicht mehr Max

Lorensen, der mächtige Firmenanwalt, sondern das Aushängeschild für den »*Wenn er wollte, würde er es tun*«-Trend.

»Vier Millionen Menschen haben sich das angeguckt?«, fragte er ungläubig und eine Spur panisch.

»Wahrscheinlich waren es bloß zehn Mädels, die es sich vierhunderttausend Mal angeschaut haben.«

Zu ihrer Verwunderung lachte er kurz auf. »Fuck!«

»Ich weiß. Tut mir leid.«

»Du kannst doch nichts dafür. Du hast das Video nicht gedreht und ins Netz gestellt.«

»Nein, aber wenn ich nicht …«

»Wenn du nicht mit dem Kerl geflirtet hättest, hätte er dir nicht seinen Wein übers Kleid geschüttet und ich hätte dir nicht nachlaufen müssen?«

»Du hättest mir überhaupt nicht nachlaufen müssen! Außerdem habe ich nicht mit ihm geflirtet. Wir haben uns nur unterhalten.«

»Für mich hat das nach Flirten ausgesehen.«

»Ich hab gar nicht gemerkt, dass du mich beobachtet hast.«

Seine Augen funkelten. »Ich bin wachsam. Schon vergessen?«

»Haha, gut pariert!« Mit klopfendem Herzen wandte sie den Blick ab. Die Stimmung zwischen ihnen schlug so rasant um, dass ihr schwindlig wurde: im einen Moment verlegen und befangen, im nächsten flirtend-neckisch.

Sie aßen weiter, und eine Weile sagte keiner etwas, aber sie bemerkte, dass er immer wieder zu ihrem Smartphone hinsah. Der Videoclip ging ihm offensichtlich nicht aus dem Sinn. Würde er seinem Ruf schaden?

Als sie den nächsten Löffel zum Mund führte, stieß sie gegen die Unterlippe, sodass ihr ein paar Tropfen Suppe übers Kinn liefen.

»O Gott«, brummte sie. »Mit mir kann man sich wirklich nirgends sehen lassen.«

Sie griff nach ihrer Serviette, aber Max streckte blitzschnell die Hand aus und wischte das Suppenrinnsal mit dem Daumen weg. Anschließend ließ er die Hand auf ihrer Wange liegen. Ihre Blicke trafen sich.

In diesem einen Moment entdeckte sie sein Geheimnis – seine Augen reflektierten seine sonst so perfekt kaschierten Emotionen, als würden sie von der Sonne angestrahlt.

Es war, als würde die Zeit stillstehen. Erst jetzt erkannte sie, dass sie sich geirrt hatte. Nicht er bestimmte, wo es langging und wo die Grenzen waren. Nein, die Macht ging von *ihr* aus. *Er* lief vor *ihr* davon.

Ihm musste doch klar sein, dass er nicht für alle Zeit davonlaufen konnte, oder? Sie schmiegte das Gesicht in seine Hand, spürte den Druck seiner Finger, und dann …

Er fuhr zurück, als sei ihm plötzlich bewusst geworden, was er da tat.

»Darcy …«

»Max …«

Stille legte sich über sie. Eine drückende, bedeutungsvolle Stille.

»Darcy …«

»Ja?«, hauchte sie.

Seine Stimme war brüchig geworden. Er schien es auch gemerkt zu haben, denn er wandte den Blick ab, als hätte er sich irgendwie verraten. Seine Lippen bewegten sich, offenbar suchte er nach Worten. Ihr Herzschlag passte sich seinem Zögern an.

»Ich möchte dich etwas fragen.«

Sie schluckte kräftig und wartete. »Ja?«

Als er sie von Neuem ansah, stellte sie fest, dass er den Schutzwall um sich herum neu errichtet hatte. Die Sonne war wieder hinter den Wolken verschwunden.

»Meinst du wirklich, ich sollte mir einen Hund anschaffen?«

25. Kapitel

Max führte sie herum. Auf Strümpfen gingen sie durch das still atmende Haus, das eine völlig andere Atmosphäre ausstrahlte als Max' Stadthaus mit seinen gedämpften Farben und den exklusiven Möbeln und Accessoires. Solvtraeer hatte etwas Sanftes, Stolzes und Traditionsbewusstes – eine alte Seele, die viel gesehen hatte. Es vermittelte das behagliche Gefühl eines getragenen, vom Vater stibitzten Pullis. Die Kamine waren mit farbigen Kacheln verkleidet, zwischen den Holzdielen der Fußböden klafften teilweise fingerbreite Spalten, und der Bezug einiger Sofas war zerschlissen. In dem ein oder anderen Zimmer waren die Vorhänge so ausgeblichen, dass man das Muster kaum noch erkennen konnte.

Auch die Gemälde unterschieden sich vom Stadthaus mit seinen großformatigen extravaganten Ölbildern: Hier überwogen ruhige, unaufdringliche Zeichnungen und Aquarelle. Darcy blieb auf der Treppe vor einer Reihe botanischer Skizzen – Rittersporn, Lavendel, Narzissen – stehen. Sie las die Signatur in der Ecke: »L. Madsen.« Fragend sah sie Max an, doch der schüttelte den Kopf.

»Lotte.«

»Oh.« Sie fragte sich, wie er sich so sicher sein konnte.

Sie folgte ihm nach oben. Auch Max schien hier ein anderer zu sein: Es war, als würden seine Ecken und Kanten absplittern, je weiter sie in die Tiefe des Hauses vordrangen. Die Arme vor der Brust verschränkt, blieb er vor einem Schlafzimmer stehen, und Darcy wusste instinktiv, dass dies das Zimmer seines Bruders gewesen war. Frei liegende Deckenbalken, azurblaue Wände, Drillichvorhänge und alte Kiefernholzmöbel. Bis auf ein paar Fotos, darunter einige von Schulsportveranstaltungen, erinnerte nichts mehr an die Kindheit der Brüder.

»Peders Zimmer?«

Max nickte. »Alles hier hat ihm gehört.«

Sie sah ihn an. »Du meinst, das ganze Haus?«

»Der Großteil des Familienvermögens ging schon vor Jahrzehnten an unsere Cousins – Frederiks Nachkommen. Das Haus hier war nur ein mickriger Anteil verglichen mit dem, was sie bekommen haben, aber mehr hätten wir sowieso nicht gewollt«, erklärte er achselzuckend. »Wir sind immer gern hier gewesen. Unsere Großmutter und unser Vater sind hier aufgewachsen, und bis zum Tod unserer Eltern haben wir jeden Sommer in diesem Haus verbracht.« Sein Unterkiefer zuckte ein klein wenig. »Danach hat unsere Tante uns bei sich aufgenommen, wir haben ein paar Firmenanteile geerbt und ein paar ehrenamtliche Positionen. Ich bekam das Stadthaus und Peder Solvtraeer …«

Er verstummte. Darcy wusste, was er dachte: Es hätte ihm nicht zufallen sollen. So war es nicht gedacht gewesen.

Sie konnte seine Einsamkeit förmlich spüren. Er hatte

alle Menschen verloren, die er geliebt hatte. Seine ganze Familie. Sie konnte sich nicht einmal ansatzweise vorstellen, wie sich das anfühlen musste. Auch wenn sie ihre Familie nicht täglich sah, so schickten sie sich doch Textnachrichten und Memes. Sie lachten und scherzten miteinander, zogen sich gegenseitig auf, als wären sie im selben Zimmer. Niemanden zu haben, der sich um sie sorgte, der sich erkundigte, wie es ihr ging … Was für ein schrecklicher Gedanke.

»Es tut mir so leid, Max.«

Er warf ihr einen kurzen Blick zu, aber es hatte den Anschein, als empfände er ihr Mitgefühl als etwas Bedrohliches. Schon hatte sein Gesicht wieder jenen unergründlichen Ausdruck angenommen, wie eine Maske zum Schutz vor der Welt. Bereits beim Essen hatte er viel von sich preisgegeben, doch das hatte sie einander nicht nähergebracht. Im Gegenteil, er schien sich immer weiter von ihr zu entfernen.

Sie schluckte, sie erkannte das Muster wieder. Er würde sie niemals an sich heranlassen. Ganz offensichtlich scheute er vor emotionalen Bindungen zurück.

Er drehte sich um und ging weiter, wobei er mit knappen Gesten und Worten auf das jeweilige Zimmer zeigte. Darcy tappte hinterher. Obwohl die Decken ziemlich hoch waren, wirkten die Räume durch die Dachschräge gemütlich. Man hatte einen weiten Blick auf den Garten, und durch einige der Fenster auf der Westseite konnte man über den Baumwipfeln sogar das Meer sehen. Sämtliche Betten waren frisch bezogen, die Laken so glatt wie in Werbeanzeigen eines Bettwäscheherstellers. Es sah aus, als hätte nie jemand darin geschlafen.

Wahrscheinlich dienten die meisten Schlafzimmer als Gästezimmer. Andererseits deutete der kleine Esstisch in der Küche nicht darauf hin, dass Max hier viel Besuch bekam.

»Wann wurde das aufgenommen?«, fragte sie und blieb vor zwei großen Fotografien an der Wand stehen.

Es waren Hochzeitsfotos, das Brautpaar im Kreis seiner Angehörigen, aufgenommen hier in Solvtraeer, im Garten unmittelbar hinter dem Haus. Das ältere Foto war eine Schwarz-Weiß-Aufnahme, das neuere in Farbe.

In diesem Moment begriff Darcy, weshalb Viggo so von Sallys gärtnerischem Geschick geschwärmt hatte. Der Garten wies eine unglaubliche Fülle von Formen und Strukturen in einem wilden Farbrausch auf. Er weckte in ihr das Verlangen, durchs Gras zu laufen, die schweren Blütenköpfe mit den Fingerspitzen zu streifen …

»Auf der Hochzeit meiner Eltern und meiner Großeltern. Hier zu heiraten, war so was wie eine Tradition.«

»Das kann ich verstehen«, murmelte sie. »Es ist das reinste Paradies.«

Er erwiderte nichts darauf. Es lag auf der Hand, warum seit damals keine Hochzeiten mehr gefeiert worden waren.

Das Zimmer am Ende des Flurs war kleiner als die anderen. Das Fenster in der hinteren Wand lag zur Einfahrt hin. Wenn man hindurchsah, konnte man die dicht beieinanderstehenden Birken und den Strand sehen. Möbliert war es mit einem Eisenbett, einem verschossenen Flachgewebe-Teppich und einem kleinen Schreibtisch. In der Ecke neben der Tür stand eine große, über und über mit Farbklecksen bedeckte Staffelei.

»Das war Johan Triers Zimmer bei seinen Aufenthalten hier«, sagte Max und warf einen leidenschaftslosen Blick hinein. »Im Gegensatz zu allen anderen Räumen ist dieser hier weitgehend unverändert geblieben. Wir waren uns der Bedeutung unserer Beziehung zu ihm immer bewusst. Wahrscheinlich haben wir uns deshalb nie getraut, etwas zu verändern.«

Darcy spürte, wie sich die Härchen auf ihren Armen aufrichteten.

»Willst du damit sagen, dass er *Ihre Kinder* in diesem Zimmer gemalt hat?«

Max nickte.

»Und dir ist nicht der Gedanke gekommen, dass mich das interessieren könnte?«

»Es ist doch bloß ein altes Schlafzimmer«, erwiderte er achselzuckend.

War es wirklich nur das? Zum allerersten Mal erkannte sie, dass es bei der Beziehung zwischen Trier und den Madsens um mehr als nur eine wissenschaftliche Tatsache oder einen geschäftlichen Vorteil ging. Johan Trier hatte in diesem Bett geschlafen, war in diesem Zimmer aufgewacht, hatte genau hier sein bedeutendstes Werk – das bedeutendste dänische Gemälde des letzten Jahrhunderts – geschaffen.

Plötzlich fand sie Max' Argumentation, dass *Ihre Kinder* in die Sammlung Madsen gehöre, nachvollziehbar. Vielleicht ging es gar nicht um juristische Spitzfindigkeiten oder gute PR vor einem geplanten Börsengang. Vielleicht hatte er einfach recht.

Sie spürte Hoffnung in sich aufkeimen. Die Vergangenheit regte sich …

»Weißt du, welches Liljas Zimmer war?«, fragte sie und schaute den Flur hinunter.

»Vermutlich das von Peder. Es war das kleinste, und da Casper der jüngere Bruder war …«

Ein bitterer Zug legte sich um seinen Mund. Vermutlich angesichts der Erkenntnis, dass jüngere Brüder immer mit weniger abgespeist wurden. Kleinere Zimmer, kleinere Häuser …

Darcy stellte sich Lilja in jenem Zimmer schlafend vor, das Neugeborene in seinem Bettchen neben sich … August 1922. Da hatte sie bereits zwei Jahre hier gewohnt. Was als vorübergehender Erholungsaufenthalt nach dem Tod ihres Kindes gedacht gewesen war, hatte sich zu einem Neuanfang entwickelt. Sie war nie wieder in die Stadt zurückgekehrt. Ihr in London tätiger Ehemann und ihre angeheirateten Verwandten hatten sie nur sporadisch besucht. Was mochte also in ihr vorgegangen sein, als ein begnadeter, berühmter Künstler nur wenige Meter entfernt Quartier bezog? Hatte sie es als störend empfunden? Oder sich über die Abwechslung gefreut?

»Gab es Personal?«

»Ja, die Saalbachs. Mrs Sally, wie sie genannt wurde, war unsere Köchin und Haushälterin, und ihr Mann und ihr Sohn, Ernest und Arne, arbeiteten als Gärtner und Chauffeur.«

»Der alte und der junge Sally. Viggo hat mir von ihnen erzählt.«

»Richtig. Arne war ein Baum von Mann, gut eins neunzig groß.«

»Und wo haben sie gewohnt?«, fragte sie.

Hier oben gab es nur fünf Schlafzimmer.

»Da, wo heute die Garage ist, stand früher ein kleines Gesindehaus.«

Darcy nickte. »Hatte Trier irgendwo ein Atelier?«

»Ja, aber das gibt es schon lange nicht mehr. Es war ein gläserner Anbau auf der Rückseite des Hauses, der ihm viel Tageslicht zum Arbeiten hätte ermöglichen sollen – leider war er im Sommer zu heiß und im Winter zu kalt.«

Sie schaute wieder in Triers Zimmer. »Darf ich?«

»Na klar.«

Sie ging hinein, blickte sich neugierig um und konzentrierte sich darauf, wie sie auf das reagierte, was sie wahrnahm. Es war, als würde sie die Vergangenheit einatmen wollen; als hoffte sie, irgendwelche unsichtbaren Spuren des Malers zu entdecken. Sie suchte etwas, ohne zu wissen, was es war.

An der Wand hing ein weiteres altes Foto, sepiafarben und mit dunklen Flecken gesprenkelt, die vermutlich von Staubmilben herrührten. Dennoch erkannte sie den Mann sofort: Es war Johan Trier mit langem Ziegenbart und im Malerkittel, der neben seiner Staffelei stand, einen Pinsel senkrecht in der erhobenen Hand haltend wie Cruella de Vil ihre Zigarettenspitze.

Der Mann zu seiner Linken trug einen hellen Anzug und eine Krawatte. Er hatte etwas Gebieterisches an sich, wie er, das Kinn mit dem sauber gestutzten Bart in die Höhe gereckt, geradewegs in die Kamera schaute. Eine Hand hatte er auf die Schulter einer jungen Frau neben sich gelegt. Sie hielt einen in eine Decke gewickelten Säugling in den Armen, war barfuß und hatte die dunklen Haare zu einem Zopf geflochten.

Rechts der Staffelei standen zwei weitere Männer, der eine mittleren Alters, der andere jung; sie trugen keine Bärte, wie es sich für Männer der Oberschicht geziemte, sondern waren glatt rasiert; ihre Kleidung schien aus Hanfstoff genäht worden zu sein. Ein kleines Stück vor ihnen stand eine Frau mittleren Alters im dunklen Kleid, die Hände vor der sauberen Schürze gefaltet.

»Das sind die Sallys«, erklärte Max. »Das da ist natürlich Johan … Und die beiden da sind meine Urgroßeltern, Casper und Lilja. Der Säugling in ihren Armen ist meine Großmutter.«

Darcy betrachtete die Aufnahme aufmerksam. Die Halskette war deutlich zu sehen. Jetzt gab es keinen Zweifel mehr, dass sie Lilja gehörte und dass sie die Frau auf dem Porträt war. Auch ihre Kopfhaltung verriet es: das Kinn ein wenig gesenkt, die Lippen geöffnet, den Blick nach oben gerichtet.

»Wie hieß deine Großmutter gleich noch mal?«, fragte sie und heftete den Blick auf das Baby in Liljas Armen.

Zwei Geburten.

»Emme.«

»Emme«, murmelte sie. »Ein hübscher Name.«

»Das Foto wurde im August 1922 aufgenommen. In jenem Sommer haben sie sich alle hier aufgehalten.«

»Alle miteinander? Casper, Lilja und Johan?« Sie hielt kurz inne. »Das muss heftig gewesen sein.«

»Warum?« Es klang aggressiv.

»Ein Künstler auf dem Höhepunkt seines Schaffens und ein Neugeborenes? Wie dick sind die Wände hier?«

»Nicht dick genug«, räumte er ein.

Ob es Streit gegeben hatte?

Wieder betrachtete sie das Foto. Casper und Lilja hielten sich kerzengerade und so steif, als wären sie aus Holz geschnitzt. Casper hatte sich vor diesem Zeitpunkt fast drei Jahre in London aufgehalten und die dortige Firmenniederlassung geleitet, und Lilja war nach Solvtraeer gezogen. Sie mussten sich doch fremd geworden sein. Merkwürdigerweise hatte Darcy keinerlei Korrespondenz zwischen ihnen gefunden, und Casper schien auch nicht allzu oft nach Dänemark gefahren zu sein, wenn man den Tagebüchern seiner Schwester und seiner Mutter glauben konnte.

Wie war ihre Beziehung gewesen, als Casper nach Hause zurückgekehrt war? Hatten sie sich leidenschaftlich ineinander verliebt? Oder war es eine arrangierte Ehe gewesen, wie Viggo angedeutet hatte? Zwei angesehene Familien, der Zusammenschluss zweier Vermögen, alte Bündnisse, Gefälligkeiten …

Sie sah Trier an … und dann den Säugling in Liljas Armen.

»Wann ist Trier eigentlich nach Solvtraeer gekommen, um zu malen?«, fragte sie wie beiläufig.

»Irgendwann im späten Frühjahr, soviel ich weiß.«

Ob er im Sommer davor schon einmal hier gewesen war? Sie würde sich seine Tagebücher noch einmal vornehmen müssen. Nachdem sie herausgefunden hatte, wer die porträtierte Frau war, hatte sie sich nicht mehr mit seinen Reiserouten befasst, aber möglicherweise waren ihre Schicksale nicht nur durch ein Gemälde miteinander verknüpft …

Erneut betrachtete sie die Menschen auf der anderen Seite der Staffelei. Die Saalbachs hatten freundliche Gesichter und Apfelbäckchen, aber in ihrem Blick lag eine gewisse Reserviertheit, und sie strahlten eine nervöse Anspannung aus. Bereitete es ihnen Unbehagen, als glückliche Familie zu posieren? Was für Geheimnisse hüteten sie, von denen Casper nichts ahnte?

Sie warf einen kurzen Blick den Flur hinunter. Niemand würde nachts das Knarren einer Bodendiele oder das Quietschen von Bettfedern hören …

»Die Sallys scheinen nett gewesen zu sein«, murmelte sie, nur um etwas zu sagen.

Während sie das Foto lange und eingehend angestarrt hatte, war ihr ein Verdacht gekommen …

»Ja, das waren sie. Und unglaublich loyal. Mrs Sally ist für Lilja ein Muttterersatz geworden. Sie hat ihr auch bei der Entbindung geholfen.«

Darcy lächelte. Sie fand es tröstlich, dass Lilja, praktisch eine Waise und selbst noch ein halbes Kind, jemanden gehabt hatte, der sich um sie kümmerte.

»Meine Großmutter hat Peder und mir immer erzählt, wie sie dem alten Sally im Garten helfen durfte. Der junge Sally hat ihr wohl das Angeln beigebracht und ihr gezeigt, wo man Beeren und Kräuter findet, im Wald hinten auf dem Grundstück sogar Trüffel.«

»Hier gibt es Trüffel?«, rief sie überrascht. »Ich dachte, die wachsen nur weiter südlich, in Italien und Frankreich.«

»Nein, sie finden hier ideale Bedingungen vor. Das ging so weit, dass einige der Gartenbesucher sich am Ende weniger für die Blumen als für etwas ganz anderes interessierten.«

»Sie haben versucht, Trüffel zu klauen?«

»Trüffel sind teuer, das ist schon ein Anreiz zum Stehlen«, antwortete er achselzuckend.

Darcy trat einen Schritt zurück und besah sich Trier noch einmal genauer. Ein großes Gemälde lehnte auf der Staffelei neben ihm. War es dieselbe wie die, die heute noch im Raum stand? Sie streckte die Hand aus und berührte das Holz mit den Fingerspitzen.

»Ist das *Ihre Kinder* auf der Staffelei dort?«

Max sah sie an und nickte. »Unserer Meinung nach ja.«

Noch etwas, was seinen Besitzanspruch untermauerte. »Und warum hängt das Foto nicht in der Galerie bei den anderen?«

»Es ist in keinem guten Zustand.« Er zuckte mit den Schultern. »Es gibt viele bessere, auf denen Trier mit der Familie zu sehen ist. Außerdem ist es eine etwas persönlichere Aufnahme – Lilja ohne Schuhe, in lässiger Kleidung, kurz nach der Geburt ihres Kindes … Und wir können nicht alles ausstellen, was sich in unserem Besitz befindet.«

»Stimmt«, pflichtete Darcy ihm bei.

Etwas nagte an ihr. Etwas, was sie nicht zu fassen bekam.

Wieder starrte sie das Foto an, die darauf versammelten Gesichter. Eins kam ihr überraschend bekannt vor …

Stirnrunzelnd folgte sie Max hinaus und zurück durch den Flur, vorbei an den Hochzeitsfotos, an Peders Zimmer, in dem vielleicht einmal Lilja geschlafen hatte …

Es hatte leicht zu schneien begonnen, wie sie mit einem Blick aus dem Fenster feststellte. Der Schnee lag wie ein Spitzenschleier über die Erde gebreitet. Das Licht wurde schwächer, der Garten schimmerte in weichem Violett. Die Dämmerung brach herein.

Die Stille wurde mit jedem Schritt drückender, als sie die Treppe hinuntergingen. Darcy starrte Max' Rücken an, die im Nacken leicht gewellten dunkelblonden Haare. Sie musste zugeben, dass er sich ihr gegenüber äußerst großzügig gezeigt hatte. Er hatte sie herumgeführt, ihr alles gezeigt, was sie hatte sehen wollen, ihr zu essen gegeben und dafür gesorgt, dass sie nicht fror. Er hatte alle ihre Fragen beantwortet.

Und jetzt?

»Es sieht aus, als würde der Schnee wirklich liegen bleiben«, sagte sie, während sie ihm in die Küche folgte.

»Ein skandinavischer Winter eben.« Max blieb am Arbeitstisch stehen, er war ungewöhnlich still.

Jetzt, wo sie das gesehen hatte, weshalb sie hergekommen war, stellte sich wieder die alte Befangenheit im Umgang miteinander ein.

»Zu Hause in England würde das bisschen Schnee ausreichen, um Zugverbindungen ausfallen zu lassen und Flüge zu streichen.«

Du meine Güte. Banaler Small Talk.

»Mm.« Er wandte den Blick ab, die Hände in den Gesäßtaschen seiner Jeans. Darcy hielt das für einen Wink mit dem Zaunpfahl: Zeit zu gehen. Immerhin war das *sein* Samstagnachmittag.

Sie schnappte sich ihre Stiefel, die neben der Hintertür standen, und marschierte zu der Kammer, wo ihre Jacke hing. Dann stieg sie in die Stiefel und streifte sich die Jacke über. Sie wollte ihm nicht noch mehr von seiner kostbaren Zeit stehlen.

»Willst du nicht noch einen Kaffee?«, fragte er, während er ihr zuschaute.

»Danke, aber ich sollte jetzt wirklich gehen.« Ohne ihn anzusehen, zog sie den Reißverschluss hoch. »Du hast mir schon viel zu viel von deiner Freizeit geopfert.«

»Kein Problem.« Höflich wie immer.

»Um zwanzig nach geht ein Zug, also …« Die Küchenuhr zeigte zehn vor drei.

»Ja … ich fahr dich zum Bahnhof.«

»Nein, nicht nötig«, sagte sie schnell. »Ich hab ja nichts Schweres zum Tragen dabei, und der Spaziergang wird mir guttun. Das ist jetzt der zweite Samstag in Folge, an dem ich nicht joggen war, deshalb …«

»Klar. Verstehe.«

Sie warf ihm einen kurzen Blick zu. Seit sie wieder heruntergekommen waren, hatte er es praktisch vermieden, sie anzusehen. Keine neckischen Bemerkungen, keine Witze mehr, kein persönliches Wort.

Darcy seufzte. Sie fühlte sich nicht nur ausgeschlossen, sondern regelrecht ausgestoßen.

»Also danke noch mal, dass ich mir alles ansehen durfte. Das war echt nett von dir.«

»Kein Thema.« Er winkte ab. »Ich kann mir nicht vorstellen, dass dir das irgendwas gebracht hat.«

»O doch, das hat es definitiv. Zu sehen, wo Lilja gewohnt hat, als das Porträt entstanden ist, war sehr hilfreich. Das trägt dazu bei, so ein …«

»… Gefühl zu entwickeln?«, neckte er sie.

Sie grinste. »Ganz genau.« Sie streckte die Hand nach dem Türknauf aus und schluckte. »Tja, dann bis zum nächsten Freundschaftstreffen«, witzelte sie und öffnete die Tür.

Er lächelte nicht.

»Bis dann, Max.« Sie machte einen Schritt nach draußen.

»Warte.«

Verdutzt hielt sie inne – einen Fuß vor der Schwelle, einen dahinter – und guckte ihn an. »Was?«

»Geh nicht.«

»Aber der Zug …«

»Der soll ohne dich abfahren.«

Sie blinzelte. »Ich habe keinen Grund, noch länger zu bleiben.«

»Doch, den hast du. Und das weißt du auch.« Seine Stimme klang angespannt. Lag es an den Worten, die er gesagt, oder an denen, die er nicht gesagt hatte?

»Aber du hast doch gemeint …«

»Ich denke, wir sind uns einig, dass es nicht funktioniert«, unterbrach er sie schroff. Ganz Max, der Anwalt.

Er biss die Kiefer aufeinander, als sich das Schweigen hinzog. Sein Gesicht spiegelte seinen inneren Kampf wider.

Darcy brachte keinen Ton heraus. Sie war unfähig, sich zu bewegen oder den Blick von ihm abzuwenden.

»Bleib bei mir.«

Für jeden anderen waren das einfache Worte. Aber nicht für ihn. Nicht für einen Mann, der alle auf Distanz hielt. Seit Wochen stieß er sie von sich, hatte damit aber nur erreicht, dass das Seil zwischen ihnen sich noch straffer gespannt hatte.

Er schaute weg.

»Man sollte nicht glauben, dass ich das normalerweise besser kann«, schnaubte er höhnisch.

»Das will ich aber nicht!«, brach es aus ihr hervor. »Ich will dich nicht besser!«

Er machte ein überraschtes Gesicht. »Was willst du dann?«

»Mehr als das, was du zu geben bereit bist. Ich will nicht bloß eine Nacht mit dir verbringen und in die Riege deiner Sex-Date-Models eingereiht werden. Und ich will keine Vollkommenheit. Ich will, dass du du selbst bist, mit all deinen Fehlern und Gefühlen. Ich will den *ganzen* Mann. Nicht einen, der die unterschiedlichen Bereiche seines Lebens voneinander getrennt hält, als wäre es eine Sockenschublade.«

Sie ging zurück und auf ihn zu, bis sie dicht vor ihm stand.

»Würfle alles durcheinander, Max, und zwar mit mir zusammen.«

Er schaute auf sie hinunter. Sie konnte ihm ansehen, wie sehr er sich bemühte, seine Gefühle zu unterdrücken. Emotionen waren für ihn eine komplizierte Sache. Und gefährlich.

Sie nahm seine Hand und legte sie sich auf die Hüfte, vollzog den Übergang vom Emotionalen zum Körperlichen. Sie spürte den Druck seiner Fingerspitzen, sachte erst, dann fester, als er ihr endlich gab, was sie sich von Anfang an gewünscht hatte: von ihm gehalten, geküsst und begehrt zu werden.

Sich mit ihm zusammen zu verlieren.

*

»Fünf Komma eins Millionen Aufrufe«, murmelte Darcy mit Blick auf die jüngsten TikTok-Zahlen. Sie hatte den Kopf auf seine Brust gelegt. Seine Haut war so warm und duftete nach Sandelholz und Holzrauch. Allmählich normalisierte sich sein Herzschlag wieder, genau wie ihr eigener.

»Du lieber Himmel«, stöhnte er. »*Wieso?*«

»Der Kuss aufs Haar. Kommt gleich nach einem Kuss auf die Stirn. Das solltest du eigentlich wissen. Was hast du dir nur dabei gedacht?«

Er rieb sich die Augen. »Ganz offensichtlich nichts.«

Sie lächelte und spielte mit seinem Brusthaar. Mit seiner freien Hand streichelte er ihre Hüfte. »Dann hast du dich von deinem Instinkt leiten lassen?«

»Von meinem Instinkt und meiner Eifersucht.«

Sie schaute zu ihm auf. »Und das gibst du so freimütig zu?«

»Ich muss. Ich will wieder schlafen können. Du hast mir schon viel zu viele schlaflose Nächte bereitet.« Er drehte den Kopf, um sie anzusehen. Bartstoppeln zeigten sich an seinem Kinn; es war ein langer Tag gewesen. Sein sanfter Blick hatte etwas Magnetisches.

»Im Ernst?«

»Mm-mm.«

Sie lächelte schläfrig und zufrieden. »Gut zu wissen.«

Sein leises Lachen stieg tief aus seiner Brust empor. »So? Du willst wohl, dass ich deinetwegen leide?«

»Natürlich! Das wünscht sich jede Frau. Ihren Lover in abgrundtiefe Verzweiflung zu stürzen.« Sie tippte ihm neckisch auf die Brust.

»Tja, Mission erfüllt, würde ich sagen. Ich dachte, mit einem Kleid von Valentino in deiner Diele zu stehen, sei der absolute Tiefpunkt, aber als du dann im Neoprenanzug und mit blinkendem Geweih zu einem Meeting erschienen bist, hast du mir echt das Herz gebrochen.«

Sie lachte. Er schloss den Arm noch fester um sie und rollte sich über sie hinweg auf die andere Seite. Die Stimmung schlug erneut ins Ernste um. Die gegenseitige Anziehung war zu stark, sie konnten sich ihr nicht entziehen.

»War es wirklich Veronique, die dir das Kleid besorgt hat?« Sie schaute zu ihm auf, und er beugte sich über sie, um sie zu küssen.

»Nein.«

»Und ein Geschenk war es auch nicht?«

»Nein. Aber ich kenne den Finanzchef, und der hat sich mit dem Geschäftsführer in Verbindung gesetzt, damit er mir das Kleid besorgt.«

»Warum hast du das alles gemacht?«

Auf einen Ellenbogen gestützt, strich er ihr das Haar aus dem Gesicht und schob ein Knie zwischen ihre Beine.

»Einfach weil ich es wollte«, antwortete er mit selbstzufriedener Miene.

»Du weißt aber schon, dass das als Date zählt?«, fragte sie, als sie aus dem Wind und in die Bootshalle traten, in der jetzt Christbäume verkauft wurden.

Dass der Schnee selbst am Strand liegen blieb, zeigte, wie kalt es war, aber Max hatte dafür gesorgt, dass Darcy mit Mütze, Schal und dem dicken Parka aus der Stiefelkammer bestens eingepackt war.

Er schüttelte den Kopf. »Nein, tut es nicht. Ein Date bedeutet Abendessen oder … Schlittschuhlaufen.« Er schauderte angewidert.

»Gar nicht wahr«, protestierte sie. »Das ist bloß ein Klischee für Anfänger. Ein Spaziergang am Strand, ein Kaffee zum Mitnehmen, einen Weihnachtsbaum kaufen – *das* ist erstklassiges Daten.«

»Soll das heißen, ich mache meine Sache gut?« Er blickte grinsend auf sie hinunter, legte ihr einen Arm um die Schultern und verschränkte seine Hand mit ihrer.

»Du bist brillant in allem, was du machst, und das weißt du auch«, murmelte sie, als er sie von Neuem küsste. Er hatte sie jetzt mindestens elfmal aufs Haar geküsst, vermutlich ohne sich dessen bewusst zu sein.

Sie schlenderten durch die Halle, in der ein ziemliches Gedränge herrschte, doch das nahmen sie kaum wahr.

»Ich wünschte, wir hätten das Auto genommen.«

»Warum?«

»Dann wären wir schneller wieder zu Hause.«

»Hm«, machte sie und grinste bei der verlockenden Aussicht.

Plötzlich wurde ihm bewusst, wo sie waren, und er löste sich von ihr. »Ganz abgesehen davon, müssen wir den Baum ja irgendwie nach Hause kriegen.«

»Stimmt! Und wie willst du einen Christbaum in einem R8 transportieren?«, fragte sie lachend.

»Gutes Argument«, räumte er ein. »Wir werden den Baum tragen müssen.«

Sie zuckte mit den Schultern. »Kein Problem.«

»Wir werden uns mit einem kleinen zufriedengeben müssen.«

»Kommt nicht infrage! Das ist dein erstes Weihnachtsfest seit Jahren. Wir werden einen Riesen von einem Baum kaufen.«

Er musste lachen. »Wir werden zwei Stunden brauchen, um den nach Hause zu schleppen!«

Sie drängte sich näher an ihn. »Und wenn schon. Das wird ein Teil unserer Geschichte werden. Wir werden allen von unserem ersten Date erzählen, bei dem wir zwei Stunden gebraucht haben, um unseren ersten Christbaum nach Hause zu tragen.«

»Verstehe.« Er blickte glücklich drein. »Ich glaube, ein Abendessen wäre doch einfacher gewesen.«

»*Einfach* interessiert mich nicht«, flüsterte sie, legte ihm eine Hand an die Wange und küsste ihn erneut.

Sie wünschte, dieser Tag würde nie zu Ende gehen. So wie sie sich gewünscht hatte, die letzte Nacht würde bis in alle Ewigkeit andauern. Jeder einzelne Augenblick mit ihm sollte nie enden.

An einem Stand, wo Nordmann-Tannen verkauft wurden, blieben sie stehen. Max betrachtete die aufgereihten, an eine Querstange gelehnten Bäume mit prüfendem Blick, taxierte sie auf Größe, Wuchs, Farbe. Schließlich schnappte er sich einen und stellte ihn aufrecht hin. Der Baum maß knapp drei Meter und hatte ringsherum buschige, dichte Zweige.

Er war riesig. Sperrig. Schwer.

Darcy breitete die Hände aus und strahlte. »Der ist perfekt!«

26. Kapitel

Dänemark flitzte an ihnen vorbei, als sie durch die Nacht fuhren. Schnee wurde gegen die Windschutzscheibe getrieben. Max hatte Darcy die Hand auf den Schenkel gelegt und drückte ihn alle paar Sekunden, wie um sich zu vergewissern, dass sie wirklich existierte.

Die letzten achtundzwanzig Stunden hatten sich wie ein Traum angefühlt, von dem sie nicht wollte, dass er jemals endete. Sie wollte nicht in die Stadt zurückkehren, jeder in seine eigene Wohnung, jeder in sein eigenes Leben, und sie wusste, dass es ihm genauso ging. Allein der stärker werdende Schneefall hatte sie nach langen, behaglichen Stunden am Kamin zum Aufbruch bewogen.

Den Kopf an die Nackenstütze gelehnt, betrachtete sie Max' Profil.

»Du siehst viel zu gut aus«, murmelte sie.

»Nein.«

»Doch. Deswegen hab ich dich auf Anhieb gehasst.«

»Autsch!« Er verzog das Gesicht.

»Tja, dieses Profilbild. Dieser herrische Blick und die

Aussage, dass du nicht datest … Du kommst total arrogant rüber. Das musst du unbedingt ändern.«

Sein Blick streifte ihre Lippen, und ihr Magen schlug einen Purzelbaum, einfach so. Sie wartete darauf, dass er sagte, das Profilbild werde ohnehin nicht mehr gebraucht, weil er sein Konto löschen wollte …

»Trotzdem hast du nach rechts gewischt. Und an dem Abend, als wir uns kennengelernt haben, hast du mich definitiv nicht gehasst.« Ein Schmunzeln tanzte durch seine Augen wie ein hüpfendes Kind.

»Stimmt«, bestätigte sie stöhnend. »Leider!«

Er grinste, ohne den Blick von der Straße zu nehmen. Er kannte seine Wirkung auf sie.

»Ich möchte dich etwas fragen«, sagte sie und betrachtete das Profil seiner Kieferpartie.

»Schieß los.«

»An dem Abend, als wir uns das erste Mal begegnet sind – hast du mich da erkannt? Hast du gewusst, dass wir ein Match sind?«

Ein belustigtes Lächeln umspielte seinen Mund. »Ich hab dich schon lange entdeckt, bevor du mich entdeckt hast.«

»Das glaub ich dir nicht!«

»Ich habe dich hereinkommen sehen. Und als du die Treppe heruntergekommen bist, bin ich schnurstracks auf dich zugesteuert.«

»Du hast mich sofort erkannt?«

»Nein. Ich war einfach nur scharf auf dich …«

Seine Offenheit war unglaublich.

»Dann bist du zu Otto und den anderen hinübergegangen und wurdest Helle vorgestellt. Aus dem allgemeinen

Interesse an dir habe ich geschlossen, dass du die Spezialistin sein musst, die hinzugezogen wurde. Das hat die Sache dummerweise verkompliziert.«

»Und deshalb hast du dich zurückgehalten?«

»Ja.«

»Aber du hast mich die ganze Zeit angestarrt.«

»Das ist schließlich nicht verboten«, erwiderte er achselzuckend. »Ich war auf dem Weg nach draußen, um der Versuchung zu widerstehen, als ich meine Nachrichten gecheckt und gesehen habe, dass mein Match – die heiße Frau, die meine Einladung zu einem Drink abgelehnt hatte – direkt vor mir stand. Ich meine, das ist mehr, als ein einzelner Mann verkraften kann, oder?«

»Und da hast du beschlossen, zu warten und dein Glück aufs Neue zu versuchen?«

»Na ja, du hast mir einen Korb gegeben, weil du schon Pläne für den Abend hattest. Und da ich ganz offensichtlich die gleichen Pläne hatte, habe ich mir gute Chancen ausgerechnet, dass es diesmal klappen würde«, argumentierte er mit bestechender Logik und zwinkerte ihr zu.

»Dass wir zusammenarbeiten werden, hast du aber doch gewusst?«

»Es gibt immer Ausnahmen von der Regel, Darcy.« Er drückte ihren Schenkel. »Außerdem war es ja nicht so, als ob wir im gleichen Büro arbeiten würden. Im Gegenteil, ich musste mir alles Mögliche einfallen lassen, um dich sehen zu können.«

»Wie zum Beispiel, dass ich das Archivmaterial nur bei dir zu Hause einsehen darf?«, sagte sie grinsend und fühlte sich bestätigt, als er schmunzelnd nickte.

»Ich fand es schön, dich um mich zu haben«, gab er zu.

»Hört sich an, als wäre ich ein Haustier.«

»Du warst viel süßer als jedes Haustier. So unglaublich prinzipientreu. Ich dachte schon, du würdest mein Haus nie betreten«, schob er lachend hinterher.

»Zum Glück hab ich es getan, sonst hätte ich deine vielen Freundinnen nicht kennengelernt.«

»Das sind nicht meine Freundinnen«, erwiderte er mit einem knappen Kopfschütteln. »Sie sind immer nur über Nacht geblieben. Du bist die Einzige, die ich auch tagsüber bei mir haben wollte.«

»Du Charmeur.« Zärtlich strich sie ihm über die Wange. Sie musste ihn immerzu berühren. »Warum bist du am Tag nach unserer ersten Begegnung in die Galerie gekommen, um Grenzen zu ziehen, wenn du nach Ausreden gesucht hast, mich zu sehen?«

»Exakt aus diesem Grund – um dich wiederzusehen.«

»Du hast mich abserviert, um mich wiederzusehen?«

»Streng genommen konnte ich dich nicht abservieren, weil wir nicht zusammen waren – aber ja. Außerdem war ich sauer auf dich.«

Sie kniff vergnügt die Augen zusammen. »Weil ich ein Date hatte?«

Er zuckte mit den Schultern.

»Du bist ganz schön eifersüchtig«, stellte sie lächelnd fest. Nach dem Zusammentreffen mit Aksel in ihrer Wohnung hatte er sie ja auch geghostet.

»Normalerweise nicht.«

Sie sah ihn aufmerksam an. »Müssten wir nicht zusammenarbeiten, hätte einem Date also nichts im Weg gestanden?«

»Dates sind nichts für mich … jedenfalls war das bis

jetzt so«, verbesserte er sich, den Blick auf die Straße gerichtet. »Aber mir ist klar geworden, dass du anders bist. Deshalb habe ich versucht, Distanz zu wahren.«

»Hat nicht ganz so gut geklappt, hm?«, murmelte sie, ergriff seine Hand und schob sie ein Stück ihren Schenkel hinauf. Den Blick, mit dem er sie bedachte, kannte sie inzwischen schon. »Ich werde nicht schlau aus dir, weißt du.«

Einmal mehr zuckte er mit den Schultern. »Ich bin ein geradliniger Typ. Ich mache keine falschen Versprechungen, ich mache niemandem etwas vor.«

»Und du lässt niemanden an dich heran.«

»Jeder errichtet eine emotionale Schutzmauer um sich herum, Darcy. Sogar du.« Wieder drückte er ihren Schenkel.

Sie starrte ihn an und fand es schlimm, wie groß ihr Verlangen nach ihm war. Es war nicht gut, sich so heftig und so schnell zu verlieben …

»Nicht«, sagte er leise. Ein angedeutetes Lächeln spielte um seine Mundwinkel.

»Was *nicht*?«

»Frag mich nicht, wie es jetzt weitergeht.« Er streifte sie mit einem Seitenblick. »Du bist die Ausnahme.«

»Und du meinst, nach allem, was wir dieses Wochenende miteinander gemacht haben, können wir uns in Meetings gegenübersitzen und so tun, als ob wir Gegner wären?« Sie schob seine Hand ein Stück weiter die Innenseite ihres Schenkels hinauf. Er sah sie an, und sein Blick verriet seine unersättliche Gier. »Glaubst du, sie merken was?«

Er schüttelte den Kopf. »Nein.«

»Wie kannst du dir so sicher sein?«

»Weil wir beide Profis sind. Und weil du dein Projekt bald abgeschlossen hast, und dann wird sich niemand mehr für unser Privatleben interessieren.«

Unser Privatleben. Sie lächelte. Aus seinem Mund waren diese Worte etwas ganz Besonderes.

»Du *bist* doch bald fertig, oder?«, fragte er hoffnungsvoll.

Sie zog seufzend die Nase kraus. »Na ja, nicht ganz so, wie ich es mir wünschen würde.«

»Wieso, was meinst du damit?«, fragte er verwirrt und runzelte die Stirn. »Deine Vermutung, dass die porträtierte Frau Lilja ist, hat sich bestätigt. Du hast uneingeschränkten Zugang zu unseren Archiven, und du hast private Familienfotos gesehen. Wir haben uns sogar in denselben Räumen geliebt, in denen sie sich aufgehalten hat …«

Sein Augenzwinkern war ihr Untergang!

»Was brauchst du denn noch?«, wollte er wissen. »Schreib ihre Biografie, und liefere sie ab. Es wird alles viel einfacher sein, wenn wir das abhaken können. Dann brauchen wir uns nicht mehr zu verstellen.«

»Ja, ich weiß.« Sie biss sich auf die Lippe, setzte sich anders hin und schaute aus dem Fenster.

Plötzlich fühlte sie sich unter Druck. Fragen drängten sich auf. Fragen, die zu stellen nicht richtig war, wie sie fand.

»Darcy? Was ist los?«

»Nichts.«

»Du hast doch was.«

Sie ließ den Kopf gegen die Nackenstütze fallen und

rieb sich das Gesicht, während sie ihre Gedanken sortierte.

»Ich hab das Gefühl, dass ich etwas Wichtiges übersehe«, erwiderte sie dann. »Obwohl es direkt vor meiner Nase ist, sehe ich es nicht! Es ist, als ob ich den Wald vor lauter Bäumen nicht erkennen würde.«

Er seufzte. »Hör zu, ich habe Lilja natürlich nie kennengelernt, und ich will sie ganz bestimmt nicht heruntermachen, aber sie war keine geheimnisumwitterte Frau von internationaler Bedeutung, sondern einfach eine Angehörige der privilegierten Oberschicht. Ich meine, was gibt es schon groß über sie zu sagen?«

Ich habe sie nie kennengelernt … Darcy fuhr hoch und starrte in die Dunkelheit.

»Das ist es!«

»Was?«

Sie antwortete nicht sofort, sondern ließ ihren Gedanken freien Lauf.

»Warum soll sie das getan haben?«, murmelte sie. »Das ergibt doch keinen Sinn.«

Max legte die Stirn in Falten. »Ich versteh kein Wort.«

Sie verlagerte ihr Gewicht und drehte die Beine in seine Richtung, während in ihrem Gehirn Schaltkreise in Gang gesetzt wurden und Fakten und Theorien ihre Positionen wechselten.

»Du weißt doch, wie sie gestorben ist, Max. Oder?«

In seinem Kiefer zuckte es angesichts der jähen Wende, die ihr Gespräch genommen hatte.

»Klar. Sie ist ertrunken.«

»Schon, aber hast du auch gewusst, dass es kein Unfall war?«

Er streifte sie mit einem misstrauischen Blick, was sie als Ja wertete. »Worauf willst du hinaus?«

»Viggo hat erzählt, sie habe sich im Meer ertränkt. Das ergibt aber keinen Sinn.«

»Wie kommst du darauf? Sie hatte zu dem Zeitpunkt schon etliche Jahre in Hornbæk gelebt. Sie war depressiv, Darcy.«

»Das ist es ja – sie war nicht depressiv. Nicht mehr. Der Tod ihres Sohnes war ein schwerer Schicksalsschlag gewesen, von dem sie sich aber wieder erholt hatte. Sie hatte noch einmal ein Kind bekommen, ihre Tochter Emme. Die sie nie kennengelernt hat. Warum sollte sie sich das Leben nehmen? Das Neugeborene hätte ihr geholfen, seelisch wieder vollständig zu gesunden. Ein Selbstmord ergibt einfach keinen Sinn.«

»Meinst du?« Seine Stimme war plötzlich kalt geworden. »Depressionen sind heimtückisch. Die verschwinden nicht einfach auf wunderbare Weise, bloß weil einem mal etwas Gutes widerfährt. Womöglich hat das Baby alles nur schlimmer gemacht. Schon mal was von Wochenbettdepression gehört?«

Darcy fuhr zurück. Er hatte natürlich recht. Das wäre durchaus eine Möglichkeit.

Sie sah ihn an, und ihr wurde klar, dass sie ihre Theorie nicht laut hätte äußern dürfen. Nicht ihm, nicht Liljas Urenkel gegenüber.

»Entschuldige, Max. Es war nur so ein Gedanke, ich wollte nicht …«

Aber es war zu spät. Sie hatte eine Grenze überschritten. Sie erkannte es daran, wie fest er das Lenkrad umklammert hielt. Seine Knöchel traten weiß hervor.

»Was genau hoffst du eigentlich zu finden, Darcy? Bist du so sensationsgeil, dass du dir wünschst, meiner Familie seien schreckliche Dinge zugestoßen, damit du bei der Enthüllung des Gemäldes eine aufsehenerregende Geschichte präsentieren kannst? Geht es dir darum, den Ruf meiner Familie zu schädigen, damit du dir einen Namen machen kannst?«

»Natürlich nicht!«, erwiderte sie bestürzt. Wie konnte er so etwas von ihr denken?

»Nein?«

»Nein!«

Die Temperatur im Auto war schlagartig gesunken und schien sich dem Gefrierpunkt zu nähern, als er kopfschüttelnd knurrte: »Sieht mir aber ganz danach aus.«

»Da bist du ja wieder!«, rief Freja, die in Ugg-Schlappen, die Haare auf Lockenwickler gedreht, in der einen Hand eine Mülltüte, aus dem Haus kam, während Darcy den Rücklichtern von Max' Sportwagen hinterherschaute. »Einen ganzen Tag später als geplant. Ich frage mich, was wohl der Grund dafür sein könnte?«, bemerkte sie trocken.

Darcy hörte den Deckel der Mülltonne zuschlagen und dann Freja über den bereits geräumten Weg auf sie zuschlurfen.

»Das war er, oder?«, fragte Freja, als Darcy nicht antwortete.

»Ja«, murmelte die und beobachtete, wie der Blinker gesetzt wurde. Das Auto bog nach rechts ab und war verschwunden.

»Darcy?« Ihre Freundin merkte, dass etwas nicht

stimmte, und legte ihr eine Hand auf die Schulter. »Was ist passiert?«

»Er hat mir vertraut. Er ist endlich aus sich herausgegangen und zugänglich geworden, und ich … ich hab alles kaputt gemacht.« Sie wandte sich Freja zu. Tränen liefen ihr übers Gesicht, und sie schluchzte auf. »Ich hab's vermasselt, Freja.«

27. Kapitel

»Bis morgen, Darcy. Bleiben Sie nicht so lange.«

»Bis morgen, Viggo«, murmelte Darcy vor sich hin. Es war sein Pokerabend. Der Mann hatte ein regeres Sozialleben als sie selbst.

Zum x-ten Mal checkte sie die Nachrichten auf ihrem Handy. Keine blauen Häkchen; Max ghostete sie wieder. Sie hatte ihm drei SMS und eine kurze Sprachnachricht geschickt. Geschrieben, dass es ihr leidtat, und ihn gebeten, mit ihr zu reden. Er hatte ihr nicht geantwortet.

Freja hatte die Nachrichten ihrer Freundin den ganzen Tag stündlich überwacht und ihr nicht mehr als drei Messages zugestanden.

»Zeig ihm, dass du bereit bist, deinen Stolz hinunterzuschlucken, und dass es dir leidtut – aber alles hat seine Grenzen«, hatte sie ihr morgens eingeschärft, während sie sich im Bad schminkten, wobei Darcy sich nach Kräften bemüht hatte, die dunklen Augenringe zu kaschieren – die Folge einer weiteren schlaflosen Nacht (dieses Mal allerdings aus den falschen Gründen). »Den Mann verlierst du vielleicht, aber wenigstens wirst du dir deine Würde bewahren.«

Darcy starrte auf ihr Smartphone. Auf Grundlage der immer noch dürftigen Fakten hatte sie mit Liljas Biografie begonnen. Diese Arbeit hätte sie genauso gut zu Hause, in der Unibibliothek, in der Kunstakademie oder im Paludan erledigen können, aber die gedämpfte Atmosphäre des Archivs hatte etwas Tröstliches. Das Gemurmel der Besucher im Stockwerk darüber, Viggos Schritte im Hintergrund, Kaffee nach Belieben … Und immerhin bestand hier zumindest die Möglichkeit, dass Max, wie schon einmal, unangekündigt auftauchte.

Er nahm es ihr übel, dass sie den Tod seiner Urgroßmutter genauer untersuchte, aber es gab Ungereimtheiten, die sie einfach nicht ignorieren konnte. Natürlich hätte Emmes Geburt eine schwere Wochenbettdepression bei der psychisch labilen jungen Frau auslösen können, was ihren Freitod erklären würde. Die Fotos von Lilja aus jenen letzten Monaten erzählten jedoch eine andere Geschichte: Sie hatte so viel stärker und glücklicher ausgesehen als bei ihrer Ankunft in Hornbæk 1920, und die Schilderungen ihrer Zeitgenossen bestätigten diesen Eindruck.

Also stellte sich die Frage nach dem Warum. Was hatte ihre Stimmung so aufgehellt? Das Kind, das sie erwartete? Oder etwas anderes? *Jemand* anderes?

Hatte sie eine Affäre mit Johan Trier gehabt?

Die Frage drängte sich auf, und Darcy musste ihr nachgehen, wenn sie ihre Arbeit gewissenhaft erledigen und die Ereignisse in Liljas Leben ausleuchten wollte, die zu jenem letzten Sommer geführt hatten, in dem auch ihr Porträt entstanden war.

Das Porträt einer liebenden Frau, wie Darcy klar geworden war. Die Intimität von Liljas direktem Blickkontakt, der sinnliche Ausdruck der leicht geöffneten Lippen … Darcy war davon überzeugt, dass sie ihren Liebhaber angesehen hatte.

Was zwangsläufig zur nächsten Frage führte: War Casper tatsächlich der Vater ihres Babys – oder aber Trier? Der zu dem Zeitpunkt siebenundzwanzigjährige Maler hatte altersmäßig besser zu ihr gepasst als ihr Ehemann, der sich zudem sehr oft im Ausland aufhielt. Lilja und Trier hatten unter einem Dach gewohnt, eine Affäre schien da fast unvermeidlich gewesen zu sein. War sie aus ihrer arrangierten Ehe ausgebrochen, um woanders Leidenschaft zu finden?

Die stillschweigende Missbilligung der Sallys auf dem Foto war Darcy sofort aufgefallen. War die Familie gezwungen gewesen, ein schändliches Geheimnis zu bewahren, als der gehörnte Sohn ihres Arbeitgebers den Sommer über nach Hause kam?

Die Theorie war durchaus plausibel.

Darcy hatte sich als Erstes an diesem Morgen die Archivboxen mit Triers Tagebüchern vorgenommen, aber keines aus dem Jahr 1922 gefunden. Vorsichtshalber hatte sie im Inventarverzeichnis nachgeschlagen und in den Archivboxen der Madsens gestöbert – nur für den Fall, dass jemand das Tagebuch versehentlich dort einsortiert hatte –, war aber nur auf Rechnungen für Kaliumbromid und Haushaltswaren gestoßen.

Trier hatte fleißig und gewissenhaft Tagebuch geführt, und zwar für jedes einzelne Jahr, das sie bisher durchgegangen war. Doch ausgerechnet im wichtigsten Jahr seines Lebens – jenem, in dem er sein Meisterwerk geschaffen hatte (und vielleicht Vater geworden war) – sollte er darauf verzichtet haben?

Hatte er das Tagebuch vernichtet? Oder vorsichtshalber nichts Schriftliches hinterlassen, weil es als Beweis gegen ihn hätte verwendet werden können? Immerhin ging es um eine Affäre mit der Schwiegertochter seines Mäzens!

Darcy hatte das Tagebuch von 1921 quergelesen, die Sommermonate überflogen, auf der Suche nach Hinweisen auf Hornbæk, Lilja, Solvtraeer … irgendetwas, das berechtigte Zweifel an Caspers Vaterschaft aufkommen ließ. Aber die letzten detaillierten Einträge schilderten seine Rückkehr aus Italien.

Darcy war mit ihrer Weisheit am Ende, steckte in einer Sackgasse. Sie hatte Vermutungen, aber keine Beweise, und sie würde sich gewiss nicht in wilden Spekulationen verlieren.

Wieder warf sie einen Blick auf ihr Handy.

Nichts.

Stöhnend, die Hände vorm Gesicht, ließ sie den Kopf sinken. Max würde sich nicht melden, so viel stand fest. Sie war nicht mehr die Ausnahme, sondern die Regel. Ihre professionelle Gewissenhaftigkeit betrachtete er als Verrat – obwohl er an ihrer Stelle nicht anders handeln würde, da war sie sich ganz sicher.

Sie ärgerte sich über diese Scheinheiligkeit, wusste andererseits aber auch, dass dieses Verhalten typisch für ihn war. Da hatte er seinen emotionalen Schutzpanzer abgelegt, sich verwundbar gemacht, tiefe Gefühle gezeigt und zugelassen, und das war ihr Dank dafür? So musste es von seiner Warte aussehen.

Sie ertrug diese Ausgrenzung nicht. Wenn sie doch nur

mit ihm reden und ihm alles erklären könnte! Aber sie wusste ja nicht einmal, wo er war. Im Büro? Im Flieger nach München? Zu Hause?

Zu Hause …

Das brachte sie auf einen Gedanken. Sie sprang auf, marschierte zu Viggos Schreibtisch hinüber und zog die Schublade auf. Der Hausschlüssel lag immer noch dort, dabei hätte Viggo ihn längst zurückgeben oder Max ihn an sich nehmen müssen. Egal. Hauptsache, er war noch da. Sie griff ihn sich, schnappte ihren Mantel und verließ das Gebäude.

Unter der dünnen Schneedecke waren die Straßen vereist, und man musste höllisch aufpassen. Kaum ein Radfahrer war unterwegs, was immer ein Zeichen für gefährlich glatte Straßen war.

Darcy hielt sich auf der dem Park zugewandten Straßenseite, während sie, von Scheinwerfern geblendet, durch die schneidend kalte Nacht ging. Es herrschte viel Verkehr, und die Leute hatten es eilig, nach Hause zu kommen.

Die Fenster der Häuser auf der anderen Straßenseite waren hell erleuchtet, die Haustüren mit üppigen Kränzen geschmückt. Hinter den Fensterscheiben konnte sie extravagant dekorierte Christbäume sehen. Nur noch neun Tage bis Weihnachten, und die Stadt schien fast zu bersten vor Festtagsstimmung. Es war die Zeit für Happy Ends und Neuanfänge: Familien, die zusammenkamen, Liebespaare, die Erinnerungen schufen …

Max' Haus allerdings lag in völliger Dunkelheit. Keine weihnachtliche Vorfreude, kein Christbaum, kein Türkranz. Kein Lebenszeichen.

Darcy drückte trotzdem dreimal auf die Klingel. Nichts.

Sie schloss die Finger fester um das mittlerweile warme Stück Metall in ihrer Hand. Sie hatte den Schlüssel, sie kannte den Code. Sie konnte aufschließen und Max etwas zu essen machen. Sie konnte aufschließen und sich nackt in sein Bett legen.

Oder aber …

Oder aber sie ging wieder, bevor er nach Hause kam.

Die Unschlüssigkeit machte sie ganz nervös. Sie musste sich entscheiden. Entweder ihre Selbstachtung oder Max – beides zusammen konnte sie nicht haben.

»Darcy?« Max blieb wie angewurzelt stehen und schaute zu ihr hinauf. Hinter ihm fiel die Autotür zu, und Christoff lenkte den Wagen auf die Straße zurück.

Darcy blickte von ihrem Platz auf der obersten Treppenstufe auf. Ihr Po war mittlerweile ganz taub, sie spürte ihn gar nicht mehr. Wie lange hatte sie hier gesessen? Zwanzig Minuten? Dreißig? Oder noch länger?

»Max.« Sie war durchgefroren und zitterte am ganzen Körper, was sie sich aber auf keinen Fall anmerken lassen wollte.

»Was machst du denn hier?«, fragte er tonlos und mit maskenhafter Miene.

Genau diese Frage hatte sie befürchtet: höfliches, ungläubiges Erstaunen über ihre Anwesenheit. Sie blamierte sich. Sie brachte sie beide in Verlegenheit.

»Ich will mit dir reden«, antwortete sie, während er langsam die Stufen hinaufging. Seine Körpersprache war abweisend, verschlossen. »Und dir den da zurückbringen.«

Er starrte auf den Schlüssel in ihrer Hand, sah dann wieder sie an. »Warum bist du nicht ins Haus gegangen, anstatt hier draußen in der Kälte zu hocken? Es sind unter null Grad.«

»Als ob ich das tun würde …« Sie hätte doch niemals seine Privatsphäre verletzt. Wusste er das denn nicht?

Ohne sie dabei anzusehen, nahm er ihr den Schlüssel ab. »Wie lange bist du schon hier?«

»Noch nicht lang.«

Er glaubte ihr nicht, das konnte sie ihm ansehen.

Max wandte den Kopf, starrte auf den vorbeifließenden Verkehr und seufzte. »Tut mir leid, dass du auf mich gewartet hast, aber ich kann dich nicht hineinbitten. Reden halte ich nicht für eine gute Idee.«

»Warum nicht?«, fragte sie ruhig. So weit, so ausweichend.

»Weil es nichts ändern wird. Mein Entschluss steht fest.«

»Dein Entschluss steht fest, obwohl du vor achtundvierzig Stunden zu mir gesagt hast, wir könnten nicht länger so tun, als würden wir nichts füreinander empfinden?«

Er holte tief Luft. »Darcy … ich will dich nicht verletzen, aber es war ein Fehler.«

Seine Stimme war ausdruckslos. Wie oft mochte er diesen Satz im Lauf der Jahre zu anderen Frauen gesagt haben? Doch obwohl ihm die Worte mühelos über die Lippen kamen, nahm sie einen flüchtigen Schatten in seinen Augen wahr. Es wirkte beinah, als regte sich Widerstand in seinem Inneren.

»Nein«, entgegnete sie leise, aber bestimmt. »Es war

kein Fehler. Es war das Beste, was dir und mir seit Langem passiert ist. Und es tut mir wirklich leid, dass ich es mit meinen Fragen über deine Familie kaputt gemacht habe. Ich hätte nicht zulassen dürfen, dass meine Arbeit zwischen uns steht – ob Lilja nun deine Urgroßmutter war oder nicht. Ich muss mir meine Informationen irgendwo anders beschaffen, nicht durch dich. Das ist mir jetzt klar geworden. Was zwischen uns ist, ist rein privater Natur.«

Das Schweigen zog sich hin. Er starrte sie an, und sie konnte ihm ansehen, wie er nach Argumenten gegen die Wahrheit suchte, mit der sie ihn konfrontiert hatte. Er wirkte müde.

»Und? Willst du nichts dazu sagen?«

Sein Blick heftete sich auf ihren Mund. »Deine Lippen sind ganz blau.«

»Das hab ich nicht gemeint.« Jetzt war sie es, die seufzte. »Meine Lippen sind mir im Moment egal, Max.«

»Aber mir nicht.« Er beugte sich zu ihr hinunter und küsste sie leicht auf den Mund. Kurzer Trost, flüchtige Zärtlichkeit. Der Abstand zwischen ihnen verringerte sich nicht. Anhaltender Widerstand.

Er vermied den Blickkontakt, als er sich wieder aufrichtete. »Du solltest jetzt gehen.«

»Mir ist kalt«, brummte sie eigensinnig.

Er schoss ihr einen Blick zu. Sie würde nicht nachgeben, würde nicht zulassen, dass er sie auf Distanz hielt. Und hier draußen in der Kälte konnten sie nicht bleiben.

Ohne ein weiteres Wort schloss er die Tür auf, ging hinein, knipste das Licht in der Diele an und gab den Code in die blinkende Alarmanlage ein.

»Komm rein.«

Sie folgte ihm in sein wunderschönes Zuhause, und er machte die Tür hinter ihr zu, sodass der Verkehrslärm und der Rest der Welt draußen blieben. Es gab nur sie beide.

Sofort knisterte es wieder zwischen ihnen. Er sah sie an, und sie wusste, dass nun kommen würde, was kommen musste. Der Flaschengeist war befreit worden und würde sich nicht mehr in die Flasche zurückbeordern lassen.

Der Ausdruck in Max' Augen verriet, dass er seine Niederlage akzeptierte. Er drängte Darcy gegen die Wand und küsste sie hart auf den Mund, voller Zorn und Verzweiflung zugleich. Mit einer Hand griff er ihr unter den Schenkel und hob ihn an; sie schlang ein Bein um ihn und öffnete seinen Hosenschlitz, was ihm ein erregtes Stöhnen entlockte.

Widerstand war zwecklos.

Sie schliefen nicht in Max' Schlafzimmer mit dem wuchtigen Kingsize-Bett, in dem er unzählige Frauen verführt hatte, sondern im Gästezimmer auf der anderen Seite des Flurs, wo der Sorolla hing. Das Gemälde war noch eindrucksvoller, als Darcy gedacht hatte. Lange lag sie da, umschlungen von Max' Gliedmaßen, und betrachtete es fasziniert – bis er ihren Blick suchte und sie sich in ihm verlor.

»Bleib liegen«, flüsterte er lachend, als er am nächsten Morgen aus der Dusche kam und sie schlaftrunken, mit verwuschelten Haaren, im Bett sitzen sah. Es war noch dunkel. Mitternachtsdunkel. »Ich hab ein sehr frühes Meeting. Schlaf ruhig weiter.«

»Bist du sicher?«, nuschelte sie, ohne weiter zu protestieren.

»Du bist ein Morgenmuffel, hab ich recht?« Er beugte sich grinsend zu ihr hinunter, gab ihr einen Kuss auf die Stirn und drückte sie sanft in die Kissen zurück. »Ich ruf dich später an.«

»Warte ...« Sie tastete blindlings nach ihm. »Ich brauch ein sauberes Hemd.«

»In meinem Schlafzimmer, rechte Schrankhälfte.« Er küsste ihre Schläfe.

»Und ... ein Ladegerät ... mein Handy«, murmelte sie. Denken war so verdammt anstrengend.

»Neben meinem Bett. Ich häng's schon mal dran, dann ist es aufgeladen, bis du aufstehst.«

Sie lächelte ins Kissen, als er nach ihrem Telefon griff, ihr einen weiteren Kuss auf die Schläfe gab und das Zimmer verließ. Er hatte noch nicht einmal die Haustür erreicht, als sie schon wieder eingeschlafen war.

Der Morgen dämmerte herauf, als Darcy das nächste Mal aufwachte. Das gedämpfte Brummen des Verkehrs verriet ihr, dass der Tag jetzt tatsächlich begonnen hatte. Wie spät mochte es wohl sein?

Blinzelnd starrte sie zu dem Sorolla hinauf. Nicht zu fassen, dass sie ein solches Meisterwerk bewundern konnte, ohne aus dem Bett aufstehen zu müssen.

Max' Schlafzimmer war in gedecktem Weiß gehalten. Die schokoladenbraune Bettwäsche hing locker bis auf den Fußboden, die Türen der Einbauschränke waren mit tabakfarbenem Leder gepolstert. In einer Ecke stand ein Barcelona-Sessel samt Hocker, und über dem Bett hing ein riesengroßer Druck von Slim Aarons. Die Einrichtung war elegant und unverkennbar maskulin. Die einzige weibliche Note würde von Besucherinnen stammen: ein Spitzenschlüpfer auf dem Boden, ein Lipliner auf der Badezimmerablage … Darcy schob den Gedanken von sich.

Nach dem Duschen schnappte sie sich ein blaues Hemd aus dem Schrank und streifte es über, als hätte sie bei »Capture the Flag« gewonnen. Zum Glück hatte sie genug Schminkzeug dabei. Als sie wieder vorzeigbar aussah, nahm sie ihr Handy, das zu zweiundneunzig Prozent aufgeladen war, setzte sich auf die Bettkante und checkte ihre Nachrichten. Eine von ihrem Bruder – *Wie wär's mit dieser White-Company-Bluse für Mum zu Weihnachten?? Jeder die Hälfte?* – und eine ganze Menge von Freja: *Wo steckst du? Was ist denn los? Ruf mich an! DRINGEND!*

Sie drückte die Wähltaste.

»Musst du immer so dramatisch sein?«, sagte sie, bevor Freja die Chance hatte loszukreischen.

»O mein Gott, wo steckst du denn?«, keuchte ihre Freundin mit abgehackter Stimme. Es hörte sich an, als würde sie joggen. »Ich versuche seit gestern Abend, dich zu erreichen!«

»Ja, ich hab deine neununddreißig Nachrichten gerade gesehen. Ich war mit Max zusammen. Hast du dir das nicht denken können, als ich nicht geantwortet hab?«

Sie ging nach unten, wo ihr Mantel über einem Treppenpfosten hing. Lächelnd dachte sie an den gestrigen Abend, als sie sich in wildem Verlangen, Haut auf Haut zu spüren, in der Diele ihre Kleider heruntergerissen hatten.

»Woher hätte ich das wissen sollen? Und wo bist du jetzt?«

»Bei ihm zu Hause.« Darcy warf sich den Mantel über. »Ich mach mich gerade auf den Weg.«

Sie gab den Code in die Alarmanlage ein und zog die Haustür hinter sich zu.

»Ist er auch da?«

»Nein, er musste früh raus«, antwortete sie und ging in zügigem Tempo die Straße entlang.

»Du musst mir alles erzählen, hörst du? Und lass ja nichts aus!« Im Hintergrund konnte man das rhythmische Stampfen von Frejas Füßen hören. Eindeutig, sie joggte.

»Na ja, er hat erst mal kalte Füße gekriegt. Hätte ich wissen müssen. Ich meine, das ist Neuland für ihn. Beziehungen sind nicht sein Ding.«

Freja schnaufte. »Und was ist, wenn das wieder passiert?«

»Dann rück ich ihm wieder auf die Pelle. Aber das wird nicht mehr vorkommen. Wir haben geredet und …« Ein Streifenwagen mit Blaulicht und Sirene raste an ihr vorbei, und Darcy merkte erst nach einer Sekunde, dass sie die Sirene auch im Telefon hörte. »Sag mal, wo bist du eigentlich?«

»Ich?«

»Ja, du! Wo läufst du denn?«

Das Grinsen in Frejas Stimme war unüberhörbar, als sie antwortete: »Ich bin ungefähr zweihundert Meter hinter dir.«

»*Was?*« Darcy wirbelte herum und sah ihre sportliche Freundin auf sich zu joggen. Lachend blieb sie stehen. »Was machst du denn in dieser Gegend?«, fragte sie ins Handy. Dienstags arbeitete Freja normalerweise in der Uni.

»Ich hab mir gedacht, dass du bei Max sein könntest, deshalb wollte ich dich auf dem Weg zur Arbeit abpassen, nachdem du dich nicht gemeldet hast.«

»O mein Gott, Freja!« Darcy schüttelte lachend den Kopf. »Hast du ernsthaft geglaubt, mir könnte was zugestoßen sein?«

»Nein«, antwortete Freja schwer atmend. Sie war jetzt noch zwanzig Meter entfernt, und Darcy legte auf.

»Was denn dann?«, fragte Darcy, als Freja vor ihr zum Stehen kam.

Die grinste nur. »Ich muss dir etwas sagen, was ich dir nur persönlich sagen kann.«

»Was denn?« Als Darcy die glücklich strahlenden Augen ihrer Freundin sah, dämmerte es ihr. Sie schnappte nach Luft und schlug sich die Hand vor den Mund. »O mein Gott, er hat doch nicht etwa …?«

»Doch, er hat!«

»Heißt das, ihr werdet …?«, kreischte Darcy und war schon im Begriff vorzuschnellen.

»Ja!«, quietschte Freja und streckte ihr die Hand hin, an deren Ringfinger ein Diamant im Marquise-Schliff funkelte. Die beiden Frauen fielen sich in die Arme und hüpften aufgeregt auf und ab, was ihnen einige befremdete Blicke aus vorbeifahrenden Autos eintrug. »Er hat mich gestern Abend gefragt!«

»O mein Gott, Freja! Und ich bin nicht rangegangen! *O nein!*«

Freja nickte. »Ich würde dir ja den Hals umdrehen, wenn ich dich nicht als meine Trauzeugin bräuchte!«

Abermals schnappte Darcy nach Luft. Dann erstarrte sie. »Du willst *mich* als deine Trauzeugin?«

»Wen denn sonst, Dummerchen? Du bist praktisch wie eine Schwester für mich.«

»O Freja!« Darcy presste sich die Fingerspitzen an den Mund.

»Das heißt also Ja?«

»Natürlich heißt das Ja!« Wieder fielen sie sich in die Arme, inmitten von Leuten, die ihre Hunde ausführten, und von Kindergartenkindern, die, warm eingepackt in dicke Mäntel und Stiefel, an ihnen vorbeitapsten. »Ich kann es kaum glauben, Freja. Vor allem nach dem Reinfall letztes Wochenende!«

»Wem sagst du das? Ich war so geschockt, dass ich keinen einzigen Gedanken mehr daran verschwendet hab.«

»Wie hat er dir den Antrag gemacht?«

»Wir haben im Bett gekuschelt, als er mich gefragt hat. Einfach so. Schlicht und ergreifend.«

»Kein Flashmob?«, fragte Darcy in gespieltem Entsetzen.

Freja grinste. »Nein.«

»Keine Blütenblätter auf dem Bett?«

»Keine Blütenblätter.«

»Bitte sag mir, dass wenigstens ein Ballon im Zimmer schwebte!«

»Nicht einmal das. Einfach nur wir zwei, ohne irgendein Tamtam, und es war perfekt. Und stell dir vor: Er hat gesagt, er habe vorgehabt, mich in Amsterdam zu fragen. Aber dann ist ihm wohl ein anderes Paar zuvorgekommen – genau dort, wo er seinen Antrag geplant hatte –, und da hat er darauf verzichtet, weil es ihm zu klischeehaft vorgekommen wäre.«

»Dann hast du also doch den richtigen Riecher gehabt.«

»Sieht ganz danach aus.«

»Zeig mir den Ring noch mal«, bat Darcy, »damit ich ihn mir genauer ansehen kann.«

Freja streckte ihr die Hand hin, und Darcy bewunderte den Stein in gebührender Weise. »Traumhaft! So ein riesiger Klunker!«

»Ja, nicht wahr?« Es klang besorgt, und Darcy schaute auf. Freja kaute auf ihrer Lippe. »Meinst du nicht, der ist zu nobel für mich?«

»Zu nobel?«

»Ja. Findest du ihn nicht zu groß?«

»Freja, so etwas wie einen zu großen Diamanten gibt es nicht! Wie kommst du denn auf so was?«

»Ich weiß auch nicht. Ich bin doch bloß ein einfaches Mädel. Wahrscheinlich hab ich mir immer vorgestellt, etwas Bescheideneres zu bekommen.«

Darcy öffnete schon den Mund zu einer Entgegnung, als, ausgelöst durch Frejas Worte, in ihrem Gehirn etwas einrastete, wie ein Schalthebel, der in die richtige Position geschoben wurde. Auf einmal ergab alles einen Sinn. Die Wahrheit entfaltete sich, eins führte zum anderen, und in Erscheinung trat eine Vergangenheit, die sie direkt vor der Nase gehabt hatte.

Sie konnte es nicht fassen!

Sie hatte es die ganze Zeit vor Augen gehabt. Alles. Es war da gewesen, aber als sie eins und eins zusammengezählt hatte, war jedes Mal drei dabei herausgekommen.

28. Kapitel

Otto hatte das Restaurierungsteam in die Kaffeepause geschickt und wartete jetzt schweigend, während Darcy das Porträt auf der Staffelei betrachtete und sich vollständig darin versenkte. Seit Wochen befasste sie sich mit Liljas Leben. Sie hatte seine Höhen und Tiefen aufgezeichnet wie in einer grafischen Darstellung, doch erst jetzt nahm es eine dreidimensionale Gestalt an.

»Ich muss Sie um ein wenig Geduld bitten, Otto«, sagte sie leise. »Noch hab ich nicht alle Punkte miteinander verbunden. Vieles ist noch unklar … aber wenn wir es einfach miteinander durchgehen könnten …«

»Gut. Warum erzählen Sie mir nicht zuallererst einmal, worüber Sie gestolpert sind?«

»Es war die Halskette«, antwortete sie, den Blick unverwandt auf das Gemälde gerichtet. »Sie passt nicht.«

»Wie meinen Sie das?«

»Sie ist aus Holzperlen. Selbst gemacht. Viel zu bescheiden für eine Frau ihres Standes. Sie würde echte Perlen tragen – oder zumindest Edelsteinimitationen.«

»Verstehe«, murmelte er.

Auf einmal schien auch er das Porträt mit ganz anderen Augen zu sehen. Er verzichtete jedoch auf irgendwelche Kommentare, wohl weil er Darcys Gedankengang nicht beeinflussen wollte.

»Ich glaube, die Kette war ein Geschenk ihres Liebhabers.«

»Ihres Liebhabers?«

Sie beugte sich ein wenig vor und zeigte mit dem Finger auf das Bild. »Sehen Sie sich ihren Gesichtsausdruck an, ihre Kopfhaltung … als wäre das ein ganz intimer Moment. Sie ist verliebt. Und diese vergoldete Perle da, wie sie nach vorn und genau in die Mitte gerückt wurde, damit sie alle Blicke auf sich zieht … Die Halskette ist eine Aussage: Sie will damit ausdrücken, dass sie nach wie vor ihrem Liebhaber gehört, auch wenn sie es nicht öffentlich zeigen kann. Auch wenn ihr Ehemann wieder da ist.«

»Ist er das?«

»Ja. Sie hat ein Mädchen, Emme, zur Welt gebracht, und Casper ist aus London zurückgekehrt.« Auf ihrem Handy zeigte sie ihm die Aufnahme von dem Foto, das in Solvtraeer hing, in dem Schlafzimmer am Ende des Flurs. »Das ist im August 1922 in Solvtraeer aufgenommen worden. Es zeigt Lilja mit Emme auf dem Arm, Trier, Casper und die Saalbachs – die Sallys, wie sie genannt wurden. Sie arbeiteten seit vielen Jahren für die Madsens, sie als Haushälterin, ihr Mann und ihr Sohn als Gärtner. In jenem Frühjahr und Sommer hielt sich Trier auf dem Anwesen auf und malte *Ihre Kinder*.«

Stirnrunzelnd betrachtete Otto das Porträt. Er begann, seine eigenen Schlussfolgerungen zu ziehen. »Sie denken, Lilja hatte eine Affäre mit Trier?«

Darcy nickte. »Das dachte ich zuerst.« Sie deutete auf das Rotkehlchen. »Aber jetzt glaube ich, dass Arne Saalbach, der Sohn des Gärtners, ihr Liebhaber war. Der junge Sally.«

Ottos Brauen rutschten nach oben. »Wie kommen Sie darauf?«

»Anfangs habe ich das Rotkehlchen für ein Symbol ihrer Liebe zum Garten, zur Natur gehalten. Aber ich glaube, es sollte ihre innige Beziehung zum Gärtner verkörpern. Sie hatte sich leidenschaftlich in ihn verliebt, Otto, und ich denke, dieses Gemälde war ihr Geschenk an ihn. Ich glaube, dass es sich um ein Selbstporträt handelt.«

»*Sie* hat es gemalt?«

»Trier war es nicht, das wissen wir. Und Lilja war eine begnadete Künstlerin. Lotte erzählt in ihren Tagebüchern, dass sie und Lilja jahrelang in den bildenden Künsten unterrichtet worden sind, und in Solvtraeer hängen ein paar mit L. Madsen signierte Bilder. Max behauptet, Lotte habe sie gemalt, aber meiner Meinung nach könnten sie genauso gut von Lilja stammen.«

Sie war sich nicht sicher, ob Max sie aus Unkenntnis oder bewusst falsch informiert hatte.

»Es gibt Parallelen, Gemeinsamkeiten zwischen diesem Porträt und den Bildern in Solvtraeer«, fuhr sie fort. »Die botanischen Aquarelle, die versehentlich bei Trier eingeordnet wurden, dürften ebenfalls von ihr sein. Ich habe nie geglaubt, dass er sie gemalt hat; sie passen nicht zu seinem Werk, sondern zu ihrem Interesse an Gartenthemen. Außerdem sind sie stilistisch feiner und leichter als Triers Arbeiten.«

Otto machte ein zweifelndes Gesicht. »Das ist alles reine Spekulation.«

»Stimmt. Doch es gibt noch mehr Hinweise auf eine Beziehung zwischen den beiden. Im Archiv der Madsens steht eine Vitrine mit Miniaturtonfiguren – Gartenwerkzeuge wie Spaten, Pflanzschaufel, Schubkarre und ähnliche Dinge, aber auch wunderschöne lebensgroße Büsten von Fischern.«

»Ausschließlich Fischer?«

»Na ja, sie tragen alle Südwester. Aber, und jetzt kommt's, Otto, es gibt nicht eine einzige Tonminiatur von irgendwelchen Fischereigeräten – keine Reusen, Eimer, Harpunen, nichts. Und alle Büsten haben das gleiche Gesicht. Sie stellen alle denselben Mann dar.« Sie vergrößerte das Foto auf ihrem Handybildschirm und zeigte Otto den jungen, groß gewachsenen, dunkelhaarigen Gärtner. »Arne. Sie hat ihn als Fischer getarnt, damit niemand den Gärtner erkennt. Sie hat ihn im grellen Licht versteckt, Otto.«

Daher der wachsame Ausdruck in den Gesichtern der Sallys. Sie hatten tatsächlich ein Geheimnis gehütet, allerdings ein anderes, als sie zunächst vermutet hatte.

»Was, wenn Arne der Vater des Kindes war? Das hätte unter allen Umständen geheim gehalten werden müssen, auch wenn sie praktisch wie Mann und Frau zusammenlebten – es sei denn, es kam Besuch nach Solvtraeer, was selten der Fall war.«

Otto kniff sich zerstreut in die Wangen, während er über Darcys gewagte Theorie nachsann.

Schließlich begann er, auf und ab zu gehen. »Okay, nehmen wir einmal an, das Kind war tatsächlich von ihm.«

»Alle diese Dinge sind Liebessymbole: eine schlichte Holzperlenkette am Hals einer Angehörigen der Oberschicht, ein Selbstbildnis mit sinnlichem Blick, Büsten seines Kopfs, weil sie sein Gesicht so liebte, kleine Tonfiguren, wie sie im Gras sitzt und ihm bei der Arbeit zuschaut … Das alles schreit förmlich *Affäre*, wenn man es sieht. Aber die Beziehung musste natürlich vertuscht werden. Können Sie sich den Skandal vorstellen, wenn das bekannt geworden wäre? Der Gärtner und die Dame des Hauses! Undenkbar für eine Familie mit so hochfliegenden gesellschaftlichen Ambitionen.«

Otto nickte. Sie konnte ihm ansehen, dass er ganz bei ihr war. Die einzelnen Beweise mochten nicht sehr stichhaltig sein, zusammengenommen bildeten sie aber eine überzeugende Erklärung.

»Und dann ist ihnen jemand auf die Schliche gekommen«, mutmaßte er. »Oder sie sind in flagranti erwischt worden.«

Darcy schloss die Augen und glitt mit Leichtigkeit durch ihre Erinnerungen an das Haus, in dem sie selbst geschlafen und Sex gehabt hatte.

»Diese Möglichkeit müssen wir in Betracht ziehen, denke ich. Trier hielt sich vom Frühjahr an in Solvtraeer auf, und Casper kam im Sommer etwa zu der Zeit zurück, als das Kind geboren wurde. Das heißt, Lilja und Arne konnten sich nicht mehr so frei bewegen, wie sie das vermutlich gewohnt waren.«

Vor ihrem inneren Auge sah sie, wie im Garten verstohlene Blicke gewechselt wurden, wie sich Hände im Vorbeigehen flüchtig streiften …

»Keine leichte Situation für Arne – sein Kind auf dem

Arm eines anderen Mannes zu sehen«, sinnierte Otto. »Ganz zu schweigen davon, dass die Frau, die er liebte, das Bett wieder mit ihrem Ehemann teilte.«

»Richtig. Das muss zwangsläufig zu Spannungen geführt haben, zu Konflikten, die möglicherweise eskaliert sind. Vielleicht ist es zu einer Konfrontation oder sogar zu Handgreiflichkeiten gekommen … Wenn Casper dahintergekommen ist, dass seine Frau ihn betrügt, hat er womöglich damit gedroht, Arne rauszuwerfen. Oder ihnen das Kind wegzunehmen.« Darcy hielt kurz inne. »Das würde jede Frau in den Selbstmord treiben. Erst recht eine, die schon einmal ein Kind verloren hat. Ihr Leben wäre sinnlos geworden.«

Sie schwiegen beide, während sie angestrengt nachdachten.

»Das klingt sehr plausibel, Darcy. Aber solange wir keine handfesten Beweise haben …«

Sie nickte.

»Erzählen Sie mir mehr über die Ehe der beiden.«

»Sie kann nicht besonders gut gewesen sein«, erwiderte sie achselzuckend. »Ob sie sich jemals wirklich nahestanden? Der Altersunterschied war beträchtlich.«

»Verstehe. Tja, von solchen Beziehungen gibt es gewöhnlich zwei Varianten: Entweder handelt es sich um die große Liebe, oder es ist eine Horrorstory.«

Eine Horrorstory? War es das gewesen?

Wenn sie, nur für einen Augenblick, die Madsens nicht als Liljas Wohltäter sah, sondern einfach nur die Fakten betrachtete … *War* es eine arrangierte Ehe gewesen? Eine Abmachung zwischen zwei Familien, von der beide profitierten?

Oder etwas viel Unheilvolleres?

Sie hatte nie etwas über Liljas Hochzeit gefunden – keine Fotos, nichts Schriftliches. Schlagartig wurde ihr klar, warum.

»O Gott.« Ein anderes Narrativ drängte sich auf. Ihr Verstand siebte die Tatsachen durch, und die schwerste, bedrückendste kam zuunterst zu liegen und bildete die Grundlage für den Rest.

»Was? Reden Sie.«

Sie sah Otto an. »Ich glaube, es war eine Zwangsheirat. Casper hat sie sexuell missbraucht, und als sie schwanger wurde, hat die Familie darauf bestanden, dass er sie heiratet.«

»Was veranlasst Sie zu der Vermutung?«, fragte Otto stirnrunzelnd.

Wieder schloss sie die Augen und rief sich die Informationen, die sie gelesen hatte, ins Gedächtnis.

»Als er von seinen Kriegsschiebereien nach Hause kommt, lebt da diese wunderschöne Vierzehnjährige bei seiner Familie … Im Dezember geben die Madsens eine Party … Wahrscheinlich ist es da passiert.« Sie versuchte sich an Einzelheiten aus Lottes Tagebuch zu erinnern. »Casper habe die ganze Zeit mit Lilja getanzt, erzählt Lotte, und ihnen beiden Champagner zu trinken gegeben … Lilja sei traurig gewesen, weil ihre Eltern nicht aus Deutschland zurückgekommen waren. Später an diesem Abend habe sie Lilja weinen gehört … Casper hat ihr aber wohl auch vorher schon ungewöhnlich viel Aufmerksamkeit geschenkt.« Sie dachte an die Ausflüge mit dem Automobil und die Einladungen zum Einkaufsbummel.

»Und wann ist das Kind zur Welt gekommen?«

Darcy biss sich auf die Lippe. »Das muss Mitte, Ende August gewesen sein. Es kam zu früh. Lilja hatte eine Eklampsie, die zu Komplikationen für das Baby und sieben Monate später zu seinem Tod führte. Ihr Körper war zu jung für die Strapazen einer Schwangerschaft.« Sie sah Otto an. »Casper wurde nach London geschickt, angeblich, um die Geschäfte der Madsens dort zu führen. Aber vielleicht wollten sie ihn einfach aus dem Weg haben, um jeden Skandal im Keim zu ersticken?«

»London ist weit genug weg, die Geschäfte sind ein guter Vorwand. Niemand würde Fragen stellen.« Otto atmete tief durch. Sein Gesicht nahm einen düsteren Ausdruck an.

»Das würde auch erklären, warum sein Erbe so bescheiden ausgefallen ist. Er hat praktisch nichts bekommen. Ich glaube, Helle würde seinen Namen komplett aus der Familiengeschichte streichen, wenn sie könnte.«

»Das ist garantiert etwas, was sie lieber unter Verschluss halten würden«, pflichtete Otto ihr bei. »Ihr Ruf gründet sich auf philanthropischen Neigungen und hohen kulturellen Idealen. Hinzu kommt der anstehende Börsengang. Da käme eine solche Enthüllung äußerst ungelegen.«

»Aber einleuchtend ist diese Version, oder?« Sie sah ihn direkt an. »Caspers Verbrechen wurde vertuscht, indem man Lilja mit ihrem Vergewaltiger verheiratet hat. Kein Wunder, dass ihre Genesung keine Fortschritte machte! Die Ärmste war traumatisiert. Hornbæk muss ihr als der einzige sichere Ort vorgekommen sein.«

»Bis Casper auch dort auftauchte.«

»Ja, aber nur sporadisch. Damit der Schein gewahrt

blieb, nehme ich an. Sonst hätten die Leute angefangen zu reden …«

Darcy versuchte, sich das Entsetzen der jungen Frau vorzustellen, als der Mann, der sie missbraucht hatte, in ihr Leben zurückkehrte. Und in ihr Bett.

Am anderen Ende des Raums ging eine Tür auf, und Idas Kopf erschien im Spalt.

»Ah, hier sind Sie! Otto, Ihre Seminargruppe ist da. Die Teilnehmer sind in Ihrem Büro.«

Otto stieß einen kleinen Seufzer aus. »Tut mir leid, Darcy. Kein gutes Timing. Wir werden unsere Unterhaltung später fortsetzen müssen.«

»Kein Problem. Nur eins noch: Halten Sie meine Theorie für abwegig? Weil ich vielleicht zu nah dran bin?«

Nachdenklich betrachtete er die gemalte Lilja, die schweigend verfolgte, wie sie Vermutungen über ihr Schicksal anstellten.

»Ehrlich gesagt habe ich befürchtet, dass es einen beunruhigenden Grund dafür gibt, dass das Bild hinter einem anderen versteckt wurde. Das war kein Zufall«, sagte er schließlich. »Machen Sie weiter, Darcy. Diese Geheimnisse sind viel zu lange vertuscht worden. Wir sind es Lilja schuldig, ihre wahre Geschichte zu erzählen.«

Darcy schaute ihm nach, als er den Raum verließ. War es so? Waren sie es Lilja schuldig, ihr Trauma, ihre Liebesaffäre, ihre Entscheidung, ihr Neugeborenes ohne seine Mutter aufwachsen zu lassen, vor der ganzen Welt auszubreiten, damit sie für alle Zeit als Opfer in Erinnerung blieb?

Sie trat ans Fenster, dehnte und streckte sich, während ihre Gedanken unentwegt um Liljas letzte Wochen in

Solvtraeer kreisten. Um ihre grenzenlose Verzweiflung, ihre tiefe seelische Not, die sie letztendlich in den Selbstmord getrieben hatte …

Ans Fensterbrett gelehnt, schaute sie in den Hof hinunter. Es sah aus, als würde es bald wieder anfangen zu schneien. Der Christbaum, Symbol einer friedvollen Weihnachtszeit, erstrahlte in majestätischer Pracht. Mit Einkaufstüten beladene Passanten hasteten vorbei.

Auf dem Kopfsteinpflaster fast unmittelbar unter dem Fenster hielt ein glänzendes schwarzes Auto. Der Fahrer blieb sitzen und schien zu warten. War das Christoff?

Im gleichen Moment hörte sie, wie hinter ihr die Tür aufgestoßen wurde. Als sie sich umdrehte, sah sie Max hereinkommen.

»Ich bin gerade Otto begegnet. Er hat mir gesagt, dass ich dich hier finden würde«, meinte er lächelnd. Das gelbe Futter seines Anzugs blitzte auf, als er auf Darcy zumarschierte. Ihr Herz machte einen Hüpfer. »Es war ganz schön schwer, mir meine Freude nicht anmerken zu lassen.«

Er ließ den Blick durch den Raum huschen, aber als er sah, dass sie allein waren, nahm er ihr Gesicht in seine Hände und küsste sie leidenschaftlich. Als er sich wieder von ihr löste, hatte sie weiche Knie.

»Darauf hab ich den ganzen Tag gewartet«, sagte er leise.

»Ich auch«, erwiderte sie lächelnd.

»Gut geschlafen?«, flüsterte er heiser, als lägen sie noch im Bett und betrachteten den Mond.

»Du hast mir gefehlt.«

»Sogar im Schlaf?«

»Mm.« Sie hakte einen Finger in seinen Hosenbund, was ihr einen bedeutungsvollen Schlafzimmerblick eintrug und bei beiden Erinnerungen an die letzte Nacht weckte. Nach ein paar Sekunden trat Max einen kleinen Schritt zurück, als traute er sich selbst nicht so ganz, und warf einen kurzen Blick Richtung Tür. Es konnte jederzeit jemand hereinkommen, und Darcy wusste, dass ihre Körpersprache sie beide verraten würde.

»Was führt dich denn hierher?«, fragte sie deshalb, um die heißen Gefühle wieder ein wenig abzukühlen.

Er sah sie beinahe entschuldigend an. »Ich muss etwas abklären.«

»Aha.« Dieses Etwas hatte garantiert mit dem Rückgabeanspruch zu tun.

»Und du? Ich dachte, du wärst in der Galerie.«

»Ich war heute Morgen schon auf dem Weg dorthin, als mir eingefallen ist, dass *ich* auch etwas mit jemandem klären muss.«

Er grinste. »Was du nicht sagst.«

Er schaute zu der Staffelei hinüber, auf der die beiden miteinander verbundenen Gemälde standen, Liljas Porträt und *Ihre Kinder*. Auf den Arbeitsflächen ringsum waren große und kleine Gefäße verteilt, dazu Pinsel aller Art, die für die Restaurierung benötigt wurden.

Darcy bemerkte jetzt erst, dass jemand versucht hatte, ein bisschen Weihnachtsstimmung zu schaffen: An der Decke waren glitzernde Papierschlangen befestigt worden, und die Rahmen der Anschlagbretter schmückten Lichterketten. Eine der Gipsbüsten von König Frederik VII. trug eine Papierkrone.

Max trat an die Staffelei und betrachtete mit schief gelegtem Kopf das Bildnis seiner Urgroßmutter. Während der letzten Besprechung war er ziemlich still gewesen, wie Darcy sich jetzt erinnerte, doch da hatte er auch noch nichts von der familiären Beziehung zwischen der Porträtierten und ihm selbst gewusst.

»Ich würde dich ja um ein Update bitten, ich weiß nur nicht, ob es das Risiko wert ist«, bemerkte er schmunzelnd.

»Nein! Aber ich kann dir verraten, dass wir jetzt davon ausgehen, dass es sich um ein Selbstbildnis handelt.«

Er machte ein überraschtes Gesicht. »Lilja hat es gemalt?«

Darcy nickte. »Und die Tonbüsten in der Glasvitrine im Archiv stammen wohl auch von ihr.« Die Initialen *A. S.* waren keine Signatur des Künstlers, wie sie geglaubt hatte, sondern die Anfangsbuchstaben vom Namen des Modells.

Der Name der wenig bekannten Bildhauerin sei Anna Saalbach, hatte Viggo gesagt. Hatte er sie bewusst in die Irre geführt? Oder hatte sie sich verhört? *Anna* und *Arne* klangen schließlich ziemlich ähnlich.

»Die Tonbüsten? Im Ernst?«

Wieder nickte sie. »Sie war hochbegabt«, sagte sie in dem Bemühen, die positiven Dinge hervorzuheben, von denen es nicht allzu viele gab. Sollten ihre Theorien sich als richtig erweisen, würden sie kein gutes Licht auf die Madsens werfen. »Ein Naturtalent. Ein Jammer, dass sie es nicht weiterentwickeln konnte.«

»Ja. Sie ist viel zu früh gestorben.«

Stimmt. Mit achtzehn, dachte Darcy. Auf der Unterlippe kauend, beobachtete sie Max, wie er, die Hände in den Hosentaschen, das Bildnis seiner Urgroßmutter betrachtete. Es gab da etwas, was sie wissen musste. Eine Frage, die nur er beantworten konnte. Das Thema anzuschneiden, behagte ihr gar nicht, schließlich hatte es das letzte Mal zu einer Auseinandersetzung geführt, aber sie hatte keine andere Wahl. Er war der letzte Madsen.

»Kann ich dich etwas fragen, Max?«

Als er das Zögern in ihrer Stimme vernahm, wandte er sich zu ihr um. »Was denn?«

»Weißt du, ob deine Großmutter Epileptikerin war?«

»Emme?« Er runzelte die Stirn. »Meines Wissens nicht, nein.«

»Hat sonst jemand in deiner Familie an Epilepsie gelitten?«

»Nein.«

»Okay«, murmelte sie und bemühte sich um einen neutralen Gesichtsausdruck.

»Warum fragst du?«

»Ach, nicht so wichtig.« Sie wünschte, er hätte ihre Frage bejaht.

Ein Schweigen entstand. Obwohl sie sich vorgenommen hatten, Privates und Berufliches zu trennen, bewegten sie sich schon wieder auf vermintem Terrain.

»Anscheinend doch, sonst hättest du nicht gefragt.« Er trat vor sie hin. »Ich habe deine Fragen beantwortet, da ist es nur fair, wenn du meine auch beantwortest.«

Sie sah ihn an. Mit wem unterhielt sie sich gerade – mit ihrem Liebhaber, mit Liljas Urenkel oder mit ihrem beruflichen Gegenspieler? Die Grenzen veränderten sich ständig.

»Liljas Sohn, ihr erstes Kind, litt an einer schweren Form

von Epilepsie, deshalb hat der Arzt ihm bis zu seinem Tod im Alter von sieben Monaten regelmäßig Kaliumbromid verschrieben.«

»Okay.« Mit zusammengekniffenen Augen wartete er darauf, dass sie weitersprach. »Und?«

»In einem Haushaltsbuch habe ich Belege für weitere Käufe von Kaliumbromid nur wenige Wochen vor Liljas Tod gefunden, also in dem Zeitraum unmittelbar nach Emmes Geburt. Deshalb habe ich überlegt, ob es für sie gewesen sein könnte … Aber wenn du sagst, sie war keine Epileptikerin …«

Wieder setzten sich die Hebel in ihrem Gehirn in Bewegung, schoben sich Tatsachen an ihren Platz.

»… muss es für jemand anders gewesen sein«, vervollständigte er den Satz achselzuckend.

Darcy nickte, wandte sich aber ab, weil ihre Gedanken sich schon wieder überschlugen. Sie bückte sich neben der Staffelei und tat so, als würde sie die haarfeinen Drähte begutachten, die zwischen die beiden Leinwände geschoben worden waren. Die Rechnungen für das Kaliumbromid und etwas, was Aksel ihr erzählt hatte, gingen ihr nicht aus dem Sinn.

Es gab noch eine weitere Verwendungsmöglichkeit für das Kaliumbromid: Hatte Lilja es ihrem Mann in den Tee geschüttet, als er nach Hornbæk gekommen war, damit er sie nicht belästigen konnte? Zart und schmächtig und nach der Geburt geschwächt, hätte sie sich unmöglich gegen ihn zur Wehr setzen können. Aber mithilfe des Medikaments wäre es möglich gewesen, ihn schachmatt zu setzen.

Hatte es funktioniert? Einmal? Jedes Mal?

Vermutlich hatten sie seit der Vergewaltigung auf der Party nicht miteinander geschlafen – seine Versetzung nach London und ihre schwere Depression dürften das verhindert haben. Das Kind war also nicht von ihm, was aber niemand sonst ahnte.

Und wenn Casper gewusst hatte, dass sie ihm Hörner aufgesetzt hatte, hatte er vielleicht auch herausgefunden, dass sie ihn kaltstellte.

Eine Ehe. Zwei Geburten. Drei Todesfälle.

Was hatte sich in Solvtraeer zugetragen, dass Casper und Lilja im Abstand von wenigen Tagen den Tod gefunden hatten? An einem gebrochenen Herzen war er nicht gestorben, sagte ihr Bauchgefühl.

»Darcy?«

Sie schreckte hoch, als Max sie ansprach, und richtete sich auf. »Was?«

»Wo bist du denn mit deinen Gedanken?«

»Sorry.« Sie blinzelte und fuhr sich durchs Haar. Ihr Herz klopfte heftig.

Er sah sie aufmerksam an. »Was hast du denn? Sag's mir.«

»Nein, ich … ich möchte lieber erst mit Otto darüber reden.« Sie ergriff seine Hand. »Ich entwickle bloß ein paar Theorien.«

Er stöhnte auf. »Alles klar. Ich bin nicht wild auf eine Neuauflage von neulich abends.«

»Ich auch nicht«, pflichtete sie ihm bei.

Ihre Auseinandersetzung hatte den katastrophalen Schlusspunkt eines perfekten Wochenendes gebildet und einen hässlichen Fleck auf dem frischen, sauberen Laken ihrer Beziehung hinterlassen.

Neulich abends ... Darcy legte die Stirn in Falten, als ihr plötzlich klar wurde, dass sie auf der Rückfahrt im Auto etwas Wesentliches übersehen hatte.

Ihr Herz riet ihr, den Mund zu halten, aber ihr Pflichtgefühl drängte sie zum Reden.

Als Max die widerstreitenden Gefühle bemerkte, die sich auf ihrem Gesicht abzeichneten, kniff er misstrauisch die Augen zusammen. »Was ist?«

Sie gab sich einen Ruck. »Warum hast du im Auto so merkwürdig reagiert, als ich angedeutet habe, dass Lilja vielleicht nicht freiwillig ins Wasser gegangen ist?«

Er warf den Kopf in den Nacken und stieß einen Seufzer aus. »Wieso fragst du das? Haben wir nicht gerade gesagt, dass wir nicht mehr daran rühren wollen?«

»Will ich ja auch nicht! Aber ... es ergibt nun mal keinen Sinn. Ganz im Gegenteil. Den meisten Menschen wäre es lieber, wenn ihre Urgroßmutter durch einen schrecklichen Unfall ums Leben gekommen wäre und nicht den Freitod gewählt und ihr Wunschkind allein zurückgelassen hätte.« Sie blickte ihm in die Augen. Viggos Worte fielen ihr wieder ein. »Aber die Stiftung Madsen scheint genau diese Version als offizielle Lesart zu bevorzugen. Ein Selbstmord, kein Unfalltod.«

Er schwieg, als würde er darauf warten, dass sie weiterredete. Schon war er wieder auf der Hut, sie konnte es ihm ansehen.

»War es ein Bluff? Ein Ablenkungsmanöver?« War ein Verbrechen vertuscht worden, so wie bei der Eheschließung? »Hätte ein Unfall zu viele Fragen aufgeworfen?«

Es musste in besseren Kreisen doch Gerede gegeben haben: Casper in London, Lilja oben in Hornbæk – zwei

Fremde, sah man einmal von gelegentlichen Treffen ab. Emmes Geburt hatte die Gerüchteküche sicherlich noch zusätzlich angeheizt …

»Darcy …«

»Ein Unfall hätte Anlass zu Spekulationen gegeben, also hatte man das Gerücht vom Selbstmord in die Welt gesetzt. Was in Anbetracht von Liljas Depressionen durchaus glaubwürdig war.«

Für einen Moment schwiegen sie beide.

»Darcy, du weißt, was ich für dich empfinde«, sagte Max dann mit ruhiger Stimme. »Aber ich werde nicht zulassen, dass du den Namen Madsen in den Schmutz ziehst.«

»Das ist auch nicht meine Absicht. Im Gegenteil, ich versuche, das Andenken deiner Urgroßmutter zu ehren.«

»Indem du den Namen ihres Mannes verunglimpfst?«

Sie hielt unwillkürlich die Luft an. »Wer hat etwas von ihrem Mann gesagt?«

Max wandte sich ab. Seine Schultern verrieten seine Anspannung. Seine Körpersprache war ihr mittlerweile vertraut.

»Ich möchte lediglich die Fakten präsentieren«, fuhr sie leise fort. »Es ist nicht meine Aufgabe, darüber zu urteilen.«

»Aber Casper ist in deiner Geschichte ganz offensichtlich der Bösewicht«, sagte er nach einem Augenblick. »Du willst seinen Ruf opfern …«

»Ist er es denn wert, dass er gewahrt wird?«, brauste sie auf. »Warum verteidigst du ihn? Warum stellt deine Familie selbst heute noch, hundert Jahre später, seine Interessen über die von Lilja?«

Er wirbelte herum. Seine Augen blitzten zornig. »Das verstehst du nicht.«

»Meinst du? Er war ein Madsen, so wie du einer bist. Die Gründe heute sind die gleichen wie damals, nicht wahr? Es geht um Schadensbegrenzung. Du willst verhindern, dass ich der Wahrheit zu nahe komme. Der bevorstehende Börsengang wird nämlich sehr viele Leute sehr reich machen, da kommt ein handfester Skandal höchst ungelegen.«

»Es gibt keinen Skandal. Du übertreibst maßlos.«

»O nein«, erwiderte sie kopfschüttelnd. Sie konnte ihm ansehen, dass sie ins Schwarze getroffen hatte. Die Wahrheit war noch entsetzlicher, als sie vermutet hatte. »Wenn Liljas Tod weder ein Unfall noch ein Selbstmord war, bleibt nur noch eine Möglichkeit.«

»Darcy …« Ein verzweifelter Unterton schwang in seiner Stimme mit. »Nicht …«

»Lilja ist nicht freiwillig ins Wasser gegangen. Sie hatte so viel, für das es sich zu leben lohnte. Ich glaube, Casper hat sie umgebracht und ins Meer geworfen.« Es brach ihr fast das Herz, als sie seine Reaktion sah: keine Überraschung, nur Resignation. »Aber das hast du ja bereits gewusst.«

29. Kapitel

Darcy lag im Dunkeln und schaute zu, wie Rentiere, Tannenbäume und Schneeflocken über die Wände glitten. Das leise Surren der Projektionslampe hatte etwas Beruhigendes. Es hatte sie die letzten Nächte in den Schlaf gewiegt und war das Einzige, was eine wohltuende Wirkung auf sie ausübte, auch wenn es untrennbar mit dem Mann verknüpft war, der sie so unglücklich machte.

Ein leises Klopfen, dann streckte Freja den Kopf herein, um einmal mehr nach ihr zu sehen.

»Hungrig?« Sie hielt eine Suppentasse mit Ramen in der Hand.

»Nein, eigentlich nicht. Sorry.«

»Du musst etwas essen, sonst wirst du noch krank.«

»Ich ess morgen was.«

»Das hast du gestern auch schon gesagt. Außerdem findet morgen die Party statt, und wenn du heute nichts zu dir nimmst, wird dich schon das kleinste Schlückchen Cocktail aus den Schuhen hauen.« Sie betrat das Zimmer und knipste das Licht an, sodass die über die Wand huschenden dunklen Silhouetten ausgelöscht wurden.

»He!«, protestierte Darcy.

»Entspann dich, ich mach das Licht gleich wieder aus, damit du im Bett verrotten kannst. Aber vorher isst du was.«

Darcy verdrehte die Augen und stemmte sich ächzend in eine sitzende Position. Freja schlüpfte so lange unter die Bettdecke. Obwohl es jetzt täglich schneite, war es nicht so kalt, dass sie den Heizungsthermostat höher gedreht hätten.

»Und, alles klar für morgen Abend?«, fragte Darcy tonlos und blies auf die Nudelsuppe, die ganz köstlich roch. Wenn sie doch wenigstens ein klein wenig Appetit hätte!

»Weitestgehend. Wir haben allerdings nicht damit gerechnet, dass das nackte Servicepersonal so teuer ist …« Sie platzte laut heraus, als sie Darcys Gesicht sah.

Da es nur noch wenige Tage bis Weihnachten waren, hatte Tristan seine Beziehungen spielen lassen und alle Hebel in Bewegung gesetzt, um die Verlobungsparty in Windeseile zu organisieren. Darcy wünschte, sie hätte auch darauf ein bisschen mehr Lust, aber sie riss sich nur ihrer Freundin zuliebe zusammen.

»Und du? Hast du deine Mindestanzahl an Wörtern erreicht?« Freja warf einen hoffnungsvollen Blick in Richtung des Laptops auf dem Schreibtisch, dessen Bildschirm weiß und leer leuchtete.

Sooft Darcy sich an den Computer setzte, verharrte der blinkende Cursor wie zum Spott in der linken oberen Ecke und rührte sich nicht vom Fleck. Sie wusste, sie hatte ihren Job erledigt: Sie hatte Lilja ausfindig gemacht, sie identifiziert und alles über sie recherchiert. Jetzt ging es nur noch ums Niederschreiben. Eigentlich sollte das der leichtere Teil sein, aber seit zwei Tagen konnte sie weder schlafen noch arbeiten. Die Wörter mieden sie, der Schlaf auch.

Otto wurde allmählich ungeduldig. Sie hatte ihn immer wieder vertröstet, aber jetzt lief ihr die Zeit davon. Er erwartete ihren Bericht am Montag, das war in vier Tagen.

»Morgen. Ganz bestimmt«, antwortete sie und seufzte, als sie Frejas mitleidigen Blick auffing.

»Warum redest du nicht mit Max?«

»Um ihm was zu sagen?«

»Du hast deinen Job und er seinen. Arbeit ist eine Sache, Privatleben eine andere. Ihr könnt euer berufliches Engagement respektieren, ohne dass es euer Privatleben beeinträchtigt.«

»Wie soll das gehen? Er traut mir genauso wenig wie ich ihm. Ich glaube, ich mag ihn nicht einmal mehr. Was sagt es denn, bitte schön, über seinen Charakter aus, wenn es ihm nicht das Geringste ausmacht, was mit seiner Urgroßmutter passiert ist, und er einfach alles unter den Teppich kehrt? Er ist doch auch nicht besser als Casper oder Frederik oder all die anderen, die Liljas wahre Todesursache vertuscht haben.«

»Na ja, *so* betrachtet«, meinte Freja seufzend. »Aber das alles ist doch schon ewig lange her …«

»Ganz genau! Aber anscheinend interessiert es niemanden, dass hundert Jahre lang nichts als Lügen über die arme Frau erzählt wurden. Sie wird als schwach, gebrochen und depressiv dargestellt. Ihre Tochter ist in dem Glauben aufgewachsen, dass sie ihrer Mutter ziemlich gleichgültig gewesen sein muss, wenn sie sich für den Tod und gegen das Leben entschieden hat … Stell dir das bloß mal vor, Freja! Und man sollte doch meinen, dass es jetzt, hundert Jahre später, an der Zeit sei, die Frau zu rehabilitieren. Aber nein! Die Madsens üben sich immer noch in Schadensbegrenzung. Der Name ist jetzt eine Marke. Es zählt nur der gute Ruf.«

»Würde ihnen die Enthüllung denn wirklich schaden? Das alles ist eine höchst unappetitliche Geschichte, ich weiß. Aber von den unmittelbar Betroffenen lebt doch keiner mehr.«

Darcy fixierte sie mit einem strengen Blick. »Es geht einzig und allein ums Geld. Alles andere interessiert sie nicht. Die Aktionäre werden alles tun, um geheim zu halten, dass Bertram Madsens Sohn seine eigene Frau getötet und die ganze Familie geholfen hat, das Verbrechen zu verschleiern. Das Firmenimage basiert auf der Herstellung lebensrettender Produkte, vergiss das nicht.«

Wieder stieß Freja einen Seufzer aus. »Und was willst du jetzt tun? Die Wahrheit enthüllen, die ganze Wahrheit und nichts als die Wahrheit? Sie alle miteinander versenken, bevor sie wegschwimmen?«

Darcy warf ihrer Freundin einen schrägen Blick zu. »Das bin ich Lilja schuldig. Millionen Menschen werden ihr Porträt betrachten, wenn es in der Nationalgalerie ausgestellt wird. Ich kann nicht zulassen, dass eine falsche Geschichte über sie in Umlauf gebracht wird und die Lügen sich bis in alle Ewigkeit fortsetzen.« Sie blinzelte. »Ich muss den Tatsachen Rechnung tragen, ob sie mir nun gefallen oder nicht, ob sie einen Skandal auslösen oder nicht. Es ist nicht meine Aufgabe, die Realität zu filtern.«

Sie hielt kurz inne.

»Es ist furchtbar, was Lilja zugestoßen ist«, sagte sie dann. »Immer wieder wurde sie ausgerechnet von den Menschen verraten, die sie eigentlich hätten beschützen sollen. Sie hat es verdient, dass nach so langer Zeit endlich jemand für sie eintritt.«

Doch das war leichter gesagt als getan. Sooft sie sich ans Schreiben machen wollte, sooft sie an die junge, im Meer treibende Frau dachte, sah sie Max' Gesicht vor sich. Seinen Blick in dem Moment, als sie das dunkelste Geheimnis seiner Familie gelüftet hatte. Er war nicht zornig gewesen, nein, viel schlimmer: Ein Ausdruck grenzenloser Einsamkeit hatte auf seinem Gesicht gelegen. Das ließ sie nicht mehr los.

»Ich bin auf deiner Seite, das weißt du ja«, sagte Freja und stupste unter der Bettdecke gegen Darcys Beine. »Wirst du Max noch einmal begegnen? Bei weiteren Besprechungen vielleicht?«

Darcy starrte vor sich hin. Bei dem Gedanken, ihn nie wiederzusehen, breitete sich der Schmerz in ihrem ganzen Körper aus.

»Wahrscheinlich nicht, nein. Meine Recherchen sind abgeschlossen. Aber ich muss noch mal ins Archiv und mich von Viggo verabschieden. Er fragt sich bestimmt schon, wo ich die ganze Woche gesteckt hab.«

Von jetzt an würde er wieder allein dort unten sein, und sie würde ihre Plaudereien und die stündlichen Kaffeepausen ganz schön vermissen.

»Hast du noch mal über meinen Vorschlag nachgedacht? Es ist mir gar nicht recht, dass du an Weihnachten ganz allein hier bist, wenn am Tisch meiner Eltern ein Platz für dich frei ist.«

Darcy lächelte ihr liebevoll zu. »Mein ursprünglicher Plan steht noch. Sonst würde ich die erste Maschine nach Bali nehmen, das verspreche ich dir. Nein, von nächster Woche an werde ich das Leben hier in vollen Zügen genießen: die Wohnung ganz für mich allein, endlose Unterhaltungen mit Miss Petals, mit Vollgas an meiner Dissertation arbeiten und die ganze Zeit in meinem ruinierten Valentino-Kleid rumlaufen. Wenn das kein geiles Leben ist!«

Freja gluckste. »Na, besser als gar nichts. Und es ist sicher keine schlechte Idee, dich wieder darauf zu konzentrieren, Frau Professor zu werden.«

In dem Moment verkündete Darcys Handy mit einem Summen den Eingang einer Textnachricht. Ihr Herz schlug unwillkürlich schneller.

»Wenn man vom Teufel spricht«, murmelte sie, als sie den Namen des Absenders sah. »Von Viggo. Dem haben bestimmt die Ohren geklingelt.« Sie klickte auf die Nachricht und las.

»Und?«

»Hm, das ist merkwürdig.«

»Was ist merkwürdig?«

»Ich soll morgen früh um acht in die Alte Universitätsbibliothek in der Fiolstræde kommen.«

»Und was will er von dir?«

»Hat er nicht geschrieben.«

Freja sah ihr in die Augen. »Glaubst du, Max schickt ihn?«

»Ich wüsste nicht, warum er denken sollte, Viggo könnte mich davon abhalten, meine Pflicht zu tun, wenn *er* es nicht geschafft hat.«

»Er weiß, dass du den alten Knaben gernhast.«

»Aber so sehr nun auch wieder nicht … Außerdem bezweifle ich, dass Viggo sich darauf einlassen würde. Geld bedeutet ihm nichts. Er liebt seine Arbeit. Und er hat so etwas wie *Prinzipien*. Schon mal gehört?«

Freja verdrehte die Augen. »Also keine emotionale Erpressung. Dann möchte ich wissen, warum er sich mit dir treffen will. Und du hast wirklich keine Ahnung?«

»Nicht die geringste.«

»Wirst du hingehen?«

»Na klar.« Darcy biss sich auf die Lippe. »Viggo kann ich vertrauen.«

30. Kapitel

Darcy blieb am Fuß der Treppe stehen und schaute hinauf. Viggo, mit Schal, Hut und dickem Wintermantel, studierte das Schild mit den Öffnungszeiten der Bibliothek. Ob es außer ihm noch jemanden in dieser Stadt gab, der einen Filzhut trug?

Sie ging die Stufen hinauf.

»Morgen, Viggo«, sagte sie und rieb sich fröstelnd die Hände.

Rechts von ihr standen ein paar leere Weinflaschen an der Wand, Überreste einer Studentenfete.

Er drehte sich um. »Ah, Darcy! Schön, dass Sie gekommen sind.«

»Ziemlich ruhig heute Morgen, finden Sie nicht?«

Die Stadt schien tatsächlich noch zu schlafen. Die Fahrradständer waren leer, und in den Baumgruppen auf dem Gelände zwitscherte kein einziger Vogel. Die Rollläden an den Geschäften waren noch unten; sogar das Paludan ruhte. Das einzige Lebewesen weit und breit war eine Katze, die mit ihrer Beute, einer Maus, auf Samtpfoten über das Kopfsteinpflaster tapste.

Etliche Straßen weiter war die Müllabfuhr unterwegs – man konnte das Scheppern hören, als die Tonnen geleert wurden. Aus dem Bahnhof Nørreport strömten Pendler auf dem Weg zu ihren Büros. Noch herrschte Ruhe in den Seitenstraßen, die Stadt balancierte auf dem schmalen Grat zwischen Nacht und Tag.

»Ich glaube, viele sind schon vor Weihnachten geflohen«, entgegnete Viggo mit einem Blick auf die schmucken viktorianischen Backsteinhäuser, die sie gut kannte. Wenn die Universität ihr Reich war, dann waren diese Gebäude ihre Tempel.

»Und wir?«, fragte sie. »Was wollen wir hier in aller Herrgottsfrühe?«

»Ich dachte, es wäre gut, wenn wir das zusammen machen.«

»Was denn?«

Im Bibliotheksgebäude gingen die Lichter an; ihr Schein fiel in großen goldenen Rechtecken auf die Straße. Riegel wurden aufgeschoben. Ein Schloss schnappte zurück, und dann wurde eine der Bogentüren geöffnet.

»Oh! Guten Morgen«, grüßte eine sichtlich überraschte Frau.

»Guten Morgen«, erwiderte Viggo beinahe bedächtig. »Wir kommen, um Einsicht in ein Testament zu nehmen.«

»Oh«, sagte die Frau noch einmal und trat zur Seite. »Nur hereinspaziert. Sie sind aber früh dran.«

Viggo ließ Darcy den Vortritt. Unmittelbar vor ihnen in dem imposanten Eingangsbereich aus hellem Backstein lag, zurückgesetzt hinter Bögen und von hoch oben eingelassenen, runden Fenstern erhellt, eine gewaltige, breite Wendeltreppe wie ein schlafender Drachen. Der Eingang zur Bibliothek befand sich rechts von ihnen. Darcy kannte sich zwar bestens aus hier, weil sie oft zum Arbeiten herkam, ließ Viggo aber vorgehen, da nur er den Zweck ihres Besuchs kannte.

In dem majestätischen, kathedralenähnlichen Raum zweigten von einem mittigen Säulengang deckenhohe Regalreihen wie Kammern zu beiden Seiten ab. Durch ein rundes Fenster am Ende des Mittelgangs und riesengroße Rundbogenfenster am Ende jeder Regalreihe fiel Tageslicht herein.

Ihre asynchronen Schritte hallten auf dem Steinboden wider. An einem wuchtigen schwarzen Tisch in der Mitte des Gangs stand ein Bibliothekar und gab etwas in seinen Computer ein. Als sie vor ihm stehen blieben, schaute er auf und sah sie fragend an.

»Wir kommen wegen der testamentarischen Verfügung von Johan Trier«, sagte Viggo leise.

Darcys Kopf fuhr herum. *Wie bitte?*

»Ah! Sie sind ein bisschen zu früh«, meinte der Mann und tippte auf den Bildschirm. »Das Dokument ist noch … ja, es ist noch im Tresorraum. Wir wussten nicht, dass es so eilt.« Er musterte die beiden neugierig. »Ich werde es holen. Wenn Sie so lange im Leseraum dort Platz nehmen möchten?«

»Danke«, sagte Viggo, nahm seinen Hut ab und setzte sich langsam in Bewegung.

Sie gingen über Licht und Schatten auf dem Boden, vorbei an den geriffelten Säulen und Abertausenden von Büchern, deren staubiger, süßlicher, leicht mandelartiger Geruch sich in dem alten Gebälk festgesetzt hatte.

Im Leseraum, den man durch eine Glaswand abgetrennt hatte, sodass man dort ungestört war, setzten sie sich an einen der Tische.

»Johan Trier hat also ein Testament hinterlassen?« Darcy zog den Reißverschluss ihrer Jacke auf, ließ sie aber an, weil die Zentralheizung noch nicht auf Touren gekommen war.

»So ist es. 1923 hat er diese Bibliothek mit einer Schenkung bedacht, geknüpft an die Bedingung, dass das Dokument erst fünfzig Jahre nach seinem Tod gelesen werden darf.« Viggo zuckte mit den Schultern. »Er ist am 19. Dezember 1974 im Alter von neunundsiebzig Jahren verstorben. Folglich …«

Warum gerade 1923? Was mochte da so bedeutsam gewesen sein? Darcy überlegte. *Ihre Kinder* war vollendet und verkauft. Trier war im Begriff gewesen, Kopenhagen zu verlassen, weil die Aufträge ausblieben. Und Lilja und Casper waren schon lange tot.

»Und woraus besteht diese Schenkung?«, wollte sie wissen. »Briefe? Skizzen?«

»Das weiß niemand.« Wieder zuckte Viggo mit den Schultern. »Aber wir werden es bald herausfinden.«

Er sah sie an.

»Ich habe Sie diese Woche vermisst«, wechselte er das Thema.

Die schlichte Feststellung veranlasste Darcy, den Kopf hängen zu lassen.

»Tut mir leid, Viggo. Ich bin nicht *Ihnen* aus dem Weg gegangen.«

»Oh, das weiß ich.« Er beobachtete, wie sie nervös die Hände knetete. »Das muss eine ziemliche Machtprobe zwischen Ihnen und Max gewesen sein …«

Darcy blickte auf. Wie viel wusste er? Und wie hatte er es erfahren?

»Ich hätte nicht gedacht, dass er so reagieren würde.«

Sie schluckte. »Wie meinen Sie das?«

»Na ja, ich dachte, er würde auf stur schalten. Er liebt Auseinandersetzungen. Ich habe angenommen, dass Sie die Letzte wären, die er hier haben will, aber der Vorschlag kam von ihm.«

»Er wollte, dass ich Sie begleite?«

Viggo nickte.

»Weiß Helle davon?«, fragte sie stirnrunzelnd.

»Die ist zufällig mit ihrer Familie zum Skifahren nach Schweden gefahren. Max hat ihr versprochen, dafür zu sorgen, dass alles korrekt abläuft. Er ist nicht nur Firmenanwalt, sondern vertritt auch die Familie.«

Darcy schwieg einen Augenblick und versuchte zu verstehen, warum Max plötzlich bereit war, sie mit einzubeziehen. Zwischen Johan Trier und der Familie Madsen hatte nicht nur ungetrübte Harmonie geherrscht. Wer konnte schon sagen, was sie heute herausfinden würden?

Sie hatte bereits genug gegen die Madsens in der Hand, um deren Ruf zu beschmutzen, und Max wusste das. Hisste er die weiße Flagge? War das ein Eingeständnis seiner Niederlage? Oder eine Gefälligkeit, und er würde irgendwann eine Gegenleistung einfordern?

»Und wie lange wissen *Sie* schon davon?«

»Oh, seit Jahrzehnten.« Er warf ihr einen vielsagenden Blick zu. »Offiziell seit Triers Tod, als sein Testament verlesen wurde. Inoffiziell seit 1961.«

Darcy blinzelte verwirrt. Offiziell? Inoffiziell? Das Datum sagte ihr etwas …

»1961 wurde die Stiftung Madsen gegründet, nicht wahr?«

»Korrekt. Außerdem starb Arne Saalbach in jenem Jahr.«

»Arne?«

»Ganz recht. Er hinterließ Frederik Madsen einen Brief, in dem er gestand, eine Beziehung zu Lilja gehabt zu haben und Emmes Vater zu sein.«

»Er hat es zugegeben?« Darcy riss die Augen auf. »Und Sie haben das gewusst?«

Dass er ihr diese für ihre Recherchen so wichtige Information vorenthalten hatte, verletzte sie. Sie war ja selbst zu diesen Schlussfolgerungen gelangt, aber hätte sie es früher gewusst, hätte es ihr manches erleichtert.

»Wäre es nach Helle gegangen, hätte ich Sie nicht mehr ins Archiv lassen dürfen, nachdem Sie herausgefunden haben, dass es sich bei der Frau auf dem Bild um Lilja handelt. Aber ich habe ihr unmissverständlich klargemacht, dass ich meinen Job so erledigen werde wie immer und wie ich es für jeden anderen auch tun würde: helfen, ohne einzugreifen.«

Darcy kaute auf der Lippe und dachte darüber nach. Eigentlich eine faire Einstellung, schließlich waren sie beide nur kleine Rädchen im Getriebe.

Sie nickte.

»Warum hat er sich erst nach seinem Tod zu ihr und seinem Kind bekannt?«, fragte sie dann.

»Nun, nachdem Lilja und Casper nicht mehr da waren, gab es keine Möglichkeit zu beweisen, dass er tatsächlich Emmes Vater war. Heutzutage wird ein Vaterschaftstest ganz einfach per DNA-Analyse durchgeführt, aber in den

1920er-Jahren? Außerdem hätte er gegen eine wohlhabende und einflussreiche Familie wie die Madsens nichts ausrichten können. Hätten sie gewusst, dass Casper nicht der Vater ist, hätten sie das Kind womöglich enterbt. Und wenn sie gewusst hätten, dass Arne der Vater ist, hätten sie ihn – und seine Eltern – gefeuert und ihm Emme weggenommen. Sie hätten ihm ihre Bedingungen diktiert. Für ihn war es eine ausweglose Situation.«

»Und wie ging es dann weiter?«

»Da Liljas und Caspers Tod traurige Berühmtheit erlangt hatte, wurde beschlossen, dass die Saalbachs Emme in Solvtraeer großziehen würden, wo sie sozusagen aus dem Weg war. In Wirklichkeit hatten weder Lotte noch Frederik Interesse daran, sich um ihre verwaiste Nichte zu kümmern.«

»Dann wuchs Emme also doch bei ihrem leiblichen Vater und ihren Großeltern auf.«

»Ja. Sie behielten ihre Arbeit und spielten weiter die Rolle der loyalen Dienstboten.«

Darcy, verwundert über so viel Mut und diese unglaubliche glückliche Fügung, schüttelte den Kopf. »Und die Madsens haben nie Verdacht geschöpft?«

»Dazu gab es keinen Grund. Arne hat alle Beweise für seine Beziehung mit Lilja beseitigt. Lediglich ihre Tonbüsten behielt er, aber niemand erkannte ihn darin wieder. Emme war schon erwachsen und gut verheiratet, als er starb, und hatte mit einundzwanzig ihr Erbe angetreten. Seine eigenen Eltern waren zu dem Zeitpunkt schon lange tot.«

»Mit seinem Brief wollte er also seine Vaterschaft offiziell bestätigen.«

»Richtig. Jeder Vater strebt danach, sein Kind anzuerkennen. Es war ihm wichtig, das schriftlich festzuhalten, und wenn es auch nicht amtlich dokumentiert war, so zumindest gegenüber der Familie, die für den Tod der Frau, die er geliebt hatte, verantwortlich war. Wer weiß, vielleicht auch eine Form der Rache.«

»Riskant war es aber trotzdem, oder? Wäre Emmes Herkunft aufgedeckt worden, hätten die Madsens die Erbschaft zurückfordern können.«

»Das hätten sie aber begründen müssen. Selbst 1961 waren die beiden dramatischen Todesfälle von Hornbæk in den besseren Kreisen noch vielen in bester Erinnerung.«

Darcy erinnerte sich an Max' Worte: Der Großteil des Vermögens sei an seine Cousins gegangen; den Nachkommen seiner Abstammungslinie – der unehelichen – habe man das Erbe vorenthalten, soweit das möglich gewesen sei, ohne öffentliches Aufsehen zu erregen. Mit anderen Worten, sie waren abgespeist worden.

Und trotz der tragischen Umstände hatten Arne und seine heimliche Tochter eine glückliche Zeit miteinander gehabt. Im Verborgenen. Ganz nach der Redensart *Aus dem Auge, aus dem Sinn*.

»Ein tröstlicher Gedanke, dass Emme dort aufwachsen durfte, wo ihre Mutter so glücklich gewesen war.«

»Ja. Emme hat ihr ganzes Leben in Solvtraeer verbracht. Sie hat dort geheiratet, ihren Sohn bekommen …«

»Ich habe das Hochzeitsfoto gesehen, als ich dort war.«

»Wissen Sie auch, dass Arne Lilja zu Ehren überall Lilien gepflanzt hat? Für ihn gab es nach ihr keine andere Frau mehr.«

Ein Lächeln umspielte Darcys Lippen. »Woher wissen Sie eigentlich all diese Dinge über Emme?«

»Aus ihren Tagebüchern.«

Darcy riss verdutzt die Augen auf. So weit war sie nie gekommen, weil sie irrtümlich angenommen hatte, Liljas Geschichte habe mit ihrem Tod geendet.

»Hm. Dann sind Arnes Enthüllungen bestimmt …«, begann sie nachdenklich.

»… ein großer Schock für den alten Knaben gewesen«, beendete Viggo den Satz glucksend. »O ja, allerdings. Frederik Madsen war seinerzeit Ende siebzig, aber immer noch ein gewiefter Strippenzieher. Er begriff sofort, was es für die Familie bedeuten würde, wenn die Wahrheit über Emmes Herkunft ans Licht käme: Die Spur würde geradewegs zu Liljas Tod und Caspers Verbrechen zurückführen. Also musste dafür gesorgt werden, dass alles seinen gewohnten Lauf nahm.«

Darcy kniff die Augen zusammen. »Und das heißt?«

»In seinem Brief verriet Arne auch, wie es ihm gelungen war, seine und Liljas Beziehung all die Jahre geheim zu halten. In der Nacht, als Casper starb, befand sich die Familie bereits auf dem Weg nach Hornbæk. Sie hatten sich in Schweden aufgehalten, als Lilja ums Leben kam. Arne war klar, dass sie sämtliche Beweise für seine Affäre schnellstens aus dem Haus schaffen mussten.«

»Sie?« Folglich hatte er Helfer gehabt. »Und das Porträt hätte ihn verraten?«

»Lilja hatte anscheinend auf der Rückseite etwas vermerkt. Als die Polizei eintraf, nachdem Casper tot aufgefunden worden war, stand das Bild immer noch zum Trocknen auf einer Staffelei in Triers Atelier. Also klebte er es auf die Rückseite von *Ihre Kinder* und versiegelte die Kanten der Leinwände. Zwar hatte er das Gemälde Bertram versprochen, aber als am nächsten Tag ein deutscher Tourist kam, um den Garten zu bewundern, verkaufte er es ihm, damit es aus dem Haus war.«

Es war dieser Wortbruch, der Triers lukrative Beziehung zu den Madsens beendet hatte, wie Darcy schon wusste.

»Und das alles hat Arne ihnen in seinem Brief mitgeteilt?«

»Nicht direkt. Er hat ihnen nämlich verschwiegen, auf der Rückseite welches Trierschen Gemäldes das Porträt versteckt war. Diesen Gefallen wollte er ihnen nicht tun.«

Der raffinierte Schachzug veranlasste Viggo, anerkennend die Brauen hochzuziehen.

»Deshalb also wurde die Stiftung unmittelbar nach Arnes Tod gegründet – sie haben fleißig sämtliche Werke von Trier aufgekauft, weil sie das Porträt finden wollten.« Darcys Verstand arbeitete auf Hochtouren. »Aber sie müssen doch geahnt haben, dass es hinter *Ihre Kinder* versteckt ist, weil Trier zu der Zeit daran gearbeitet hat.«

»Geahnt haben sie es, aber nicht mit Sicherheit gewusst.«

Das erklärt ihr aggressives Vorgehen, dachte sie bei sich. *Sie wollen das Bild um jeden Preis in ihren Besitz bringen.*

»Vergessen Sie nicht, dass sie erst vierzig Jahre später davon erfahren haben. Es ließ sich nicht mehr genau rekonstruieren, welche Gemälde sich zu dem Zeitpunkt in seinem Atelier befunden hatten.«

»Wow«, murmelte sie. »Wie heißt es so schön? Rache ist ein Gericht, das am besten kalt serviert wird.«

Jahrzehntelang hatte die Familie Madsen nach der Vertuschung des Verbrechens an Lilja alles getan, um die Spuren zu verwischen. Auf der Jagd nach dem Porträt hatten sie Unsummen ausgegeben, nur um schlussendlich hilflos zuschauen zu müssen, als es tatsächlich gefunden und ausgerechnet sie, Darcy, hinzugezogen wurde.

Hatten sie sie unterschätzt?

Darcy erinnerte sich an Helles kalten, taxierenden Blick auf dem Stehempfang in der Nationalgalerie; als versuchte sie abzuschätzen, ob Darcy eine ernsthafte Bedrohung darstellte.

Sie erinnerte sich, wie Max auf Distanz gegangen war, als er erkannt hatte, welche Rolle sie in seinem Leben spielen würde.

Und sie erinnerte sich an seine völlige Verblüffung, als sie die Halskette entdeckt hatten und zum ersten Mal der Name Lilja gefallen war. Völlig zu Recht hatte er einen Dominoeffekt befürchtet. Deshalb hatten sie auch so schnell und so aggressiv mit rechtlichen Schritten gedroht: Sie hatten gehofft, die gegnerische Partei einschüchtern und in die Knie zwingen zu können.

»Und heute sind wir also hier, um mehr über Johan Triers Schenkung zu erfahren«, sagte sie. »Vielleicht ein Brief mit dem Geständnis, dass er Beihilfe geleistet hat, und der Angabe, wo er das Porträt versteckt hat?«

»Alles ist möglich«, erwiderte Viggo achselzuckend.

Darcy schwieg einen Moment. »Komisch, dass Trier Arne in jener Nacht geholfen hat, finden Sie nicht auch? Er hat sich für die Saalbachs entschieden und gegen seinen Mäzen. Merkwürdig.«

»Ja, der Ansicht bin ich auch. Sehr merkwürdig sogar.«

Darcy musterte Viggo, den Hüter so vieler Geheimnisse. Seit Generationen warteten die Madsens darauf, dass die Bombe hochging. Dass jemand das Siegel aufbrach und der Inhalt der testamentarischen Verfügung bekannt wurde.

Nun, endlich, war es so weit, und Max hatte darauf bestanden, dass sie Zeugin dieses mit Spannung erwarteten Moments wurde?

Die Stimme des Bibliothekars riss sie aus ihren Gedanken.

»Tut mir leid, dass Sie so lange warten mussten«, sagte er, als er die schwarze Folio-Box in seinen weiß behandschuhten Händen auf den Tisch stellte. »So, da ist es.«

Er öffnete die Box und entnahm ihr ein in braunes Papier eingeschlagenes und mit dünnen Siegeldrähten umwickeltes Päckchen. Darunter lag ein kleiner cremefarbener Umschlag mit dem Vermerk *Vermächtnis des Johan Trier, Januar 1923*. Darcy erkannte seine Handschrift sofort wieder, auch wenn sie in aller Eile, regelrecht schludrig, in schwarzer Tinte aufs Papier geworfen worden war.

Unwillkürlich hielt sie die Luft an, als der Bibliothekar den Umschlag öffnete. Er zog ein Blatt Papier heraus, warf einen kurzen Blick darauf und legte es dann auf den Tisch.

Viggo und Darcy beugten sich gleichzeitig vor und lasen:

Anbei das Tagebuch von Johan Trier. Ich schwöre bei meiner Ehre, dass diese Niederschrift die Ereignisse wahrheitsgetreu so wiedergibt, wie ich sie erlebt habe. Darf nicht vor meinem fünfzigsten Todestag geöffnet werden.

Wie er sie erlebt hatte?

Sie tauschten einen Blick, als der Bibliothekar die Siegeldrähte durchtrennte, das Papier auffaltete und das Tagebuch – in einem burgunderroten Einband aus geprägtem Leder wie alle anderen auch – herausnahm.

Unscheinbar – für eine Bombe.

Einige Sekunden lang starrten die drei es nur an. Triers Tagebuch von 1922. Das einzige, das sie im Archiv nicht gefunden hatte.

»Dürfen wir …?«, fragte Viggo schließlich.

»Aber selbstverständlich«, antwortete der Bibliothekar, der nichts von der Brisanz des Fundes ahnte. »Rufen Sie einfach, wenn Sie mich brauchen.«

Sie schauten ihm schweigend nach, als er den Leseraum verließ.

Viggo berührte mit den Fingerspitzen den Einband und schlug das Tagebuch dann bei Januar auf.

»Der erste Tag des Jahres«, las er laut vor, »und das Licht des Nordens macht mich jetzt schon ganz melancholisch …«

Er blickte auf und sah Darcy an. Sie kannten die nörgelnden Töne des Malers zur Genüge, und es war nicht *sein* Leben, das sie interessierte.

»Überspringen Sie den Anfang, gehen Sie direkt zum August«, drängte sie.

Viggo blätterte bis zum September und dann bedächtig wieder zurück zu dem Tag, an dem Lilja gestorben war. Selbst bei flüchtigem Hinsehen wurde klar, dass Triers schräge Handschrift sich verändert hatte, dicht gedrängt, kleiner, enger geworden war.

Panik.

Trauma.

»Sind Sie so weit?«, fragte Viggo und strich die Seite glatt.

Darcy nickte und holte tief Luft, dann beugten sie sich beide vor und begannen zu lesen.

31. Kapitel

»Dafür, dass ihr nur drei Tage hattet, um das alles auf die Beine zu stellen, ist es gar nicht *so* übel geworden«, neckte Darcy ihre Freundin. Sie ließ den Blick über die glamourösen Gäste schweifen, die zwischen baumbestandenen Inselchen und unterirdischen Gärten unter einer hellen Decke umherschlenderten, die an Chagrinleder erinnerte. Das Gewächshaus mit Restaurant bildete den Mittelpunkt des Opernparks auf einer aufgeschütteten Insel im Hafen von Kopenhagen. Es war ringsum von einer geschwungenen Verglasung umgeben und befand sich unter einem riesengroßen, weit ausladenden, mit Gräsern bewachsenen, blütenförmigen Dach. Der aus sechs Grünanlagen bestehende Park war eine Oase mitten in der Stadt, deren Lichter sich jetzt, bei Nacht, glitzernd im Wasser spiegelten. So viele Schicksale, so viele Träume, so viele Hoffnungen …

»Als ob man in einer Amöbe feiern würde«, sagte Freja kichernd, ihr Champagnerglas an die Unterlippe gedrückt.

»Unglaublich, einfach unglaublich. Kennst du alle diese Leute überhaupt?«

Freja schmunzelte. »Na ja, vielleicht zehn von ihnen?«

»Zehn von hundert. Super!«

»Die meisten sind ehemalige Kommilitonen von Tristan, Kollegen, Geschäftsfreunde … Ich heirate einen älteren Mann, vergiss das nicht. Er hatte mehr Gelegenheiten, Freundschaften zu schließen! Außerdem hat er Kohle, und du weißt doch: Wer Geld hat, hat überall Freunde.«

Darcy warf ihr einen vielsagenden Blick zu.

»Hauptsache, *du* bist da, alles andere ist unwichtig.« Freja drückte ihren Arm und musterte sie. Darcy trug das schwarze Samtkleid, hatte sich die Haare halb hochgesteckt und war geschminkt. Sie hatte sich nur Freja zuliebe solche Mühe gegeben. Ein Abend voller Small Talk war nämlich das Letzte, worauf sie Lust hatte.

Als sie von der Bibliothek nach Hause gekommen war, hatte sie versucht, Max zu erreichen, aber feststellen müssen, dass er sie blockiert hatte. Sie war am Boden zerstört gewesen. Ihre letzte Begegnung in der Kunstakademie hatte einmal mehr in einem Fiasko geendet, aber inzwischen hatte er doch sicherlich mit Viggo gesprochen und von der unerwarteten Wendung der Dinge im Fall Johan Trier erfahren?

»Mir war es so, als hätte ich dich heute Morgen fleißig tippen gehört, aber du hattest deine Kopfhörer auf, als ich reingeschaut hab, und da wollte ich dich nicht stören. Dann ist dein frühmorgendliches Rendezvous wohl erfolgreich verlaufen?«

»Es war in der Tat höchst aufschlussreich.«

»Und da hast du zu schreiben begonnen?«

Darcy nickte und rang sich ein Lächeln ab, obwohl ihr

Körper immer noch vibrierte von den Nachwehen der Entdeckung, die alles auf den Kopf gestellt hatte. Sie wusste nicht mehr, was sie denken oder empfinden sollte. Nichts war absolut.

»Du hast die Schreibblockade also überwunden«, sagte Freja betont munter. »Jetzt kannst du das Ganze abhaken und dich anderen Dingen zuwenden!«

»Ganz genau«, stimmte Darcy scheinbar gelassen zu. Das hier war weder der Ort noch der Zeitpunkt für einen Abgesang auf ihre lockere Beziehung. Dieser Tag gehörte Freja, und sie würde nichts tun oder sagen, was der fröhlichen Stimmung ihrer Freundin einen Dämpfer versetzen könnte.

Schweigend starrten sie auf das Funkeln und Glitzern der illustren Gästeschar. Glänzende Empfänge waren in letzter Zeit beinahe etwas Alltägliches geworden.

»Freja!«

Glückstrahlend und aufgeregt winkte Tristan sie zu sich.

»Kommst du mit? Vielleicht hat er einen heißen Freund, der Single ist.«

Darcy verdrehte die Augen. »Wüsste nicht, was mir lieber wär«, bemerkte sie trocken.

»Aber …«

Darcy schüttelte lächelnd den Kopf. »Alles gut, geh du nur. Du bist die Gastgeberin. Und ich brauche noch einen Drink. Ich komm später nach.«

»Versprochen?«

»Versprochen.«

»Sonst hol ich dich«, drohte Freja und drückte ihr die Hand, bevor sie in die Menge eintauchte. »Hey, Baby«, hörte Darcy sie sagen, als ihr Tristan den Arm um die Taille legte.

Darcy wandte sich ab und schlängelte sich zwischen den Gästen hindurch zur Bar, wobei sie jeden Blickkontakt mied. Eine Stunde – maximal! – würde sie noch aushalten müssen, bevor sie sich unauffällig verdrücken konnte, und die Hälfte davon könnte sie sich auf der Toilette verstecken.

»Ein Glas Champagner, bitte«, sagte sie zum Barkeeper.

»Für mich auch.«

Beim Klang der Stimme, die hier absolut nichts zu suchen hatte, fuhr sie verdutzt herum.

»Was machst *du* denn hier?«, hauchte sie.

Max, eine Hand in der Hosentasche, ohne Schlips und mit geöffnetem Kragen, starrte sie an. Er wirkte erschöpft, seine Augen erloschen.

»Tristan ist ein Geschäftsfreund. Wir haben ein paarmal mit seinem Labor zusammengearbeitet.« Er musterte sie von Kopf bis Fuß und kniff die Augen ein klein wenig zusammen. Vermutlich erkannte er das Kleid wieder: Sie hatte es getragen, als sie sich das erste Mal begegnet waren. »Und du?«

»Freja und ich teilen uns die Wohnung.«

»Ah«, murmelte er. »Da hast du wohl die besseren Karten. Keine Sorge, ich bleibe nicht lange, ich will den beiden nur gratulieren.«

»Meinetwegen brauchst du nicht zu gehen.«

Der Barkeeper stellte die Gläser vor sie hin.

»Danke«, sagte sie. Ihr Herz klopfte heftig. Mit niemandem hatte sie heute Abend weniger gerechnet als mit Max.

Sie nahm schnell einen Schluck Champagner. Er

schmeckte kälter, frischer, spritziger als sonst und jagte ihr einen weiteren Schauer durch den Körper, während sie nach Fassung rang. Auch wenn ihr letztes Aufeinandertreffen so abrupt geendet hatte, konnte sie in diesem Moment nur daran denken, wie sich sein Kopf an ihrer Brust, seine Hand auf ihrer Hüfte angefühlt hatte.

»Ich lass dich dann wieder allein.«

Bestürzt schaute sie ihm nach. Das war's? Erst blockierte er sie, und dann ließ er sie einfach hier stehen?

»Hast du mit Viggo gesprochen?«, rief sie ihm nach.

Er hielt inne und drehte sich halb zu ihr um. »Noch nicht. Ich war den ganzen Tag in Kuratoriumssitzungen.«

»Dann solltest du das vielleicht nachholen.«

»Viggo würde sich melden, wenn es etwas Wichtiges gäbe.«

Ihr kam der Gedanke, dass Viggo es vielleicht ihr überlassen wollte, Max zu informieren. Ihm war ja offensichtlich nicht entgangen, dass zwischen Max und ihr etwas war, und nach der Entdeckung heute …

»Es gibt tatsächlich etwas Wichtiges.«

Max seufzte. »Ach ja? Was für Überraschungen hast du denn jetzt wieder für mich parat?«

Dieser Sarkasmus … Viggo hatte völlig recht: Das war nicht Max, wie man ihn kannte. Es wirkte eher, als stünde er vollkommen neben sich. Schicksalsergeben. Die Madsens waren die Bösewichte in diesem Stück, und er war einer von ihnen. So war es doch – oder?

»Johan Trier war in Solvtraeer, als Lilja starb, und ist zufällig Zeuge der Ereignisse geworden. Er hat alles in seinem Tagebuch festgehalten. Jenem Tagebuch, das er der Bibliothek vermacht hat.«

Ein langes Schweigen entstand, während Max diese Nachricht verdaute. Obwohl er keine Gefühlsregung zeigte, sah sie die Anspannung in seiner Mundpartie, die unnatürliche Starrheit in seiner Haltung.

»Hat er Einzelheiten genannt?«, fragte er schließlich.

Sie nickte.

Er kam langsam zu ihr zurück und blieb neben ihr stehen.

»Erzähl«, forderte er sie mit gedämpfter Stimme auf.

»Alle waren schon schlafen gegangen, als es einen heftigen Wortwechsel gab. Casper schrie herum, Lilja weinte. Offenbar hat sie ihn angefleht: Sie habe dieses Glück verdient, das sei er ihr schuldig. Trier glaubte auch zu hören, wie Gegenstände geworfen wurden, und überlegte, ob er eingreifen sollte, was er aber schlussendlich nicht tat.«

Max blinzelte und schwieg.

»Vermutlich dachte er, dass es ihm als Gast im Haus seines Mäzens nicht zustehe, sich in einen Ehestreit einzumischen, aber er fühlte sich eindeutig hin- und hergerissen. Aus früheren Tagebucheinträgen geht klar hervor, dass er und Lilja sich im Lauf des Sommers angefreundet hatten.«

Darcy kaute kurz auf der Lippe.

»Irgendwann kehrte wieder Ruhe ein, und er schlief ein«, fuhr sie dann fort. »Später in jener Nacht musste er auf die Toilette. Als er in sein Zimmer zurückging und zufällig aus dem Fenster schaute, sah er Casper durch den Garten Richtung Haus stapfen. Er war vollständig bekleidet, aber triefend nass, als wäre er schwimmen gewesen. Was durchaus möglich gewesen wäre, weil er beim Abendessen anscheinend zu tief ins Glas geschaut hatte.«

Max, die Kiefer fest zusammengebissen, wandte den Blick ab.

»Trier ging wieder ins Bett. Erst am nächsten Morgen, als Casper laut nach Lilja rief, wurde ihm klar, dass etwas nicht stimmte. Das Baby schrie, weil es Hunger hatte, und Lilja war verschwunden … Johan lief schließlich zum Strand hinunter, wo er sie fand.«

»Allmächtiger«, stieß Max zwischen den Zähnen hervor. Dann schloss er kurz die Augen und seufzte resigniert. Als er Darcy wieder ansah, sagte er: »Dann ist es genauso abgelaufen, wie wir vermutet haben. Trier hat es uns nur bestätigt, aber keine neuen Erkenntnisse geliefert.«

Eine bewusste Anspielung auf ihren Vorwurf bei ihrer letzten Begegnung, dass er schon längst von Caspers Verbrechen gewusst habe.

»Doch. Er war nicht nur Zeuge … er ist zum Mittäter geworden.«

»Weil er das Porträt versteckt hat?« Max machte ein zweifelndes Gesicht. »Deswegen kann man ihm keine Strafvereitelung vorwerfen.«

»Davon rede ich nicht. Als Trier eins und eins zusammenzählte, begriff er, was sich in der Nacht zugetragen hatte, und erzählte den Sallys davon. Er wusste von Arne und Lilja, wusste, dass sie sich liebten. Für Arne brach eine Welt zusammen, als er von Liljas Tod erfuhr. Lilja hätte ihn und Emme niemals im Stich gelassen, davon war er überzeugt. Also stellte er Casper zur Rede und zog ihn zur Verantwortung.«

Max hob die Brauen. »Er hat ihn umgebracht?«

»Nicht nur er. Trier und die anderen haben ihm dabei geholfen.«

»Aber es gab keinerlei Hinweise auf ein Verbrechen.«

»Äußerlich nicht, nein. Mrs Sally hat ihm Speck, Eier und Pilze zum Mittagessen gemacht. Es waren frische Pilze, die Arne und sein Vater am selben Tag im Wald am Ende des Grundstücks gesammelt hatten.«

Sie sah Max vielsagend an. Es dauerte nur eine Sekunde, bis er begriff. »Sie haben ihn mit Pilzen vergiftet?«

Sie nickte. »Die ersten Symptome traten nach sieben Stunden auf. Eineinhalb Tage später starb er. Als die Madsens aus Schweden eintrafen, war er schon nicht mehr ansprechbar.«

»Und die Polizei hat ihnen ohne Weiteres abgekauft, dass er zusammengebrochen und nur wenige Stunden nach seiner Frau gestorben ist?«

»Ja, weil Casper vorher bereits eine Show abgezogen hatte. Nachdem Liljas Leiche gefunden worden war, wurde er von der Polizei befragt und behauptete, sie habe an Depressionen gelitten und schon einmal gedroht, sich das Leben zu nehmen … Anscheinend spielte er den Gramgebeugten so überzeugend, dass der Arzt ihm ein Beruhigungsmittel verabreichte. Als er spät am nächsten Tag wieder nach Solvtraeer gerufen wurde, ging es Casper bereits so schlecht, dass er nicht mehr sprechen konnte. Und es gab keinerlei Hinweise, die seine Version vom Selbstmord seiner Frau widerlegt hätten. Der Arzt und die Polizeibeamten hatten mit eigenen Augen gesehen, dass er am Boden zerstört war, daher zweifelte niemand an der vom Arzt festgestellten Todesursache: ein gebrochenes Herz.«

Max brachte kein Wort heraus, er war sichtlich erschüttert.

»Das ändert alles, Max«, sagte Darcy ruhig und versuchte, ihn durch schiere Willenskraft dazu zu bringen, sie anzusehen. »Das Verbrechen an Lilja ist gesühnt worden. Durch die Menschen, die sie liebten. Johan Trier hat sich nie verziehen, dass er ihr in jener Nacht nicht zu Hilfe gekommen ist, aber er hat sich als wahrer Freund erwiesen, indem er die Ereignisse niederschrieb und Stillschweigen über die ganze Angelegenheit bewahrte, damit Emme bei ihrer richtigen Familie aufwachsen konnte.«

»Test, Test!«, dröhnte plötzlich Tristans Stimme, untermalt vom Pfeifen des Mikrofons, über die Lautsprecheranlage durch den Saal.

Darcy achtete nicht darauf, sie richtete ihre ganze Aufmerksamkeit auf Max. Erkannte er nicht, was das für ihn – für sie beide – bedeutete? Nicht Casper Madsen war sein Urgroßvater, sondern Arne Saalbach.

»Jetzt stehe ich vor dem Problem, dass, wenn ich Caspers Verbrechen aufdecke, auch das der Saalbachs ans Licht kommen wird … und das waren anständige Menschen. Sie haben es nicht verdient, in Misskredit zu geraten.«

Er fixierte sie mit einem ungläubigen Blick. »Jetzt auf einmal willst du alles unter den Teppich kehren? Du warst es doch, die gesagt hat, es sei nicht deine Aufgabe zu urteilen!«

»Ist es auch nicht! Es ist bloß so …«

»Kompliziert? Das weiß ich besser als irgendjemand sonst, glaub mir. Meine Familiengeschichte ist gerade neu geschrieben worden, und es gibt immer noch kein Happy End. Ist dir jemals in den Sinn gekommen, dass ich mich darüber freuen könnte, dass Liljas Tod gerächt wurde und

Casper bekommen hat, was er verdiente?« Zorn loderte in seinen Augen. »Es wurde in der Familie darüber spekuliert, was er möglicherweise getan hat, aber es gab keine Beweise dafür. Lediglich zwei Tote und einen Säugling, der ein Zuhause brauchte.« Er starrte sie mit ausdrucksloser Miene an. »Aber *du* bist davon ausgegangen, dass es mir ganz recht wäre, wenn er ungestraft davongekommen ist.«

»Max, ich …«, begann sie stammelnd.

»Genau das denkst du doch von mir. Für so einen Mann hältst du mich. Und warum? Weil meine Großmutter eine Madsen war? Oder weil ich gut in meinem Job bin?«

»Nein!«

Ein knappes Kopfschütteln, ein eisiger Blick. »Mein ganzes Leben lang habe ich auf diesen Tag gewartet. Mein Vater hat uns immer vor Triers Vermächtnis gewarnt, das verschwundene Porträt könne unser aller Leben zerstören, hat er prophezeit, und all das Gute, das wir tun, zunichtemachen. Und du hast bewiesen, dass er recht hatte. Du warst die Erste, die das Schlechteste von uns gedacht hat.«

»Max, bitte …« Sie dachte an seine sozialen Projekte, an die Kinderklinik, für die er zum Andenken an seinen Bruder Spenden in Millionenhöhe sammelte.

Die Kinder büßen für die Sünden der Väter.

Ihn traf keine Schuld. Es war reiner Zufall, dass die ganze Geschichte während seiner Lebenszeit aufgedeckt worden war.

»Jetzt ist die Wahrheit ans Licht gekommen«, fuhr er achselzuckend fort. »Und ich habe bloß einen mordenden

Urgroßvater gegen einen anderen eingetauscht.« Er schnaubte verächtlich. »Um die Sache klarzustellen, Darcy: Ich bin froh, dass Lilja gerächt wurde, aber *mir* bringt das überhaupt nichts.«

Er hatte recht. Sie hatte das Schlimmste angenommen und ihn im Stich gelassen.

»Wollen wir nicht draußen weiterreden?«, bat sie.

»Ich danke euch allen!«, schallte Tristans Stimme durch den Raum. Alle verstummten und drehten sich Richtung Podium. »Wo ist denn meine …? Freja, Schatz, komm her zu mir!«, rief er und streckte den Arm aus, damit sie sich hineinschmiegen konnte. »Seht sie euch an! Ist sie nicht wunderschön?«

Jubel brandete auf, gefolgt von tosendem Beifall. Darcy riss den Blick widerstrebend von Max los und beobachtete, wie ihre Freundin, feuerrot im Gesicht, einen kleinen Knicks machte.

»Ich weiß, was ihr jetzt alle denkt – was zum Teufel will sie mit einem alten Knacker wie mir?«

Alle lachten. Alle bis auf Darcy und Max. Sie musterte ihn verstohlen. Sie konnte die Feindseligkeit, die er ausstrahlte, förmlich spüren. Er starrte geradeaus, schien blind und taub für alles ringsherum. Seinen Champagner hatte er nicht angerührt. Der Saal war voller Menschen, aber er stand mutterseelenallein da.

»Nun, wie ihr wisst, ähnelt nicht jede Liebesgeschichte einer Romantic Comedy aus Hollywood. Es gibt Liebesgeschichten, die nicht einmal ein Happy End haben, und es gibt andere, die nicht das Ende haben, das sie verdienen. Aber ich bin schon immer ein Glückspilz gewesen …«

Max wandte sich abrupt zum Gehen. Es wirkte beinah, als würden ihm die Worte wehtun.

»Wo willst du denn hin?« Darcy schnappte seine Hand.

»Ich kann nicht bleiben. Ich muss eine Kuratoriumssitzung einberufen und die anderen informieren. Du bist nicht die Einzige, die einen Job zu erledigen hat.«

Er machte sich los. An seinem Kinn zuckte ein Muskel, als er ihr einen vorwurfsvollen, bitteren Blick zuwarf.

»Es tut mir so leid, Max«, flüsterte sie verzweifelt. »Ich wünschte, alles wäre anders gekommen, aber Triers Aussagen sind jetzt der Öffentlichkeit zugänglich. Jeder kann sie lesen. Früher oder später wäre die Wahrheit doch ans Licht gekommen.«

»Das weiß ich«, erwiderte er, und sie sah so etwas wie Bedauern in seinen Augen, als er hinzufügte: »Aber warum musstest ausgerechnet du diejenige sein, die alles herausfindet?«

32. Kapitel

Darcy stand mit Blick Richtung Straße fröstelnd vor dem Backsteintor. Der R8 parkte vor der Garage, aber aus den Schornsteinen stieg kein Rauch auf, und nirgendwo brannte Licht. Sie war ums Haus herumgegangen und hatte, die Hände um die Augen gewölbt, durch die Küchentür gespäht. Der Christbaum, den sie (zwischen zwei Küssen) gemeinsam gekauft und (zwischen zwei Küssen) nach Hause geschleppt hatten, stand in einer Ecke, geschmückt mit der Weihnachtsdeko, die Max vom Speicher geholt hatte, aber die Lichterketten waren ausgeschaltet. Auf dem Küchentisch lag eine beim Sportteil aufgeschlagene Zeitung, und auf der Arbeitsfläche lag eine noch verschlossene Packung Kaffeebohnen. Immerhin ein paar Lebenszeichen.

Darcy überquerte die Straße und ließ den Blick über den Strand schweifen, während sie in ihre kalten Hände blies und der Wind an ihren Haaren zerrte. Ob Max zu Fuß in die Stadt gegangen war, um einzukaufen?

Der Sand war mit einer Schneekruste bedeckt, die von Fußabdrücken durchbrochen war. Ein Hund und ein

Mann liefen in der Ferne in ihre Richtung. Schweden versteckte sich hinter tief hängenden Wolken, die den Horizont aufsaugten und die See schlachtschiffgrau färbten.

Die Arme um sich geschlungen, schlenderte sie bis ans Wasser und starrte aufs Meer hinaus. Liljas Leben hatte hier geendet, nicht aber ihre Geschichte. Die war fortgeschrieben worden von Emme und deren Enkel Max …

Ein durchdringender, schriller Pfiff zerriss die Stille, und sie fuhr unwillkürlich zusammen. Der Mann schrie etwas. Im nächsten Augenblick kam auch schon der Hund, ein karamellbrauner Spaniel, auf sie zugerast, schoss an ihr vorbei, bremste abrupt ab, machte kehrt und wuselte zu ihr, wo er aufgeregt ihre Schuhe beschnupperte.

»Hey, du«, gurrte sie mit kosender Stimme und hielt sich mit einer Hand die Haare aus dem Gesicht, während sie lächelnd auf den Hund hinunterschaute, der sie jetzt freudig anguckte und so heftig mit dem Schwanz wedelte, als wollte er gleich abheben.

»Entschuldigung!«, rief der Mann, der, eine Hand beschwichtigend erhoben, auf sie zutrabte. »Tut mir leid! Sie macht nichts, sie ist bloß hyper…«

Er verstummte, als er sie erkannte. »Darcy!«

Max hielt eine geflochtene Leine in der Hand, und an seinem Hals baumelte eine Hundepfeife.

»*Du* hast einen *Hund*?«, fragte sie völlig verdattert, als er ein paar Schritte entfernt stehen blieb und sie ganz perplex anglotzte.

»Sie, äh, ist aus dem Tierheim«, sagte er schließlich.

»Ich kümmere mich nur über die Feiertage um sie. Sie ist es nicht gewohnt, frei herumzurennen, und nutzt es jedes Mal aus.«

»Oh.« Darcy fand die Vorstellung, dass dieser süße Hund sein Leben in einem Zwinger fristete, unerträglich. »Kann man ihr nicht verdenken.« Sie schaute zu, wie der Hund in Achterschleifen glücklich und unermüdlich um sie beide herumsauste. »Wie heißt sie denn?«

»Luna. Sie ist vier.«

»Die ist ja goldig!«, sagte sie und ging in die Hocke. Der Hund rannte in ihre ausgebreiteten Arme, schmiegte sich an sie und wedelte wie verrückt mit dem Schwanz, während Darcy ihn knuddelte und kraulte. Sie musste lachen, als Luna an ihrem Hals schnupperte und sie kitzelte. »Oh, du bist ja so was von niedlich!«

»Was machst du hier, Darcy?« Sein emotionsloser Ton veranlasste sie, im Geist blitzschnell Gründe aufzulisten, mit deren Hilfe sie ihre Selbstachtung wahren könnte: Sie wolle ihm die gute Nachricht überbringen, die Otto ihr heute Morgen mitgeteilt hatte – das Porträt war erfolgreich von *Ihre Kinder* losgelöst worden. Außerdem habe sie gemeinsam mit Viggo eine Idee für eine neue Ausstellung entwickelt: Statt an ihrem Anspruch auf *Ihre Kinder* festzuhalten, würden sie Liljas Porträt kaufen und es gemeinsam mit ihren Tonbüsten, den botanischen Zeichnungen und den Fotografien von Arnes berühmten Lilienrabatten ausstellen. Liebe sollte das verbindende Thema sein, nicht Hass, damit die beiden endlich zusammen in Frieden ruhen konnten.

Aber sie hielt es lieber mit der Wahrheit. Auch wenn die Distanz zwischen ihnen, obwohl sie nur einen Schritt voneinander entfernt waren, unüberwindbar schien. Sie spürte Tränen aufsteigen.

»Ich wollte dir sagen, dass es mir leidtut«, murmelte sie mit belegter Stimme und richtete sich auf.

Die ganze letzte Woche hatte sie sehnsüchtig auf seinen Anruf gewartet – natürlich vergeblich –, und jetzt war sie in der Hoffnung hergekommen, ihm begreiflich machen zu können, dass der berufliche Interessenkonflikt ihre Gefühle nicht tangierte. Doch für ihn, einen Mann, der sich seit zehn Jahren ausschließlich über seinen Job identifizierte, der für nichts anderes als für seine Arbeit lebte, waren die schlimmsten Befürchtungen wahr geworden.

»Du hast recht gehabt, ich habe das Schlimmste von dir gedacht. Ich war überzeugt, du würdest alles tun, um den Namen Madsen zu schützen, insbesondere jetzt, vor dem geplanten Börsengang. Ich habe nie darüber nachgedacht, was für Auswirkungen das alles auf dich persönlich haben könnte.«

Kurz schwiegen sie beide.

»Ich weiß das zu schätzen«, erwiderte er dann hölzern. »Aber deswegen hättest du nicht den weiten Weg zu machen brauchen … Es ändert nämlich nichts.«

»Habe ich keine zweite Chance verdient?«

Er schüttelte den Kopf. »Ich kann dir einfach nicht vertrauen.«

»Das ist Blödsinn, und das weißt du auch«, entgegnete sie ruhig. »Du nimmst deine Arbeit genauso ernst wie ich meine. Wärst du an meiner Stelle, hättest du nicht anders gehandelt.« Sie starrte ihn an. Am liebsten hätte sie ihn geschüttelt, damit er sich aus seiner Starre löste. Wo waren seine Wut und seine Kampflust geblieben? »Aber in Wirklichkeit geht es nicht um Lilja oder Casper oder meine irrigen Annahmen.«

»Nein?«

»Nein. Das ist nur ein Vorwand, um mich wegzustoßen. Wenn es das nicht wäre, wäre es irgendwas anderes. Du hast mich zu nahe an dich herangelassen, und jetzt suchst du nach Ausflüchten, wie du mich auf Distanz halten kannst.«

Er erwiderte nichts darauf, und sie spürte, wie sich ihr Herz angesichts seiner Halsstarrigkeit regelrecht verkrampfte. Selbst wenn sie recht hatte, änderte das nichts. Er hatte sich lange, bevor sie hierhergekommen war, emotional von ihr zurückgezogen.

Sie wandte den Blick ab und schaute dem Hund zu, der wie von Sinnen über den Strand raste, sich aber nie weiter als etwa hundert Meter entfernte und dann zu ihnen zurücksauste.

»Und du meinst, du kannst ihn einfach so wieder im Tierheim abliefern?«

»Ja«, antwortete er, ohne zu zögern. »So lautet die Vereinbarung.«

Typisch Anwalt. »Na ja, hätte ich mir ja denken können, dass dir das kein Kopfzerbrechen macht.«

Max verlagerte sein Gewicht. »Wie meinst du das?«

Darcy sah ihn an. »Das ist doch deine Standardvorgehensweise: ein bisschen Zuneigung geben und ein bisschen Ablenkung bieten und dann schnell wieder zurückgeben.«

Er kniff die Augen zusammen. Sie wussten beide, dass sie nicht von dem Hund sprach.

»Bloß keine emotionale Nähe zulassen, bloß nicht sein Herz an jemanden hängen. Stimmt doch, oder?«

»Nach meiner Erfahrung, ja.«

Sie blickte ihm fest in die blauen Augen, deren Charme die Frauen reihenweise erlagen – wunderschön und doch so leer wie der Himmel. Er hatte jeden Menschen, den er einmal geliebt hatte, verloren und gelernt, auf eine Art und Weise Distanz zu halten, die ihr fremd war.

»Ich denke, das ist einleuchtend«, sagte sie langsam. »Schließlich hast du immer nur das Ende kennengelernt.«

Er runzelte die Stirn. »Was?«

»Du hast immer nur das Ende kennengelernt, deshalb ist es sicherer, sich an den Anfang zu halten. Und wir haben unseren Anfang gehabt, nicht wahr?«, fragte sie leise.

Er nickte nach kurzem Zögern.

Sie nickte ebenfalls, wobei sie ein heißer Schmerz durchfuhr, der grell wie ein Blitz hinter ihren Augen aufflammte. Das war's dann wohl.

»Gut«, flüsterte sie. »Ich glaube, jetzt ist alles gesagt.«

Luna, die ihren Spaß hatte, begann von Neuem, in Achterschleifen um sie beide herumzurennen. Darcy trat einen Schritt zurück, weg von Max. Sie war keineswegs die Ausnahme von der Regel, das begriff sie jetzt.

»Wiedersehen, Max.« Als er sich nicht rührte, drehte sie sich um und ging. Sie musste weg, bevor sie zu weinen anfing.

Luna bellte, lief ihr nach und sprang an ihr hoch.

»Mach's gut, meine Kleine«, murmelte Darcy, strich ihr über den Kopf und kraulte sie hinter den langen, seidigen Ohren. »Du hast was Besseres verdient.«

Sie schmiegte die Wange an das weiche Hundefell, in das jetzt ihre Tränen tropften.

Eine Weile verharrte sie so mit geschlossenen Augen. Im Gegensatz zu Max schien der Hund ihre Verzweiflung zu spüren. Zu guter Letzt richtete sie sich wieder auf und schaute zu Max zurück, der regungslos dastand und sie beobachtete.

»Ich weiß, dass es dir nichts ausmacht, Luna wieder abzugeben«, sagte sie, während der Wind ihr die Haare ins Gesicht peitschte, sodass die einzelne Träne, die ihr noch über die Wange rollte, verborgen blieb. »Aber es wäre ihr gegenüber fairer, wenn du nicht zulassen würdest, dass sie sich an dich gewöhnt.«

Max zuckte zusammen, aber sie drehte sich ohne ein weiteres Wort um und marschierte mit hoch erhobenem Kopf über den gefrorenen Sand davon. Der Wind trieb ihr die Tränen übers Gesicht wie Regentropfen über eine Windschutzscheibe.

Sie schaute nicht zurück. Es war alles gesagt. Er hatte ihr ganz deutlich, auch ohne Worte, zu verstehen gegeben, dass es vorbei war. Entweder hatte er sich zu weit zurückgezogen, oder aber sie war ihm zu unwichtig, als dass er für sie seine Fesseln hätte sprengen können.

Sie stemmte sich gegen den Wind, während ihr die Tränen übers Gesicht strömten und ihr Herz vor Anstrengung und Kummer heftig klopfte. Sie wollte auf dem schnellsten Weg zum Bahnhof; zusammenklappen könnte sie im Zug. Auf der Herfahrt war er fast leer gewesen, und sie hoffte, dass es auf dem Rückweg auch so sein würde.

Plötzlich schoss Luna an ihr vorbei wie ein goldener Pfeil, bremste abrupt ab und kam dann zurück. Bellend trottete sie neben ihr her und sprang immer wieder an ihr hoch. Ganz offensichtlich war sie nicht damit einverstanden, dass Darcy wegging.

»Nein, Luna, du kannst nicht mitkommen … Geh zurück!«

Sie zeigte mit dem Finger hinter sich, aber Luna stupste sie unbeeindruckt an der Hand.

»Hörst du? Geh wieder zurück!«

Der Hund ging weiter neben ihr bei Fuß, nach so kurzer Zeit bereits ein treuer Gefährte.

»Luna, geh zurück.«

Darcy zeigte wieder in die Richtung, aus der sie gekommen war, doch der Hund wich nicht von ihrer Seite. Wenn das so weiterging, würde er noch mit ihr in den Zug steigen …

»Bitte!«

Sie schaute nach oben und dann aufs Meer hinaus und beschloss, den Hund zu ignorieren. Irgendwann würde er das Interesse verlieren und zu Max zurücklaufen.

Warum pfiff er denn nicht nach Luna oder rief nach ihr? War es ihm tatsächlich egal, wenn der Hund mit ihr mitginge?

Sie hielt unvermittelt inne und wirbelte herum.

»Max! Könntest du bitte …«

Sie schnappte nach Luft, weil er direkt hinter ihr war und sie fast umgerannt hätte. Er fasste sie blitzschnell an den Armen, als sie erschrocken zurückprallte und dabei beinah das Gleichgewicht verloren hätte.

Eine Sekunde lang verharrten sie so. Sie bemerkte, wie er ihre nassen Wimpern und Wangen registrierte, und erkannte die Verzweiflung in seinem Blick.

Schwer atmend hielt er sie fest.

»Ich dachte, ich könnte es. Ich dachte, ich könnte dich gehen lassen«, keuchte er. Der Wind wehte ihm ihre Haare ins Gesicht. Er strich sie zurück und flüsterte: »Aber es ist zu spät.« Es klang, als würde ihm ein Geständnis abgenötigt. »Ich habe mein Herz schon an dich verloren. Seit jenem allerersten Abend, als ich dich gehen lassen musste, weil dein Date auf dich gewartet hat.« Eifersucht blitzte in seinen Augen auf.

Es dauerte einen Moment, bis sie ihre Stimme wiedergefunden hatte. »Soweit ich mich erinnere, hast du dich doch auch zu einem Date verabredet.«

Er schüttelte den Kopf. »Das hab ich abgesagt. Wir waren zwei Straßen weit gekommen, als ich Christoff bat, umzudrehen und zur Galerie zurückzufahren.«

Darcy riss die Augen auf. »Meinetwegen?«

»Du warst natürlich nicht mehr da, aber es war zu spät – ich bekam dich nicht mehr aus dem Kopf. Dass ich dich nicht haben konnte, hat meine Sehnsucht nur noch verstärkt. Deshalb hab ich mir alles Mögliche ausgedacht, um dich sehen zu können. Ich habe meine ganzen bewährten Tricks angewendet. Wenn ich es schon nicht schaffte, mich von dir fernzuhalten, wollte ich wenigstens dafür sorgen, dass du nichts mit mir zu tun haben wolltest. Aber das hat auch nicht funktioniert.«

Seine Stimme war brüchig geworden, und der flüchtige Ausdruck von Panik in seinen Augen verriet, dass er noch nie so offen mit irgendjemandem geredet hatte.

»Weil ich dich nicht gehen lassen wollte, Max«, erwiderte sie mit Bestimmtheit. »Das will ich immer noch nicht.«

»Gut.« Sein Griff verstärkte sich. »Weil … weil ich dich nämlich liebe, Darcy.«

»Ich liebe dich auch«, wisperte sie.

Ein wohliger Schauer durchrieselte sie, als er sich zu ihr beugte und sie küsste.

Ihre Lippen schmeckten salzig von den Tränen, und er hatte kalte Wangen. Luna rannte bellend im Kreis um sie herum, sprang an Darcy hoch und drückte ihr die nassen Pfoten auf die Oberschenkel, bis sie zu guter Letzt die gewünschte Aufmerksamkeit bekam. Die beiden lösten sich voneinander, und Max nahm den Hund auf den Arm.

»Du musst immer mittendrin sein, stimmt's?«, sagte er und drückte Luna einen Kuss auf den Kopf, was sie beantwortete, indem sie mit ihrer kalten, nassen Nase abwechselnd seinen und Darcys Hals beschnüffelte. Das kitzelte, und die beiden mussten lachen.

Dann kam Darcy ein Gedanke. Sie sah Max an, und der begriff sofort, was ihr durch den Sinn ging.

Er stöhnte. »O Gott!«

»Na ja, *sie* liebt dich auch«, sagte sie schmunzelnd und kraulte Lunas seidenweiches Fell. »Außerdem würde dir ein bisschen Chaos in deinem Leben nicht schaden.«

Er zog eine Braue hoch. »Ich dachte, dafür wärst *du* zuständig.«

Sie zuckte fröhlich mit den Schultern und streichelte seine Wange. »Ich war mir nicht sicher, ob meine Mission hier erfolgreich verlaufen würde, deshalb hab ich auch kein Weihnachtsgeschenk für dich besorgt. Wir könnten Luna doch als unser gemeinsames Weihnachtsgeschenk betrachten.«

»Aber ich hab mit Weihnachten nichts am Hut!«

»Lügner. Du hast einen Christbaum«, murmelte sie und fuhr mit der Fingerspitze die Konturen seiner Lippen nach. »Und ich hab Strümpfe …«

Seine Augen funkelten bei dieser zweideutigen Anspielung, und er heftete den Blick auf ihren Mund.

»Na ja, so betrachtet«, sagte er grinsend und legte den freien Arm fester um sie. »In dem Fall – fröhliche Weihnachten!«

Autorin

Karen Swan arbeitete lange als Modejournalistin für Zeitschriften wie *Vogue*, *Tatler* und *YOU*. Heute lebt sie mit ihrer Familie im englischen Sussex und schreibt jedes Jahr zwei Romane – einen für die Sommersaison und einen zur Weihnachtszeit.

Karen Swan im Goldmann Verlag:
Ein Geschenk von Tiffany. Roman
Ein Geschenk zum Verlieben. Roman
Ein Weihnachtskuss für Clementine. Roman
Winterküsse im Schnee. Roman
Winterglücksmomente. Roman
Sternenwinternacht. Roman
Winterwundertage. Roman
Das Funkeln einer Winternacht. Roman
Der Glanz einer Sternennacht. Roman
Der Zauber eines Wintertages. Roman
Winterträume im Schnee. Roman
Ein Geschenk zur Winterzeit. Roman
Schneeflockenträume. Roman
Das Geheimnis einer Winternacht. Roman

Sommerhaus mit Meerblick. Roman
Ein Sommer in den Hamptons. Roman
Sterne über Rom. Roman
Eine Insel zum Verlieben. Roman
Das Leuchten eines Sommers. Roman
Sommerträume am Meer. Roman
Sommer im Paradies. Roman
Sommernächte in Paris. Roman

Die Inseltöchter – Der letzte Sommer. Roman
Die Inseltöchter – Die gestohlenen Stunden. Roman
Die Inseltöchter – Der verlorene Liebhaber. Roman
Die Inseltöchter – Das verborgene Herz. Roman

(Alle auch als E-Book erhältlich)